SANDRA BROWN
Celinas Tochter
Nacht ohne Ende

BÜCHER

### Celinas Tochter

Nach Jahren kehrt die attraktive Alexandra Gaither in ihre Heimatstadt zurück. Endlich wird sie das bekommen, was sie seit Langem anstrebt: Gerechtigkeit – und Rache. Vor fünfundzwanzig Jahren ist ihre Mutter Celina hier, im tiefsten Texas, ums Leben gekommen, und drei der mächtigsten Männer der Stadt kamen damals als Mörder in Frage, doch niemand wurde verhaftet. Keine einfache Aufgabe für Alexandra: Jeder der drei ist verdächtig – aber auch außergewöhnlich charmant. Sie wäre aber nicht Celinas Tochter, wenn sie ihren Willen nicht durchsetzen würde …

### Nacht ohne Ende

Auf der Suche nach einer entführten Millionärstochter gerät die Fernsehreporterin Tiel McCoy in einen Überfall. Sie kann es kaum glauben, als sich die Gangster als die angeblich entführte, hochschwangere Sabra Dendy und ihr Freund Ronny Davidson entpuppen. Aus dem Überfall wird aber rasch eine hektische Geiselnahme, und Ronny bedroht mit seiner Pistole alle Anwesenden. Als bei Sabra verfrüht die Wehen einsetzen, eskaliert die Lage zusehends. Und Tiel selbst ist hin- und hergerissen zwischen dem Wunsch, diese Situation beruflich für sich zu nutzen, und ihrem Mitgefühl für die Jugendlichen, die nichts dringender brauchen als eine Verbündete …

AUTORIN

Sandra Brown arbeitete als Schauspielerin und TV-Journalistin, bevor sie mit ihrem Roman *Trügerischer Spiegel* auf Anhieb einen großen Erfolg landete. Inzwischen ist sie eine der erfolgreichsten internationalen Autorinnen, die mit jedem Buch die Spitzenplätze der *New-York-Times*-Bestsellerliste erreicht! Sandra Brown lebt mit ihrer Familie abwechselnd in Texas und South Carolina.
Weitere Informationen finden Sie auf: www.sandra-brown.de

### Weitere Thrillers von Sandra Brown:
Die Zeugin (35012) · Blindes Vertrauen (35134) · Im Haus meines Feindes (35289) · Schöne Lügen (35499) · Nachtglut (35721) · Trügerischer Spiegel (35192) · Kein Alibi (35900) · Betrogen (36189) · Envy – Neid (36370) · Scharade (36470) · Crush – Gier (36608) · Wie ein Ruf in der Stille (36695) · Rage – Zorn (36838) · Im Haus meines Feindes (37012) · Weißglut (36986) · Eisnacht (37396)

# SANDRA BROWN

## Celinas Tochter

## Nacht ohne Ende

Zwei Romane in einem Band

Aus dem Amerikanischen von
Elke Bartels und Dinka Mrkowatschki

blanvalet

Die Originalausgabe von »Celinas Tochter« erschien 1989 unter dem Titel
»Best Kept Secrets« bei Warner Books, Inc., New York.
Die Originalausgabe von »Nacht ohne Ende« erschien 2000 unter dem Titel
»Standoff« bei Warner Books, Inc., New York.

Verlagsgruppe Random House FSC-DEU-0100
Das FSC-zertifizierte Papier *Holmen Book Cream*
für dieses Buch liefert Holmen Paper, Hallstavik, Schweden

2. Auflage
Taschenbuchausgabe November 2010 bei Blanvalet, einem Unternehmen
der Verlagsgruppe Random House GmbH, München.
*Celinas Tochter*
Copyright © 1989 by Sandra Brown
Copyright © der deutschsprachigen Ausgabe 1996
by Verlagsgruppe Random House GmbH
*Nacht ohne Ende*
Copyright © 2000 by Sandra Brown
Copyright © der deutschsprachigen Ausgabe 2001
by Verlagsgruppe Random House GmbH
Umschlaggestaltung: HildenDesign, München
Umschlagmotiv:© Image Source / Corbis
ED · Herstellung: sam
Druck und Einband: GGP Media GmbH, Pößneck
Printed in Germany
ISBN: 978-3-442-37614-8

www.blanvalet.de

# SANDRA BROWN

# Celinas Tochter

Roman

I

Der Entsetzensschrei galt eigentlich nicht der Kakerlake, sondern ihrem eingerissenen Fingernagel. Die Kakerlake war klein, der Riß eine Katastrophe. Auf ihrem manikürten Nagel sah er so tief und zerklüftet aus wie der Grand Canyon.

Alex schlug mit der kunststoffbeschichteten Karte, die das spärliche Zimmerservicemenü des Motels anpries, nach der Kakerlake. Auf der Rückseite warb man für das mexikanische Buffet und The Four Riders, eine Country-und-Western-Band, die täglich von sieben bis Mitternacht in der Silver Spur Lounge auftrat.

Sie verfehlte die Kakerlake um Meter, und diese huschte hinter den holzfurnierten Toilettentisch. »Dich krieg ich später!«

Sie fand eine Nagelfeile am Boden des Kosmetikkoffers, den sie gerade auspacken wollte, als das Insekt auftauchte, um den neuen Bewohner von Zimmer 125 zu inspizieren, und der Verschluß ihren Fingernagel ruinierte. Das Zimmer lag im Erdgeschoß des Great Westerner Motels, drei Türen von der Eismaschine und dem Verkaufsautomaten entfernt.

Nachdem der Nagel repariert war, musterte sich Alex ein letztes Mal kritisch im Spiegel. Der erste Eindruck mußte umwerfend sein. Sie würden ohnehin staunen, wenn sie ihnen sagte, wer sie war, aber sie wollte mehr.

Sie sollten schockiert, sprachlos und hilflos sein.

Zweifelsohne würden sie Vergleiche ziehen. Das konnte sie nicht verhindern; aber auf keinen Fall wollte sie bei ihren Intelligenztests schlecht abschneiden. Sie würde dafür sorgen, daß an Celina Gaithers Tochter kein Makel feststellbar wäre.

Ihre Aufmachung hatte sie mit größter Sorgfalt ausgewählt. Alles – Kleidung, Schmuck, Accessoires – war von erlesenem Geschmack, insgesamt schlicht, aber nicht streng; schick, aber nicht zu modisch. Sie strahlte eine Aura von Kompetenz aus, die ihrer Weiblichkeit keinerlei Abbruch tat.

Ihr Ziel war es, sie zuerst zu beeindrucken und dann mit dem Grund ihrer Anwesenheit in Purcell zu überraschen.

Bis vor wenigen Wochen war die Stadt mit dreißigtausend Einwohnern ein einsamer Punkt auf der Karte von Texas gewesen. Hier lebten genauso viele Hasen und Kröten wie Menschen. Vor kurzem waren aber die Geschäftsinteressen der Stadt in die Gazetten geraten, allerdings nur am Rande. Doch wenn Alex einmal mit ihrer Arbeit fertig war, würde Purcell von El Paso bis Texarkana Schlagzeilen machen, davon war sie überzeugt.

Nachdem sie sich vergewissert hatte, daß ihre Erscheinung höchstens noch durch ein Wunder Gottes oder Schönheitschirurgie verbessert werden könnte, hängte sie sich ihre Handtasche um, nahm ihre Aalhaut-Aktentasche, überprüfte den Zimmerschlüssel und zog die Tür von Nr. 125 hinter sich zu.

Auf der Fahrt in die Stadt mußte Alex im Schneckentempo zwei Schulzonen durchqueren. In Purcell begann die Stoßzeit, sobald die Schule zu Ende war. Eltern transportierten ihre Kinder von der Schule zum Zahnarzt, zu Klavierstunden und Einkaufszentren. Vielleicht waren einige sogar auf dem Weg nach Hause, aber der zähfließende Verkehr und die verstopften Kreuzungen ließen vermuten, daß an diesem Tag offensichtlich keiner direkt heimfuhr. Der Stop-and-go-Verkehr machte ihr eigentlich nichts aus. Sie nutzte die Trödelei, sich ein bißchen mit dem Charakter der Stadt vertraut zu machen.

Schwarzgoldene Bänder flatterten von der Markise der Purcell High School. Die Karikatur eines schwarzen

Panthers fauchte vorbeifahrende Autos auf dem Highway an, und ein Schriftzug verkündete POUNCE PERMIAN. Auf dem Feld des Footballstadions trainierte das Footballteam und übte Spielzüge. Die Marschkapelle probte auf einem angrenzenden Trainingsplatz ihren Auftritt für Freitag.

Alles sah so unschuldig aus. Einen Augenblick lang bedauerte Alex ihre Mission und was sie wahrscheinlich der Gemeinde antun würde. Doch dann verdrängte sie rasch ihre Schuldgefühle, indem sie sich daran erinnerte, warum sie hier war. Eine Fülle von Ablehnung und die harten Vorwürfe ihrer Großmutter waren in ihrem Kopf gespeichert, falls sie je auch nur eine Sekunde lang vergaß, was sie hierher geführt hatte. Den Luxus eines schlechten Gewissens konnte sie sich nicht leisten.

Die Innenstadt von Purcell war fast menschenleer. Viele der Geschäftshäuser und Büros um den Hauptplatz standen verlassen und vernagelt da. Es gab zu viele Konkursschilder, um sie noch zu zählen.

Die Sicherheitsglasscheiben, hinter denen einst verlockende Waren prangten, waren mit Graffiti verschmiert. An einer geschlossenen Wäscherei hing ein handgeschriebenes Schild. Jemand hatte das »r« weggekratzt, jetzt las sich das Schild: 3 SHI TS/ $ 1, dreimal Scheiße/1 Dollar, die Wirtschaftslage von Purcell County in dürren Zahlen.

Sie stieg vor dem Bezirksgericht aus und fütterte die Parkuhr mit Münzen. Das Gerichtsgebäude war vor neunzig Jahren aus dem roten Granit der hiesigen Berge erbaut worden. Italienische Steinmetze hatten prätentiöse Fabelwesen und Greifvögel auf jede verfügbare Fläche eingemeißelt, als ob die Masse der Verzierungen das Honorar ihres Auftrags rechtfertigen sollte. Das Ergebnis war protzig, aber gerade dies machte das Gebäude eindrucksvoll. Auf der Kuppel flatterten die Landesfahne und die Flagge von Texas im frischen Nordwind.

Nachdem Alex im letzten Jahr ständig in und um das Kapitol von Austin gearbeitet hatte, konnten offizielle Gebäude sie nicht mehr einschüchtern. Sie schritt entschlossen die Treppe hoch und zog die schweren Türflügel auf. Im Inneren zeugten bröckelnder Putz und abblätternde Farbe vom langsamen Verfall. Auf dem Kachelboden sah sie Haarrisse wie auf den Innenseiten uralter Hände.

Die Gänge waren hoch, zugig und rochen nach Industriereinigungslösung, staubigen Akten und einer Überdosis Parfum, die die Sekretärin des Bezirksstaatsanwalts ausströmte. Sie hob erwartungsvoll den Kopf, als Alex das Vorzimmer betrat.

»Hallo. Haben Sie sich verlaufen, Schätzchen? Tolle Frisur. Ich wünschte, ich könnte so einen Knoten tragen. Aber dazu braucht man winzige Ohren. Und ich mach den Elefanten Konkurrenz. Nehmen Sie Henna, um diesen roten Schimmer zu kriegen?«

»Ist das hier das Büro von Bezirksstaatsanwalt Chastain?«

»Klar, Schätzchen. Was wollen Sie denn von ihm? Heute hat er ziemlich viel zu tun.«

»Ich bin von der Staatsanwaltskammer von Travis County. Mr. Harper hat mich telefonisch angemeldet, glaube ich.«

Das Kaugummi in der Backe der Sekretärin erstarrte. »Sie? Wir haben einen Mann erwartet.«

»Wie Sie sehen...« Alex hob die Brauen.

Die Sekretärin zog einen Flunsch. »Mr. Harper hätte doch wirklich erwähnen können, daß sein Assistent eine Lady ist, aber, Scheibenkleister, was soll's«, sagte sie mit einer verächtlichen Handbewegung. »Sie wissen ja, wie die Männer sind. Ja, Schätzchen, Sie sind auf die Minute pünktlich für Ihren Termin. Ich heiße Imogene. Möchten Sie einen Kaffee? Toll, was Sie da anhaben, so modisch. Die Röcke sind jetzt wieder kürzer, was?«

Alex riskierte es, unhöflich zu sein, und fragte: »Sind die Verhandlungsparteien schon hier?«

In diesem Augenblick ertönte männliches Gelächter durch die geschlossene Tür von nebenan. »Beantwortet das Ihre Frage, Schätzchen?« fragte Imogene. »Da hat wahrscheinlich grade einer einen dreckigen Witz erzählt, um ein bißchen Dampf abzulassen. Die platzen fast vor Neugier, was dieses geheime Treffen soll. Wie heißt denn das große Geheimnis? Mr. Harper hat Pat nicht erzählt, warum Sie nach Purcell kommen, obwohl sie zusammen auf der Uni waren. Hat das was damit zu tun, daß ME eine Glücksspiellizenz kriegen soll?«

»ME?«

»Minton Enterprises.« Sie sagte das, als wäre sie überrascht über Alex' Ahnungslosigkeit.

»Vielleicht sollte ich sie nicht länger warten lassen«, schlug Alex taktvoll vor und entzog sich so einer Antwort.

»Scheibenkleister, ich red mal wieder zuviel. Wollten Sie jetzt einen Kaffe oder nicht, Schätzchen?«

»Nein danke.« Alex folgte Imogene zur Tür. Ihr Puls beschleunigte sich.

»Verzeihung.« Imogene unterbrach das Gespräch, indem sie den Kopf durch die Tür steckte: »Der Assistent von Bezirksstaatsanwalt Harper ist hier. Macht euch auf was gefaßt.« Sie drehte sich zu Alex um und zwinkerte ihr mit blauverschmierten Wimpern zu, von Frau zu Frau. »Hereinspaziert, Schätzchen.«

Alex wappnete sich innerlich für das bisher wichtigste Treffen ihres Lebens und betrat das Büro. Die Atmosphäre war so entspannt, daß man kein Hellseher sein mußte, um zu erkennen, wen die Herren erwarteten. Sobald sie die Schwelle übertreten und Imogene die Tür hinter ihr zugemacht hatte, sprang der Mann hinter dem Schreibtisch von seinem Stuhl hoch. Er drückte seine brennende Zigarre in einem schweren Glasaschenbecher aus und griff nach seinem Jackett, das er über die Stuhllehne drapiert hatte.

»Pat Chastain«, sagte er und reichte ihr die Hand. »Das ist aber wirklich eine nette Überraschung. Mein Kumpel Greg Harper zeigte immer schon guten Geschmack, was Ladys betrifft. Wundert mich nicht, daß er eine schöne Frau in seinem Team hat.«

Seine sexistische Bemerkung stieß ihr sauer auf, aber sie sagte nichts, neigte nur leicht den Kopf zum Dank für das Kompliment. Die Hand, die sie zur Begrüßung drückte, war so mit Goldarmbändern behängt, daß man daran eine mittelgroße Jacht hätte verankern können. »Danke, daß Sie dieses Treffen arrangiert haben, Mr. Chastain.«

»Kein Problem. Kein Problem. Freut mich, wenn ich Ihnen und Greg einen Gefallen tun kann. Und nennen Sie mich Pat.« Er nahm ihren Ellbogen und führte sie zu den beiden anderen Männern, die höflich auf sie zukamen. »Das hier sind Mr. Angus Minton und sein Sohn, Junior.«

»Meine Herren.« Ihnen so zum ersten Mal von Angesicht zu Angesicht gegenüberzustehen, war ein merkwürdiges Gefühl zwischen Neugier und Antipathie. Sie wollte sie doch analysieren, entlarven. Statt dessen tat sie das, was man von einem zivilisierten Menschen erwartet, und schickte sich an, sie zu begrüßen.

Eine schwielige Hand umfaßte die ihre. Der Händedruck war fast zu kräftig, aber so ehrlich und freundlich wie das Gesicht, das sie anlächelte. »Ist mir ein Vergnügen, Ma'am. Willkommen in Purcell County.«

Das Gesicht von Angus Minton war gebräunt, verwittert von sengender Sommersonne, eisigen Nordwinden und Jahren der Arbeit im Freien. Seine zwinkernden blauen Augen umgaben zahllose Lachfältchen, und er besaß eine durchdringende, fröhliche Stimme. Alex vermutete, daß sein Lachen genauso breit wie seine Brust und sein Bierbauch war, die einzigen Anzeichen für kleine Schwächen. Im übrigen sah er sehr fit und kräftig aus. Sein Auftreten war so selbstsicher, daß wohl auch ein jüngerer Mann Bedenken hätte, sich mit ihm anzulegen. Aber trotz all der Kraft, die er ausstrahlte, schaute er so harmlos drein wie ein Ministrant.

Der Händedruck seines Sohnes war weicher, aber genauso herzlich. Er sagte mit vertrauenerweckender Stimme: »Ich bin Junior Minton. Guten Tag.«

»Guten Tag.«

Er sah nicht aus wie dreiundvierzig, schon gar nicht, wenn er lächelte. Seine makellosen Zähne blitzten, und ein vorwitziges Grübchen erschien auf einer Wange, zeugte davon, daß er sich immer nur so gut benahm, wie es die Situation erforderte. In den blauen Augen, die etwas dunkler waren als die seines Vaters, saß versteckter Schalk. Er ließ ihren Blick nicht los, bis sie das Gefühl hatte, nur sie beide bevölkerten diesen Raum. Sie entzog ihm ihre Hand, was er widerwillig geschehen ließ.

»Und dort drüben ist Reede. Reede Lambert.«

Alex wandte sich in die von Pat Chastain angedeutete Richtung und entdeckte den vierten Mann, den sie bis jetzt nicht bemerkt hatte. Etikette schien ihn wenig zu scheren, er lehnte lässig in seinem Stuhl in der Ecke. Abgestoßene Cowboystiefel an den übergeschlagenen Beinen, deren Spitzen zur Decke zeigten und unverschämt hin- und herwackelten. Die Hände hielt er locker über seiner Westerngürtelschnalle verschränkt. Er hob kurz die Rechte und tippte mit zwei Fingern an die Krempe seines Cowboyhutes. »Ma'am.«

»Mr. Lambert«, sagte sie kühl.

»Nehmen Sie Platz«, bat Chastain und zeigte auf einen Stuhl. »Hat Imogene Ihnen einen Kaffee angeboten?«

»Ja, aber ich möchte keinen. Ich wäre Ihnen dankbar, wenn wir so schnell wie möglich zur Sache kommen könnten.«

»Aber sicher. Junior, zieh den Stuhl hier rüber. Angus.« Chastain bedeutete dem Älteren, sich zu setzen. Als sich alle niedergelassen hatten, setzte sich der Staatsanwalt hinter seinen Schreibtisch. »Also Miss ... Verdammt noch mal. Bei der ganzen Vorstellerei haben wir's versäumt, Ihren Namen rauszukriegen.«

Alle Augen waren auf Alex gerichtet, voller Neugier. Sie ließ sich Zeit, um die Wirkung zu steigern. Sie wollte ihre einzelnen Reaktionen genau beobachten und katalogisieren. Zu schade, daß sie Reede Lambert nicht besser sehen konnte. Er saß schräg hinter ihr, und der Cowboyhut verdeckte die obere Hälfte seines Gesichts.

Sie holte tief Luft. »Ich bin Alexandra Gaither, Celinas Tochter.«

Schockiertes Schweigen quittierte diese Enthüllung.

Schließlich fragte Pat Chastain benommen: »Wer ist Celina Gaither?«

»Da brat mir doch einer 'nen Storch.« Angus sank im Stuhl zusammen wie ein leckes Gummitier.

»Celinas Tochter. Mein Gott, das glaub ich einfach nicht«, flüsterte Junior. »Das glaub ich nicht.«

»Würde mich bitte jemand aufklären?« sagte Pat hilfesuchend. Er wurde einfach ignoriert.

Die Mintons starrten Alex unverhohlen an, suchten in ihrem Gesicht nach einer Ähnlichkeit mit ihrer Mutter, die sie so gut gekannt hatten. Aus dem Augenwinkel sah sie, daß Lamberts Stiefelspitzen nicht mehr wippten. Er zog die Beine an und setzte sich aufrecht.

»Was, in aller Welt, haben Sie denn in all den Jahren gemacht?« fragte Angus.

»Wie viele Jahre ist das her?« wollte Junior wissen.

»Fünfundzwanzig«, sagte Alex präzise. »Ich war erst zwei Monate alt, als Großmama Graham von hier wegzog.«

»Wie geht's Ihrer Großmutter?«

»Sie befindet sich derzeit in einem Pflegeheim in Waco, an Krebs erkrankt, Mr. Minton.« Sie sah keine Veranlassung seine Gefühle zu schonen. »Sie liegt im Koma.«

»Das tut mir leid.«

»Danke.«

»Und wo haben Sie die ganze Zeit gesteckt?«

Alex nannte eine Stadt in Mitteltexas. »Wir haben mein ganzes Leben lang dort gelebt – zumindest seit ich mich erinnern kann. Ich hab dort meinen High-School-Abschluß gemacht, bin dann auf die University von Texas gegangen, danach direkt auf die juristische Fakultät. Ich hab vor einem Jahr mein Diplom gemacht.«

»Juristische Fakultät. Stellt euch das vor! Also, Sie haben sich toll rausgemacht, Alexandra. Was sagst du, Junior?«

Junior setzte sein unwiderstehliches Lächeln auf. »D kann man wohl sagen. Sie haben sich ganz schön verändert, seit ich Sie das letzte Mal gesehen habe«, neckte er sie. »Soweit ich mich erinnern kann, war Ihre Windel naß und Sie hatten kein einziges Haar auf dem Kopf.«

Seine Versuche, mit ihr zu flirten, machten Alex nervös angesichts ihres Motivs für dieses Treffen. Sie war froh, als Pat Chastain sich wieder zu Wort meldete. »Tut mir leid, daß ich dieses rührende Wiedersehen stören muß, aber ich tappe immer noch im dunkeln.«

Angus klärte ihn auf. »Celina war eine Klassenkameradin von Junior und Reede. Sie waren die besten Freunde, praktisch unzertrennlich, die drei, solang sie auf der High School waren. Verrückte Kinder.«

Dann verdüsterten sich seine blauen Augen, und er schüttelte traurig den Kopf. »Celina ist gestorben. War wirklich tragisch.« Er nahm sich Zeit, um sich zu sammeln. »Wie dem auch sei, heute hören wir zum ersten Mal wieder von Alexandra, seit ihre Großmutter, Celinas Mutter, mit ihr von hier weggezogen ist.« Er schlug sich lächelnd auf die Schenkel. »Verdammt, ist das ein gutes Gefühl, dich wieder hier in Purcell zu haben.«

»Danke, aber...« Alex öffnete ihre Aktentasche und nahm einen braunen Umschlag heraus. »Ich werde nicht bleiben. Ich bin in offizieller Mission hier.« Sie reichte dem Bezirksstaatsanwalt den Umschlag. Er sah ihn ratlos an.

»Offizielle Mission? Als Greg mich angerufen und gebeten hat, seinem top prosecutor* zu helfen, hat er etwas vom Wiederaufrollen eines Falls gesagt.«

»Steht alles da drin«, sagte Alex und deutete auf den Umschlag. »Ich schlage vor, Sie sehen sich den Inhalt an und machen sich gründlich mit den Details vertraut. Greg Harper

---

* prosecutor/litigator = Vertreter der Anklage (Anm. d. Red.: Das amerikanische Rechtssystem weicht u. a. in der Vertretung der Anklage von dem unsrigen ab.)

die volle Unterstützung Ihres Büros und der loka-
...eibehörde, Mr. Chastain. Er hat mir versichert, daß
...ie Dauer meiner Ermittlungen seiner Bitte entspre-
...rden.« Sie schloß energisch ihre Aktentasche, erhob
sich und ging zur Tür.

»Ermittlungen?« Staatsanwalt Chastain sprang auf. Die Mintons folgten seinem Beispiel.

»Arbeiten Sie mit der Pferderennkommission zusammen?« fragte Angus. »Uns wurde gesagt, wir würden genau durchleuchtet, bevor sie uns eine Glücksspiellizenz geben, aber ich dachte, wir hätten die Probe schon bestanden.«

»Ich dachte auch, der Rest wäre nur noch eine Formalität«, sagte Junior.

»Soviel ich weiß, ist es das auch«, sagte Alex. »Meine Ermittlungen haben nichts mit der Rennkommission oder der Erteilung Ihrer Pferderennlizenz zu tun.«

Da sie dem nichts mehr hinzufügte, fragte Chastain: »Und womit hat es dann etwas zu tun, Miss Gaither?«

Sie baute sich zu ihrer vollen Größe auf und sagte: »Ich rolle einen fünfundzwanzig Jahre alten Mordfall wieder auf. Greg Harper hat um Ihre Hilfe gebeten, Mr. Chastain, da das Verbrechen im Purcell County begangen wurde.«

Sie sah Angus direkt in die Augen, dann Junior. Schließlich richtete sich ihr Blick auf Reede Lamberts Hut. »Und bevor ich hier fertig bin, werde ich wissen, wer von euch meine Mutter umgebracht hat.«

## 2

Alex schälte sich aus ihrer Kostümjacke und warf sie auf das Motelbett. Ihre Achseln waren schweißnaß, und ihre Knie drohten nachzugeben. Ihr war speiübel. Der Auftritt im Büro des Staatsanwalts hatte sie mehr mitgenommen, als sie sich eingestehen wollte.

Pat Chastains Räume hatte sie hocherhobenen Hauptes verlassen. Sie war nicht zu schnell gegangen, aber auch nicht zu langsam, hatte Imogene, die offensichtlich an der Tür gehorcht hatte und Alex mit offenem Mund anstarrte, zugelächelt.

Ihren Abgangstext hatte sie gut einstudiert, gut getimt und perfekt durchgeführt. Das Treffen war genauso verlaufen, wie sie es geplant hatte, aber ihr fiel ein Zentnergewicht vom Herzen, daß es nun vorbei war.

Inzwischen streifte sie ein klebriges Stück Kleidung nach dem anderen ab. Es wäre zu schön, annehmen zu dürfen, sie hätte das Schlimmste hinter sich; aber sie befürchtete, daß ihr das noch bevorstand. Die Männer, die sie heute kennengelernt hatte, würden sich nicht auf den Rücken legen und tot spielen. Sie mußte ihnen wieder gegenübertreten, und dann würden sie nicht so erfreut sein über das Treffen.

Angus Minton wirkte wie ein heiliger Nikolaus, aber Alex wußte, daß kein Mann in Angus' Position so arglos sein konnte, wie er sich gab. Er war der reichste, der mächtigste Mann im Bezirk. Diesen Status erwarb man nicht durch gütige Führungsqualitäten. Er würde darum kämpfen, das zu behalten, was er sich ein Leben lang aufgebaut hatte.

Junior war ein Charmeur, der sich mit Frauen auskannte. Die Zeit war glimpflich mit ihm umgegangen. Er hatte sich kaum verändert im Vergleich mit den alten Fotos, die sie kannte. Sie wußte auch, daß er sein gutes Aussehen ausnutzte. Ihn zu mögen würde ihr nicht schwerfallen. Ihn des Mordes zu verdächtigen auch nicht.

Reede Lambert war am schwersten einzuschätzen, weil sie von ihm nur einen undeutlichen Eindruck hatte. Im Gegensatz zu den anderen war es ihr nicht gelungen, ihm in die Augen zu sehen. Reede, der Mann, sah viel härter und kräftiger aus als Reede, der Junge, aus der Fotoschachtel ihrer Großmutter. Er wirkte verstockt, unfreundlich und gefährlich.

Einer dieser Männer hatte ihre Mutter getötet, davon war sie überzeugt.

Celina Gaither war nicht von Buddy Hicks, dem Verurteilten, ermordet worden. Ihre Großmutter, Merle Graham, hatte das Alex ihr ganzes Leben lang wie den Katechismus eingebleut.

»Deine Aufgabe ist es, Alexandra, das wieder in Ordnung zu bringen«, hatte Merle ihr fast täglich gepredigt. »Das ist das mindeste, was du für deine Mutter tun kannst.« Dann hatte sie immer einen sehnsüchtigen Blick auf eines der vielen gerahmten Fotos ihrer toten Tochter geworfen, die im ganzen Haus verstreut standen. Und danach war sie unweigerlich in Tränen ausgebrochen, und ihre Enkelin hatte stets Mühe gehabt, sie zu trösten.

Doch bis vor wenigen Wochen hatte Alex nicht gewußt, wen Merle des Mordes an Celina verdächtigte. Es war die finsterste Stunde in Alex' Leben gewesen, als die Großmutter auspackte.

Nach einem dringenden Anruf des Arztes aus dem Pflegeheim war Alex über die Interstate nach Waco gerast. Das Heim galt als ruhig, makellos gepflegt und von verantwortungsvollen Profis geführt. Merles Pension von der Telefongesellschaft ermöglichte ihren Aufenthalt. Trotz aller Annehmlichkeiten hing der graue Geruch des Alters, der Verzweiflung und des Verfalls wie ein Nebel in seinen Gängen.

Als sie an jenem scheußlichen, kalten, regnerischen Nachmittag dort ankam, hatte man Alex mitgeteilt, der Zustand ihrer Großmutter wäre kritisch. Sie betrat das stille Privatzimmer und ging auf das Krankenhausbett zu. Merles Körper war seit Alex' Besuch letzte Woche in sich zusammengefallen. Aber ihre Augen funkelten wie Silvesterraketen, nur war es ein feindseliges Funkeln.

»Komm hier nicht rein«, ächzte Merle kurzatmig. »Ich will dich nicht sehen. Das ist alles nur wegen dir!«

»Was, Großmama?« fragte Alex entsetzt. »Wovon redest du überhaupt?«

»Ich will dich hier nicht haben.«

Beschämt über diese krasse Abfuhr sah Alex den anwesenden Arzt und die Schwestern an. Sie zuckten ratlos die Schultern. »Warum willst du mich nicht sehen? Ich bin den ganzen weiten Weg von Austin hergekommen.«

»Es ist deine Schuld, daß sie gestorben ist, weißt du. Wenn du nicht gewesen wärst...« Merle stöhnte vor Schmerz und klammerte sich mit bleistiftdünnen, blutleeren Fingern an ihr Laken.

»Daß sie...? Du sagst, ich wäre verantwortlich für Mutters Tod?«

Merle riß die Augen auf. »Ja«, zischte sie böse.

»Aber ich war doch erst ein Baby, ein Säugling«, wehrte Alex ab und fuhr sich mit der Zunge über die Lippen. »Wie sollte ich...«

»Frag sie alle.«

»Wen, Großmama? Wen soll ich fragen?«

»Den, der sie ermordet hat. Angus, Junior, Reede. Aber du warst es, du... du... du...«

Der Arzt hatte Alex aus dem Zimmer bringen müssen, mehrere Minuten nachdem Merle in ein tiefes Koma gefallen war. Die schreckliche Beschuldigung hatte sie gelähmt, dröhnte durch ihr Gehirn und griff ihre Seele an.

Wenn Merle Alex für den Tod von Celina verantwortlich machte, dann erklärten sich so viele Dinge, die Alex seit ihrer Kindheit gespürt hatte. Sie hatte sich immer gefragt, wieso Großmama Graham nie sonderlich liebevoll mit ihr umgegangen war. Gleichgültig wie bemerkenswert Alex' Leistungen waren, sie reichten nie für ein Lob von Großmama. Sie wußte, daß sie niemals als so talentiert, klug oder gemütvoll galt wie das lächelnde Mädchen auf dem Foto, das Merle mit so trauriger Sehnsucht anzustarren pflegte.

Alex haßte ihre Mutter nicht. Im Gegenteil, sie hatte sie wie ein Idol verehrt, mit der blinden Leidenschaft eines Kindes, das ohne Eltern aufgewachsen war. Sie bemühte sich ständig, genausogut in allem zu sein wie Celina; nicht nur, um eine würdige Tochter zu sein, sondern auch in der verzweifelten Hoffnung, die Liebe und Anerkennung ihrer Großmutter zu gewinnen. Deshalb war sie wie vom Donner gerührt, als die sterbende Großmutter ihr den Mord an Celina in die Schuhe schob.

Der Arzt hatte behutsam vorgeschlagen, es wäre doch vielleicht in ihrem Sinne, Mrs. Graham von den lebenserhaltenden Apparaten abzukoppeln. »Wir können jetzt nichts mehr für sie tun, Miss Gaither.«

»O doch«, sagte Alex so heftig, daß er erschrak. »Sie können sie am Leben erhalten. Ich möchte mit Ihnen in ständiger Verbindung bleiben.«

Sofort nach ihrer Rückkehr nach Austin begann sie im Mordfall Celina Gaither zu recherchieren. Sie verbrachte viele schlaflose Nächte mit dem Studium von Protokollen und Gerichtsdokumenten, bevor sie ihren Boß, den Bezirksstaatsanwalt von Travis County, darauf ansprach.

Greg Harper hatte seine brennende Zigarette von einem Mundwinkel in den anderen geschoben. Im Gerichtssaal war Greg die Geißel schuldiger Angeklagter, lügender Zeugen und gesitteter Richter. Er redete zu laut, rauchte zuviel, trank reichlich und trug fünfhundert Dollar teure Nadelstreifenanzüge mit Eidechsenstiefeln, die doppelt soviel kosteten.

Ihn als Angeber und Egomanen zu bezeichnen wäre eine glatte Untertreibung. Er war klug, ehrgeizig, rücksichtslos, ohne Erbarmen und hatte ein echtes Schandmaul, was seine Chancen, in die Politik des Staates einzusteigen, ziemlich schmälerte, und ausgerechnet das war sein größter Ehrgeiz. Er war ein Anhänger des Pluspunktesystems und dankbar für unverbogene Talente. Deshalb stellte er Alex in sein Team ein.

»Sie wollen einen fünfundzwanzig Jahre alten Mordfall aufrollen?« fragte er, als sie ihm erklärte, warum sie ihn um das Arrangieren dieses Treffens gebeten hatte. »Grund?«

»Das Opfer war meine Mutter.«

Zum ersten Mal seit sie ihn kannte, hatte Greg eine Frage gestellt, auf die er die Antwort noch nicht kannte – oder zumindest ahnte. »Mein Gott, Alex. Tut mir leid, das wußte ich nicht.«

Sie tat das mit einem Schulterzucken ab. »Na ja, ist auch nicht unbedingt etwas, das man an die große Glocke hängt, oder?«

»Wann war das? Wie alt waren Sie?«

»Ich war noch ein Säugling. Ich kann mich nicht an sie erinnern. Sie war erst achtzehn, als sie getötet wurde.«

Er strich mit seiner langen, knochigen Hand über sein noch längeres knochiges Gesicht. »Der Fall läuft in den Akten als offiziell unaufgeklärt?«

»Nicht direkt. Ein Verdächtiger wurde verhaftet und angeklagt, aber das Verfahren wurde eingestellt, kam nie vor Gericht.«

»Erzählen Sie mir alles Nötige, aber machen Sie's kurz. Ich esse heute mit dem Generalstaatsanwalt zu Mittag«, erklärte er. »Sie haben zehn Minuten. Schießen Sie los.«

Nachdem sie fertig war, runzelte Greg die Stirn und zündete sich eine Zigarette an der glühenden Kippe in seiner Hand an. »Verdammt, Alex, Sie haben nicht gesagt, daß die Mintons da mit drinhängen. Ihre Oma glaubt wirklich, daß einer von ihnen Ihre Mutter abgemurkst hat?«

»Oder ihr Freund, Reede Lambert.«

»Hat sie ihnen vielleicht auch ein Motiv angehängt?«

»Nicht ausdrücklich.« Alex widerstrebte es, ihm zu sagen, daß Merle sie als Motiv genannt hatte. »Offensichtlich war Celina eng mit ihnen befreundet.«

»Warum sollte dann einer von ihnen sie umbringen?«

»Das will ich ja herausfinden.«

»Auf Staatskosten?«

»Der Fall ist aufklärbar, Greg«, sagte sie mit zusammengebissenen Zähnen.

»Alles, was Sie haben, ist eine Ahnung.«

»Es ist mehr als eine Ahnung.«

Er räusperte sich. »Sind Sie sicher, daß das keine persönliche Fehde ist?«

»Natürlich nicht«, Alex war gekränkt. »Ich verfolge die Sache vom strikt legalen Standpunkt aus. Wenn Buddy Hicks der Prozeß gemacht und er von einer Jury verurteilt worden wäre, würde ich das, was Großmama gesagt hat, nicht so ernst nehmen. Aber es steht in den Akten.«

»Wieso hat sie dann nicht Himmel und Hölle in Bewegung gesetzt, nachdem der Mord passiert war?«

»Das hab ich sie auch gefragt. Sie hatte nicht viel Geld, und die Justizmaschinerie jagte ihr Angst ein. Außerdem hatte der Mord sie ihrer ganzen Energien beraubt. Das bißchen, was sie noch besaß, brauchte sie, um mich durchzubringen.«

Inzwischen war Alex klar, warum ihre Großmutter, seit sie denken konnte, sie gedrängt hatte, Juristin zu werden. Und weil man das von ihr erwartete, hatte Alex die Schule mit Auszeichnung und ihr Jurastudium als eine der zehn Besten abgeschlossen. Juristin war zwar der Beruf, den Merle für sie ausgesucht hatte, aber glücklicherweise war es obendrein ein Gebiet, das Alex faszinierte und begeisterte. Ihr wissensdurstiger Verstand genoß es, in die verschlungenen Raffinessen der Justiz einzutauchen. Sie war auf ihr Ziel gut vorbereitet.

»Großmama war eine verwitwete Dame, die plötzlich mit einem Baby dastand, das aufgezogen werden mußte«, begann sie, um ihn für sich einzunehmen. »Sie konnte praktisch nichts machen bei Hicks' Zurechnungsfähigkeitsprüfung. Sie nahm das bißchen Geld, das sie hatte, packte ihre Sachen, verließ die Stadt und ist nie zurückgekehrt.«

Greg warf einen Blick auf seine Uhr. Dann klemmte er sich die Zigarette zwischen die Zähne, stand auf und zog sich sein Jackett an. »Ich kann keinen Mordfall wieder aufrollen, ohne den geringsten Beweis oder Grund. Das wissen Sie. Ich hab Sie nicht von der juristischen Fakultät entführt, weil Sie dumm sind. Ich muß aber zugeben, Ihr schöner Hintern war da schon ein bißchen ausschlaggebend.«

»Danke.«

Sie war augenscheinlich angewidert und nicht nur wegen seiner sexistischen Bemerkung, die sie ohnehin nicht ernst nahm, so dick, wie die aufgetragen war. »Hören Sie, Alex, das ist nicht gerade ein kleiner Gefallen, um den Sie mich da bitten«, sagte er. »Nachdem es dabei um diese hochkarätigen Typen geht, wäre das ein mittleres Erdbeben. Bevor ich meinen Hals in die Schlinge stecke, brauchen Sie noch ein bißchen mehr als eine Ahnung und Omas Gefasel.«

Sie folgte ihm zur Bürotür. »Kommen Sie, Greg, ersparen Sie mir das juristische Geschwafel. Sie denken doch nur an sich selbst.«

»Da haben Sie verdammt recht. Ständig.«

Seine Bestätigung ließ ihr keinen Raum für Manöver. »Geben Sie mir wenigstens die Erlaubnis, in diesem Mordfall zu ermitteln, solange ich nicht aktiv an anderen Fällen arbeite.«

»Sie wissen, wieviel Rückstau wir aufzuarbeiten haben. Wir kriegen jetzt schon nicht alle Fälle vor Gericht.«

»Ich mache Überstunden. Ich werde meine anderen Aufgaben nicht vernachlässigen. Sie wissen das.«

»Alex...«

»Bitte, Greg.« Er wollte sie dazu bringen, die Bitte zurückzuziehen, aber sie würde sich nur einem glatten Nein fügen. Ihre vorläufigen Recherchen hatten ihr Interesse geweckt. Ihre verzweifelte Sehnsucht, den großmütterlichen Schuldspruch zu entkräften und sich selbst von der Last zu befreien, motivierten sie außerdem. »Wenn ich nicht bald irgend etwas ans Licht bringe, lasse ich die Sache fallen, und Sie werden nie wieder davon hören.«

Er musterte ihr entschlossenes Gesicht. »Warum arbeiten Sie Ihren Frust nicht so ab wie alle anderen und ficken mal wieder nach Herzenslust? Mindestens die Hälfte aller Männer in der Stadt, ob verheiratet oder nicht, würde Ihnen gern behilflich sein.« Sie warf ihm einen vernichtenden Blick zu. »Okay, okay. Sie können ein bißchen bohren, aber bitte in Ihrer Freizeit. Bringen Sie mir etwas Konkretes. Wenn ich Wählerstimmen gewinnen will, kann ich nicht wie ein Narr handeln und die andern in dieser Abteilung auch nicht. Jetzt komm ich zu spät zum Mittagessen. Tschüs.«

Sie hatte einen Wust von Fällen zu bearbeiten, und die Zeit, die sie für den Mord an ihrer Mutter aufwenden konnte, war sehr begrenzt gewesen. Sie las alles, was sie in die Finger kriegen konnte – Zeitungsberichte, Protokolle von Buddy Hicks' Anhörung –, bis sie alle Fakten auswendig kannte.

Sie waren sehr schlicht und klar. Mr. Bud Hicks, ein geistig Behinderter, war in der Nähe des Tatorts verhaftet worden, mit dem Blut des Opfers an seiner Kleidung. Zum Zeitpunkt seiner Verhaftung war er im Besitz chirurgischer Instrumente, mit denen er das Opfer mutmaßlich getötet hatte. Er wurde eingesperrt, verhört und offiziell angeklagt. Innerhalb weniger Tage gab es eine Prüfung seiner Zurechnungsfähigkeit. Richter Joseph Wallace hatte Hicks für verhandlungsunfähig erklärt und ihn in eine staatliche Anstalt eingewiesen.

Der Fall schien sonnenklar. Und dann, gerade als sie anfing zu glauben, Greg könnte doch recht haben und sie würde Hirngespinsten nachjagen, entdeckte sie eine merkwürdige Ungereimtheit in der Niederschrift von Hicks' Anhörung. Nachdem sie der Sache nachgegangen war, wandte sie sich mit einer eidesstattlichen Erklärung wieder an Greg.

»So, ich hab's.« Sie klatschte die Akte triumphierend auf die anderen, die sich auf seinem Schreibtisch stapelten.

Gregs Miene verdüsterte sich. »Sie sollten nicht so scheißfröhlich sein, und, um Himmels willen, machen Sie nicht solchen Krach. Ich hab einen gigantischen Kater.« Er murmelte das durch eine dichte Wand von Rauch, nahm nur kurz die Zigarette aus dem Mund und trank einen Schluck Kaffee. »Wie war Ihr Wochenende?«

»Herrlich. Wesentlich produktiver als Ihres. Lesen Sie das.«

Er öffnete vorsichtig die Akte und überflog mit trübem Blick den Inhalt. »Hmm.« Was er da sah, lüftete die Nebel. Er lehnte sich im Stuhl zurück, stützte seine Füße gegen die Schreibtischkante und las noch einmal alles gründlich durch. »Das stammt von dem Arzt aus der Anstalt, in der dieser Hicks eingebunkert ist?«

»War. Er ist vor ein paar Monaten gestorben.«

»Interessant.«

»Interessant?« rief Alex. Sie sprang auf, stellte sich hinter ihren Stuhl und krallte sich in die Lehne. »Greg. Buddy Hicks wurde fünfundzwanzig Jahre unschuldig festgehalten.«

»Das wissen Sie noch nicht. Ziehn Sie keine voreiligen Schlüsse.«

»Sein letzter behandelnder Psychiater sagte, Buddy Hicks wäre ein mustergültiger Patient gewesen. Er zeigte nie irgendwelche gewalttätigen Neigungen. Er hatte keinen nennenswerten Sexualtrieb und war nach der fachlichen Meinung des Arztes unfähig, ein Verbrechen wie das zu begehen, das meine Mutter das Leben kostete. Sie müssen zugeben, daß das ziemlich dubios aussieht.«

Er las noch einige Schriftstücke, dann murmelte er: »Dubios schon, aber eine rauchende Pistole ist das noch lange nicht.«

»Konkrete Beweise werde ich keine liefern können, außer es geschieht ein Wunder. Der Fall ist fünfundzwanzig Jahre alt. Ich kann nur hoffen, daß ich genug Indizien finde, um ihn vor ein Schwurgericht zu bringen. Ein Geständnis des wahren Mörders – ich bin nämlich absolut überzeugt, daß Bud Hicks meine Mutter nicht ermordet hat – ist ein Wunschtraum. Es besteht noch eine winzige Möglichkeit, einen Augenzeugen aus seiner Reserve zu locken.«

»Winzig bis null, Alex.«

»Warum?«

»Sie haben Ihre Hausaufgaben gemacht, also sollten Sie es auch wissen. Der Mord passierte in einem Pferdestall auf Angus Mintons Ranch. Sie brauchen in diesem Bezirk nur seinen Namen zu nennen, egal wo, und die Erde bebt. Er ist ein ganz großer Karpfen im Teich. Falls es einen Augenzeugen geben sollte, würde er nie gegen Minton aussagen, weil er damit die Hand abhackt, die ihn füttert. Minton hat etwa ein Dutzend Unternehmen in einem Teil des Staates, der wirtschaftlich praktisch auf dem letzten Loch pfeift...

Was uns zu einem weiteren prekären Bereich bringt in einem Fall, in dem's vor prekären Bereichen nur so wimmelt.« Greg schlürfte seinen Kaffee und zündete sich eine weitere Zigarette an. »Die Rennkommission des Gouverneurs hat Minton gerade grünes Licht gegeben für den Bau dieser Pferderennbahn in Purcell County.«

»Dessen bin ich mir sehr wohl bewußt. Was hat das mit meiner Sache zu tun?«

»Sagen Sie's mir.«

»Nichts!« schrie sie.

»Okay. Ich glaube Ihnen. Aber wenn Sie damit anfangen, einen von Texas' liebsten Söhnen mit Anschuldigungen und Mutmaßungen zu bombardieren, wie glauben Sie, wird der Gouverneur darauf reagieren? Er ist verdammt stolz auf seine Rennkommission. Er will, daß diese Wettgeschichte ohne Hindernis aus den Startlöchern schießt. Keine Kontroversen. Keine schlechte Presse. Keine dubiosen Deals. Er will, daß alles persilrein ist...

Und wenn dann eine siebengescheite Anklägerin anfängt, sich das Maul zu zerreißen, und jemanden, dem seine handverlesene Kommission ihren begehrten Segen erteilt hat, mit einem Mord in Verbindung bringen will, wird der Gouverneur komplett stinksauer sein. Und wenn diese Anklägerin unter meiner Zuständigkeit arbeitet, auf wen wird er dann wohl am sauersten sein? Moi.«

Alex widersprach ihm nicht. Statt dessen sagte sie ruhig: »Na schön. Ich kündige und mach es allein.«

»Mein Gott, wie dramatisch! Lassen Sie mich doch ausreden.« Er drückte den Knopf seiner Gegensprechanlage und brüllte seiner Sekretärin zu, sie solle noch Kaffee bringen. Als das geschehen war, zündete er sich eine weitere Zigarette an.

»Andererseits«, sagte er und stieß eine Rauchwolke aus, »kann ich das Schwein, das in der Gouverneursvilla wohnt, nicht ausstehen. Ich hab kein Hehl draus gemacht, und es beruht auf Gegenseitigkeit, obwohl der bigotte Hurensohn es nicht zugeben will. Ich würde es sehr genießen, wenn er sich mal so richtig winden müßte. Können Sie sich vorstellen, wie das wäre, wenn er versucht zu erklären, warum seine Kommission aus den Legionen von Anwärtern ausgerechnet jemanden gewählt hat, der in einen Mord verwickelt ist?«

Alex fand Gregs Motive widerlich, aber sie war überglücklich, daß sie seine offizielle Erlaubnis hatte. »Ich kann also den Fall wieder aufrollen?«

»Der Fall ist nach wie vor ungelöst, weil Hicks nie vor Gericht gestellt wurde.« Er stellte seine Füße auf den Boden, und der Stuhl schaukelte quietschend vorwärts. »Eins muß ich Ihnen aber sagen – ich mach das wider mein besseres Wissen, und ich mache es nur, weil ich Ihrem Bauchgefühl vertraue. Ich mag Sie, Alex. Sie haben Ihre Fähigkeiten unter Beweis gestellt, als Sie hier Ihre Referendarzeit absolvierten. Abgesehen von Ihrem tollen Hintern ist es wunderbar, Sie in unserer Ecke zu haben.«

Sein Blick senkte sich zu dem Material, das sie gesammelt hatte, er nestelte an einer Ecke der Akte herum. »Trotzdem glaube ich, daß Sie diese Leute persönlich auf dem Kieker haben, oder die Stadt, was auch immer. Ich will damit nicht sagen, daß das nicht gerechtfertigt wäre, nur daß man darauf keinen Fall aufbauen kann. Ohne die eidesstattliche Erklärung dieses Seelenklempners hätte ich Ihre Bitte abgelehnt. Also, während Sie da draußen in der weiten Prärie herumpirschen, vergessen Sie nicht, daß mein Hintern auch Gefahr läuft, versengt zu werden.« Er hob den Kopf und sah sie grimmig an. »Bauen Sie keine Scheiße.«

»Das heißt, ich darf nach West Texas fahren?«

»Da ist es doch passiert, oder?«

»Ja, aber was wird aus meinen laufenden Fällen?«

»Ich übergebe die Vorbereitungen den Assessoren und bitte um Terminverschiebung. Inzwischen werde ich mit dem Staatsanwalt in Purcell reden. Wir waren zusammen auf der Uni. Er ist der perfekte Mann für das, was Sie vorhaben. Er gehört zum Durchschnitt und hat eine Frau geheiratet, die eine Klasse zu hoch ist für ihn. Allen will er es ständig recht machen. Ich werde ihn bitten, Sie mit allen Kräften zu unterstützen.«

»Verraten Sie noch keine Einzelheiten, ich will nicht, daß sie gewarnt sind.«

»Okay.«

»Ich danke Ihnen, Greg«, sagte sie voller Inbrunst.

»Nicht so hastig«, dämpfte er ihre Begeisterung. »Wenn Sie sich da draußen in die Klemme manövrieren, werde ich mich von Ihnen lossagen. Der Generalstaatsanwalt macht kein Geheimnis daraus, daß ich sein nächster Erbe bin. Ich will den Job, und mein Schönstes wäre, wenn ich eine gutaussehende, gewiefte Braut als Leiterin einer meiner Abteilungen vorzuweisen hätte. Das kommt bei den Wählern gut an.« Er richtete seinen nikotinbraunen Zeigefinger auf sie. »Aber wenn Sie auf den Hintern fallen, hab ich Sie nie gekannt, Kleines. Kapiert?«

»Sie sind ein skrupelloser Bastard.«

Er grinste wie ein Krokodil. »Nicht mal meine Mama hat mich besonders gemocht.«

»Ich schick Ihnen eine Postkarte.« Sie wandte sich zum Gehen.

»Moment mal. Da ist noch etwas. Sie haben dreißig Tage.«

»Was?«

»Dreißig Tage, um etwas rauszufinden.«

»Aber...«

»Länger kann ich Sie nicht entbehren, ohne daß der Rest der Indianer hier nervös wird. Das ist sowieso länger, als es Ihre Ahnung und die schwindsüchtigen Beweise rechtfertigen. Sie können es akzeptieren oder nicht.«

»Ich akzeptiere.«

Er wußte nicht, daß sie eine wesentlich dringendere Frist einzuhalten hatte, eine persönliche. Alex wollte ihrer Großmutter den Namen von Celinas Mörder präsentieren, bevor sie starb. Es war ihr egal, daß ihre Großmutter im Koma lag. Irgendwie würde sie in ihr Bewußtsein eindringen. Ihr letzter Atemzug würde friedlich vonstatten gehen, und Alex war überzeugt, daß sie zu guter Letzt ihre Enkelin loben würde.

Alex beugte sich über Gregs Schreibtisch. »Ich weiß, daß ich recht habe. Ich werde den wahren Mörder vor Gericht bringen, und wenn ich das getan habe, bekommt er auch seine Strafe. Sie werden es sehen.«

»Ja, ja. Inzwischen sollten Sie rausfinden, wie Sex mit einem Cowboy ist. Und sich Notizen machen. Ich will Einzelheiten über Sporen und Pistolen und so weiter.«

»Perversling.«

»Luder. Und knallen Sie nicht die – oh, Scheiße!«

Bei dem Gedanken an dieses Treffen mußte Alex lächeln. Seine sexistischen Beleidigungen nahm sie nicht ernst, weil sie wußte, daß er sie beruflich respektierte. Greg Harper gebärdete sich zwar als scharfer Hund, aber seit dem Sommer vor ihrem ersten Semester Jura, während ihres Praktikums im Büro des Staatsanwalts, war er ihr Mentor und Freund. Jetzt riskierte er etwas für sie, und sein Vertrauensvotum machte sie zuversichtlich.

Sobald sie Gregs Einwilligung ergattert hatte, lief sie auf Hochtouren. Sie hatte nur einen Tag gebraucht, um ihren Papierkram aufzuarbeiten, ihren Schreibtisch zu räumen und ihre Eigentumswohnung abzuschließen. Frühmorgens hatte sie Austin verlassen und ihre Fahrt kurz in Waco im Pflegeheim unterbrochen. Merles Zustand war unverändert. Alex hatte die Nummer des Westerner Motels hinterlassen, damit man sie im Notfall erreichen konnte.

In ihrem Motelzimmer wählte sie die Privatnummer des Staatsanwalts.

»Mr. Chastain, bitte«, sagte sie, als sich eine Frauenstimme meldete.

»Er ist nicht zu Hause.«

»Mrs. Chastain? Ich muß Ihren Mann in einer dringenden Angelegenheit sprechen.«

»Mit wem habe ich es zu tun?«

»Alex Gaither.«

Ein leises Lachen war vom anderen Ende der Leitung zu hören. »Ach, Sie sind diejenige, was?«

»Diejenige?«

»Diejenige, die die Mintons und Sheriff Lambert des Mordes bezichtigt hat. Pat ist total rotiert, als er nach Hause kam. Ich hab ihn noch nie so ...«

»Wie bitte?« unterbrach Alex sie und rang nach Luft. »Sagten Sie *Sheriff* Lambert?«

3

Das Büro des Sheriffs war im Keller des Gerichtsgebäudes des Bezirks Purcell untergebracht. Zum zweiten Mal innerhalb von ebenso vielen Tagen stellte Alex ihren Wagen an einer Parkuhr auf dem Stadtplatz ab und betrat das Gebäude.

Es war noch früh am Morgen, und wenig Betrieb herrschte in den Büros auf der unteren Ebene. Im Zentrum dieses Irrgartens von Kabinen lag ein großer Dienstraum, der genauso aussah wie alle anderen in diesem Land. Eine Wolke von Zigarettenrauch schwebte wie ein Wattepaket darüber. Mehrere uniformierte Deputies* drängten sich um eine Kochplatte, auf der Kaffee dampfte. Ein Kopf nach dem anderen drehte sich in ihre Richtung, bis alle Blicke auf sie geheftet waren. Sie kam sich in diesem ausschließlich männlichen Territorium völlig fehl am Platze vor. In das Büro des Sheriffs von Purcell hatte die Gleichberechtigung offensichtlich noch keinen Einzug gehalten.

Sie blieb tapfer stehen und sagte freundlich: »Guten Morgen.«

»Morgen«, erwiderten sie im Chor.

*deputy = Hilfssheriff

»Mein Name ist Alex Gaither. Ich möchte den Sheriff sprechen, bitte.« Ihre Bekanntmachung war überflüssig, sie wußten bereits, wer und warum sie hier war. Nachrichten verbreiteten sich schnell in einer so kleinen Stadt wie Purcell.

»Erwartet er Sie?« fragte einer der Deputies herausfordernd, nachdem er Tabaksaft in eine leere Bohnendose gespuckt hatte.

»Er wird mich bestimmt empfangen«, sagte sie zuversichtlich.

»Hat Pat Chastain Sie hergeschickt?«

Alex hatte am Morgen noch einmal versucht, ihn zu erreichen, aber laut Mrs. Chastain war er bereits auf dem Weg ins Büro. Sie hatte dort angerufen, aber niemand meldete sich. Entweder hatte sie ihn gerade verpaßt, oder er ging ihr aus dem Weg. »Er weiß, warum ich hier bin. Ist der Sheriff da?« fragte sie, etwas genervt.

»Ich glaube nicht.«

»Ich hab ihn nicht gesehen.«

»Ja, er ist hier«, sagte ein dritter widerwillig, »seit ein paar Minuten.« Er deutete mit dem Kopf in Richtung Gang. »Letzte Tür links, Ma'am.«

»Danke.«

Alex lächelte ihnen freundlich zu, obwohl ihr gar nicht danach war, und ging los. Sie spürte, daß alle Blicke auf ihren Rücken geheftet waren. Dann klopfte sie an die genannte Tür.

Reede Lambert saß an einem verschrammten hölzernen Schreibtisch, der wahrscheinlich so alt war wie der Grundstein des Gebäudes. Seine gestiefelten Beine ruhten auf einer Kante des Möbels. Er lümmelte sich genauso wie gestern, diesmal in einem Drehstuhl.

Sein Cowboyhut und seine lederne, pelzgefütterte Jacke hingen an einem Ständer in der Ecke zwischen einem ebenerdigen Fenster und einer Wand. An ihr drängelten sich Steckbriefe, die mit vergilbten Streifen Tesafilm festgeklebt waren. In der Hand hielt er eine abgestoßene Kaffeetasse.

»Morgen, Miss Gaither.«

Sie schloß die Tür so heftig, daß die Milchglasscheibe klirrte. »Warum hat man mir das gestern nicht gesagt?«

»Und die Überraschung verpatzt?« sagte er mit einem boshaften Grinsen. »Wie haben Sie's rausgefunden?«

»Per Zufall.«

»Ich hab gewußt, daß Sie früher oder später auftauchen würden.« Er richtete sich langsam auf. »Aber ich hätte nie gedacht, daß es so früh am Morgen sein würde.« Er stand auf und zeigte auf den einzigen anderen Stuhl im Raum, dann ging er zu einem Tisch, auf dem eine Kaffeemaschine stand. »Möchten Sie einen?«

»Mr. Chastain hätte es mir sagen müssen.«

»Pat? I wo. Wenn's hart auf hart geht, ist unser Staatsanwalt ein echter Hasenfuß.«

Alex legte die Hand auf die Stirn. »Hier bahnt sich wohl ein Alptraum an.«

Er hatte ihre Antwort in Sachen Kaffee nicht abgewartet, sondern eine ähnliche Tasse wie die seine gefüllt. »Milch, Zucker?«

»Das ist kein Freundschaftsbesuch, Mr. Lambert.«

Er stellte die Tasse schwarzen Kaffee am Rande des Schreibtischs vor sie hin und kehrte in seinen Stuhl zurück. Holz und uralte Federn ächzten ihren Protest, als er sich niederließ. »Wenn wir so anfangen, muß es ja schiefgehen.«

»Haben Sie vergessen, warum ich hier bin?«

»Keine Sekunde, aber verbieten Ihnen Ihre Pflichten, Kaffee zu trinken, oder hat das religiöse Gründe?«

Alex stellte erbost ihre Handtasche auf den Tisch, ging zum Tisch und löffelte Sahnepulver in ihre Tasse.

Der Kaffee war stark und heiß – ähnlich wie der Blick des Sheriffs, mit dem er sie musterte – und wesentlich besser als die lauwarme Brühe, die sie vorhin im Coffee Shop des Westerner Motels getrunken hatte. Wenn er ihn gekocht hatte, dann verstand er sein Geschäft. Aber er sah ja auch aus, als wäre er ein sehr fähiger Mann. Und er lehnte völlig entspannt in seinem Stuhl. Scheinbar machte es ihm nichts aus, in einen Mordfall hineingezogen zu werden.

»Wie gefällt Ihnen Purcell, Miss Gaither?«

»Ich bin noch nicht lange genug hier, um mir eine Meinung gebildet zu haben.«

»Ach, kommen Sie. Ich wette, Sie waren schon fest entschlossen, es nicht zu mögen, bevor Sie hier eintrafen.«

»Warum sagen Sie das?«

»Ist doch anzunehmen, oder? Ihre Mutter ist hier gestorben.«

Die achtlose Erwähnung des Todes ihrer Mutter tat ihr weh. »Sie ist nicht einfach gestorben. Sie wurde ermordet. Brutal ermordet.«

»Ich erinnere mich«, sagte er mit grimmiger Miene.

»Richtig. Sie haben ja ihre Leiche entdeckt, nicht wahr?«

Er senkte den Blick auf den Inhalt seines Kaffeebechers und starrte lange hinein, bevor er trank. Dann kippte er ihn hinunter wie einen Whiskey.

»Haben Sie meine Mutter getötet, Mr. Lambert?«

Nachdem es ihr gestern nicht gelungen war, seine Reaktion zu beurteilen, wollte sie sie jetzt sehen.

Sein Kopf schnellte hoch. »Nein.« Er beugte sich vor, stemmte die Ellbogen auf den Schreibtisch und sah ihr ruhig in die Augen. »Sparen wir uns diesen Scheiß, ja? Eins möcht ich jetzt gleich klarstellen, das wird uns beiden eine Menge Zeit sparen. Wenn Sie mich verhören wollen, Counselor,* dann müssen Sie mich vor ein Schwurgericht laden.«

»Sie weigern sich, bei meinen Ermittlungen zu kooperieren?«

»Das hab ich nicht gesagt. Auf Pats Anweisung wird Ihnen dieses Büro zur Verfügung stehen. Ich persönlich gebe Ihnen jede Unterstützung, soweit ich kann.«

»Aus astreiner Güte?« fragte sie mit zuckersüßer Stimme.

»Nein, weil ich will, daß diese Geschichte ein für allemal

---

*counselor = Anwalt/Anwältin

abgeschlossen wird. Verstehen Sie das? Damit Sie zurück nach Austin gehen können, wo *Sie* hingehören, und die Vergangenheit da lassen, wo *sie* hingehört.« Er stand auf, goß sich Kaffee nach und fragte über die Schulter: »Warum sind Sie hergekommen?«

»Weil Buddy Hicks meine Mutter nicht ermordet hat.«

»Woher, zum Teufel, wissen Sie das? Oder haben Sie ihn einfach gefragt?«

»Das konnte ich nicht. Er ist tot.«

Sie sah an seiner Betroffenheit, daß er das nicht gewußt hatte. Er ging zum Fenster, nippte nachdenklich an seinem Kaffee und starrte hinaus. »Wer hätte das gedacht. Gooney* Bud ist tot.«

»Gooney Bud?«

»So haben ihn alle genannt. Ich glaube, keiner hat seinen Nachnamen gekannt, bis Celina starb und die Zeitungen seine Geschichte druckten.«

»Wie ich höre, war er behindert.«

Der Mann am Fenster nickte. »Ja, und er hatte auch einen Sprachfehler. Man konnte ihn kaum verstehen.«

»Lebte er bei seinen Eltern?«

»Bei seiner Mutter. Die war selbst nicht ganz dicht. Sie ist vor Jahren gestorben, kurz nachdem er in die Anstalt kam.«

Er starrte weiter durch die offenen Rolläden, mit dem Rücken zu ihr. Seine Silhouette war muskulös, breitschultrig, mit schmalen Hüften. Seine Jeans saßen ein bißchen zu gut. Alex machte sich Vorwürfe, daß sie so etwas überhaupt bemerkte.

»Gooney Bud ist ständig auf einem dieser Dreiräder durch die ganze Stadt gefahren«, sagte er. »Man konnte ihn schon aus weiter Ferne hören, weil das Ding über und über mit Trödel behängt war. Er machte so den Straßenkehrer. Kleinen Mädchen hat man verboten, ihm zu nahe zu kommen. Wir Jungs haben unseren Spaß mit ihm getrieben, ihm

---

* gooney = Spinner

Streiche gespielt, solche Sachen.« Er schüttelte traurig den Kopf. »Eine Schande.«

»Er ist in einer Heilanstalt gestorben, eingekerkert für ein Verbrechen, das er nicht begangen hat.«

Diese Bemerkung brachte ihn dazu, sich umzudrehen. »Sie haben keine Beweise, daß er es nicht getan hat.«

»Ich werde die Beweise liefern.«

»Es existieren keine.«

»Wissen Sie das so genau? Haben Sie belastende Beweise an dem Morgen vernichtet, an dem Sie praktischerweise Celinas Leiche entdeckten?«

Eine tiefe Falte grub sich zwischen seine Brauen. »Haben Sie denn nichts Besseres zu tun? Reichen Ihnen die Fälle, die Sie bearbeiten, nicht? Warum haben Sie überhaupt mit dieser Ermittlung angefangen?«

Sie nannte ihm denselben Grund, den sie Greg Harper gegenüber geäußert hatte: »Der Gerechtigkeit ist nicht Genüge getan worden. Buddy Hicks war unschuldig. Er hat für das Verbrechen eines anderen gebüßt.«

»Meines, Juniors oder Angus'?«

»Ja, einer von Ihnen dreien.«

»Wer hat Ihnen das erzählt?«

»Großmama Graham.«

»Ah, jetzt kommen wir der Sache schon näher...« Er hakte seine Daumen in den Gürtel, seine gebräunten Hände baumelten lässig über dem Reißverschluß. »Als sie Ihnen das erzählt hat, hat sie da auch erzählt, wie eifersüchtig sie war?«

»Großmama? Auf wen?«

»Auf uns. Junior und mich.«

»Sie hat mir erzählt, ihr zwei und Celina, das war wie die drei Musketiere.«

»Und das hat ihr nicht gepaßt. Hat sie Ihnen erzählt, wie abgöttisch sie Celina geliebt hat?«

Das war nicht nötig gewesen. Das bescheidene Haus, in dem Alex aufgewachsen war, war ein wahrer Kultschrein für ihre verstorbene Mutter gewesen. Der Sheriff bemerkte ihre gerunzelte Stirn und beantwortete seine eigene Frage. »Nein, wie ich sehe, hat Mrs. Graham es versäumt, das alles zu erwähnen.«

»Sie glauben, ich bin hier, um einen privaten Rachefeldzug zu führen?«

»Ja.«

»Nein, Sie irren sich«, sagte Alex trotzig. »Ich glaube, daß es in diesem Fall genug Lücken gibt, die eine Wiederaufnahme rechtfertigen. Der Meinung ist auch Bezirksstaatsanwalt Harper.«

»Dieser Egomane?« Er schnaubte verächtlich. »Der würde seine eigene Mutter als Nutte anklagen, wenn es ihn dem Amt des Generalstaatsanwalts näher brächte.«

Alex wußte, daß diese Bemerkung zum Teil der Wahrheit entsprach. Sie versuchte eine andere Taktik. »Sobald Mr. Chastain mit den Fakten besser vertraut ist, wird er mir zustimmen, daß es sich hier um einen krassen Justizirrtum handelt.«

»Pat hat gestern das erste Mal überhaupt von Celina gehört. Er hat alle Hände voll damit zu tun, illegale Einwanderer und Drogendealer zu jagen.«

»Können Sie's mir verdenken, daß ich Gerechtigkeit will? Wenn Ihre Mutter in einem Pferdestall erstochen worden wäre, würden Sie dann nicht auch alles Erdenkliche tun, um dafür zu sorgen, daß der Mörder bestraft wird?«

»Ich weiß nicht. Meine alte Dame hat sich abgeseilt, bevor ich alt genug war, um mich an sie zu erinnern.«

Alex spürte Sympathie für ihn, die sie sich, wie sie wußte, nicht erlauben durfte. Kein Wunder, daß Reede auf den Fotos, die sie gesehen hatte, immer so ernst dreinschaute und seine Augen soviel älter aussahen, als es seinen Jahren entsprach. Ihr war nie in den Sinn gekommen, ihre Großmutter zu fragen, warum er so erwachsen wirkte.

»Die augenblickliche Situation ist unhaltbar, Mr. Lambert. Sie sind ein Tatverdächtiger.« Sie stand auf und nahm ihre Handtasche. »Danke für den Kaffee. Tut mir leid, daß ich Sie so früh am Morgen belästigt habe. Von jetzt an wende ich mich an die örtliche Polizei, wenn ich Hilfe brauche.«

»Warten Sie einen Moment.«

Alex, die bereits auf dem Weg zur Tür war, blieb stehen und drehte sich um. »Was?«

»Es gibt keine örtliche Polizei.«

Nicht gerade erfreut über diese Information sah sie zu, wie er nach seinem Hut und seiner Jacke griff. Er ging an ihr vorbei, öffnete ihr die Tür und folgte ihr dann.

»He, Sam, ich geh jetzt. Bin gegenüber.« Der Deputy nickte. »Hier entlang«, sagte Reede, nahm Alex' Ellbogen und führte sie zu einem kleinen Aufzug am Ende des Gangs.

Sie stiegen zusammen ein. Die Tür ächzte, als er sie zuzog. Die knirschenden Geräusche, mit denen sich der Aufzug in Bewegung setzte, klangen auch nicht gerade vertrauenerweckend. Alex hoffte, daß er die Fahrt überstehen würde.

Sie versuchte das zu unterstützen, indem sie sich inständig auf die Fahrt nach oben konzentrierte. Trotzdem war sie sich sehr wohl der Nähe Reede Lamberts bewußt. Der Aufzug war so eng, daß ihre Ärmel sich berührten, und er musterte sie eindringlich.

Er sagte: »Sie sehen Celina ähnlich.«

»Ja. Ich weiß.«

»Ihre Größe, ihre Art. Ihre Haare sind dunkler, und Sie haben mehr Rot drin. Celinas Augen waren braun, nicht blau wie die Ihren.« Sein Blick wanderte über ihr Gesicht. »Aber die Ähnlichkeit ist verblüffend.«

»Danke. Ich glaube, meine Mutter war schön.«

»Alle fanden das.«

»Sie auch?«

»Ich ganz besonders.«

Der Aufzug hielt mit einem Ruck. Alex verlor die Balance und fiel gegen ihn. Reede fing sie am Arm auf und hielt sie fest, bis sie ihr Gleichgewicht wiedergefunden hatte – vielleicht ein bißchen zu lange, weil Alex ganz außer Atem war, als sie sich endlich trennten.

Im Erdgeschoß auf dem Weg zum Hinterausgang streifte er sich seine Jacke über. »Mein Wagen steht vor dem Haus«, sagte sie, als sie das Gebäude verließen. »Soll ich die Parkuhr noch mal füttern?«

»Vergessen Sie's. Wenn Sie einen Strafzettel kriegen, haben Sie doch Freunde in wichtigen Positionen.«

Sein Lächeln war keine perfekte Zahnpastareklame wie das von Junior Minton, aber mindestens genauso wirksam. Es löste ein angenehmes, wunderbares, aber auch beängstigendes Kribbeln in ihrem Magen aus.

Sein Grinsen betonte die Falten in seinem Gesicht. Man sah ihm jedes einzelne seiner dreiundvierzig Jahre an, aber seine wind- und wettergebräunte Haut paßte gut zu der starken, maskulinen Knochenstruktur. Er hatte eine dunkelblonde Mähne, an der sich noch nie ein modischer Friseur versucht hatte, stülpte seinen schwarzen Cowboyhut drüber und zog die Krempe bis zu den Brauen herunter, die etwas dunkler waren als seine Haare.

Als erstes hatte Alex seine grünen Augen bemerkt, als sie sein Büro betrat. Sie hatte darauf reagiert wie jede Frau, die auf einen so attraktiven Mann stößt. Er hatte keinen Bauch, keine Spur von schlaffen Muskeln. Sein Körper sah aus wie der eines zwanzig Jahre jüngeren Mannes. Sie mußte sich immer wieder ermahnen, daß sie eine Anklägerin im Namen des autonomen Staates Texas war und daß sie Reede Lambert mit den Augen eines litigators, nicht mit denen einer Frau sehen sollte. Außerdem war er eine Generation älter als sie.

»Sind heute früh die sauberen Uniformen ausgegangen?« fragte sie, als sie die Straße überquerten.

Er trug ganz einfache Levi's, alt, ausgebleicht und eng – wie die Jeans, die die Cowboys beim Rodeo trugen. Seine Jacke war aus braunem Leder und eng um die Taille, wie eine Bomberjacke. Das Pelzfutter und der breite Kragen stammten wahrscheinlich von einem Kojoten. Sobald sie ins Tageslicht traten, setzte er eine Pilotenbrille auf. Die Gläser waren so dunkel, daß sie seine Augen nicht mehr sehen konnte.

»Ich war früher allergisch gegen Uniformen, und als ich dann Sheriff wurde, hab ich gleich klargestellt, daß sie mich nie dazu kriegen, so ein Ding anzuziehen.«
»Warum waren Sie dagegen allergisch?«
Er grinste betreten. »Meistens hab ich versucht, schneller als die zu sein, oder ihnen zumindest aus dem Weg zu gehn.«
»Sie waren Gangster?«
»Ich hab viel Mist gebaut.«
»Sie hatten Zusammenstöße mit dem Gesetz?«
»Kleine.«
»Und was hat Sie dazu bewogen, sich zu ändern, eine Erleuchtung? Ein Schock? Eine Nacht oder zwei im Gefängnis? Erziehungsanstalt?«
»Nein. Mir ist nur der Gedanke gekommen, wenn ich schnell genug bin, dem Gesetz zu entwischen, müßte ich auch schnell genug sein, die Gesetzesbrecher zu erwischen.« Er hob die Schultern. »Schien mir 'ne vernünftige Berufswahl. Hungrig?«

Bevor sie antworten konnte, schob er die Tür des B & B Cafés auf. Eine Kuhglocke über dem Eingang verkündete ihre Ankunft. Das Café war anscheinend sehr beliebt. Jeder Tisch – rotes Resopal mit verrosteten Chrombeinen – war besetzt. Reede geleitete sie zu einer leeren Nische an der Wand.

Manager, Farmer, Schläger, Cowboys und Sekretärinnen begrüßten ihn lautstark, jeder durch seine Kleidung identifizierbar. Alle außer den Sekretärinnen trugen Stiefel. Alex entdeckte Imogene, Pat Chastains Sekretärin. Sobald sie ihren Tisch passiert hatten, erzählte sie ihrer Tischnachbarin gestenreich, wer genau Alex war. Die Nachricht wanderte von einem Tisch zum nächsten, und allmählich verstummten alle.

Zweifellos versammelte sich dieser Mikrokosmos von Purcell jeden Morgen zur Frühstückspause hier im B & B Café. Eine Fremde in ihrer Mitte war schon aufregend an sich, aber die Rückkehr von Celina Gaithers Tochter grenzte an Sensation. Alex kam sich vor wie ein Blitzableiter, so heftige Stromschläge erhielt sie. Einige, das spürte sie, waren sehr unfreundlich.

Eine Ballade von Crystal Gayle über verlorene Liebe dröhnte aus der Musikbox und kämpfte gegen das »Hour Magazine« an, das gerade in dem Schwarz-Weiß-Fernseher in der Ecke flimmerte. Zum lautstarken Vergnügen von drei Schlägertypen wurde dort soeben über Impotenz diskutiert. Die Nichtraucherbewegung hatte Purcell noch nicht erreicht, und die Luft war zum Schneiden. Über allem schwebte der Geruch gebratenen Specks.

Eine Kellnerin in violetten Polyesterhosen und einer grellgoldenen Bluse kam mit zwei Tassen Kaffee und einem Teller voll frischgebackener Doughnuts an den Tisch. Sie zwinkerte und sagte »Morgen, Reede«, dann schlenderte sie zurück in Richtung Küche, wo der Koch mit einer Zigarette im Mundwinkel geschickt Eier wendete.

»Bedienen Sie sich.«

Alex nahm das Angebot des Sheriffs an. Die Doughnuts waren noch warm, und die zuckrige Glasur schmolz auf der Zunge. »Die standen schon für Sie bereit, ist das *Ihr* Tisch? Haben Sie eine Dauerbestellung laufen?«

»Der Eigentümer heißt Pete«, sagte er und zeigte auf den Koch. »Er hat mir jeden Morgen auf dem Weg zur Schule Frühstück serviert.«

»Wie großzügig.«

»Das war keine Wohltätigkeit«, sagte er trocken. »Ich hab jeden Nachmittag nach der Schule für ihn ausgefegt.«

Sie hatte unabsichtlich einen wunden Punkt getroffen. Reede Lambert war sehr empfindlich, was seine mutterlose Kindheit anging. Zu diesem Zeitpunkt wollte sie aber noch nicht nach mehr Informationen bohren. Nicht, wo praktisch jeder Blick im Raum auf sie gerichtet war.

Er verschlang zwei Doughnuts und spülte sie mit schwarzem Kaffee hinunter, alles mit sehr sparsamen, hastigen Bewegungen. Er aß, als müsse er bestimmt lange warten, bis er seine nächste Mahlzeit kriegte.

»Reger Betrieb hier«, bemerkte sie und leckte sich ganz ungeniert die Finger.

»Ja, die alten Hasen wie ich überlassen das neue Shopping Center und die Fast-Food-Kneipen an der Interstate den Neuankömmlingen und den Teenagern. Wenn Sie jemanden suchen und anderswo nicht finden können, ist er meist im B & B. Angus wird wahrscheinlich gleich kommen. Das Firmenhauptquartier von ME ist nur eine Straße vom Stadtplatz weg, aber er wickelt einen Großteil seiner Geschäfte hier in diesem Lokal ab.«

»Erzählen Sie mir von den Mintons.«

Er griff nach dem letzten Doughnut, nachdem klar war, daß sie ihn nicht essen würde. »Sie sind reich, aber keine Angeber. Sehr beliebt in der Stadt.«

»Oder gefürchtet.«

»Von einigen vielleicht«, gab er mit einem Achselzucken zu.

»Die Ranch ist nur eines ihrer Unternehmen?«

»Ja, aber sie ist der Kern. Angus hat sie aus dem Nichts aufgebaut, aus vielen Morgen Staub und schierer Sturheit.«

»Was genau machen sie eigentlich da draußen?«

»Eigentlich trainieren sie Pferde. Hauptsächlich Vollblüter. Ein paar quarter-horses\*. Sie haben bis zu hundertfünfzig gleichzeitig da stehen und bereiten sie für die Jockeys vor.«

»Sie scheinen viel darüber zu wissen.«

»Ich besitze selber ein paar Rennpferde. Die sind dort untergestellt.« Er deutete auf ihre halbleere Kaffeetasse. »Wenn Sie fertig sind, würde ich Ihnen gerne etwas zeigen.«

»Was?« fragte sie, überrascht von dem plötzlichen Themenwechsel.

»Es ist nicht weit.«

Sie verließen das B & B, aber nicht bevor Reede mit der Verabschiedung von allen fertig war, die er beim Betreten des Cafés begrüßt hatte. Er bezahlte tatsächlich das Frühstück,

---

\* quarter-horses = Western-Pferderasse, gezüchtet für verschiedene Zwecke.

aber der Koch salutierte freundlich, und die Kellnerin versetzte ihm einen liebevollen Klaps.

Reedes Dienstwagen, ein großer Chevy Blazer, stand direkt vor dem Gerichtsgebäude. Der Platz war mit einem kleinen Schild für ihn reserviert. Er sperrte die Tür auf, half Alex in die Fahrerkabine des Geländewagens und stieg selber ein. Er fuhr nur ein paar Straßen, dann blieb er vor einem kleinen Haus stehen. »Das ist es«, sagte er.

»Was?«

»Hier hat Ihre Mutter gewohnt.« Alex drehte sich rasch zu dem Holzhaus. »Das Viertel ist nicht mehr das, was es war, als sie hier lebte. Es ist total runtergekommen. Früher stand hier ein Baum, wo sich der Gehsteig senkt.«

»Ja, ich hab Fotos davon gesehen.«

»Der Baum ist vor ein paar Jahren abgestorben und mußte umgesägt werden«, sagte er und legte den Gang wieder ein. »Ich dachte, Sie würden es gern sehen.«

»Danke.«

Er fuhr los, aber Alex' Blick blieb auf das Haus gerichtet. Die weiße Farbe war verwittert. Die heiße Sommersonne vieler Jahre hatte die braunen Markisen über den Vorderfenstern ausgebleicht. Es war kein sehr ansprechendes Haus, aber sie schaute hin, bis es aus der Sichtweite verschwand.

Dort hatte sie also zwei kurze Monate mit ihrer Mutter verbracht. In diesen Räumen hatte Celina sie gefüttert, sie gebadet, gewogen und ihr Wiegenlieder vorgesungen. Dort hatte sie nachts gehorcht, ob Alex weinte. Diese Wände hatten die geflüsterten Liebeserklärungen ihrer Mutter an ihr Baby gehört. Alex konnte sich natürlich nicht erinnern, aber sie wußte, daß es so gewesen sein mußte.

Sie unterdrückte ihre aufkeimenden Gefühle und nahm das Gespräch wieder an der Stelle auf, wo es im B & B unterbrochen worden war. »Warum ist diese geplante Rennbahn so wichtig für die Mintons?«

Er sah sie an, als hätte sie den Verstand verloren. »Geld. Was sonst.«

»Soviel ich gehört habe, haben sie davon ja reichlich.«

»Keiner kann je genug Geld haben«, bemerkte er mit heruntergezogenen Mundwinkeln. »Und nur jemand, der so arm war wie ich, kann das sagen. Sehen Sie sich doch um.« Er deutete auf die leeren Läden entlang der Hauptstraße, durch die sie jetzt fuhren. »Sehen Sie die zugenagelten Geschäfte und Konkursanzeigen? Die Wirtschaft dieser Stadt ist mit dem Ölmarkt zusammengebrochen. Praktisch alle haben in einem Beruf gearbeitet, der mit Öl zu tun hatte.«

»Das ist mir völlig klar.«

»Wirklich? Das bezweifle ich«, sagte er verächtlich. »Diese Stadt braucht die Rennbahn, um zu überleben. Was wir nicht brauchen, ist eine blauäugige Anwältin mit Eierschalen hinter den Ohren, die herkommt und alles durcheinanderbringt.«

»Ich bin hier, um einen Mord zu untersuchen«, konterte sie, empört über diese unerwartete Beleidigung. »Die Rennbahn, die Glücksspiellizenz und die hiesige Wirtschaftslage sind dabei nicht von Belang.«

»Von wegen. Wenn Sie die Mintons ruinieren, ruinieren Sie Purcell County.«

»Wenn sich die Mintons als schuldig erweisen, haben sie sich selbst ruiniert.«

»Hören Sie, Lady, Sie werden keine neuen Fakten über den Mord an Ihrer Mutter ausgraben. Sie werden nur eine Menge Ärger verursachen, denn Sie kriegen keine Hilfe von unseren Leuten. Keiner wird ein Wort gegen die Mintons sagen, weil die Zukunft dieses Bezirks vom Bau dieser Rennbahn abhängt.«

»Und Sie führen die Liste der Loyalen und Schweiger an.«

»Da können Sie Gift drauf nehmen!«

»Warum?« drängte sie ihn. »Haben die Mintons etwas gegen Sie in der Hand? Hat einer von ihnen Sie in dem Stall gesehen, bevor Sie die Leiche meiner Mutter ›entdeckt‹ haben? Was hatten Sie überhaupt um diese Zeit dort zu suchen?«

»Das, was ich jeden Tag machte. Ich hab Mist aus den Ställen geschaufelt. Ich hab damals für Angus gearbeitet.«

Sie war überrascht. »Oh, das hab ich nicht gewußt.«
»Es gibt vieles, was Sie nicht wissen. Und dafür sollten Sie dankbar sein.«

Er steuerte den Blazer in eine Parklücke vor dem Gerichtsgebäude und bremste so heftig, daß sie mit dem Gurt vorwärts rückte.

»Sie sollten die Vergangenheit lieber ruhen lassen, Miss Gaither.«

»Danke, Sheriff. Ich werde das unter ›Ratschläge‹ abheften.«

Sie stieg aus dem Jeep und knallte die Tür hinter sich zu.

Reede sah ihr leise fluchend nach, wie sie sich entfernte. Er wünschte, er könnte einfach nur entspannt ihren Anblick genießen, die Form ihrer Waden, das verlockende Wiegen ihrer Hüften und alles andere, was ihm sofort aufgefallen war, als sie gestern nachmittag Pat Chastains Büro betreten hatte. Aber ihr Name hatte ihm ihre unbestreitbare Attraktivität gründlich vergällt.

*Celinas Tochter*, dachte er jetzt und schüttelte verärgert den Kopf. Kein Wunder, daß er Alex so verdammt anziehend fand. Ihre Mutter war seine Seelenfreundin gewesen, nach jenem Tag in der Grundschule, an dem irgendein freches Gör sie verspottet hatte, weil sie keinen Daddy mehr hatte, nachdem ihr Vater plötzlich an einem Herzinfarkt gestorben war.

Reede kannte den Schmerz, wenn man wegen seiner Eltern geneckt wurde, und er war ihr zu Hilfe geeilt. Er hatte diese Schlacht für sie geschlagen und viele mehr in den folgenden Jahren. Mit Reede als ihrem Bannerträger hatte es keiner mehr gewagt, sie auch nur schief anzuschauen. Die beiden waren unzertrennlich geworden. Ihre Freundschaft galt als einzigartig und exklusiv, bis Junior auftauchte und der Dritte im Bunde wurde.

Es sollte ihn daher nicht überraschen, daß die stellvertretende Staatsanwältin aus Austin solche Gefühle in ihm aufgewühlt hatte. Höchstens ihre Intensität könnte ihn beunruhigen. Obwohl Celina ein Kind zur Welt gebracht hatte, war sie noch ein junges Mädchen gewesen. Alexandra war die Verkörperung der Frau, die sie damals zu werden versprach.

Er hätte sein Interesse gerne als rein nostalgisch abgetan, eine Erinnerung an seine Kindheitsliebe. Aber das wäre Selbstbetrug. Wenn er bei der Deutung seines Interesses Hilfe brauchte, mußte er sich nur eingestehen, welch warmer Druck sich in seinen Jeans ausgebreitet hatte, als er ihr beim Zuckerlecken ihrer Finger zugesehen hatte.

»Herrje«, fluchte er. Diese Frau löste denselben Zwiespalt in ihm aus wie damals ihre Mutter, kurz bevor man sie tot im Stall gefunden hatte.

Wie konnten zwei Frauen im Abstand von fünfundzwanzig Jahren seinem Leben solche Schläge verpassen? Die Liebe zu Celina hatte ihn fast ruiniert. Ihre Tochter war eine genauso große Bedrohung. Wenn sie anfinge in der Vergangenheit herumzuwühlen, würde sie in alle mögliche Wespennester stechen.

Er hatte vor, seinen Job als Sheriff gegen einen einzutauschen, der ihm Reichtum und Status brächte. Und dabei konnte er verdammt noch mal keine Ermittlungen über ein altes Verbrechen brauchen.

Reede hatte sich nicht all die Jahre den Hintern aufgerissen, um sich schließlich den Lohn entgehen zu lassen. Jetzt, wo der Respekt, den er immer gewollt hatte, zum Greifen nahe war, würde er nicht tatenlos zusehen, wie Alex' Ermittlungen die Leute an seine Herkunft erinnerten. Diese arrogante Anwältin könnte ihn ruinieren, wenn sie nicht gebremst wurde.

Die Leute, die behaupteten, materieller Besitz wäre nicht wichtig, hatten einfach genug von allem. Er hatte nie etwas besessen. Bis jetzt. Und er würde vor nichts zurückschrecken, um das zu schützen.

Er stieg aus seinem Wagen, ging langsam auf das Gerichtsgebäude zu und verfluchte den Tag, an dem Alex Gaither geboren war, genau wie den heutigen Tag. Gleichzeitig ließ ihn aber der Gedanke nicht los, ob dieser gewitzte Mund nicht für etwas anderes gut wäre, als Beschuldigungen und Rechtsklauseln auszuspucken.

Ganz sicher, darauf würde er seinen nächsten Gewinn beim Rennen setzen.


4


Richter Joseph Wallace war der beste Maaloxankunde des Prairie-Drugstores. Als er sich vom Mittagstisch erhob, wußte er, daß er zwei oder drei Schluck davon brauchen würde, bevor der Nachmittag herum war. Seine Tochter Stacey hatte ihm etwas gekocht – wie jeden Wochentag außer Sonntag, da gingen sie zum Buffet in den Country Club. Staceys Klößchen, leicht und duftig wie immer, waren wie Golfbälle in seinem Magen gelandet.

»Irgendwas nicht in Ordnung?« Sie bemerkte, daß ihr Vater sich gedankenverloren den Bauch rieb.

»Nein, alles okay.«

»Huhn mit Klößchen ist doch eine deiner Lieblingsspeisen.«

»Das Essen war köstlich. Ich hab heute nur einen nervösen Magen.«

»Nimm ein Pfefferminz.« Stacey reichte ihm eine kristallene Bonbonschale, die bequem erreichbar auf einem glänzend polierten Couchtisch aus Kirschbaum stand. Er wickelte eins der rotweiß gestreiften Bonbons aus und steckte es in den Mund. »Gibt es einen Grund für deinen nervösen Magen?«

Stacey kümmerte sich um ihren Vater, seit ihre Mutter vor einigen Jahren gestorben war. Sie war ledig und nicht mehr ganz jung, hatte aber auch nie andere Ambitionen gezeigt, als einen Haushalt zu führen. Nachdem sie weder Mann noch Kinder hatte, wachte sie mit Argusaugen über ihren Vater.

Sie war nie eine Schönheit gewesen, und das Alter hatte an

dieser bedauerlichen Tatsache auch nichts geändert. Ihre körperlichen Vorzüge taktvoll zu umschreiben wäre sinnlos, sie war und blieb schlicht und einfach hausbacken. Trotzdem genoß sie in Purcell hohes Ansehen.

Sie stand auf der Mitgliederliste jedes wichtigen Damenvereins der Stadt. Sie unterrichtete die Mädchen in der Sonntagsschule der First Methodist Church, besuchte treu und brav jeden Samstagmorgen die Bewohner des Golden-Age-Altersheims und spielte dienstags und donnerstags Bridge. Ihr Terminkalender war immer voll. Sie kleidete sich zwar teuer, aber viel zu spießig für ihr Alter.

Als Muster an Takt und Etikette hatte sie heiteren Mutes allerhand Enttäuschungen mit Stil und bewundernswerter Fassung überwunden. Jedermann war fest überzeugt von ihrer Ausgeglichenheit.

Sie irrten.

Richter Wallace, ein Spatz von einem Mann, zog seinen schweren Mantel über und ging zur Tür. »Angus hat mich gestern angerufen.«

»Was wollte er denn?« fragte Stacey und zog ihrem Vater den Kragen hoch, um seine Ohren vorm Wind zu schützen.

»Celina Gaithers Tochter ist gestern aufgetaucht.«

Staceys rege Hände erstarrten, und sie trat einen Schritt zurück. Ihre Blicke begegneten sich. »Celina Gaithers Tochter?« Die Stimme aus ihren aschfahlen Lippen klang dünn und schrill.

»Erinnerst du dich an das Baby? Alexandra hieß sie, glaube ich.«

»Ja, ich erinnere mich, Alexandra«, wiederholte Stacey mit abwesendem Blick. »Sie ist hier in Purcell?«

»Seit gestern – und jetzt richtig erwachsen.«

»Warum hast du mir das nicht gestern abend erzählt, als ich nach Hause kam?«

»Du bist erst so spät von diesem Chiliessen gekommen, und ich war schon im Bett. Ich hab gewußt, daß du auch müde bist, und wollte dich nicht damit belästigen.«

Stacey wandte sich ab und machte sich daran, die leeren Bonbonpapiere aus der Schale zu zupfen. Ihr Vater hatte die ärgerliche Angewohnheit, die leeren Hüllen liegenzulassen. »Warum sollte mich das plötzliche Auftauchen von Celinas Tochter nervös machen?«

»Dazu besteht kein Anlaß«, sagte der Richter, froh, daß er seiner Tochter nicht in die Augen sehen mußte. »Andererseits hat es wahrscheinlich die ganze verdammte Stadt in Aufregung versetzt.«

Stacey hob den Kopf. Ihre Finger zerfledderten das Zellophan. »Warum das?«

Der Richter unterdrückte ein Rülpsen mit einer Faust vorm Mund. »Sie ist prosecutor bei der Staatsanwaltschaft von Austin.«

»Celinas Tochter?« rief Stacey erstaunt.

»Kaum zu fassen, was? Wer hätte gedacht, daß sie sich so gut macht, wo doch Merle Graham sie an Eltern Statt aufgezogen hat.«

»Du hast immer noch nicht gesagt, warum sie zurück nach Purcell gekommen ist. Ein Besuch?«

Der Richter schüttelte den Kopf. »Geschäftlich, fürchte ich.«

»Hat es etwas mit der Glücksspiellizenz für die Mintons zu tun?«

Er wandte sich ab und nestelte nervös an seinem Mantelknopf herum. »Nein, äh, sie hat das Okay vom Staatsanwalt, die Untersuchung des Mordes an ihrer Mutter wieder aufzurollen.«

Staceys knochiger Brustkorb fiel noch weiter ein. Sie tastete mit einer Hand hinter sich, suchte nach einem Halt für den Fall, daß sie zusammenbrach.

Der Richter tat so, als hätte er ihre Betroffenheit nicht bemerkt. »Sie hat veranlaßt, daß Pat Chastain ein Treffen mit den Mintons und Reede Lambert arrangierte. Laut Angus hat sie verkündet, sie würde herausfinden, wer von ihnen ihre Mutter umgebracht hätte.«

»*Was*? Ist sie verrückt?«

»Laut Angus nicht. Er sagt, sie hat einen Verstand wie ein Rasiermesser, ist im Vollbesitz ihrer geistigen Kräfte und meint es todernst.« Stacey sank auf die willkommene Sofalehne und legte eine schmale Hand in ihren Nacken. »Wie hat Angus reagiert?«

»Du kennst doch Angus. Er läßt sich nicht unterkriegen. Die Geschichte hat ihn anscheinend amüsiert. Er hat gesagt, es gäbe keinen Grund, besorgt zu sein – sie könnte einem Geschworenengericht gar keine Beweise vorlegen, weil es keine gäbe. Gooney Bud war der Täter.« Der Richter richtete sich auf. »Und keiner kann mein Urteil in Frage stellen, wonach der Mann nicht verhandlungsfähig war.«

»Das möchte ich wohl meinen«, sagte Stacey, immer bereit, seine Partei zu ergreifen. »Du hattest keine andere Wahl, du mußtest ihn in diese Anstalt einweisen.«

»Ich hab jedes Jahr seine Krankenberichte durchgelesen, mit den Ärzten geredet, die ihn behandelten. Diese Anstalt ist keine Schlangengrube, weißt du. Sie ist eins der besten zuständigen Häuser im Staat.«

»Daddy, keiner zeigt mit dem Finger auf dich. Gütiger Himmel, die brauchen sich doch nur deine Leistungen als Richter anzusehen. Dein Ruf ist seit über dreißig Jahren makellos.«

Er strich sich mit der Hand über sein schütteres Haar. »Es ist mir nur zuwider, daß das ausgerechnet jetzt zur Sprache kommt. Vielleicht sollte ich in den Vorruhestand treten und nicht warten bis zu meinem Geburtstag nächstes Jahr.«

»Du wirst nichts dergleichen tun, Euer Ehren. Du bleibst Richter, bis du reif für die Pension bist und keinen Tag früher. Du wirst dich nicht von so einem Naseweis frisch von der juristischen Fakultät vertreiben lassen.«

So überzeugt Stacey auch klang, ihre Augen verrieten das Gegenteil. »Hat Angus gesagt, wie das Mädchen ... wie sie aussieht? Sieht sie Celina ähnlich?«

»Ein bißchen.« Der Richter ging zur Haustür und zog sie

auf. Auf dem Weg nach draußen murmelte er betreten über die Schulter: »Angus hat gesagt, sie wäre hübscher.«

Stacey blieb noch lange, nachdem der Richter gegangen war, starr auf der Sofalehne sitzen und starrte ins Leere. Den Abwasch vom Mittagessen vergaß sie total.

»Hallo, Richter Wallace. Mein Name ist Alex Gaither. Freut mich, Sie kennenzulernen!«

Es war völlig unnötig, daß sie sich vorstellte. In der Sekunde, in der er sein Büro betreten hatte und seine Sekretärin, Mrs. Lipscomb, in Richtung eines Stuhls an der gegenüberliegenden Wand genickt hatte, hatte er sie erkannt. Er drehte sich zu der jungen Frau um – fünfundzwanzig war sie, wenn seine Berechnungen stimmten –, die mit geradem Rücken auf ihrem Stuhl saß. Das hatte sie von ihrer Mutter.

Persönlich hatte er nicht viel Umgang mit Celina Gaither gehabt, aber durch Stacey wußte er alles über sie. Sie waren elf Jahre lang in dieselbe Klasse gegangen. Er hatte zwar Staceys typisch kindliche Eifersucht ignoriert, sich aber trotzdem ein wenig schmeichelhaftes Bild von einem Mädchen gemacht, das wußte, daß sie schön und beliebt war, und alle Jungen in der Klasse am Gängelband hatte, einschließlich der beiden wichtigsten, Junior Minton und Reede Lambert.

Zahllose Male war Staceys Herz wegen Celina gebrochen gewesen. Allein schon aus diesem Grund hatte der Richter sie verachtet. Und nachdem diese junge Frau deren Tochter war, widerte sie ihn auf Anhieb an.

»Guten Tag, Miss Gaither.«

Richter Wallace schüttelte die ihm dargebotene Hand, aber nur solange, wie es der Anstand verlangte. Er hatte Schwierigkeiten, sich diese modisch gekleidete junge Frau im College vorzustellen. Ihm waren Anwälte in weißen Hemden und ordentlichen Wollanzügen lieber als mit schicken, kurzen Röcken und im Pelz. Ernstzunehmende Mitglieder dieses Berufsstands sollte ein Hauch von Zigarrenrauch und ledergebundenen Wälzern umgeben, nicht von Parfum.

»Hat Bezirksstaatsanwalt Chastain Sie über den Grund meines Hierseins aufgeklärt?«

»Ja, heute morgen. Aber ich hab's gestern abend schon von Angus gehört.«

Sie neigte den Kopf, als wolle sie sagen, diese Information sei interessant und müsse in Zukunft noch genauer untersucht werden. Er hätte sich am liebsten die Zunge abgebissen, weil er so unklug war, sie freiwillig preiszugeben.

In Wirklichkeit jedoch war er ziemlich beeindruckt. Angus Minton hatte recht, Alexandra Gaither sah noch besser aus als ihre Mutter.

Wenn sie ihren Kopf bewegte, brachte ein Sonnenstrahl, der durch die Jalousien fiel, ihr rötliches Haar zum Glänzen. Der Kragen ihrer Pelzjacke streifte ihre Wange und ließ ihre Haut so frisch und köstlich aussehen wie reife Aprikosen. Stacey besaß eine ähnliche Jacke, aber ihre Haut sah darin aus wie Asche.

»Könnte ich Sie kurz in Ihrem Büro sprechen, Richter Wallace?« fragte sie höflich.

Er sah überflüssigerweise auf seine Armbanduhr. »Ich fürchte, das ist unmöglich. Ich bin eigentlich nur kurz vorbeigekommen, um meine Post abzuholen. Ich habe für den Rest des Nachmittags einen Auswärtstermin.« Mrs. Lipscomb hob überrascht den Kopf, ein sicheres Zeichen, daß er log.

Alex betrachtete nachdenklich ihre Schuhspitzen. »Ich bestehe nur ungern darauf, aber ich habe keine andere Wahl. Es ist sehr wichtig, und ich möchte die Ermittlungen so schnell wie möglich in Gang bringen. Bevor ich das in die Wege leite, muß ich mir einige Fakten von Ihnen bestätigen lassen. Es wird nicht sehr lange dauern.« Ihre Mundwinkel bogen sich zu einem Lächeln. »Ich bin überzeugt, mein Vorgesetzter in Austin wird Ihre Kooperationsbereitschaft zu schätzen wissen.«

Richter Wallace war nicht dumm, genausowenig wie Alex. Er bekleidete zwar einen höheren Rang als sie, aber sie konnte ihn beim Bezirksstaatsanwalt von Travis County schlecht dastehen lassen; und der war gut Freund mit den Mächtigen im Weißen Haus.

»Na schön, bitte, kommen Sie rein.« Er schälte sich aus seinem Mantel und bat Mrs. Lipscomb, keine Anrufe durchzustellen, dann folgte er Alex in sein Büro. »Nehmen Sie Platz.«

»Danke.«

Sein Magen brannte in seinem Inneren wie ein aufgeprallter Meteor. Auf dem Rückweg zum Gericht hatte er zwei Schluck Magnesiummilch genommen, aber er war bereits reif für die nächste Dosis. Alex schien die Ruhe selbst. Sie nahm seinem Schreibtisch gegenüber Platz und streifte graziös ihre Jacke ab.

»Kommen wir gleich zur Sache, Miss Gaither«, sagte er in herrischem Ton. »Was wollen Sie wissen?«

Alex öffnete ihre Aktentasche und holte ein Bündel Papiere heraus. Der Richter stöhnte in Gedanken. »Ich hab die Niederschrift von Bud Hicks gelesen und habe einige Fragen dazu.«

»Zum Beispiel?«

»Wieso hatten Sie es so eilig?«

»Wie bitte?«

»Bud Hicks wurde des Mordes angeklagt und ohne Möglichkeit zur Kautionsstellung im Bezirksgefängnis von Purcell inhaftiert. Seine Zurechnungsfähigkeitsprüfung wurde drei Tage später abgehalten.«

»Na und?«

»Ist das nicht ein ziemlich kurzer Zeitraum, um die Zukunft eines Menschen abzuwägen?«

Der Richter lehnte sich in seinem spanischen Sessel zurück, den ihm seine Tochter geschenkt hatte, in der Hoffnung, die junge Anwältin durch seine Gelassenheit zu beeindrucken. »Vielleicht war das Gefängnis überfüllt, und ich habe versucht es zu leeren. Oder vielleicht war gerade nicht viel zu tun, und ich konnte schnell vorgehen. Ich erinnere mich nicht mehr. Es ist schließlich fünfundzwanzig Jahre her.«

Ihr Blick senkte sich auf den Notizblock in ihrem Schoß. »Sie haben Mr. Hicks von nur zwei Psychiatern untersuchen lassen.«

»Seine Behinderung war offensichtlich, Miss Gaither.«

»Das bestreite ich auch nicht.«

»Er war, unschön ausgedrückt, der Stadttrottel. Ich will ja nicht brutal sein, aber das war er. Er wurde geduldet. Die Leute sahen ihn, schauten aber durch ihn durch, wenn Sie wissen, was ich meine. Er war eine harmlose Erscheinung...«

»*Harmlos*?«

Wieder hätte sich der Richter am liebsten die Zunge abgebissen. »Bis zu der Nacht, in der er Ihre Mutter getötet hat.«

»Er ist von keiner Jury für schuldig erklärt worden, Richter.«

Richter Wallace kniff verärgert die Lippen zusammen. »Natürlich.« Er versuchte ihrem ruhigen Blick auszuweichen, um seine Gedanken zu sammeln. »Ich war der Meinung, daß in diesem speziellen Fall zwei Psychiater genügten.«

»Ich würde Ihnen zweifellos zustimmen, wenn diese Analysen nicht so verschieden ausgefallen wären.«

»Oder wenn nicht Ihre Mutter das Opfer des Verbrechens gewesen wäre«, sagte der Richter boshaft.

Sie richtete sich empört auf. »Ich werde das ignorieren, Richter Wallace.«

»Ja, also, darum geht es doch schließlich, oder? Oder wollen Sie etwa aus einem mir unbekannten Grund meine Integrität in Frage stellen und ein Urteil anfechten, das ich vor fünfundzwanzig Jahren gesprochen habe?«

»Wenn Sie nichts zu verstecken haben, dann haben Sie auch keinerlei Grund zu befürchten, daß Ihre ausgezeichnete Personalakte durch meine paar Fragen besudelt wird, nicht wahr?«

»Fahren Sie fort«, sagte er steif.

»Die beiden vom Gericht berufenen Psychiater waren sich hinsichtlich des geistigen Zustands von Hicks in der Nacht des Mordes an meiner Mutter nicht einig. Das bildete die erste Ungereimtheit, die mein Interesse weckte. Nachdem ich Bezirksstaatsanwalt Harper darauf aufmerksam gemacht hatte, war er damit einverstanden, den Fall neu aufzurollen.

Ein Psychiater hegte offensichtlich die Meinung, daß Hicks nicht fähig wäre zu so einer Gewalttat. Der andere sagte, er wäre fähig. Warum haben Sie nicht ein drittes, entscheidendes Gutachten eingeholt?«

»Es war nicht notwendig.«

»Da bin ich anderer Meinung, Richter.« Sie hielt einen Augenblick inne, dann sah sie ihn an, ohne den Kopf zu heben.

»Sie waren Golfpartner des Arztes, dem Sie recht gegeben haben. Der andere Psychiater war nicht aus der Stadt. Das war das erste und letzte Mal, daß er je in Ihrem Gerichtssaal als Sachverständiger aussagte.«

Richter Wallace lief vor Wut rot an. »Wenn Sie an meiner Ehrlichkeit zweifeln, schlage ich vor, daß Sie die Ärzte selbst befragen.«

»Das hab ich versucht. Leider sind beide bereits tot.« Sie stellte sich gelassen seinem feindseligen Blick. »Ich habe jedoch den letzten behandelnden Arzt von Mr. Hicks befragt. Er sagt, Sie haben den falschen Mann bestraft, und hat zur Bestätigung eine eidesstattliche Erklärung abgegeben.«

»Miss Gaither.« Er erhob sich teilweise aus seinem Stuhl und schlug mit der flachen Hand auf den Schreibtisch. Er tobte innerlich, aber gleichzeitig fühlte er sich nackt und angreifbar. Das leise Klopfen an seiner Tür war ein Gottesgeschenk. »Ja?«

Sheriff Lambert schlenderte herein.

»Reede!« Alex hätte nicht überraschter sein können, wenn der Richter ihm um den Hals gefallen wäre, so froh war er über sein Erscheinen. »Kommen Sie rein.«

»Mrs. Lipscomb sagte, Sie wollten nicht gestört werden, aber als sie mir erzählt hat, wer bei Ihnen ist, hab ich sie überzeugt, daß ich zu Diensten sein könnte.«

»Wem?« fragte Alex spitz.

Reede schlenderte zum Stuhl neben ihr und ließ sich reinfallen. Unverschämte grüne Augen glitten über sie. »Jedem, der meine Dienste benötigt.«

Alex zog es vor, über dieses kleine Wortspiel hinwegzugehen, und hoffte, er würde die aufsteigende Röte in ihrem Gesicht nicht bemerken. Sie versuchte sich auf den Richter zu konzentrieren.

»Miss Gaither interessiert sich dafür, warum ich Mr. Hicks als verhandlungsunfähig erklärt habe. Nachdem sie ihn nicht gekannt hat, versteht sie eben nicht, wie genau er den Kriterien der Unzurechnungsfähigkeit entsprach.«

»Danke, Richter Wallace«, sagte sie, heiser vor Wut. »Ich kenne die Kriterien. Was ich nicht weiß, ist, warum Sie Ihr Urteil so eilig gefällt haben.«

»Ich habe keinen Grund für einen Aufschub gesehen«, wiederholte der Richter, dem seit Reedes Ankunft offensichtlich etwas wohler in seiner Haut war. »Ich habe Ihnen bereits erzählt, daß die meisten Menschen in der Stadt Hicks nur toleriert haben. Ihre Mutter, das muß man ihr zugute halten, hat ihn immer freundlich behandelt. Gooney Bud hat sich auf peinliche Art und Weise an sie gehängt. Ich bin mir sicher, daß er oft lästig war. Er ist ihr nachgelaufen wie ein junger Hund. Stimmt's, Reede?«

Der Sheriff nickte. »Celina ließ nicht zu, daß man ihn hänselte, wenn sie da war. Er hat ihr immer Geschenke gebracht, Bohnen, Steine, solches Zeug. Sie hat sich immer bedankt, als ob er ihr die Kronjuwelen verehrt hätte.«

»Ich denke mir, daß Gooney Bud ihre Freundlichkeit als tieferes Gefühl mißverstanden hat«, sagte Richter Wallace. »Er ist ihr in dieser Nacht in den Stall der Mintons gefolgt und hat, äh, versucht, sich ihr aufzudrängen.«

»Sie zu vergewaltigen?« fragte Alex unumwunden.

»Na ja, ja«, stotterte der Richter. »Und als sie ihn abgewiesen hat, konnte er das nicht ertragen, und da hat er ...«

»Dreißigmal auf sie eingestochen«, beendete Alex den Satz für ihn.

»Sie zwingen mich, taktlos zu sein, Miss Gaither«, sagte Richter Wallace vorwurfsvoll.

Alex verschränkte ihre Beine. Ihre Strümpfe machten ein schlüpfriges, seidiges Geräusch, das die Aufmerksamkeit des Richters auf sie lenkte. Sie ertappte ihn dabei, wie er ihren Rocksaum beäugte, überging es selbstverständlich und fragte weiter.

»Ich möchte ganz sichergehen, daß ich Sie richtig verstanden habe. Sie vermuten also, daß der Mord nicht geplant war, sondern ein Verbrechen aus Leidenschaft?«

»Wie Sie schon sagten, es ist eine Vermutung.«

»Okay. Aber gehen wir doch einfach einmal davon aus, daß es tatsächlich so war. Wenn Bud Hicks aus extremer Provokation, aus unkontrollierter Leidenschaft so gehandelt hat, hätte er da nicht eine Heugabel, einen Rechen oder etwas Ähnliches zur Verfügung Stehendes genommen? Wieso hatte er ein Skalpell bei sich, wenn er den Stall nicht mit der Absicht betreten hatte, sie zu töten?«

»Das ist ganz einfach«, sagte Reede. Alex warf ihm einen scharfen Blick zu. »An dem Tag hat eine Stute ihr Fohlen gekriegt. Es war eine schwierige Geburt. Wir haben den Veterinär zu Hilfe gerufen.«

»Was hat er gemacht? Einen Dammschnitt?« fragte sie.

»Nein, letztendlich doch nicht. Wir konnten das Fohlen schließlich so holen. Aber Doc Collins' Tasche stand direkt da. Das Skalpell könnte auf den Boden gefallen sein. Ich rate natürlich nur, aber man kann doch logischerweise annehmen, daß Gooney Bud es gesehen und aufgehoben hat.«

»Das scheint mir ziemlich weit hergeholt, Sheriff Lambert.«

»So weit auch wieder nicht. Wie ich Ihnen schon sagte, Gooney Bud hat lauter solches Zeug aufgesammelt.«

»Er hat recht, Miss Gaither«, bestätigte Richter Wallace hastig. »Sie können jeden fragen. Etwas Glänzendes wie ein chirurgisches Instrument müßte sofort seine Aufmerksamkeit erregt haben, als er in den Stall kam.«

»War er an diesem Tag im Stall?« fragte sie Reede.

»Ja, den ganzen Tag lang sind Leute rein- und rausgegangen, unter anderem auch Gooney Bud.«

Alex kam zu dem weisen Entschluß, daß es höchste Zeit war, sich zurückzuziehen und sich neu zu orientieren. Sie dankte dem Richter flüchtig und verließ sein Büro. Der Sheriff folgte ihr nach draußen. Sobald sie aus dem Vorzimmer waren, drehte sie sich um und stellte ihn zur Rede.

»Von jetzt an wäre ich Ihnen dankbar, wenn Sie denjenigen, die ich befrage, keine Worte in den Mund legten.«

Er machte ein unschuldiges Gesicht. »Hab ich das getan?«

»Das wissen Sie verdammt gut. Ich hab in meinem ganzen Leben noch keine so fadenscheinige, weit hergeholte Erklärung für einen Mord gehört. Ich würde jedem Anwalt in die Kehle beißen, der versuchte, einen Klienten mit so etwas zu verteidigen.«

»Hmmm, das ist komisch.«

»Komisch?«

»Ja.« Wieder musterte er sie unverblümt von Kopf bis Fuß. »Ich finde, daß eigentlich Sie diejenige sind, die zum Anbeißen ist.«

Das Blut schoß ihr in den Kopf, was sie ihrer Empörung zuschrieb. »Nehmen Sie mich etwa nicht ernst, Mr. Lambert?«

Sein arrogantes Lächeln war wie weggewischt. »Ich nehm Sie verdammt ernst, Counselor«, flüsterte er wütend. »Verdammt ernst.«

5

»Beruhig dich, Joe.« Angus Minton lehnte in seinem roten Ledersessel. Er liebte diesen Stuhl. Seine Frau, Sarah Jo, verabscheute ihn.

Als er Junior an der Tür zu seinem Allerheiligsten entdeckte, winkte er ihn herein. Er legte die Hand über die Muschel seines schnurlosen Telefons und flüsterte seinem Sohn zu: »Joe Wallace hat Muffensausen.«

»Komm jetzt, Joe, du ziehst voreilig Schlüsse und regst dich unnötig auf«, sprach er in die Muschel. »Sie macht nur das, was sie für ihren Job hält. Schließlich und endlich ist ihre Mutter ermordet worden. Und jetzt, wo sie den scheißwichtigen Job als Anklägerin hat, startet sie einen Kreuzzug. Du weißt doch, wie diese jungen Karriereweiber sind.«

Er hörte einen Moment zu. Dann wiederholte er, in gar nicht mehr beschwichtigendem Ton: »Verdammt noch mal, Joe, beruhig dich, hörst du! Halt bloß die Klappe, und alles wird sich in nichts auflösen. Celinas Tochter überlaß uns«, ergänzte er noch und zwinkerte Junior zu.

»In ein paar Wochen wird sie mit gekühltem Mütchen auf ihren schönen langen Beinen nach Austin zurückschleichen und ihrem Boß beichten, daß sie nichts erreicht hat. Wir kriegen unsere Rennbahnlizenz, die Bahn wird fristgerecht fertiggebaut, du wirst mit einer blütenweißen Weste in Pension gehen, und nächstes Jahr um diese Zeit sitzen wir mit einem Drink in der Hand da und lachen über die ganze Geschichte.«

Nachdem er sich verabschiedet hatte, warf er das Funktelefon auf den Kaffeetisch. »Jemine, das ist vielleicht ein Pessimist. So wie er das schildert, hat Celinas Tochter eine Schlinge um seinen hageren Hals gelegt und sie festgezurrt. Sei so gut und hol mir ein Bier.«

»Pasty ist unten in der Halle. Er will dich sprechen.«

Diese Nachricht trug nichts zur Verbesserung seiner ohnehin schon miesen Laune bei. »Scheiße, ausgerechnet jetzt, aber was soll's, hol ihn.«

»Nimm ihn nicht zu hart ins Gebet. Dem fallen gleich die Stiefel ab, so zittert er.«

»Für das, was er getan hat, kann er ruhig zittern«, schimpfte Angus.

Junior kehrte ein paar Sekunden später zurück. Hinter ihm

schlurfte Pasty Hickam, mit reumütig gesenktem Kopf und seinem verbeulten Cowboyhut in der Hand. Seinen Spitznamen hatte er sich eingehandelt, weil er für eine Wette eine Flasche Kleber ausgetrunken hatte. Sein wirklicher Name war längst vergessen. Das Ereignis hatte wohl irgendwann in der Volksschule stattgefunden, weil Pasty der Bildung bereits in der neunten Klasse abgeschworen hatte.

Einige Jahre lang war dann die Rodeorunde dran, aber nie sehr erfolgreich. Die Preisgelder, die er gewonnen hatte, beliefen sich auf Kleingeld, das er rasch in Alkohol, Glücksspiel und Frauen umgesetzt hatte. Sein Job auf der Minton Ranch war sein erster Versuch mit regulärer Arbeit, und den hatte er fast dreißig Jahre lang gehalten, eine Überraschung für jedermann. Angus tolerierte Pastys gelegentliche Sauftouren. Aber diesmal war er zu weit gegangen.

Angus ließ ihn ein paar endlose Sekunden lang einfach schwitzen und dastehen, dann sagte er schroff: »Und?«

»Ang... Angus«, stotterte das alte Faktotum. »Ich weiß, was Sie sagen werden. Ich hab Riesenscheiße gebaut, aber ich schwör bei Gott, ich hab's nicht absichtlich gemacht. Sie kennen doch das Sprichwort von wegen den Katzen, die alle bei Nacht grau sind? Ich will verdammt sein, wenn das nicht auch für Pferde gilt. Besonders wenn man einen Liter Whiskey im Bauch rumschwappen hat.« Er grinste und entblößte seine paar übriggebliebenen, verfaulten Zahnstummel.

Angus fand das nicht lustig. »Du irrst dich, Pasty. Das wollte ich nicht sagen. Ich wollte sagen, daß du gefeuert bist.«

Junior schoß aus dem Ledersofa hoch. »Dad!« Angus warf ihm einen Blick zu, der ihn sofort verstummen ließ.

Pastys Gesicht wurde blaß. »Das ist doch nicht Ihr Ernst, Angus. Ich bin fast dreißig Jahre hier.«

»Du kriegst eine faire Abfindung – verdammt viel mehr, als du verdient hast.«

»Aber... aber...«

»Du hast ein Hengstfohlen in eine Koppel mit zehn rossigen Stuten gesperrt. Was, wenn er eine von ihnen bestiegen hätte? Die aus Argentinien war da drin. Hast du eine Ahnung, was dieses Pferd wert ist, Pasty? Über eine halbe Million. Wenn sie verletzt oder durch ein geiles Fohlen gedeckt worden wäre...« Angus schnaubte. »Ich darf gar nicht dran denken, was das für ein Chaos gegeben hätte. Wenn nicht einer der anderen Cowboys den Fehler entdeckt hätte, hätte ich Millionen verlieren können und der Ruf der Ranch wär im Eimer gewesen.«

Pasty schluckte mühsam. »Geben Sie mir 'ne Chance, Angus. Ich schwöre...«

»Die Rede kenn ich schon in- und auswendig. Räum deinen Krempel aus dem Schlafhaus und komm Ende der Woche im Büro vorbei. Ich laß dir vom Buchhalter einen Scheck ausstellen.«

»Angus...«

»Tschüs und viel Glück, Pasty.«

Der alte Cowboy warf Junior einen flehenden Blick zu, obwohl er schon vorher wußte, daß aus dieser Richtung keine Hilfe zu erwarten war. Junior hielt den Blick gesenkt. Schließlich schlurfte Pasty unter Hinterlassung einer Schlammspur aus dem Zimmer.

Als sie hörten, wie die Haustür ins Schloß fiel, stand Junior auf und ging zu dem Kühlschrank, der in der Täfelung eingebaut war. »Ich hab nicht gewußt, daß du ihn feuern willst«, sagte er vorwurfsvoll.

»Gab keinen Grund, dir das zu sagen.«

Er trug das Bier zu seinem Vater und machte sich auch eins auf. »War das wirklich notwendig? Du hättest ihn doch kräftig anschreien können, ihm ein bißchen Verantwortung wegnehmen, sein Gehalt einfrieren. Dad, wo soll denn ein so alter Kerl hin?«

»Das hätte er sich überlegen müssen, bevor er das Fohlen auf diese Weide gebracht hat. Aber lassen wir das. Mir hat's auch keinen Spaß gemacht, das zu tun. Er war sehr lange hier.«

»Er hat halt einen Fehler gemacht.«

»Viel schlimmer! Er hat sich dabei erwischen lassen!« brüllte Angus. »Wenn du dieses Geschäft führen willst, Junge, brauchst du Eisen im Hintern. Der Job besteht nicht nur aus Spaß, weißt du. Da gehört mehr dazu, als Kunden protzig zum Essen auszuführen und mit ihren Frauen und Töchtern zu flirten.« Angus nahm einen Schluck Bier. »So, jetzt laß uns über Celinas Tochter sprechen.«

Obwohl er mit der harten Bestrafung Pastys nicht einverstanden war, fügte Junior sich zähneknirschend, ließ sich in einen Sessel fallen und nippte an seiner Bierflasche. »Sie war bei Joe, was?«

»Ja, und wie du siehst, hat sie nicht lang gefackelt, sondern ist gleich hin. Joe ist ein Nervenbündel. Er hat Angst, seine makellose Amtszeit als Richter steht kurz davor, durchs Klo gespült zu werden.«

»Was wollte Alexandra denn von ihm?«

»Sie hat ihm ein paar Fragen gestellt, warum er Gooney Buds Anhörung wegen Verhandlungsunfähigkeit so übereilt durchgezogen hat. Reede hat ihn gerade noch gerettet, ziemlich clever von ihm.«

»Reede?«

»Der steht ja nie auf dem Schlauch, oder?« Angus zog seine Stiefel aus und ließ sie über die gepolsterte Lehne seines Stuhls fallen. Sie schlugen polternd auf den Boden. Er hatte Gicht, und seine große Zehe machte ihm zu schaffen. Nun massierte er sie nachdenklich und wandte sich seinem Sohn zu. »Was hältst du denn von dem Mädchen?«

»Ich denke da wie Joe, der in ihr eine Bedrohung sieht. Sie glaubt, einer von uns hat Celina getötet, und ist wild entschlossen herauszufinden, wer.«

»So schätz ich sie auch ein.«

»Natürlich hat sie nichts gegen irgendeinen von uns in der Hand.«

»Natürlich nicht.«

Junior sah seinen Vater zweifelnd an. »Sie hat einen scharfen Verstand.«

»Wie ein Rasiermesser.«

»Und ein klasse Fahrgestell hat sie auch.«

Vater und Sohn lachten unanständig. »Ja, sie sieht gut aus«, stimmte Angus zu. »Aber ihre Mutter war ja auch hübsch.«

Juniors Lächeln verblaßte. »Ja, das war sie.«

»Sie fehlt dir noch immer, was?« Angus musterte seinen Sohn mit wissendem Blick.

»Manchmal.«

Angus seufzte. »Man kann wohl nicht verlangen, daß der Verlust einer Herzensfreundin keine Narben hinterläßt. Ansonsten wärst du ja kein Mensch. Aber es ist dumm von dir, einer Frau nachzutrauern, die schon so viele Jahre tot ist.«

»Ich hab nicht mehr getrauert. Seit dem Tag, an dem ich rausgefunden hab, wie das hier funktioniert«, er griff sich an den Schritt. »Lange war er nicht im Ruhestand.«

»Davon rede ich nicht«, winkte Angus ab und runzelte die Stirn. »Jeder kann sich regelmäßig was zum Bumsen besorgen. Ich rede von deinem Leben. Sich für etwas einsetzen. Du warst nach Celinas Tod lange durcheinander. Du hast etliche Zeit gebraucht, um deinen Scheiß wieder in Griff zu kriegen. Okay, das ist verständlich.«

Er schob den Schemel von seinem Sessel weg und richtete sich auf, wies mit dem Finger auf Junior. »Aber du bist auf der Stelle getreten und seither nicht mehr richtig in Fahrt gekommen. Schau dir Reede an. Ihn hat Celinas Tod auch schwer getroffen, aber er hat es überwunden.«

»Woher weißt du, daß er drüber weg ist?«

»Siehst du ihn rumschmollen?«

»Ich bin derjenige, der drei Ehefrauen hinter sich hat, nicht Reede.«

»Und darauf bist du auch noch stolz?« schrie Angus wutentbrannt. »Reede hat etwas aus seinem Leben gemacht. Er hat in seinem Beruf Karriere gemacht…«

»Karriere?« unterbrach ihn Junior und schnaubte verächtlich. »Sheriff in diesem verpißten Loch hier würde ich nicht gerade als Karriere bezeichnen. Ein Scheiß ist das.«

»Was würdest du denn als Karriere bezeichnen? Sämtliche weiblichen Mitglieder des Countryclubs zu vögeln, bevor du stirbst?«

»Ich leiste hier meinen fairen Anteil an Arbeit«, wehrte sich Junior. »Ich hab den ganzen Morgen mit diesem Züchter in Kentucky telefoniert. Er ist beinah entschlossen, das Fohlen von Artful Dodger und Little Bit More zu kaufen.«

»Ja, was hat er gesagt?«

»Daß er ernsthaft darüber nachdenkt.«

Angus erhob sich strahlend aus seinem Sessel. »Die Neuigkeit lob ich mir, Sohn. Der Alte ist ein harter Brocken, ein Kumpel von Bunky Hunt. Füttert seine Pferde mit Kaviar und solchem Mist, wenn sie gewonnen haben.« Er schlug seinem Sohn auf den Rücken und fuhr ihm durchs Haar, wie einem Dreijährigen, und nicht wie einem Mann von dreiundvierzig.

»Aber«, sagte Angus und runzelte wieder die Stirn, »das bestätigt einmal mehr, wieviel wir hier verlieren können, wenn die Rennbahnkommission beschließt, unsere Lizenz zurückzuziehen, noch bevor die Tinte darauf trocken ist. Ein Hauch von Skandal genügt, und wir sind draußen. Also, was sollen wir mit Alexandra machen?«

»Machen?«

Angus humpelte zum Kühlschrank, um sich noch ein Bier zu holen. »Wir können es nicht beim Wünschen belassen, daß sie verschwindet. So wie ich das sehe«, sagte er und öffnete die Flasche, »müssen wir sie davon überzeugen, daß wir unschuldig sind. Ehrbare Bürger.« Er hob die Schultern. »Und nachdem wir genau das sind, sollte uns das wohl nicht schwerfallen.«

Junior wußte genau, wann sein Vater etwas plante. »Wie werden wir das bewerkstelligen?«

»Nicht wir – du! Indem du das machst, was du am besten kannst.«

»Du meinst...«

»Sie verführen.«

»Sie verführen!« rief Junior. »So wie ich sie einschätze, ist die nicht so leicht rumzukriegen. Und außerdem bin ich überzeugt, daß sie uns zum Kotzen findet.«

»Dann müssen wir das zuallererst ändern... du mußt dich ändern. Bring sie einfach erst einmal dazu, dich zu mögen. Ich würde es selber machen, wenn ich die richtige Ausrüstung dazu hätte.« Er grinste seinen Sohn an. »Glaubst du, du wirst mit einer so *unangenehmen* Aufgabe fertig?«

Junior erwiderte sein Grinsen. »Die Gelegenheit, es zu versuchen, möchte ich nicht versäumen.«

6

Die Tore des Friedhofs standen offen. Alex fuhr hinein. Sie war nie zuvor am Grab ihrer Mutter gewesen, wußte aber die Grabnummer. Sie befand sich bei den offiziellen Papieren, die sie gefunden hatte, als sie ihre Großmutter in das Pflegeheim brachte.

Der Himmel sah kalt und unfreundlich aus. Die Sonne hing wie eine riesige Orangenscheibe direkt über dem westlichen Horizont, strahlend, aber blechern. Grabsteine warfen lange Schatten über das tote Gras.

Mit Hilfe diskreter Wegweiser fand Alex die richtige Reihe, parkte den Wagen und stieg aus. Soweit sie beurteilen konnte, war sie die einzige Besucherin. Hier im Außenbezirk der Stadt blies der Nordwind stärker, sein Heulen klang bedrohlicher. Sie schlug ihren Kragen hoch und machte sich auf den Weg.

Obwohl sie nach dem Grab suchte, war sie auf dessen Anblick in keinster Weise vorbereitet, er traf sie wie ein Schlag ins Gesicht. Am liebsten wäre sie davongerannt, als wäre sie mit einer Abscheulichkeit zusammengestoßen, mit etwas Entsetzlichem, Abstoßendem.

Der rechteckige Grabstein war kaum sechzig Zentimeter hoch. Ohne den Namen hätte sie ihn gar nicht bemerkt.

Außer dem Namen standen da nur Geburtsdatum und Todestag ihrer Mutter – sonst nichts. Kein Grabspruch. Kein obligatorisches: »In liebevoller Erinnerung«, nur die nackten statistischen Fakten.

Die Sparsamkeit der Inschrift brach Alex das Herz. Celina war so jung und hübsch gewesen, so vielversprechend und hier zu nichtssagender Anonymität reduziert.

Sie kniete sich neben das Grab. Es lag abseits von den anderen, allein am Kamm eines flachen Hügels. Die Leiche ihres Vaters war von Vietnam in sein heimatliches West Virginia überführt worden, auf Kosten der United States Army. Großvater Graham war in Celinas Mädchenjahren gestorben und in seiner Heimatstadt begraben. Celinas Grab lag einsam da.

Der Grabstein fühlte sich kalt an. Sie zeichnete die eingemeißelten Buchstaben des Vornamens ihrer Mutter mit der Fingerspitze nach, dann drückte sie die Hand auf das dürre Gras davor, als suche sie nach einem Puls.

Sie hatte sich törichterweise ausgemalt, sie könne mit ihr telepathisch kommunizieren, spürte aber nur das stoppelige Gras, das in ihre Handfläche stach.

»Mutter«, flüsterte sie, probierte das Wort: »Mama, Mami.« Die Bezeichnungen schmeckten fremd auf ihrer Zunge. Sie hatte sie noch nie zu jemandem gesagt.

»Celina hat damals geschworen, Sie würden sie allein am Klang ihrer Stimme erkennen.«

Alex wirbelte erschrocken herum. Sie legte eine Hand auf ihr hämmerndes Herz und rang nach Luft. »Sie haben mich erschreckt. Was machen Sie denn hier?«

Junior Minton kniete sich neben sie und legte einen frischen Blumenstrauß vor den Grabstein. Er sah ihn einen Augenblick an, dann drehte er den Kopf und lächelte Alex traurig an.

»Instinkt. Ich hab im Motel angerufen, aber Sie waren nicht in Ihrem Zimmer.«

»Woher wußten Sie, wo ich wohne?«

»In dieser Stadt weiß jeder alles über jeden.«

»Keiner wußte, daß ich zum Friedhof gehn würde.«

»Logische Schlußfolgerung. Ich versuchte mir vorzustellen, was ich an Ihrer Stelle getan hätte. Wenn Sie keine Gesellschaft wollen, geh ich.«

»Nein, schon in Ordnung.« Ihr Blick wanderte zurück zu dem kalten, unpersönlichen Stein. »Ich war noch nie hier. Großmama Graham hat sich geweigert, mich hierher mitzunehmen.«

»Ihre Großmutter ist kein warmherziger, großzügiger Mensch.«

»Nein, das ist sie nicht, nicht wahr?«

»Hat Ihnen Ihre Mutter gefehlt, als Sie klein waren?«

»Sehr. Ganz besonders, als ich in die Schule kam und mir klar wurde, daß ich das einzige Kind bin, das keine hatte.«

»Viele Kinder leben nicht bei ihren Müttern.«

»Aber sie wissen, daß sie eine haben.« Das war ein Thema, über das sie selbst mit ihren engsten Freunden nur ungern redete. Und sie hatte keine Lust, mit Junior darüber zu reden, gleichgültig wie mitfühlend ihm sein Lächeln gelang.

Sie berührte den Strauß, den er gebracht hatte und rieb das Blütenblatt einer roten Rose zwischen ihren Fingern. Die Blume fühlte sich an wie warmer Samt, aber die Farbe war die Farbe von Blut. »Bringen Sie oft Blumen an das Grab meiner Mutter, Mr. Minton?«

Er gab keine Antwort, bis sie ihn wieder ansah. »Ich war im Krankenhaus an dem Tag, an dem Sie geboren wurden. Ich hab Sie gesehen, bevor man Sie gewaschen hat.« Sein Grinsen war offen, herzlich, entwaffnend. »Finden Sie nicht, daß das Grund genug ist, sich beim Vornamen zu nennen?«

Es war unmöglich, gegen dieses Lächeln Schranken zu errichten. Es hätte Eisen schmelzen können. »Dann nennen Sie mich Alex«, gab sie nach.

Sein Blick glitt von ihrem Haaransatz bis zu ihren Zehen hinab. »Alex, das gefällt mir.«

»Und, machen Sie's?«

»Was, Ihren Namen mögen?«
»Nein, öfter Blumen vorbeibringen?«
»Ach das. Nur an Feiertagen. Normalerweise bringen Angus und ich welche an ihrem Geburtstag. Weihnachten und Ostern macht es auch Reede. Wir teilen uns die Kosten für die Grabpflege.«
»Aus irgendeinem bestimmten Grund?«
Sein Blick war etwas komisch, aber dann sagte er schlicht: »Wir alle haben Celina geliebt.«
»Ich bin überzeugt, daß einer von euch sie umgebracht hat«, sagte sie leise.
»Sie irren sich, Alex. Ich habe sie nicht umgebracht.«
»Und was ist mit Ihrem Vater? Glauben Sie, er hat's getan?« Er schüttelte den Kopf. »Er hat Celina wie eine Tochter behandelt, hat sie auch so gesehen.«
»Und Reede Lambert?«
Er hob nur die Schultern, als wäre keine Erklärung nötig.
»Also Reede ...«
»Was?«
»Reede hätte sie nie töten können.«
Alex kuschelte sich tiefer in ihre Pelzjacke. Die Sonne war untergegangen und es wurde sekündlich kälter. Ihr Atem bildete kleine Wölkchen, als sie sagte: »Ich war heute nachmittag in der Gemeindebibliothek und hab alte Ausgaben der Lokalzeitungen gelesen.«
»Auch was über mich?«
»Oh ja, alles über Ihre Zeit im Purcell Panther Footballteam.«
Er lachte und der Wind lüpfte seine blonden Haare. Sie waren viel heller als die von Reede und feiner, besser gepflegt. »Das muß ja faszinierender Lesestoff gewesen sein.«
»Oh ja. Sie und Reede waren Cocaptains des Teams.«
»Verdammt, ja.« Er bog den Arm, als wolle er seinen Bizeps zeigen. »Wir dachten, wir wären unbesiegbar, die Größten.«
»In ihrem ersten Studienjahr war meine Mutter die Home-

coming Queen*. Auf einem der Zeitungsbilder küßt Reede sie in der Halbzeit.«

Alex hatte ein sehr komisches Gefühl gehabt, als sie dieses Foto entdeckte. Sie hatte es nie zuvor gesehen. Aus irgendeinem Grund hatte ihre Großmutter es vorgezogen, das Bild nicht zusammen mit den vielen anderen aufzubewahren, vielleicht weil Reede Lamberts Kuß gewagt gewesen war, erwachsen und siegesgewiß.

Ohne jede Scheu vor dem jubelnden Publikum im Stadion hatte er seinen Arm besitzergreifend um Celinas Taille gelegt. Der Druck des Kusses hatte ihren Kopf zurückgebogen. Er sah aus wie ein Eroberer, was seine schlammige Footballuniform und der kampfzerbeulte Helm in seiner Hand noch betonten.

Nachdem sie das Foto einige Minuten lang angestarrt hatte, begann sie, den Kuß selbst zu fühlen.

Sie kam mit einem Ruck zurück in die Gegenwart: »Sie haben sich erst später mit Reede und meiner Mutter angefreundet, stimmt's?«

Junior riß einen Grashalm aus und begann ihn zu zerpflücken. »In der neunten Klasse. Bis dahin war ich im Internat in Dallas.«

»Freiwillig?«

»Meine Mutter wollte es so. Sie wollte nicht, daß ich mir das, was sie als schlechte Manieren ablehnte, von den Kindern der Arbeiter und Cowboys aneigne, also wurde ich jeden Herbst nach Dallas abgeschoben.

Meine Erziehung war jahrelang der Zankapfel zwischen meinem Vater und meiner Mutter. Als ich dann schließlich auf die High School kommen sollte, hat er auf stur geschaltet und gesagt, es wäre höchste Zeit für mich zu lernen, daß es noch andere Leute gibt außer den ›blassen kleinen Schwachköpfen‹ – Zitat – im Internat. Ohne lange Umstände hat er mich in der Purcell High School angemeldet.«

---

* Homecoming Queen: die beliebteste Schülerin wird bei erstmaliger Heimkunft vom College zur Saisonkönigin gewählt.

»Und wie hat Ihre Mutter das aufgenommen?«
»Nicht sehr gut. Sie war definitiv dagegen, konnte sich aber nicht durchsetzen. Da, wo sie herkam...«
»Und das wäre?«
»Kentucky. In seinen besten Zeiten war ihr alter Herr einer der erfolgreichsten Züchter des Landes. Er hatte einen Triple-Crown-Sieger* gezüchtet.«
»Wie hat sie Ihren Vater kennengelernt?«
»Angus fuhr nach Kentucky, um eine Stute zu kaufen, und kam mit ihr und meiner Mutter zurück. Sie lebt schon seit über vierzig Jahren hier, klammert sich aber immer noch an die Presley-Familientraditionen, und eine davon ist, die Sprößlinge auf Privatschulen zu schicken.
Dad hat mich nicht nur in der High School eingeschrieben, er hat auch darauf bestanden, daß ich versuche, ins Footballteam zu kommen. Der Trainer war nicht sehr begeistert, aber Dad hat ihn bestochen, indem er ihm versprach, neue Trikots für das Team zu kaufen, wenn er mich nimmt, also...«
»Angus Minton hat immer die Hand am Drücker.«
»Darauf können Sie wetten«, Junior lachte. »Ein Nein akzeptiert er einfach nicht, also hab ich mich im Football versucht. Ich hatte noch nie einen in der Hand, und am ersten Trainingstag haben sie mich fast erledigt. Die anderen Jungs mochten mich natürlich nicht.«
»Weil Sie der reichste Knabe der Stadt waren?«
»Es ist ein harter Job, aber einer muß ihn ja machen«, sagte er mit seinem unwiderstehlichen Grinsen. »Wie dem auch sei, als ich an diesem Abend nach Hause kam, hab ich Dad gesagt, daß ich sowohl die Purcell High School als auch Football zum Kotzen finde. Ich hab ihm gesagt, mir wären blasse kleine Schwachköpfe wesentlich lieber als Schläger wie Reede Lambert.«
»Was ist dann passiert?«
»Meine Mutter hat sich krank geweint. Dad hat geflucht,

---

* Triple Crown = bekanntes amerikanisches Pferderennen.

daß ihm fast der Schädel geplatzt ist. Dann hat er mich nach draußen gezerrt und mir Bälle zugeschmissen, bis meine Hände vom Fangen blutig waren.«

»Das ist ja furchtbar!«

»Eigentlich nicht. Er wollte nur mein Bestes. Er hat gewußt, im Gegensatz zu mir, daß man hier draußen essen, trinken, schlafen und Football spielen muß. Sagen Sie«, unterbrach er sich, »ich quaßle hier wie ein Wasserfall. Frieren Sie nicht?«

»Nein.«

»Sicher?«

»Ja.«

»Wollen Sie gehen?«

»Nein, ich möchte, daß Sie weiterquasseln.«

»Ist das eine offizielle Vernehmung?«

»Eine Konversation«, sagte sie so spitz, daß er grinsen mußte.

»Stecken Sie wenigstens Ihre Hände in die Taschen.« Er nahm ihre Hände, zog sie zu den tiefen Taschen ihrer Jacke, steckte sie hinein und tätschelte sie kurz. Alex gefiel diese intime Geste gar nicht. Es war unverschämt und, angesichts der Umstände, mehr als unangebracht. »Geh ich recht in der Annahme, daß Sie's ins Footballteam geschafft haben?« fragte sie, nachdem sie beschlossen hatte, seine Berührung einfach zu ignorieren.

»Ja. Aber ich hab nicht gespielt, in keinem einzigen Spiel, bis auf das allerletzte. Da ging's um die Bezirksmeisterschaft.«

Er senkte den Kopf und lächelte bei der Erinnerung. »Wir lagen vier Punkte hinten. Ein Feldtor hätte uns gar nichts genutzt. Es waren nur noch ein paar Sekunden zu spielen. Wir hatten den Ball, aber kaum eine Chance. Die beiden Fänger waren in den vorherigen Spielabschnitten verletzt worden.«

»Mein Gott.«

»Ich hab's Ihnen ja gesagt. Football ist ein blutrünstiger Sport. Aber, wie dem auch sei, gerade wurde also der Hauptstürmer vom Feld gekarrt, als der Coach zur Bank schaute und meinen Namen schrie. Ich hab mir fast in die Hosen gemacht...«

»Was ist passiert?«

»Ich hab mich aus meinem Poncho geschält und bin losgerannt, ins Team, das sich gerade während einer Auszeit zusammendrängte. Ich hatte das einzige saubere Hemd auf dem Spielfeld. Der Quarterback...«

»Reede Lambert.« Alex wußte das aus den Zeitungsberichten.

»Ja, mein Über-Ich. Er stöhnte hörbar auf, als er mich kommen sah, und noch lauter, als er hörte, welchen Spielzug mir der Coach aufgetragen hatte. Er sah mir direkt in die Augen und sagte: ›Wenn ich den verdammten Ball werfe, Schnösel, dann fang ihn gefälligst.‹«

Einen Moment lang schwieg Junior, abgetaucht in die Vergangenheit. »Ich werde das mein Leben lang nicht vergessen. Reede hat die Bedingungen klar dargelegt.«

»Die Bedingungen?«

»Dafür, daß wir Freunde werden. Ich sollte hier und jetzt beweisen, daß ich seiner Freundschaft würdig wäre.«

»War das denn so wichtig?«

»Da können Sie Ihren Hintern drauf verwetten. Ich war lange genug in der Schule, um zu wissen, daß ich keinen Pfifferling taugte, wenn ich mich nicht mit Reede arrangierte.«

»Sie haben den Paßball gefangen, nicht wahr?«

»Nein, hab ich nicht. Aus Fairneß muß ich das zugeben. Reede hat ihn direkt hierher geworfen«, sagte er und deutete auf seine Brust, »direkt zwischen die Zahlen auf meinem Trikot. Fünfunddreißig Yards. Ich mußte nur meine Arme um den Ball legen und ihn über die Ziellinie tragen.«

»Aber es hat gereicht, nicht wahr?«

Sein Grinsen breitete sich übers ganze Gesicht. »Jawohl. Und damit fing alles an.«

»Ihr Vater muß ganz aus dem Häuschen gewesen sein.«

Junior warf den Kopf zurück und lachte schallend. »Er

sprang über den Zaun, flankte über die Bank und stürmte auf das Spielfeld. Er hat mich einfach hochgehoben und ein paar Minuten lang herumgetragen.«

»Und Ihre Mutter?«

»Meine Mutter! Die hätte man nicht mal im Sarg auf ein Footballfeld gebracht. Sie findet das Spiel barbarisch.« Er kicherte und zupfte sich am Ohrläppchen. »Sie hat verdammt recht. Aber mir war völlig schnuppe, was irgend jemand von mir dachte, ausgenommen Dad. Er war so stolz auf mich an diesem Abend.« Seine blauen Augen glänzten vor Nostalgie. »Er war Reede nie zuvor begegnet, aber hat ihn ebenfalls umarmt, mitsamt seiner dreckigen Ausrüstung. An diesem Abend begann auch ihre Freundschaft. Kurz danach ist Reedes Dad gestorben, und er ist zu uns auf die Ranch gezogen.«

Einige Augenblicke lang schwelgte er in seiner Jugend, und Alex ließ ihm Zeit dazu. Schließlich hob er den Kopf und schreckte sichtlich zusammen.

»Du lieber Himmel, eben haben Sie genau wie Celina ausgesehen«, flüsterte er. »Nicht so sehr Ihr Gesicht, sondern der Ausdruck. Sie haben dieselbe Art zuzuhören.« Er streckte die Hand aus und berührte ihr Haar. »Sie hat gerne zugehört. Wenigstens hat sie dem, der redete, dieses Gefühl vermittelt. Sie konnte stundenlang still dasitzen und schweigen.« Er zog seine Hand zurück, aber sichtlich ungern.

»Und das hat Sie zuerst an ihr fasziniert?«

»Nee, ganz bestimmt nicht«, sagte er anzüglich. »Das, was mich sofort an ihr faszinierte, war die pubertäre Begierde eines Neuntkläßlers. Als ich Celina das erste Mal sah, hat es mir den Atem verschlagen, so hübsch war sie.«

»Sind Sie ihr nachgestiegen?«

»He, ich war verliebt, aber nicht verrückt.«

»Und was haben Sie dagegen gemacht?«

»Damals hat sie Reede gehört«, sagte er ruhig. »Das stand immer außer Frage.« Er stand auf. »Wir sollten besser gehen. Egal, was Sie mir erzählen, Sie frieren. Außerdem wird's im Dunkeln hier unheimlich.«

Alex, die von seiner letzten Aussage immer noch etwas verwirrt war, ließ sich hochziehen. Sie bürstete sich das trockene Gras ab, und dabei fiel ihr noch einmal der Strauß ins Auge. Das grüne Papier, mit dem die bunte Pracht eingewickelt war, flatterte im frischen Wind. Es machte ein trockenes, raschelndes Geräusch. »Danke, daß Sie die Blumen gebracht haben, Junior.«
»Keine Ursache.«
»Ich weiß zu schätzen, daß Sie sie all die Jahre nicht vergessen haben.«
»Wenn ich ganz ehrlich bin, hatte ich heute einen weiteren Grund herzukommen.«
»Ach?«
»Mmhm«, sagte er und nahm ihre Hände. »Ich wollte Sie auf einen Drink zu uns nach Hause einladen.«


7

Man hatte sie erwartet. Soviel war klar von dem Augenblick an, in dem Junior sie über die Schwelle des weitläufigen einstöckigen Wohnhauses der Minton Ranch führte. Sie war begierig, ihre Tatverdächtigen in ihrer eigenen Umgebung zu sehen, und deshalb hatte sie Juniors Einladung angenommen.

Doch als sie das Wohnzimmer betrat, konnte sie nicht umhin, sich zu fragen, ob nicht vielleicht sie diejenige war, die manipuliert wurde, und nicht umgekehrt.

Ihre Entschlossenheit, mit Umsicht vorzugehen, wurde sofort auf die Probe gestellt, als Angus durch das geräumige Zimmer auf sie zuschritt und ihr die Hand schüttelte.

»Ich freue mich, daß Junior Sie gefunden und mitgebracht hat«, sagte er, während er ihr aus der Jacke half. Er warf Junior den Pelz zu. »Häng das auf, ja?« Er musterte Alex wohlgefällig und sagte: »Ich hab nicht gewußt, wie Sie auf unsere Einladung reagieren. Wir freuen uns, daß Sie gekommen sind.«

»Die Freude ist ganz auf meiner Seite.«

»Gut«, sagte er und rieb sich die Hände. »Was möchten Sie trinken?«

»Weißwein, bitte«, sagte sie. Seine blauen Augen waren freundlich, aber irgendwie beunruhigend. Sie schienen durch sie hindurchzusehen bis hin zu ihren emotionellen Unsicherheiten, die sie mit Tüchtigkeit tarnte.

»Soso, Weißwein. Ich persönlich kann das Zeug nicht ausstehen. Da kann ich ja gleich Limo trinken. Aber meine Frau mag es auch. Sie wird gleich runterkommen. Setzen Sie sich, Alexandra.«

»Sie möchte lieber Alex genannt werden, Dad«, sagte Junior und stellte sich zu Angus an die Bar, um sich einen Scotch mit Soda zu mixen.

»Soso, Alex.« Angus brachte ihr ihr Glas. »Na ja, das paßt wohl zu einer Anwältin.«

Bestenfalls war das ein dubioses Kompliment. Sie dankte ihm für den Wein und fragte dann: »Warum haben Sie mich eingeladen?«

Für einen Augenblick stutzte er angesichts ihrer Direktheit, aber dann konterte er: »Es ist schon zuviel Wasser den Bach hinuntergeflossen, da können wir keine Feinde mehr sein. Ich möchte Sie näher kennenlernen.«

»Das ist auch mein Grund, warum ich hier bin, Mr. Minton.«

»Angus. Nennen Sie mich Angus.« Er musterte sie einen Augenblick lang. »Wieso sind Sie eigentlich Anwältin geworden?«

»Damit ich den Mord an meiner Mutter untersuchen kann.«

Die Antwort kam ihr spontan über die Lippen, was nicht nur die Mintons überraschte, sondern auch Alex selbst. Sie hatte bis jetzt nie dieses Ziel in Worte gefaßt. Merle Graham hatte ihr offensichtlich zusammen mit dem Gemüsebrei die nötige Entschlossenheit eingetrichtert.

Mit dieser Eröffnung kam ihr gleichzeitig die Erkenntnis,

daß sie ihre eigene Hauptverdächtige war. Großmama Graham hatte gesagt, letztendlich wäre sie verantwortlich für den Tod ihrer Mutter. Wenn es ihr nicht gelänge, etwas anderes zu beweisen, würde sie den Rest ihres Lebens diese Schuld mit sich herumtragen. Sie war nach Purcell County gekommen, um sich selbst zu entlasten.

»Sie reden nicht lange um den heißen Brei herum«, sagte Angus. »Ich mag das. Alles andere ist Zeitverschwendung.«

»Ich mag meine Zeit auch nicht verschwenden«, sagte Alex eingedenk ihres prall gefüllten Terminkalenders.

Angus räusperte sich. »Kein Ehemann? Keine Kinder?«

»Nein.«

»Warum nicht?«

»Dad«, sagte Junior und rollte die Augen. Er fand die Taktlosigkeit seines Vaters peinlich.

Alex war amüsiert, nicht beleidigt. »Ich hab nichts dagegen, Junior, wirklich nicht. Die Frage wird mir häufig gestellt.«

»Und, gibt es eine Antwort darauf?« Angus nahm einen Schluck von seinem Drink.

»Weder die Zeit noch die Neigung.«

Angus räusperte sich. »Bei uns hier haben wir zuviel Zeit und nicht genug Neigung.« Er warf Junior einen vernichtenden Blick zu.

»Dad meint damit meine gescheiterten Ehen«, erläuterte Junior.

»Ehen? Wie viele waren es denn?«

»Drei«, beichtete er zerknirscht.

»Und keine Enkelchen aus irgendeiner vorzuweisen«, Angus grummelte wie ein gekränkter Bär und richtete einen vorwurfsvollen Zeigefinger auf seinen Sohn. »Und es liegt nicht daran, daß du nicht weißt, wie man deckt.«

»Wie immer, Angus, sind deine Manieren in Gesellschaft beklagenswert.«

Alle drei drehten sich gleichzeitig um. Eine Frau stand in der offenen Tür. Alex hatte eine bestimmte Vorstellung gehegt, wie Angus' Frau aussehen würde – stark, bestimmt, mutig genug, ihm entgegenzutreten. Eine von diesen typischen Reiterinnen, die ausritt und mehr Zeit mit dem Zaumzeug als mit der Haarbürste verbrachte.

Aber Mrs. Minton war das völlige Gegenteil von Alex' geistigem Bild. Sie war zart, zierlich wie eine Porzellanfigur. Blondes, leicht ergrautes Haar lag in weichen Locken um ein Gesicht, das so blaß schimmerte wie die doppelreihige Perlenkette um ihren Hals. Sie trug ein hellviolettes Wolljerseykleid, das ihren schlanken Körper umspielte. Sie kam ins Zimmer und setzte sich in einen Stuhl neben Alex.

»Schatz, das ist Alex Gaither«, sagte Angus. Er zeigte keinerlei Reaktion auf den Tadel seiner Frau, »und meine Frau, Sarah Jo.«

Sarah Jo Minton nickte und sagte mit kühler, förmlicher Stimme: »Es ist mir eine Freude, Miss Gaither.«

»Danke.«

Ihr blasses Gesicht begann zu strahlen, und ihre schmalen Lippen bogen sich zu einem Lächeln aufwärts, als Junior ihr ein Glas Weißwein reichte, das er ohne zu fragen eingeschenkt hatte.

»Danke, Schätzchen.«

Er bückte sich und küßte die dargebotene glatte Wange seiner Mutter. »Sind deine Kopfschmerzen weg?«

»Nicht ganz, aber mein Nickerchen hat mir geholfen. Danke der Nachfrage.« Sie streckte die Hand aus und streichelte seine Wange. Alex bemerkte, daß ihre Hand so weiß und zerbrechlich aussah wie eine Blüte im Sturmwind. Sie wandte sich an ihren Mann: »Mußt du unbedingt das Gerede über Decken und Züchten ins Wohnzimmer bringen, anstatt es im Stall zu belassen, wo es hingehört?«

»In meinen eigenen vier Wänden werd ich verdammt noch mal über alles reden, was mir paßt«, sagte Angus, war aber keineswegs wütend auf sie.

Junior kannte dieses Hickhack offensichtlich. Er lachte, ging um Sarah Jos Stuhl herum und setzte sich auf die Lehne desjenigen von Alex. »Wir haben nicht über das Decken an sich gesprochen, Mutter. Dad hat sich nur über meine Unfähigkeit beklagt, eine Frau lange genug zu halten, um einen Erben zu produzieren.«

»Du wirst Kinder haben, mit der richtigen Frau, wenn die Zeit reif ist.« Das war genauso an Angus adressiert wie an Junior. Dann wandte sie sich Alex zu: »Hab ich da gehört, daß Sie noch nie verheiratet waren, Miss Gaither?«

»Richtig.«

»Seltsam.« Sarah Jo nippte an ihrem Wein. »Ihrer Mutter hat es nie an männlicher Begleitung gefehlt.«

»Alex hat nicht gesagt, daß es ihr an männlicher Begleitung fehlt«, verbesserte Junior sie. »Sie ist nur wählerisch.«

»Ja. Ich habe mich für eine Karriere entschieden und nicht für eine Familie. Jedenfalls im Augenblick.« Sie runzelte die Stirn, weil ihr ein Gedanke gekommen war. »Hat meine Mutter nie Interesse daran bekundet, Karriere zu machen?«

»Ich hab sie nie etwas in der Richtung sagen hören. Alle Mädchen in unserer Klasse hatten nur eine Laufbahn im Sinn. Sie wollten Partnerin von Warren Beatty werden.«

»Meine Mutter hat mich so früh bekommen«, sagte Alex mit einem Hauch von Bedauern in der Stimme. »Vielleicht haben eine frühe Heirat und ein Baby sie daran gehindert, sich einer Karriere zu widmen.«

Junior legte einen Finger unter ihr Kinn und zwang sie, ihm direkt in die Augen zu sehen. »Celina hat ihre eigene Wahl getroffen.«

»Danke, daß Sie das sagen.«

Er nahm seine Hand weg. »Ich hab sie nie sagen hören, daß sie etwas anderes als Frau und Mutter sein wollte. Ich erinnere mich an einen Tag, an dem wir über dieses Thema geredet haben. Du müßtest es auch noch wissen, Dad. Es war Sommer und so heiß, daß du Reede gesagt hast, er solle den Rest des Tages freinehmen, wenn er die Ställe ausgemistet hätte. Wir drei sind dann zu einem Picknick an den alten Weiher gefahren, weißt du noch?«

»Nein.« Angus erhob sich, um sich noch ein Bier zu holen.

»Ich schon«, sagte Junior mit verträumter Stimme, »so als wäre es gestern gewesen. Wir haben unter den Mimosenbäumen einen Quilt ausgebreitet. Lupe hatte uns ein paar hausgemachte Pasteten eingepackt. Nach dem Essen haben wir uns hingelegt. Celina lag zwischen Reede und mir, und wir haben durch die Äste der Bäume hinauf in den Himmel gestarrt, sie gaben kaum Schatten. Die Sonne und unsere vollen Bäuche haben uns schläfrig gemacht. Wir beobachteten, wie die Bussarde über etwas kreisten, und redeten darüber, ihnen nachzujagen, um rauszufinden, wer gestorben war, dösten aber weiter. Wir lagen einfach da und haben phantasiert, was wir machen würden, wenn wir erwachsen wären. Ich sagte, ich wollte ein internationaler Playboy werden. Reede sagte, wenn ich das machen würde, würde er Aktien einer Firma kaufen, die Kondome herstellt, und reich werden. Es war ihm egal, was er mal werden würde, Hauptsache reich. Celina wollte nur Ehefrau werden.« Er hielt kurz inne und warf einen Blick auf seine Hände. »Reedes Frau.«

Alex schreckte zusammen.

»Apropos Reede«, sagte Angus, »ich glaube, ich höre seine Stimme.«

## 8

Lupe, die Haushälterin der Mintons, führte Reede herein. Alex drehte sich gerade um, als er durch die Tür kam. Sie war noch etwas benommen von Juniors Enthüllungen.

Sie hatte von Großmama Graham gehört, daß Reede und Celina auf der High School miteinander gegangen waren. Das Foto von ihm, auf dem er sie als Homecoming Queen krönte, bestätigte das. Aber Alex hatte nicht gewußt, daß ihre Mutter ihn heiraten wollte. Sie wußte, daß man ihr ihre Verwirrung ansah.

Sein Blick streifte kurz den Raum. »Ein wirklich gemütliches Beisammensein.«

»He, Reede«, sagte Junior von seinem Platz neben Alex. Plötzlich war seine Nähe aufdringlich, zu vertraut, aus einem Grund, den sie nicht erklären konnte. »Was bringt dich hier raus? Durstig?«

»Komm rein.« Angus winkte ihn ins Zimmer. Sarah Jo schaute durch ihn hindurch, als wäre er unsichtbar. Alex fand das rätselhaft, schließlich hatte er doch bei ihnen gewohnt.

Er legte seine Jacke und seinen Hut auf einen Stuhl und ging zur Bar, um sich den Drink zu holen, den Angus für ihn gemixt hatte. »Ich wollte nach meiner Stute sehen. Wie geht's ihr?«

»Prima«, erwiderte Angus.

»Gut.«

Es folgte eine etwas gespannte Pause, jeder zeigte plötzlich großes Interesse am Inhalt seines Glases. Schließlich sagte Angus: »Hast du sonst noch was auf dem Herzen, Reede?«

»Er ist hergekommen, um Sie zu warnen. Sie müssen vorsichtig sein mit dem, was Sie mir erzählen«, sagte Alex. »Genauso hat er es heute nachmittag bei Richter Wallace gemacht.«

»Wenn mir jemand eine direkte Frage stellt, gebe ich meine eigenen Antworten, Counselor«, knurrte er, kippte seinen Drink hinunter und stellte sein Glas ab. »Bis später. Danke für den guten Tropfen.« Er stapfte aus dem Zimmer, hielt nur kurz inne, um seinen Hut und seine Jacke an sich zu nehmen.

Überraschenderweise war es Sarah Jo, die das Schweigen brach, nachdem Reede die Haustür hinter sich zugeknallt hatte. »Wie ich sehe, haben sich seine Manieren überhaupt nicht gebessert.«

»Du kennst doch Reede, Mutter«, sagte Junior mit einem gelangweilten Achselzucken. »Noch ein Glas Wein?«

»Bitte.«

»Trinkt doch einen zusammen«, sagte Angus. »Ich möchte

mit Alex unter vier Augen sprechen. Bringen Sie Ihren Wein mit, wenn Sie wollen«, sagte er zu ihr.

Er hatte ihr aus dem Stuhl geholfen und sie sachte in den Gang geschoben, bevor sie wußte, wie ihr geschah. Auf dem Weg den Korridor entlang sah sie sich um.

Die Wände waren rot tapeziert, und überall hingen gerahmte Fotos von Rennpferden. Darüber dräute ein massiver spanischer Kronleuchter. Die Möbel waren dunkel und klobig.

»Gefällt Ihnen mein Haus?« fragte Angus, als er bemerkte, daß sie langsamer ging, um sich alles anzusehen.

»Sehr sogar«, log sie.

»Ich hab's selbst entworfen und gebaut, als Junior noch in den Windeln lag.«

Alex wußte auch ohne Angus' Beteuerungen, daß er das Haus nicht nur gebaut, sondern auch eingerichtet hatte. Es war keine Spur von Sarah Jos Persönlichkeit zu entdecken. Wahrscheinlich hatte sie sich gefügt, weil es gar keine andere Wahl gab.

Das Haus war abgrundtief häßlich und so erbarmungslos geschmacklos, daß es schon wieder einen eigenen, rauhen Charme aufwies, genau wie Angus.

»Bevor dieses Haus entstand, wohnten Sarah Jo und ich in der Hütte eines Eisenbahners. Das verdammte Ding bestand hauptsächlich aus Ritzen. Im Winter sind wir fast erfroren und im Sommer morgens mit einer zentimeterdicken Staubschicht auf dem Bett aufgewacht.«

Mrs. Minton war Alex auf Anhieb unsympathisch gewesen, sie wirkte abwesend und auf sich selbst fixiert. Aber mit einer jüngeren Sarah Jo konnte sie Mitgefühl haben, ein junges Mädchen, das man wie eine exotische Blume aus einer feinen, eleganten Kultur geplückt hatte und in eine so brutale und radikal entgegengesetzte verpflanzt hatte, daß sie verwelkt war. Sie würde sich hier nie anpassen können, und es war Alex ein Rätsel, warum sich sowohl Angus als auch Sarah Jo selbst der Illusion hingaben, sie könnte es.

Er ging voraus in ein getäfeltes Zimmer, das noch maskuliner war als der Rest des Hauses. Von den Wänden starrten Elch- und Rehköpfe mit resignierten braunen Augen ins Leere. Auf jedem noch übrigen Flecken hingen Bilder von Rennpferden mit den Mintonfarben im Siegerring von Rennbahnen im ganzen Land. Einige waren relativ neu, andere anscheinend Jahrzehnte alt.

Es gab einige Gewehrständer, in jedem Fach stand eine Waffe. In einer Ecke lehnte eine Fahnenstange mit der Flagge des Staates. Jemand hatte einen Spruch eingerahmt: »Und obgleich ich wandle im Tal des Schatten des Todes, werde ich nichts Böses fürchten... weil ich das böseste Arschloch hier im Tale bin.«

Sobald sie den Raum betreten hatte, deutete er in eine Ecke: »Kommen Sie, ich möchte Ihnen etwas zeigen.«

Sie folgte ihm zu einem Tisch, über den ein weißes Laken gebreitet war. Angus zog es weg.

»Du meine Güte!«

Es war das Baumodell einer Pferderennbahn. Kein einziges Detail war vergessen worden, von den Sitzplätzen mit Farbcode auf den Tribünen bis hin zu der beweglichen Startmaschine und den diagonalen Streifen auf dem Asphalt des Parkplatzes.

»Purcell Downs«, prahlte Angus mit der stolzgeschwellten Brust eines frischgebackenen Vaters. »Mir ist klar, daß Sie nur das tun, was Sie glauben tun zu müssen, Alex. Das respektiere ich.« Seine Miene wurde kämpferisch. »Aber Ihnen ist nicht klar, wieviel hier auf dem Spiel steht.«

Alex verschränkte schützend ihre Arme. »Warum erzählen Sie mir's nicht?«

Angus brauchte keine weitere Ermutigung und stürzte sich mit Feuereifer in eine umfassende Erklärung, wie er die Rennbahn gebaut haben wollte. Keine Notlösungen würden akzeptiert, keine Kosten und Mühen gescheut. Der gesamte Komplex sollte erstklassig sein, von den Stallungen bis zu den Damentoiletten.

»Wir werden die einzige große Rennbahn zwischen Dallas, Fort Worth und El Paso sein, etwa dreihundert Meilen von jeder entfernt. Es wird ein interessanter Zwischenstopp für Touristen. Ich kann mir vorstellen, daß Purcell in zwanzig Jahren ein neues Las Vegas ist, das wie ein Springbrunnen aus der Wüste sprudelt.«

»Sind Sie da nicht etwas zu optimistisch?« fragte Alex skeptisch.

»Na ja, vielleicht ein bißchen. Aber das haben die Leute auch gesagt, als ich mit dem hier angefangen habe. Das haben sie gesagt, als ich die Trainingsbahn baute und den überdachten Pool für die Pferde. Ich laß mich von Skepsis nicht beeindrucken. Man muß große Träume haben, wenn man Großes erreichen will, merken Sie sich das! Wenn wir die Genehmigung zum Bau dieser Rennbahn kriegen, wird die Stadt Purcell wieder aufblühen.«

»Das wird aber nicht allen gefallen, oder? Einige möchten vielleicht, daß diese Gemeinde klein bleibt.«

Angus schüttelte nachgiebig den Kopf. »Vor einigen Jahren hat diese Stadt geboomt.«

»Öl?«

»Jawohl. Es gab zehn Banken. *Zehn.* Mehr als in jeder anderen Stadt dieser Größe. Selbstverständlich waren wir die reichste Stadt im Land. Die Geschäftsleute machten mehr Umsatz, als sie bewältigen konnten. Der Immobilienmarkt kochte. Alle wurden wohlhabender.« Er hielt inne, um Luft zu holen. »Möchten Sie etwas zu trinken? Ein Bier? Eine Cola?«

»Nein danke, nichts.«

Angus holte sich ein Bier aus dem Kühlschrank, öffnete es und nahm einen kräftigen Schluck. »Dann ist der Ölmarkt in den Keller gesackt«, fuhr er fort. »Wir haben uns eingeredet, es wäre nur vorübergehend.«

»Was verband Sie mit dem Ölmarkt?«

»Ich besaß einen stattlichen Anteil an mehreren Quellen und eine Erdgasgesellschaft. Aber Gott sei Dank hab ich nie mehr investiert, als ich mir leisten konnte zu verlieren. Ich hätte nie meine anderen Unternehmen verkauft, um eine Ölquelle zu erhalten.«

»Trotzdem muß doch der Preissturz beim Öl ein empfindlicher finanzieller Rückschlag für Sie gewesen sein. Hat Sie das nicht aufgeregt?«

Er schüttelte den Kopf. »Ich hab schon mehr Vermögen verloren und gemacht, als Sie Jahre auf dem Buckel haben, junge Lady. Mir ist das scheißegal, wenn ich pleite bin. Reich sein macht mehr Spaß, aber Pleite machen ist aufregender. Das beinhaltet neue Herausforderungen. Sarah Jo ist da leider anderer Meinung«, fuhr er mit einem Seufzer fort. »Sie mag die Sicherheit von Geld, das im Tresor Staub fängt. Ich habe ihr Geld oder Juniors Erbe nie angerührt. Ich hab ihr versprochen, daß ich das niemals tun würde.«

Dieses Gerede über Erbe war Alex fremd. Es überstieg ihre Vorstellungskraft. Merle Graham hatte sie beide mit ihrem Gehalt von der Telefongesellschaft ernährt und nach ihrer Pensionierung mit ihrer Rente. Alex' Noten waren so gut gewesen, daß sie ein Stipendium an der Universität von Texas bekommen hatte. Aber sie jobbte nach den Vorlesungen immer, um sich Kleider kaufen zu können, damit ihre Großmutter sich nicht über zusätzliche Ausgaben beklagte.

Für ihr Jurastudium hatte sie also finanzielle Unterstützung bekommen, weil ihre Noten so brillant gewesen waren, ihre Arbeit als Angestellte dagegen ermöglichte ihr keinen Luxus. Sie hatte wochenlang mit sich gerungen, bevor sie sich für ihr bestandenes Examen mit der Pelzjacke belohnte. Es war eine der wenigen Extravaganzen, die sie sich je gegönnt hatte.

»Haben Sie denn genug Kapital, um die Rennbahn zu finanzieren?« fragte sie, nachdem sie sich wieder gesammelt hatte.

»Nicht persönlich.«

»Minton Enterprises?«

»Nicht alleine. Wir haben eine Interessengemeinschaft gegründet, Einzelpersonen und Firmen, die davon profitieren würden, wenn die Bahn gebaut wird.«

Er setzte sich in seinen roten Ledersessel und bedeutete ihr, ebenfalls Platz zu nehmen. »Während des Ölbooms haben alle eine Kostprobe von Reichtum bekommen. Jetzt lechzen sie wieder danach.«

»Das ist ja keine sehr schmeichelhafte Einschätzung der Bürger von Purcell – eine Gruppe gieriger Haifische, die darauf wartet, Pferdewettgeld zu verschlingen.«

»Gierig ist falsch«, sagte er. »Jeder würde seinen fairen Anteil kriegen, angefangen von den Hauptinvestoren bis runter zu dem Typen, der an der Selbstbedienungstankstelle an der nächsten Ecke arbeitet. Und es wäre nicht nur Reichtum für einzelne. Denken Sie an die Schulen und Krankenhäuser und die öffentlichen Einrichtungen, die die Stadt mit den Mehreinnahmen an Steuern bauen könnte.«

Er beugte sich vor und machte eine Faust, als wolle er etwas packen. »Deshalb ist diese Rennbahn so verdammt wichtig. Wir könnten Purcell wieder auf die Beine bringen und noch einiges mehr.« Seine blauen Augen sprühten vor Begeisterung. »Und, was sagen Sie jetzt?«

»Ich kann durchaus bis drei zählen, Mr. Minton, äh, Angus«, verbesserte sie sich. »Mir ist klar, was diese Rennbahn für die Wirtschaft des Distrikts bedeuten könnte.«

»Warum lassen Sie dann nicht Ihre lächerliche Untersuchung sausen?«

»Ich halte sie nicht für lächerlich«, konterte sie aufgebracht.

Er musterte sie und kratzte sich gedankenverloren die Wange. »Wie können Sie glauben, ich hätte Ihre Mama getötet? Sie gehörte zu Juniors besten Freunden. Sie war praktisch täglich in diesem Haus. Nicht mehr so oft, nachdem sie geheiratet hatte, aber davor auf jeden Fall. Ich hätte dem Mädchen kein Haar krümmen können.«

Alex wollte ihm glauben. Trotz der Tatsache, daß er Verdächtiger in einem Mordfall war, bewunderte sie ihn sehr. Nach allem, was sie über ihn gelesen und durch Gespräche erfahren hatte, hatte er ein Imperium aus dem Nichts geschaffen.

Seine brüske Art war eigentlich liebenswert. Er besaß eine sehr überzeugende, farbige Persönlichkeit. Aber davon durfte sie sich nicht einwickeln lassen. Ihre Bewunderung für Angus war nicht so groß wie ihr Bedürfnis zu erfahren, wie sie, ein unschuldiges Baby, jemanden dazu veranlaßt haben sollte, ihre Mutter zu ermorden.

»Ich kann die Untersuchung nicht einfach sausenlassen«, sagte sie. »Selbst wenn ich es wollte, Pat Chastain...«

»Hören Sie«, sagte er und beugte sich vor. »Lassen Sie einfach diese blauen Kulleraugen rollen, sagen Sie ihm, Sie hätten einen Fehler gemacht, und ich garantiere Ihnen, morgen um diese Zeit wird er sich nicht einmal mehr daran erinnern, warum Sie hergekommen sind.«

»Ich würde nie...«

»Okay, dann überlassen Sie Pat mir.«

»Angus«, sagte sie laut und deutlich. »Sie begreifen nicht, was ich meine.« Nachdem sie sich so seine Aufmerksamkeit gesichert hatte, fuhr sie fort. »Genauso überzeugt wie Sie von Ihrer Rennbahn sind, genauso überzeugt bin ich, daß der Mordfall meiner Mutter falsch behandelt wurde. Und ich habe vor, das in Ordnung zu bringen.«

»Obwohl die Zukunft einer ganzen Stadt auf dem Spiel steht?«

»Ach, kommen Sie«, protestierte sie. »Sie stellen das so hin, als würde ich hungernden Kindern ihre Stullen aus der Hand reißen.«

»So schlimm nun auch wieder nicht, aber trotzdem...«

»Auch meine Zukunft steht auf dem Spiel. Ich kann meine anderen Fälle nicht weiterbearbeiten, bis dieser zu meiner Zufriedenheit gelöst ist.«

»Ja, aber...«

»He, Auszeit.« Junior öffnete abrupt die Tür und steckte den Kopf herein. »Ich hab eine tolle Idee, Alex. Warum bleiben Sie nicht zum Abendessen?«

»Verdammt noch mal, Junior«, polterte Angus und schlug mit der Faust auf die Armlehne seines Stuhls. »Du würdest nicht mal merken, daß jemand ein geschäftliches Gespräch führt, wenn man es dir in den Kopf prügelt. Unterbrich mich nie wieder, wenn ich eine Konferenz unter vier Augen habe. Du solltest es wirklich allmählich wissen!«

Junior schluckte betreten. »Ich hab nicht gewußt, daß euer Gespräch so gravierend ist.«

»Das hättest du aber, zur Hölle mit dir, oder etwa nicht? Verflucht noch mal, wir haben...«

»Angus, bitte, es ist schon in Ordnung«, warf Alex hastig ein. »Um ehrlich zu sein, bin ich ganz froh, daß Junior uns unterbrochen hat. Ich hab gerade erst gemerkt, daß ich längst los muß.«

Sie konnte es nicht mitansehen, wie ein erwachsener Mann von seinem Vater abgekanzelt wurde, und das noch vor einem weiblichen Gast. Sie schämte sich für beide.

Die meiste Zeit war Angus ein lieber alter Kerl. Aber nicht immer. Er konnte sehr jähzornig sein, wenn ihm jemand in die Quere kam. Alex war gerade Zeugin geworden, wie jähzornig er war, und wie wenig dazu gehörte, ihn auf die Palme zu bringen.

»Ich bring Sie zur Tür«, sagte Junior steif.

Sie schüttelte Angus die Hand. »Danke, daß Sie mir das Modell gezeigt haben. Nichts, was Sie gesagt haben, hat meine Meinung geändert, aber Sie haben ein paar Dinge geklärt. Ich werde sie mir merken für meine weiteren Ermittlungen.«

»Sie können uns vertrauen, wissen Sie. Wir sind keine Killer.«

Junior begleitete sie zur Tür. Nachdem er ihr in die Jacke geholfen hatte, drehte sie sich zu ihm um. »Ich melde mich, Junior.«

»Das hoffe ich.« Er beugte sich über ihre Hand und küßte sie, dann drehte er sie und küßte auch ihre Handfläche.

Sie zog sie hastig zurück. »Flirten Sie so mit jeder Frau, die Sie kennenlernen?«

»Mehr oder weniger.« Er grinste ohne eine Spur von Scham. »Sind Sie empfänglich?«
»Nicht im geringsten.«
Sein Grinsen wurde breiter, er war nicht davon überzeugt und sie auch nicht, das war ihr klar. Sie verabschiedete sich rasch und ging.
Im Auto war es kalt. Sie zitterte trotz ihres Pelzes. Während sie die Privatstraße in Richtung Highway fuhr, bemerkte sie die Wirtschaftsgebäude, die links und rechts standen. Die meisten waren Ställe. In einem brannte ein schwaches Licht. Reedes Blazer parkte vor der Tür. Ein plötzlicher Impuls ließ Alex bremsen. Sie parkte ihren Wagen neben seinem und stieg aus.

Sarah Jos Schlafzimmer in Kentucky war in ihrem texanischen Haus genau kopiert worden, bis hin zu den silbernen Kordeln an den Vorhängen. Beim Bau des Hauses hatte sie Angus gewähren lassen, hatte seine schweren, dunklen Möbel, seine roten Lederpolster und seine Jagdtrophäen in allen anderen Zimmern geduldet. Aber sie hatte sich strikt geweigert, ihr Schlafzimmer auch in diesem Westernstil einzurichten.
Und er hatte fröhlich zugestimmt. Er mochte es, nachts von ihrem verspielten, femininen Schnickschnack umgeben zu sein. Er hatte ihr oft gesagt: Wenn ich ein Cowgirl gewollt hätte, hätte ich nicht bis Kentucky fahren müssen, um eins zu finden.
»Mutter, darf ich reinkommen?« Junior öffnete nach zögerndem Klopfen die Schlafzimmertür.
»Aber ja, Schatz, bitte.« Sarah Jo lächelte, offensichtlich sehr erfreut über den Besuch.
Sie saß, an einen Berg von Satinkissen gelehnt, in einem Bettjäckchen aus Spitze inmitten erlesener Kosmetikdüfte und las die Biographie irgendeines ausländischen Staatsmannes, von dem er noch nie gehört hatte. Er kannte nicht einmal das Land, aus dem der Mann stammte. Wahrscheinlich kannte das sowieso keiner außer seiner Mutter.

Sie nahm ihre Lesebrille ab, legte das Buch beiseite und tätschelte die Satindecke neben sich. Junior lehnte es mit einem hastigen Kopfschütteln ab, sich zu setzen. Er blieb stehen, die Hände in den Taschen, und klimperte mit ein paar Münzen. Dieses allabendliche Ritual, ein Überbleibsel aus seiner Kindheit, war ihm zutiefst zuwider.

Schon vor langer Zeit war er dem Bedürfnis oder der Lust entwachsen, seiner Mutter einen Gutenachtkuß zu geben, doch Sarah Jo erwartete es immer noch. Sie wäre sehr verletzt, wenn er sich davor drücken würde. Er und Angus gaben sich größte Mühe, niemals Sarah Jos Gefühle zu verletzen, eine nicht ganz einfache Aufgabe, da sie recht empfindlich war.

»Hier drin riecht es immer gut«, sagte er, weil ihm nichts anderes einfiel. Er hatte es noch nicht ganz verwunden, wie sein Vater ihn vor Alex abgekanzelt hatte, und konnte es kaum erwarten, endlich aus dem Haus zu kommen. Dann würde er in einen der hiesigen Nachtclubs fahren, wo er sich nicht auf seine Probleme konzentrieren mußte.

»Duftkissen. Ich habe sie in allen Schubladen und Schränken. Als ich noch ein Mädchen war, hatten wir ein Dienstmädchen, die sie aus getrockneten Blumen und Kräutern anfertigte. Sie haben wunderbar gerochen«, sagte sie wehmütig. »Jetzt muß ich sie bestellen. Heutzutage werden künstliche Aromastoffe verwendet, aber ich mag sie immer noch.«

»Wie ist das Buch?« Das Thema Duftkissen langweilte Junior bereits.

»Sehr interessant.«

Das bezweifelte er ernsthaft, lächelte sie aber an. »Gut. Ich freu mich, daß es dir gefällt.«

Sarah Jo spürte seine melancholische Stimmung. »Was ist denn los?«

»Nichts.«

»Ich merke aber, daß etwas nicht stimmt.«

»Wieder das Übliche. Dad hat sich aufgeregt, weil ich in sein Gespräch mit Alex geplatzt bin.«

Sarah Jo machte einen Schmollmund. »Dein Vater hat es immer noch nicht gelernt, sich zu benehmen, wenn Gäste im Haus sind. Wenn er so taktlos ist, einen Gast während der Cocktailstunde aus dem Wohnzimmer zu schleifen, dann kannst du auch so taktlos sein, ein Gespräch zu unterbrechen.« Sie nickte, als wäre damit alles geklärt. »Was hatten sie denn überhaupt so Geheimes zu besprechen?«

»Irgendwas über den Tod ihrer Mutter«, sagte er und versuchte, möglichst nonchalant zu klingen. »Kein Grund, sich Sorgen zu machen.«

»Bist du sicher? Alle kamen mir so angespannt vor heute abend.«

»Falls es Grund zur Sorge gibt, wird Dad das regeln, wie immer. Du brauchst dir überhaupt nicht den Kopf zu zerbrechen.«

Auf keinen Fall würde er seiner Mutter von Alex' Ermittlung erzählen. Die Männer in Sarah Jos Leben wußten, daß sie es haßte, mit unangenehmen oder aufregenden Dingen konfrontiert zu werden, und beschützten sie davor.

Angus sprach nie mit ihr übers Geschäft, ganz besonders nicht, wenn es schlecht lief. Sie war enttäuscht, wenn die Pferde keine guten Leistungen auf der Rennbahn erbrachten, und feierte, wenn sie siegten, aber abgesehen davon interessierten sie weder die Ranch noch irgendeine der vielen Firmen, aus denen sich Minton Enterprises zusammensetzte, sonderlich.

Eigentlich kümmerte sich Sarah Jo um gar nichts, mit der Ausnahme von Junior. Sie war eine schöne Puppe, versiegelt in einem sterilen Raum, die nie dem Licht oder irgendeinem anderen schädlichen Element ausgesetzt wurde – und schon gar nicht dem Leben selbst.

Junior liebte seine Mutter, wußte aber, daß sie nicht sehr beliebt war – im Gegensatz zu Angus, den jeder mochte. Einige der Ehefrauen seiner Freunde waren aus Loyalität und Verpflichtung nett zu ihr. Wenn sie nicht wären, besäße sie in Purcell keinerlei Kontakte.

Sie hatte sich nie die Mühe gemacht, Freundschaften zu pflegen. Die meisten Einheimischen fand sie vulgär und grob und machte kein Hehl daraus. Anscheinend war sie völlig zufrieden damit, in diesem Zimmer zu residieren, umgeben von den weichen, hübschen, unkomplizierten Dingen, die sie mochte und bestens kannte.

Junior wußte, daß die Leute über sie tratschten und sich lustig machten. Es wurde behauptet, sie würde trinken. Das tat sie nicht, abgesehen von zwei Gläsern Wein vor dem Abendessen. Einige, die ihre Zartheit und Sensibilität nicht begriffen, fanden sie seltsam. Andere behaupteten, sie wäre einfach »nicht ganz dicht«.

Zugegeben, sie war meistens ein bißchen abwesend, so als würde sie im Geiste noch einmal die privilegierte Kindheit durchleben, die ihr so viel bedeutete. Sie hatte sich nie ganz vom frühen Tod eines geliebten Bruders erholt und war noch in Trauer um ihn gewesen, als Angus sie kennenlernte.

Junior fragte sich, ob sie seinen Vater wohl geheiratet hatte, um unangenehmen Erinnerungen zu entfliehen. Einen anderen Grund für eine Ehe von zwei so unterschiedlichen Menschen konnte er sich nicht vorstellen.

Er hatte es sehr eilig, endlich hier wegzukommen, um sich zu amüsieren, zögerte aber den Aufbruch hinaus, weil ihn interessierte, was seine Mutter über den heutigen Gast dachte. »Was hältst du denn von ihr?«

»Von wem, Celinas Tochter?« fragte Sarah Jo abwesend. Sie runzelte die Stirn. »Körperlich ist sie sehr attraktiv, obwohl ich so auffällige Farben nicht schmeichelhaft für eine Frau finde.«

Sie zupfte nachdenklich an der feinen Spitze ihres Bettjäckchens. »Sie ist ziemlich engagiert, nicht wahr? Wesentlich ernsthafter als ihre Mutter. Celina war, Gott weiß, eine alberne kleine Gans. Wie ich mich erinnere, hat sie ständig gelacht.« Sie hielt inne und neigte den Kopf zur Seite, als lauschte sie auf ein fernes Lachen. »Ich kann mich nicht erinnern, das Mädchen je gesehen zu haben, ohne daß es lachte.«

»Sie konnte auch besinnlich sein. Du hast sie nur nicht so gut gekannt.«

»Armer Schatz, ich weiß, daß du sehr in sie verliebt warst seinerzeit. Ich weiß, was es heißt, jemanden, den man liebt, zu verlieren. Es ist das pure Elend.«

Ihre so sanfte Stimme änderte sich plötzlich, wie auch ihr Gesichtsausdruck. Plötzlich war sie kein hängendes Veilchen mehr, sondern eine entschlossene Frau. »Junior, du darfst dich von Angus nicht mehr blamieren lassen, besonders nicht vor anderen Leuten.«

Er zuckte achtlos mit den Schultern. Das war vertrautes Gebiet. »Er meint das nicht böse. Es ist nur eine Angewohnheit von ihm.«

»Dann liegt es an dir, sie ihm auszutreiben. Schatz, siehst du denn nicht, daß er nur eins will, nämlich, daß du ihm Kontra gibst. Angus versteht nur einen Tonfall – den groben.

Er kann nicht leise und vornehm sprechen wie wir. Wir müssen so mit ihm reden, daß er uns versteht, so wie Reede. Angus würde es nie wagen, mit Reede so herablassend zu reden, wie er das mit dir macht, weil er Reede akzeptiert. Und er respektiert Reede, weil er nicht vor ihm kuscht.«

»Dad denkt, Reede könne nichts falsch machen. Es stößt ihm bis heute sauer auf, daß Reede bei ME aufgehört hat. Er hätte ihn viel lieber dabei als mich. Ich kann ihm nie etwas recht machen.«

»Das ist nicht wahr!« widersprach Sarah Jo mit mehr Elan, als sie seit Wochen gezeigt hatte. »Angus ist sehr stolz auf dich. Er weiß nur nicht, wie er es zeigen soll, weil er ein so harter Mann ist. Er mußte so hart sein, um all seine Ziele zu erreichen. Und er möchte, daß du genauso bist.«

Junior grinste und ballte die Fäuste. »Okay, Mutter, morgen früh werd ich schwertschwingend antreten.«

Sie kicherte. Seine Unverdrossenheit und sein Sinn für Humor hatten ihr immer Freude gemacht. »Ich hoffe nicht buchstäblich, aber so will Angus dich sehen.«

Ihr Lachen war ein gutes Stichwort, um sich zu verabschieden. Junior packte die Gelegenheit beim Schopf, sagte gute Nacht, versprach ihr, vorsichtig zu fahren, und ging. Auf der Treppe begegnete ihm Angus mit den Stiefeln in der Hand, hinkend. »Wann gehst du endlich zum Arzt mit deiner Zehe?«

»Wofür ist so ein Scheißarzt schon gut, außer, um dir dein Geld abzuknöpfen? Ich sollte das blöde Ding wegschießen, dann wär endlich Ruhe.«

Junior lächelte. »Okay, aber paß auf, daß kein Blut auf den Teppich gerät. Mutter würde einen Anfall kriegen.«

Angus lachte, seine Wut war wie weggeblasen. Es war, als wäre die kleine Episode in seinem Arbeitszimmer nie passiert. Er legte seinen Arm um Juniors Schulter und drückte ihn kurz. »Ich hab gewußt, ich kann mich auf dich verlassen, daß du das Mädchen herbringst. Es hat genauso funktioniert, wie ich hoffte. Wir haben sie in Verteidigungsstellung gebracht und ein paar Zweifel eingeimpft. Wenn sie klug ist, und das ist sie, glaube ich, wird sie die Sache abblasen, bevor zuviel Schaden angerichtet ist.«

»Was, wenn sie's nicht tut?«

»Wenn sie's nicht tut, werden wir auch dieses Hindernis nehmen.« Dann lächelte er und gab Junior einen liebevollen Klaps auf die Wange. »Gute Nacht, Junge.«

Junior sah seinem Vater nach, wie er davonhumpelte. Er fühlte sich jetzt wesentlich besser und pfiff auf dem Weg nach unten. Diesmal würde Angus nicht enttäuscht sein von ihm. Der Job, den er ihm aufgetragen hatte, war genau seine Kragenweite.

Seine Erfahrung im Umgang mit Frauen war legendär. Die Herausforderung, die Alex darstellte, würde die Jagd zweifellos aufregender und amüsanter machen. Sie war eine verdammt attraktive Person. Selbst wenn Angus es ihm nicht aufgetragen hätte, hätte er sich an sie herangemacht.

Aber wenn er es ganz richtig machen wollte, würde es einige Zeit und Überlegung kosten. Er würde sich ein paar Tage nehmen, um eine todsichere Strategie auszuarbeiten.

Inzwischen gab es kleinere Welten zu erobern. Er grüßte sein attraktives Spiegelbild im Garderobenspiegel und verließ das Haus.


9


Der Stall war genau wie das Haus aus Stein gebaut. Innen sah er aus wie andere Ställe, nur war er makellos sauber. Ein breiter Mittelgang trennte zwei Reihen von Boxen. Es roch angenehm nach Heu, Leder und Pferd.

Nachtlichter mit schwachen Birnen waren zwischen den Boxen plaziert und machten es ihr leicht zu sehen, wohin sie ging – auf ein helleres Licht zu, das in einer Box etwa in der Mitte des Stalls brannte. Sie ging leise darauf zu, vorbei an einem offenen Sattelraum, zu einer Tür mit der Aufschrift BEHANDLUNGSRAUM. Durch eine breite Öffnung entdeckte sie außerdem in einer runden Koppel eine Führungsmaschine, mit der man gleichzeitig mehrere Pferde trainieren konnte.

Sie hörte Reede, bevor sie ihn sah, er murmelte leise auf den Bewohner der Box ein. Sie ging darauf zu und spähte hinein. Er hockte auf den Fersen und rieb mit seinen großen Händen das Hinterbein des Pferdes.

Den Kopf zur Seite geneigt, war er ganz vertieft in seine Aufgabe. Seine Finger drückten auf eine Stelle, die wohl empfindlich war. Das Pferd schnaubte erschrocken und versuchte auszuweichen.

»Ganz ruhig. Ganz ruhig.«

»Was fehlt ihm denn?«

Er drehte sich nicht um und zeigte auch sonst keine Überraschung, ihre Stimme zu vernehmen. Offensichtlich hatte er längst gewußt, daß sie da stand, und wollte nur störrisch sein. Er stellte den verletzten Fuß vorsichtig ab und tätschelte die Hinterhand des Tieres. »Es ist eine Sie.« Sein Lächeln war herausfordernd. »Oder sind Sie nicht alt genug, um den Unterschied zu erkennen?«

»Nicht aus diesem Winkel.«

»Sie heißt Fancy Pants.«

»Niedlich.«

»Es paßt zu ihr. Sie glaubt, sie wär raffinierter als ich, raffinierter als alle anderen. Fest steht, daß sie raffinierter ist, als ihr guttut. Sie geht zu weit, zu schnell, und am Ende vom Lied verletzt sie sich.« Er nahm eine Handvoll Hafer und ließ das Pferd aus seiner Hand fressen.

»Oh, ich hab verstanden. Das ist eine versteckte Anspielung auf mich.« Er nickte unumwunden. »Soll ich das als Drohung verstehen?«

»Das können Sie nehmen, wie Sie wollen.«

Wieder diese Doppeldeutigkeit. Aber diesmal nahm sie den Köder nicht an. »Was für ein Pferd ist sie?«

»Ein schwangeres. Das ist der Stutenstall.«

»Sie werden alle hier gehalten?«

»Ja, getrennt von den anderen.« Die Stute knabberte an seiner Brust, er lächelte und kraulte sie hinter den Ohren. »Mamas und Babys bringen Chaos in einen Stall.«

»Warum?«

Er hob die Schultern. »Wahrscheinlich ist das wie auf einer Kinderstation im Krankenhaus. Alle drehen durch, wenn's Neugeborene gibt.«

Er strich mit der Hand über den glatten Bauch der Stute. »Das ist ihr erstes Fohlen, und Mutterwerden macht sie nervös. Neulich, als wir unterwegs waren, hat sie ein bißchen über die Stränge geschlagen und ihren Mittelfuß verletzt.«

»Wann wird sie fohlen?«

»Im Frühling. Sie hat noch eine Weile Zeit. Geben Sie mir Ihre Hand.«

»Was?«

»Ihre Hand.« Er spürte ihre Zurückhaltung und zog sie ungeduldig in den Stall, dicht neben sich. »Fühlen Sie.«

Er legte seine Hand über die ihre und drückte sie flach auf

das glänzende Fell der Stute. Das Haar war grob und kurz, und sie konnte die Vitalität und Kraft der Muskeln darunter spüren. Das Tier schnaubte und machte zögernd einen Schritt nach vorn, aber Reede hielt sie zurück. Die Box schien mit einem Mal eng und viel zu warm. Der Geruch von neuem wachsenden Leben durchdrang die viereckige Umfriedung. »Sie ist warm«, bemerkte Alex und rang nach Luft.

»Das kann man wohl sagen.«

Reede trat noch näher heran und führte Alex' Hand den Körper der Stute entlang bis zu ihrem geschwollenen Unterbauch. Alex stieß einen leisen Überraschungsschrei aus, als sie eine Bewegung spürte.

»Das Fohlen.« Reede war ihr so nahe, daß sein Atem ihre Haarsträhnen hob, und sie roch sein Toilettenwasser, gemischt mit dem Stallgeruch.

Alex lachte vor Entzücken, als sie plötzlich einen sanften Kick gegen ihre Hand spürte; dabei wich sie ein Stück zurück und stieß an Reede. »So aktiv.«

»Sie trägt mir einen Sieger aus.«

»Sie gehört Ihnen?«

»Ja.«

»Und was ist mit dem Vater?«

»Ich hab ein Vermögen für seine Dienste bezahlt, aber er war es wert. Gutaussehender Hengst aus Florida. Fancy Pants ist gleich auf ihn angesprungen. Ich glaube, sie trauerte, als es vorbei war. Vielleicht müßte ich mir keine Sorgen machen, daß sie über die Stränge schlägt, wenn er immer da wäre.«

Der Druck auf Alex' Brust war so groß, daß sie kaum atmen konnte. Am liebsten hätte sie ihre Wange an die Flanke der Stute gelehnt und hätte weiter Reedes Singsang gelauscht. Glücklicherweise übernahm ihre Vernunft wieder die Führung, ehe sie etwas so Törichtes tun konnte.

Sie zog ihre Hand unter seiner heraus und drehte sich um. Er stand so dicht hinter ihr, daß sie den Kopf zurück an das Pferd lehnen mußte, um ihm ins Gesicht zu sehen.

»Haben alle Besitzer Zugang zu den Stallungen?«

Reede trat zurück und machte ihr Platz, so daß sie zur Tür gehen konnte.

»Nachdem ich früher mal für die Mintons gearbeitet habe, nehmen sie wohl an, sie können mir vertrauen.«

»Was für ein Pferd ist sie?« fragte Alex noch einmal.

»Ein Quarter-Horse.«

»Ein Quarter, ein Viertel? Von was?«

»›Ein Viertel von was?‹« Er warf den Kopf zurück und lachte. Fancy Pants tänzelte zur Seite. »He, das ist wirklich gut. Ein Viertel von was?« Er löste die Kette, mit der er die Stute an einem Metallring festgemacht hatte, verließ die Box und schloß sorgfältig die Tür hinter sich. »Sie wissen nicht sehr viel über Pferde, stimmt's?«

»Wenn Sie so wollen«, erwiderte sie spitz.

Seine Schadenfreude über ihre Verlegenheit war von kurzer Dauer. Er runzelte die Stirn und fragte: »War es Ihre Idee, zur Ranch zu kommen?«

»Junior hat mich eingeladen.«

»Ah, das paßt.«

»Wieso?«

»Er ist immer heiß auf der Spur der neuesten Schnecke.«

Das Blut rauschte durch Alex' Adern. »Ich bin nicht verfügbar für Junior oder für sonst irgend jemanden. Und ich bin auch keine Schnecke.«

Er musterte sie langsam von oben bis unten. »Nein, das sind Sie wohl nicht. Zuviel Anwalt und zuwenig Frau. Entspannen Sie sich denn nie?«

»Nicht, wenn ich an einem Fall arbeite.«

»Und was haben Sie bei einem Drink gemacht?« fragte er spöttisch. »An ihrem Fall gearbeitet?«

»Genau.«

»Die haben wirklich komische Ermittlungsmethoden beim Bezirksstaatsanwalt von Travis County.« Er drehte ihr den Rücken zu und schlenderte zum gegenüberliegenden Ende des Gebäudes.

»Warten Sie. Ich würde Ihnen gern ein paar Fragen stellen.«

»Schicken Sie mir 'ne Vorladung«, warf er ihr über die Schulter zu.

»Reede.« Ohne zu überlegen, lief sie hinter ihm her und packte ihn am Ärmel seiner Lederjacke. Er blieb stehen und richtete den Blick auf ihre Finger, die sich in das uralte Leder krallten, dann wanderte er weiter, direkt in ihre Augen, wie ein scharfer grüner Speer.

Sie ließ seinen Ärmel los und wich einen Schritt zurück. Sie hatte keine Angst vor ihm, war nur schockiert über sich selbst. Sie hatte seinen Namen nicht so rufen wollen, und ganz bestimmt hatte sie ihn nicht berühren wollen, ganz besonders nach dem, was im Stall passiert war.

Sie befeuchtete sich nervös die Lippen und sagte: »Ich möchte mit Ihnen reden, bitte. Inoffiziell. Um meine eigene Neugier zu befriedigen.«

»Die Methode kenne ich, Counselor. Ich hab sie selbst schon angewandt. Sie spielen Kumpel mit dem Tatverdächtigen und hoffen, daß er unvorsichtig wird und etwas ausplaudert, was er verstecken will.«

»So ist es nicht. Ich will nur reden.«

»Worüber?«

»Über die Mintons.«

»Was ist mit ihnen?«

Er stand breitbeinig da, das Becken vorgeschoben, und steckte die Hände in die Gesäßtaschen seiner Jeans, was seine Jacke aufklaffen ließ. Eine einschüchternd männliche Pose. Es erregte sie genauso, wie es sie irritierte. Alex versuchte beide Reaktionen zu unterdrücken. »Würden Sie sagen, daß Angus und Sarah Jo eine glückliche Ehe führen?«

Er blinzelte und hustete. »Was?«

»Sehen Sie mich nicht so an. Ich frage Sie nach Ihrer Meinung und erwarte keine Analyse.«

»Was zum Donnerwetter macht das für einen Unterschied?«

»Sarah Jo ist nicht die Art Frau, die ein Mann wie Angus heiratet, meiner Meinung nach.«

»Gegensätze ziehen sich an.«

»Das klingt nach Klischee. Stehen sie sich ... nahe?«

»Nahe?«

»Nähe, wie intim.«

»Darüber habe ich noch nie nachgedacht.«

»Natürlich haben Sie das. Sie haben hier gelebt.«

»Offensichtlich operiert mein Verstand nicht auf demselben lüsternen Gleis wie der Ihre.« Er tat einen Schritt auf sie zu und senkte seine Stimme. »Aber das könnten wir ändern.«

Alex ließ sich nicht von ihm provozieren, denn das war sicher eher seine Absicht, als sie zu verführen.

»Schlafen sie zusammen?«

»Ich denke ja. Aber es geht mich nichts an, was sie im Bett machen, oder? Außerdem ist es mir egal. Ich kümmere mich nur um das, was in meinem Bett passiert. Warum fragen Sie mich nicht danach?«

»Weil mir das egal ist.«

Wieder kam dieses langsame, wissende Grinsen. »Glaube ich nicht.«

»Ich hasse es, wenn man mich gönnerhaft behandelt, Mr. Lambert, nur weil ich eine weibliche Anklägerin bin.«

»Dann hören Sie doch auf, eine zu sein.«

»Eine Frau?«

»Eine Anklägerin.«

Sie zählte im Geiste bis zehn. »Trifft sich Angus mit anderen Frauen?«

Sie sah, wie die Wut langsam in seinen grünen Augen aufstieg. Seine Geduld mit ihr ging dem Ende zu. »Halten Sie Sarah Jo für eine leidenschaftliche Frau?«

»Nein«, erwiderte Alex.

»Glauben Sie, daß Angus gesunde sexuelle Gelüste hat?«

»Wenn sie seinen anderen Gelüsten entsprechen, würde ich sagen ja.«

»Dann haben Sie die Anwort bereits.«

»Hat ihre Beziehung Junior beeinflußt?«

»Woher, verdammt, soll ich das wissen? Fragen Sie ihn.«

»Er würde es nur mit einer cleveren, vagen Bemerkung abtun.«

»Was eine nette Methode wäre, Ihnen zu sagen, daß Sie sich in Angelegenheiten einmischen, die Sie nichts angehen. Ich bin nicht so nett wie er. Ziehen Sie Leine, Lady.«

»Dies geht mich aber etwas an.«

Er zog seine Hände aus den Taschen und verschränkte seine Arme. »Ich kann es kaum erwarten zu hören, wie Sie das erklären wollen.«

Sie ließ sich von seinem Sarkasmus nicht beirren. »Die Beziehung seiner Eltern könnte erklären, warum Junior drei gescheiterte Ehen hinter sich hat.«

»Das ist noch etwas, was Sie nichts angeht.«

»Das tut es sehr wohl.«

»Wie das?«

»Weil Junior meine Mutter liebte.«

Die Worte hallten durch den Gang des stillen Stalls. Reede riß den Kopf zurück, als hätte er einen Kinnhaken bekommen. »Wer hat Ihnen das erzählt?«

»Er selbst.« Sie beobachtete ihn genau und fügte leise hinzu: »Er hat gesagt, Sie beide hätten sie geliebt.«

Er sah sie lange an, dann zog er die Schultern hoch. »Auf die eine oder andere Art. Und?«

»Haben deshalb Juniors Ehen nicht funktioniert? Weil er immer noch meiner Mutter nachweint?«

»Ich habe keine Ahnung.«

»Dann raten Sie doch mal.«

»Okay.« Er drehte arrogant den Kopf zur Seite. »Ich glaube nicht, daß Celina irgendwas mit Juniors Ehen zu tun hat. Das Problem ist, daß er nicht zum Spaß ficken kann, ohne hinterher Schuldgefühle zu kriegen. Also nimmt er sich, um sein Gewissen zu erleichtern, alle paar Jahre eine neue Frau.«

Er wollte sie mit dieser Aussage beleidigen, und das gelang

ihm. Sie versuchte nicht zu zeigen, wie sehr. »Warum, glauben Sie, hat er ein schlechtes Gewissen?«

»Liegt in seinen Genen. Generationen von Südstaaten-Ritterlichkeit fließen durch seine Adern. Da kriegt man Schuldgefühle, wenn's um die Damen geht.«

»Und wie ist das bei Ihnen?«

Er grinste. »Ich hab nie ein schlechtes Gewissen, egal, was ich mache.«

»Selbst bei Mord nicht?«

Sein Grinsen verschwand und sein Blick wurde düster. »Raus hier, aber ein bißchen dalli.«

»Waren Sie je verheiratet?«

»Nein.«

»Warum nicht?«

»Das geht Sie einen Scheißdreck an. Sonst noch etwas, Counselor?«

»Ja. Erzählen Sie mir von Ihrem Vater.«

Reede senkte langsam seine Arme. Sein Blick war kalt, unerbittlich. Alex sagte: »Ich weiß, daß Ihr Vater starb, während Sie noch in der Schule waren. Junior hat es heute erwähnt. Als er starb, sind Sie hierhergezogen.«

»Ihre Neugier ist recht morbide, Miss Gaither.«

»Ich bin nicht neugierig. Ich suche nach Fakten, die meinen Ermittlungen nützen.«

»Oh ja. Wichtigkeiten wie das Sexualleben von Angus.«

Sie warf ihm einen vorwurfsvollen Blick zu. »Ich suche nach Motiven, Sheriff Lambert. Als Polizeioffizier kennen Sie sich doch damit aus, oder? Schon mal was von Motiv und Gelegenheit gehört?« Seine Augen wurden noch eisiger. »Ich muß wissen, in welchem Gemütszustand Sie waren in der Nacht, als meine Mutter starb.«

»Das ist doch Quatsch. Was hat das mit meinem Vater zu tun?«

»Vielleicht nichts. Aber erzählen Sie's mir. Wenn es irrelevant ist, warum bringt es Sie dann so auf die Palme?«

»Hat Junior Ihnen erzählt, wie mein alter Herr gestorben

ist?« Sie schüttelte den Kopf. Reede lachte erbittert auf. »Ich weiß wirklich nicht, warum nicht. Die widerlichen Details waren hier die ganz großen Schlagzeilen. Die Leute haben jahrelang davon geredet.«

Er beugte sich vor, um ihr direkt in die Augen sehen zu können. »Er ist in seiner eigenen Kotze erstickt, zu betrunken, um sich selbst zu retten. Ja, ja, schaun Sie nur schockiert. Es war verdammt grauenhaft, besonders, als mich der Direktor aus dem Unterricht holte, um es mir zu sagen.«

»Reede.« Alex hob die Hand, ein Versuch den Strom von Jammer einzudämmen. Er schlug sie zur Seite.

»Nein, wenn Sie so wild drauf sind, alle Schranktüren zu öffnen und die Leichen rauszuzerren, bitte sehr, hier sind sie. Aber machen Sie sich auf was gefaßt, Baby, das hier ist Härte zehn.

Mein Daddy war der Stadtsäufer, eine Witzfigur, eine wertlose armselige Karikatur von einem menschlichen Wesen. Ich hab nicht mal geweint, als ich hörte, daß er tot ist, sondern atmete auf. Er war ein elender, mieser Hundesohn, der nie irgendwas für mich bedeutet hat, außer daß ich mich für so einen Vater schämen mußte. Und er war über mich ebensowenig glücklich. Schwanzunkraut hat er mich genannt, meist bevor er mir eine runterhaute. Ich war eine lästige Verantwortung für ihn.

Aber wie ein Narr hab ich mir weiterhin was vorgemacht, mir gewünscht, wir wären eine Familie. Ich hab ihn ständig gebettelt, zu kommen und sich anzusehen, wie ich bin beim Football. Eines Abends ist er bei einem Spiel aufgetaucht. Er hat eine Riesenszene hingelegt, ist über die Markierungen gestolpert, hat eins von den Bannern runtergerissen, ich wär am liebsten im Boden versunken. Wäre er doch bloß nicht gekommen! Ich hab ihn gehaßt. Gehaßt«, wiederholte er zischend.

»Ich konnte keine Freunde zu mir nach Hause einladen, weil es ein solcher Schweinestall war. Wir haben aus Dosen gegessen. Ich hab nicht gewußt, daß es so etwas wie Teller auf dem Tisch gibt und saubere Handtücher im Bad, bis ich zu anderen Kindern nach Hause eingeladen wurde. Ich hab versucht, wenigstens ordentlich auszusehen, wenn ich in die Schule ging.«

Alex bedauerte, daß sie diese schwärende Wunde geöffnet hatte, war aber froh, daß er jetzt ungehemmt drauflosredete. Seine Kindheit erklärte viel über den Mann. Aber er schilderte einen Ausgestoßenen, und das paßte nicht zu dem, was sie von ihm wußte.

»Mir hat man erzählt, Sie wären ein Anführer gewesen, dem die anderen Kinder folgten. Sie haben die Regeln gemacht und die Orientierung bestimmt.«

»Ich hab mir diese Position erkämpft«, sagte er. »In der Grundschule haben sich die anderen über mich lustig gemacht, alle außer Celina. Dann bin ich größer und stärker geworden und hab gelernt zu kämpfen. Ich hab allerhand Tricks benutzt, und sie haben aufgehört zu lachen. Es wurde sicherer für die Jungs, mein Freund zu sein als mein Feind.«

Er verzog verächtlich den Mund. »Das wird Ihnen die Schuhe ausziehen, Miss Anklägerin. Ich war ein Dieb. Ich hab alles gestohlen, von dem ich glaubte, ich könnte es brauchen. Wissen Sie, mein alter Herr hat keinen Job länger als ein paar Tage ausgehalten, bis er wieder auf Sauftour ging. Dann hat er das, was er verdient hat, genommen, ein oder zwei Flaschen organisiert und sich bewußtlos getrunken. Schließlich hat er nicht mal mehr versucht zu arbeiten. Ich hab uns mit dem ernährt, was ich nach der Schule mit Hilfsarbeiten verdienen, und mit dem, was ich ungestraft stehlen konnte.«

Es gab nichts dazu zu sagen, das hatte er gewußt. Deshalb hatte er ihr soviel erzählt. Er wollte, daß sie sich mies und kleinkariert fühlte. Er ahnte ja nicht, daß ihrer beider Kindheit ziemlich ähnlich gewesen war, nur hatte sie nie hungern müssen. Merle Graham hatte für ihre körperlichen Bedürfnisse gesorgt, aber ihre emotionalen vernachlässigt. Alex war aufgewachsen mit dem Gefühl, minderwertig und ungeliebt zu sein. Sie sagte voller Mitgefühl: »Schlimm für Sie, Reede.«

»Ich will Ihr gottverdammtes Mitleid nicht. Das Leben hat mich hart und bösartig gemacht, und ich mag es so. Ich habe früh gelernt, für mich selbst zu sorgen, weil eins verdammt sicher war, nämlich, daß kein anderer einen Finger für mich rühren würde. Ich verlasse mich nur auf mich selbst. Für mich ist nichts selbstverständlich, besonders Menschen nicht. Und ich bin entschlossen, nie so tief zu sinken wie mein alter Herr.«

»Sie machen sich zuviel daraus, Reede, liefern sich den Leuten aus.«

»Mmhm. Ich möchte, daß sie vergessen, daß Everett je gelebt hat. Ich will nicht, daß irgend jemand mich mit ihm in Verbindung bringt. Unter keinen Umständen.«

Er fletschte die Zähne und zog sie an ihrem Revers dicht vor sein wütendes Gesicht. »Ich habe dreiundvierzig Jahre damit verbracht, die unglückliche Tatsache, daß ich sein Sohn bin, auszumerzen. Und jetzt, wo gerade Gras anfängt darüber zu wachsen, kommen Sie daher und stellen neugierige Fragen, lassen tote Probleme wieder aufleben, erinnern alle daran, daß ich aus der Gosse stamme.«

Er schob sie unsanft weg. Sie fing sich an einer Boxtür. »Ich bin überzeugt, daß Ihnen keiner das Versagen Ihres Vaters vorhält.«

»Glauben Sie das? Aber in kleinen Städten ist das nun mal so, Baby. Das finden Sie noch schnell genug heraus, weil die Leute Sie mit Celina vergleichen werden.«

»Das macht mir nichts aus. Mir sind die Vergleiche willkommen.«

»Sind Sie sich da so sicher?«

»Ja.«

»Vorsicht. Wenn Sie um eine unübersichtliche Ecke gehen, sollten Sie wachsam sein.«

»Würden Sie so freundlich sein, deutlicher zu werden?«

»Es gibt zwei Möglichkeiten, wie das läuft. Entweder halten Sie dem Vergleich nicht stand, oder Sie finden raus, daß es gar nicht so toll ist, wie Celina zu sein.«

»Und welche wird es sein?«

Sein Blick streifte sie von oben bis unten. »Wie bei ihr merkt ein Mann, daß er ein Mann ist, wenn er Sie ansieht. Und wie sie nutzen Sie das zu Ihrem Vorteil.«

»Das heißt?«

»Sie war keine Heilige.«

»Das hab ich auch nicht erwartet.«

»Ach ja?« sagte er mit gefährlich sanfter Stimme. »Ich glaube doch. Ich glaube, Sie haben sich eine Phantasiemutter zusammengebastelt und erwartet, daß Celina diese Rolle für Sie erfüllt.«

»Das ist lächerlich.« Ihr heftiger Widerspruch klang kindisch und starrköpfig. Sie sagte etwas ruhiger: »Es stimmt, daß Großmama Graham dachte, Celina wäre der Nabel der Welt. Ich wurde in dem Glauben erzogen, sie wäre der Inbegriff einer jungen Frau gewesen. Aber jetzt bin ich selbst reif genug zu wissen, daß meine Mutter auch nur aus Fleisch und Blut war, mit Fehlern, wie alle Menschen.«

Er musterte einen Augenblick lang ihr Gesicht. »Vergessen Sie nur nicht, daß ich Sie gewarnt habe«, sagte er leise. »Sie sollten zurück ins Westerner fahren, Ihre Designerklamotten einpacken samt Ihren Aktennotizen und Gas geben Richtung Austin! Lassen Sie die Vergangenheit ruhen. Keiner hier möchte sich an diesen schwarzen Flecken in der Geschichte von Purcell erinnern – ganz besonders, wo diese Lizenz noch in der Schwebe ist. Sie würden Celina lieber tot in diesem Stall liegenlassen, als...«

»In *diesem* Stall?« Alex schnappte nach Luft. »Meine Mutter wurde hier getötet?«

Ganz eindeutig war ihm das unwillentlich herausgerutscht. Er fluchte leise und sagte dann knapp: »Richtig.«

»Wo? In welcher Box?«

»Es spielt keine Ro...«

»Zeigen Sie mir's, verdammt noch mal. Ich hab die Nase voll von Ihren halben Antworten und Ausflüchten. Zeigen Sie mir, wo Sie an jenem Morgen ihre Leiche gefunden haben,

Sheriff.« Sie betonte das letzte Wort scharf, er mußte an seinen Eid zu schützen und zu dienen erinnert werden.

Reede drehte sich wortlos um und schritt auf die Tür zu, durch die sie den Stall betreten hatte, blieb an der zweiten Box in der Reihe stehen und sagte: »Hier.«

Alex hielt an, dann ging sie langsam weiter, bis sie auf gleicher Höhe mit ihm war. Sie drehte sich zur Box. Es lag kein Stroh drin, nur der mit Gummi belegte Boden. Die Tür war ausgehängt, weil hier kein Pferd stand. Die Box sah unschuldig aus, fast steril.

»Seit es passiert ist, blieb der Platz leer.« Dann fügte er abfällig hinzu: »Angus hat eine sentimentale Ader.«

Alex versuchte sich eine blutige Leiche in der Box vorzustellen, aber es gelang ihr nicht. Sie sah Reede fragend an.

Die Haut über seinen Backenknochen schien zum Zerreißen gespannt, und die Falten über seinem Mund klafften tiefer als vorhin, als er wütend gewesen war. Dieser Besuch des Tatorts nahm ihn mehr mit, als er zugeben wollte.

»Erzählen Sie mir, wie es war. Bitte.«

Er zögerte kurz, dann sagte er: »Sie lag diagonal da, den Kopf in der Ecke, die Füße ungefähr hier.« Er berührte eine Stelle mit der Spitze seines Stiefels. »Sie war voller Blut, in den Haaren, auf ihren Kleidern, überall.« Alex hatte erlebt, wie abgebrühte Detectives vom Morddezernat blutige Mordszenen mit mehr Gefühl beschrieben. Reedes Stimme war hohl und monoton, aber sein Gesicht schmerzverzerrt. »Ihre Augen standen noch offen.«

»Um welche Zeit war das?« fragte sie heiser.

»Als ich sie gefunden habe?« Sie nickte, hatte Schwierigkeiten zu sprechen. »Im Morgengrauen. Gegen halb sieben.«

»Was haben Sie denn um diese Tageszeit hier gemacht?«

»Ich hab meistens so gegen sieben mit dem Ausmisten begonnen. An diesem speziellen Morgen hab ich mir Sorgen um eine Stute gemacht.«

»Oh ja, um die, die am Tag zuvor gefohlt hatte. Sie wollten also nachschauen, wie's ihr und dem Baby geht?«

»Richtig.«

Tränen schimmerten in ihren Augen, als sie langsam den Blick zu ihm hob. »Wo waren Sie am Abend zuvor?«

»Unterwegs.«

»Den ganzen Abend?«

»Nach dem Abendessen, ja.«

»Allein?«

Sein Mund wurde schmal vor Wut. »Wenn Sie mehr Antworten wollen, Counselor, müssen Sie den Fall vor Gericht bringen.«

»Das habe ich vor.«

Als sie versuchte, an ihm vorbei die Tür zu erreichen, packte er ihren Arm und zog sie an sich. Er fühlte sich hart, sehr kraftvoll und männlich an. »Miss Gaither«, knurrte er böse.

»Sie sind clever. Lassen Sie das fallen. Wenn nicht, wird wahrscheinlich jemandem weh getan.«

»Zum Beispiel wem?«

»Ihnen.«

»Wie?«

Er bewegte sich eigentlich nicht, neigte nur seinen Körper näher zu ihrem.

»Da gibt es verschiedene Möglichkeiten.«

Es war eine unverhohlene Drohung. Körperlich war er fähig eine Frau umzubringen, aber emotional?

Scheinbar hatte er von Frauen grundsätzlich eine schlechte Meinung, hatte aber, laut Junior, Celina Graham geliebt. Da war eine Zeit gewesen, in der sie Reede heiraten wollte. Vielleicht hatten alle, einschließlich ihm selbst, es als abgemacht verstanden, daß sie heiraten würden, bis Celina Al Gaither nahm und mit Alex schwanger wurde.

Alex wollte nicht glauben, daß Reede Celina hätte töten können, egal unter welchen Umständen, und noch viel weniger wollte sie glauben, daß er Celina ihretwegen getötet hatte.

Er war ein Chauvinist, arrogant und reizbar wie eine Klapperschlange. Aber ein Mörder? So sah er nicht aus. Oder lag es nur daran, daß sie immer schon eine Schwäche für dunkelblondes Haar, grüne Augen, enge, gebleichte Jeans und abgetragene Jacken mit Pelzkragen hatte, für Männer, die Cowboystiefel tragen konnten, ohne albern auszusehen, Männer, die so absolut männlich gingen, sprachen und rochen?

Reede Lambert erfüllte all diese Kriterien.

Seine Wirkung auf sie machte ihr mehr Sorgen als seine warnenden Worte. Sie befreite ihren Arm mit einem Ruck und wich zur Tür zurück.

»Ich habe nicht die Absicht, diese Ermittlungen einzustellen, bis ich weiß, wer meine Mutter getötet hat, und warum. Das wollte ich mein ganzes Leben lang rausfinden und werde mich jetzt nicht davon abbringen lassen.«

## 10

Kaum hatte Alex den Stall verlassen, fing Reede an laut und sehr einfallsreich zu fluchen. Pasty Hickam hatte sie von seinem Versteck in einer rückwärtigen Box aus belauscht.

Er hatte nicht vorgehabt, dieses Gespräch mitzubekommen. Als er vorhin in den Stall gekommen war, hatte er nur nach einem Platz gesucht, wo es dunkel, warm und verschwiegen war, wo er in Ruhe seinen verletzten Stolz pflegen konnte, den Ärger auf seinen ehemaligen Arbeitgeber und an einer Flasche billigen Fusels nuckeln konnte, als wäre es Muttermilch.

Jetzt aber war seine schlechte Laune wie weggewischt, und er schmiedete einen schändlichen Plan. Nüchtern war Pasty nur ein Nörgler, betrunken war er zu jeder Gemeinheit fähig.

Er hatte sich kaum zurückhalten können, als er hörte, was dieses Mädel aus Austin zum Sheriff gesagt hatte, und umgekehrt. Heiliger Strohsack, sie war Celina Gaithers Tochter, gekommen, um den Mord an ihrer Mutter zu untersuchen.

Dank ihr und einem gütigen Gott, an den er eigentlich nicht glaubte, hatte man ihm diese Gelegenheit, sich an Angus und seinem Sohn zu rächen, auf einem silbernen Tablett serviert.

Er hatte sich hier den Arsch aufgerissen, für einen Hungerlohn gearbeitet und manchmal gar nichts gekriegt, wenn Angus so pleite war, daß er ihn nicht bezahlen konnte; aber er hatte ausgeharrt. Er war mit diesem Schweinehund durch dick und dünn gegangen, und was bekam er zum Dank dafür? Einen Tritt in den Hintern und den Rauswurf aus dem Schlafhaus, das seit über dreißig Jahren sein Zuhause gewesen war.

Aber diesmal war Pasty Hickam endlich das Glück hold. Wenn er seine Trümpfe richtig ausspielte, dann hätte er endlich das Geld für seine Pensionskasse. Ruby Faye, seine augenblickliche Geliebte, lag ihm ständig in den Ohren, daß er nicht genug Dollars spendiere, um ihr was zu kaufen. »Wo liegt denn der Spaß bei so einer Affäre, wenn ich nichts davon habe, außer den Kick, meinen Mann zu betrügen«, zeterte sie immer wieder gerne.

Aber das Geld war nur die Glasur des Kuchens. Die Rache allein schmeckte schon süß genug. Es wurde allerhöchste Zeit, daß jemand Angus mal einen Hieb versetzte, und zwar da, wo es weh tat.

Seine Ungeduld hatte den Siedepunkt erreicht, als Reede endlich mit der Untersuchung der Stute fertig war und den Stall verließ. Pasty wartete noch ein bißchen, um sicherzugehen, daß er allein war, ehe er seinen Unterschlupf verließ, wo er sich im frischen Stroh zusammengerollt hatte. Er ging den schattenverhangenen Gang entlang zum Wandtelefon und fluchte laut, als ein Pferd wieherte und ihn zusammenschrecken ließ. Er war zwar gemein, aber noch nie sonderlich mutig gewesen.

Zuerst rief er die Auskunft an, dann drückte er schnell die Nummer ein, bevor er sie vergessen konnte. Vielleicht war die Zeit zu kurz und sie noch nicht zurück, dachte er ängstlich, nachdem er die Telefonistin gebeten hatte, ihn zu ihrem Zimmer durchzustellen. Aber sie antwortete beim fünften

Klingeln, etwas außer Atem, als wäre sie gerade reingekommen, als das Telefon läutete.

»Miss Gaither?«

»Ja, wer spricht denn?«

»Das brauchen Sie nicht zu wissen. Ich kenne Sie, und das genügt.«

»Wer spricht da?« fragte sie verärgert. Pasty hielt das für vorgetäuschten Mut.

»Ich weiß alles über den Mord an Ihrer Mama.«

Pasty kicherte leise, genoß die plötzliche Stille. Schneller hätte er ihre Aufmerksamkeit nicht haben können, selbst wenn er sich einfach vor sie gestellt und sie in die Titte gebissen hätte.

»Ich höre.«

»Ich kann jetzt nicht reden.«

»Warum nicht?«

»Ich kann nicht, darum.«

Es war zu riskant, ihr jetzt alles am Telefon zu erzählen, jemand könnte irgendwo an einer Nebenstelle einen Hörer abnehmen und lauschen. Das könnte recht ungesund werden.

»Ich rufe Sie wieder an.«

»Aber...«

»Ich rufe Sie an.«

Er legte auf, voller Freude über ihre Angst. Er erinnerte sich daran, wie ihre Mutter immer ihren Hintern geschwungen hatte, als ob ihr die Welt gehören würde. Viele Sommertage lang hatte er sie lüstern beobachtet, während sie mit Reede und Junior im Pool ihren Spaß hatte. Die hatten sie überall betatscht und es Raufen genannt. Aber sie war sich zu gut gewesen, auch nur einmal in Pastys Richtung zu schauen. Ihm war's ganz recht gewesen, daß sie's fertiggebracht hatte, sich ermorden zu lassen. Er hatte keinen Finger gerührt, als er ihr hätte helfen können.

Er erinnerte sich an diese Nacht und alles, was da passiert war, als wär es gestern gewesen. Es war ein Geheimnis, das er die ganze lange Zeit für sich bewahrt hatte. Jetzt konnte er es verraten. Und es würde ein Riesenspaß werden, der Anklägerin alles zu erzählen.

11

»Warten Sie darauf, mir einen Strafzettel für Falschparken zu verpassen?« fragte Alex, als sie aus dem Wagen stieg und ihn abschloß. Sie war heute morgen bester Laune, dank des unerwarteten Anrufs, den sie gestern abend bekommen hatte. Vielleicht war der Anrufer der Augenzeuge, um den sie gebetet hatte. Natürlich bestand die Möglichkeit, daß sich jemand nur wichtigtun wollte, ermahnte sie sich. Sie mußte vernünftig bleiben.

Wenn er glaubwürdig war, träfe es sie hart, Reede Lambert als Celinas Mörder entlarvt zu bekommen. Er sah ungeheuer attraktiv aus, wie er da so an der Parkuhr lehnte. Genauer gesagt, sah es eigentlich aus, als würde die Uhr an Reede lehnen, da sie etwas Schlagseite hatte.

»Ich sollte meine Meinung ändern, nachdem Sie so vorlaut sind, aber ich bin einfach zu nett...« Er zog eine Leinenhaube über die Uhr, auf der in blauen Lettern stand CITY OF PURCELL – DIENSTWAGEN. »Nehmen Sie das mit, wenn Sie unterwegs sind, und benutzen Sie's von jetzt an, wird ein bißchen Kleingeld sparen.«

Er drehte sich um und ging auf das Gerichtsgebäude zu. Alex bemühte sich, Schritt zu halten. »Danke.«

»Keine Ursache.« Er stieg die Treppe hoch und betrat das Haus. »Kommen Sie runter in mein Büro«, sagte er. »Ich möchte Ihnen etwas zeigen.«

Sie folgte ihm voller Neugier. Am Abend vorher waren sie nicht gerade als Freunde geschieden. Trotzdem gab er sich heute morgen Mühe, gastfreundlich zu sein. Nachdem das alles nicht zusammenpaßte, beschloß Alex, die plötzliche Freundlichkeit mit Vorsicht zu genießen.

Als sie auf der unteren Ebene angelangt waren, ließen die Deputies im Dienstraum wie auf Kommando ihre Arbeit liegen und starrten sie an. Es war, als wären sie vor einen Fotografen getreten.

Reede ließ kurz den Blick durch den Raum schweifen, und alle setzten ihre Tätigkeiten fort. Er hatte kein einziges Wort gesagt, genoß aber augenscheinlich absolute Autorität bei seinem Personal. Entweder fürchteten oder respektierten sie ihn. Alex vermutete das erstere.

Reede ging um sie herum, öffnete eine Tür links von der Treppe und trat beiseite, damit sie vorangehen konnte. Sie betrat ein kleines, viereckiges, fensterloses Büro. Es war kalt wie ein Kühlhaus, der Schreibtisch so verbeult und zerkratzt, als hätte man ihn aus Schrott produziert. Die Schreibunterlage war mit Tintenflecken übersät und voller Löcher, auf der ein überquellender Aschenbecher thronte sowie ein schwarzes Telefon. Dahinter stand ein wenig vertrauenerweckender Drehstuhl.

»Es gehört Ihnen, wenn Sie's benutzen wollen«, sagte Reede. »Ich schätze, Sie sind feudalere Büros gewohnt.«

»Nein. Um ehrlich zu sein, mein Kabäuschen in Austin ist nicht viel größer als dies. Bei wem darf ich mich bedanken?«

»Bei der Stadt Purcell.«

»Aber da steckt doch jemand dahinter. Sie, Reede?«

»Und wenn?«

»Na, dann möchte ich mich bei Ihnen bedanken.«

»Keine Ursache.«

Sie versuchte die Feindseligkeit, die er ihr entgegenbrachte, mit einem Lächeln und einer scherzhaften Bemerkung zu entschärfen: »Jetzt, wo wir im selben Gebäude sind, kann ich Sie besser im Auge behalten.«

Er ging zur Tür hinaus und zog sie langsam hinter sich zu. »Umgekehrt, Counselor. Ich kann Sie besser im Auge behalten.«

Alex warf ihren Kugelschreiber beiseite und rubbelte ihre durchgefrorenen Arme. Der Elektroheizer, den sie in der Eisenwarenhandlung gekauft hatte, lief auf vollen Touren, nützte aber nicht viel. Der Bürokäfig war eisig und scheinbar der einzige modrige, feuchte Platz in einem sonst trockenen Klima.

Sie hatte sich zuvor mit Material eingedeckt: Papier, Stifte, Füller, Büroklammern. Der Raum war alles andere als komfortabel, aber zumindest benutzbar. Außerdem lag er viel zentraler als ihr Zimmer im Westerner Motel.

Nachdem sie überprüft hatte, daß der Heizer tatsächlich auf vollen Touren lief, beugte sie sich wieder über ihre Notizen. Den ganzen Nachmittag hatte sie dazu gebraucht, sie zu sammeln und nach beteiligten Personen zu ordnen.

Sie begann mit Angus und las ihre Zusammenfassungen noch einmal durch. Unglücklicherweise waren sie nicht konkreter geworden oder besser mit Fakten belegt als beim ersten halben dutzendmal Prüfen.

Alles, was sie hatte, waren nur Vermutungen und Gerüchte. Die wenigen Tatsachen hatte sie bereits gehabt, als sie Austin verließ. Bis jetzt stellte die Reise eine Verschwendung von Geldern des Steuerzahlers dar, und es war bereits eine Woche von Gregs Frist verstrichen.

Für den Augenblick wollte sie den Umstand »Gelegenheit« beiseite lassen. Sie mußte Motive finden. Das einzige, was sie bis jetzt erfahren hatte, war, daß alle drei Männer Celina angebetet hatten – nicht unbedingt ein Motiv für Mord!

Sie hatte nichts, keine Beweise, nicht mal einen hieb- und stichfesten Verdächtigen. Sie war überzeugt, daß Buddy Hicks ihre Mutter nicht getötet hatte, trotzdem war sie der Lösung der Täterfrage keinen Schritt nähergekommen.

Nachdem sie einige Zeit allein mit Angus, Junior und Reede verbracht hatte, war Alex überzeugt, daß ein Geständnis von einem der drei einem Wunder gleichkäme. Weder paßten Zerknirschtheit und Reue in ihre Persönlichkeitsprofile, noch würde einer gegen den anderen aussagen. Ihre Loyalität war eisern, obwohl freilich ihre Freundschaft nicht mehr dieselbe war wie früher. Das ergab auch schon wieder einen Hinweis. Hatte Celinas Tod ihre Clique zerschlagen und sie doch aneinandergekettet?

Sie hoffte immer noch, daß der Mann, der vor ein paar Tagen angerufen hatte, tatsächlich ein Augenzeuge war. Tagelang hatte sie auf ein weiteres Telefonat gewartet, aber es war keins erfolgt, eigentlich ein Zeichen, daß das Ganze ein übler Scherz gewesen war.

Die einzigen Leute an diesem Abend im Stallgebiet mußten wohl Gooney Bud und Celina gewesen sein. Gooney Bud war tot. Der Mörder schwieg. Und Celina...

Mit einem Mal hatte Alex eine Inspiration. Ihre Mutter konnte nicht reden – zumindest nicht im wörtlichen Sinne –, aber *vielleicht* hatte sie doch etwas Wertvolles zu sagen.

Alex wurde ganz schlecht bei dem Gedanken, was sie vorhatte. Sie stützte ihren Kopf in die Hände und schloß die Augen. Besaß sie die Kraft dazu?

Sie suchte nach Alternativen, konnte aber keine finden. Beweise müßten auf den Tisch, und es gab nur einen Ort, wo sie danach suchen konnte.

Ehe sie es sich anders überlegen würde, schaltete sie rasch den Heizer aus und verließ das Büro. Sie mied den unzuverlässigen Aufzug und joggte die Treppe hoch in der Hoffnung, Richter Joe Wallace zu erwischen, bevor er nach Hause ging.

Sie warf einen ängstlichen Blick auf ihre Armbanduhr. Es war schon fast fünf Uhr. Sie wollte das nicht bis morgen aufschieben. Jetzt, wo sie sich dazu entschlossen hatte, wollte sie handeln, bevor sie Zeit und Gelegenheit hatte, den Plan zu verwerfen.

Die Gänge im ersten Stock waren menschenleer, die Geschworenen für heute entlassen. Die Prozesse ruhten bis morgen. Ihre Schritte hallten laut durch die Gänge, als sie zum Richterzimmer neben dem leeren Gerichtssaal eilte. Seine Sekretärin saß noch im Vorzimmer, wenig begeistert, sie zu sehen.

»Ich muß sofort den Richter sprechen.« Alex war etwas außer Atem, nachdem sie zwei Treppen im Eilschritt erklommen hatte, und in ihrer Stimme schwang Verzweiflung.

»Er macht sich gerade fertig zum Gehen«, sagte die Sekretärin ohne eine Spur von Bedauern. »Ich kann einen Termin…«

»Die Sache ist lebenswichtig, sonst würde ich ihn nicht um diese Tageszeit belästigen.«

Alex ließ sich von Mrs. Lipscombs vorwurfsvollem Blick und dem gottergebenen Seufzer, mit dem sie zur Verbindungstür ging, nicht einschüchtern. Sie klopfte diskret, dann ging sie hinein und schloß die Tür hinter sich. Alex lief ungeduldig auf und ab, bis sie zurückkehrte.

»Er empfängt Sie. Kurz.«

»Danke.« Alex eilte an ihr vorbei ins Richterzimmer.

»Und was ist es diesmal, Miss Gaither?« keifte Richter Wallace, sobald sie die Schwelle überschritten hatte. Er zog sich gerade seinen Mantel an. »Sie haben die ekelhafte Gewohnheit, ohne Voranmeldung hier aufzutauchen. Wie Sie sehen, will ich gerade gehen. Meine Tochter wartet nur sehr ungern mit dem Essen, und es wäre ungezogen, wenn ich sie dazu nötigte.«

»Ich bitte Sie beide um Verzeihung, Richter. Wie ich Ihrer Sekretärin schon sagte, ist es äußerst wichtig, daß ich Sie heute nachmittag noch spreche.«

»Und?« fragte er verärgert.

»Könnten wir uns setzen?«

»Ich kann im Stehen genausogut reden. Was wollen Sie?«

»Ich möchte, daß Sie einen Gerichtsbeschluß über die Exhumierung der Leiche meiner Mutter ausstellen.«

Jetzt setzte sich der Richter. Eigentlich ließ er sich in den Stuhl, vor dem er stand, fallen. Er sah Alex mit unverhohlenem Entsetzen an. »Wie bitte?«

»Ich denke, Sie haben mich verstanden, Richter Wallace. Aber natürlich bin ich bereit, meine Bitte zu wiederholen, sollte es erforderlich sein.«

Er winkte ab. »Nein. Gütiger Gott, nein. Es war schlimm genug, das einmal zu hören.« Er stützte seine Hände auf die Knie und sah sie an, als wäre sie übergeschnappt. »Warum, in aller Welt, wollen Sie so etwas Grauenhaftes tun?«

»Ich will es nicht. Ich würde nicht um einen Gerichtsbeschluß bitten, wenn ich nicht der Meinung wäre, daß die Exhumierung unumgänglich ist.«

Der Richter hatte sich inzwischen wieder gefangen und deutete mißmutig auf einen Stuhl. »Sie können sich auch setzen. Nennen Sie Ihre Gründe.«

»Ein Verbrechen wurde begangen, aber ich kann keine stichhaltigen Beweise finden.«

»Ich hab Ihnen gesagt, daß Sie keine finden werden«, rief er. »Sie haben nicht zugehört. Sie sind hier hereingestürmt, haben mit unbegründeten Beschuldigungen um sich geworfen, voller Rachsucht.«

»Das ist nicht wahr«, sagte sie ruhig.

»So hab ich das verstanden. Was hat Pat Chastain dazu zu sagen?«

»Der Staatsanwalt ist nicht verfügbar. Wie es scheint, hat er spontan ein paar Tage Urlaub genommen und ist zum Jagen gefahren.«

Der Richter räusperte sich. »Klingt wie eine verdammt gute Idee.«

Für Alex klang es mehr nach Feigheit, und sie war außer sich gewesen, als die hochnäsige Mrs. Chastain ihr das mitgeteilt hatte.

»Werden Sie mir erlauben, nach Beweisen zu suchen, Richter?«

»Es gibt keine.«

»Die Überreste meiner Mutter könnten welche bringen.«

»Sie wurde obduziert nach dem Mord. Du lieber Himmel, das war vor fünfundzwanzig Jahren.«

»Bei allem Respekt für den damaligen Gerichtsmediziner, möglicherweise hat er gar nicht nach Hinweisen gesucht, da die Todesursache so offensichtlich war. Ich kenne einen ausgezeichneten Gerichtsmediziner in Dallas. Wir arbeiten häufig mit ihm zusammen. Wenn es irgend etwas zu finden gibt, wird es ihm gelingen.«

»Ich kann Ihnen garantieren, daß er nichts finden wird.«

»Es ist einen Versuch wert, oder nicht?«

Er nagte an seiner Unterlippe. »Ich werde Ihre Bitte überdenken.«

Alex merkte sehr wohl, daß er sie hinhalten wollte. »Ich wäre sehr dankbar, wenn ich noch heute abend eine Antwort erhielte.«

»Tut mir leid, Miss Gaither. Ich kann nicht mehr tun, als es heute nacht zu überdenken und Ihnen morgen früh meine Entscheidung mitteilen. Bis dahin haben Sie hoffentlich Ihre Meinung geändert und ziehen Ihre Bitte zurück.«

»Das werde ich nicht.«

Er stand auf. »Ich bin müde, hungrig und ziemlich verärgert, daß Sie mich in diese mißliche Lage gebracht haben.« Er richtete bohrend den Zeigefinger auf sie. »Ich mag kein Durcheinander.«

»Ich auch nicht. Ich wünschte, das alles wäre nicht notwendig.«

»Ist es auch nicht.«

»Ich glaube doch«, konterte sie hartnäckig.

»Auf lange Sicht wird es Ihnen leid tun, daß Sie mich je darum gebeten haben. So, jetzt haben Sie genug meiner Zeit in Anspruch genommen. Stacey wird sich Sorgen machen. Guten Abend.«

Er marschierte aus dem Zimmer. Ein paar Sekunden später erschien Mrs. Lipscomb in der Tür. Ihre Lider flatterten irritiert. »Imogene hat mir gesagt, daß Sie hier Unruhe stiften wollen.«

Alex rauschte an ihr vorbei und kehrte in ihr Notbüro zurück, um ihre Sachen zu holen. Die Fahrt hinaus zum Westerner dauerte länger als sonst, weil sie in den Stoßverkehr von Purcell geriet. Und zu allem Übel setzte auch noch Schneeregen ein.

Bei diesem Wetter wollte sie ganz bestimmt nicht noch einmal vor die Tür, also holte sie sich ein Brathähnchen in Folie. Als sie das Essen endlich auf dem runden Tisch neben dem Fenster ihres Zimmers ausgepackt hatte, war es kalt und schmeckte wie Pappe. Sie nahm sich vor, morgen Obst und gesunde Snacks einzukaufen, zur Ergänzung ihrer unausgewogenen Ernährung, und vielleicht ein paar frische Blumen, um das deprimierende Zimmer etwas fröhlicher zu gestalten. Sie überlegte, ob sie das blutrünstige Bild des Stierkämpfers an der Wand abhängen sollte. Das wirbelnde rote Cape und der geifernde Stier waren wirklich ein Schandfleck.

Weil sie keine Lust hatte, ihre Notizen abermals durchzugehen, schaltete sie den Fernseher ein und sah sich eine alte Filmkomödie an, bei der sie nicht denken mußte. Hinterher fühlte sie sich viel besser und beschloß zu duschen.

Sie hatte sich gerade abgetrocknet und ein Handtuch um ihre nassen Haare gewickelt, als es an der Tür klopfte. Sie streifte ihren langen weißen Frotteemantel über, knotete den Gürtel fest und blinzelte dann durch den Türspion.

Sie öffnete die Tür, soweit die Kette es erlaubte. »Was soll das? Sind Sie die Begrüßungsabordnung der Nachbarschaft?«

»Öffnen Sie die Tür«, befahl Sheriff Lambert.

»Warum?«

»Ich muß mit Ihnen reden.«

»Worüber?«

»Das werde ich Ihnen sagen, wenn ich drin bin.« Alex bewegte sich nicht. »Öffnen Sie jetzt die Tür oder nicht?«

»Es geht auch so sehr gut.«

»Öffnen Sie die Scheißtür«, brüllte er. »Ich frier mir den Arsch ab.«

Alex nahm die Kette ab, öffnete die Tür und trat beiseite. Reede stampfte mit den Füßen und bürstete sich die Eiskörner aus dem Fellkragen seiner Jacke.

Er musterte sie von oben bis unten. »Erwarten Sie jemanden?«

Alex verschränkte ihre Arme, eine Geste, die zeigen sollte, wie verärgert sie war. »Wenn das ein Höflichkeitsbesuch ist...«

»Ist es nicht.« Er zog sich die Handschuhe mit den Zähnen aus, dann schlug er seinen Cowboyhut auf den Schenkel, um den Schnee loszuwerden, und strich sich mit der Hand durchs Haar.

Er warf die Handschuhe auf seine Hutkrempe, legte ihn auf den Tisch und ließ sich in einen Stuhl plumpsen. Nach einem kurzen Blick auf ihr Abendessen biß er ein Stück aus einem unberührten Hühnerbein und fragte kauend: »Sie mögen unser Brathähnchen nicht?«

Er lümmelte sich in dem Stuhl, als hätte er vor, die ganze Nacht dort zu verbringen. Alex blieb stehen. Sie fühlte sich lächerlich entblößt in ihrem Bademantel, obwohl er sie von Kopf bis Fuß einhüllte. Und ihr Handtuchturban förderte auch nicht gerade ihr Selbstvertrauen.

Sie versuchte ihre Unsicherheit zu überspielen: »Nein, ich mag das Brathähnchen nicht, aber es war bequem. Ich wollte nicht zum Essen ausgehen.«

»Kluge Entscheidung in einer solchen Nacht. Die Straßen werden immer heimtückischer.«

»Das hätten Sie mir auch telefonisch durchgeben können.«

Er ignorierte das, beugte sich zur Seite und sah an ihr vorbei zum Bildschirm, wo sich ein nacktes Paar gerade im Bett vergnügte. Die Kamera ging jetzt näher ran, zeigte, wie die Lippen des Mannes die Brust der Frau liebkosten.

»Kein Wunder, daß Sie so sauer sind über die Störung.«

Sie schlug mit der Handfläche auf den Schalter. Der Bildschirm wurde schwarz. »Ich hab nicht ferngesehen.«

Als sie sich zu ihm umwandte, hob er lächelnd den Blick. »Öffnen Sie jedem Mann, der an die Tür klopft?«

»Ich hab meine Tür erst aufgemacht, als Sie anfingen zu fluchen.«

»Und mehr muß ein Mann nicht machen, nur obszön daherreden?«

»Sie sind der hochrangigste Polizeioffizier in diesem Bezirk. Wenn ich Ihnen nicht vertrauen kann, wem dann?« Insgeheim dachte sie, daß sie einem Gebrauchtwagenhändler im grünen Polyesteranzug mehr vertrauen würde als Reede Lambert. »Und war es wirklich nötig, das umzuschnallen für diesen Besuch?«

Er folgte ihrem Blick zu dem Halfter, das knapp unter seinem Gürtel hing, streckte seine Beine aus und verschränkte sie. Dann legte er seine Fingerspitzen aneinander und fixierte sie. »Man weiß nie, wann man den braucht.«

»Ist er immer geladen?«

Er zögerte, und sein Blick wanderte langsam zu ihren Brüsten. »Immer.«

Sie sprachen längst nicht mehr über die Pistole in seinem Halfter, und die Richtung, die das Gespräch nahm, machte sie sichtlich nervös. Sie trat unruhig von einem nackten Fuß auf den anderen und leckte sich die Lippen, wobei ihr klarwurde, daß sie längst abgeschminkt war. Irgendwie fühlte sie sich dadurch noch verletzlicher, und sein regloser, grübelnder Blick tat ein übriges. »Was wollen Sie heute abend hier? Konnte das nicht warten bis morgen früh?«

»Ein Drang.«

»Ein Drang?« wiederholte sie mit heiserer Stimme.

Er stand langsam auf, ging auf sie zu und blieb nur Zentimeter von ihr entfernt stehen. Seine rauhe Hand glitt in die Öffnung ihres Mantels und legte sich um ihren Nacken. »Ja, ein Drang«, flüsterte er. »Ein Drang, Sie zu erwürgen.«

Alex entfernte seine Hand mit einem wütenden Schnauben und wich zurück. Er wehrte sich nicht. »Richter Wallace hat mich heute abend angerufen und mir von dem Gerichtsbeschluß erzählt, um den Sie ihn gebeten haben.«

Ihr rasender Puls verlangsamte sich, und sie stieß einen leisen Fluch aus. »Ist denn in dieser Stadt nichts geheim?«

»Nicht sehr viel, nein.«

»Ich fürchte, ich könnte nicht mal niesen, ohne daß mir jeder innerhalb der Stadtgrenze ein Taschentuch anbietet.«

»Ja, Sie stehen im Rampenlicht. Was erwarten Sie denn, wenn Sie hier rumrennen und eine Leiche ausgraben wollen?«

»Bei Ihnen hört sich das an wie eine bizarre Laune.«

»Und, ist es das nicht?«

»Glauben Sie, ich würde die Ruhe meiner Mutter stören, wenn ich nicht annähme, daß es ein wichtiger Schritt zur Lösung des Mordes an ihr ist?« fragte sie wütend. »Großer Gott, können Sie sich nicht vorstellen, wie schwer es ist, diese Bitte auch nur auszusprechen? Und warum hat es der Richter für nötig befunden, ausgerechnet *Sie* hinzuzuziehen?«

»Warum nicht? Weil ich ein Verdächtiger bin?«

»Ja!« rief sie. »Es ist nicht statthaft, mit Ihnen über diesen Fall zu diskutieren.«

»Ich bin der Sheriff, wissen Sie das noch?«

»Vergesse ich nie! Das ist immer noch keine Entschuldigung dafür, daß Richter Wallace mich hintergangen hat. Warum macht ihn die Exhumierung der Leiche so nervös? Hat er Angst, daß die forensische Untersuchung etwas ans Tageslicht bringt, was er geholfen hat zu vertuschen?«

»Ihre Bitte hat ein Problem bei ihm aufgeworfen.«

»Da möchte ich drauf wetten! Wen versucht er denn zu schützen, indem er diesen Sarg nicht öffnen läßt?«

»Sie.«

»Mich?«

»Celinas Leiche kann nicht exhumiert werden. Sie wurde verbrannt.«


12

Reede hatte keine Ahnung, warum er ausgerechnet in der schäbigsten Kneipe am Highway einen trinken mußte, obwohl er eine ausgezeichnete Flasche Whiskey zu Hause stehen hatte. Vielleicht weil seine Laune genau in die dunkle, vernebelte Atmosphäre der Bar paßte.

Er fühlte sich beschissen.

Er machte dem Barkeeper ein Zeichen, ihm noch einen einzugießen. Die Last Chance Bar war eine der Kneipen, in der Gläser nachgefüllt wurden, die Gäste bekamen nicht bei jeder Bestellung ein frisches.

»Spionieren Sie uns aus oder so was?« scherzte der Barmann.

Reede hob den Blick zu ihm. »Ich trinke einen. Haben Sie was dagegen?«

Das alberne Grinsen verschwand. »Schon gut, Sheriff, schon gut.«

Der Barmann wich zum anderen Ende der Bar zurück, wo er sich vorher mit zwei freundlicheren Menschen unterhalten hatte.

Reede bemerkte, daß in einer Nische gegenüber eine Gruppe Frauen saß. Am Poolbillardtisch stand ein Trio, das er kannte, Einsatztruppe für Unfälle bei Ölbohrungen. Ein recht rauher Verein, die zwischen ihren beinharten Einsätzen hemmungslos feierten. Im Augenblick machten sie einen ganz friedlichen Eindruck.

In einer anderen Nische hockten Pasty Hickam und Ruby Faye Turner. Reede hatte heute morgen im B & B gehört, daß Angus den alten Stallknecht vor die Tür gesetzt hatte. Er hatte einen verdammt idiotischen Fehler begangen, aber Reede fand die Bestrafung zu hart. Pasty suchte nun bei seiner neuesten Flamme Trost. Reede hatte sich kurz an den Hut getippt, als er die beiden beim Eintreten entdeckte, aber sie wollten entschieden ignoriert werden, was ihm nur recht war.

Heute abend herrschte Ruhe im Last Chance, was dem Sheriff sowohl aus beruflichen als auch privaten Gründen zupaß kam.

Er hatte seinen ersten Drink rasch hinuntergekippt, kaum geschmeckt. Den nächsten nippte er jetzt langsamer, er mußte länger vorhalten, damit er es rausschieben konnte, nach Hause zu fahren. Reede hatte keine Lust zum Alleinsein. Hier im Last Chance rumzuhängen war auch nicht erfreulich, aber doch besser, zumindest heute abend.

Der Whiskey hatte ein Feuerchen in seinem Bauch entfacht und ließ die blinkenden Weihnachtslichter, die jahraus jahrein um die Bar hingen, strahlender und hübscher aussehen. Die Kneipe wirkte durch einen Whiskeynebel hindurch gar nicht mehr so schäbig.

Er merkte, daß seine Stimmung auftaute, und beschloß, dies für heute seinen letzten Drink sein zu lassen, ein weiterer Grund, ihn langsam zu genießen. Reede trank nie soviel, daß er einen sitzen hatte. Niemals. Zu oft hatte er die Kotze seines alten Herrn aufwischen müssen, um diesen Zustand für komisch zu halten.

Als Kind hatte er gedacht, er würde entweder Knastbruder oder Mönch werden, Astronaut oder Bauarbeiter, Tierpfleger oder Großwildjäger, aber eins ganz bestimmt nicht, nämlich Säufer. Einen solchen hatten sie bereits in der Familie. Und einer war bereits zuviel.

»Hallöchen, Reede.«

Der Klang der rauchigen weiblichen Stimme störte seine Betrachtung des bernsteinfarbenen Inhalts seines Glases. Er hob den Kopf und sah einen ausladenden Busen vor sich.

Sie trug ein hautenges schwarzes T-Shirt mit BORN BAD in Glitzerbuchstaben. Ihre Jeans waren so eng, daß sie Schwierigkeiten hatte, auf den Barhocker zu klettern. Es gelang ihr mit wackelndem Busen und nachdrücklichem Kontakt mit Reedes Schenkeln. Ihr Lächeln war so falsch wie die Similisteine an ihrem Handgelenk. Sie hieß Gloria, wie Reede sich gerade noch rechtzeitig erinnerte, um sie höflich begrüßen zu können.

»Tag, Gloria.«

»Gibst du mir ein Bier aus?«

»Klar.« Er rief dem Barmann die Bestellung zu, dann blickte Reede über seine Schulter zu der Gruppe von Frauen, die sie in der Nische zurückgelassen hatte.

»Um die brauchst du dich nicht zu kümmern«, sagte sie

und tätschelte neckisch seinen Arm, der auf dem Tresen lag.
»Nach zehn Uhr heißt es: Jede für sich.«

»Ein Damenausflug?«

»Hmm.« Sie setzte die Flasche an ihren geschminkten Mund und trank. »Wir waren auf dem Weg nach Abilene, wollten uns den neuen Richard-Gere-Film ansehen, aber dann ist das Wetter so schlecht geworden, da ham wir gesagt, was soll's, bleiben wir in der Stadt. Und was hast du heute abend getrieben? Bist du im Dienst?«

»Bis vorhin, ja. Jetzt hab ich frei.« Er hatte keine Lust, sich in ein Gespräch verwickeln zu lassen, und wandte sich wieder seinem Drink zu.

Aber so leicht ließ Gloria sich nicht abwimmeln. Sie rutschte näher, soweit es der Barhocker erlaubte, und legte den Arm um seine Schulter. »Armer Reede. Es muß doch furchtbar einsam sein, immer so allein rumzufahren.«

»Ich arbeite, wenn ich rumfahre.«

»Ich weiß, aber trotzdem...« Ihr Atem streifte sein Ohr. Er roch nach Bier. »Kein Wunder, daß du immer so grimmig dreinschaust.« Ein scharfer Fingernagel strich durch die tiefe Falte zwischen seinen Brauen. Er riß den Kopf zurück, außer Reichweite. Sie schnaufte enttäuscht.

»Hör mal. Tut mir leid«, murmelte er. »Aber meine Laune ist genauso schlecht wie das Wetter. Ich hab einen langen Tag hinter mir. Wahrscheinlich bin ich einfach müde.«

Sie faßte das anscheinend als Ermutigung auf. »Ich könnte dich aufmuntern, Reede«, sagte sie mit einem zaghaften Lächeln. »Auf jeden Fall würde ich es gern versuchen.« Sie kam wieder näher und klemmte seinen Oberarm zwischen ihren üppigen Busen. »Ich steh total auf dich, schon seit der siebten Klasse. Und sag ja nicht, du hättest das nicht gewußt.« Sie zog einen Schmollmund.

»Nein, das hab ich nicht gewußt.«

»Aber ich. Bloß, damals warst du vergeben. Wie hieß das Mädchen noch? Das, das der Irre im Stall umgebracht hat?«

»Celina.«

»Ja. Auf die warst du total abgefahren, stimmt's? Bis ich in die High School gekommen bin, warst du schon auf der Technischen Hochschule von Texas. Dann hab ich geheiratet und angefangen, Kinder zu kriegen.« Sie merkte nicht, daß ihr Geplapper ihn gar nicht interessierte. »Natürlich ist der Mann längst abgehauen, und die Kinder sind inzwischen alt genug, auf sich selbst aufzupassen. Du hast wahrscheinlich nie Gelegenheit gehabt zu merken, daß ich auf dich gestanden bin, was?«

»Wahrscheinlich nicht.«

Sie beugte sich so weit vor, daß ihr Hocker Gefahr lief umzufallen. »Vielleicht wär's endlich an der Zeit, es zu merken, Reede.«

Er sah hinunter auf ihre Brüste, die jetzt neckisch seinen Arm berührten. Ihre Nippel zeichneten sich hart unter ihrem T-Shirt ab. Irgendwie war diese offene Anmache längst nicht so aufreizend wie Alex' unschuldige, nackte Zehen, die unter ihrem Frotteemantel hervorspitzten. Zu wissen, daß unter diesem T-Shirt Gloria pur steckte, erregte ihn lange nicht so wie die Frage, ob Alex etwas unter ihrem Bademantel angehabt hatte.

Es machte ihn nicht an, kein bißchen. Er fragte sich warum.

Gloria war schon hübsch. Schwarze Locken umrahmten ihr Gesicht, und ihre geschickt betonten dunklen Augen waren voller Versprechungen. Ihre feuchten Lippen standen offen, aber er wußte nicht, ob er sie küssen könnte, ohne abzurutschen. Sie waren mit einer dicken Schicht kirschrotem Lippenstift bemalt.

Unwillkürlich verglich er sie mit Lippen ohne Schminke, aber trotzdem rosa und feucht, einladend und sexy, ohne es zu wollen.

»Ich muß los«, sagte er plötzlich. Er stand auf und fischte in seiner Jeanstasche nach Geld, um seine Drinks und das Bier zu bezahlen.

»Aber ich dachte...«

»Du solltest wieder zu deinen Freundinnen gehen, sonst verpaßt du noch die Party.«

Die Bohrleute hatten sich inzwischen an die Frauen herangemacht, die nicht verhehlten, daß sie auf der Suche nach Abenteuern waren. Die Vereinigung der beiden Gruppen rückte so unvermeidlich heran wie der Frost, der garantiert morgen früh kommen würde. Sie war absichtlich hinausgezögert worden, um die Vorfreude zu steigern. Aber jetzt wurden Anzüglichkeiten ausgetauscht wie Aktien montagmorgens an der Börse.

»War nett dich zu sehen, Gloria.«

Reede setzte sich den Hut tief ins Gesicht und ging, aber nicht ehe er ihr beleidigtes Gesicht wahrgenommen hatte. Alex hatte genauso fassungslos und am Boden zerstört ausgesehen bei der Nachricht, daß man die Leiche ihrer Mutter verbrannt hätte.

Sekunden nachdem er die Worte ausgesprochen hatte, war sie an die Wand zurückgewichen und hatte ihre Hände in den Kragen ihres Bademantels gekrallt, als wolle sie etwas Böses abwehren. »Verbrannt?«

»Richtig.« Er beobachtete, wie ihr Gesicht blaß wurde und die Augen glasig.

»Ich hab es nicht gewußt, Großmama hat mir das nie gesagt. Ich hätte nie gedacht...«

Sie verstummte. Er blieb reglos, schweigend stehen, gab ihr Zeit, diese ernüchternde Information zu verdauen.

Im Geiste hatte er Richter Wallace verflucht, weil der ihm diese undankbare Aufgabe zugeschustert hatte. Der verfluchte Feigling hatte ihn angerufen, halb irre vor Angst, hatte ihn winselnd gefragt, was er ihr sagen sollte. Als Reede vorschlug, ihr doch die Wahrheit zu sagen, hatte der Richter das als freiwillige Meldung interpretiert und sich nur allzu gerne vor dieser Verantwortung gedrückt.

Alex' Betroffenheit dauerte nicht lange. Ein Gedanke ließ sie schnell wieder zu Bewußtsein kommen. »Hat Richter Wallace das gewußt?«

Reede schaffte es gerade noch, desinteressiert zu tun. »Schaun Sie, ich weiß nur eins, nämlich, daß er mich angerufen und gesagt hat, Ihr Vorhaben wäre unmöglich, selbst wenn er den Gerichtsbeschluß gewährt hätte, was ihm ohnehin nicht gefiel.«

»Wenn er gewußt hat, daß die Leiche meiner Mutter verbrannt wurde, warum hat er es mir dann heute nachmittag nicht selbst gesagt?«

»Ich nehme an, er wollte keine Szene in seinem Büro haben.«

»Ja«, murmelte sie gedankenverloren, »er mag kein Durcheinander. Das stimmt.« Sie sah ihn mit ausdruckslosem Gesicht an. »Er hat Sie geschickt, um seine Drecksarbeit zu erledigen. Ihnen macht Chaos ja nichts aus.«

Reede enthielt sich eines Kommentars, zog seine Handschuhe an und setzte seinen Hut wieder auf. »Sie sind geschockt. Verkraften Sie das allein?«

»Alles in Ordnung.«

Ihre blauen Augen waren voller Tränen, und ihr Mund zitterte leicht. Sie verschränkte ihre Hände über dem Bauch, als müsse sie sich mit Gewalt zusammenhalten. Und genau in diesem Moment überfiel ihn der Drang, sie in die Arme zu nehmen und an sich zu pressen, trotz nasser Haare, feuchtem Handtuch, Bademantel und bloßen Füßen.

Und dann hatte er sich vorgebeugt, und ehe er merkte, was er tat, ihre Arme mit einem Ruck nach unten gedrückt. Sie hatte sich gewehrt, als müsse sie eine blutende Wunde bedecken. Bevor sie ihre Schranke wieder aufbauen konnte, hatte er seine Arme um sie geschlungen und sie an sich gezogen. Sie war feuchtwarm, duftend, zerbrechlich in ihrem Kummer. Sie schien in seiner Umarmung zu welken, sackte kraftlos zusammen.

»O Gott, bitte, zwing mich nicht, das durchzumachen«, hatte sie geflüstert, und er hatte gefühlt, wie ihre Brüste zitterten. Ihr Kopf rollte zu ihm, bis ihr Gesicht an seiner Brust lag und er die Tränen durch seine Kleider spürte.

Er hatte seinen Kopf seitlich geneigt, um den ihren an sich zu betten. Das Handtuch um ihre Haare löste sich und fiel zu Boden. Ihr Haar lag feucht und frisch auf seinem Gesicht.

Jetzt redete er sich ein, er hätte es nicht geküßt, aber er wußte, daß seine Lippen ihr Haar und dann ihre Schläfe gestreift hatten und dort verweilt waren.

An diesem Punkt hatte ihn ein heftiger Anfall von Begehren gepackt, so intensiv, daß er sich jetzt noch wunderte, daß er ihm nicht nachgegeben hatte.

Statt dessen hatte er sie verlassen, sich beschissen gefühlt, weil er ihr so etwas hatte sagen müssen und sich dann wie eine Schlange davongeschlichen hatte. Bei ihr zu bleiben kam nicht in Frage! Seine Sehnsucht, sie in den Armen zu halten, war nicht von edlen Gefühlen inspiriert, und er hatte nicht versucht, sich etwas vorzumachen. Er hatte Befriedigung gewollt, dieses verletzte mutige Lächeln mit heißen, harten Küssen bedecken mögen.

Jetzt fluchte er sein Armaturenbrett an, während er den Blazer den Highway hinunterlenkte, in die entgegengesetzte Richtung, nicht nach Hause. Der Schneeregen gefror auf der Windschutzscheibe, ehe die Wischer ihn wegstreifen konnten. Er fuhr zu schnell für dieses Wetter – das Pflaster war die reinste Eisbahn –, aber er raste blindlings weiter.

Er war zu alt für solche Geschichten. Wie, zum Teufel, kam er dazu, in sexuellen Phantasien zu schwelgen? Bewußt hatte er das nicht mehr gemacht, seit er und Junior sich einen runtergeholt hatten, während sie über das Gemeindeland hechelten. Aber in jüngster Zeit hatte er nie mehr so lebhafte Phantasien gehabt wie jetzt.

In vollkommenem Verdrängen der besseren Einsicht hatte er sich vorgestellt, wie seine Hände diesen weißen Morgenrock öffneten und darunter ihre glatte Elfenbeinhaut fanden, harte, rosa Nippel, weiche kastanienbraune Haare. Ihre Schenkel würden samtig sein, und zwischen ihnen würde sie sein wie Sahne.

Für einen Moment schloß er fluchend die Augen. Sie war

nicht einfach irgendeine Frau, zufällig achtzehn Jahre jünger als er. Sie war Celinas Tochter, und er könnte ihr Papi sein, auch wenn alles anders gekommen war. Ihm wurde etwas mulmig bei dem Gedanken, aber das half auch nichts gegen die Erektion, die jetzt die Haltbarkeit seines Reißverschlusses auf die Probe stellte.

Er steuerte den Wagen auf den leeren Parkplatz, schaltete den Motor ab und lief rasch die Treppe hoch zur Haustür. Er drehte den Griff, und als er feststellte, daß sie abgeschlossen war, hämmerte er dagegen.

Nach einiger Zeit wurde die Tür geöffnet, von einer Frau dickbrüstig wie eine Henne. Sie trug ein weißes langes Satinnegligé, was bräutlich ausgesehen hätte, wenn da nicht eine schwarze Zigarette in ihrem Mundwinkel gebaumelt hätte. Im Arm hielt sie eine aprikosenfarbene Katze. Sie streichelte gelangweilt den luxuriösen Pelz des Tieres. Frau und Katze starrten Reede empört an.

»Was willst du denn hier?« tat sie entrüstet.

»Warum kommen Männer hierher, Nora Gail?« Er drängte unhöflich an ihr vorbei ins Haus. Wäre es irgend jemand anders gewesen, hätte er eine Kugel mitten zwischen die Augen gekriegt, aus der Pistole, die sie im Strapsgürtel versteckt hatte, den sie immer trug.

»Du hast es offensichtlich nicht bemerkt. Das Geschäft war heute abend so mies, daß wir früher zugemacht haben.«

»Seit wann spielt das eine Rolle für dich und mich?«

»Seit du das ausnützt. Wie jetzt.«

»Heute abend kann ich keine weisen Sprüche vertragen.« Er war bereits am oberen Treppenabsatz angelangt und ging weiter zu ihrem Privatzimmer. »Ich will keine Unterhaltung. Ich will mich nicht amüsieren. Ich möchte nur gefickt werden, okay?«

Sie stemmte die Faust in ihre üppige, wohlgeformte Hüfte und sagte voller Sarkasmus: »Hab ich noch Zeit, die Katze rauszulassen?«

Alex konnte nicht einschlafen, daher war sie wach, als das Telefon klingelte, erschrak aber trotzdem ob der späten Stunde. Anstatt die Nachttischlampe anzuknipsen, tastete sie im Dunklen nach dem Hörer und zog ihn an ihr Ohr. »Hallo«, krächzte sie. Ihre Stimme war noch heiser vom Weinen. »Hallo«, wiederholte sie.

»Tagchen, Miss Gaither.«

Ihr Puls raste vor Aufregung, aber sie schimpfte: »Sie schon wieder? Ich hoffe, Sie sind bereit zu reden, nachdem Sie mich so aus dem Schlaf gerissen haben.« Sie hatte von Greg gelernt, daß zögernde Zeugen oft bereitwilliger redeten, wenn man das, was sie zu sagen hatten, nebensächlich behandelte.

»Werden Sie ja nicht hochnäsig, kleine Lady. Ich weiß was, was Sie wissen wollen. Sehr gerne wissen wollen.«

»Wie zum Beispiel?«

»Wie zum Beispiel, wer Ihre Mama abgemurkst hat.«

Alex konzentrierte sich darauf, ihren Atem im Zaum zu halten. »Ich glaube, Sie bluffen.«

»Mach ich nicht.«

»Dann erzählen Sie's mir doch. Wer war's?«

»Halten Sie mich für dämlich, Lady? Glauben Sie etwa, Lambert hat Ihr Telefon nicht angezapft?«

»Sie schauen zuviel fern.« Trotzdem beäugte sie mißtrauisch den Hörer in ihrer Hand.

»Sie wissen, wo das Last Chance ist?«

»Ich werd's finden.«

»Morgen abend.« Er nannte eine Zeit.

»Wie werde ich Sie erkennen?«

»Ich werd Sie kennen.«

Bevor Sie noch etwas sagen konnte, hatte er aufgelegt. Alex blieb einen Moment auf der Bettkante sitzen und starrte in die Dunkelheit. Sie erinnerte sich an Reedes Warnung, daß man ihr weh tun könnte. Sie hatte eine sehr lebhafte Phantasie und malte sich all die entsetzlichen Dinge aus, die einer alleinstehenden Frau passieren konnten. Als sie sich endlich wieder hinlegte, waren ihre Handflächen schweißnaß und an Schlaf überhaupt nicht mehr zu denken.

## 13

»Du wirst nie erraten, was sie jetzt wieder vorhat.«

Der Sheriff von Purcell County hob seine dampfende Kaffeetasse an den Mund. Er verbrühte sich die Zunge. Aber das war ihm egal. Er brauchte dringend einen Koffeinstoß.

»Von wem redest du?« fragte er den Deputy, der dämlich grinsend in der Tür stand. Er haßte Ratespiele, und heute morgen war er schon gar nicht in der Laune für solche Scherze.

Sein Helfer deutete mit dem Kopf in Richtung von Alex' Büro. »Unsere Anklägerin vom Dienst mit den veilchenblauen Augen, den scharfen Titten und den Beinen, die bis zum Hals gehen.« Er gab ein lautes, schmatzendes Kußgeräusch von sich.

Reede nahm langsam die Beine von der Schreibtischkante. Seine Augen funkelten eisig. »Meinen Sie damit Miss Gaither?«

Der Mann war nicht gerade mit grauen Zellen gesegnet, aber er sah, daß er zu weit gegangen war. »Ah ja, meine ich, ja, Sir.«

»Und?« fragte Reede drohend.

»Mr. Davis vom Beerdigungsinstitut also, Sir, der hat grade angerufen und Riesenstunk gemacht wegen ihr. Sie ist jetzt drüben und geht seine Akten durch, und so weiter.«

»*Was?*«

»Ja, Sir, das hat er gesagt, Sheriff Lambert. Er ist total sauer, weil ...«

»Rufen Sie ihn zurück, und sagen Sie ihm, daß ich unterwegs bin.« Reede griff bereits nach seiner Jacke. Wenn sein Deputy nicht rasch zur Seite getreten wäre, hätte Reede ihn wahrscheinlich auf dem Weg zur Tür überrannt.

Er merkte nichts von dem rauhen Wetter, demzufolge Schulen und die meisten Geschäfte geschlossen blieben. Schnee war kein Problem, aber die zentimeterdicke Eisschicht, die alles überzog, war eine andere Geschichte. Leider durfte das Büro des Sheriffs niemals schließen.

Mr. Davis kam ihm an der Tür entgegen, verzweifelt die Hände ringend. »Ich bin seit über dreißig Jahren im Geschäft, aber so etwas ist mir noch nie passiert – *niemals,* Sheriff Lambert. Ich hab erlebt, daß Särge verschwinden, ich bin ausgeraubt worden. Ich hab sogar...«

»Wo ist sie?« unterbrach Reede rüde die Litanei des Bestattungsunternehmers.

Mr. Davis streckte den Arm aus. Reede stapfte auf die geschlossene Tür zu und riß sie auf. Alex, die hinter einem Schreibtisch saß, hob erwartungsvoll den Kopf. »Was, zum Teufel, machen Sie hier?«

»Guten Morgen, Sheriff.«

»Beantworten Sie meine Frage.« Reede knallte die Tür zu und ließ seine Schritte dröhnen. »Ich hab dank Ihnen einen hysterischen Beerdigungsmann am Hals, Lady. Wie sind Sie überhaupt hergekommen?«

»Mit dem Auto.«

»Bei dem Wetter können Sie nicht fahren.«

»Bin ich aber.«

»Was ist denn das?« Reede zeigte wutentbrannt auf die Akten, die über den Tisch verstreut lagen.

»Mr. Davis' Akten über das Jahr, in dem meine Mutter getötet wurde. Er hat mir erlaubt, sie durchzusehen.«

»Sie haben ihn gezwungen.«

»Ich habe nichts dergleichen getan.«

»Dann eben eingeschüchtert. Hat er Sie nach dem Durchsuchungsbefehl gefragt?«

»Nein.«

»Haben Sie einen?«

»Nein, aber ich kann einen kriegen.«

»Nicht ohne ausreichenden Grund.«

»Ich will einen absolut stichhaltigen Beweis dafür, daß Celina Gaithers Leiche nicht in dem Grab auf dem Friedhof beerdigt ist.«

»Warum machen Sie nicht etwas Vernünftiges, wie zum Beispiel sich eine Schaufel besorgen und das Graben anfangen?«

Das ließ sie verstummen. Es dauerte einen Augenblick, bis sie sich wieder erholt hatte. Schließlich sagte sie: »Sie sind heute ziemlich schlecht gelaunt, Reede. Harte Nacht?«

»Ja. Ich hab gevögelt, aber nicht besonders gut.«

»Oh, tut mir leid, das zu hören.«

»Was, daß ich gevögelt habe?«

Sie erwiderte seinen Blick. »Nein, daß es nicht so gut war.«

Die beiden starrten sich lange an. Sein Gesicht war zerfurcht und verwittert wie ein Berghang, aber eines der attraktivsten, das sie je gesehen hatte.

Wann immer sie zusammen waren, wurde sie sich unwillkürlich seiner bewußt, seines Körpers, der Art, wie sie sich zu ihm hingezogen fühlte. Sie sah ein, daß das vom professionellen Standpunkt aus unmoralisch und leichtsinnig war, und vom persönlichen her kompromittierend. Er hatte zuerst ihrer Mutter gehört.

Dennoch spürte sie zu oft den Drang, ihn zu berühren oder von ihm berührt zu werden. Gestern nacht wäre sie gerne länger in seiner Umarmung geblieben und hätte sich ausgeweint. Gott sei Dank war er vernünftigerweise gegangen.

Zu wem nur? fragte sich Alex. Wo und wann hatte das unbefriedigende Liebesspiel stattgefunden? War es passiert, bevor oder nachdem er sie in ihrem Motelzimmer aufgesucht hatte? Warum war es nicht gut gewesen?

Einige Sekunden verstrichen, bis sie den Kopf senkte und sich wieder den Akten zuwandte.

Aber so einfach ließ er sich nicht ignorieren. Er streckte die Hand aus, nahm ihr Kinn und zwang sie, ihn anzusehen. »Ich hab Ihnen gesagt, daß Celina verbrannt wurde.«

Sie sprang auf. »*Nachdem* Sie und Richter Wallace die

Köpfe zusammengesteckt und es besprochen haben. Mir kommt das etwas zu passend vor.«

»Sie haben Freude daran, sich Dinge einzubilden.«

»Warum hat Junior dann nicht erwähnt, daß Celina verbrannt wurde, als er mich auf dem Friedhof sah? Ich überlege, ob sie tatsächlich dort beerdigt ist. Deswegen gehe ich all diese Akten durch.«

»Warum sollte ich Sie anlügen?«

»Um mich daran zu hindern, die Leiche exhumieren zu lassen.«

»Und noch einmal, warum? Was hab ich denn davon? Was bringt mir das?«

»Lebenslänglich«, sagte sie grimmig. »Der Gerichtsmediziner könnte Sie als ihren Mörder identifizieren.«

»Ah...« Da ihm kein passendes Schimpfwort einfiel, schlug er mit der Faust in seine Handfläche. »Ist es das, was sie euch bei den Juristen beibringen – nach Strohhalmen haschen, wenn alles andere schiefgeht?«

»Genau.«

Er stemmte seine Hände auf den Schreibtisch und beugte sich vor. »Sie sind keine Anwältin, Sie sind eine Menschenjägerin.«

Das tat weh, weil Alex sich ohnehin wie eine vorkam. Diese Suche hatte etwas von einer verzweifelten Inquisition, die in ihrem Mund einen schlechten Nachgeschmack hinterließ. Sie setzte sich wieder und legte ihre Hände auf die offenen Akten.

Dann wandte sie sich ab und sah hinaus in die winterliche Landschaft. Die kahlen Äste der Platanen waren von Eisröhren umschlossen. Kleine Hagelkörner hämmerten gegen die Fensterscheiben. Der Himmel und alles darunter waren tot, armselig grau, alle Konturen verwischt. Die Welt sah monochrom aus – ohne Licht und Schatten.

Doch einige Dinge waren schwarz-weiß. Vor allem das Gesetz.

»Das könnte stimmen, wenn da nicht ein Verbrechen

passiert wäre, Reede«, sagte sie und drehte sich wieder zu ihm. »Aber es ist passiert. Jemand hat diesen Stall betreten und meine Mutter erstochen.«

»Mit einem Skalpell. Richtig«, sagte er voller Abscheu. »Können Sie sich Angus, Junior oder mich mit einem chirurgischen Instrument in der Hand vorstellen? Warum sollten wir sie nicht mit bloßen Händen töten? Sie erwürgen?«

»Weil ihr alle zu clever seid. Einer von euch hat es so hingedreht, daß es als eine Wahnsinnstat deklariert werden konnte.« Sie legte die Hand an ihre Brust und fragte ganz ernst: »Wenn Sie an meiner Stelle wären, würden Sie da nicht wissen wollen, wer dieser jemand war und warum er es getan hat? Sie haben Celina geliebt. Wenn Sie sie nicht getötet haben...«

»Das habe ich nicht.«

»Wollen Sie denn dann nicht wissen, wer es war? Oder haben Sie Angst, daß sich herausstellt, daß ihr Mörder jemand ist, den Sie lieben.«

»Nein, ich will es nicht wissen«, sagte er mit Nachdruck. »Und bis Sie einen Durchsuchungsbefehl haben...«

»Miss Gaither?« Mr. Davis betrat das Zimmer. »Ist es das, wonach Sie suchen? Ich habe es in einem Aktenschrank in meinem Lager gefunden.« Er reichte ihr eine Mappe und huschte dann rasch aus dem Raum, um Reedes giftigem Blick zu entkommen.

Alex las den Namen, der auf der Akte stand. Sie warf einen Blick auf Reede und schlug dann hastig die Akte auf. Nachdem sie das erste von mehreren Formularen überflogen hatte, sank sie in ihren Stuhl und sagte mit belegter Stimme: »Hier steht, daß ihre Leiche verbrannt wurde.« Ihr Herz war schwer wie Blei, als sie die Akte schloß. »Warum hat meine Großmutter das nie erwähnt?«

»Sie fand es wahrscheinlich bedeutungslos.«

»Sie hat alles aufgehoben. Celinas Kleider, ihre Sachen. Warum hat sie die Asche nicht genommen?«

Sie beugte sich plötzlich vor, stemmte die Ellbogen auf den

Tisch und stützte den Kopf in die Hände. Ihr Magen rebellierte. Frische Tränen brannten hinter ihren Lidern. »Gütiger Gott, ist das makaber. Aber ich muß es wissen. Ich *muß*.«

Nachdem sie ein paarmal tief Luft geholt hatte, schlug sie die Akte wieder auf und blätterte die verschiedenen Formulare durch. Sie las eines durch und hielt mit einem Mal den Atem an.

»Was ist denn?«

Sie nahm das Blatt aus der Mappe und reichte es Reede. »Das ist eine Quittung für die gesamten Kosten der Beerdigung meiner Mutter, inklusive der Verbrennung.«

»Und?«

»Sehen Sie sich die Unterschrift an.«

»Angus Minton«, las er leise, nachdenklich.

»Sie haben es nicht gewußt?« Er schüttelte den Kopf. »Wie es scheint, hat Angus alles bezahlt und wollte es vor allen geheimhalten.« Alex seufzte und sah Reede fragend an. »Ich frage mich, warum.«

Auf der anderen Seite der Stadt betrat Stacey Wallace den Raum, der ihrem Vater außerhalb des Gerichts als Büro diente. Er saß über seinen Schreibtisch gebeugt und studierte ein Gesetzbuch. »Richter«, schimpfte sie liebevoll. »Wenn Sie schon mal frei nehmen, sollten Sie wirklich ausspannen.«

»Es ist kein offizieller freier Tag«, grummelte er mit einem angewiderten Blick auf die winterliche Aussicht durchs Fenster. »Ich hab ganze Berge nachzulesen. Das paßt heute sehr gut, nachdem ich keine Möglichkeit hab, ins Gericht zu kommen.«

»Du hast viel zu schwer gearbeitet und dir viel zu viele Sorgen gemacht.«

»Das hat mir mein Magengeschwür bereits mitgeteilt.«

Stacey spürte, daß er extrem erregt war. »Was ist denn los?«

»Es ist diese Gaither.«

»Celinas Tochter? Schikaniert sie dich immer noch?«

»Sie ist gestern in mein Büro gekommen und wollte einen Gerichtsbeschluß von mir, um die Leiche ihrer Mutter zu exhumieren.«

»Oh, mein Gott!« rief Stacey fassungslos. Ihre blasse Hand griff nach ihrem Hals. »Die Frau muß ja ein Teufel sein.«

»Teufel oder nicht. Ich mußte die Bitte ablehnen.«

»Gut für dich.«

Er schüttelte den Kopf. »Ich hatte keine andere Wahl. Die Leiche ist verbrannt worden.«

Stacey ließ sich das durch den Kopf gehen. »Ich glaube, jetzt erinnere ich mich daran. Wie hat sie das aufgenommen?«

»Ich weiß es nicht. Reede hat's ihr gesagt.«

»Reede?«

»Ich hab ihn gestern abend angerufen. Er hat sich freiwillig angeboten. Ich nehme an, sie war nicht gerade begeistert.«

»Sind Angus und Junior im Bilde?«

»Inzwischen wissen sie es sicher. Reede hat es ihnen bestimmt erzählt.«

»Wahrscheinlich«, murmelte Stacey. Sie schwieg für einen Augenblick. Dann raffte sie sich auf und fragte: »Kann ich dir irgend etwas bringen?«

»Nicht so kurz nach dem Frühstück, danke.«

»Etwas heißen Tee?«

»Jetzt nicht.«

»Kakao? Warum läßt du mich nicht...«

»Stacey, ich sagte, nein, danke.« Es klang ungeduldiger, als er beabsichtigt hatte.

»Tut mir leid, daß ich dich gestört habe«, sagte sie niedergeschlagen. »Wenn du mich brauchst, ich bin oben.«

Der Richter nickte ihr gedankenverloren zu und konzentrierte sich wieder auf den ledergebundenen Folianten. Stacey schloß leise die Tür des Arbeitszimmers hinter sich. Ihre Hand strich kraftlos über das Geländer, als sie die Treppe zu ihrem Schlafzimmer hochging. Sie fühlte sich nicht gut. Ihr

Bauch war geschwollen und schmerzte. Sie hatte heute früh ihre Periode bekommen.

Es war wirklich lächerlich, aber wahrscheinlich hätte sie diese monatlichen Schmerzen begrüßen sollen. Sie waren ihre einzige Erinnerung an ihr Frausein. Keine Kinder kamen zu ihr, um Pausengeld zu erbitten oder um Hilfe bei ihren Hausaufgaben. Kein Ehemann fragte, was sie zum Abendessen gekocht hatte, oder ob sie seine Sachen aus der Reinigung geholt hätte, oder ob er an diesem Abend mit Sex rechnen könnte.

Täglich beklagte sie, daß so ein herrliches Chaos kein Teil ihres Lebens war. Genauso regelmäßig wie andere Menschen ihre Gebete aufsagten, zählte Stacey Gott die Annehmlichkeiten des Lebens auf, das er ihr versagt hatte. Sie sehnte sich nach dem Lärm von Kindern, die durchs Haus tobten. Sie sehnte sich danach, einen Mann zu haben, der nachts nach ihr griff, ihre Brüste und ihren hungrigen Körper liebkoste.

Wie ein Priester, der zum Flagellanten wird, ging sie zu ihrem Schreibtisch, öffnete die dritte Schublade und holte das Fotoalbum mit dem goldgestanzten weißen Ledereinband heraus.

Sie öffnete es voller Ehrfurcht und streichelte der Reihe nach ihre kostbaren Andenken – ein vergilbter Zeitungsausschnitt mit ihrem Foto, eine kleine Papierserviette, in die zwei Namen mit silbernen Lettern eingeprägt waren, eine zerbröselnde Rose.

Sie blätterte die Plastikhüllen durch, sah sich die Fotos an, die dazwischen lagen. Die Leute, die da für die Bilder vor dem Altar posierten, hatten sich im Lauf der Jahre nur wenig verändert.

Nachdem fast eine Stunde mit diesen masochistischen Tagträumen verstrichen war, schloß Stacey ihr Album und legte es wieder in die geheiligte Schublade. Sie zog ihre Schuhe aus, um die Decke auf ihrem Bett nicht zu verschmutzen, legte sich drauf, zog ein Kissen herbei und kuschelte sich darauf wie an einen Liebhaber.

Heiße salzige Tränen tropften aus ihren Augen. Sie flüsterte einen Namen, immer wieder, eindringlich, immer wieder und preßte die Hand auf ihren Unterleib, um den Schmerz der Leere in ihrem Innern zu lindern, das ein Gefäß für seinen Körper gewesen war, aber niemals für seine Liebe.

## 14

»He, ihr beiden, was ist denn mit euch los?« rief Junior und sah verwirrt von Alex zu Reede. Ein heftiger Windstoß ließ ihn erschaudern, er trat aus der Tür und winkte sie herein. »Kommt schnell. Ich konnte mir nicht vorstellen, wer das ist, der an einem solchen Tag zu Besuch kommt, Reede. Du solltest deinen Geisteszustand untersuchen lassen. Wie bist du nur auf die Idee gekommen, Alex den ganzen Weg hier rauszuschleifen?«

Er trug uralte Jeans mit durchgescheuerten Knien, einen Baumwollpullover und dicke weiße Socken. Scheinbar war er noch nicht lange auf. In einer Hand hielt er eine dampfende Tasse Kaffee, in der anderen ein Romanheftchen. Seine Haare waren attraktiv zerzaust, und er hatte sich noch nicht rasiert.

Während er sich von der Überraschung erholte, lächelte er Alex an. Sie fand, er sah phantastisch aus, und die meisten Frauen dieser Welt würden ihr wohl zustimmen. Er wirkte faul und reich, gemütlich, so richtig zum Anlehnen. Ein Mann zum Kuscheln, und seinem verträumten Lächeln nach hatte er genau das getan, als sie hereinschneiten.

»Ich hab sie nicht hier rausgeschleift«, sagte Reede verärgert. »Sondern sie mich.«

»Ich war bereit, allein zu kommen«, sagte Alex giftig.

»Und ich wollte verhindern, daß Sie ein Teil der Unfallstatistik meines Bezirks werden«, brüllte er. Er wandte sich Junior zu, der ihren Streit amüsiert beobachtete, und sagte:

»Um's kurz zu machen, ich hab sie rausgefahren, weil sie wild entschlossen war zu kommen und ich befürchtete, sie könnte sich bei dem Straßenzustand umbringen, oder noch schlimmer, jemand anderen. Jetzt sind wir da!«

»Und ich bin verdammt froh, daß ihr hier seid«, sagte Junior. »Ich hatte mich schon damit abgefunden, daß ich einen langweiligen Tag allein verbringen müßte. Im Wohnzimmerkamin hab ich ein Spitzenfeuer und alle Zutaten für einen Grog. Mir nach.« Er ging los, dann drehte er sich noch einmal um. »Oh, Reede, du weißt doch, wie Mutter es haßt, wenn der Boden voller Fußspuren ist. Du solltest lieber deine Stiefel ausziehen.«

»Scheiß drauf. Ist Lupe in der Küche? Ich werd ein bißchen Süßholz raspeln, damit sie mir Frühstück macht«, sagte er und stapfte ohne Rücksicht auf Sarah Jos Böden zum hinteren Teil des Hauses, so selbstverständlich, als würde er hier noch wohnen.

Alex sah ihm nach, wie er durch die Tür verschwand. »Hat er tatsächlich gesagt, Süßholz raspeln?« Sie verzog den Mund.

»Oh, er ist heute strahlender Laune«, sagte Junior achtlos. »Sie sollten ihn sehen, wenn er wirklich sauer ist. Aber Lupe wird mit ihm fertig, sie weiß, wie er seine Eier mag. Er wird sich besser fühlen, sobald er gegessen hat.«

Alex ließ sich aus ihrem Pelz helfen. »Ich hoffe, ich störe nicht.«

»Ganz bestimmt nicht. Es war mein voller Ernst, als ich gesagt habe, ich wäre froh, daß ihr gekommen seid.« Er legte einen Arm um ihre Schulter. »Wir sollten...«

»Um ehrlich zu sein«, Alex streifte seinen Arm ab, »das ist kein Höflichkeitsbesuch.«

»Geschäftlich, hmm?«

»Ja, und äußerst wichtig. Ist Angus zu Hause?«

»Er ist in seinem Allerheiligsten.« Sein Lächeln war immer noch da, aber etwas starr.

»Ist er beschäftigt?«

»Ich glaube nicht. Kommen Sie, ich bring Sie hin.«

»Ich störe Sie nur ungern bei Ihrer anspruchsvollen Lektüre.«

Er warf einen zweifelnden Blick auf den grellen Einband. »Das macht nichts. Wurde sowieso ein bißchen eintönig.«

»Worum geht's denn?«

»Die Reise eines legendären Schwanzes durch fast alle Schlafzimmer Hollywoods, sowohl die männlichen als auch die weiblichen.«

»Ach, wirklich?« Alex tat interessiert. »Kann ich's mir leihen, wenn Sie fertig sind?«

»Schämen Sie sich«, rief er. »Das wäre ja moralische Korrumpierung einer Minderjährigen, oder etwa nicht?«

»Soviel älter als ich sind Sie auch nicht.«

»Verglichen mit Reede und mir sind Sie ein Säugling«, sagte er, als er die Tür zum Arbeitszimmer öffnete. »Dad, wir haben Besuch.«

Angus sah von seiner Zeitung hoch. Innerhalb weniger Sekunden wechselte sein Ausdruck von Überraschung über Verärgerung zu einem Lächeln.

»Hallo, Angus. Tut mir leid, daß ich Sie an einem solchen Morgen, an dem man am liebsten im Bett bleiben würde, stören muß.«

»Kein Problem. Hier ist sowieso nichts los. Wenn der Boden gefroren ist, können die Rennpferde nicht raus zum Trainieren.« Er erhob sich aus seinem roten Ledersessel und kam auf sie zu, um sie zu begrüßen. »Sie sind ein Sonnenstrahl an einem trüben Tag, das kann man wohl sagen, was, Junior?«

»Hab ich ihr auch schon erklärt.«

»Aber wie ich Junior schon sagte«, warf sie hastig ein, »das ist kein Höflichkeitsbesuch.«

»Ach, ja? Setzen Sie sich, setzen Sie sich.« Angus winkte sie zu einem lederbezogenen Diwan.

»Ich werde...«

»Nein, Junior, ich möchte, daß Sie bleiben«, sagte Alex, bevor er sich zurückziehen konnte. »Das betrifft uns alle.«

»Okay, schießen Sie los.« Junior hockte sich auf die Lehne des Diwans, als wäre sie ein Sattel.

»Ich hab gestern noch einmal mit Richter Wallace gesprochen.« Alex glaubte zu sehen, wie beide Männer zusammenzuckten, aber vielleicht hatte sie sich das auch nur eingebildet.

»Gab's dafür einen speziellen Anlaß?« fragte Angus.

»Ich wollte die Leiche meiner Mutter exhumieren lassen.«

Diesmal war die Reaktion keine Einbildung. »Du lieber Gott, Mädel, warum zur Hölle beabsichtigen Sie denn so was?« Angus schüttelte sich.

»Alex.« Junior griff nach ihrer Hand, legte sie auf seinen Schenkel und massierte sie. »Gerät das nicht alles ein bißchen außer Kontrolle? Das ist ... das ist grausig.«

»Der ganze Fall ist grausig«, erinnerte sie ihn und entzog ihm ihre Hand. »Wie dem auch sei, das, worum ich gebeten habe, ist unmöglich. Die Leiche meiner Mutter wurde verbrannt.«

»Richtig«, sagte Angus.

»Warum?« Ihre Augen strahlten blau im dämmrigen Licht des Raumes. Das Feuer im Kamin spiegelte sich in ihnen, wodurch sie wie Klingen blitzten.

Angus machte es sich in seinem Stuhl bequem und zog den Kopf zwischen die Schultern. »Mir schien es so das beste.«

»Das verstehe ich nicht.«

»Ihre Großmutter wollte mit Ihnen die Stadt verlassen, sobald alles geregelt war, sie machte kein Geheimnis daraus. Also hab ich beschlossen, Celinas Leiche verbrennen zu lassen, ich dachte Merle wollte die, äh, Überreste mitnehmen.«

»Sie hatten es beschlossen? Mit welchem Recht, Angus? Auf wessen Veranlassung? Warum wurde Ihnen die Entscheidung überlassen, was mit Celinas Leiche passierte?«

Seine Brauen zogen sich verärgert zusammen. »Sie glauben, ich habe ihre Leiche verbrennen lassen, um Beweismaterial zu vernichten, ist es das?«

»Ich weiß es nicht!« rief sie. Sie stand auf, ging zum Fenster und starrte hinaus auf die leeren Koppeln. Licht drang aus den Türen verschiedener Ställe, wo die Pferde gestriegelt, gefüttert und trainiert wurden. Sie hatte Minton Enterprises gründlich untersucht, in denen Angus' Millionen steckten. War er so schweigsam, weil er so viel zu verlieren hatte, wenn es ihr gelang, Anklage zu erheben, oder weil er schuldig war – oder spielte beides eine Rolle?

Schließlich wandte sie sich wieder den Männern zu. »Sie müssen doch rückblickend zugeben, daß es irgendwie seltsam anmutet, daß Sie das gemacht haben.«

»Ich wollte nur Merle Graham diese Last abnehmen. Ich hatte das Bedürfnis, es zu tun, weil ihre Tochter auf meinem Besitz umgekommen ist. Merle war fast wahnsinnig vor Kummer und mußte sich auch noch um Sie kümmern. Wenn das, was ich getan habe, jetzt verdächtig aussieht, dann ist es einfach Pech, junge Frau. Ich würde es wieder tun, wenn ich heute noch einmal vor dieser Entscheidung stünde.«

»Ich bin mir sicher, Großmama wußte Ihre Hilfe zu schätzen. Das war sehr uneigennützig.«

Angus erforschte sie mit seinen blitzgescheiten Augen und sagte: »Aber Sie würden nur allzugern glauben, daß es nicht ganz uneigennützig war.«

Sie stellte sich seinem Blick. »Ja, das stimmt.«

»Alle Achtung vor Ihrer Ehrlichkeit.«

Einen Augenblick lang war nur das freundliche Knistern von brennendem Holz im Kamin zu hören. Alex durchbrach die peinliche Stille: »Ich frage mich, warum Großmama die Asche nicht mitgenommen hat.«

»Ich habe mich auch gewundert, nachdem ich sie ihr angeboten hatte. Ich glaube, der Grund war, daß sie Celinas Tod nicht wahrhaben wollte. Eine Urne war ein greifbarer Beweis für etwas, das nicht sein durfte.«

Eine sehr einleuchtende Erklärung, wenn man wußte, wie besessen Großmutter von Celinas Leben gewesen war. Außerdem hatte sie keine andere Wahl, als das, was Angus ihr erzählte, als Wahrheit zu akzeptieren, es sei denn, Merle erwachte aus dem Koma und Alex könnte sie danach fragen.

Er massierte gedankenverloren seine große Zehe durch den Socken. »Ich wollte ihre Asche nicht in einem Mausoleum einlagern. Ich hab Grüfte und Grabmäler noch nie ausstehen können. Verflucht unheimliche Dinger. Wenn ich bloß dran denke, krieg ich schon eine Gänsehaut. Ich war mal in New Orleans. All diese zementierten Gräber, die auf der Erde versteinert sind... nä.« Er schüttelte angewidert den Kopf. »Ich habe keine Angst vor dem Sterben, aber wenn ich abtrete, möchte ich nicht wieder ein Teil von den Lebenden sein. Staub zu Staub. Das ist ein natürlicher Kreislauf.

Also hielt ich es für angebracht, ein Grab zu kaufen und Celinas Asche in der Erde zu begraben, auf der sie aufgewachsen war. Sie halten mich wahrscheinlich für einen verrückten alten Mann, aber so hab ich damals empfunden, und so fühl ich jetzt auch noch. Ich hab es keinem erzählt, weil es mir peinlich war, einigermaßen sentimental, wissen Sie.«

»Warum nicht einfach die Asche irgendwo verstreuen?«

Er zupfte an seinem Ohrläppchen und überlegte. »Ich hab daran gedacht, aber ich nahm an, daß Sie vielleicht eines Tages hierherkommen und sehen wollten, wo Ihre Mama begraben ist.«

Alex ließ betreten den Kopf hängen und studierte die Spitzen ihrer Wildlederstiefel, die immer noch feucht waren vom Schnee. »Sie halten mich wahrscheinlich für ein Monster, weil ich ihr Grab öffnen wollte. So wie Reede.«

Angus machte eine abwehrende Handbewegung. »Reede ist immer von der ganz schnellen Truppe, wenn's um Vorurteile geht. Manchmal irrt er sich.«

Sie holte zitternd Luft. »Diesmal ja. Glauben Sie mir, es war nicht leicht, das auch nur zu überlegen und dann auch noch darum zu bitten. Ich war aber der Meinung, eine gründliche forensische Untersuchung könnte vielleicht etwas Licht...«

Sie verstummte, besaß weder die Überzeugtheit noch den

Willen fortzufahren. Gestern hatte sie noch geglaubt, eine Exhumierung könnte die greifbaren Beweise, die sie benötigte, liefern. Aber wie sich herausstellte, war sie der Wahrheit kein Stück näher gekommen; sie hatte sich und alle anderen lediglich traumatischer Aufregung ausgesetzt.

Angus' Erklärung klang so verdammt plausibel und arglos. Die Bezahlung der Beerdigungskosten, die Erledigung aller Arrangements waren ein Akt der Nächstenliebe gewesen, um ihrer Großmutter die schreckliche Verantwortung und finanzielle Überforderung abzunehmen. Doch für sie als Ermittlerin stellte es wieder eine Sackgasse dar und bestärkte sie in dem Verdacht, daß da etwas unter den Teppich gekehrt worden war.

»Und, sind Sie fertig? Können wir in die Stadt zurückfahren, oder was?«

Reede lehnte in der Tür und kaute an einem Zahnstocher. Er hatte zwar gefrühstückt, aber seine miese Laune beibehalten.

»Ja, ich bin fertig. Wenn Sie so nett wären und mich zurückbrächten?«

»Gut. Je früher ich wieder an die Arbeit komme, desto besser. Jemand muß ja auf die Irren aufpassen, die bei diesem Wetter mit dem Auto rumstreunen.«

»Wenn Sie schon mal hier draußen sind, warum bleiben Sie nicht da und verbringen den Tag am Kamin?« schlug Junior Alex vor. »Wir könnten Popcorn zubereiten. Celina hat das wahnsinnig gern gemacht. Vielleicht könnten wir auch Lupe dazu überreden, uns ein paar Pralinen zu stiften. Ich fahre Sie dann später, wenn die Straßen geräumt sind, heim.«

»Das klingt wunderbar, Junior, danke, aber auf mich wartet Arbeit.«

Er setzte seinen ganzen Charme ein, um sie zu überreden, aber sie blieb fest. Die Mintons brachten sie und Reede zur Tür. Sarah Jo ließ sich nicht blicken. Selbst wenn sie gemerkt hatte, daß Gäste im Haus waren, machte sie sich nicht die Mühe, sich zu zeigen.

Angus zog Alex' Arm durch den seinen, während sie den Korridor entlanggingen. Er sagte leise: »Ich weiß, wie schwer das für Sie ist, Mädchen.«

»Ja, das ist es.«

»Haben Sie etwas von Ihrer Großmutter gehört?«

»Ich rufe jeden Tag im Pflegeheim an, aber bis jetzt gab es keine Veränderung.«

»Na, dann schreien Sie einfach, wenn Sie etwas brauchen, ja?«

Alex sah ihn verwirrt an. »Angus, warum sind Sie so nett zu mir?«

»Wegen Ihrer Mama, weil ich Sie mag und hauptsächlich, weil wir nichts zu verheimlichen haben.«

Wenn er lächelte, sah man gleich, woher Junior seinen Charme hatte, merkte Alex jetzt. Junior und Reede waren in ein Gespräch vertieft, und Alex hörte, wie er sagte: »Hab gestern eine von deinen alten Freundinnen im Last Chance getroffen.«

Der Name des Lokals, in dem sie heute eine Verabredung hatte, ließ sie aufhorchen.

»Ach ja«, sagte Junior. »Welche denn?«

»Gloria irgendwie. Hab ihren Nachnamen vergessen. Lockige schwarze Haare, dunkle Augen, große Titten.«

»Gloria Tolbert. Und wie sah sie aus?«

»Spitz.«

Junior lachte dreckig. »Das ist Gloria. Wer die befriedigen will, braucht 'ne Menge Kraft.«

»Du müßtest es wissen«, lachte Reede.

»Na, was ist denn gestern passiert, du Glückspilz? Hast du ein zufriedenes Lächeln auf Glorias Gesicht gezaubert?«

»Du weißt, daß ich nie über mein Liebesleben rede.«

»Das ist eine deiner Angewohnheiten, die mich zur Weißglut bringen.«

Alex drehte sich um und sah gerade noch, wie Junior Reede einen spielerischen Magenschwinger verpaßte. Seine Faust prallte ab, als hätte er gegen eine Trommel geschlagen.

»Ist das alles, was du zu bieten hast, Alter?« sagte Reede spöttisch. »Gib's zu, Minton, du läßt nach.«

»Von wegen.« Junior zielte mit einer Faust auf Reedes Kopf, der dieser mühelos auswich. Reede versuchte, Junior mit einem Fußhaken in die Kniekehle umzulegen, wobei beide gegen den Tisch im Eingang krachten und dabei fast eine Keramikvase umwarfen.

»Das reicht, Jungs. Hört auf, bevor etwas zu Bruch geht«, tadelte Angus zwinkernd, als ob er mit zwei Schülern redete.

Alex und Reede zogen ihre Jacken an, und er öffnete die Tür. Ein eisiger Wind wirbelte herein. Junior sagte: »Sind Sie sicher, daß Sie nicht bleiben wollen, wo's warm und gemütlich ist?«

»Es geht leider nicht«, erwiderte Alex.

»Scheibenkleister. Na ja, dann auf ein Wiedersehn!« Er nahm ihre Hand zwischen seine und küßte sie auf die Wange.

Vater und Sohn beobachteten, wie Reede Alex über den vereisten Weg zu seinem Blazer half. Er setzte sie in den Pickup, dann ging er zur Fahrerseite und sprang an Bord.

»Brrr«, sagte Junior und schloß die Tür. »Wie wär's jetzt mit einem Grog, Dad?«

»Noch nicht«, erwiderte Angus grimmig. »Es ist noch zu früh am Tag für harte Getränke.«

»Seit wann spielt bei dir die Tageszeit eine Rolle, wenn du einen Drink willst?«

»Schwing deinen Hintern hier rein. Ich will mit dir reden.« Er hinkte seinem Sohn voran in sein Arbeitszimmer. »Schür das Feuer, sei so gut.«

Als die Flammen begierig an den neuen Scheiten leckten, wandte sich Junior seinem Vater zu. »Worum geht's denn? Hoffentlich nicht um Geschäfte. Ich nehme offiziell einen Tag frei.« Er gähnte und streckte sich wie ein geschmeidiger Kater.

»Alex Gaither.«

Junior ließ die Arme fallen und runzelte die Stirn. »Sie war ganz aus dem Häuschen wegen dieser Beerdigungsgeschichte, als sie reinkam, was? Aber du hast sie doch beruhigt.«

»Ich hab ihr nur die Wahrheit gesagt.«

»Du hast es so überzeugend gebracht, daß es wie eine gute Lüge klang.«

»Kannst du vielleicht einmal ernst bleiben?« grollte Angus.

Junior spielte den Überraschten. »Ich dachte, das wäre ich.«

»Hör gut zu«, sagte Angus streng und richtete den Zeigefinger auf seinen Sohn. »Nur ein Narr macht sich über ihre Entschlossenheit, den Dingen auf den Grund zu gehen, lustig. Sie sieht weich aus, aber das täuscht. Auch wenn sie eine schöne Frau ist, meint sie es ernst. Sie ist zäh wie Stiefelleder bei diesem Mordfall.«

»Das ist mir klar«, sagte Junior verdrossen.

»Frag Joe Wallace, wenn du's nicht glaubst.«

»Ich glaub es ja. Es fällt mir nur schwer, jemanden ernst zu nehmen, der so reizend aussieht.«

»Ach ja? Aber ich seh auch nicht, daß du dich in der Hinsicht ein bißchen ins Zeug legst.«

»Ich hab sie vorgestern auf einen Drink eingeladen, und sie ist gekommen.«

»Und seitdem?«

»Was soll ich denn deiner Meinung nach unternehmen? Ihr den Hof machen wie ein verrotztes Schulkind? Die Blumen- und Pralinennummer abziehen?«

»Ja, verdammt noch mal!«

»Darauf würde sie nie reinfallen.« Junior schnaubte verächtlich, »selbst wenn ich das hinkriegen würde, ohne laut rauszuprusten.«

»Jetzt sperr mal deine Ohren auf, Junge. Du hast ein gutes Leben. Du kriegst jedes Jahr einen neuen Jaguar, trägst eine große diamantenbesetzte Rolex, gehst Skifahren, Hochseefischen und zu den Pferderennen, wenn dir danach ist – außerdem spielst du mit verdammt hohen Einsätzen.

Aber wenn diese junge Lady ihren Kopf durchsetzt, wird sie uns fertigmachen. Ja«, sagte er, wohl wissend, warum sein Sohn die Stirn runzelte, »es könnte dir tatsächlich passieren, daß du erstmals in deinem Leben losziehen und dir einen Job suchen müßtest.«

Angus versuchte seinen Zorn zu zügeln und fuhr in etwas versöhnlicherem Ton fort. »Sie hat nicht die geringste Chance, irgendwelche Beweismittel aufzuspüren. Ich glaube, das weiß sie. Sie schießt Pfeile ins Dunkle und hofft, damit einen von uns in den Hintern zu treffen. Wir können nur darauf vertrauen, daß ihr früher oder später der Arm erlahmt.«

Junior nagte an seiner Lippe und sagte niedergeschlagen: »Sie ist wahrscheinlich genauso scharf auf ihren Prozeß wie wir auf unsere Rennbahn. Das wäre ein echter Coup für sie. Der Startschuß für ihre Karriere.«

»Verdammt«, grollte Angus. »Du weißt doch, wie ich über diesen Karrieremist denke. Frauen gehören nicht in den Gerichtssaal.«

»Wo würdest du sie denn halten? Im Schlafzimmer?«

»Das ist doch nichts Falsches.«

Junior lachte spöttisch. »Ich bestreite das ja nicht, aber ein paar Millionen arbeitender Frauen würden dir sicher ganz schön einheizen.«

»Es könnte sein, daß Alex gar nicht mehr so lange arbeitet. Es würde mich nicht wundern, wenn ihre Laufbahn vom Ausgang dieser Ermittlungen abhinge.

Ich weiß alles über Greg Harper. Er ist ehrgeizig, sieht sich schon im Sessel des Generalstaatsanwalts. Es gefällt ihm, wenn seine Leute Verurteilungen erreichen. Also, wenn ich ihn richtig einschätze, läßt er Alex das machen, weil er Blut riecht, unser Blut. Wenn wir unseren Schwanz wegen dieser Geschichte in der Zwickmühle haben, dann kriegt er Schlagzeilen und lacht sich ins Fäustchen, weil er und der Gouverneur sich nicht ausstehen können. Der Gouverneur hätte seine Nase im Dreck und die gesamte Rennbahnkommission auch.

Wenn es aber Alex nicht gelingt, irgendeinen dunklen Punkt bei uns aufzustöbern, muß Harper zu Kreuze kriechen. Aber bevor er das macht, wird er Alex den Laufpaß geben. Und wir stehen mit offenen Armen da und fangen sie auf, wenn sie fällt«, schloß er seine Ansprache.

»Wie ich sehe, hast du alles durchdacht«, bemerkte Junior ironisch.

Angus grunzte. »Da hast du verdammt recht. Einer von uns sollte sich besser auf was anderes konzentrieren als auf das, was ihren Pullover füllt.«

»Ich hab gedacht, du willst, daß ich das tue.«

»Du mußt mehr tun, als nur von weitem hecheln und gaffen. Eine Liebesaffäre wäre das Beste, was Alex passieren könnte.«

»Woher weißt du, daß es so eine nicht längst gibt?«

»Weil ich im Gegensatz zu dir nichts dem Zufall überlasse. Ich hab's mir zur Aufgabe gemacht, das rauszufinden, und hab sie überprüfen lassen.«

»Du hinterlistiger alter Bastard«, flüsterte Junior voller widerwilliger Bewunderung.

»Hmm. Man muß die Trümpfe kennen, die der andere in der Hand hält, sonst nützt das beste Blatt nichts.«

Junior ließ sich alles, was Angus gesagt hatte, durch den Kopf gehen, während das Feuer im Kamin fröhlich vor sich hin prasselte. Dann sah er seinen Vater mit zusammengekniffenen Augen an und fragte: »Wie stellst du dir vor, daß diese Affäre endet? Mit einer Hochzeit?«

Angus schlug Junior lachend auf die Knie. »Wäre das so schlimm?«

»Wärst du denn einverstanden?«

»Warum nicht?«

Junior lachte nicht. Er ging zum Feuer, außer Reichweite der Hände und des hinterlistigen Lächelns seines Vaters, und stocherte gedankenverloren in den Scheiten herum.

»Ich bin überrascht«, sagte er leise. »Celina war in deinen Augen keine passende Frau für mich. Ich erinnere mich noch an den Stunk, den du gemacht hast, als ich dir gestand, daß ich sie heiraten wollte.«

»Du warst damals achtzehn, Junge!« schrie Angus. »Celina war eine Witwe mit einem Baby.«

»Mit Alex. Und schau, wie gut sie sich rausgemacht hat. Sie könnte heute meine Stieftochter sein.«

Angus' Brauen senkten sich bedenklich, ein zuverlässiges Barometer für seinen Zorn, je tiefer, desto wütender war er. »Es gab da noch andere Überlegungen.«

Junior wirbelte herum. »Welche zum Beispiel?«

»Das war vor fünfundzwanzig Jahren, in einer anderen Zeit, mit einer anderen Person. Alex ist nicht ihre Mutter. Sie ist schöner, und sie hat wesentlich mehr Grips. Wenn du nur halb so viel Manns wärst, wie du allen vorgaukelst – wenn du nur dieses eine Mal mit dem Kopf und nicht mit dem Schwanz denken würdest –, dann würdest du sehen, wie wertvoll es wäre, sie auf deiner Seite zu haben.«

Juniors Gesicht wurde puterrot vor Wut. »Ich seh es ja. Ich wollte nur verdammt sichergehen, daß du diesmal einverstanden bist, wenn ich jemanden den Hof mache. Ob du's glaubst oder nicht, ich hab Celina geliebt. Und wenn ich anfange, Alex zu umwerben, dann könnte ich mich vielleicht auch in sie verlieben. So richtig. Nicht für dich, nicht für die Firma, sondern für mich.«

Er polterte zur Tür. Angus rief seinen Namen. Junior blieb aus Gewohnheit stehen und drehte sich um. »Dir paßt diese Lektion nicht, stimmt's Junior?«

»Genau«, brüllte er. »Ich bin ein erwachsener Mann, kein Junge. Ich brauche deine Ratschläge nicht. Ich weiß, wie ich Alex anpacken muß oder jede andere Frau, die dir einfällt.«

»Ach, wirklich?« sagte Angus gefährlich ruhig.

»Ja.«

»Warum hat Alex dich dann heute stehengelassen und ist mit Reede gegangen?«

Oben im ersten Stock stand Sarah Jo und belauschte den Streit. Als Junior ins Wohnzimmer schlich und sie das Klirren von Gläsern hörte, schloß sie lautlos die Tür zu ihrem Sanktuarium und lehnte sich dagegen. Ein verzweifeltes Seufzen entrang sich ihrer bebenden Brust.

Es passierte wieder.

Scheinbar gab es kein Entrinnen aus diesem Alptraum. Junior würde sich wieder das Herz brechen lassen, diesmal von Celinas Tochter, weil sie sich zwischen Junior und seinen Vater und seinen besten Freund stellen würde. Die Vergangenheit wiederholte sich. Das Haus war in Aufruhr, und das alles wegen dieser Hexe.

Sarah Jo wußte, daß sie das nicht ertragen könnte. Nein, da war sie sich ganz sicher, das konnte sie nicht. Das erste Mal hatte sie versagt, und es war ihr nicht gelungen, Junior vor einem gebrochenen Herzen zu bewahren. Und sie würde ihn auch diesmal nicht davor schützen können.

Das brach ihr das Herz.

15

Es hätte ihr wirklich alles nur Erdenkliche im Last Chance zustoßen können: überfallen, vergewaltigt oder ermordet zu werden. Ganz zu schweigen von den Risiken auf den Straßen des Hin- und Rückwegs. Glücklicherweise war sie ungeschoren davongekommen, nur ihre Laune hatte erheblich gelitten.

Alex betrat ihr Motelzimmer, schleuderte Handtasche und Mantel auf den Stuhl, voller Wut auf sich selbst, weil sie etwas nachgejagt war, das so eine himmelschreiend falsche Spur war. Greg Harper würde sich totlachen, wenn er je herausfände, wie gutgläubig sie gewesen war.

Sie hatte ihn heute nachmittag angerufen. Er war nicht sonderlich beeindruckt von dem, was sie bis jetzt zu berichten hatte, und versuchte wiederum, sie dazu zu überreden, nach Austin zurückzukehren und die Vergangenheit ruhenzulassen. Sie hatte auf der Zeitspanne bestanden, die er ihr eingeräumt hatte.

Seine Enttäuschung über ihren Mangel an Ergebnissen war einer der Gründe, warum sie soviel Hoffnung in ihr geheimes Treffen heute abend gesetzt hatte. Greg würde ganz anders denken, wenn sie einen Augenzeugen für den Mord auftreiben könnte.

Sie hätte bereits bei der Einfahrt auf den Parkplatz der Bar wissen müssen, daß sie hier kaum eine Chance besaß. Drei Birnen fehlten am Neonstern von Texas, der über der Tür blinkte. Es hatte sie größte Überwindung gekostet, die Kneipe überhaupt zu betreten.

Jeder Kopf im Raum hatte sich ihr zugewandt. Die Männer waren ein rauher Haufen, der von ihr angezogen wurde wie Kojoten von frischem Fleisch. Die Frauen sahen noch abgebrühter aus und musterten sie mit der unverhohlenen Feindseligkeit potentieller Rivalinnen. Sie war versucht gewesen, auf dem Absatz kehrtzumachen und abzuhauen, doch dann fiel ihr ein, warum sie hier war, und mutig schritt sie zur Bar.

»Einen Weißwein bitte.«

Das löste bei allen in Hörweite Sitzenden Gelächter aus. Sie nahm ihr Glas und setzte sich in eine Nische, von der aus sie das ganze Lokal überblicken konnte. Sie nippte verlegen an ihrem Wein und ließ dann den Blick von einem Gesicht zum anderen wandern, versuchte herauszufinden, welches von ihnen zu der Stimme am Telefon gehörte.

Zu ihrem Entsetzen bemerkte sie, daß einige Männer das als Ermunterung auffaßten. Von da an beschränkte sie sich darauf, ihr Glas anzustarren, und wünschte, ihr Informant würde schnell kommen und der Spannung ein Ende machen. Andererseits hatte sie Angst davor, ihm gegenüberzutreten. Wenn er einer von diesem Haufen war, war es wohl niemand, dessen Bekanntschaft ihr Freude bereiten würde.

Billardkugeln klackten und klapperten. Sie erwischte eine Überdosis Countrymusik und Nikotin, obwohl sie selbst nicht rauchte. Und sie saß immer noch allein da.

Schließlich glitt ein Mann, der an der Bar gesessen hatte, als sie hereinkam, von seinem Barhocker und bewegte sich auf ihre Nische zu. Er ließ sich Zeit, blieb an der Jukebox stehen, um sich etwas auszusuchen, dann pausierte er am Billardtisch, um einen der Spieler wegen eines schlechten Stoßes zu verspotten.

Er schien ziellos und ganz beiläufig herumzuwandern, aber kam stetig näher. Ihr Magen zog sich zusammen. Instinktiv wußte sie, daß sein Ziel ihre Nische war.

Und sie hatte recht. Er stützte sich auf die gepolsterte Lehne der Bank ihr gegenüber und lächelte ihr zu, während er einen Schluck aus seiner Bierflasche nahm. »Warten Sie auf jemand?«

Seine Stimme klang anders, aber er hatte ja die beiden Male am Telefon geflüstert. »Das wissen Sie doch«, sagte sie mit eisiger Stimme. »Warum haben Sie sich so lange Zeit gelassen mit dem Herkommen?«

»Ich habe mir erst Mut machen müssen«, sagte er und schlürfte nochmal einen Schluck. »Aber jetzt, wo ich hier bin, wollen Sie tanzen?«

»Tanzen?«

»Ja, tanzen. Sie wissen schon, eins, zwei, drei.« Er hob seinen Hut mit der Bierflasche hoch. Sein Blick schlängelte über ihren Körper.

Sie antwortete mit kühler Stimme: »Ich dachte, Sie wollten reden.«

Zuerst schien er etwas verwirrt, dann grinste er anzüglich. »Wir können reden, soviel du willst, Schätzchen.« Er stellte seine Bierflasche auf den Tisch und streckte ihr seine Hand entgegen. »Mein Laster steht direkt vor der Tür.«

Das war nur ein Cowboy, der sie aufreißen wollte! Alex wußte nicht, ob sie lachen oder schreien sollte. Sie sammelte rasch ihre Sachen ein und eilte zur Tür. »He, warte mal. Wo willst du denn hin?«

Er und alle anderen im Last Chance waren sehr verwundert gewesen. Jetzt lief sie auf dem abgetretenen Teppich hin und her und machte sich bittere Vorwürfe über ihre Naivität. Reede oder einem der Mintons war es zuzutrauen, daß sie einem arbeitslosen Cowboy ein paar Dollar zusteckten, damit er sie anrief und sie auf eine falsche Spur lockte.

Sie kochte immer noch innerlich, als ein paar Minuten später ihr Telefon klingelte. Sie riß den Hörer hoch. »Hallo?«

»Halten Sie mich für verrückt?« keuchte die vertraute Stimme.

»Wo waren Sie?« schrie sie. »Ich hab fast eine Stunde in dieser miesen Pinte gewartet.«

»War der Sheriff die ganze Zeit da?«

»Was sagen Sie da? Reede war nicht da.«

»Hören Sie, Lady, ich weiß, was ich gesehn hab. Reede Lambert hat Sie beschattet. Oh ja, er ist weitergefahren, aber am Ende der Straße hat er gewendet. Ich hab nicht mal angehalten. Es wäre gar nicht gut, wenn Lambert uns zwei zusammen sehn würde.«

»Reede ist mir gefolgt?«

»Verdammt richtig. Mit dem Gesetz hab ich nicht gerechnet, schon gar nicht damit, daß mir Lambert im Nacken saß, wie ich Sie angerufen hab. Er ist ganz dicke mit diesen Mintons. Am liebsten würde ich die ganze gottverdammte Geschichte abblasen.«

»Nein, nein«, sagte Alex hastig. »Ich hab nicht gewußt, daß Reede in der Nähe war. Wir werden uns woanders treffen. Nächstes Mal werde ich mich versichern, daß er mir nicht folgt.«

»Na ja...«

»Andererseits, wenn das, was Sie mir erzählen wollen, gar nicht so wichtig ist...«

»Ich hab gesehn, wer's getan hat, Lady.«

»Wo können wir uns treffen? Und wann?«

Er nannte eine andere Bar, die noch zwielichtiger klang als das Last Chance. »Gehn Sie diesmal nicht rein. Auf der Nordseite des Gebäudes wird ein roter Pick-up parken. Ich werd drinsitzen.«

»Ich bin da, Mr. – äh, könnten Sie mir nicht wenigstens Ihren Namen sagen?«

»Nein.«

Er legte auf. Alex fluchte. Sie sprang aus dem Bett, ging zum Fenster und riß die Vorhänge zurück wie der Stierkämpfer sein Cape auf dem schrecklichen Kunstwerk an der Wand.

Sie kam sich entsetzlich dumm vor, als sie sah, daß der einzige Wagen in der Nähe ihres Zimmers ihr eigener war – und keine Spur von dem schwarz-weißen Blazer. Sie schloß die Vorhänge, ging zurück zum Telefon und drückte wutentbrannt eine Nummer. Sie ärgerte sich so nachhaltig über Reede, weil er den Augenzeugen verschreckt hatte, daß sie am ganzen Körper zitterte.

»Büro des Sheriffs.«

»Ich möchte Sheriff Lambert sprechen.«

»Er ist bereits nach Hause gegangen«, informierte man sie. »Ist es ein Notfall?«

»Wissen Sie, wo er ist?«

»Zu Hause, denk ich.«

»Wie ist denn die Nummer, bitte?«

»Die wird nicht ausgegeben.«

»Hier spricht Miss Gaither. Ich muß Sheriff Lambert noch heute abend sprechen. Es ist sehr wichtig. Wenn's nötig ist, könnte ich ihn über die Mintons finden, aber ich möchte sie nur ungern stören.«

Namen von wichtigen Leuten konnten Wunder wirken. Sie bekam die Nummer ohne weitere Verzögerung und machte sich daran, der hinterlistigen Überwachung durch den Sheriff sofort ein Ende zu setzen.

Ihre Entschlossenheit erhielt einen Dämpfer, als sich eine weibliche Stimme am Telefon meldete.

»Da fragt eine Frau nach dir.« Nora Gail reichte Reede den Hörer. Ihre perfekt geschminkten Brauen hoben sich fragend. Er hatte gerade das Feuer im Kamin aufgestockt, wischte sich die Hände am Hosenboden ab und ignorierte ihren fragenden Blick, als er den Hörer nahm.

»Ja, Lambert hier.«

»Alex am Apparat.«

Er wandte seinem Gast den Rücken zu. »Was wollen Sie?«

»Ich möchte wissen, warum Sie mir heute abend gefolgt sind.«

»Woher wissen Sie, wo ich war?«

»Ich... ich hab Sie gesehn.«

»Nein, das haben Sie nicht. Was, zum Teufel, hatten Sie in einer so miesen Kneipe zu suchen?«

»Ich wollte was trinken.«

»Und da haben Sie ausgerechnet das Last Chance gebraucht?« frotzelte er. »Baby, Sie sehen nicht gerade aus wie die übliche Stammkundschaft dort. In dieser Absteige verkehrt nur Gesindel, das sich mit frustrierten Hausfrauen amüsieren will. Also entweder sind Sie dorthin gegangen, um gebumst zu werden oder um jemanden heimlich zu treffen. Was trifft zu?«

»Ich war geschäftlich dort.«

»Also wollten Sie sich mit jemandem treffen. Wem? Sie sollten es mir lieber sagen, Alex, denn wer immer es war, hat Angst gekriegt, als er mich vorfand.«

»Sie geben zu, daß Sie mir gefolgt sind?« Reede schwieg hartnäckig. »Das ist nur eins der vielen Themen, die wir uns gleich morgen früh vornehmen werden.«

»Tut mir leid. Morgen ist mein freier Tag.«

»Es ist wichtig.«

»Das ist Ihre Meinung.«

»Wo werden Sie sein?«

»Ich sagte nein, Counselor.«

»Sie haben keine Wahl.«

»Quatsch. Ich hab morgen dienstfrei.«

»Ich aber nicht.«

Er wetterte und stöhnte erbost, sehr deutlich, damit sie es gut hören konnte. »Wenn der Boden auftaut, bin ich auf der Trainingsbahn der Mintons.«

»Ich finde Sie.«

Ohne ein weiteres Wort ließ er den Hörer auf die Gabel fallen. Er hatte sie eingekesselt und wußte es. Er hatte gehört, wie ihr der Atem stockte bei seiner Frage, woher sie von der Beschattung wisse. Wer immer es gewesen war, den sie hatte treffen wollen, er hatte kalte Füße gekriegt. Wer? Junior? Es war erschreckend, wie sehr ihm diese Vorstellung mißfiel.

»Wer war das?« fragte Nora Gail und rückte den üppigen weißen Nerz über ihren Schultern zurecht. Ihr perlenbestickter Pullover hatte ein tiefes Dekolleté. Sie füllte ihn beachtlich aus und noch ein bißchen drüber. Zwischen ihren Brüsten ruhte ein Opal so groß wie ein Silberdollar. Die Goldkette, an der er in einer prachtvollen Diamantfassung hing, war einen Zentimeter dick.

Sie nahm eine schwarze Zigarette aus einem achtzehnkarätigen Goldetui. Reede griff nach ihrem passenden Feuerzeug und hielt es an die Zigarette. Sie legte ihre Hand darum. Der Ring auf ihrer molligen, gepflegten Hand funkelte. »Danke, Schatz.«

»Gern geschehen.« Er warf das Feuerzeug zurück auf den Küchentisch und setzte sich wieder auf den Stuhl ihr gegenüber.

»Das war Celinas Mädchen, nicht wahr?«

»Und wenn?«

»Ah.« Sie machte einen rubinroten Schmollmund und blies eine Rauchfahne an die Decke. »Die hat bestimmt heiße Ohren gekriegt.« Sie deutete mit ihrer Zigarette auf den Brief, der auf dem Tisch lag. »Was hältst du davon?«

Reede nahm den Brief und las ihn noch einmal, obwohl seine Botschaft bereits beim ersten Mal kristallklar war. Er forderte Alex Gaither auf, ihre Ermittlungen einzustellen und alle Bemühungen, Angus Minton, Junior Minton und Reede Lambert strafrechtlich zu verfolgen, abzubrechen.

Jedem der drei Männer wurde von den Unterzeichnern, einer Gruppe besorgter Bürger, darunter auch sein Besuch, ein hervorragender Charakter bescheinigt. Sie waren nicht nur um ihre bedauernswerten Nachbarn besorgt, die sich in dieser mißlichen Lage befanden, sondern auch um sich selbst und ihre Geschäftsinteressen, sollte die Rennbahnlizenz auf Grund von Miss Gaithers unbegründeter Untersuchung zurückgezogen werden.

Dem Sinn nach ermahnte dieser Brief sie, sich auf der Stelle zu verabschieden, damit man sich endlich dem Geschäft widmen konnte, gute Profite durch die gesteigerten Einkünfte, die die Rennbahn der Gemeinde bringen würde, vorzubereiten. Nachdem Reede den Brief ein zweites Mal überflogen hatte, faltete er ihn wieder zusammen und steckte ihn zurück in den Umschlag. Er war an Alex im Westerner Motel adressiert.

Reede machte keine Bemerkung zum Inhalt, sondern fragte: »War das deine Idee?«

»Ich hab die Idee mit ein paar anderen durchgekaut.«

»Hört sich an wie einer deiner Geistesblitze.«

»Ich bin eine umsichtige Geschäftsfrau. Das weißt du. Die anderen fanden die Idee gut und machten mit. Wir alle haben der Endversion zugestimmt. Ich hab vorgeschlagen, daß wir uns deinen Kommentar einholen, bevor wir ihr das Ding schicken.«

»Warum?«

»Du hast wahrscheinlich mehr Zeit mit ihr verbracht als irgend jemand anders in der Stadt. Wir dachten, du weißt vielleicht, wie sie reagieren wird.«

Er musterte einige Zeit ihre unbewegte Miene. Sie war verschlagen wie ein Fuchs. Nicht Dummheit oder Leichtsinn hatte sie so reich gemacht, wie sie war. Reede mochte sie, hatte sie schon immer gemocht. Er schlief regelmäßig mit ihr, zu beiderseitiger Zufriedenheit. Aber er traute ihr nicht.

Jemandem wie ihr zu viele Informationen zuzuspielen wäre nicht nur unmoralisch, sondern auch schlicht und einfach naiv. Er war abgebrüht genug, nicht auf sie reinzufallen; es gehörte schon etwas mehr dazu als eine ungehinderte Aussicht auf ihr Dekolleté, um seine Zunge zu lösen.

»Da könnten wir jetzt gemeinsam raten, wie sie reagieren

wird«, sagte er ruhig. »Wahrscheinlich wird sie überhaupt nicht reagieren.«

»Und das heißt?«

»Das heißt, ich bezweifle, daß sie ihre Koffer packen und nach Austin abdampfen wird, sobald sie das gelesen hat.«

»Die hat Mut, was?«

Reede zuckte die Achseln.

»Stur?«

Er lächelte sarkastisch. »So könnte man es sagen, ja. Sie ist verdammt stur.«

»Dieses Mädchen macht mich neugierig.«

»Warum?«

»Weil du jedesmal, wenn ihr Name fällt, die Stirn runzelst.« Sie blies wieder einen Strom beißenden Rauchs an die Decke und sah ihm scharf in die Augen. »Du runzelst jetzt auch die Stirn, Süßer.«

»Gewohnheit.«

»Sieht sie aus wie ihre Mutter?«

»Nur ein bißchen«, sagte er gedehnt. »Es gibt eine Ähnlichkeit, mehr nicht.«

Ihr Lächeln war langsam, katzenhaft, verschlagen. »Sie geht dir nicht aus dem Kopf, was?«

»Verdammt ja«, brüllte er. »Sie versucht mich ins Gefängnis zu bringen. Könntest du das so einfach vergessen?«

»Nicht, wenn ich schuldig wäre.«

Reede biß die Zähne zusammen. »Also schön. Ich habe deinen Brief gelesen und dir meine Meinung gesagt. Warum schwingst du deinen Hintern nicht aus meinem Haus?«

Seine Wut beeindruckte sie nicht. Sie drückte in aller Ruhe ihre Zigarette in seinem Blechaschenbecher aus, zog ihren Pelzmantel hoch und stand auf. Hierauf sammelte sie Zigaretten, Feuerzeug und den Brief an Alex ein und steckte alles zurück in ihre Handtasche. »Ich weiß aus Erfahrung, Mr. Reede Lambert, daß du meinen Hintern ziemlich toll findest.«

Reedes schlechte Laune war wie weggeblasen. Er kniff sie lachend in den Po und sagte: »Du hast recht. Das ist er.«

»Freunde?«

»Freunde.«

Er stand ihr gegenüber, und sie strich mit der Hand über seinen Bauch und griff nach seinem Schwanz. Er war stattlich und fest, aber nicht eregiert. »Es ist eine kalte Nacht, Reede«, gurrte sie. »Soll ich bleiben?«

Er schüttelte den Kopf. »Wir haben uns vor langer Zeit drauf geeinigt, daß ich zu dir komme, wenn ich vögeln will, damit wir unsere Freundschaft erhalten.«

Sie schmollte: »Warum haben wir das eigentlich vereinbart?«

»Weil ich der Sheriff bin und du ein Freudenhaus führst.«

Ihr Lachen war kehlig und sexy. »Verdammt richtig, das tu ich. Das beste und profitabelste im ganzen Land. Auf jeden Fall hab ich dich neulich nacht gut verarztet, wie ich sehe.« Sie massierte seinen Schwanz durch die Jeans, aber ohne Ergebnis.

»Ja, danke.«

Die Puffmutter ließ ihn lächelnd los und ging zur Tür. Sie wandte sich noch einmal um: »Warum hattest du's denn so eilig? Ich hab dich nicht mehr so aus dem Häuschen gesehen, seit du von einem gewissen Soldaten namens Gaither in El Paso gehört hast.«

Reedes Augen wurden dunkler, bedrohlicher grün. »Eile war da nicht. Ich war bloß spitz.«

Sie lächelte wissend und tätschelte seine stoppelige Wange. »Du mußt dir schon eine bessere Lüge ausdenken, Reede Schätzchen, wenn du mir was vormachen willst, ich kenne dich in- und auswendig.« Sie ging hinaus, und ihre Stimme tönte aus der Dunkelheit hinter seiner Tür. »Drifte uns nicht ab, hörst du, Süßer?«

# 16

Der Eisregen hatte aufgehört, aber es war immer noch sehr kalt. Gefrorene Pfützen knirschten unter Alex' Stiefeln, als sie sich vorsichtig von ihrem Wagen zur Trainingsbahn vorwärts tastete. Die Sonne, die sich in den letzten Tagen sehr rar gemacht hatte, blendete sie jetzt. Der Himmel war strahlend blau. Flugzeuge, kaum größer als Stecknadelköpfe, zogen weiße Linien über den Himmel, die den endlosen weißen Zäunen, die auf der Minton Ranch Koppeln und Weiden voneinander trennten, glichen.

Der Boden zwischen der Kiesstraße und der Trainingsbahn wimmelte von Unebenheiten. Schwere Reifen hatten im Lauf der Jahre tiefe Furchen gegraben. Einige Stellen waren schlammig, da wo das Eis bereits den Strahlen der Sonne zum Opfer gefallen war.

Alex hatte sich passend angezogen, mit alten Stiefeln und Jeans. Obwohl sie Handschuhe trug, blies sie in ihre Hände, um sie zu wärmen. Dann holte sie ihre Sonnenbrille raus, um sich vor dem grellen Licht zu schützen, und beobachtete Reede durch die dunklen Gläser. Er stand am Zaun und stoppte die Zeiten der Pferde mit Hilfe der Zeitnahmeposten, die nach jeder sechzehntel Meile aufgestellt waren.

Sie blieb einen Moment stehen, um ihn unbemerkt betrachten zu können. Heute trug er statt der ledernen Bomberjacke einen langen, hellen Staubmantel. Ein Fuß ruhte auf dem niedrigsten Balken des Zaunes, eine Stellung, die seinen schmalen Hintern und seine langen Schenkel gut zur Geltung brachte.

Seine Stiefel waren abgestoßen und runtergetreten, die Jeans sauber, aber die Säume ausgefranst und fast weiß gebleicht. Ihr kam der Gedanke, daß die Reißverschlüsse aller seiner Jeans gleich abgewetzt waren, und sie schämte sich, daß sie das bemerkt hatte.

Seine Arme lagen auf den obersten Balken, und die Hände

baumelten herunter. Er trug Lederhandschuhe, dieselben, die er an jenem Abend getragen hatte, an dem er sie an sich gezogen und gehalten hatte, während sie weinte. Es war seltsam und irgendwie beunruhigend, sich zu erinnern, wie seine Hände über ihren Rücken geglitten waren und sie nur ein Frotteemantel von ihrer Nacktheit getrennt hatte. Eine Stoppuhr lag in der Hand, die ihren Kopf umfangen und an seine Brust gedrückt hatte.

Er hatte denselben Cowboyhut auf, mit dem sie ihn das erste Mal gesehen hatte, tief ins Gesicht gezogen. Dunkelblonde Haare streiften den Kragen seines Mantels. Als er den Kopf drehte, sah sie, wie klar die Linien seines Profils waren, da gab es nichts Verschwommenes, Vages. Wenn er atmete, bildete sich Dampf um seine Lippen, die ihr Haar geküßt hatten, als er sie bei der Auskunft über Celinas Leiche trösten wollte.

»Laßt sie rennen«, schrie er den Trainingsreitern zu. Seine Stimme war so maskulin wie der ganze Mann. Gleichgültig, ob er Befehle brüllte oder kühle Bemerkungen machte, sie löste immer ein Kribbeln auf ihrer Haut aus.

Die Pferde stürmten heran, mit donnernden Hufen, Torfklumpen flogen, die der Bahnbereiter heute morgen gelockert hatte. Aus geblähten Nüstern strömten Dampfwolken.

Schließlich zügelten die Reiter sie zum Schritt und machten sich auf den Weg in Richtung Stall. Reede rief einem zu: »Ginger, wie läuft er?«

»Ich habe ihn zurückgehalten. Er strotzt vor Kraft.«

»Laß ihm seinen Willen. Er will rennen. Geh eine Runde im Schritt, dann laß ihn wieder laufen.«

»Okay.«

Der winzige Reiter, eine Frau, wie Alex erst jetzt erkannte, tippte sich mit der Gerte an die Kappe und dirigierte ihr prachtvolles Pferd zurück auf die Bahn.

»Wie heißt er denn?«

Reede drehte den Kopf. Er durchbohrte Alex mit Augen,

die nur durch die Hutkrempe vor der Sonne geschützt waren. Er hatte sie leicht zusammengekniffen, was sehr attraktive Lachfältchen im Umkreis bildete. »Sie ist ein Mädchen.«
»Das Pferd?«
»Oh. Das Pferd heißt Double Time.«
Alex stellte sich zu ihm an den Zaun und legte ihre Arme auf den obersten Balken. »Gehört er Ihnen?«
»Ja.«
»Ein Sieger?«
»Er liefert mein Taschengeld.«
Alex sah sich die Reiterin an, die im Sattel kauerte. »Sie weiß anscheinend genau, was sie zu tun hat«, bemerkte sie. »Das ist ein Haufen Pferd für eine so winzige Person.«
»Ginger ist einer von Mintons besten Galoppjungs – so nennt man sie.« Seine Aufmerksamkeit richtete sich wieder auf das Pferd und die Reiterin, die jetzt in vollem Galopp die Bahn entlangfegten. »Komm, Junge, los, komm«, flüsterte er. »So ist's gut, wie ein echter Profi.« Er jubelte, als Double Time an ihnen vorbeidonnerte, ein Kondensstreifen aus Muskeln, Geschicklichkeit und immenser Kraft.
»Gute Arbeit«, sagte Reede zu der Reiterin, als sie das Pferd wendete.
»Besser?«
»Einige Sekunden besser.«
Dem Pferd spendete Reede ausgiebigeres Lob. Er tätschelte es liebevoll und redete in einem Kauderwelsch mit ihm, das es aber zu verstehen schien. Der Hengst tänzelte fröhlich, mit peitschendem Schwanz. Er wußte, daß ihn im Stall ein Belohnungsfrühstück erwartete, weil er für seinen Besitzer eine so überzeugende Vorstellung gegeben hatte.
»Sie verstehen sich anscheinend wunderbar mit ihm«, bemerkte Alex.
»Ich war dabei an dem Tag, als sein Vater die Stute deckte. Ich war da, als er zur Welt kam. Sie dachten, er wäre ein Dummy, und wollten ihn einschläfern.«
»Ein was?«

»Ein Dummy ist ein Fohlen, das während der Geburt zu wenig Sauerstoff gekriegt hat.« Er schüttelte den Kopf und sah dem Pferd nach, das jetzt in den Stall geführt wurde. »Ich war nicht der Meinung und hatte recht. Seinem Stammbaum nach besaß er vorzügliche Anlagen. Und er ist gut geworden. Er hat mich nie enttäuscht, rennt jedesmal bis zum Umfallen, selbst wenn die anderen um Klassen besser sind.«

»Sie haben guten Grund, stolz auf ihn zu sein.«

»Schon möglich.«

Alex ließ sich von seiner scheinbaren Gleichgültigkeit nicht täuschen. »Nehmen Sie die Pferde immer so hart ran?«

»Nein, heute haben wir sie richtig gegeneinander laufen lassen, um zu sehen, wie sie im Wettbewerb sind. Viermal die Woche galoppieren sie ein- oder zweimal rund um die Bahn. So was wie joggen. Wenn sie gegeneinander gelaufen sind, werden sie anschließend zwei Tage nur im Schritt bewegt.«

Er wandte sich ab und ging auf ein gesatteltes Pferd zu, das an einen Zaunpfosten gebunden war. »Wohin wollen Sie?«

»Nach Hause!« Er stieg mit der lässigen Anmut eines Cowboys auf.

»Ich muß mit Ihnen reden«, rief Alex hastig.

Er beugte sich runter und streckte ihr seine Hand entgegen. »Steigen Sie auf.« Seine grünen Augen blitzten herausfordernd unter der Hutkrempe hervor.

Sie schob ihre Sonnenbrille höher auf die Nase und ging forsch auf das Pferd zu, obwohl ihr gar nicht danach zumute war.

Das schwierigste war, Reedes Hand zu packen. Er zog sie mühelos hoch, aber es blieb ihr überlassen, sich zwischen seinem Hintern und dem abfallenden Ende des Sattels zu plazieren.

Das allein war schon beunruhigend genug, aber als er dem Pferd die Sporen gab, wurde Alex auch noch gegen seinen breiten Rücken geworfen und mußte die Arme um seine Taille legen, wenn sie nicht abrutschen wollte. Sie achtete darauf, daß ihre Hände ein gutes Stück über seinem Gürtel saßen. Ihre Gedanken waren weniger leicht zu kontrollieren, sie wanderten immer wieder zu seinem abgeschabten Reißverschluß.

»Warm genug?« fragte er über die Schulter.

»Ja«, log sie.

Sie hatte gedacht, sein langer weißer Staubmantel mit der tiefen Falte im Rücken wäre nur Show. Sie hatte noch nie so einen außerhalb eines Clint-Eastwood-Films gesehen. Aber jetzt wurde ihr klar, daß dieser Mantel dafür gedacht war, die Schenkel des Reiters warm zu halten.

»Mit wem waren Sie gestern abend in der Bar verabredet?«

»Das ist meine Sache, Reede. Warum sind Sie mir gefolgt?«

»Das ist meine Sache.«

Steckengeblieben. Für den Augenblick ließ sie es auf sich beruhen. Sie hatte eine Litanei von Fragen, die sie ihm stellen wollte, aber es war schwierig, sich auf diese Aufgabe zu konzentrieren, wenn ihr Unterleib mit jeder schaukelnden Bewegung des Pferdes gegen seine Hüften stieß. Sie platzte einfach mit der ersten Frage, die ihr in den Sinn kam, heraus.

»Wie sind meine Mutter und Sie so gute Freunde geworden?«

»Wir sind zusammen aufgewachsen. Es begann am Schulspielplatz und entwickelte sich weiter, als wir älter wurden.«

»Und ihr habt nie Probleme gehabt?«

»Nein. Wir hatten nie Geheimnisse voreinander. Wir haben sogar ein paarmal Doktor gespielt.«

»Ich zeig dir meins, wenn du mir deins zeigst?«

Er grinste. »Sie haben anscheinend auch Doktor gespielt.«

Alex ließ sich nicht ködern, sie wußte, daß er versuchte sie abzulenken. »Ich nehme an, Sie beide sind diesem Stadium irgendwann entwachsen.«

»Wir haben nicht mehr Doktor gespielt, richtig, aber wir haben über alles geredet. Zwischen Celina und mir war kein Thema tabu.«

»Aber ist das nicht eine Beziehung, die ein Mädchen normalerweise mit einem anderen Mädchen hat?«

»Normalerweise schon, aber Celina hatte nicht viele Freundinnen. Die meisten Mädchen waren eifersüchtig auf sie.«

»Warum?« Alex kannte die Antwort bereits, bevor er die Schultern hob, eine Bewegung, bei der sein Schulterblatt über ihre Brust rieb, was ihr fast die Sprache verschlug. Sie mußte sich zwingen zu fragen: »Das war wegen Ihnen, stimmt's? Wegen ihrer Freundschaft mit Ihnen?«

»Vielleicht. Und außerdem war sie das hübscheste Mädchen weit und breit. Die meisten anderen betrachteten sie als Rivalin, nicht als Freundin. Festhalten«, warnte er, bevor er das Pferd in ein trockenes Bachbett trieb.

Die Schwerkraft ließ sie vornüberkippen, näher an ihn. Instinktiv klammerte sie sich fester. Er machte ein grunzendes Geräusch. »Was ist los?« fragte sie.

»Nichts.«

»Es hörte sich an, als täte Ihnen etwas weh.«

»Wenn Sie ein Typ wären, der auf einem Pferd einen steilen Abhang hinunterritten und das Sattelhorn Ihre Männlichkeit langsam zerquetscht, würden Sie auch grunzen.«

»Oh.«

»Verflucht«, fluchte er leise.

Betretenes Schweigen herrschte, nur unterbrochen vom Klopfen der Hufe, während sich das Pferd vorsichtig über den felsigen Boden tastete, bis sie wieder auf ebener Fläche waren. Alex vergrub ihr Gesicht im flanellgefütterten Kragen seines Mantels, um ihre Schamröte zu verstecken und sich vor dem kalten Wind zu schützen. »Mutter ist also mit allen Problemen zu Ihnen gekommen«, sagte sie.

»Ja. Wenn nicht, dann wußte ich, daß etwas nicht stimmte, und bin zu ihr gegangen. Eines Tages kam sie nicht zur Schule. Ich hab mir Sorgen gemacht und bin in der Pause zu ihr nach Haus. Ihre Großmutter war in der Arbeit, also war Celina allein zu Hause. Sie hatte geweint. Ich hab Angst gekriegt und hab mich geweigert zu gehen, bis sie mir gesagt hat, was los war.«

»Und was war passiert?«
»Sie hatte das erste Mal ihre Periode gekriegt.«
»Oh.«
»Soweit ich feststellen konnte, hat Mrs. Graham ihr eingeredet, sie müßte sich deswegen schämen. Sie hat ihr lauter Horrorgeschichten über Evas Fluch erzählt – und lauter solchen Mist.« Seine Stimme klang vorwurfsvoll. »Hat sie das bei Ihnen auch gemacht?«

Alex schüttelte den Kopf, verblieb aber im Schutz seines Kragens. Sein Hals war warm und roch nach ihm. »Sie war nicht ganz so streng. Vielleicht war Großmama etwas besser aufgeklärt, als ich in die Pubertät kam.« Reede zügelte das Pferd und stieg ab. Erst jetzt merkte Alex, daß sie an einem kleinen Holzhaus angekommen waren. »Und wie ging es mit Mutter weiter?«

»Ich hab sie getröstet und ihr gesagt, das wäre normal und kein Grund sich zu schämen. Sie wäre jetzt offiziell eine Frau geworden.« Er schlang die Zügel um einen Pfosten.

»Hat es funktioniert?«

»Ich denke schon. Sie hat aufgehört zu weinen und...«

»Und...?« Alex drängte ihn weiterzureden. Ihr war klar, daß er den wichtigsten Teil der Geschichte weggelassen hatte.

»Nichts. Schwingen Sie Ihr Bein rüber.« Er packte mit sicheren, starken Händen ihre Taille und hob sie vom Pferd.

»Noch etwas, Reede.«

Sie klammerte sich an die Ärmel seines Mantels. Sein Mund war schmal, hartnäckig verschlossen, die Lippen rauh, ungeheuer maskulin. Sie erinnerte sich an das Zeitungsbild, auf dem er Celina küßte, als sie zur Königin gekrönt wurde. Wie zuvor brandete eine Woge von Hitze durch ihren Leib.

»Sie haben sie geküßt, nicht wahr?«

Er machte ein eckige Bewegung mit der Schulter. »Ich hatte sie schon öfter geküßt.«

»Aber das war der erste richtige Kuß, stimmt's?«

Er ließ sie los, überquerte die niedrige Veranda und stieß

die Tür auf. »Sie können reinkommen oder nicht«, brummelte er vor sich hin. »Ihre Entscheidung.«

Er verschwand durch die Tür, ließ sie aber offen. Alex folgte ihm zögernd, aber neugierig. Die Haustür führte direkt ins Wohnzimmer. Durch einen offenen Bogen zur Linken sah sie eine Eßnische und die Küche. Ein Gang auf der gegenüberliegenden Seite führte wahrscheinlich zum Schlafzimmer. Sie hörte, wie er sich dort zu schaffen machte. Gedankenverloren schloß sie die Haustür hinter sich, legte Sonnenbrille und Handschuhe ab und sah sich um: unverkennbar das Haus eines Junggesellen. Die Möbel waren bequem und praktisch arrangiert, ohne Rücksicht auf dekoratives Flair. Er hatte seinen Hut auf den Tisch gelegt und Mantel und Handschuhe auf einen Haufen geworfen. Es lag nichts herum, aber die Bücherregale flossen über, so als würde jemand alles, was störte, da hineinstopfen. Die Ecken der Decke blitzten voller Spinnweben in der Sonne, die sich durch die staubigen Rolläden hereinstahl.

Er kam mit einer Pilotenbrille in der Hand zurück und sah, wie sie eine der Spinnweben betrachtete. »Lupe schickt alle paar Wochen eine von ihren Nichten hier raus. Es ist mal wieder soweit.« Es war eine Erklärung, aber keineswegs eine Ausrede oder Entschuldigung. »Wie wär's mit einem Kaffee?«

»Bitte.«

Er ging in die Küche. Alex marschierte im Zimmer auf und ab und stampfte mit den Füßen auf, um ihren Kreislauf wieder in Schwung zu bringen und ihre eisigen Füße zu wärmen. Eine große Trophäe in einem der eingebauten Bücherregale erregte ihre Aufmerksamkeit. »Dem besten Spieler des Jahres« war darauf in Druckbuchstaben eingraviert, daneben Reedes Name und das Datum.

»Hat er die richtige Farbe?« Er war lautlos zurückgekommen und stand hinter ihr. Sie drehte sich um, und er reichte ihr eine Kaffeetasse. Er hatte tatsächlich schon Milch hineingegossen.

»Wunderbar, danke.« Sie deutete mit dem Kopf auf die Trophäe: »Ihr Abschlußjahr, stimmt's?«
»Hmm.«
»Wirklich eine große Ehre.«
»Schon möglich.«
Alex fiel auf, daß er sich immer hinter dieser Phrase verschanzte, wenn er ein Gespräch beenden wollte. Ansonsten blieb er nach wie vor ein Rätsel. »Sie sind sich nicht sicher, ob das eine Ehre war?«
Er ließ sich in einen Sessel fallen und streckte die Beine aus. »Ich war damals der Meinung und bin es auch jetzt noch, daß ich ein gutes Team im Hintergrund hatte. Die anderen aufgestellten Spieler waren genauso tüchtig wie ich.«
»Auch Junior?«
»Er war einer von ihnen, ja«, erwiderte er, gleich wieder in Harnisch.
»Aber Sie haben den Preis gewonnen und nicht Junior.«
Er fixierte sie mit grimmigen Augen. »Soll das etwa was heißen?«
»Ich weiß es nicht. Sagen Sie's mir.«
Er lachte ungeduldig auf. »Lassen Sie diese Anwaltsspielchen und sagen Sie einfach, was Ihnen durch den Kopf geht.«
»Okay.« Sie stützte sich an die gepolsterte Lehne des Sofas, sah ihm direkt in die Augen und fragte: »War Junior sauer, daß Sie die Trophäe als bester Spieler des Jahres gekriegt haben?«
»Fragen Sie ihn.«
»Vielleicht werde ich das. Ich werde auch Angus fragen, ob es ihm etwas ausgemacht hat.«
»Angus hätte am Abend des Banketts gar nicht stolzer sein können.«
»Nur war nicht sein Sohn zum besten Spieler nominiert worden, sondern Sie.«
Sein Gesicht wurde steinern. »Sie reden ganz schön viel Scheiß, wissen Sie das?«
»Ich bin überzeugt, Angus war stolz auf Sie, hat sich für Sie

gefreut, aber Sie können doch nicht erwarten, daß ich Ihnen abnehme, er hätte es nicht lieber gesehen, wenn Junior die Trophäe gewonnen hätte.«

»Sie können von mir aus glauben, was Sie wollen. Mir ist das scheißegal.« Er leerte seine Kaffeetasse in drei Zügen, stellte sie auf den niedrigen Couchtisch vor sich und stand auf. »Fertig?«

Sie stellte ebenfalls ihre Tasse weg, machte aber keine Anstalten aufzubrechen. »Warum sind Sie denn so empfindlich, was das angeht?«

»Nicht empfindlich, gelangweilt.« Er beugte sich vor, bis sein Gesicht dicht vor ihrem war. »Diese Trophäe ist ein fünfundzwanzig Jahre altes Stück angelaufener Schrott, das nur als Staubfänger taugt.«

»Warum haben Sie's dann all die Jahre aufgehoben?«

Er fuhr sich mit den Fingern durchs Haar. »Hören Sie, das Ding hat jetzt überhaupt keine Bedeutung mehr.«

»Aber damals schon.«

»Herzlich wenig. Nicht genug, um mir ein Sportstipendium zu verschaffen, mit dem ich gerechnet hatte, um aufs College zu kommen.«

»Was haben Sie dann gemacht?«

»Ich bin trotzdem gegangen.«

»Wie?«

»Mit einem Darlehen.«

»Vom Staat?«

»Nein, mit einem privaten«, wich er der Frage aus.

»Wer hat Ihnen das Geld geliehen, Angus?«

»Und wenn? Ich hab ihm jeden Scheiß-Cent davon zurückbezahlt.«

»Indem Sie für ihn arbeiteten?«

»Bis ich ME verlassen habe.«

»Warum sind Sie weggegangen?«

»Weil ich meine Schulden abbezahlt hatte und etwas anderes machen wollte.«

»Das war unmittelbar nach dem College?«

Er schüttelte den Kopf. »Nach der Air Force.«
»Sie waren in der Luftwaffe?«
»Vier Jahre Offiziersausbildung während des Colleges, dann aktiver Dienst nach dem Examen. Sechs Jahre lang hat mein Arsch unserem lieben Staat, Uncle Sam, gehört. Zwei Jahre davon hab ich damit verbracht, Schlitzaugen in Vietnam zu bombardieren.«

Alex hatte nicht gewußt, daß er im Krieg gewesen war, aber sie hätte es ahnen müssen. Er war damals gerade im einzugsfähigen Alter gewesen. »Hat Junior auch gedient?«

»Junior im Krieg? Können Sie sich das vorstellen?« Er schnitt eine Grimasse. »Nein, er ist nicht dabeigewesen. Angus hat ein paar Beziehungen spielen lassen und ihn in die Reserve reingebracht.«

»Warum nicht auch Sie?«
»Ich wollte es nicht. Ich wollte zur Luftwaffe.«
»Wollten Sie fliegen lernen?«
»Das konnte ich schon. Ich hatte meinen Flugschein vor dem Führerschein.«

Sie betrachtete ihn einen Augenblick lang. Die Informationen prasselten zu schnell auf sie ein, sie brauchte ein bißchen Zeit, um sie zu verdauen. »Sie sind heute morgen aber voller Überraschungen, nicht wahr? Ich wußte gar nicht, daß Sie fliegen können.«

»Gab auch keinen Grund, warum Sie das wissen sollten, Counselor.«

»Warum gibt es denn keine Fotos in Uniform von Ihnen?« fragte sie und deutete auf das Bücherregal.

»Ich hab gehaßt, was ich dort drüben tun mußte. Keine Souvenirs aus der Kriegszeit, danke.« Er entfernte sich von ihr, nahm Hut, Handschuhe und Mantel, ging zur Haustür und zog sie unmißverständlich auf.

Alex blieb, wo sie war. »Sie und Junior müssen einander gefehlt haben, als Sie sechs Jahre in der Air Force dienten.«

»Was soll denn das heißen? Glauben Sie, wir waren schwul?«

»Nein«, wehrte sie ab, allmählich war sie mit ihrer Geduld am Ende. »Ich meinte nur, daß Sie beide gute Freunde waren, die bis dahin sehr viel Zeit zusammen verbracht hatten.«

Er knallte die Tür wieder zu und schleuderte seinen Mantel in den Stuhl. »Zu der Zeit hatten wir uns dran gewöhnt, getrennt zu sein.«

»Sie waren vier Jahre zusammen auf dem College«, sie blieb am Ball.

»Nein, waren wir nicht. Wir haben gleichzeitig die Technische Hochschule in Texas besucht, aber nachdem er verheiratet war...«

»*Verheiratet?*«

»Noch eine Überraschung?« sagte er boshaft. »Haben Sie es nicht gewußt? Junior hat ziemlich bald nach unserem High School Abschluß geheiratet.«

Nein, das hatte Alex nicht gewußt. Ihr war nicht klar gewesen, daß er so kurz nach dem Mord an Celina geheiratet hatte. Ein seltsames Timing.

»Dann haben Sie und Junior sich sehr lange nicht gesehen.«

»Richtig«, bestätigte Reede.

»Hatte der Tod meiner Mutter irgend etwas damit zu tun?«

»Vielleicht. Wir redeten nicht – konnten nicht darüber reden.«

»Warum?«

»Es war zu verdammt schwer. Was glauben Sie denn?«

»Warum war es so schwer, mit Junior zusammenzusein und über Celinas Tod zu reden?«

»Weil wir immer ein Trio gewesen waren. Einer von uns fehlte plötzlich. Irgendwie war's ein komisches Gefühl zusammenzusein.«

Alex überlegte, ob es ratsam wäre, ihn noch weiter in dieser Richtung zu bedrängen, entschied sich dann dafür. »Sie waren ein Trio, ja, aber wenn es da ein überzähliges Rad am Wagen gab, dann war das Junior, nicht Celina, richtig? Sie beide waren doch ein unzertrennliches Duo gewesen, bevor Sie ein unzertrennliches Trio wurden.«

»Verdammt, halten Sie sich aus meinem Leben raus«, fauchte er. »Sie wissen gar nichts darüber, oder über mich.«

»Es gibt keinen Grund, wütend zu werden, Reede.«

»Ach, wirklich nicht? Warum sollte ich nicht wütend werden? Sie wollen die Vergangenheit wieder auferstehen lassen, alles von meinem ersten richtigen Kuß bis zu irgendeiner Scheißfootballtrophäe, die nicht mehr wert ist als ein Haufen Pferdeäpfel, und ich soll nicht sauer werden.«

»Die meisten Leute schwelgen in Erinnerungen.«

»Ich nicht. Ich will die Vergangenheit Vergangenheit sein lassen.«

»Weil sie schmerzlich ist.«

»Ein Teil davon ist es.«

»Ist die Erinnerung daran, wie Sie meine Mutter das erste Mal richtig geküßt haben, schmerzlich?«

Er schritt auf das Sofa zu und packte sie an den Hüften, hielt sie aber von sich weg. Seine Stimme wurde weich, samtig. »Dieser Kuß geht Ihnen wohl gar nicht aus dem Kopf, was, Counselor?«

Er war so überwältigend, daß sie nichts sagen konnte.

»Wenn Sie so daran interessiert sind, wie ich küsse, sollten Sie es vielleicht mal am eigenen Leib verspüren.«

Seine Hände schoben sich unter ihre Jacke, und er verschränkte sie hinter ihrem Rücken, dann zog er sie mit einem Ruck hoch. Sie prallte keuchend an seine Brust, er neigte den Kopf, und sein Mund schloß sich über ihrem.

Zuerst war sie so schockiert, daß sie sich nicht bewegte, dann stemmte sie beide Fäuste gegen ihn und versuchte den Kopf beiseite zu drehen, aber er packte ihr Kinn mit einer Hand und hielt es fest. Seine Lippen rieben ihre geschickt, dann stieß er seine Zunge dazwischen. Er küßte sie gründlich, seine Zunge erforschte jeden Winkel ihres Mundes und stieß immer wieder tief in ihren Hals. Seine Lippen waren aufgesprungen, sie spürte die rauhe Oberfläche auf den ihren und den erregenden Kontrast des seidigen Fleisches dahinter.

Vielleicht hatte sie vor Überraschung und Begierde leise gestöhnt. Vielleicht hatte sich ihr Körper an den seinen geschmiegt, war mit einem Mal nachgiebig und gefügig geworden. Vielleicht hatte er ein leises, hungriges, knurrendes Geräusch gemacht, tief in seiner Kehle. Aber vielleicht hatte sie sich auch alles nur eingebildet.

Aber das kribbelnde Gefühl zwischen ihren Schenkeln, das Zittern ihrer Brüste hatte sie sich nicht eingebildet und auch nicht die Hitze, die sich wie schmelzende Butter in ihrem Leib ausbreitete. Genausowenig war der wunderbare, erstaunliche Geschmack seines Mundes Einbildung oder der Duft von Wind und Sonne in seiner Kleidung.

Er hob den Kopf und sah in ihre benommenen Augen. Die seinen waren ein Spiegel ihrer Verwirrung. Doch das schiefe Lächeln deutete auf Ironie. »Nur damit Sie nicht meinen, Sie wären zu kurz gekommen«, murmelte er.

Er bedeckte ihre feuchten Lippen mit weichen, schnellen Küssen, dann strich seine Zunge zart und herausfordernd über sie, bohrte sich frech in ihren Mundwinkel, was ihren Bauch erbeben und flattern ließ.

Dann öffnete sich sein Mund und bemächtigte sich des ihren. Seine Zunge versank darin, ein Eindringling, auf den sie instinktiv reagierte. Er ließ sich genüßlich Zeit bei der Liebkosung, dann glitten seine Hände ihren Rücken hoch, arbeiteten sich seitlich zu ihren Brüsten vor. Er rieb sie sanft mit den Handballen und weckte die Sehnsucht nach einer Berührung ihrer Spitzen. Aber sie strichen hinunter zu ihrem Po, umfingen ihn, zogen ihre Hüften an seine. Seine Hüften bewegten sich im Takt mit seiner Zunge, ein Kommen und Gehen, das ihren Appetit auf Erfüllung weckte und ihren Widerstand endgültig untergrub.

Doch bevor sie sich der köstlichen Schwäche hingab, die sich ihrer bemächtigte, ließ er sie abrupt los und flüsterte ihr zu: »Neugierig, was ich normalerweise als Nächstes mache?«

Alex wich hastig zurück, beschämt darüber, wie nahe sie völliger Kapitulation gewesen war, und wischte seinen Kuß mit dem Handrücken von ihrem Mund. Er grinste selbstzufrieden. »Nein? Das hab ich mir gedacht.«

Er setzte seine Sonnenbrille und seinen Hut auf und zog die Krempe tief ins Gesicht. »Ich schlage vor, Counselor, Sie beschränken Ihre Kreuzverhöre in Zukunft auf den Gerichtssaal. Das ist wesentlich ungefährlicher.«

Die Derrick Lounge war noch viel mieser als das Last Chance. Alex näherte sich der Kneipe von Süden und stieß einen Seufzer der Erleichterung aus, als sie einen verbeulten, rostigen, roten Pick-up da stehen sah. Sie hatte den sofortigen Rückzug beschlossen, falls der Augenzeuge nicht da wäre.

Nachdem sie das Westerner Motel verlassen hatte, vergewisserte sie sich zuerst, daß ihr niemand folgte. Sie kam sich zwar bei diesem Katz- und Mausspiel etwas lächerlich vor, aber war zu allem bereit, um diesen angeblichen Augenzeugen des Mordes an ihrer Mutter zu sprechen. Wenn sich bei diesem Treffen herausstellte, daß es nur ein Typ war, der sich seinen Spaß am Telefon machte, dann wäre das der Höhepunkt eines grauenvollen Tages.

Es war der längste Ritt in der Geschichte der Menschheit gewesen, den sie mit Reede zurück zur Trainingsbahn gemacht hatte, wo ihr Wagen parkte. »Einen schönen Tag noch«, hatte er ihr spöttisch zugerufen, nachdem sie aus dem Sattel gerutscht war.

»Fahren Sie zur Hölle«, war ihre wütende Antwort gewesen. Sie hörte, wie er beim Antraben vor sich hinkicherte.

»Arroganter Wichser«, flüsterte sie, als sie jetzt aus dem Wagen stieg und auf den Pick-up zuging. Sie konnte den Fahrer hinter dem Steuerrad sitzen sehen und fragte sich, wie sie wohl reagieren würde, wenn er Reede als Mörder ihrer Mutter identifizierte. Eine sehr beunruhigende Aussicht.

Sie ging um die Haube des Pick-ups herum, ihre Schritte

knirschten laut im lockeren Kies. Die Derrick Lounge verschwendete kein Geld für Außenbeleuchtung, also war es hier an der Seite des Gebäudes sehr dunkel. Kein anderes Fahrzeug parkte in der Nähe.

Für einen Augenblick bekam Alex Angst, als sie die Hand nach der Tür ausstreckte. Sie verdrängte sie mit Gewalt, stieg in den Wagen und zog die Tür hinter sich zu.

Ihr Augenzeuge war ein häßlicher kleiner Mann. Er hatte scharfe Backenknochen wie ein Indianer, und das Gesicht war von Pockennarben übersät. Er war ungepflegt und stank, als ob er nur selten duschen würde. Er war mager, verrunzelt und grauhaarig.

Und er war tot.


17

Als ihr klarwurde, warum er einfach dahockte und sie mit leeren, dümmlichen Augen und etwas überraschtem Gesicht anstarrte, versuchte Alex zu schreien, brachte aber keinen Ton heraus. Ihr Mund war wie aus Watte. Sie griff hinter sich, wollte die Tür öffnen, aber die wehrte sich hartnäckig.

Sie zerrte verzweifelt am Griff, dann warf sie sich mit der Schulter dagegen. Die Tür schwang so plötzlich auf, daß sie fast herausgefallen wäre. Sie hatte es so eilig, von dieser Leichengestalt wegzukommen, daß sich ihre Schuhspitze im Kies verfing und sie stolperte, sie fiel hart auf die Knie.

Sie schrie vor Schmerz und Angst, rappelte sich hoch und rannte los, in die Dunkelheit. Mit einem Mal blendeten sie ein Paar Scheinwerfer, und eine laute Hupe ließ sie zur Salzsäule erstarren.

Schützend hielt sie sich die Hand vor Augen und sah im gleißenden Licht die Silhouette eines Mannes auf sich zukommen. Bevor sie einen Mucks herausbringen konnte, sagte er: »Sie sind ganz schön unterwegs, was?«

»Reede!« rief sie, halb erleichtert, halb entsetzt.

»Was, zum Teufel, haben Sie hier zu suchen?«

Er klang nicht sehr mitfühlend, und das machte sie zornig.

»Dieselbe Frage könnte ich Ihnen stellen. Dieser Mann«, sagte sie und zeigte mit zittrigem Finger auf den Pick-up, »ist tot.«

»Ja, ich weiß.«

»Sie wissen es?«

»Das ist, äh, das war Pasty Hickam. Ein Stallknecht, der früher für Angus gearbeitet hat.« Er spähte durch die von Insekten übersäte Windschutzscheibe und schüttelte den Kopf. »Eine schöne Bescherung.«

«Mehr haben Sie dazu nicht zu sagen?«

Er drehte sich zu ihr. »Nein, ich könnte auch sagen, daß der einzige Grund, warum ich Sie nicht wegen Mordverdachts verhafte, der ist, daß, wer immer mir telefonisch den Tip gegeben hat, daß Pasty mit durchschnittener Kehle in seinem Pick-up sitzt, nicht das Weib bei ihm erwähnt hat.«

»Jemand hat Sie angerufen?«

»Genau. Irgendeine Ahnung wer?«

»Ich nehme an, wer das auch war, hat gewußt, daß ich hier mit ihm verabredet war«, schrie sie. Dann ließ ein anderer Gedanke sie erstarren. »Wie sind Sie so schnell hergekommen, Reede?«

»Sie glauben, ich hab ihn abgefangen und ihm das Messer in die Kehle gerammt?« Er klang wirklich fassungslos.

»Möglich wär's.«

Ohne sie aus den Augen zu lassen, rief er nach einem seiner Deputies. Erst jetzt merkte Alex, daß er nicht allein war. Plötzlich hörte sie das Heulen einer nahenden Sirene und wurde sich der neugierigen Gäste bewußt, die aus der Bartür drängten, um dabeizusein.

»Begleite sie zurück in ihr Motel«, befahl Reede seinem Helfer schroff. »Sorg dafür, daß sie in ihr Zimmer kommt.«

»Ja, Sir.«

»Behalt sie bis zum Morgengrauen im Auge. Paß auf, daß sie nirgends hingeht.«

Alex und der Sheriff tauschten einen feindseligen Blick, bevor sie sich vom Deputy zu ihrem Wagen führen ließ.

»Sheriff?« Der Mitarbeiter klopfte zögernd an die Tür, bevor er wagte, sie zu öffnen. Jeder im Büro wußte, daß Reede heute früh seine Bullenbeißerlaune hatte und das nur zum Teil wegen Pasty Hickams Tod gestern nacht. Alles schlich auf Zehenspitzen, um ihn nicht noch mehr zu reizen.

»Was gibt's«

»Ich hab ein paar Papiere, die Sie unterschreiben müssen.«

»Gib sie her.« Reede richtete sich im Drehstuhl auf, griff nach dem Stapel offizieller Dokumente und Briefe und kritzelte seine Unterschrift an die entsprechenden Stellen.

»Wie geht's Ruby Faye heute morgen?«

Der Hilfssheriff hatte Ruby Faye in ihrem Wohnwagen gefunden, übel zusammengeschlagen. Bevor sie das Bewußtsein verlor, nannte sie ihren betrogenen Ehemann als Täter.

»Lyle hat bei ihr fast so gute Arbeit geleistet wie bei Pasty. Sie muß ungefähr eine Woche im Krankenhaus bleiben. Die Kinder hat man zu ihrer Mutter gebracht.«

Reedes Miene wurde noch gefährlicher. Er hatte kein Verständnis für Männer, die Frauen körperlich mißhandelten, gleichgültig wie groß die Provokation gewesen war. Sein alter Herr hatte ihn so oft verprügelt, daß ihm häusliche Gewalt ein Dorn im Auge war.

Er gab dem Mann die Papiere zurück. »Schon was Neues von diesem Helden?«

»Nein, Sir. Ich benachrichtige Sie sofort. Und ich soll Sie dran erinnern, daß Sie heute nachmittag bei Richter Wallace' Gericht als Zeuge vorgeladen sind.«

»Verdammt, das hätte ich beinah vergessen. Okay, danke.« Der Deputy zog sich erleichtert zurück, aber Reede hatte ihn schon vergessen, ehe die Tür hinter ihm zufiel.

Heute morgen machte es ihm die größten Schwierigkeiten, auch nur einen klaren Gedanken zu fassen. Immer wieder schob sich Alex' Bild dazwischen.

Er fluchte lange und ausgiebig, stand auf und ging zum Fenster. Draußen war wieder ein sonniger Tag, der ihn an gestern erinnerte, als er sie auf das Pferd gezogen hatte und das Sonnenlicht ihr Haar in tiefem Mahagonirot erstrahlen ließ. Wahrscheinlich hatte er nur daran gedacht, als ihm seine Zunge mit dem blöden Gewäsch über diese Fußballtrophäe durchgegangen war.

Warum, in drei Teufels Namen, hatte er sie all diese Jahre aufbewahrt? Jedesmal, wenn er das Ding ansah, wurden seine Gefühle erneut gespalten, wie an jenem Abend, an dem er sie bekommen hatte. Seine Freude war getrübt gewesen, weil man Junior nicht zum besten Spieler ernannt hatte. So verrückt das auch klingen mochte, er hatte sich für den Gewinn dieses Preises bei Angus und Junior entschuldigen wollen. Er hatte ihn zwar verdient, weil er der bessere Sportler war, aber der Sieg über Junior hatte ihm den Preis vergällt.

Und Alex war von ganz allein dahintergekommen. Sie war wirklich clever. Aber so abgebrüht, wie sie immer vorgab, war sie nicht. Gestern abend hatte sie fast geschlottert vor Angst, und das mit Recht. Pasty war nie ein schöner Anblick gewesen, aber starr und tot war er noch viel häßlicher.

Vielleicht war es gut für sie, daß sie ihn so gesehen hatte. Vielleicht wäre sie dann nicht mehr so erpicht darauf, Geheimnisse aufzudecken, die sie nichts angingen. Vielleicht würde sie der grausige Mord an Pasty so verschrecken, daß sie aufhörte, demjenigen an Celina weiter nachzuforschen. Vielleicht würde sie Purcell verlassen und nie mehr zurückkommen.

Diese Aussicht hätte eigentlich seine Laune heben sollen, aber sie machte ihn noch wütender auf sie und sich selbst.

Daß er sie gestern geküßt hatte, war dämlich gewesen. Er hatte sich von ihr provozieren lassen, war ausgerastet. Er hatte sich nicht mehr unter Kontrolle gehabt. Die Entschuldigung erleichterte sein Gewissen gerade soweit, daß er mit dem, was passiert war, leben konnte. Gleichzeitig machte es ihm eine Höllenangst, Alex hatte ihn über die Kante der Vernunft gezogen. Das hatte bis jetzt nur ein einziger Mensch geschafft – Celina.

Wie diese kleine Hexe ihn dazu gebracht hatte, diesen Kuß zu erwähnen, war ihm ein Rätsel. Er hatte seit Jahren nicht mehr dran gedacht, und jetzt erinnerte er sich plötzlich glasklar.

Es war an einem heißen Septembertag gewesen, als er Celina suchen gegangen war, nachdem sie in der Schule fehlte. Die alte Klimaanlage hatte sich bemüht, das stickige Häuschen zu kühlen, mit wenig Erfolg. Die Luft war heiß und feucht, statt heiß und trocken.

Celina verhielt sich ganz seltsam. Sie hatte ihn hereingelassen, wirkte aber sehr bedrückt, so als ob dieser erste Initiationsritus der Weiblichkeit sie ihres mädchenhaften Elans beraubt hätte. Sie hatte Angst gehabt, etwas ganz Schreckliches wäre mit ihr passiert.

Als sie ihm von ihrer Periode erzählte, war er so erleichtert gewesen, daß er am liebsten gelacht hätte. Aber er hatte es nicht getan. Ihr verzweifeltes Gesicht erstickte jede Heiterkeit im Keim. Er hatte sie liebevoll in den Arm genommen, ihr Haar gestreichelt und sie beschwichtigt, ihr gesagt, das wäre etwas Wunderbares, nichts, weswegen man sich schämen müßte. Sie hatte trostsuchend ihre Arme um seine Taille geschlungen und ihr Gesicht an sein Schlüsselbein gekuschelt.

Lange Zeit hatten sie sich einfach so aneinandergeklammert, wie schon so oft in der Vergangenheit, wenn es schien, daß sie beide mit dem Rest der Welt uneins waren. Er hatte jedoch das Bedürfnis gehabt, diesen Augenblick feierlich zu gestalten, ihren Abschied von der Kindheit offiziell zu machen.

Zuerst hatte er ihre Wange geküßt, die feucht und salzig von ihren Tränen war. Er küßte sich weiter voran. Plötzlich hielt sie den Atem an, lange, bis er seine Lippen fest auf die ihren gedrückt hatte. Es war ein inniger, aber scheuer Kuß.

Er hatte andere Mädchen geküßt und dabei seine Zunge eingesetzt. Die Gail-Schwestern waren recht bewandert in

Zungenküssen, und er brannte darauf, diese Fertigkeit mit ihnen zu teilen. Mindestens einmal die Woche traf er sich mit den dreien in einer stillgelegten Werkshalle und küßte sie abwechselnd, spielte mit ihren Brüsten und steckte seine Hand unter das Gummiband ihrer Baumwollhöschen, um das Haar zwischen ihren Schenkeln zu berühren. Sie stritten sich immer drum, welche ihm zuerst die Hose öffnen und mit seinem Ding spielen durfte.

Die verschwitzten schmuddligen kleinen Spielchen machten das Leben mit seinem Vater erträglich. Und sie waren das einzige Geheimnis, das er vor Celina hatte. Was er mit den Gail-Schwestern trieb, wäre ihr wahrscheinlich peinlich, wenn sie es wüßte. Außerdem wäre sie vielleicht sauer. Egal wie, es war besser, daß sie nichts von all dem wußte.

Aber als er Celinas Lippen unter seinen fühlte und das leise Stöhnen in ihrem Hals hörte, hatte er sie richtig küssen wollen – auf die gute, aufregende, verbotene Art. Er hatte der Versuchung nicht widerstehen können, sein Körper gewann gegen seinen Verstand.

Kaum hatte er ihre Lippen mit der Zungenspitze berührt, spürte er schon, wie sie sich öffneten. Sein Puls raste, das Blut kochte in seinen Adern, er zog sie enger an sich und stieß seine Zunge in ihren Mund. Da sie nicht entsetzt zurückwich, bewegte er sie. Sie klammerte sich an seine Taille. Ihre kleinen, spitzen Brüste brannten wie Brenneisen an seinem Oberkörper.

Oh, mein Gott, dachte er, ich sterbe vor Wonne. Es war ungeheuer. Das Erlebnis erschütterte seine junge Seele bis in die Grundfesten. Sein Körper hatte vor vulkanischer Energie gebebt. Er hatte nur eins gewollt, Celina Graham bis in alle Ewigkeit weiterküssen. Aber als sein Penis so anschwoll, daß er sich in ihre Taille bohrte, schob er sie weg und stotterte eine Entschuldigung.

Celina hatte ihn mehrere Sekunden lang angestarrt, mit großen Augen, ganz außer Atem. Dann hatte sie sich ihm an den Hals geworfen und ihm gesagt, sie wäre froh, daß er sie so geküßt habe. Sie liebte ihn. Er liebte sie. Sie würden irgendwann heiraten, und nichts und niemand könnte sie je trennen.

Reede rieb sich die Augen, kehrte zurück an seinen Schreibtisch und ließ sich in seinen knarzenden Stuhl gleiten. Er war wütend auf Alex gewesen, weil sie Erinnerungen geweckt hatte, die zu verdrängen er sich jahrelang bemüht hatte. Er wollte sie mit diesem Kuß nur bestrafen und beleidigen.

Aber, verdammt noch mal, er hatte nicht damit gerechnet, daß sie sich so gut anfühlen würde – weiches Fell, weiche Wolle und warme Haut. Er hatte nicht damit gerechnet, daß ihr Mund so gottverdammt süß schmecken würde. Er konnte ihre Süße immer noch spüren. Wie hätte er wissen sollen, daß ihre Brüste so voll und so weich sein würden?

Und er hatte ganz sicher nicht damit gerechnet, daß sein Körper so heftig auf Celinas Tochter reagieren würde. So hart war er für die Gail-Schwestern nie geworden – so hart war er überhaupt noch nie geworden. Verdammt, er war jetzt noch hart.

Das war nur einer der Gründe, warum ihn diese unbedachte Umarmung so sauer auf sie und auch auf sich selbst gemacht hatte. Alex Gaither, die Frau, die er gestern wie verrückt geküßt hatte, hatte ihn praktisch zweier Morde beschuldigt, den an Celina und dann den an Pasty. Selbst wenn sie diese Anschuldigungen nicht beweisen konnte, könnte sie all seine Pläne für die Zukunft zunichte machen.

Er war der Verwirklichung so nahe, stand kurz davor, das zu erreichen, wofür er sein ganzes Leben lang geschuftet hatte. Es lag in ihrer Hand, alles zu ruinieren. Sie brauchte nicht mal mit dem Finger auf ihn zu zeigen. Es genügte, wenn sie einen von ihnen anklagen würde, damit würde sie ihm seine Zukunft entreißen, noch ehe er richtig zupacken konnte. Dafür könnte er sie mit Leichtigkeit erwürgen.

Aber wenn er daran dachte, sie in die Finger zu kriegen, hatte er ganz andere Absichten, als sie zu erdrosseln.

»Man hat mir gesagt, Sie wären da.«

»Hat man Ihnen auch gesagt, daß ich in ein paar Minuten zum Gericht muß und daß ich bis dahin zu beschäftigt bin, um irgendwelche Besucher zu empfangen?«

Alex betrat Reedes Büro und schloß die Tür hinter sich. »Es wurde erwähnt.«

»Wie kommen Sie darauf, daß Sie davon ausgenommen sind?«

»Ich dachte, Sie wollten mich wegen des Mannes, der ermordet wurde, verhören?«

»Sie sind nicht wirklich tatverdächtig. Sie waren nur zur falschen Zeit am falschen Ort, eine Ihrer schlechten Angewohnheiten.«

»Sie glauben nicht, daß es zwischen mir und seinem Mord eine Verbindung gibt?«

»Nein, aber Sie tun das offensichtlich.« Er legte die Füße auf die Schreibtischkante, verschränkte die Arme hinter dem Kopf und sagte: »Ich höre.«

»Ich glaube, Sie wissen es bereits. Pasty Hickam war Zeuge des Mordes an Celina.«

»Woher wissen Sie das?«

»Er hat's mir am Telefon gesagt.«

»Er war ein stadtbekannter Lügner. Da können Sie jeden fragen.«

»Ich hab ihm geglaubt. Er klang nervös und schrecklich verängstigt. Wir haben uns im Last Chance verabredet, aber als er gesehen hat, daß Sie mir folgen, hat er Angst gekriegt.«

»Und das macht mich zu Celinas Mörder?«

»Oder zu jemandem, der den Mörder deckt.«

»Jetzt werde ich Ihnen sagen, was an Ihrer Theorie falsch ist.« Er stellte seine Füße auf den Boden. »Angus hat Pasty neulich gefeuert. Er war auf dem Rachetrip, etwas, was Sie sehr gut nachvollziehen können müßten, Counselor. Er hat sich irgendeinen Quatsch ausgedacht, den Sie glauben wollten, weil Ihre Ermittlung bis jetzt nicht einen ernsthaften Beweis zutage gefördert hat. Sie glauben, es gibt eine Verbindung zwischen diesen beiden Morden, richtig? Falsch«, sagte er. »Überlegen Sie mal. Der Mord von gestern nacht paßt nicht zu Celinas Mord. Das Motiv stimmt nicht. Der Typ, der Pasty ein neues Grinsen geschnitten hat, hatte rausgefunden, daß Pasty seine Frau bumst, während er in der Pottaschefabrik in der Nähe von Carlsbad arbeitete. Die Fahndung nach ihm läuft bereits.«

Es klang so plausibel, daß Alex sich unter seinem Blick wand.

»Wäre es denn nicht möglich, daß der Stallknecht Zeuge des Mordes an meiner Mutter war? Und nur bis jetzt geschwiegen hat, weil er Angst vor Vergeltung hatte, oder einfach, weil keiner die Sache gründlich untersucht hat? Und sein Wissen hat ihn das Leben gekostet, bevor er den Mörder bekanntgeben konnte. Das ist die Version, die ich glaube.«

»Das können Sie halten, wie Sie wollen, aber verschwenden Sie bitte Ihre Zeit damit, nicht meine.«

Reede machte Anstalten aufzustehen, aber sie sagte: »Das ist nicht alles.« Er ließ sich resigniert zurücksinken. »Das habe ich heute morgen mit der Post gekriegt. Es war an mich im Motel adressiert.«

Reede überflog rasch den Brief und gab ihn ihr zurück. Sie war fassungslos. »Das scheint Sie nicht sonderlich zu berühren, Sheriff Lambert.«

»Ich hatte ihn bereits gelesen.«

»*Was? Wann?*«

»Vorgestern, wenn ich mich recht erinnere.«

»Und Sie haben zugelassen, daß er abgeschickt wird?«

»Warum nicht? Er ist nicht obszön. Ich denke sogar, der Postminister würde das als ordnungsgemäßen Brief durchgehen lassen. Er ist ausreichend frankiert. Und soweit ich das beurteilen kann, ist der Inhalt nicht ungesetzlich.«

Alex hätte nur allzu gerne die Hand ausgestreckt und dieses selbstzufriedene Lächeln mit einer Ohrfeige ausgelöscht. Der Drang war so heftig, daß sie die Hand zu einer Faust ballen mußte, um es nicht zu tun.

»Haben Sie auch zwischen den Zeilen gelesen? Die Leute, die das unterschrieben haben, alle...«, sie unterbrach, um die Unterschriften zu zählen, »alle vierzehn haben gedroht, mich aus der Stadt zu jagen.«

»Aber ganz gewiß nicht, Miss Gaither.« Er tat gespielt entsetzt. »Sie leiden nur ein bißchen unter Verfolgungswahn, weil Sie Pasty gefunden haben. Dieser Brief unterstreicht lediglich, was ich Ihnen schon die ganze Zeit sage. Angus und Junior Minton bedeuten sehr viel für diese Stadt. Genau wie die Rennbahn.

Sie wecken das Interesse von Leuten viel schneller, wenn Sie sie ins Bankkonto treten anstatt in die Eier«, fuhr er fort. »Sie haben einige beachtliche Investitionen in Gefahr gebracht. Haben Sie erwartet, daß die Leute einfach tatenlos mitansehen, wie ihre Träume den Bach runtergehen, nur wegen Ihrer Rachsucht?«

»Ich bin nicht rachsüchtig. Ich führe eine legitime und längst überfällige Untersuchung eines schweren Justizirrtums durch.«

»Verschonen Sie mich.«

»Der Bezirksstaatsanwalt von Travis County hat meine Ermittlung abgesegnet.«

Sein Blick schweifte beleidigend über ihre Figur, und er sagte: »Im Austausch wofür?«

»Oh, das ist gut. Sehr professionell, Sheriff. Wenn Ihnen die echte Munition ausgeht, beschränken Sie sich darauf, meinen Charakter zu besudeln.«

Sie stopfte den Brief wütend in den Umschlag zurück, steckte ihn in die Handtasche und klappte sie zu.

»Ich bin nicht verpflichtet, Ihnen meine Motive zu erläutern. Aber eins sollten Sie sich merken«, verkündete sie, »ich werde nicht aufgeben, bis ich einige logische Erklärungen zum Tod meiner Mutter gefunden habe.«

»Also, ich würde mir an Ihrer Stelle keine Sorgen machen, daß Sie überfallen werden«, sagte Reede mit gelangweilter Stimme. »Wie ich schon sagte, die Menschen, die diesen Brief geschrieben haben, sind Säulen unserer Gemeinde – Banker, Geschäftsleute. Wohl kaum die Art Leute, die Ihnen in dunklen Gassen auflauern würden. Trotzdem«, fuhr er fort, »würde ich Ihnen raten, sich nicht in solchen Pinten rumzutreiben, wo Sie die letzten beiden Abende verbracht haben. Wenn Sie's aber unbedingt brauchen, dann gibt's ein paar Typen, die ich Ihnen empfehlen könnte.«

Sie schnaubte verächtlich. »Verachten Sie alle berufstätigen Frauen oder nur mich im speziellen?«

»Sie im speziellen.«

Seine Grobheit war ein Affront. Sie war versucht, ihn daran zu erinnern, daß sein Kuß gestern nicht gerade von Verachtung gezeugt hatte, aber sie verkniff es sich. Sie wollte sich selbst nicht daran erinnern – hoffte, es vergessen zu können, sich einreden zu können, es wäre nie passiert, aber es gelang ihr nicht. Der Kuß hatte sie unwiderruflich verändert.

Nein, sie konnte ihn nicht vergessen. Sie konnte bestenfalls darauf hoffen, daß sie mit der Erinnerung daran fertig werden würde und mit dem unstillbaren Hunger, den er ausgelöst hatte.

Seine Bemerkung hatte sie tief getroffen. Sie hörte sich fragen: »Warum mögen Sie mich nicht?«

»Weil Sie sich einmischen. Ich mag Menschen nicht, die sich in die Angelegenheit anderer einmischen.«

»Aber das ist meine Angelegenheit.«

»Wie kann das sein? Sie haben noch in die Windeln gemacht, als Celina getötet wurde«, schrie er.

»Ich bin froh, daß Sie das zur Sprache bringen. Nachdem ich ja damals erst zwei Monate alt war – was hatte sie denn an diesem Abend draußen auf der Ranch zu suchen?«

Er hatte seine überraschte Reaktion auf diese Frage schnell wieder im Griff. »Das hab ich vergessen. Hören Sie, ich muß...«

»Ich bezweifle, daß Sie je irgend etwas vergessen, Reede Lambert, auch wenn Sie mir das gerne einreden möchten. Was hatte sie da zu suchen? Bitte sagen Sie's mir.«

Er stand auf. Alex ebenfalls. »Junior hatte sie zum Abendessen eingeladen, mehr nicht.«

»War es ein spezieller Anlaß?«

»Fragen Sie ihn.«

»Ich frage Sie. Was war der Anlaß? Und erzählen Sie mir nicht, Sie könnten sich nicht erinnern.«

»Er hatte Mitleid mit ihr.«

»Mitleid? Warum?«

»Weil sie an dieses Kind gekettet war, nicht mehr unter die Leute kam. Ihr gesellschaftliches Leben war gleich Null. Mein Gott, sie war erst achtzehn.« Er ging um sie herum in Richtung Tür.

Alex war nicht bereit, sich damit abspeisen zu lassen. Die Antwort war zu glatt. Sie packte ihn am Arm und zwang ihn, ihr in die Augen zu sehen. »Waren Sie auch bei diesem Abendessen dabei?«

»Ja, war ich.« Er entriß ihr seinen Arm.

»Den ganzen Abend?«

»Ich bin vor dem Nachtisch gegangen.«

»Warum?«

»Ich mag keinen Kirschkuchen.«

Sie stöhnte frustriert. »Antworten Sie, Reede. Warum sind Sie gegangen?«

»Ich hatte eine Verabredung.«

»Mit wem? Lebt sie noch hier in der Stadt?«

»Herrje, was hat das damit zu tun?«

»Sie ist Ihr Alibi. Ich würde gern mit ihr reden.«

»Vergessen Sie's. Ich würde sie nie da mit reinziehen.«

»Sie müssen es vielleicht, oder Gebrauch von Ihrem Recht auf Aussageverweigerung machen.«

»Geben Sie denn niemals auf?« fragte er mit zusammengebissenen Zähnen.

»Niemals. Sind Sie an diesem Abend zur Ranch zurückgekehrt?«

»Nein.«

»Gar nicht?«

»Nein.«

»Nicht mal zum Schlafen?«

»Ich hab's Ihnen doch gesagt, ich hatte eine Verabredung.« Sein Gesicht rückte dem ihren so nahe, daß sie seinen Atem spüren konnte. »Und sie war heiß.«

Er nickte kurz, dann wandte er sich zum Gehen. »Ich muß aufs Gericht. Machen Sie die Tür hinter sich zu, ja?«

18

»Miss Gaither?«

»Ja?«

Alex war nicht nach Besuch zumute. Nach ihrer letzten Auseinandersetzung mit Reede fühlte sie sich ausgepumpt. Und nach gestern abend waren auch ihre Nerven schwer angeschlagen. Weder Reedes geschickte Erklärung des Mordes an diesem Hickam noch ihre eigene Vernunft hatten sie davon überzeugen können, daß keine Gefahr für sie bestand.

Also hatte sie sich sehr vorsichtig der Tür ihres Motelzimmers genähert, als jemand klopfte, und erst einmal durch den Spion geschaut. Ein fremdes, aber offensichtlich harmloses Pärchen stand davor. Sie öffnete die Tür und sah die beiden erwartungsvoll an.

Der Mann streckte ihr linkisch seine Hand entgegen. Alex erschrak und wich zurück. »Reverend Fergus Plummet.« Alex kam sich wie ein Idiot vor, als sie ihm die Hand schüttelte. »Hab ich Sie erschreckt? Das tut mir furchtbar leid, das wollte ich nicht.«

Das Verhalten des Reverends war so unterwürfig, sein Tonfall so mitfühlend, daß er wohl kaum eine Bedrohung darstellte. Er war von schmächtiger Statur und ungewöhnlich klein, aber er hielt sich kerzengerade, fast militärisch. Sein schwarzer Anzug glänzte schon an einigen Stellen und war zu dünn für die Jahreszeit. Er trug keinen Mantel und nichts auf seinen lockigen, dunklen Haaren, die länger waren, als es momentan die Mode wollte. In einer Gemeinde, in der jeder Mann über zwölf entweder einen Cowboyhut oder eine Schildmütze trug, war es komisch, einen Mann barhäuptig zu sehen.

»Das ist meine Frau, Wanda.«

»Hallo, Mrs. Plummet. Reverend.«

Mrs. Plummet war eine stattliche Dame mit einem beachtlichen Busen, den sie unter einer traurig olivfarbenen Strickjacke zu verstecken versuchte. Die Haare waren zu einem strengen Knoten gedreht, und sie hielt den Kopf bescheiden gesenkt. Ihr Ehemann hatte sie so unpersönlich vorgestellt, als wäre sie ein überflüssiges Möbel.

»Woher wissen Sie meinen Namen?« fragte Alex. Dieses Ehepaar machte sie neugierig.

»Den kennt doch jeder«, er deutete ein Lächeln an. »Die ganze Stadt redet über Sie.«

Der Priester hatte eine Bibel unter dem Arm. Alex hatte keine Ahnung, was ein Priester von ihr wollen könnte – ob er wohl neue Gemeindemitglieder brauchte?

»Sie fragen sich wahrscheinlich, wieso ich hier bin«, sagte er angesichts ihres verwirrten Gesichtsausdrucks.

»Offen gestanden, ja. Möchten Sie reinkommen?«

Sie betraten das Zimmer. Mrs. Plummet schien verunsichert und wußte nicht, wohin sie sich setzen sollte, bis ihr Mann auf die Bettkante deutete. Er nahm sich den einzigen Stuhl. Alex setzte sich ebenfalls auf die Bettkante, aber weit genug weg von Mrs. Plummet, damit sie es beide bequem hätten.

Der Prediger sah sich um. Scheinbar hatte er keine Eile, ihr den Grund seines Kommens zu verraten. Schließlich fragte Alex, etwas ungeduldig: »Kann ich etwas für Sie tun, Reverend Plummet?«

Er schloß die Augen, hob die Hand gen Himmel und sprach einen Segen. »Möge der reiche Segen des Himmels herabfließen auf diese geliebte Tochter Gottes«, tönte er mit tiefer, vibrierender Stimme.

Er begann laut und voller Inbrunst zu beten. Alex verspürte plötzlich den irrsinnigen Drang, laut loszukichern. Merle Graham hatte dafür gesorgt, daß sie im traditionellen protestantischen Glauben erzogen wurde, und sie waren regelmäßig zum Gottesdienst gegangen. Sie hatte sich zwar nie den grundsätzlichen Dogmen unterworfen, denen ihre Großmutter huldigte, aber Alex' christlicher Glaube war gut fundiert.

»Bitte, Reverend Plummet«, unterbrach sie ihn, als sein Beten endlos zu werden drohte. »Ich hatte heute einen sehr langen Tag. Könnten wir jetzt zum Anlaß Ihres Besuches kommen?«

Er schien etwas irritiert über die Unterbrechung, sagte dann aber mit geheimnisvoller Miene: »Ich kann Ihnen bei Ihrer Untersuchung von Minton Enterprises helfen.«

Sie war sprachlos. Nie im Leben wäre sie auf die Idee gekommen, daß er irgendwie mit ihren Ermittlungen in Verbindung stehen könnte. Dennoch ermahnte sie sich zur Vorsicht und verlegte sich aufs Abwarten. Welche tiefen, düsteren Geheimnisse von Celina, Reede Lambert und den Mintons könnte dieser seltsame kleine Mann kennen? Priester empfingen Beichten, aber die Erfahrung hatte sie gelehrt, daß sie normalerweise an die Wahrung des Beichtgeheimnisses gebunden waren und dieses nur in lebensbedrohlichen Situationen brechen durften.

Es schien ziemlich unwahrscheinlich, daß Angus oder Junior einem unscheinbaren Mann wie Plummet ihre Seele entblößen würden. Allein vom Aussehen her mußte man davon ausgehen, daß sein Einfluß beim Allmächtigen nicht gerade groß war. Der Gedanke, daß Reede Lambert eine Sünde beichten könnte, war einfach lächerlich.

Sie reagierte mit kühler Professionalität. Greg Harper wäre stolz auf sie gewesen. »Ach wirklich? Wieso können Sie das? Haben Sie meine Mutter gekannt?«

»Leider nein. Aber ich kann Ihre Ermittlungen trotzdem beschleunigen. Wir – meine Gemeinde von Heiligen und ich –

glauben, daß Sie auf unserer Seite sind. Und unsere Seite ist Gottes Seite.«

»D-danke«, stotterte sie in der Hoffnung, daß dies die richtige Antwort wäre.

Anscheinend war sie das. Sie wurde von Mrs. Plummet, die die ganze Zeit über leise gebetet hatte, mit einem Amen quittiert.

»Reverend Plummet«, sagte Alex vorsichtig, »ich bin mir nicht sicher, ob Sie das richtig verstanden haben. Ich bin hier im Auftrag der Bezirksstaatsanwaltschaft, um...«

»Der Herr benutzt Menschen als seine heiligen Instrumente.«

»...um den Mord an meiner Mutter zu untersuchen, der sich vor fünfundzwanzig Jahren hier in Purcell ereignete.«

»Der Herr sei *gepriesen*..., daß diese *Schandtat*... bald *gesühnt* werden wird!« Seine Faust hob sich gen Himmel.

Alex war sprachlos. Sie lachte nervös. »Ja, also, das hoffe ich auch. Aber ich verstehe immer noch nicht, was meine Ermittlung mit Ihnen und Ihrer Gemeinde zu tun hat. Haben Sie irgendwelche Informationen über das Verbrechen?«

»Oh, wenn ich die nur hätte, Miss Gaither«, jammerte Plummet. »Oh, wenn ich die nur hätte, damit wir Gottes Arbeit beschleunigen und die Ungerechten bestrafen könnten!«

»Die Ungerechten?«

»Die Sünder!« schrie er voller Inbrunst. »Diejenigen, die diese Stadt und alle unschuldigen Kinder Gottes, die hier leben, verderben wollen. Sie wollen Satans Spielplatz hier erbauen, die kostbaren Adern unserer Kinder mit Rauschgift füllen, ihre süßen Münder mit faulem Schnaps, ihren fruchtbaren kleinen Verstand mit Fleischeslust.«

Aus dem Augenwinkel beobachtet Alex, wie Mrs. Plummet dasaß, mit gesenktem Haupt, die Hände im Schoß gefaltet, Knie und Knöchel züchtig zusammengepreßt, als wären sie so verklebt worden.

»Meinen Sie damit Purcell Downs?« fragte Alex vorsichtig.

Genau wie sie befürchtet hatte, steigerten diese Worte seinen missionarischen Eifer zur Weißglut. Prophezeiungen sprudelten aus dem Mund des Priesters wie aus einem undichten Brunnen. Alex ließ einen Sermon über die Gefahren von Pferdewetten und all den gottlosen Begleiterscheinungen über sich ergehen. Aber als Plummet begann, sie als Missionarin zu bezeichnen, die nach Purcell geschickt worden war, um die Söhne Satans zu besiegen, sah sie sich gezwungen, der feurigen Philippika Einhalt zu gebieten.

»Reverend Plummet, bitte.« Nach einigen Unterbrechungsversuchen verstummte er und sah sie wirr an. Sie leckte sich nervös den Mund; sie wollte ihn nicht beleidigen, aber irgendwie mußte sie ihm ihren Standpunkt unmißverständlich klarmachen.

»Ich habe absolut keinen Einfluß darauf, ob Minton Enterprises die Glücksspiellizenz bekommt oder nicht. Tatsache ist, daß die Rennbahnkommission sie bereits genehmigt hat. Es bleiben nur noch die Formalitäten.«

»Aber die Mintons sind Gegenstand einer Morduntersuchung.«

Sie wählte ihre Worte mit Bedacht und versuchte jede direkte Erwähnung von Angus oder Junior zu vermeiden, indem sie sagte: »Gesetzt den Fall, daß meine Ermittlungen ausreichende Beweise oder ein mögliches Motiv erbringen, könnte der Fall vor ein Schwurgericht kommen. Grundsätzlich gelten aber die darin verwickelten Parteien als unschuldig, bis der Beweis ihrer Schuld erbracht ist, laut unserer Verfassung.«

Sie wehrte seinen Widerspruch mit einer Handbewegung ab. »Bitte, lassen Sie mich ausreden. Was immer im Hinblick auf die geplante Rennbahn passiert, sobald ich meine Ermittlungen abgeschlossen habe, obliegt die Verantwortung der Rennkommission. Ich habe keinen Einfluß auf ihre endgültige Entscheidung in dieser Sache, oder auf irgendeinen anderen Antrag für eine Glücksspiellizenz.

Ehrlich gesagt ist es reiner Zufall, daß die Mintons sowohl

in die eine als auch in die andere Sache persönlich verwickelt sind. Ich habe den Mordfall meiner Mutter wieder aufgerollt, weil ich als öffentliche Anklägerin mit seiner Beurteilung nicht zufrieden und der Auffassung bin, daß eine weitere Untersuchung angebracht ist. Ich habe keine persönlichen Vorurteile gegen diese Stadt oder irgendeinen ihrer Bewohner.«

Plummet wand sich vor Ungeduld, endlich wieder etwas sagen zu können, also ließ sie ihn gewähren. »Sie wollen doch nicht, daß das Glücksspiel nach Purcell kommt, oder? Sind Sie nicht gegen dieses Werkzeug des Satans, das Kindern die Butter vom Brot nimmt, Ehen zerstört und die Schwachen in den Abgrund von Hölle und Verdammnis lockt?«

»Meine Ansichten über Pferdewetten – oder irgend etwas anderes, wenn wir schon dabei sind – gehen Sie überhaupt nichts an, Reverend Plummet.«

Alex erhob sich. Sie war müde und der Mann hier ein Irrer. Sie hatte ihm schon mehr Zeit gewidmet, als er verdiente. »Ich muß Sie und Mrs. Plummet jetzt bitten zu gehen.«

Er war kein belesener und beredter Mann der Kirche, der zu diesem Thema recherchiert und vernünftige Schlüsse gezogen hätte. Es gab für beide Seiten gut fundierte Argumente. Aber ob nun die Pferdewetten Einzug hielten in Purcell County oder nicht, damit hatte Alex nichts zu tun.

»Wir geben nicht auf«, sagte Plummet auf dem Weg zur Tür. »Wir sind bereit, jedes Opfer zu bringen, um dafür zu sorgen, daß Gottes Wille geschieht.«

»Gottes Wille? Wenn es Gottes Wille ist, daß die Mintons ihre Glücksspiellizenz nicht bekommen, dann wird nichts, was Sie tun, das unterstützen oder behindern, richtig?«

Mit Logik war dem Mann nicht beizukommen. »Gott bedient sich unser, um seine Arbeit zu tun. Er bedient sich Ihrer, auch wenn Sie es vielleicht noch nicht wissen.« Seine Augen funkelten vor fanatischem Feuer. Alex lief eine Gänsehaut über den Rücken. »Sie sind die Antwort auf unsere Gebete. Oh, ja, Miss Gaither, die Antwort auf unsere Gebete. Wir stehen jederzeit zu Ihren Diensten. Sie sind von Gott gesandt, und wir sind Ihre demütigen und willigen Diener.«

»Ich, äh, werde dran denken. Auf Wiedersehen.«

Reverend Plummets Theologie war gelinde gesagt einigermaßen verschroben. Er machte ihr Angst. Sie konnte die Tür gar nicht schnell genug hinter ihm schließen. Kaum hatte sie das getan, klingelte das Telefon.

19

»Was halten Sie von Abendessen mit Schwof?« fragte Junior Minton ohne Umschweife.

»Klingt wie ein Märchen.«

»Ist es aber nicht. Sagen Sie einfach ja.«

»Sie laden mich zum Abendessen mit anschließendem Tanz ein?«

»Zum Monatsfest im Purcell-Horse-and-Gun-Club. Bitte sagen Sie, daß Sie mich begleiten. Ansonsten werde ich mich zu Tode langweilen.«

Alex lachte. »Junior, ich bezweifle, daß Sie sich je langweilen. Ganz besonders nicht, wenn Frauen in der Nähe sind. Fallen eigentlich viele auf Ihre Masche rein?«

»Praktisch ausnahmslos. Wenn Sie heute abend mitkommen, bringen Sie den Schnitt nicht durcheinander.«

»*Heute abend?*«

»Klar heute abend. Hatte ich das nicht erwähnt? Tut mir leid, daß ich Ihnen nicht mehr Bedenkzeit bieten kann.«

»Das ist wirklich Ihr Ernst?«

»Würde ich über so etwas Ernstes wie die monatliche Versammlung des Horse-and-Gun-Clubs Scherze machen?«

»Natürlich nicht. Verzeihen Sie, daß ich so schnippisch war.«

»Alles verziehen, wenn Sie mitkommen.«

»Ich kann wirklich nicht. Ich bin erschöpft. Gestern abend...«

»Ja, das hab ich gehört. Das muß ja furchtbar gewesen sein, als Sie Pasty Hickam so gefunden haben. Ich möchte helfen, Sie davon abzulenken.«

»Ich weiß Ihre Bemühungen zu schätzen, aber ich kann wirklich nicht.«

»Ich akzeptiere kein Nein.«

Während sie redete, hatte sie sich aus ihrem Kleid gekämpft und stand jetzt in Unterrock und Strümpfen da. Den Telefonhörer hatte sie sich zwischen Schulter und Ohr geklemmt und sie versuchte ihren Bademantel überzustreifen. Das Zimmermädchen drehte immer die Heizung ab, wenn sie das Zimmer saubergemacht hatte. Jeden Abend erwartete Alex ein Eiskeller.

Sie warf einen Blick in die Nische, wo ihre Kleider hingen. »Es geht wirklich nicht, Junior.«

»Wie das?«

»Alle meine Ausgehkleider sind in Austin. Ich hab nichts anzuziehen.«

»Eine so wortgewaltige Lady wie Sie wird sich doch nicht etwa hinter diesem Klischee verstecken.«

»Zufällig ist das die Wahrheit.«

»Bei diesem Fest ist lässig angesagt. Tragen Sie den Lederrock, den Sie neulich anhatten. Der ist Spitze.«

Alex war es endlich gelungen, sich in ihren Bademantel zu schlängeln, ohne das Telefon fallen zu lassen. Sie setzte sich auf die Bettkante und kuschelte sich tiefer in den Frottee. »Ich muß trotzdem nein sagen.«

»Warum? Ich weiß, daß es unhöflich ist, Sie so zu bedrängen, aber ich werde nicht gnädig sein und zulassen, daß Sie sich ohne einen triftigen Grund aus der Affäre ziehen.«

»Ich halte es einfach für keine gute Idee, wenn wir zusammen ausgehen.«

»Weil Sie hoffen, daß ich schon bald Insasse des Huntsville Staatsgefängnisses sein werde?«

»Nein!«

»Warum dann?«

»Ich will Sie nicht ins Gefängnis schicken, aber Sie sind eben ein Hauptverdächtiger in einem Mordfall.«

»Alex, Sie hatten Zeit genug, sich eine Meinung von mir zu bilden. Glauben Sie wahrhaftig, daß ich zu einer solchen Gewalttat fähig wäre?«

Sie erinnerte sich, wie Reede über die Vorstellung, Junior könnte in den Krieg ziehen, gelacht hatte. Er war faul, hatte keinerlei Ehrgeiz, ein Frauenheld. Gewalttätige Ausbrüche paßten nicht zu seinem Image. »Nein, das tu ich nicht«, sagte sie leise, »aber trotzdem bleiben Sie ein Verdächtiger. Es wäre nicht gut, wenn wir uns in der Öffentlichkeit fraternisieren.«

»Das Wort gefällt mir«, sagte er. »Es klingt dreckig, inzestuös. Anmerkung für Ihren Seelenfrieden: Ich fraternisiere grundsätzlich nur privat. Das heißt, bis auf ein paarmal, als ich noch jünger war. Reede und ich haben immer...«

»Bitte«, stöhnte sie. »Ich will es nicht wissen.«

»Okay, ich erspare Ihnen die gräßlichen Einzelheiten, unter einer Bedingung.«

»Und die wäre?«

»Sagen Sie für heute abend zu. Ich hol Sie um sieben ab.«

»Ich kann nicht.«

»Alex, Alex«, stöhnte er theatralisch, »sehn Sie's doch mal so. Im Laufe des Abends werde ich ein oder zwei Gläschen trinken, vielleicht mehr. Vielleicht fang ich dann an, alte Geschichten zu erzählen, werde indiskret, sage etwas Unüberlegtes. Wenn ja, sind Sie dabei und können es hören. Wer weiß, was für erstaunliche Geständnisse ich in meiner Trunkenheit machen werde. Betrachten Sie diesen Abend als eine lange Vernehmung. Es ist doch ein Teil Ihres Jobs, den Widerstand Ihrer Verdächtigen zu brechen, oder etwa nicht?

Sie würden Ihre Pflichten vernachlässigen, wenn Sie nicht jede Gelegenheit nutzten, die Wahrheit aufzustöbern. Wie können Sie nur so selbstsüchtig im Luxus des Westerner Motels schwelgen, während Ihr Verdächtiger sternhagelvoll alles im Horse-and-Gun-Club ausplaudert? Sie sollten sich schämen. Sie schulden das den Steuerzahlern, die Ihre Ermittlungen finanzieren. Tun Sie's für Ihr Land, Alex.«

Sie seufzte. »Wenn ich mich geschlagen gebe, werden Sie dann aufhören, Ansprachen zu halten?«

»Um sieben Uhr!«

Sie hörte den Triumph in seiner Stimme.

Kaum hatte sie das Clubhaus betreten, war sie froh über ihren Entschluß. Musik spielte, und Menschen lachten. Sie erhaschte Gesprächsfetzen und bei keinem war der Mord an Celina Gaither das Thema. Das allein schon empfand sie als willkommene Abwechslung. Sie freute sich auf ein paar Stunden der Ablenkung, die sie sich wirklich verdient hatte.

Trotzdem blieb sie auf dem Teppich. Sie glaubte keine Sekunde lang, daß Junior sich im Rausch verplappern würde. Dieser Abend könnte jedoch etwas anderes bringen. Der Horse-and-Gun-Club war so exklusiv, daß hier sicher nur die Oberschicht von Purcell Mitglied war. Reede hatte ihr gesagt, daß die Leute, die den Brief unterschrieben hatten, hiesige Geschäftsleute wären. Möglicherweise würde sie einige von ihnen kennenlernen und einen Eindruck des Ausmaßes ihrer Feindseligkeit bekommen.

Und, was noch wichtiger war, sie hatte Gelegenheit, sich unter die Stadtbewohner zu mischen, Menschen, die die Mintons und Reede gut kannten; so könnte sie etwas mehr über ihren Charakter erfahren.

Junior hatte sie mit seinem roten Jaguar abgeholt und hatte beim Fahren nur wenig Respekt vor der Geschwindigkeitsbegrenzung gezeigt. Seine festliche Laune war ansteckend – unabhängig davon, ob sie hier offiziell auftrat oder privat, es war einfach ein gutes Gefühl, neben dem attraktivsten Mann im Raum zu stehen, dessen Hand behutsam, aber besitzergreifend auf ihrem Rücken lag.

»Die Bar ist hier entlang«, flüsterte er ihr ins Ohr, damit sie ihn trotz der Musik verstehen konnte. Sie schlängelten sich durch die Menge.

Der Club war nicht im üblichen Glitzer-Glimmer-Look eingerichtet und wies keinerlei Ähnlichkeit mit den ultramodernen Neonnachtclubs auf, die in den Städten wie Pilze aus dem Boden schossen und um die Yuppies buhlten, die dort in ihren BMWs vorfuhren und ihre Designerklamotten zur Schau stellten.

Der Purcell-Horse-and-Gun-Club war pures Texas. Der Barkeeper sah aus, als hätte ihn ein Hollywood-Studio ausgesucht. Er besaß einen dicken, schwarzen Schnurrbart, trug eine schwarze Fliege und Weste sowie rote Ärmelhalter. Über der geschnitzten Bar aus dem neunzehnten Jahrhundert dräute ein Longhorngeweih, das von einem zum andern polierten Kronende einen Meter achtzig maß.

An den Wänden hingen Bilder von Rennpferden und Zuchtbullen mit Hoden groß wie Punching Balls und Landschaften voller Palmlilien oder Kakteen. Auf fast jedem Bild fand sich die obligate Windmühle, einsam, schroff vor einem sonnengestreiften Horizont. Alex war Texanerin genug, um es liebenswert und gemütlich zu finden, allerdings auch welterfahren genug, um zu sehen, wie unbeholfen das Ganze war.

»Weißwein«, sagte sie zum Barkeeper, der sie unverblümt von oben bis unten musterte.

»Du hast vielleicht ein Glück, du Luder«, murmelte er Junior mit einem lüsternen Grinsen zu, als er die Drinks servierte.

Junior prostete ihm mit seinem Scotch mit Wasser zu. »Das kannste wohl sagen, was?« Er stützte den Ellbogen auf die Bar und wandte sich Alex zu, die sich auf einen Barhocker gesetzt hatte. »Die Musik ist ein bißchen zu Country-and-Western für meinen Geschmack, aber wenn Sie tanzen wollen, werd ich's probieren.«

Sie schüttelte den Kopf. »Danke, nein. Ich würde lieber zusehn.«

Ein paar Songs später beugte Junior sich zu ihr und wisperte ihr ins Ohr: »Die meisten haben das Tanzen auf der

Weide gelernt. Sie schaun immer noch aus, als müßten sie aufpassen, daß sie nicht in einen Kuhfladen treten.«

Der Wein hatte seine Wirkung vollbracht. Ihre Augen strahlten, und ihre Wangen waren gerötet. Sie fühlte sich angenehm beschwipst, warf ihr Haar über die Schulter und kicherte.

»Kommen Sie«, sagte er, nahm ihren Ellbogen und half ihr vom Hocker. »Mutter und Dad sind an ihrem Tisch.«

Er führte Alex die Tanzfläche entlang zu einer Reihe von Tischen, die festlich gedeckt waren. An einem saßen Sarah Jo und Angus. Er paffte seine Zigarre. Sarah Jo wedelte den anstößigen Rauch aus ihrem Gesicht.

Alex war nicht ganz wohl dabei gewesen, als sie den Lederrock und den dazugehörigen lederbesetzten Pullover angezogen hatte, aber sie fühlte sich wesentlich wohler darin, als wenn sie Sarah Jos burgunderrotes Satinkleid angehabt hätte, das viel zu elegant war für einen Raum, in dem die Leute den Takt von »Cotton-Eyed-Joe« mit den Füßen stampften, an den passenden Stellen »bullshit« schrien und ihr Bier direkt aus der Flasche tranken.

»Hallo, Alex«, sagte Angus um seine Zigarre herum.

»Hallo. Junior war so freundlich, mich einzuladen«, sagte sie und setzte sich auf den Stuhl, den Junior für sie bereithielt.

»Ich mußte ein bißchen Druck ausüben«, erzählte er seinen Eltern. »Sie läßt sich gern bitten.«

»Ganz im Gegensatz zu ihrer Mutter.«

Sarah Jos kühle, boshafte Bemerkung erstickte das Gespräch im Keim. Und sie war ein wirksames Gegenmittel gegen Alex' Glas Wein. Ihre gute Laune verflog im Nu. Sie nickte Sarah Jo zu und sagte: »Hallo, Mrs. Minton. Sie sehen heute abend wunderschön aus.«

Auch wenn ihr Kleid viel zu elegant war, sah sie wirklich wie ein Bild darin aus, *aber unnahbar*, dachte Alex. Sarah Jo würde nie lebhaft oder mit von der Partie sein. Ihre Schönheit hatte etwas Ätherisches, als ob ihr Besuch auf Erden nur vorübergehend und flüchtig wäre. Sie schenkte Alex das ihr eigene vage Lächeln, murmelte ein Danke und nippte dann an ihrem Wein.

»Hab gehört, daß Sie Pastys Leiche gefunden haben.«

»Dad, das ist eine Party«, sagte Junior. »Alex möchte jetzt sicher nicht über so etwas Widerliches reden.«

»Nein, Junior, ist schon gut. Ich hätte früher oder später selbst davon angefangen«, warf sie ein.

»Zweifellos war es kein Zufall, daß Sie sich mit ihm an der Kneipe verabredet haben und in seinen Pick-up gestiegen sind?« forschte Angus.

»Nein.« Sie schilderte ihnen ihr Telefongespräch mit Pasty.

»Dieser Cowboy war ein Lügner, ein Weiberheld und das schlimmste von allem, er hat beim Pokern beschissen.« Angus war geladen. »In den letzten paar Jahren ist er total heruntergekommen und untragbar geworden. Deswegen mußte ich ihn feuern. Ich hoffe, Sie sind nicht so dumm und nehmen sein Gefasel für bare Münze.«

Mitten in diesem Monolog machte Angus dem Kellner ein Zeichen, noch eine Runde Drinks zu bringen. »Oh sicher, Pasty hat vielleicht gesehen, wer mit Celina in den Stall gegangen ist, aber der, den er gesehen hat, war Gooney Bud.«

Nachdem er das losgeworden war und Alex keinerlei Chance zu einem Einwand gelassen hatte, begann er mit einem Loblied auf einen Jockey aus Ruidoso, der für sie reiten wollte. Weil die Mintons ihre Gastgeber waren, ließ Alex das Thema Pasty für den Augenblick gnädig ruhen.

Nachdem sie mit ihren Drinks fertig waren, boten Angus und Junior den Ladies höflich an, für sie zum Barbecue-Buffet zu gehen. Alex hätte sich genauso gerne selber in die Schlange gestellt. Sie fand es sehr anstrengend, mit Sarah Jo Konversation zu machen, gab sich aber redlich Mühe, als die beiden Männer losgezogen waren.

»Sind Sie schon lange Mitglieder in diesem Club?«

»Angus gehört zu den Gründungsmitgliedern«, sagte Sarah Jo abwesend. Sie ließ die Paare auf der Tanzfläche nicht aus den Augen.

»Wie mir scheint, hat er seine Finger in jedem Kuchen in der Stadt«, bemerkte Alex.

»Hmm. Er weiß gerne über alles, was vorgeht, Bescheid.«

»Und er ist gerne ein Teil davon.«

»Ja. Er stellt allerhand auf die Beine und verausgabt sich ziemlich.« Sie schnippte mit den Fingern. »Angus hat dieses Bedürfnis, beliebt zu sein, wissen Sie. Er macht ständig Propaganda für sich, als ob es eine Rolle spielt, was andere Leute denken.«

Alex faltete ihre Hände unterm Kinn und stützte die Ellbogen auf den Tisch. »Sie glauben, das spielt keine Rolle?«

»Nein.« Plötzlich interessierten sie die Tänzer nicht mehr, und sie sah Alex direkt in die Augen. »Sie sollten es nicht zu ernst nehmen, wie Junior Sie behandelt.«

»Ach?«

»Er flirtet mit jeder Frau, die ihm begegnet.«

Alex legte langsam ihre Hände in den Schoß. Innerlich kochte sie vor Wut, aber es gelang ihr, ruhig zu antworten. »Ich finde Ihre Unterstellung beleidigend, Mrs. Minton.«

Sarah Jo hob teilnahmslos eine Schulter. »Meine beiden Männer sind charmant und wissen es auch. Die meisten Frauen begreifen nicht, daß ihre Flirterei bedeutungslos ist.«

»Ich bin mir sicher, das gilt für Angus, aber bei Junior hab ich meine Bedenken. Drei Exfrauen sind wahrscheinlich nicht Ihrer Meinung, was das Flirten angeht.«

»Sie waren alle falsch für ihn.«

»Und was ist mit meiner Mutter? Wäre sie auch falsch für ihn gewesen?«

Sarah Jos leerer Blick richtete sich wieder auf Alex. »Absolut falsch. Sie sind ihr sehr ähnlich, müssen Sie wissen.«

»Ach, wirklich?«

»Sie genießen es, Zwietracht zu säen. Ihre Mutter konnte lästige Dinge nie auf sich beruhen lassen. Der einzige Unterschied ist, daß Sie sich noch mehr Mühe geben beim Aufwühlen von Unannehmlichkeiten. Sie sind so direkt, daß es schon an Taktlosigkeit grenzt, ein Charakterzug, den ich immer einem Mangel an Kinderstube zugeschrieben habe.« Ihr Blick hob sich zu jemandem, der hinter Alex stand.

»Guten Abend, Sarah Jo.«

»Richter Wallace.« Ein süßes Lächeln zog über Sarah Jos Gesicht, und keiner hätte ihr zugetraut, daß sie noch vor ein paar Sekunden ihre Krallen gezeigt hatte. »Hallo, Stacey.«

Alex, deren Kopf vor Zorn über Sarah Jos unverdiente Kritik feuerrot war, drehte sich um. Richter Joe Wallace starrte sie mißbilligend an, als wäre ihre Anwesenheit ein Bruch der Clubregeln.

»Miss Gaither.«

»Hallo, Richter Wallace.« Die Frau, die neben ihm stand, sah Alex genauso vorwurfsvoll an wie er, aber aus welchem Grund, konnte Alex nicht ahnen. Offensichtlich war Junior das einzige freundliche Gesicht, das sie in dieser Gesellschaft finden würde.

Der Richter schob die Frau sachte an, und sie gingen zum nächsten Tisch. »Ist das seine Frau?« fragte Alex, während sie ihnen nachsah.

»Du lieber Himmel, nein«, sagte Sarah Jo. »Seine Tochter. Die arme Stacey. Die ewig graue Maus.«

Stacey Wallace starrte Alex über die Schulter immer noch so böse an, daß sie ihr Interesse weckte. Sie wandte den Blick erst ab, als Juniors Knie gegen das ihre stieß, der zurückgekehrt war und zwei volle Teller auf den Tisch stellte.

»Ich hoffe, Sie mögen Spareribs mit Bohnen.« Sein Blick folgte dem ihren. »Tag, Stacey.« Er blinzelte ihr zu und winkte.

Der verkniffene Mund der Frau entspannte sich zu einem zögernden Lächeln. Sie errötete, legte die Hand an ihren Hals wie ein schüchternes Mädchen und rief leise: »Hallo, Junior.«

»Und?«

Sie war zwar immer noch neugierig, was den Richter und seine Chamäleon-Tochter anging, aber bei Juniors Frage drehte sich Alex um. »Wie bitte?«

»Mögen Sie Rippchen und Bohnen?«

»Schauen Sie mir bitte zu«, sie lachte und breitete ihre Serviette über den Schoß.

Mit höchst undamenhaftem Appetit machte sie sich über ihren Teller her, was ihr aber ein Kompliment von Angus einbrachte. »Sarah Jo ißt wie ein Spatz. Schmecken dir die Spareribs nicht, Schatz?« fragte er mit einem Blick auf ihren Teller, den sie praktisch nicht angerührt hatte.

»Sie sind ein bißchen trocken.«

»Soll ich dir etwas anderes bestellen?«

»Nein, danke.«

Nachdem sie gegessen hatten, zog Angus eine frische Zigarre aus der Tasche und zündete sie an, dann löschte er das Streichholz und fragte: »Warum tanzt ihr zwei nicht?«

»Traun Sie sich?« fragte Junior.

»Sicher.« Alex schob den Stuhl zurück und stand auf. »Aber diese Tänze sind nicht meine Stärke, also bitte keine Sondereinlagen.«

Junior zog sie an sich und machte trotz ihrer Bitte ein paar wilde Drehungen und Figuren. »Sehr schön«, sagte er und lächelte zu ihr hinunter, als sie in einen etwas gesetzteren Twostep verfielen. Er zog sie enger an sich. »Sehr, sehr schön.«

Alex wehrte sich nicht, weil es ein erfreuliches Gefühl war, zwei starke Arme um sich zu fühlen. Ihr Partner sah gut aus, war charmant und wußte, wie man einer Frau die Gewißheit gab, schön zu sein. Sie war ein Opfer seines Charmes, aber diese Erkenntnis war ihr Sicherheitsnetz.

Sie könnte sich nie wirklich in einen abgebrühten Charmeur wie Junior verlieben, aber ein bißchen Aufmerksamkeit von so jemandem in kleinen Dosen machte Spaß, besonders nachdem ihr Ego und ihr Selbstvertrauen jedesmal, wenn Reede in ihrer Nähe war, schwer angeschlagen wurden.

»Ist Reede auch Clubmitglied?« fragte sie beiläufig.

»Soll das ein Witz sein?«

»Hat man ihn nicht gebeten beizutreten?«

»Oh, sicher, gleich nachdem er zum ersten Mal Sheriff wurde, aber er fühlt sich eben in anderer Gesellschaft wohler. Ihm ist dieser ganze Clubrummel scheißegal – pardon.« Er streichelte ihren Rücken. »Sie sind jetzt viel entspannter als vorhin, als ich Sie abgeholt habe. Amüsieren Sie sich?«

»Ja. Aber Sie haben mich unter falschen Voraussetzungen hergelockt«, maulte sie ein bißchen. »Sie denken gar nicht daran, betrunken und redselig zu werden.«

Er grinste ohne eine Spur von schlechtem Gewissen. »Sie können mich fragen, was Sie wollen.«

»Okay. Wer ist der Mann da drüben, der mit den weißen Haaren?« Junior nannte seinen Namen. Ihr Instinkt hatte sich als richtig erwiesen. Sein Name war einer von denen, die den Brief unterschrieben hatten. »Stellen Sie mich ihm vor, wenn die Band das nächste Mal Pause macht?«

»Er ist verheiratet.«

Sie warf ihm einen schrägen Blick zu. »Mein Interesse ist rein geschäftlich.«

»Ah, gut, gut.«

Er erfüllte ihre Bitte. Der Banker, den sie sich ausgesucht hatte, schien etwas verlegen, als Junior sie vorstellte. Sie schüttelte ihm die Hand und sagte: »Ich habe Ihren Brief erhalten, Mr. Longstreet.«

Ihre Offenheit überraschte ihn, aber er faßte sich schnell: »Wie ich sehe, beherzigen Sie ihn.« Er warf einen wissenden Blick auf Junior.

»Sie dürfen meine Anwesenheit mit Junior nicht falsch interpretieren. Ich kann mir gut vorstellen, was er, sein Vater und Mr. Lambert für Purcell und seine Wirtschaft bedeuten, aber das heißt noch lange nicht, daß ich meine Ermittlungen einstelle. Es gehört schon mehr dazu als ein Brief, um mich abzuschrecken.«

Junior war offensichtlich verärgert, als er sie ein paar Minuten später wieder zur Tanzfläche brachte und ihr zuraunte: »Sie hätten mich warnen können.«

»Wovor denn?«

»Davor, daß Sie bewaffnet und gefährlich sind. Longstreet ist eine große Nummer, die man nicht in die Ecke treiben sollte. Und was für ein Brief ist das überhaupt?«

Sie erstattete Bericht und nannte alle Namen, an die sie sich erinnern konnte. »Ich hatte gehofft, ich würde ein paar von ihnen hier treffen.«

Er runzelte die Stirn und sah sie erbost an, aber das dauerte nicht lange. Ein kurzes Schulterzucken, dann war das verführerische Lächeln wieder an seinem Platz. »Und ich hatte geglaubt, ich hätte Sie im Sturm erobert.« Mit einem resignierten Seufzen fügte er hinzu: »Na schön, dann kann ich Ihnen wenigstens anderswie zu Diensten sein. Wollen Sie den Rest Ihrer Gegner kennenlernen?«

Junior versuchte sie so unauffällig wie möglich durch die Menge zu steuern und stellte ihr alle vor, die diesen unterschwellig bedrohlichen Brief signiert hatten.

Eine halbe Stunde später verabschiedeten sie sich von einem Paar, das eine Supermarktkette in West Texas besaß. Sie hatten in Purcell Downs stattliche Summen investiert und offen ihre Feindseligkeit gezeigt. Inzwischen hatte sich herumgesprochen, wer Juniors Partnerin war, also hatten sie sich gewappnet.

»So, das wäre geschafft«, sagte er.

»Gott sei Dank«, flüsterte Alex. »Stecken die Messer noch in meinem Rücken?«

»Sie werden sich doch nicht etwa von der alten Vettel einschüchtern lassen wollen, oder? Hören Sie, das ist eine ausgedörrte alte Xanthippe, die jede Frau haßt, die keinen so dicken Schnurrbart trägt wie sie.«

Alex mußte lachen, obwohl ihr nicht danach zumute war. »Sie hat doch praktisch gesagt: ›Nehmen Sie die nächste Postkutsche aus der Stadt…‹, oder?«

Er kniff sie in den Arm. »Los, gehn wir wieder tanzen. Das lenkt Sie von Ihren Problemen ab.«

»Ich muß erst mal die Schäden reparieren«, sagte sie und entzog ihm ihren Arm. »Entschuldigen Sie mich.«

»Okay. Für kleine Mädchen ist da hinten.« Er wies auf einen schmalen Gang.

Es war niemand in der Toilette, als sie eintrat, aber als sie aus der Kabine kam, stand die Tochter des Richters vor dem Toilettentisch und starrte ihr Spiegelbild an. Sie wandte sich Alex zu.

Alex lächelte. »Hallo.«

»Hallo.«

Alex ging zum Waschbecken und wusch sich die Hände. »Wir sind uns nicht offiziell vorgestellt worden. Ich bin Alex Gaither.« Sie zog zwei rauhe Papierhandtücher aus dem Spender.

»Ja, ich weiß.«

Alex ließ die gebrauchten Handtücher in den Papierkorb fallen. »Sie sind Richter Wallace' Tochter.« Sie versuchte das Eis zu brechen in einer Atmosphäre, in der es arktisch knisterte. Die Frau war jetzt alles andere als das schüchterne unsichere Mädchen von vorhin, als Junior mit ihr geredet hatte. Blanke Angriffslust verzerrte ihre Züge. »Stacey, nicht wahr?«

»Ja, Stacey. Aber Wallace ist nicht mein Nachname. Ich heiße Minton.«

»Minton?«

»Richtig. Ich bin Juniors Frau. Seine *erste* Frau.«

20

»Wie ich sehe, ist Ihnen das neu«, höhnte Stacey, als sie Alex' schockiertes Gesicht sah.

»Ja«, erwiderte diese tonlos. »Das hat keiner erwähnt.«

Staceys immer präsente Fassung ließ sie im Stich. Sie klatschte eine Hand auf ihren mickrigen Busen und rief: »Haben Sie überhaupt eine Ahnung, welchen Schaden Sie anrichten?«

»Bei wem denn?«

»Bei mir«, schrie sie und deutete auf ihre Brust. Dann ließ sie sofort die Hand fallen und kniff den Mund zusammen, als schäme sie sich über ihren Ausbruch. Sie schloß kurz die Augen. Als sie sie wieder öffnete, waren sie immer noch feindselig, aber sie hatte sich wieder gefaßt. »Fünfundzwanzig Jahre lang mußte ich dagegen ankämpfen, daß alle glaubten, Junior hätte mich nur aus Enttäuschung über Ihre Mutter geheiratet.«

Alex schloß sich insgeheim der öffentlichen Meinung an und schlug schuldbewußt die Augen nieder.

»Wie ich sehe, glauben Sie das auch.«

»Tut mir leid, Miss ... Stacey. Darf ich Sie Stacey nennen?«

»Natürlich«, erwiderte sie steif.

»Tut mir leid, wenn meine Untersuchung Sie beunruhigt hat.«

»Wie sollte sie das nicht? Sie wühlen die Vergangenheit wieder auf. Indem Sie das tun, kommt meine Schmutzwäsche erneut ans Licht, und die ganze Stadt kann es sehen. Noch einmal.«

»Ich hatte keine Ahnung, wer Juniors erste Frau war, oder daß sie überhaupt in Purcell lebt.«

»Hätte das eine Rolle gespielt?«

»Wahrscheinlich nicht«, erwiderte Alex mit reumütiger Offenheit. »Ich verstehe nicht, wieso Ihre Ehe mit Junior irgend etwas mit dem Fall zu tun haben soll. Es gibt da eine Verbindung am Rande, für die ich nichts kann.«

»Und wie ist das mit meinem Vater?« fragte Stacey und wechselte abrupt das Thema.

»Mit Ihrem Vater?«

»Diese kleinliche Untersuchung kann für ihn peinlich sein. Der Anfang ist bereits gemacht.«

»Wie das?«

»Dadurch, daß Sie sein ursprüngliches Urteil in Frage stellen.«

»Tut mir leid, aber das kann ich nicht umgehen.«

»Können – oder wollen.« Stacey schüttelte sich angewidert. »Ich verabscheue Menschen, die zu ihrem persönlichen Vorteil den Ruf anderer mit Füßen treten.«

»Und Sie glauben wirklich, daß ich das mache?« Alex war aufgebracht. »Sie glauben, ich habe diese Ermittlung nur eingeleitet, um meine Karriere zu fördern?«

»Etwa nicht?«

»Nein«, erwiderte sie und schüttelte nachdrücklich den Kopf. »Meine Mutter wurde in diesem Stall ermordet. Ich glaube nicht, daß der Mann, den man dessen beschuldigt, zu diesem Verbrechen fähig war. Ich will wissen, was wirklich passiert ist. Ich will, egal, was es kostet, wissen, was passiert ist! Und ich werde den Verantwortlichen dafür bezahlen lassen, daß er mich zur Waise gemacht hat.«

»Ich war bereit, Ihre Argumente anzuhören, aber wie ich sehe, wollen Sie ja doch nur Rache.«

»Ich will Gerechtigkeit.«

»Gleichgültig, was es andere Menschen kostet?«

»Ich habe mich bereits für den Kummer entschuldigt, den ich Ihnen verursache.«

Stacey machte ein verächtliches Geräusch. »Sie wollen meinen Vater öffentlich kreuzigen. Streiten Sie es nicht ab«, keifte sie, als Alex Protest einlegte. »Gleichgültig, wie heftig Sie es leugnen, Sie wollen ihn der Lächerlichkeit preisgeben. Zumindest bezichtigen Sie ihn eines krassen Fehlurteils.«

Das zu dementieren wäre eine Lüge. »Ja, ich glaube, daß er im Fall Buddy Hicks falsch geurteilt hat.«

»Daddy hat vierzig makellose Jahre auf der Richterbank vorzuweisen, die seine Weisheit und seine Integrität bestätigen.«

»Wenn meine Untersuchung kleinlich ist, wie Sie das nennen, Mrs. Minton, dann stellt sie ja wohl keine Beeinträchtigung dar, nicht wahr? Ein so erhabener Richter kann doch wohl nicht von einem mickrigen Ankläger zu Fall gebracht werden, der nur Haß und Rachsucht als Munition besitzt. Ich bräuchte Beweise, um meine Anschuldigungen zu stützen.«

»Sie haben keine.«

»Ich bin überzeugt, ich werde sie haben, bevor ich hier abtrete. Wenn der Ruf Ihres Vaters auf Grund dessen leidet...«
Sie holte tief Luft und legte eine erschöpfte Hand an die Stirn. Dann sagte sie mit ernster Miene und im Brustton der Überzeugung: »Stacey, ich will weder die Karriere Ihres Vaters ruinieren noch seine Arbeit auf der Richterbank schlechtmachen. Ich will niemandes Gefühle verletzen oder unschuldigen Randbeteiligten Kummer oder Schande zufügen. Ich will nur Gerechtigkeit.«

»Gerechtigkeit«, Stacey schnaubte abfällig, und ihre Augen wurden schmal vor Bosheit. »Sie haben nicht einmal das Recht, dieses Wort auszusprechen. Sie sind genau wie Ihre Mutter – hübsch, aber oberflächlich. Stur und selbstsüchtig. Ohne Rücksicht auf die Gefühle anderer Menschen. Unfähig, mehr zu sehen als Ihre egoistischen Bedürfnisse!«

»Ich vermute, Sie mochten meine Mutter nicht besonders«, bemerkte Alex sarkastisch.

Stacey nahm das ernst. »Ich hab sie gehaßt.«

»Warum? Weil Junior in sie verliebt war?«

Wenn Stacey unter die Gürtellinie schlagen durfte, dann konnte sie das auch, fand Alex. Es funktionierte. Stacey wich einen Schritt zurück und tastete nach dem Toilettentisch, um sich zu stützen. Instinktiv streckte Alex eine helfende Hand aus, aber die Tochter des Richters zuckte entsetzt zurück.

»Stacey, ich weiß, daß Junior Sie kurz nach der Ermordung meiner Mutter geheiratet hat. Ihnen muß doch klar sein, wie seltsam das in meinen Augen aussieht.«

»Es mag ein bißchen plötzlich aussehen, aber wir waren schon seit Jahren ein Paar.«

Das überraschte Alex. »Tatsächlich?«

»Ja. Und die meiste Zeit war er auch mein Geliebter.«

Stacey schleuderte diese Information wie einen Pfeil auf Alex, spitz und triumphierend. Sie erreichte damit nur, daß Alex' Mitleid mit ihr noch größer wurde. Alex sah jetzt alles deutlich vor sich: ein unattraktives Mädchen, hoffnungslos verliebt in den charmanten und gutaussehenden Footballhelden, bereit, alles zu opfern, selbst ihren Stolz, um auch nur ein paar Brosamen seiner Aufmerksamkeit zu erhaschen. Sie hätte alles getan, um ihn an sich zu binden. »Ich verstehe.«

»Das bezweifle ich. Genau wie Junior sind Sie blind, was die Wahrheit angeht.«

»Was ist denn die Wahrheit, Stacey?«

»Daß Celina falsch für ihn war. Sie hat ihn ständig mit Reede verglichen, wie alle anderen auch. Junior hat immer als Zweiter abgeschnitten. Mir war es egal, wie er abschnitt, ich habe ihn so geliebt, wie er war. Junior wollte es nicht glauben, aber trotz Ihres Vaters und Ihnen hätte Celina immer nur Reede geliebt.«

»Wenn sie ihn so sehr liebte, warum hat sie dann meinen Vater geheiratet?« Diese Frage ließ Alex seit Tagen keine Ruhe.

»Im Frühling unseres ersten Studienjahres hatten Reede und Celina einen Streit. Und Celina ist gleich zu Beginn der Ferien nach El Paso gefahren, um ihre Cousins zu besuchen.«

»Und da hat sie meinen Vater kennengelernt.« Soviel wußte Alex von ihrer Großmutter. »Er hat seine Grundausbildung in Fort Bliss gemacht. Kurz nach ihrer Hochzeit wurde er nach Vietnam verschifft.«

Stacey verzog verächtlich das Gesicht. »Und nachdem er gestorben war, wollte sie wieder mit Reede anbandeln, aber er wollte sie nicht haben. Und da hat sie dann die Hoffnung bei Junior geschürt. Sie wußte, daß er schon immer scharf auf sie war, aber hätte ihn nie genommen, wegen Reede. Wirklich beschämend, wie sie sich an Junior rangemacht hat, ihn in ihre Schwangerschaft miteinbezogen! Vielleicht hat sie mit dem Gedanken gespielt, ihn zu heiraten, aber das wäre nie passiert, solange Reede Lambert noch lebte.

Ihre Mutter hat Junior an der Nase rumgeführt und ihm das Leben schwergemacht. Und sie hätte es weiter so getrieben, wenn sie am Leben geblieben wäre.« Die ehemalige Mrs. Minton holte tief Luft. »Ich war froh, als Celina starb.«

Alex überfiel plötzliches Mißtrauen. »Wo waren Sie an diesem Abend?«

»Zu Hause, beim Auspacken. Ich war gerade von einer Woche Urlaub in Galveston zurückgekehrt.«

Würde sie bei etwas lügen, was so leicht nachzuprüfen war? »Sie haben Junior sofort danach geheiratet.«

»Das ist richtig. Er hat mich gebraucht. Ich wußte, daß ich nur ein Trostpflaster für ihn war, genau wie immer, wenn er mit mir geschlafen hat, obwohl er eigentlich Celina wollte. Aber es war mir egal, daß er mich benutzte. Ich wollte benutzt werden. Ich hab seine Mahlzeiten gekocht, seine Kleidung gepflegt, ihn im Bett versorgt und außerhalb.«

Während dieser Schilderung wurde ihr Gesicht mit einem Mal verträumt. »Ich hab es ignoriert, als er mich das erste Mal betrog. Natürlich war ich am Boden zerstört, aber ich hab verstanden, wie leicht das passieren konnte. Wann immer er ausging, haben sich die Frauen um ihn geschart. Welcher Mann kann einer so heftigen Versuchung widerstehen? Die Affäre hat nicht lange gedauert, er hat bald das Interesse verloren.« Sie verschränkte die Hände, fixierte sie und sagte leise: »Dann kam die nächste. Und die nächste. Ich hätte alle seine Geliebten toleriert, wenn er nur mit mir verheiratet geblieben wäre.

Aber er bat mich um die Scheidung. Zuerst hab ich mich geweigert. Er ließ nicht locker, sagte mir immer wieder, er hasse es, mich mit seinen Affären zu verletzen. Als mir keine andere Wahl blieb, habe ich in die Scheidung eingewilligt. Es hat mir das Herz gebrochen, aber ich habe ihm gegeben, was er wollte, obwohl ich gewußt habe, *gewußt*, daß keine andere Frau so gut wäre für ihn wie ich. Ich dachte, ich müßte daran sterben, daß ich ihn zu sehr liebte.«

Sie schüttelte ihre rührselige Stimmung energisch ab und konzentrierte ihre Wut wieder auf Alex. »Und trotzdem muß ich mit ansehen, wie er von Frau zu Frau geht, immer auf der Suche nach dem, was ich geben kann und will. Ich muß mit ansehen, wie er heute abend mit Ihnen tanzt und flirtet. Mit Ihnen! Mein Gott«, schluchzte sie, hob ihren Kopf zur Decke und preßte eine Faust gegen ihre Stirn. »Sie wollen ihn ruinieren, und er sieht nur Ihr hübsches Gesicht und Ihren Körper.«

Sie ließ die Hand fallen und richtete ihre brennenden Augen auf Alex. »Sie sind Gift, Miss Gaither. Ich empfinde Ihnen gegenüber genauso, wie ich vor fünfundzwanzig Jahren empfunden habe.« Ihr schmales kantiges Gesicht näherte sich dem Alex' bis auf wenige Zentimeter, dann zischte sie: »Ich wünschte, Sie wären nie geboren worden.«

Alex' Versuche nach Staceys Abgang, ihr Gleichgewicht wiederzufinden, waren vergeblich. Mit aschfahlem Gesicht und zitternd verließ sie die Toilette.

»Ich wollte gerade kommen und Sie holen.« Junior erwartete Alex im Gang. Zuerst merkte er gar nicht, wie durcheinander sie war, doch dann sah er ihre Blässe und fragte besorgt: »Alex? Was ist los?«

»Ich möchte jetzt gehen.«

»Ist Ihnen nicht gut? Was...«

»Bitte. Wir reden unterwegs.«

Junior fragte nicht weiter, nahm ihren Arm, führte sie zur Garderobe. »Warten Sie hier.« Alex sah, wie er den Club betrat, die Tanzfläche umrundete und zu dem Tisch ging, an dem sie zu Abend gegessen hatten. Er sprach kurz mit Angus und Sarah Jo und war rechtzeitig wieder da, um ihre Hüllen in Empfang zu nehmen.

Er brachte sie nach draußen und setzte sie in seinen Wagen. Dann fuhr er los und wartete, bis sie ein ganzes Stück vom Club entfernt waren und die Heizung warme Luft pumpte, ehe er sagte: »Also, was ist los?«

»Warum haben Sie mir nicht erzählt, daß Sie mit Stacey Wallace verheiratet waren?«

Er starrte sie an, daß er schon fast zu einem Verkehrshindernis wurde, dann wandte er sich wieder der Straße zu. »Sie haben nicht gefragt.«

»Wie praktisch.«

Ihren Kopf am kühlen Beifahrerfenster fühlte sie sich, als hätte man sie mit einer Kette gepeitscht und würde sie jetzt zwingen, zur zweiten Runde in den Ring zu klettern. Gerade als sie geglaubt hatte, sie hätte die verschiedenen Stücke der Beziehungspuzzles von Purcell aussortiert, tauchte ein neuer Dreh auf.

»Ist es wichtig?« fragte Junior.

»Ich weiß es nicht.« Sie wandte sich ihm zu und lehnte den Kopf zurück an ihr Fenster. »Erzählen Sie's mir. Ist es wichtig?«

»Nein. Die Ehe hat kaum ein Jahr gehalten. Wir haben uns als Freunde getrennt.«

»Sie haben sich getrennt. Stacey liebt Sie immer noch.«

Er zuckte zusammen. »Das war eines unserer Probleme. Staceys Liebe ist besessen und besitzergreifend. Sie hat mich umgarnt. Ich konnte nicht atmen. Wir ...«

»Junior, Sie haben rumgebumst«, unterbrach sie ihn ungeduldig. »Ersparen Sie mir Ihre banalen Erklärungen. Das interessiert mich alles nicht.«

»Warum haben Sie dann davon angefangen?«

»Weil sie mich in der Toilette zur Rede gestellt hat und mich bezichtigte, daß ich mit dieser Untersuchung das Leben ihres Vaters ruiniere.«

»Du lieber Himmel, Alex. Joe Wallace ist eine alte Heulsuse. Stacey bemuttert ihn. Ich bezweifle keine Sekunde, daß er ihr die Ohren vollgejammert hat. Damit will er ihr Mitgefühl kriegen. Jeder unterstützt die Neurosen des anderen. Machen Sie sich deshalb keine Gedanken.«

In diesem Augenblick fand Alex Junior gar nicht mehr sympathisch. Seine abfällige Art gegenüber der Liebe einer Frau – jeder Frau – zeugte von miesem Charakter. Sie hatte ihn heute abend beobachtet: Genau wie Stacey es beschrieben hatte, war er von einer Frau zur anderen geschwirrt. Die Jungen und die Alten, die Attraktiven und die Häßlichen, ob verheiratet oder ledig, alle waren willkommene Beute. Er war zu jeder charmant, wie ein Osterhase, der durch die Menge hoppelt und Süßigkeiten an gierige Kinder verteilt, die nicht merken, daß es ihnen ohne leeren Zucker bessergehen würde.

Er war daran gewöhnt, daß sie ihn umschwärmten. Diese Art von Arroganz lehnte Alex immer schon als widerlich ab. Junior hielt es für selbstverständlich, daß jede Frau auf ihn reagierte. Flirten war für ihn ein Reflex, wie das Atmen. Ihm würde nie in den Sinn kommen, daß jemand seine Absichten mißverstehen und deshalb emotionell Schmerzen erleiden könnte.

Wenn sie dieses Gespräch mit Stacey nicht gehabt hätte, hätte vielleicht auch Alex wohlwollend gelächelt, wie all die anderen Frauen, und seine Verbindlichkeit als Teil seiner Persönlichkeit akzeptiert. Aber jetzt irritierte er sie, und sie hatte das Bedürfnis, ihm hinzureiben, daß man sie nicht so einfach abtun konnte. »Stacey hat sich nicht nur über den Richter aufgeregt. Sie sagte, ich hätte Erinnerungen an ihre Ehe aufgewühlt, ihre Schmutzwäsche ans Licht gezerrt. Ich habe den Eindruck, daß sie schwer darunter leidet, Ihre Exfrau zu sein.«

»Das ist aber eigentlich nicht mein Problem, oder?«

»Vielleicht sollte es das sein.«

Ihr schroffes Kontra überraschte ihn. »Das klingt ja, als wären Sie sauer auf mich. Warum?«

»Ich weiß es nicht.« Ihr Zorn war leider so schnell verflogen, wie er aufgeflammt war. Jetzt fühlte sie sich ausgelaugt. »Tut mir leid. Vielleicht liegt's nur daran, daß ich immer den Underdogs die Stange halte.«

Er streckte die Hand aus und legte sie auf ihr Knie. »Ein bewundernswerter Charakterzug, der meiner Aufmerksamkeit nicht entgangen ist.« Alex nahm seine Hand und ließ sie auf den Ledersitz zwischen ihnen fallen. »O je, Sie haben mir noch nicht verziehen.«

Sie widerstand seinem Lächeln. »Warum haben Sie Stacey geheiratet?«

»Wollen Sie wirklich darüber reden?« Er steuerte den Wagen in die Einfahrt des Westerner Motels und stellte die Schaltung auf Parken.

»Ja.«

Er schaltete mit gerunzelter Stirn den Motor aus, legte den Arm über die Rückenlehne und wandte sich ihr zu: »Damals schien es das richtige.«

»Sie haben sie nicht geliebt?«

»Ach was.«

»Aber Sie haben mit ihr geschlafen.« Sie sah ihn fragend an. »Stacey hat mir erzählt, Sie wären schon lange ihr Geliebter gewesen, bevor sie heirateten.«

»Nicht ihr Geliebter, Alex. Ich bin ab und zu mit ihr ausgegangen.«

»Wie oft?«

»Soll ich ganz offen sein?«

»Schießen Sie los.«

»Ich hab Stacey immer dann angerufen, wenn ich geil war und die Gail-Schwestern beschäftigt waren oder ihre Tage hatten, oder ...«

»Die wer?«

»Die Gail-Schwestern. Andere Geschichte.« Er winkte ab, als er das neugierige Blitzen in ihren Augen sah.

»Ich hab die ganze Nacht Zeit.« Sie machte es sich bequemer.

»Entgeht Ihnen eigentlich je etwas?«

»Sehr wenig. Was ist mit diesen Schwestern?«

»Es gab drei von ihnen – Drillinge, genau gesagt. Alle hießen Gail.«

»Das ist ja wohl normal.«

»Nein. Das war nicht ihr Nachname. Sie hießen Wanda Gail, Nora Gail und Peggy Gail.«

»Soll das ein Witz sein?«

»Ehrenwort. Reede hatte sie bereits sozusagen entjungfert, bevor ich auftauchte. Er hat sie mir vorgestellt.« Er kicherte anzüglich. »Kurzum, die Gail-Schwestern waren willig. Sie haben es gern gemacht. Jeder Typ in der Purcell High School muß sie mindestens einmal flachgelegt haben.«

»Okay. Ich hab verstanden. Aber wenn sie nicht verfügbar waren, haben Sie Stacey Wallace angerufen, weil auch sie willig war.«

Er sah sie ruhig an. »Ich hab nie eine Frau gezwungen, sie war sehr entgegenkommend, Alex.«

»Nur bei Ihnen.«

Er zuckte desinteressiert die Schultern.

»Und das haben Sie ausgenutzt!«

»Nennen Sie mir einen Typen, der das nicht machen würde.«

»Da mag was Wahres dran sein«, gab sie widerstrebend zu. »Aber ich wage zu sagen, daß Sie der einzige Mann sind, mit dem Stacey je zusammen war.«

Er hatte zumindest den Anstand, ein wenig beschämt dreinzusehen. »Ja, das würde ich auch sagen.«

»Sie hat mir heute abend leid getan, Junior. Sie hat sich mir gegenüber widerlich verhalten, aber trotzdem hat sie mir leid getan.«

»Ich hab nie verstanden, wieso sie sich eigentlich an mich gehängt hat, aber vom Tag meiner Einschreibung in der Purcell High School an hat sie mich wie ein Schatten verfolgt. Sie war ein sehr gescheites Kind, wissen Sie. Sie war immer der Liebling der Lehrer wegen ihrer Gewissenhaftigkeit und weil sie nie in Schwierigkeiten steckte.« Er lachte. »Sie hätten *nie* geglaubt, daß sie sich auf dem Rücksitz meines Chevy hat vögeln lassen.«

Alex sah gedankenverloren ins Leere, hörte gar nicht richtig zu. »Stacey hat Celina verachtet.«

»Sie war eifersüchtig auf sie.«

»Hauptsächlich deshalb, weil sie wußte, daß Sie, wenn Sie mit ihr geschlafen haben, sich immer nach meiner Mutter sehnten.«

»O mein Gott«, fluchte er leise, und sein Lächeln verflog.

»Das hat sie gesagt. Ist es wahr?«

»Celina war immer mit Reede zusammen. So sah es aus.«

»Aber Sie haben sie trotzdem begehrt, obwohl sie Ihrem besten Freund gehörte?«

Nach einer längeren Pause gestand er: »Ich müßte lügen, wenn ich etwas anderes behauptete.«

Alex sagte sehr leise: »Stacey hat mir noch etwas erzählt. Es war eine beiläufige Bemerkung, keine Enthüllung. Sie sagte, das wüßten alle – etwas, was ich bereits wissen sollte.«

»Was?«

»Daß Sie meine Mutter heiraten wollten.« Sie sah ihm direkt in die Augen und sagte heiser: »Ist das wahr?«

Er wandte sich kurz ab, dann nickte er.

»Bevor oder nachdem sie heiratete und mich gekriegt hat?«

»Sowohl als auch.« Als er ihre offensichtliche Verwirrung sah, sagte er: »Ich glaube, es gab keinen Mann, der, wenn er Celina ansah, sie nicht für sich haben wollte. Sie war schön und lustig und hatte diese Art, einen glauben zu machen, daß man für sie etwas Besonderes wäre. Sie hatte...« Er suchte nach einem passenden Wort. »Etwas«, sagte er, »etwas, das das Bedürfnis weckte, sie zu besitzen.«

»Haben Sie sie je besessen?«

»Körperlich?«

»Haben Sie je mit meiner Mutter geschlafen?«

Nackte Ehrlichkeit und schreckliche Trauer starrten aus seinem Gesicht: »Nein, Alex. Niemals.«

»Haben Sie es je versucht? Hätte sie es gemacht?«

»Ich glaube nicht. Ich hab's nie versucht. Zumindest nicht sehr heftig.«

»Warum nicht, wenn Sie sie so sehr begehrten?«

»Weil Reede uns umgebracht hätte.«

Sie sah ihn schockiert an. »Glauben Sie das wirklich?«

Er zuckte die Schultern und setzte wieder sein entwaffnendes Lächeln auf. »Nur so eine Redensart.«

Alex war sich nicht so sicher. Es hatte geklungen, als meine er das wörtlich.

Er rutschte über den Sitz ganz nahe zu ihr, und seine Finger glitten in ihr Haar, dann legte er seinen Daumen an ihren Hals und streichelte ihn sanft.

»Was für ein trübsinniges Thema. Wechseln wir's«, flüsterte er und hauchte einen Kuß über ihre Lippen. »Wie wär's, wenn wir die Vergangenheit für eine Weile ruhen ließen und uns auf die Gegenwart konzentrierten?« Seine Augen wanderten über ihr Gesicht, und seine Finger folgten ihnen. »Ich möchte mit dir schlafen, Alex.«

Einen Moment lang verschlug es ihr die Sprache. »Das meinen Sie doch nicht im Ernst?«

»Wetten?«

Jetzt begann er sie ernsthaft zu küssen. Zumindest versuchte er es. Er bog ihren Kopf zurück, bemächtigte sich ihrer Lippen, drückte, probierte, drückte fester. Als sie nicht reagierte, setzte er sich auf und sah sie fragend an.

»Nein?«

»Nein.«

»Warum nicht?«

»Das wissen Sie, auch ohne daß ich es sage. Es wäre verrückt. Falsch.«

»Ich hab schon verrücktere Sachen gemacht.« Seine Hand senkte sich zu ihrem Pullover und tastete über ein Stück weiches Wildleder. »Falschere auch.«

»Ich aber nicht.«

»Wir wären gut zusammen, Alex.«

»Das werden wir nie erfahren.«

Sein Daumen strich über ihre Unterlippe, verfolgt von einem zärtlichen Blick. »Sag niemals nie.« Er beugte den Kopf und küßte sie noch einmal – liebevoll, nicht leidenschaftlich, dann rutschte er auf den Fahrersitz zurück und stieg aus.

An der Tür gab er ihr einen keuschen Gutenachtkuß, aber mit nachsichtig amüsiertem Lächeln. Alex wußte, daß er glaubte, sie würde sich nur zieren und es wäre eine Frage der Zeit, bis er sie rumkriegen würde.

Sie war so verwirrt von seiner Anmache, daß es einige Zeit dauerte, bis sie sah, daß das rote Licht an ihrem Telefon blinkte. Eine Nachricht. Sie rief die Rezeption an, bekam ihre Nachricht und rief die genannte Nummer an. Schon bevor der Arzt an den Apparat kam, wußte sie, was er sagen würde. Trotzdem waren seine Worte ein Schock.

»Miss Gaither. Es tut mir furchtbar leid. Mrs. Graham ist heute am frühen Abend verschieden, ohne das Bewußtsein wiedererlangt zu haben.«

## 21

Alex klopfte und wartete, bis Reede »Herein« rief, bevor sie sein Büro betrat. »Guten Morgen. Danke, daß Sie mich so rasch empfangen konnten.«

Sie setzte sich auf einen Stuhl vor seinen Schreibtisch. Er goß ihr, ohne zu fragen, eine Tasse Kaffee nach ihrem Geschmack ein und stellte sie vor sie hin. Sie nickte kurz.

»Das mit Ihrer Großmutter tut mir leid, Alex«, sagte er und setzte sich wieder in seinen knarzenden Drehstuhl.

»Danke.«

Alex war eine Woche lang weggewesen, um die Beerdigung ihrer Großmutter zu arrangieren. Nur sie selbst, ein paar frühere Kollegen und ein paar Patienten des Pflegeheims hatten an der Feier teilgenommen. Nach der Beerdigung mußte Alex mit der unwillkommenen Arbeit beginnen, das Zimmer ihrer Großmutter im Pflegeheim zu räumen. Das Personal war sehr hilfsbereit gewesen, aber es gab eine Warteliste, also sollte das Zimmer sofort wieder hergerichtet werden.

Emotional war es eine sehr anstrengende Woche gewesen. Als sie vor dem bescheidenen Sarg stand und die Orgelmusik im Hintergrund ertönte, hatte Alex plötzlich ein entsetzliches Gefühl der Niederlage überwältigt. Sie war ein Versager, hatte das gegebene Versprechen nicht erfüllt: Sie hatte Celinas Mörder nicht rechtzeitig gefunden. Der härtere Schlag für sie war jedoch die verpaßte Chance, zuletzt doch noch Liebe und Vergebung der Großmutter zu erlangen – nun gab es keine mehr!

Sie hatte ernsthaft überlegt, ob sie das Handtuch werfen sollte und Greg recht geben, daß sie von Anfang an seinen Rat hätte befolgen sollen. Er würde es genießen, sie zu Kreuze kriechen zu sehen, und ihr dann sofort einen neuen Fall zuteilen.

Das wäre der leichtere Weg gewesen. Sie hätte nie wieder die Stadtgrenze von Purcell überschreiten müssen oder sich mit der Feindseligkeit herumschlagen, die ihr jeder, dem sie begegnete, entgegenbrachte, oder diesem Mann in die Augen sehen, der eine solche Fülle zwiespältiger Gefühle in ihr auslöste.

Vom gesetzlichen Standpunkt aus gesehen, hing ihr Fall zu sehr in der Luft, um vor Gericht zu bestehen. Aber persönlich konnte sie nicht aufgeben. Die Männer, die ihre Mutter geliebt hatten, faszinierten sie. Sie mußte einfach wissen, wer von ihnen sie getötet hatte und ob tatsächlich sie für den Mord an ihrer Mutter verantwortlich war. Entweder schaffte sie ihre Schuldgefühle aus der Welt oder lernte damit zu leben, aber die Sache mußte geklärt werden.

Also war sie nach Purcell zurückgekehrt. Sie starrte in die grünen Augen, die seit drei Wochen durch ihre Gedanken spukten, und sie waren genauso faszinierend und beunruhigend wie in ihrer Erinnerung.

»Ich wußte nicht, ob Sie zurückkommen würden«, sagte er rundheraus.

»Sie hätten es aber wissen sollen. Ich hab Ihnen gesagt, daß ich nicht aufgeben werde.«

»Ja, das stimmt«, grunzte er. »Wie war's denn neulich abend beim Tanzen?«

Seine Frage kam so überraschend, daß sie zusammenzuckte. »Woher wissen Sie das?«

»Es spricht sich rum.«

»Junior hat's Ihnen erzählt?«

»Nein.«

»Ich komme fast um vor Spannung«, sagte Alex. »Wie haben Sie erfahren, daß ich im Horse-and-Gun-Club war?«

»Einer meiner Deputies hat Junior an diesem Abend mit 81 Meilen draußen auf dem Highway gestoppt. Gegen elf Uhr, hat er gesagt. Er hat Sie bei ihm im Auto gesehen.« Er schien plötzlich sehr interessiert an seinen Stiefelspitzen. »Sie hatten es verdammt eilig, zurück in Ihr Motel zu kommen.«

»Ich wollte nicht mehr im Club bleiben. Mir war nicht gut.«

»Ist Ihnen das Barbecue nicht bekommen? Oder waren es die Leute? Bei manchen von denen wird mir auch schlecht.«

»Es waren weder die Leute noch das Essen. Es war, na ja, eine Person: Stacey Wallace... Minton.« Alex beobachtete seine Reaktion. Sein Gesicht zeigte keinerlei Regung. »Warum hat mir keiner gesagt, daß Stacey mit Junior verheiratet war?«

»Sie haben nicht gefragt.«

Wie durch ein Wunder gelang es ihr, ruhig zu bleiben. »Ist denn keinem je der Gedanke gekommen, daß ihre übereilte Heirat von Bedeutung sein könnte?«

»Das war sie nicht.«

»Ich behalte mir das Recht vor, selbst zu beurteilen, ob sie Bedeutung hatte oder nicht.«

»Wie Sie wollen. Und glauben Sie, sie hatte...?«

»Ja. Ich finde den Zeitpunkt von Juniors Heirat äußerst seltsam. Er ist noch seltsamer, wenn man bedenkt, daß die Tochter des Richters die Braut war.«

»Das ist überhaupt nicht seltsam.«

»Reiner Zufall also?«

»Nicht einmal das. Stacey Wallace hat Junior seit dem Tag, an dem sie ihn das erste Mal gesehen hat, geliebt oder gewollt. Alle wußten das, auch Junior. Sie machte auf jeden Fall kein Geheimnis daraus. Als Celina starb, hat Stacey ihre Chance erkannt und sie beim Schopf gepackt.«

»Stacey kommt mir nicht gerade vor wie eine Opportunistin.«

»Werden Sie erwachsen, Alex. Wir sind alle Opportunisten, wenn wir etwas so dringend haben wollen. Sie hat den Kerl geliebt«, sagte er ungeduldig. »Celinas Tod hat ihn fertiggemacht. Ich nehme an, Stacey hat geglaubt, ihre Liebe könnte seine Wunden heilen.«

»Dem war nicht so.«

»Offensichtlich. Sie brachte Junior nicht dazu, ihre Liebe zu erwidern. Und sie hat es ganz bestimmt nicht geschafft, seinen Reißverschluß zuzuschweißen.« Er nagte verärgert an seiner Unterlippe. »Wer hat die Katze aus dem Sack gelassen, Junior?«

»Stacey selbst. Sie hat mich in der Toilette zur Rede gestellt und mir vorgeworfen, daß ich ihr Leben durcheinanderbringe, weil ich diesen Fall wieder aufrolle.«

»Tapferes Mädchen«, sagte er wohlwollend. »Ich hab sie immer gemocht.«

»Ach, wirklich? Haben Sie auch mit ihr geschlafen? Oder haben die Gail-Schwestern Sie genug befriedigt?«

»Die Gail-Schwestern, was?« Er lachte. »Eins weiß ich, Stacey hat Ihnen nicht von Purcells notorischen Drillingen erzählt.«

»Junior hat die Lücken gefüllt.«

»Muß ja ein toller Abend gewesen sein.«

»Sehr aufschlußreich auf jeden Fall.«

»Ach ja. Was wurde denn aufgeschlossen?«

Sie ignorierte seine Anzüglichkeit. »Reede, warum diese Eile? Junior hat Stacey nicht geliebt. Gesetzt den Fall, er hat sich tatsächlich eingeredet, er wolle sie heiraten. Warum ausgerechnet dann?«

»Vielleicht wollte sie unbedingt eine Junibraut werden.«

»Machen Sie sich nicht lustig über mich!« Sie sprang von ihrem Stuhl auf und ging zum Fenster.

Er pfiff durch die Zähne. »Mann, oh Mann, Sie sind vielleicht mies drauf.«

»Ich habe gerade meine einzige lebende Verwandte begraben, falls Sie es vergessen haben«, zischte sie.

Er stieß einen leisen Fluch aus und strich sich durchs Haar. »Das hatte ich für einen Moment tatsächlich vergessen. Hören Sie, Alex, es tut mir leid. Ich weiß, wie elend mir zumute war, als ich meinen alten Herrn begrub.«

Sie wandte sich zu ihm, aber er starrte ins Leere. »Angus und Junior waren die einzigen aus der ganzen gottverdammten Stadt, die zur Beerdigung kamen. Es gab weder eine Messe noch eine Andacht im Beerdigungsinstitut, nur eine kurze am Grab. Angus ging zurück an die Arbeit. Junior mußte wieder in die Schule, weil er eine Biologieprüfung nicht versäumen wollte. Ich ging nach Hause.

Kurz nach dem Mittagessen kam Celina zu mir. Sie hatte die Schule geschwänzt, nur damit sie bei mir sein konnte. Sie wußte, daß ich traurig war, obwohl ich den Hurensohn gehaßt habe, solange er noch am Leben war. Wir haben uns zusammen auf mein Bett gelegt und sind da geblieben, bis es dunkel wurde. Sie wußte, daß ihre Mutter sich Sorgen machen würde, wenn sie nicht nach Hause käme. Sie hat für mich geweint, weil ich es nicht konnte.«

»War das das erste Mal, daß Sie mit Celina geschlafen haben?«

Er sah ihr direkt in die Augen, stand auf und ging auf sie zu. »Nachdem Sie mit dem Thema Liebesleben angefangen haben, wie steht's denn mit Ihrem?«

Jetzt war sie mit ihrer Geduld am Ende. »Warum hören Sie nicht endlich auf, um den heißen Brei herumzureden, und fragen einfach?«

»Okay«, sagte er mit verächtlich verzogenem Mund. »Hat Junior es schon geschafft, Sie flachzulegen?«

»Sie Schwein.«

»Hat er?«

»Nein.«

»Ich wette, er hat's probiert. Er probiert's immer.« Sein Lachen ging ihr durch Mark und Bein. »Volltreffer.« Er streckte die Hand aus und strich über ihre Wange. »Sie werden rot, Counselor.«

Sie schlug seine Hand beiseite. »Fahren Sie zur Hölle.«

Sie war wütend auf sich selbst, weil sie vor seinen Augen wie ein Schulmädchen errötet war. Es ging ihn überhaupt nichts an, mit wem sie schlief. Am meisten machte ihr aber zu schaffen, daß es ihm scheinbar egal war. Das Blitzen in seinen Augen war höchstens amüsiert, vielleicht verächtlich, aber ganz gewiß nicht eifersüchtig.

Sie holte zum Gegenschlag aus: »Weswegen haben Sie und Celina sich gestritten?«

»Celina und ich? Wann?«

»Im Frühling des ersten Studienjahres. Warum ging sie nach El Paso und hat etwas mit meinem Vater angefangen?«

»Vielleicht hat sie einen Tapetenwechsel gebraucht?« sagte er schnippisch.

»Wußten Sie, wie sehr Ihr bester Freund sie geliebt hat?«

Sein herausforderndes Lächeln verschwand. »Hat Junior Ihnen das erzählt?«

»Ich wußte es schon, bevor er es mir erzählt hat. Wußten Sie zu diesem Zeitpunkt, daß er sie liebte?«

Er schob verlegen die Schultern nach vorne. »Fast jeder Typ an der Schule...«

»Ich rede nicht von Verliebtsein in ein beliebtes Mädchen, Reede.« Sie packte ihn am Hemdsärmel, um zu unterstreichen, wie wichtig ihr das war. »Wußten Sie, was Junior für sie empfand?«

»Und wenn?«

»Er sagte, Sie hätten ihn umgebracht, wenn er etwas bei ihr versucht hätte. Er sagte, Sie hätten sie beide umgebracht, wenn sie Sie betrogen hätten.«

»Nur eine Redensart.«

»Das hat Junior auch gesagt, aber das glaube ich nicht«, entgegnete sie ruhig. »Da war zuviel Leidenschaft im Spiel. Ihre gegenseitigen Beziehungen waren miteinander verstrickt und sehr vielschichtig.«

»Wessen Beziehungen?«

»Sie und meine Mutter haben sich geliebt, aber Sie beide haben auch Junior geliebt. War das nicht ein Dreiecksverhältnis im wahrsten Sinne des Wortes?«

»Wovon, zum Teufel, reden Sie überhaupt... Glauben Sie etwa, Junior und ich sind schwul?«

Völlig unerwartet packte er ihre Hand und drückte sie an seinen Hosenstall. »Fühlst du das, Baby? Der war schon oft steif, aber nie für eine Tunte.«

Sie entriß ihm schockiert ihre Hand und rieb sie ganz unbewußt an ihrem Schenkel, als wäre sie gebrandmarkt worden. »Sie denken wie ein Prolet, Sheriff Lambert«, sagte sie wutentbrannt. »Ich glaube, daß Junior und Sie sich lieben wie indianische Blutsbrüder. Aber Sie sind auch Konkurrenten.«

»Ich trete nicht in Konkurrenz mit Junior.«

»Vielleicht nicht bewußt, aber andere Leute vergleichen euch beide miteinander. Und raten Sie mal, wer dabei immer gewinnt? *Sie*. Das hat Ihnen zu schaffen gemacht. Das macht Ihnen immer noch zu schaffen.«

»Ist das wieder eine Kostprobe von Ihrem Psychoquatsch?«

»Es ist jedenfalls nicht nur meine Meinung. Stacey hat es neulich abends erwähnt, und zwar ganz ohne meine Schützenhilfe. Sie sagte, die Leute würden Sie beide immer vergleichen und Junior würde dabei immer als Zweiter abschneiden.«

»Ich kann nichts für das, was die Leute tratschen.«

»Ihr Konkurrenzkampf hatte wegen Celina den Höhepunkt erreicht, stimmt's?«

»Warum fragen Sie mich? Sie kennen doch sowieso alle Antworten.«

»Da waren Sie auch der Überlegene. Junior wollte Celinas Geliebter werden, aber Sie waren es tatsächlich.«

Langes Schweigen folgte. Reede beobachtete sie mit der Konzentration eines Jägers, der seine Beute im Fadenkreuz hat. Das Sonnenlicht, das durch die Rolläden strömte, funkelte in seinen Augen, seinen Haaren, den Brauen, die gefährlich zusammengezogen waren.

Er sagte sehr ruhig: »Guter Versuch, Alex. Aber ich gebe nichts zu.«

Er versuchte sich zu entfernen, sie packte jedoch seine Arme. »Und, waren Sie nicht ihr Geliebter? Welche Rolle spielt das schon, wenn Sie es jetzt zugeben?«

»Weil ich immer genieße und schweige.« Sein Blick wanderte zu ihrem pulsierenden Hals, dann wieder nach oben. »Und Sie sollten verdammt froh sein, daß es so ist.«

Erregung packte sie, warm und golden wie das morgendliche Sonnenlicht. Sie sehnte sich danach, seine harten Lippen auf den ihren zu spüren, seine grobe, herrische Zunge in ihrem Mund zu fühlen, sie wurde feucht vor Begierde, und die Schuldgefühle für das, was sie haben wollte und nicht haben konnte, trieben ihr die Tränen in die Augen. Sie waren so ineinander vertieft, daß sie den Beobachter von der anderen Straßenseite nicht bemerkten. Die Sonne strahlte sie an wie ein Scheinwerfer.

Alex entriß sich mit Gewalt der schwankenden Gegenwart, glitt zurück in die beunruhigende Vergangenheit und sagte: »Junior hat mir erzählt, daß Sie und Celina mehr als nur ein kindliches Liebespaar waren.« Es war ein Bluff, aber sie setzte darauf, daß er funktionierte. »Er hat mir alles über Ihre Beziehung zu ihr erzählt, es spielt also keine Rolle, ob Sie's zugeben oder nicht. Wann haben Sie mit ihr das erste Mal... Sie wissen schon?«

»Gefickt?«

Das vulgäre Wort und seine leise dröhnende Stimme ließen sie am ganzen Körper erbeben. Nie zuvor hatte ein Wort so erotisch geklungen. Sie schluckte und nickte kaum merklich.

Mit einem Mal packte er sie am Nacken und zog sie an sich, zwang sie, ihn direkt anzusehen. Seine Augen bohrten sich in die ihren.

»Einen Scheiß hat Ihnen Junior erzählt, Counselor«, flüsterte er. »Versuchen Sie Ihre miesen kleinen Anwaltstricks nicht bei mir. Ich bin achtzehn Jahre älter und schlau zur Welt gekommen. Ich habe Kniffe auf Lager, die Sie sich nicht träumen ließen. Und ich bin verflucht noch mal nicht so dämlich, auf die Ihren reinzufallen.«

Er packte ihre Haare noch fester. Sein heftiger Atem war heiß auf ihrem Gesicht. »Versuchen Sie ja nicht, sich noch einmal zwischen Junior und mich zu stellen, haben Sie kapiert? Entweder Sie kämpfen gegen uns beide, oder Sie ficken uns beide, aber mischen Sie sich nicht in etwas ein, was außerhalb Ihres Begriffsvermögens liegt.«

Seine Augen wurden schmal. »Ihre Mama hatte die schlechte Angewohnheit, die Leute gegeneinander auszuspielen. Irgendeinem hat das nicht gepaßt, und er hat sie umgebracht, bevor sie diese Lektion kapiert hatte. Sie sollten sie besser lernen, bevor Ihnen dasselbe zustößt.«

Der Morgen war ein glatter Reinfall, was die Entdeckung neuer Hinweise betraf. Nichts lenkte sie von dem beunruhigenden Gespräch mit Reede ab. Wäre da nicht dieser Deputy gewesen, der an die Tür geklopft und sie unterbrochen hatte – sie wußte nicht, ob sie Reede die Augen ausgekratzt oder dem viel stärkeren Drang nachgegeben hätte, nämlich sich an ihn zu schmiegen und ihn zu küssen.

Mittags gab sie schließlich den Versuch auf, sich zu konzentrieren und überquerte die Straße, um im B & B Café zu speisen. Wie bei den meisten Leuten, die in der Stadt arbeiteten, war das zur Gewohnheit geworden. Mittlerweile verstummten nicht mehr alle Gespräche, wenn sie das Lokal betrat. Ab und zu begrüßte Pete sie sogar, wenn er nicht zu sehr in der Küche beschäftigt war.

Sie ließ sich so lange wie möglich Zeit beim Essen, dann spielte sie mit dem Gürteltier aus gelber Keramik, das als Aschenbecher diente, und studierte Petes kleine Broschüre über die korrekte Zubereitung von Klapperschlangen.

Die Zeit mußte totgeschlagen werden, weil sie keine Lust hatte, in das schäbige kleine Büro im Gericht zurückzukehren und ins Leere zu starren, beunruhigenden Details ausgeliefert zu sein und Hypothesen zu überdenken, die ihr stündlich abstruser vorkamen. Gab es irgendeine Verbindung zwischen Celinas Tod und Juniors übereilter Heirat mit Stacey Wallace?

Die Gedanken wirbelten wie Windmühlen durch ihren Kopf, als sie schließlich das Café verließ. Sie duckte sich vor dem kalten Wind und ging bis zur Ecke. Die Ampel, eine der wenigen in der Stadt, wechselte auf Grün, als sie dort anlangte. Sie wollte gerade von dem mit Rissen durchzogenen, aufgesprungenen Randstein treten, als jemand sie von hinten am Arm packte.

»Reverend Plummet«, sagte sie überrascht. Ihn und seine Frau hatte sie inzwischen vollkommen vergessen.

»Miss Gaither«, beschwerte er sich. »Ich habe heute morgen Sie und den Sheriff gesehen.« Seine tiefliegenden dunklen Augen sahen sie an, als würde er die Todsünden aufzählen. »Sie haben mich enttäuscht.«

»Ich verstehe nicht...«

»Außerdem«, unterbrach er sie in dröhnendem Predigerton, »haben Sie den Allmächtigen betrogen.« Jetzt kniff er die Augen zusammen. »Ich warne Sie, der Herr wird nicht dulden, daß man ihn verhöhnt.«

Sie biß sich auf die Lippen und schaute sich nach einer Fluchtmöglichkeit um. »Ich wollte weder Sie noch Gott beleidigen«, sagte sie, obwohl sie sich dabei ganz schön dämlich vorkam.

»Sie haben die Ungerechten immer noch nicht hinter Gitter gebracht!«

»Ich habe noch keinen Grund dafür gefunden. Meine Untersuchungen laufen weiter. Und nur um das ein für allemal klarzustellen, Reverend Plummet, ich bin nicht hergekommen, um jemanden hinter Gitter zu bringen.«

»Sie sind gegenüber den Gottlosen zu milde.«

»Wenn Sie damit meinen, daß ich diese Ermittlung unparteiisch führe, dann stimmt das, ja.«

»Ich habe gesehen, wie Sie heute morgen mit dem Sohn des Teufels fraternisierten.«

Seine flackernden Augen waren zwingend und abstoßend zugleich. Sie ertappte sich dabei, wie sie ihn anstarrte. »Sie meinen Reede.«

Er machte ein zischendes Geräusch, als müsse er allein schon bei der Erwähnung des Namens böse Geister abwehren. »Sie dürfen sich nicht von seinen tückischen Waffen täuschen lassen.«

»Ich versichere Ihnen, das wird nicht passieren.«

Er kam einen Schritt näher. »Der Teufel weiß, daß Frauen schwach sind. Er benutzt ihre weichen, verletzlichen Körper als Kanäle für seine bösen Kräfte. Sie sind besudelt und müssen durch einen regelmäßigen Ausfluß von Blut gereinigt werden.«

*Er ist nicht nur irre, er ist krank*, dachte Alex voller Entsetzen.

Seine Hand klatschte auf die Bibel, so laut, daß Alex zusammenzuckte. Dann hob er den Zeigefinger gen Himmel und schrie: »Widerstehe jeder Versuchung, Tochter! Ich befehle jedem lüsternen Impuls, deinen Kopf, deinen Geist und deinen Körper zu verlassen. Jetzt!«

Er fiel in sich zusammen, so als hätte der Exorzismus ihn all seiner Kräfte beraubt. Alex stand fassungslos daneben. Nachdem sie sich wieder gefangen hatte, sah sie sich nervös um, in der Hoffnung, niemand hätte seinen Wahnsinnsausbruch und ihre unfreiwillige Beteiligung mit angesehen.

»Soviel ich weiß, habe ich keine lüsternen Impulse. Und jetzt muß ich gehn.« Sie trat vom Randstein, obwohl die Ampel jetzt rot blinkte.

»Gott zählt auf Sie. Er ist zornig. Wenn Sie sein Vertrauen mißbrauchen ...«

»Ja, gut, ich werde mich bemühen. Adieu.«

Er stürzte ihr nach und packte sie bei den Schultern. »Gott segne Euch, meine Tochter. Gott segne Euch und Eure heilige Mission.« Er haschte nach ihrer Hand und drängte ihr eine schäbige Broschüre auf.

»Danke.«

Alex riß sich los und lief über die Straße, um möglichst schnell zwei Spuren Verkehr zwischen sich und den Prediger zu bringen. Sie trabte die Treppe zum Gericht hoch und eilte durch die Tür. Als sie einen kurzen Blick über die Schulter warf, um zu sehen, ob Plummet ihr gefolgt war, prallte sie direkt gegen Reede.

Er fing sie an seiner Brust auf. »Was ist denn schon wieder los? Wo waren Sie?«

Sie wollte sich an ihn lehnen, seine schützende Kraft fühlen, bis sich ihr Herzschlag wieder normalisiert hätte, aber diesen Luxus versagte sie sich. »Nirgends. Ich meine, ich war beim Mittagessen, im äh, im B & B, zu Fuß.«

Er musterte ihr zerzaustes Haar und die geröteten Wangen. »Was ist das?« Er deutete auf die Broschüre, die sie umklammerte.

»Nichts.« Sie versuchte, sie in ihre Manteltasche zu stopfen.

Reede riß sie ihr aus der Hand. Er überflog das Deckblatt, schlug sie auf und las die Botschaft, die den Weltuntergang ankündigte. »Glauben Sie an so was?«

»Natürlich nicht. Ein Straßenprediger hat es mir gegeben. Sie sollten sich wirklich mal drum kümmern, daß diese Bettler aus Ihrem Bezirk verschwinden, Sheriff«, sagte sie hochmütig. »Sie sind lästig.«

Sie ging um ihn herum und die Treppe hinunter.


22


Nora Gail setzte sich auf und griff nach dem durchsichtigen Kleidungsstück, mit dem sie das Zimmer betreten hatte.

»Danke«, sagte Reede zu ihr.

Sie warf ihm einen tadelnden Blick über ihre weiche weiße Schulter zu. »Wie romantisch.« Nachdem sie in die gerüschten Ärmel ihres Negligés geschlüpft war, verließ sie das Bett und ging zur Tür. »Ich muß mich kurz um ein paar Sachen kümmern, aber ich komm wieder, dann können wir reden.« Sie strich sich kurz über ihre auftoupierten Haare und verließ das Zimmer.

Reede sah ihr nach. Ihr Körper war jetzt noch kompakt, in ein paar Jahren würde das Fett siegen. Die großen Brüste würden hängen, die übergroßen Brustwarzen ohne die stützenden Muskeln grotesk aussehen. Ihr glatter, leicht gewölbter Bauch würde schwammig werden, Schenkel und Hintern voller Grübchen sein.

Obwohl sie Freunde waren, haßte er sie in diesem Augenblick und sich selbst noch mehr. Er haßte die körperlichen Bedürfnisse, die ihn zu dieser Verzerrung von Intimität mit einer Frau zwangen.

Sie kopulierten, geist- und herzloser als einige Spezies von Tieren. Die Entspannung sollte reinigend, eine Katharsis sein, er sollte sich eigentlich toll fühlen. Aber dem war nicht so. In letzter Zeit gelang ihm das immer seltener.

»Scheiße«, murmelte er. Wahrscheinlich würde er noch bis ins Alter mit ihr schlafen. Jeder wußte, was der andere zu geben hatte, und verlangte nicht mehr. Was Reede betraf, so war Leidenschaft eine Frage des Bedürfnisses, nicht der Sehnsucht und ganz sicher nicht der Liebe.

Er konnte bei ihr abschießen. Sie kam auch zum Zug. Sie hatte ihm oft gesagt, er wäre einer der wenigen Männer, die sie zum Orgasmus bringen konnten. Er fühlte sich nicht sonderlich geschmeichelt, weil es möglicherweise und wahrscheinlich eine Lüge war.

Angewidert schwang er seine Beine vom Bett. Auf dem Nachttisch lag eine Packung Zigaretten, mit Empfehlung des Hauses. Die sorgfältig gerollten Joints mußte man bezahlen. Er zündete sich eine der Zigaretten an, etwas, das er nur noch selten machte, und sog den Tabak tief in seine Lungen. Die postkoitalen Zigaretten fehlten ihm mehr als alle anderen, vielleicht weil der Tabak den Körper bestrafte und verseuchte, der ihn ständig mit seinem gesunden Sexualtrieb besiegen wollte.

Er goß sich einen Drink aus der Flasche auf dem Nachttisch ein – den würde man auf seine Rechnung setzen, auch wenn er die Puffmutter selbst vögelte – und kippte ihn mit einem Zug hinunter. Seine Speiseröhre zog sich rebellisch zusammen. Die Augen tränten, und dann breitete der Whiskey sich warm und wohlig in seinem Bauch aus. Jetzt fühlte er sich schon ein kleines bißchen besser.

Er legte sich wieder hin, starrte die Decke an und wünschte, er könnte schlafen, aber auch so war ihm diese kostbare Zeit der Entspannung willkommen, wenn keiner von ihm verlangte, daß er redete, sich bewegte, dachte.

Seine Augen schlossen sich. Ein Bild tauchte vor ihm auf, ein Gesicht, in Sonnenlicht getaucht, umkränzt von offenem kastanienbraunen Haar. Sein Schwanz, der eigentlich schlaff vor Erschöpfung sein müßte, schwoll an und streckte sich mit mehr Lust, als er vorhin empfunden hatte.

Reede verdrängte das Bild nicht wie gewöhnlich. Diesmal ließ er zu, daß es sich entwickelte. Die Phantasie war willkommen, und er gönnte sie sich. Er beobachtete, wie ihre blauen Augen blinzelten, überrascht von ihrer eigenen Erotik, beobachtete, wie die Zunge nervös über ihre Unterlippe strich.

Er spürte ihren Körper an seinem, spürte, wie ihr Herz im Takt mit seinem schlug, ihr Haar zwischen seinen Fingern.

Er schmeckte erneut ihren Mund, fühlte, wie ihre Zunge schüchtern mit seiner flirtete.

Er hatte nicht gemerkt, daß er leise stöhnte oder daß sein Penis zuckte. Ein Tropfen Feuchtigkeit perlte hoch. Sehnsucht packte ihn und drohte ihn zu ersticken.

»Reede!«

Die Tür zum Zimmer wurde aufgerissen, und die Puffmutter kam hereingestürzt. Sie sah gar nicht mehr kühl und elegant aus.

»Reede«, wiederholte sie ganz außer Atem.

»Himmel noch mal!« Er schwang seine Füße vom Bett und fuhr auf. Seine offensichtliche Erregung hatte er vergessen. Irgend etwas Furchtbares mußte passiert sein.

Er hatte sie noch nie so aufgeregt gesehen, solange sie sich kannten. Ihre Augen waren vor Angst weit aufgerissen. Er hatte seine Unterhosen schon übergestreift, ehe sie etwas sagen konnte.

»Sie haben gerade angerufen.«

»Wer?«

»Dein Büro. Da ist ein Notfall.«

»Wo?« Jeans und Hemd hatte er bereits an und stieg jetzt in die Stiefel.

»Die Ranch.«

Er erstarrte kurz und drehte sich dann rasch zu ihr. »Die *Minton* Ranch?« Sie nickte... »Was für ein Notfall?«

»Das hat der Deputy nicht gesagt. Ich schwör's bei Gott«, sagte sie hastig, als sie sah, daß Reedes Blick sie durchbohren wollte.

»Privater oder offizieller Notfall?«

»Ich weiß es nicht, Reede. Ich hab den Eindruck, es ist eine Kombination von beidem. Er hat nur gesagt, du wirst da gebraucht, pronto. Kann ich irgend etwas tun?«

»Ruf zurück und sag ihnen, daß ich unterwegs bin.« Er packte seinen Hut und Mantel, schob sie beiseite und hastete in den Korridor. »Danke.«

»Laß mich wissen, was passiert ist«, rief sie und beugte sich über die Balustrade der Treppe, die er hinunterdonnerte.

»Sobald ich kann.« Sekunden später knallte die Tür hinter ihm zu, er sprang über das Verandageländer und rannte weiter zu seinem Wagen.

Alex schlief tief und fest, deshalb drang das Klopfen an der Tür nicht in ihr Bewußtsein. Sie dachte, der Lärm wäre Teil ihres Traumes. Schließlich weckte sie eine Stimme.

»Stehn Sie auf und öffnen Sie die Tür!«

Sie setzte sich benommen auf und tastete nach dem Schalter der Nachttischlampe, den sie nie finden konnte. Als die Lampe anging, blinzelte sie im plötzlichen Lichtstrahl.

»Alex, verdammt noch mal! *Steh auf!*«

Die Tür erbebte unter seinen Fäusten. »Reede?« krächzte sie.

»Wenn Sie nicht in zehn Sekunden aufstehn...«

Sie warf einen Blick auf die Digitaluhr auf dem Nachttisch. Es war kurz vor zwei Uhr morgens. Der Sheriff war entweder betrunken oder verrückt. Egal was, auf keinen Fall würde sie ihm in seinem augenblicklichen Zustand die Tür öffnen. »Was wollen Sie?«

Alex wußte nicht, wieso das Klopfgeräusch plötzlich so anders klang, bis das Holz zu splittern begann und zerbarst. Reede trat die Tür auf und brach herein.

»Sind Sie denn völlig wahnsinnig geworden. Was wollen Sie hier?« schrie sie und raffte die Laken enger um sich.

»Ich bin hier, um Sie zu holen.«

Er packte sie mitsamt den Bettlaken, riß sie vom Bett, stellte sie auf die Füße und entriß ihr dann die Laken. Sie stand zitternd vor ihm, nur mit T-Shirt und Höschen bekleidet, ihre übliche Schlafkleidung. Schwer zu sagen, wer von beiden wütender war oder fasziniert.

Sie fand als erste ihre Stimme wieder. »Ich hoffe, Sie haben einen verdammt guten Grund dafür, daß Sie meine Tür eingetreten haben, Sheriff.«

»Den hab ich.« Er ging zu ihrer Kommode, riß eine Schublade auf und kramte in ihrer Kleidung.

»Den würde ich gerne hören.«

»Das werden Sie.« Eine weitere Schublade wurde Opfer seiner suchenden Hände. Sie stellte sich neben ihn und knallte die Schublade mit der Hüfte zu. Beinahe hätte sie seine Finger eingeklemmt.

»Was suchen Sie?«

»Was zum Anziehn. Außer Sie wollen so mitgehen.«

Er zeigte auf ihr Höschen mit dem französischen Beinausschnitt. Die Stelle, wo sich die durchsichtige Spitze zwischen ihren Schenkeln raffte, schien ihn für ein paar gespannte Sekunden lang in Bann zu halten, dann wandte er mit einem Ruck den Blick zu der Nische, in der ihre Kleidung hing.

»Wo sind Ihre Jeans?« herrschte er sie an.

»Ich werde nirgends hingehen. Wissen Sie, wieviel Uhr es ist?«

Er riß ihre Jeans vom Bügel, so heftig, daß der zu Boden fiel. »Ja.« Er warf ihr die Hose zu. »Ziehn Sie die an. Die auch.« Er warf ihre Freizeitstiefel vor ihre Füße, dann baute er sich vor ihr auf, die Hände in die Hüften gestemmt, mit grimmiger Miene. »Und? Ist es Ihnen lieber, wenn ich das mache?«

Sie hatte nicht die blasseste Ahnung, was sie verbrochen haben könnte, um ihn so zu provozieren. Offensichtlich war er außer sich vor Zorn über irgend etwas. Wenn er unbedingt den Feldwebel spielen wollte, na bitte. Sie würde mitspielen, aber ganz bestimmt nicht ohne Murren.

Sie drehte ihm den Rücken zu, schlüpfte in ihre Jeans, holte ein paar Socken aus ihrer zerwühlten Schublade, schüttelte sie aus und zog sie an, dann kamen die Stiefel dran. Schließlich drehte sie sich um und fixierte ihn blitzeschleudernd.

»So, jetzt bin ich angezogen. Werden Sie mir jetzt sagen, was das alles soll?«

»Unterwegs.«

Er riß einen Pullover vom Bügel und ging auf sie zu, während er ihn bis zum Rollkragen hochraffte. Er zog ihn ihr über den Kopf, steckte ihre Arme rein und streifte ihn zu den Hüften hinunter. Ihre Haare hatten sich im engen Kragen verfangen. Er zog sie heraus.

Anstatt sie loszulassen, packte er ihren Kopf und bog ihn grob zurück. Er zitterte vor Wut.

»Ich sollte Ihnen den Hals umdrehen.«

Er tat es nicht. Er küßte sie – brutal.

Seine Lippen quetschten die ihren gegen ihre Zähne. Er stieß seine Zunge dazwischen, ohne eine Spur von Zärtlichkeit. Es war ein böser Kuß, geboren aus wütender Leidenschaft, und er endete ruckartig.

Ihre Jacke lag über einem Stuhl. Er warf sie ihr zu. »Da.«

Alex war zu erschüttert, um sich zu wehren. Sie zog sie an. Er schob sie über die Schwelle. »Was ist mit der Tür?« fragte sie irrwitzigerweise.

»Ich werde jemanden schicken, der sie richtet.«

»So spät nachts?«

»Vergessen Sie die gottverdammte Tür«, brüllte er. Seine Hände packten ihren Hintern und schoben sie in das Führerhaus des Blazers, der mit laufendem Motor und eingeschalteten Warnlichtern vor der Tür stand.

»Wie lange muß ich noch auf eine Erklärung warten?« fragte sie, als der Blazer hinaus auf den Highway schoß. Ihr Sicherheitsgurt nutzte praktisch nichts. Sie wurde gegen ihn geschleudert und mußte sich an seinem Schenkel festhalten, um nicht auf den Boden zu stürzen. »Um Himmels willen, Reede, sagen Sie mir, was passiert ist.«

»Die Minton-Ranch brennt.«


23

»Brennt?« wiederholte sie mit brüchiger Stimme.

»Hören Sie bitte auf, die Unschuldige zu spielen, ja?«

»Ich weiß nicht, wovon Sie reden.«

Er schlug mit der Faust aufs Lenkrad. »Wie konnten Sie dabei schlafen?«

Sie starrte ihn entsetzt an. »Wollen Sie andeuten, daß ich etwas damit zu tun habe?«

Reede konzentrierte sich wieder auf die Straße. Sein Gesicht sah starr und abgespannt aus im grünlichen Licht des Armaturenbrettes. Der Polizeifunk knatterte und krächzte, die Funksprüche waren laut und eindringlich. Kein anderes Fahrzeug befand sich auf dem Highway, deshalb war die Sirene nicht eingeschaltet, aber die Lichter drehten sich und blitzten, so daß Alex das Gefühl hatte, in einem seltsamen Kaleidoskop gefangen zu sein.

»Ich glaube, Sie hatten sehr viel damit zu tun, Sie und Ihr enger Freund und Verbündeter.« Ihre Verwirrung schien ihn nur noch mehr aufzubringen. »Reverend Fergus Plummet«, schrie er.

»Plummet?«

»Plummet?« äffte er sie boshaft nach. »Wann habt ihr beiden euch das ausgedacht, an dem Abend, an dem er Sie im Motel besucht hat, oder neulich, auf dem Gehsteig vor dem B & B Café?«

Sie holte rasch ein paarmal Luft. »Woher wissen Sie das?«

»Ich weiß es, okay? Wer hat wen zuerst angerufen?«

»Er und seine Frau sind bei mir im Zimmer aufgekreuzt. Ich hatte noch nie von ihm gehört. Der Mann ist wahnsinnig.«

»Das hat Sie nicht daran gehindert, ihn für Ihre Sache einzuspannen.«

»Ich habe nichts dergleichen getan.«

Er zog leise fluchend das Sprechgerät heran und informierte einen seiner Deputies, daß er nur noch ein paar Minuten entfernt wäre.

»Zehn-vier, Reede. Wenn Sie da sind, gehen Sie zu Stallung Nummer zwei.«

»Wieso das?«

»Keine Ahnung. Jemand hat gesagt, ich soll Ihnen das ausrichten.«

»Zehn-vier. Ich bin jetzt am Tor.« Sie bogen vom Highway in die Privatstraße ein. Alex drehte sich der Magen um, als sie die Rauchsäule sah, die aus einem der Pferdeställe aufstieg. Es waren keine Flammen mehr zu sehen, aber das Dach und die angrenzenden Gebäude wurden immer noch von Feuerwehrschläuchen unter Wasser gesetzt. Rettungsmannschaften in Gummistiefeln und Schutzmänteln versuchten verzweifelt, den Schwelbrand unter Kontrolle zu halten.

»Sie haben's in den Griff gekriegt, bevor es zuviel Schaden anrichten konnte«, informierte Reede sie mit barscher Stimme.

Löschzüge parkten in der Nähe der Ställe und vor dem Haus. Fast jedes Erdgeschoßfenster war zerbrochen. Alle Außenwände waren mit Warnungen vor dem Weltuntergang besprüht.

»Es waren drei Autos voll mit den Typen. Scheinbar sind sie mehrmals um das Haus gefahren und haben Steine durch die Fenster geworfen, aber erst, nachdem sie die echte Schweinerei veranstaltet hatten. Sie können sehen, welch guten Umsatz der Supermarkt heute abend mit Sprayfarbe gemacht hat.« Sein Mund verzog sich angewidert. »Sie haben Scheiße in die Tränken gekippt. Nette Freunde haben Sie da, Counselor.«

»Ist irgend jemand verletzt worden?« Die Szene glich einem Horrorfilm. Sie hatte Schwierigkeiten zu atmen.

»Einer der Galoppjungs.« Alex sah ihn fragend an. »Er hat den Lärm gehört, ist aus dem Schlafhaus gerannt, gestolpert und hat sich den Arm gebrochen.«

Stallung Nummer Zwei war die mit dem schwelenden Dach. Reede bremste den Blazer davor ab und ließ sie sitzen, während er hineinlief. Alex fühlte sich, als ob das Gewicht der Welt sie erdrücken wollte, aber sie schob die Tür auf und folgte ihm durch das weit offene Tor, bahnte sich einen Weg durch die hin- und herrennenden Feuerwehrleute.

»Was ist denn los?« hörte sie Reede fragen, der den Mittelgang des Stalls hinunterlief.

Ein Pferd schrie, offensichtlich vor Schmerz. Es war das gräßlichste Geräusch, das Alex je gehört hatte.

Die Mintons, alle in Pyjamas, standen zusammengedrängt vor einer der Boxen. Sarah Jo weinte hemmungslos, während Angus ihr heftig, aber ohne Wirkung den Rücken tätschelte. Junior hielt ihre Hand und unterdrückte mit der anderen ein Gähnen. Reede schob sie beiseite, blieb aber abrupt am Eingang der Box stehen.

»Oh, mein Gott.« Er fing an zu fluchen, dann stieß er einen unartikulierten Schrei aus, der Alex zurückweichen ließ.

Ein schmerbäuchiger Mann mit Brille trat in Alex' Sichtfeld. So wie er aussah, kam er direkt aus dem Bett. Er hatte nur eine Cordjacke über seinen Schlafanzug gestreift. Jetzt legte er eine Hand auf Reedes Arm und schüttelte traurig einen fast kahlen Kopf. »Ich kann nichts mehr für ihn tun, Reede. Wir werden ihn einschläfern müssen.«

Reede sah den Mann wie versteinert an. Sein Brustkorb bebte, als müsse er sich gleich übergeben. Sarah Jo schluchzte lauter und schlug sich die Hände vors Gesicht. »Mutter, bitte, laß uns ins Haus zurückgehn.« Junior legte einen Arm um ihre Taille und zog sie weg. Angus ließ seine Hand fallen. Mutter und Sohn gingen langsam den Gang hinunter.

Sie waren fast bei Alex angelangt, bevor sie sie bemerkten. Sobald Sarah Jo sie sah, schrie sie auf und hob eine Faust. »*Du*, du hast uns das angetan!«

Alex wich erschrocken zurück. »Ich...«

»Es ist deine Schuld, du boshaftes, zänkisches Mistück!«

»Mutter«, sagte Junior, nicht vorwurfsvoll, sondern mitfühlend. Sarah Jo lehnte sich erschöpft von ihrem Ausbruch an ihn. Er warf Alex einen Blick zu, weniger anklagend als ratlos. Dann gingen die beiden stumm weiter, Sarah Jo stützte sich schwer auf ihren Sohn.

»Was ist passiert, Ely?« fragte Reede, der das andere Drama scheinbar nicht registriert hatte.

»Ein Balken muß direkt auf ihn gestürzt sein. Er ist gefallen und hat sich die Schulter gebrochen«, sagte der Mann namens Ely leise. Zweifellos war er der Veterinär.

»Gib ihm, um Himmels willen, ein Schmerzmittel.«

»Das hab ich schon. Es ist stark, aber das kann ihn nicht betäuben.« Er warf einen Blick auf das leidende Tier. »Sein Oberschenkel ist auch zerschmettert; was die inneren Verletzungen angeht, kann ich nur Vermutungen anstellen. Selbst wenn ich ihn zusammenflicken würde, bliebe er immer kränklich und nutzlos als Deckhengst für dich.«

Sie standen einen Augenblick schweigend da und lauschten auf die herzzerreißenden Töne, die das Tier von sich gab. Schließlich sagte Angus: »Danke, Ely. Wir wissen, daß du dein Bestes getan hast.«

»Tut mir leid, Angus, Reede«, sagte der Veterinär und meinte es aufrichtig. »Geht jetzt alle hier raus. Ich muß schnell in die Praxis und das Zeug holen, dann komm ich zurück und geb ihm die Spritze.«

»Nein«, krächzte Reede heiser. »Ich mach es.«

»Das solltest du nicht. Die Spritze ist ...«

»Ich kann ihn nicht so lange warten lassen.«

»Ich brauch höchstens zehn Minuten.«

»Ich hab gesagt, ich werd es tun«, schrie Reede ungeduldig.

Angus mischte sich ein. Er klopfte dem wohlmeinenden Veterinär auf die Schulter, um jedes weitere Argument zu unterbinden. »Geh nach Hause, Ely. Tut mir leid, daß ich dich deswegen rausholen mußte.«

»Was für ein Jammer! Ich hab Double Time behandelt, seit er auf der Welt ist.«

Alex schlug sich entsetzt die Hand vor den Mund. Double Time war Reedes angebetetes Rennpferd. Der Veterinär verließ den Stall durch eine andere Tür. Er hatte Alex nicht gesehen.

Von draußen war das Geschrei der Feuerwehrmänner zu hören. Andere Pferde schnaubten ängstlich in ihren Boxen und trampelten aufgeregt hin und her. Diese Geräusche schienen weit entfernt und entrückt von der Tragödie in diesem Stallabteil.

»Reede, schaffst du das, Junge?«

»Ja. Kümmer dich um Sarah Jo. Ich kümmer mich um das hier.«

Der Ältere wollte etwas erwidern, aber schließlich wandte er sich ab. Er warf Alex einen scharfen Blick zu, als er an ihr vorbeistapfte, sagte aber nichts.

Sie wollte weinen, als sie sah, wie Reede sich ins Stroh kniete. Er rieb die Nüstern des leidenden Pferdes. »Du warst gut – der Beste«, flüsterte er leise. »Du hast alles gegeben, was du hattest, und noch mehr.« Das Tier wieherte leise, wie eine Bitte.

Reede richtete sich langsam auf und griff nach der Pistole in seinem Halfter. Er zog sie heraus, prüfte, ob die Kammer geladen war, und richtete sie dann auf sein Geschöpf.

»Nein!« Alex rannte vor und packte seinen Arm. »Reede, nicht! Laß es jemand anders tun.«

Sie hatte abgebrühte Verbrecher gesehen, die nach ihrer Verurteilung zum Tode dem Ankläger, dem Richter, den Geschworenen Rache geschworen hatten, bis über das Grab hinaus.

Aber sie hatte noch nie eine so tödliche Entschlossenheit in einem Gesicht gesehen wie jetzt in Reedes. Seine Augen waren glasig vor Tränen und Haß. Mit unheimlicher Schnelligkeit packte er sie um die Taille und zog sie mit dem Rücken an sich. Sie wehrte sich. Er fluchte und packte sie noch fester.

Jetzt nahm er ihre rechte Hand und schloß ihre widerwilligen Finger mit Gewalt um die Pistole, dann zielte er damit zwischen die Augen des Pferdes und drückte ab.

»*Nein!*«

Sie schrie, als die Pistole in ihrer Hand losging. Der tödliche Knall hallte unendlich lange von den Stallwänden wider. Pferde wieherten und trampelten vor Angst. Draußen schrie jemand, und einige der Feuerwehrmänner drängten durch die Tür, um zu sehen, wer da geschossen hatte.

Reede stieß Alex von sich und knirschte mit wutverzerrter Stimme: »Sie hätten gleich saubere Arbeit leisten sollen und ihm die Qualen ersparen.«

»Das Feuer ist total gelöscht, Mr. Minton«, berichtete der Chef der Feuerwehr. »Wir haben alle Kabel, die Isolierung, alles auf dem Dach untersucht. Der Schaden war nur oberflächlich.« Er schnalzte mit der Zunge. »Wirklich schade um Reede Lamberts Vollblut.«

»Danke für alles, was Sie getan haben. Ich hab schon immer gesagt, daß unsere Feuerwehr die beste in ganz West Texas ist.«

Angus hatte etwas von seiner Herzlichkeit wiedergefunden, obgleich er völlig erschöpft aussah. Er versuchte den Schein zu wahren, als wäre er entschlossen, nicht zu zeigen, was für ein Schlag der Brand für ihn war. Alex konnte sein Durchstehvermögen und seinen Optimismus nur bewundern.

Er saß mit Junior am Küchentisch und sah aus, als hätte er gerade eine Pokerrunde, die die ganze Nacht gedauert hatte, hinter sich, anstatt einer Totenwache für ein getötetes Rennpferd und seinen von Fanatikern heimgesuchten Besitz.

»Na ja, dann werden wir uns mal auf den Weg machen.« Der Feuerwehrmann nahm seinen Helm und wandte sich zur Hintertür. »Morgen kommt jemand raus und sucht nach Indizien. Es war definitiv Brandstiftung.«

»Wir geben euch jede Unterstützung. Ich bin bloß froh, daß ihr so schnell reagiert habt und Sorge getragen, daß sich das Feuer nicht ausbreitete...«

»Bis bald.« Als der Feuerwehrmann hinausging, kam Reede ihm entgegen. Reede ignorierte Alex, die verschreckt an einer Wand stand, und goß sich eine Tasse Kaffee aus der Kanne ein, den Lupe aufgebrüht hatte.

»Die Tränken sind wieder sauber. Die Pferde werden sich nicht an ihrem eigenen Kot vergiften«, sagte er ruhig. »Wir haben alle Fenster zugenagelt, also werdet ihr heute nacht nicht erfrieren. Aber es gibt noch viel aufzuräumen.«

»Na ja«, sagte Angus und erhob sich. »Damit können wir erst bei Tagesanbruch anfangen. Danke, Reede. Du hast weit mehr getan, als deine Sheriffpflichten verlangen.«

Reede nickte kurz. »Wie geht's Sarah Jo?«

»Junior hat sie dazu gebracht, eine Beruhigungstablette zu nehmen.«

»Sie schläft jetzt.« Junior erhob sich ebenfalls. »Kann ich Sie in die Stadt zurückfahren, Alex? So spät nachts sollten Sie nicht hier draußen sein.«

»Ich wollte, daß sie sieht, was sie angerichtet hat«, sagte Reede.

»Ich habe nichts damit zu tun!« rief sie.

»Vielleicht nicht direkt«, sagte Angus streng, »aber diese verfluchte Untersuchung von Ihnen hat alles in Bewegung gebracht. Wir kämpfen seit Jahren gegen diesen Pfarrer, der ständig Fegefeuer und Verdammnis brüllt. Er hat nur einen Vorwand gebraucht, um so eine Bosheit durchzuziehen. Sie haben ihm den auf einer Silberplatte serviert.«

»Tut mir leid, wenn Sie das so sehn, Angus.«

Die Luft vibrierte vor Spannung. Keiner bewegte sich. Selbst die Haushälterin hörte mit Abspülen auf. Schließlich trat Junior vor und nahm ihren Arm. »Kommen Sie. Es ist spät.«

»Ich bring sie zurück«, sagte Reede.

»Mir macht es nichts aus.«

»Ich fahr sowieso.«

»Du wirst nur auf dem rumhacken, was hier passiert ist.«

»Was, zum Teufel, geht es dich an, was ich zu ihr sage?«

»Also schön, du bringst sie nach Hause«, gab Junior verärgert nach. »Du hast sie hergebracht, stimmt's?« Damit verließ er den Raum.

»Nacht, Reede, Alex.« Ein Angus ohne Lächeln folgte seinem Sohn aus dem Raum.

Reede kippte den Rest seines Kaffees ins Spülbecken. »Kommen Sie«, befahl er.

Sie nahm ihre Jacke, schleppte sich hinterher und kletterte völlig zerstört in seinen Laster. Sie wollte etwas sagen, um die gräßliche Stille zu durchbrechen, aber brachte kein einziges Wort heraus. Reede hatte scheinbar keine Lust, sich zu unterhalten. Sein Blick war entschlossen auf den Mittelstreifen des Highways gerichtet.

Schließlich konnte sie die Belastung nicht mehr ertragen und platzte heraus. »Ich hatte nichts mit dem zu tun, was heute nacht passiert ist.«

Er drehte nur den Kopf und sah sie ungeduldig an.

»Ich bin überzeugt, Junior glaubt mir«, rief sie.

»Was weiß denn der schon? Sie haben ihm den Kopf verdreht. Er hat einen Blick in diese niedlichen blauen Augen geworfen und war verloren. Er steckt bis zum Hals in sentimentalem Mist von wegen Celinas Tochter, erinnert sich, wie verknallt er in sie war, und will es wiederholen – aber auf einer ganz anderen Ebene. Das Spielzeug, das er Ihnen jetzt geben will, klappert nicht.«

»Sie sind widerlich.«

»Es muß ja ein echter Kick für Sie gewesen sein, mit anzusehen, daß wir uns Ihretwegen fast geprügelt hätten.«

Sie biß die Zähne zusammen. »Denken Sie, was Sie wollen, was meine Pläne mit Junior und seine mit mir angeht, aber Sie dürfen unter gar keinen Umständen glauben, ich wäre verantwortlich für den Schaden, den man heute nacht auf seiner Ranch angerichtet hat.«

»Sie waren verantwortlich. Sie haben Plummet angestachelt.«

»Nicht absichtlich. Plummet hat sich in den Kopf gesetzt, daß ich die Antwort auf seine Gebete wäre – daß Gott mich geschickt hätte, um Purcell von Sündern reinzuwaschen, von den Mintons, von allen, die etwas mit der Glücksspiellizenz zu tun haben.«

»Er ist noch verrückter, als ich dachte.«

Sie rieb sich die Oberarme, als bekäme sie von dem Gedanken an Plummet bereits Gänsehaut. »Und das ist erst der Anfang. Er sagt, Gott wäre wütend, weil ich Sie nicht alle eingesperrt habe. Er hat mich beschuldigt, ich würde mit dem Teufel fraternisieren, das heißt, mit Ihnen.« Die sexuellen Parallelen, die Plummet gezogen hatte, erwähnte sie nicht.

Reede parkte vor ihrem Motelzimmer. Die Tür war immer noch geborsten und hing in den Angeln. »Ich dachte, Sie würden das richten lassen.«

»Klemmen Sie bis morgen früh einen Stuhl unter den Türknopf. Es wird schon nichts geschehen.«

Er ließ den Motor des Blazers laufen, aber im Leerlauf. Das

Polizeiradio krächzte und knisterte, die Funksprüche waren verstummt. Das Geräusch ging ihr auf die Nerven.

»Das mit Double Time tut mir furchtbar leid, Reede. Ich weiß, wie sehr Sie an ihm hingen.«

Seine Lederjacke machte ein quietschendes Geräusch, als er die Schultern zuckte. »Er war versichert.«

Alex stieß einen leisen Protest aus, voller Wut und Schmerz. Er verbot ihr die Betroffenheit. Er würde nicht zulassen, daß sie Trauer oder Mitleid empfand, weil er sich selbst diese Gefühle nicht erlaubte. Sie hatte gesehen, wie er litt, Sekunden bevor er seinem Pferd die Kugel in den Kopf jagte. Sie hatte gehört, wie er über die armselige Beerdigung seines Vaters gesprochen hatte.

Und genau das konnte Reede nicht verzeihen. Mehr als einmal hatte er ihr seine Seele entblößt und ihr gezeigt, daß er trotz allem ein empfindsames menschliches Wesen war.

Ihre Hände ballten sich zu Fäusten, sie preßte die Handgelenke aneinander und streckte sie ihm entgegen. Er sah sie mit düsterem Blick an. »Was hat das zu bedeuten?«

»Legen Sie mir Handschellen an«, forderte sie ihn auf. »Lochen Sie mich ein. Verhaften Sie mich. Klagen Sie mich an. Sie haben gesagt, ich wäre verantwortlich.«

»Das sind Sie auch«, zischte er mit zusammengebissenen Zähnen. »Angus hatte recht. Wenn Sie nicht hergekommen und mit dem Rumschnüffeln angefangen hätten, wäre das alles nicht passiert.«

»Ich weigere mich, die Schuld für die Verwüstung heute nacht auf mich zu nehmen, Reede. Es war die Tat eines Verrückten und seiner irregeleiteten Anhänger. Wenn meine Untersuchung nicht ihr Auslöser gewesen wäre, dann wär's was anderes gewesen. Ich bedaure das mit Double Time zutiefst. Was wollen Sie denn noch von mir?«

Er warf ihr einen finsteren Blick zu. Sie riß ihre Hände zurück, als wäre sie dem Rachen einer gräßlichen Bestie zu nahe gekommen und hätte es gerade noch rechtzeitig bemerkt.

In ihrem Mund konnte sie immer noch seinen Kuß schmecken – Whiskey und Tabak. Sie fühlte, als würde es noch einmal passieren, seine suchende, bohrende Zunge, seine besitzergreifenden Hände um ihren Kopf, die massive Präsenz seiner Schenkel, die gegen ihre drückten.

»Sie sollten besser reingehen, Counselor«, sagte er mit belegter Stimme.

Er legte den Schaltknüppel in den Rückwärtsgang. Sie befolgte seinen Rat und stieg aus.


24

Alex tastete nach dem schrillenden Telefon. Sie fand es beim fünften Läuten und sagte benommen: »Hallo?«

»Miss Gaither? Ich hab Sie doch nicht aufgeweckt, oder? Wenn ja, tut es mir leid.«

Alex schob sich die Haare aus dem Gesicht, leckte sich ihre trockenen Lippen, blinzelte mit verschwollenen Augen und rappelte sich hoch. »Nein, ich war nur grade beschäftigt.« Die Uhr auf ihrem Nachttisch zeigte auf zehn. Sie hatte nicht geahnt, daß sie so lange geschlafen hatte, aber schließlich war sie erst im Morgengrauen ins Bett gekommen. »Entschuldigung, ich bin mir nicht sicher...«

»Sarah Jo Minton.«

Ein leiser Überraschungsruf entfuhr ihr. Ihr fielen mindestens hundert Leute ein, mit deren Anruf sie gerechnet hätte, nur nicht mit dem Sarah Jo Mintons. »Sind Sie... ist alles in Ordnung?«

»Mir geht es gut, aber ich schäme mich furchtbar wegen all der Dinge, die ich gestern nacht geäußert habe.«

Dieses reumütige Geständnis schockierte Alex. »Sie waren verständlicherweise sehr aufgeregt.«

»Würden Sie mir die Freude machen, heute nachmittag zum Tee zu kommen?«

Vielleicht war sie ja doch noch nicht wach und träumte bloß? Heutzutage sagten Leute: »Gehn wir einen Happen essen« oder »Lust auf ein Bier?« Aber keiner sagte: »Würden Sie mir die Freude machen, zum Tee zu kommen?«

»Das ... das würde ich gerne.«

»Gut. Drei Uhr.«

»Wo?«

»Hier auf der Ranch natürlich. Ich freue mich auf Ihren Besuch, Miss Gaither. Auf Wiedersehen.«

Alex starrte den Hörer einige Sekunden lang an, bevor sie ihn langsam auflegte. Was, in aller Welt, hatte Sarah Jo dazu veranlaßt, sie zum Tee einzuladen?

Dr. Ely Collins' Praxis war wohl das unordentlichste Zimmer, das Alex je gesehen hatte. Es war sauber, aber total unorganisiert, genauso regelwidrig wie der Veterinär selbst.

»Danke für Ihre Besuchserlaubnis, Dr. Collins.«

»Keine Ursache. Ich habe heute nachmittag frei. Kommen Sie rein, nehmen Sie Platz.« Er entfernte einen Stapel Fachzeitschriften von einem Holzstuhl für Alex. Dann setzte er sich hinter einen Schreibtisch, auf dem sich Berge von Papieren türmten.

»Es war nicht direkt überraschend, daß Sie mich angerufen haben«, sagte er offen.

»Wieso?«

»Pat Chastain hat mir gesagt, daß Sie mir wahrscheinlich ein paar Fragen stellen würden.«

»Ich dachte, er ist nicht in der Stadt?«

»Das war vor ein paar Wochen, direkt nachdem Sie hier eingetroffen sind.«

»Ich verstehe.«

Alex hatte beschlossen, die Stunden vor ihrer Verabredung mit Sarah Jo für die Befragung des Veterinärs zu nutzen. Sie hatte ihn angerufen, und er war sofort bereit, sie zu empfangen.

»Sind Sie mit dem Mord an Celina Gaither vertraut?« begann sie, ein bewußter Versuch ihr eigenes Beteiligtsein herunterzuspielen.

»Sicher, so ein süßes Mädchen. Alle traf es wie ein Schock.«

»Danke. Es war doch Ihr Vater, der am Morgen dieses Tages die Geburt des Fohlens auf der Minton Ranch überwachte, nicht wahr?«

»Richtig. Ich hab seine Praxis nach seinem Tod übernommen.«

»Ich hätte gerne ein paar allgemeine Informationen. Arbeiten Sie ausschließlich für die Mintons?«

»Nein, ich bin kein Hausveterinär. Ich habe eine Praxis. Aber wahrheitsgemäß muß ich Ihnen sagen, daß ich von den Mintons soviel Arbeit kriege, daß ich fast nur für sie arbeite. Ich bin ungefähr jeden Tag draußen.«

»Und, war das bei Ihrem Vater auch so?«

»Ja, aber wenn Sie damit andeuten wollen, daß ich die Mintons nicht verraten würde, weil sie meine Brötchengeber sind, liegen Sie falsch.«

»Das wollte ich damit nicht sagen.«

»Das hier ist ein Pferde- und Rinderland. Ich muß mehr Fälle ablehnen, als ich annehmen kann. Ich bin ein ehrlicher Mann. Und Daddy war das auch.«

Alex entschuldigte sich ein zweites Mal, obwohl ihr tatsächlich der Gedanke gekommen war, daß er nur ungern Informationen preisgeben würde, die seinem gutzahlenden Klienten schaden könnten.

»Hat Ihr Vater mit Ihnen über den Mord an Celina geredet?«

»Er hat geweint wie ein kleines Kind, als er erfuhr, daß sie mit einem seiner Instrumente getötet worden war.«

»Dr. Collins hat die Mordwaffe definitiv als sein Skalpell identifiziert?«

»Das war von Anfang an klar. Mama hatte ihm diesen Satz Instrumente aus Sterlingsilber zu ihrem fünfundzwanzigsten Hochzeitstag geschenkt. Auf jedem Griff waren seine Initialen eingraviert. Das Skalpell war seins, keine Frage. Und er konnte nicht verwinden, daß er es so achtlos hatte liegenlassen.«

Alex rutschte zur Stuhlkante vor. »Es war doch recht merkwürdig, daß er ausgerechnet mit dem gravierten Geschenk seiner Frau so nachlässig umging, oder nicht?«

Er kratzte sich die Backe. »Daddy hat diese Instrumente wie einen Schatz gehütet. Er hat sie in einer mit Samt ausgeschlagenen Schachtel aufbewahrt. Ich hab mir immer den Kopf zerbrochen, wie es passieren konnte, daß das Skalpell aus seiner Tasche fiel. Wahrscheinlich passierte es, weil an diesem Tag alle so intensiv mit der Stute beschäftigt waren. In dem ganzen Trubel ist es wohl einfach rausgeflogen.«

»Sie waren dabei?«

»Ich dachte, das wüßten Sie schon. Ich war mitgekommen, um zuzusehen und Daddy zu assistieren, falls er mich brauchte. Natürlich war Reede auch da. Er hatte schon oft geholfen.«

»Reede war da?«

»Den ganzen Tag.«

»Hat Ihr Vater ihn zu irgendeinem Zeitpunkt mit der Tasche allein gelassen?«

Ely Collins nagte an der Innenseite seiner Backe. Es war ihr klar, daß er nicht antworten wollte. »Daddy hätte keinen Gedanken daran verschwendet«, sagte er schließlich, »aber kommen Sie ja nicht auf die Idee, daß ich Reede beschuldigen will.«

»Nein, natürlich nicht. Wer war an diesem Tag sonst noch im Stall?«

»Lassen Sie mich überlegen«, er zupfte nachdenklich an seiner Unterlippe. »Praktisch jeder irgendwann – Angus, Junior, Reede, alle Stallknechte und die Trainingsreiter.«

»Pasty Hickam.«

»Sicher. Jeder auf der Ranch war um die Stute besorgt. Sogar Stacey Wallace hat vorbeigeschaut. Soweit ich mich erinnern kann, kam sie gerade von einem Urlaub an der Küste zurück.«

Alex erstarrte innerlich. Es gelang ihr nur mit äußerster Mühe, sich nichts anmerken zu lassen. »Ist sie lange geblieben?«

»Wer? Stacey? Nein. Sie sagte, sie müsse nach Hause und auspacken.«

»Was ist mit Gooney Bud? War er auch in der Nähe?«

»Er ist immer rumgewandert. Ich kann mich nicht erinnern, ihn gesehen zu haben, aber das heißt nicht, daß er nicht da war.«

»Wenn Sie ihn nicht gesehen haben, fanden Sie es dann nicht überraschend, als er mit dem Skalpell, das voller Blut von Celina war, auftauchte?«

»Nicht wirklich. Daddy hatte nicht gemerkt, daß es fehlte, bis man es bei Gooney Bud fand. Wir glaubten wie alle, daß es aus Daddys Tasche gefallen wäre, daß Gooney es gesehen und aufgehoben hätte und dann Ihre Mutter damit tötete.«

»Aber es ist denkbar, daß jemand es, bei all der Hektik und der Sorge um die Stute und ihr Fohlen, heimlich aus der Tasche Ihres Vaters genommen hatte?«

»Denkbar, sicher.«

Er gab das nur zögernd zu, da es den Mann, für den er arbeitete, belastete. Alex erinnerte sich, wie besorgt er am Abend vorher gewesen war wegen Reedes Rennpferd. Ely Collins war ein Freund aller drei Verdächtigen. Alex hatte ihn gezwungen, seine Loyalität zwischen seiner eigenen Integrität und den Männern, die ihm seinen einzigen Luxus, die handgemachten Luccese-Stiefel, finanzierten, auszugleichen. Ihre Aufgabe war kein Zuckerlecken, aber notwendig.

Sie erhob sich zum Gehen und reichte dem Tierarzt ihre Hand. Er schüttelte sie, und sie verabschiedete sich. »Oh, noch etwas, Dr. Collins, hätten Sie was dagegen, wenn ich mir das Skalpell ansehe?«

Er war überrascht. »Ich hätte gar nichts dagegen, wenn ich es hätte.«

»Sie haben es nicht?«

»Nein.«

»Ihre Mutter?«

»Sie hat es nie zurückbekommen.«

»Auch nicht, nachdem Gooney Bud inhaftiert worden war?«

»Sie und Daddy haben sich nicht sonderlich bemüht, es zurückzukriegen nach dem, was damit passiert war.«

»Sie meinen, es schwirrt immer noch irgendwo herum?«

»Ich weiß nicht, wo es geblieben ist.«

Auf der Minton-Ranch herrschte reges Treiben. Säuberungstrupps sortierten die Trümmer und schafften sie weg. Feuerinspektoren inspizierten verkohlte Balken und Isoliermaterial, suchten nach Indizien für die Ursache des Feuers.

Am Haus arbeitete ein Team mit Sandstrahlern, um die aufgesprühten apokalyptischen Botschaften von den Wänden zu löschen. Die Fensterstöcke wurden für neue Scheiben vermessen.

Reede war mitten im schlimmsten Getümmel und legte überall Hand an. Er war unrasiert und dreckig und sah aus, als hätte er persönlich den Ruß und die Asche nach Beweisen durchsucht. Sein Hemd stand offen und hing aus der Hose, die Ärmel waren hochgerollt. Den Hut hatte er abgelegt, aber er trug lederne Arbeitshandschuhe.

Er entdeckte Alex, als sie aus ihrem Wagen stieg, aber bevor er etwas sagen konnte, rief ihn einer der Feuerinspektoren zu sich. »Sie möchten sich das vielleicht anschauen, Sheriff.«

Reede machte auf dem Absatz kehrt und ging zur Stallung Nummer Zwei. Alex folgte ihm. »Ein Stein? Was zum Teufel hat ein Stein mit dem Feuer zu tun?« fragte Reede, als sie näher trat.

Der Feuerwehrmann kratzte sich den Kopf unter seiner Baseballmütze. »So wie ich das sehe, war das Feuer ein Unfall. Ich meine, wer immer das getan hat, hat eine Schleuder oder so was benutzt, um die Fenster einzuwerfen und so.«

»Wie David gegen Goliath«, murmelte Alex. Reede kniff den Mund zusammen und nickte.

Der Feuerwehrmann sagte: »Ich glaube, daß dieser Stein gegen einen der Lüftungsschlitze im Dach geknallt ist und in der Verkabelung einen Kurzschluß ausgelöst hat. Dann brannte es.«

»Sie glauben nicht, daß es absichtlich gelegt wurde?«

Der Ermittler runzelte die Stirn. »Nee, glaub ich nicht. Wenn ich ein Feuer legen wollte, hätte ich einen Molotowcocktail geworfen oder einen Brandpfeil geschossen.« Er grinste verlegen. »Ich hätte keinen Stein geschmissen.«

Reede wog den schweren Stein in seiner Hand. »Danke.« Nachdem sich der Feuerwehrmann entfernt hatte, sagte Reede zu Alex: »Soviel zur Chance, Plummet wegen Brandstiftung dranzukriegen.«

Der Tag war ungewöhnlich warm für die Jahreszeit, und Reede roch nach Salz und Schweiß, aber es war kein unangenehmer Geruch. Um ehrlich zu sein, er gefiel ihr. Seine Brust war von dichten Haaren bedeckt, die sich zum Gürtel hin verjüngten und in einer schmalen Linie darunter verschwanden. Sie war ihm so nahe, daß sie sah, wie feucht und lockig es durch den Schweiß war. Es wuchs in Wirbeln um seine Muskeln und die Nippel, die die kühle Brise eregiert hatte.

Der Anblick ließ Wärme in ihr aufsteigen. Sie hob den Blick zu seinem Gesicht. Ein Schweißtropfen wanderte aus seinem Haar und lief in seine Braue. Sie widerstand der Versuchung, ihn mit der Fingerspitze aufzufangen. Sein Stoppelbart paßte zu dem Dreck und Ruß auf seinem Gesicht.

Es kostete sie einige Anstrengung, sich auf ihre Aufgabe zu konzentrieren. »Haben Sie Plummet verhaftet?«

»Wir haben's versucht«, sagte er. »Er ist verschwunden.«

»Seine Familie?«

»Die sind alle zu Hause, die Schuld steht ihnen ins Gesicht geschrieben, aber sie stellen sich dumm, was den Aufenthaltsort des Predigers angeht. Ich mach mir deswegen keine Sorgen. Der kommt nicht weit. Wir werden die Liste seiner Anhänger durchgehn. Irgend jemand versteckt ihn. Er wird früher oder später auftauchen.«

»Wenn er das tut, wäre ich gern dabei, wenn Sie ihn verhören.«

Er warf den Stein zu Boden. »Was haben Sie hier zu suchen?«

»Ich bin zum Tee mit Sarah Jo verabredet.« Sie sah seine ungläubige Miene und fügte hinzu: »Ihre Idee, nicht meine.«

»Na, dann viel Spaß«, sagte er sarkastisch, wandte sich ab und verschwand im Stall.

Angus stand breitbeinig auf der Terrasse und überwachte die Arbeiten. Sie gab sich forsch, als sie sich ihm näherte, hatte sie doch keine Ahnung, wie er sie empfangen würde.

»Sie sind auf die Minute pünktlich«, sagte er.

Er wußte also, daß sie erwartet wurde. »Hallo, Angus.«

»Pünktlichkeit ist eine Tugend. Mumm haben auch. Sie haben beides, kleine Lady.« Er nickte wohlwollend. »Dazu gehört Mumm, sich heute hier zu zeigen.« Er musterte sie mit zusammengekniffenen Augen. »In der Hinsicht sind Sie wie Ihre Mutter, die war auch kein Hasenfuß.«

Er kicherte. »Ich hab gesehen, wie sie sich gegen diese beiden Teufelsbraten – Reede und Junior – durchgesetzt hat, und das nicht nur einmal.«

Sein Kichern verstummte, und sein Blick wanderte mit einem traurigen Lächeln zum Horizont. »Wenn Sie am Leben geblieben wäre, wär sie eine tolle Frau geworden.« Sein Blick kehrte zurück zu Alex. »Sie wäre wahrscheinlich wie Sie geworden. Wenn ich je eine Tochter gehabt hätte, hätt ich mir gewünscht, daß sie so wie Sie ist.«

Dieses unerwartete Kompliment machte Alex verlegen. Sie sagte: »Ich möchte mich entschuldigen, auch wenn ich nur ganz am Rande mit dem hier zu tun habe, Angus.« Sie deutete auf die Zerstörung um sie herum. »Ich hoffe, Reede findet diejenigen, die das angerichtet haben. Ich hoffe, sie werden vor Gericht gebracht.«

»Hoffe ich auch! Das meiste davon kann ich wegstecken. Aber diese sinnlose Vernichtung eines Rassepferdes. Es tut mir in der Seele weh, daß Reede ihn verloren hat. Er war so stolz darauf, daß er genug zusammengespart hatte, um ihn zu kaufen.«

»Es hat ihn, glaube ich, tief getroffen«, ergänzte Alex und sah Reede nach, der gerade zum Wagen ging und etwas ins Funkgerät sprach.

»Ich glaube eher, daß er eine Stinkwut hat. Er hütet alles, was ihm gehört, mit der Eifersucht einer Bärenmutter. Es ist verständlich, wenn man bedenkt, wie er aufgewachsen ist. Hatte nicht mal einen Nachttopf, geschweige denn jemanden, der sich um ihn kümmerte. Hat von abgelegten Sachen und Almosen gelebt. Wenn man einmal ein Aasgeier sein mußte, ist's wahrscheinlich schwer, sich umzugewöhnen. Er ist aggressiv und jähzornig, weil er das meistens zum Überleben gebraucht hat.«

In diesem Augenblick kam Junior fröhlich aus der Tür, mit strahlendem Lächeln wie immer, was im Augenblick nicht sonderlich angebracht schien. Im Gegensatz zu Reede und Angus war er makellos gekleidet. So wie er aussah, hatte er keinen einzigen Schweißtropfen vergossen.

Nachdem er Alex herzlich begrüßt hatte, sagte er: »Ihr glaubt nicht, was ich mir gerade am Telefon anhören mußte. Eine Eigentümerin hat angerufen, um sich nach ihrer trächtigen Stute zu erkundigen. Schlechte Nachrichten verbreiten sich schnell in Rennpferdkreisen«, informierte er Alex.

»Wie dem auch sei, da hat sie also mit dieser Fistelstimme gesagt: ›Mein armes Baby muß ja vor Angst halb irre sein.‹ Ich hab sie beruhigt und ihr gesagt, ihre Stute wäre in einem anderen Stallgebäude, aber sie hat mich eine halbe Stunde lang nicht von der Strippe gelassen. Ich mußte schwören, daß ihr Baby und das Baby ihres Babys okay sind.«

Er äffte die Stimme der Frau nach, und Angus und Alex lachten. Mit einem Mal entdeckte Alex aus dem Augenwinkel, daß Reede sie beobachtete. Er stand reglos da, und obwohl er ein ganzes Stück entfernt war, spürte sie, daß ihm das, was er sah, nicht gefiel. Seine Feindseligkeit war fast greifbar.

»Ich sollte besser reingehn, sonst komm ich noch zu spät zum Tee«, sagte sie zu den Männern.

Junior legte eine Hand auf ihre Schulter. »Mutter möchte ihren Ausbruch von gestern nacht wiedergutmachen. Sie war ganz aus dem Häuschen, als Sie ihre Einladung angenommen haben, und freut sich sehr über Ihren Besuch.«

25

Lupe nahm ihren Pelz und führte sie nach oben. Die Haushälterin blieb vor der Tür stehen und klopfte leise.

»Herein.«

Lupe stieß die Tür auf, ging aber nicht hinein. Alex nahm das als Aufforderung und trat über die Schwelle in einen Raum, der wie eine Filmdekoration aussah. Sie sagte ganz spontan und von Herzen: »Was für ein hübsches Zimmer!«

»Danke. Ich mag es.« Sarah Jo sah über sie hinweg. »Bitte schließ die Tür, Lupe. Du weißt doch, daß ich es hasse, wenn es zieht, und der Lärm, den diese Arbeiter machen, ist so aufdringlich. Bring bitte das Teetablett.«

»Ja, Ma'am.« Die Haushälterin schloß die Tür.

Alex stand an der Tür und fühlte sich ziemlich fehl am Platz mit ihren flachen Wildlederstiefeln und dem langen Wollrock. Ihr schwarzes Ensemble war schick, aber in diesem ultrafemininen, viktorianischen Zimmer, das wie eine Parfümerie roch, wirkte es kraß modern.

Ihre Gastgeberin paßte in ihre Umgebung wie eine pirouettendrehende Ballerina in eine Spieluhr. Die Rüschen, die das Dekolleté ihrer weißen Bluse zierten, stimmten mit denen an ihren schmalen Handgelenken überein. Sie trug einen weichen beigen Rock, der über das mit hellblauem Damast bezogene Sofa neben dem Fenster gebreitet war, auf dem sie saß. Die Nachmittagssonne ließ ihr Haar wie einen Heiligenschein erstrahlen.

»Kommen Sie her und setzen Sie sich.« Sie zeigte auf einen zierlichen Stuhl in ihrer Nähe.

Die normalerweise recht selbstsichere Alex fühlte sich linkisch wie ein Schulmädchen, als sie den mit Teppichen bedeckten Boden überquerte. »Danke für die Einladung. Das war eine reizende Idee.«

»Es war mir eine Pflicht, mich sobald wie möglich für das zu entschuldigen, was ich gestern nacht zu Ihnen gesagt habe.«

»Machen Sie sich keine Gedanken, das ist vergessen.« Junior und Angus hatten ihr scheinbar die unfreiwillige Rolle bei diesem Überfall verziehen. Und so konnte sie auch Sarah Jo gegenüber nachsichtig sein.

Sie sah sich neugierig um. »Das ist wirklich ein ungewöhnliches Zimmer. Haben Sie es selbst eingerichtet?«

Sarah Jos Lachen war so fragil wie die Hand, mit der sie jetzt ihre Rüschen glättete. »Aber ja, ich würde nie einen dieser gräßlichen Innenarchitekten in mein Haus lassen. Um ehrlich zu sein, ich habe mein Zimmer zu Hause Stück für Stück kopieren lassen, so genau es ging. Angus sagt, es ist zu verspielt.«

Alex suchte unauffällig nach etwas Maskulinem, einem winzigen Hinweis, daß je ein Mann in diesem Zimmer gewesen war. Es gab keinen. Sarah Jo konnte scheinbar Gedanken lesen und sagte: »Seine Sachen sind im anderen Zimmer, dort drüben.« Alex folgte ihrem Blick zu einer geschlossenen Tür.

»Komm herein, Lupe«, sagte Sarah Jo, als die Haushälterin leise klopfte. »Hier ist unser Tee.«

Während Lupe das Silberservice auf dem Teetisch arrangierte, begann Alex zu plaudern. »Sie erwähnten Ihr Zuhause. Kentucky, nicht wahr?«

»Ja. Pferdeland. Jagdland. Ich habe es so geliebt.« Ihr sehnsüchtiger Blick wanderte zum Fenster. Das Panorama war nicht gerade eine Augenweide. Endlose Meilen grauer Erde bis zum Horizont. Sie beobachteten, wie ein Büschel

Unkraut über den steinernen Patio wehte und im Pool landete. Die Vegetation ringsum war tot und braun wie ein Baumwollfeld nach der Ernte.

»Es ist so öde hier. Mir fehlt das Grün. Natürlich haben wir viele Morgen bewässerter Weiden für die Pferde, aber irgendwie ist es nicht dasselbe.« Sie wandte langsam den Kopf und dankte der Frau mit einem Kopfnicken. Lupe zog sich zurück. »Wie nehmen Sie Ihren Tee?«

»Zitrone und Zucker, bitte. Ein Stück.«

Sarah Jo zelebrierte ein Ritual, von dem Alex geglaubt hatte, es wäre schon vor zwei Generationen ausgestorben. Jede Bewegung war minutiös einstudiert. Ihre blassen durchsichtigen Hände bewegten sich mit geschmeidiger Eleganz. Alex wurde klar, wieso dieser Brauch im Amerika von heute ausgestorben war. Keiner hätte mehr die Zeit dazu.

»Ein Sandwich? Gurke und Frischkäse?«

»Sehr gerne«, erwiderte Alex mit einem Lächeln.

Sarah Jo legte auch noch zwei Törtchen auf den Teller, dann reichte sie ihn Alex, die sich eine Spitzenserviette über ihren Schoß gebreitet hatte. »Danke.«

Sie nippte an ihrem Tee und stellte fest, daß er perfekt schmeckt. Das Sandwich war nur ein kleines Dreieck krustenloses Weißbrot, aber die Füllung kühl und cremig. Sie hoffte, ihr Magen würde keine unanständigen Geräusche produzieren, als sie das kleine Ding gierig verschlang. Sie hatte das Frühstück verschlafen und geglaubt, es wäre überflüssig, so kurz vor dem Tee Mittag zu essen.

Sie biß in eins der Törtchen und fragte dann: »Sind Sie oft zu Besuch in Kentucky?«

Ihre Gastgeberin versorgte sich selbst mit Tee und rührte lustlos darin herum. »Nur zweimal, zu den Beerdigungen meiner Eltern.«

»Es war nicht meine Absicht, ein trauriges Thema anzuschneiden.«

»Ich habe keine Familie mehr, abgesehen von Angus und Junior. Ein Mensch von Charakter lernt mit Verlusten zu leben.« Sie stellte ihre Tasse so behutsam zurück auf den Tisch, daß das Porzellan nicht einmal klickte. Mit gesenktem Kopf hob sie den Blick zu Alex. »Nur Sie haben das nicht, nicht wahr?«

Alex legte die ungegessene Hälfte ihres Törtchens zurück auf den Teller. Instinktiv wußte sie, daß sie jetzt zum Grund für diese Einladung kommen würden. »Ich habe was nicht?«

»Sie haben nicht gelernt, daß es das beste ist, die Toten ruhen zu lassen.«

Die Fronten waren gesteckt. Alex stellte ihre Tasse auf den Tisch und legte auch die hauchdünne Serviette von ihrem Schoß dazu. »Meinen Sie damit meine Mutter?«

»Exakt. Diese Ermittlungen, die Sie da führen, haben meinen gesamten Haushalt in Aufruhr versetzt, Miss Gaither.«

»Ich entschuldige mich für die Unannehmlichkeiten. Die Umstände machten sie unvermeidlich.«

»Schlägertrupps haben meinen Besitz verwüstet und die Gesundheit jeden Pferdes, das wir besitzen oder das bei uns untergestellt ist, gefährdet, und damit unseren Lebensunterhalt.«

»Das war ein unglückseliger Zwischenfall. Ich kann Ihnen gar nicht sagen, wie leid mir das tut«, sagte Alex eindringlich. »*Ich* hatte nichts damit zu tun. Das müssen Sie mir glauben.«

Sarah Jo holte tief Luft. Die Rüschen um ihren Hals zitterten vor unterdrückter Wut und Haß. Ihre Abneigung lag greifbar in der Luft, und Alex fragte sich erneut, aus welchem Grund sie sie eingeladen hatte. Das Bedürfnis, sich zu entschuldigen, war ein Vorwand gewesen. Offenbar wollte Sarah Jo ihren langgehegten Groll loswerden.

»Wieviel wissen Sie über Ihre Mutter und ihre Beziehung zu Junior und Reede Lambert?«

»Nur das, was meine Großmutter mir erzählt hat, und das, was ich erfahren habe, seit ich mit Leuten hier in Purcell rede.«

»Sie waren wie eine Kampfeinheit«, sagte sie mit nachdenklicher Stimme, und Alex merkte, daß sie sich in ihre eigene private Welt zurückgezogen hatte. »Ein kleiner Club. Man sah nur selten einen ohne die anderen zwei.«

»Das ist mir bei den Fotos in ihrem High-School-Jahrbuch aufgefallen. Da gibt es viele Bilder von den dreien zusammen.« Alex hatte diese Fotos gründlich studiert, nach Hinweisen gesucht, nach irgend etwas, das ihrer Untersuchung nutzen könnte.

»Ich wollte nicht, daß Junior sich so eng mit ihnen anfreundet«, sagte Sarah Jo. »Reede war ein Rowdy, der Sohn des Stadtsäufers, ausgerechnet. Und Ihre Mutter... also, es gab genug Gründe, warum ich nicht wollte, daß er sich mit ihr einläßt.«

»Nennen Sie einen.«

»Hauptsächlich wegen dem, was zwischen ihr und Reede war. Ich wußte, daß Junior immer ihre zweite Wahl sein würde. Es war mir zuwider, daß sie überhaupt die Möglichkeit hatte zu wählen«, sagte sie verbittert. »Aber Junior hat sie angebetet, unzugänglich für meine Warnungen. Und er hat sich in sie verliebt, genau wie ich befürchtet hatte.« Plötzlich richtete sich ihr bohrender Blick auf ihren Gast. »Und ich habe das ungute Gefühl, daß er sich auch in Sie verlieben wird.«

»Sie irren sich.«

»Oh, ich bin überzeugt, daß Sie dafür sorgen werden, daß er es tut, und Reede wahrscheinlich auch. Das würde das Dreieck wieder vollenden, nicht wahr? Wollen Sie sie denn nicht auch gegeneinander ausspielen, wie sie das getan hat?«

»Nein!«

Sarah Jos Augen wurden schmal vor Bosheit. »Ihre Mutter war eine Schlampe.«

Bis zu diesem Punkt hatte Alex ihre Zunge sorgsam im Zaum gehalten. Aber nachdem ihre Gastgeberin jetzt ihre verstorbene Mutter verunglimpfte, vergaß sie ihre Manieren. »Ich protestiere energisch gegen diese Verleumdung, Mrs. Minton.«

Sarah Jo winkte unbeeindruckt ab. »Das spielt keine Rolle. Es ist die Wahrheit. Ich wußte sofort, daß sie gewöhnlich und ungehobelt war, schon als ich ihr das erste Mal begegnete. Oh, sie war hübsch, auf eine üppige, grelle Art, ähnlich wie Sie.«

Ihr Blick schweifte kritisch über Alex. Diese war versucht, einfach aufzustehen und zu gehen. Das einzige, was sie noch in ihrem spindeligen Stuhl hielt, war die Hoffnung, daß Sarah Jo versehentlich ein paar Informationen ausplaudern würde.

»Ihre Mutter hat zu laut gelacht, zu hoch gespielt und zu leicht geliebt. Gefühle waren für sie das, was eine Flasche für den Trinker ist. Sie hat sich daran berauscht und ihre Gefühle hemmungslos zur Schau gestellt.«

»Das hört sich sehr ehrlich an«, sagte Alex voller Stolz. »Die Welt wäre vielleicht besser, wenn die Menschen offener ausdrücken würden, was sie empfinden.« Ihre Worte fielen auf taube Ohren.

»Wie immer ein Mann sie haben wollte, oder brauchte, so war sie«, fuhr Sarah Jo fort. »Celina war eine unverbesserliche Flirterin. Jeder Mann, der ihr begegnete, hat sich in sie verliebt. Dafür hat sie gesorgt. Sie hätte alles getan, um das zu erreichen.«

Das Faß war voll. »Ich werde nicht dulden, daß Sie eine Frau schlechtmachen, die sich nicht mehr verteidigen kann. Es ist widerlich und grausam, was Sie da von sich geben, Mrs. Minton.« Der Raum, der gerade noch frisch und kühl gewirkt hatte, war jetzt stickig und erdrückend. Sie mußte hier raus. »Ich gehe.«

»Noch nicht.« Sarah Jo hatte sich zusammen mit Alex erhoben. »Celina hat Reede so sehr geliebt, wie es ihr möglich war, jemanden zu lieben, außer sich selbst.«

»Was geht Sie das an?«

»Es geht mich etwas an, weil sie Junior auch haben wollte und sie ihn das auch wissen ließ. Ihre Großmutter, diese dumme Person, war ganz aus dem Häuschen bei der Vorstellung, daß unsere Kinder heiraten könnten. Als ob ich zugelassen hätte, daß Junior Celina heiratet«, sagte sie mit verächtlicher Miene. »Merle Graham hat mich sogar gerufen und vorgeschlagen, daß wir uns als zukünftige Schwiegereltern zusammensetzen und besser kennenlernen sollten. Du lieber Himmel, da wäre ich lieber gestorben. Sie war Telefonistin«, fügte sie herablassend hinzu. »Es stand völlig außer Frage, daß Celina Graham je meine Schwiegertochter werden würde. Ich habe das Ihrer Großmutter unmißverständlich klargemacht und Junior auch. Er hat wegen diesem Mädchen gewinselt und geschmollt, daß ich die Wände hätte hochgehen mögen.« Sie ballte ihre kleinen Hände zu Fäusten. »Warum konnte er sie nicht als das erkennen, was sie war – ein selbstsüchtiges, intrigantes Luder. Und jetzt kommen *Sie* daher.«

Sie ging um den kleinen Teetisch herum und baute sich direkt vor Alex auf. Alex war zwar größer, aber Sarah Jo war gestrafft von jahrelang gepflegter Wut. Ihr zarter Körper bebte vor Zorn.

»In letzter Zeit gibt es hier nur noch ein Thema, nämlich Sie, genau wie damals mit Celina.«

»Ich habe Junior keine Hoffnungen gemacht, Mrs. Minton. Wir könnten nie ein Liebespaar werden. Freunde vielleicht, sobald diese Untersuchungen abgeschlossen sind.«

»Sehen Sie es denn nicht«, rief Sarah Jo, »genauso war es bei ihr. Sie hat seine Freundschaft mißbraucht, weil er sich an die vage Hoffnung klammerte, daß sie sich zu etwas anderem entwickeln könnte. Für Sie ist er nur ein Verdächtiger in einem Mordfall. Sie werden ihn benutzen, genau wie Ihre Mutter das getan hat.«

»Das ist einfach nicht wahr.«

Sarah Jo schwankte, als würde sie jeden Augenblick in Ohnmacht fallen. »Was wollen Sie hier?«

»Ich möchte wissen, warum meine Mutter ermordet wurde.«

»Sie sind der Grund«, sie richtete anklagend ihren Finger auf Alex. »Celinas uneheliches Baby.«

Alex wich einen Schritt zurück und rang nach Luft. »Was haben Sie gesagt?« keuchte sie.

Sarah Jo zwang sich mit aller Gewalt, wieder ruhig zu werden. Ihr Gesicht verlor seine Röte und wurde wieder blaß, wie Porzellan. »Sie waren unehelich.«

»Das ist eine Lüge«, keuchte Alex erbost. »Meine Mutter war mit Al Gaither verheiratet. Ich habe die Heiratsurkunde gesehen. Meine Großmutter hat sie aufgehoben.«

»Sie haben geheiratet, aber erst, als sie aus El Paso zurückkam und entdeckte, daß sie schwanger war.«

»Sie sind eine Lügnerin!« Alex packte die Lehne ihres Stuhls. »Warum belügen Sie mich?«

»Es ist keine Lüge. Der Grund, warum ich Ihnen das erzähle, sollte klar sein. Ich versuche meine Familie vor Ihrer rachsüchtigen Zerstörung zu beschützen. Das einzige, was das Leben in dieser gräßlichen Stadt erträglich macht, ist die Tatsache, daß ich die reichste Frau hier bin. Ich genieße es, mit dem einflußreichsten Mann im Bezirk verheiratet zu sein. Ich werde nicht zulassen, daß Sie mir all das, was Angus für mich geschaffen hat, wegnehmen. Ich werde nicht zulassen, daß Sie Zwietracht in meiner Familie säen. Celina hat das getan, ein zweites Mal wird es nicht geschehen.«

»Aber, aber, meine Damen.« Junior kam leutselig lachend herein. »Was soll denn das Geschrei? Habt ihr eine Spinne gesehen?«

Sein Verhalten änderte sich drastisch, als er merkte, welche Atmosphäre im Raum herrschte. Fast konnte man Schwefel riechen. »Mutter? Alex? Was ist los?«

Alex starrte Sarah Jo an, deren Gesicht so selbstzufrieden und heiter aussah wie eine Kamee. Alex stürzte zur Tür und stieß dabei den kleineren Stuhl um. Sie rannte aus dem Zimmer und die Treppe hinunter.

Junior sah seine Mutter fragend an. Sie wandte ihm den Rücken, kehrte auf ihren Diwan zurück, nahm ihre Teetasse und nippte daran.

Junior raste hinter Alex her und erwischte sie an der Haustür, wo sie vergeblich versuchte, in die Ärmel ihrer Jacke zu fahren.

Er packte sie an den Armen. »Verdammt, was geht hier vor?«

Alex drehte den Kopf weg, damit er ihre Tränen nicht sehen konnte. Sie versuchte seine Hände abzustreifen. »Gar nichts.«

»Sie sehen nicht so aus, als ob Sie von einer Teeparty kommen.«

»Tee? Ha?« Alex warf den Kopf zurück. »Sie hat mich nicht eingeladen, um Tee zu trinken.« Sie schniefte und kniff ihre Augen zusammen, der Tränen wegen. »Ich sollte ihr wohl dankbar sein dafür, daß sie es mir erzählt hat.«

»Was erzählt hat?«

»Daß ich ein biologischer Unfall bin.« Juniors Gesicht wurde aschfahl. »Dann ist es also wahr, ja?« Junior ließ sie los und wollte sich abwenden. Jetzt packte Alex ihn an den Armen und zwang ihn, sich zurückzudrehen. »Nicht wahr?« Ihre Tränen waren nicht mehr aufzuhalten. »Sagen Sie etwas, Junior!«

Es fiel ihm zu schwer, mit der Wahrheit herauszurücken. Alex faßte sie für ihn in Worte.

»Celina kam aus El Paso zurück. Sie hatte ihren Spaß mit einem Soldaten gehabt und war bereit, sich mit Reede zu versöhnen. Das hätte wahrscheinlich auch funktioniert, wenn ich nicht gewesen wäre, richtig?« Sie schlug sich die Hände vors Gesicht. »Mein Gott, kein Wunder, daß er mich so haßt.«

Junior zog ihr die Hände vom Gesicht und sah sie ernsthaft an. »Reede haßt Sie nicht, Alex. Keiner von uns hat Sie damals gehaßt und jetzt auch nicht.«

Sie lachte bitter auf. »Ich wette, Albert Gaither hat schon allein den Gedanken an mich gehaßt. Er war gezwungen zu heiraten.« Ihre Augen wurden ganz groß, und sie sagte abgehackt: »Das erklärt so vieles. So *vieles*. Warum Großmutter Graham so streng war, wenn ich ausgehen wollte und wann ich zu Hause sein mußte – ständig hat sie gefragt, wo ich war.

Ich hab sie gehaßt, weil sie so unflexibel war und ich ihr nie Anlaß gegeben hatte, mir zu mißtrauen. Wahrscheinlich war ihre übergroße Vorsicht gerechtfertigt, stimmt's?« Ihre Stimme wurde immer schriller. »Ihre Tochter hat sich bumsen lassen, und vor fünfundzwanzig Jahren war das immer noch eine richtige Sünde.«

»Alex, hören Sie auf damit.«

»Das erklärt, warum meine Großmutter mich nie richtig geliebt hat. Ich habe Celinas Leben ruiniert, und das hat sie mir nie verziehen. Celina konnte Reede nicht haben, Sie nicht haben, keine Zukunft haben. Und alles wegen mir! Gott!«

Alex wandte sich von ihm ab und riß die Tür auf. Sie lief über die Veranda und die Treppe hinunter zu ihrem Wagen.

»Alex!« Er machte Anstalten, ihr zu folgen.

»Was geht hier vor?« polterte Angus, als Alex an ihm vorbeirannte.

»Laßt sie in Ruhe, ihr beide.« Sarah Jo stand am obersten Treppenabsatz, von wo aus sie alles mitangesehen hatte.

Junior wirbelte herum: »Mutter, wie konntest du? Wie konntest du Alex so weh tun?«

»Ich hab es ihr nicht erzählt, um ihr weh zu tun.«

»Was hast du ihr erzählt?« fragte Angus. Er stand in der offenen Tür, verwirrt und ungeduldig, weil keiner seine Frage beantwortete.

»Natürlich hat es ihr weh getan«, sagte Junior. »Und das hast du gewußt. Warum mußtest du es ihr überhaupt erzählen?«

»Weil sie es wissen muß. Der einzige, der ihr weh tun kann, ist sie selbst. Sie jagt eine Illusion. Die Mutter, die sie in Celina Gaither sucht, hat niemals existiert. Merle hat ihr den Kopf vollgestopft mit Unsinn, wie wunderbar Celina war. Sie hat vergessen, dem Mädchen zu sagen, daß ihre Mutter alle Register kannte. Es war höchste Zeit, daß Alex das erfuhr.«

»Scheiße!« brüllte Angus. »Würde mir bitte jemand sagen, was, zum Teufel, sich hier abspielt?«

## 26

Angus schloß leise die Schlafzimmertür hinter sich. Sarah Jo, die aufrecht im Bett saß, legte ihr Buch beiseite und sah ihn über den Rand der Brille an, die auf ihrer Nase balancierte. »Du kommst heute schon so früh?«

Sie sah harmlos aus wie ein Schmetterling, aber Angus wußte, daß sich hinter ihrem zerbrechlichen Äußeren ein eiserner Wille verbarg. Wenn sie je nachgab, dann nur aus Gleichgültigkeit, nicht weil sie unterlegen war. »Ich möchte mit dir reden.«

»Worüber?«

»Über das, was heute nachmittag passiert ist.«

Sie drückte ihre Finger an die Schläfen. »Ich hab davon Kopfweh bekommen. Deshalb bin ich nicht zum Abendessen hinuntergekommen.«

»Hast du was dagegen eingenommen?«

»Ja, jetzt ist es besser.«

Diese Floskeln über ihr Kopfweh tauschten sie praktisch jeden Tag, seit sie verheiratet waren.

»Setz dich nicht auf die Tagesdecke«, tadelte sie, als er sich auf der Bettkante niederlassen wollte. Er wartete, bis sie die Seide zurückgeschlagen hatte, dann setzte er sich neben sie. »Du siehst aber heute abend niedergeschlagen aus, Angus«, sagte sie besorgt. »Was hast du? Doch hoffentlich nicht wieder irgendwelche Irren auf unserem Besitz?«

»Nein.«

»Gott sei Dank hat das einzige Pferd, das verletzt wurde, Reede gehört.«

Angus überging das ohne Kommentar. Sarah Jo konnte Reede nicht ausstehen, und Angus wußte warum. Ihre Gefühle ihm gegenüber würden sich nie ändern, also wäre es sinnlos, sie wegen dieser taktlosen Bemerkung zu rügen.

Er war hier, um mit ihr über ein sehr heikles Thema zu sprechen. Es dauerte einen Moment, bis er sich die richtigen

Worte zurechtgelegt hatte. »Sarah Jo, wegen heute nachmittag...«

»Ich war ziemlich durcheinander«, sagte sie und zog einen hübschen Schmollmund.

»*Du* warst durcheinander?« Angus zwang sich mit Gewalt zur Beherrschung. Er mußte erst ihre Version der Geschichte hören, bevor er voreilige Schlüsse zog. »Und was ist mit Alex' Gefühlen?«

»Sie war natürlich auch verwirrt. Wärst du das nicht, wenn du rausfinden würdest, daß du ein Bastard bist?«

»Nein«, sagte er mit einem humorlosen Lächeln. »Dabei würd's mich gar nicht überraschen, wenn ich's wäre. Ich hab nie nachgeprüft, ob meine Eltern eine Heiratsurkunde besaßen, und mir wäre es auch egal gewesen, wenn da keine gewesen wäre.« Er runzelte die Stirn. »Aber ich bin ein altes Rauhbein, und Alex ist eine sensible junge Frau.«

»Ich hatte das Gefühl, sie ist stark genug, das zu ertragen.«

»Offensichtlich war sie es nicht. Sie ist an mir vorbeigerannt und hat mich gar nicht gesehen. Sie war außer Rand und Band.«

Sarah Jos Lächeln bröckelte. »Wirfst du mir vor, daß ich es ihr erzählt habe? Glaubst du, es war falsch?«

Wenn sie ihn so ansah wie ein ratloses, verängstigtes kleines Mädchen, dann schmolz er einfach dahin. Jedesmal. Angus nahm ihre Hand. Er hätte sie wie eine Blüte zwischen seinen Pranken zerquetschen können, aber er hatte im Lauf der Jahre gelernt, nicht zuviel Kraft anzuwenden, wenn er sie liebkoste.

»Ich mach dir keinen Vorwurf draus, daß du es ihr erzählt hast, Schatz. Ich bezweifle nur, daß es klug war. Ich wünschte, du hättest das mit mir und Junior besprochen, bevor du es machst. Das war etwas, was sie nie hätte erfahren müssen.«

»Der Meinung bin ich nicht«, sagte Sarah Jo trotzig.

»Welchen Unterschied macht das jetzt noch, daß ihr Daddy und ihre Mama noch keine Urkunde hatten, als sie schon im Ofen war? Heutzutage ist das so gang und gäbe, daß es nicht mal mehr als Sünde gilt.«

»Es macht einen Unterschied in der Art und Weise, wie sie Celina sieht. Bis jetzt hat sie sie immer auf ein Podest gestellt.«

»Na und?«

»Celina hat das wohl kaum verdient«, sagte Sarah Jo giftig. »Ich dachte, es wäre höchste Zeit, daß alle damit aufhören, Alex mit Samthandschuhen anzufassen, und man ihr die Wahrheit über ihre Mutter erzählt.«

»Warum?«

»*Warum?* Weil sie versucht, uns zu ruinieren, darum. Ich habe mich entschlossen, sie nicht mehr zu schonen und mich zu wehren. Ich hab dazu die einzige Munition benutzt, die ich hatte.« Wie immer bei solchen Szenen wurde Sarah Jo leicht hysterisch. »Ich wollte doch nur Junior und dich schützen!«

Eigentlich, dachte Angus, hatte es ungeheuer viel Mut von Sarah Jo erfordert, eine so selbstsichere Frau wie Alex herauszufordern. Er fand immer noch, Sarah Jo hätte Alex nicht von ihren Eltern erzählen sollen, aber zumindest waren ihre Motive selbstlos gewesen. Sie verteidigte seine Familie, ihre tapferen Bemühungen hatten etwas Besseres verdient als seine Kritik. Er beugte sich über sie und küßte ihre Stirn.

»Ich weiß deinen Kampfgeist zu schätzen, aber keiner von uns braucht deine Maßnahmen, Süße.« Er lachte bei dem Gedanken. »Wie sollte denn ein kleines Ding wie du uns stramme Burschen beschützen? Ich hab einen Haufen Geld und einen Haufen Know-how, damit kann ich mit jedem Problem, das auftaucht, fertig werden. Ein Rotschopf, der mir kaum bis zur Nase reicht, ist es doch gar nicht der Mühe wert, sich Sorgen zu machen.«

»Wenn du diesen widerwärtigen Pasty Hickam wieder auferstehen lassen könntest, würde er dir sicher nicht beipflichten«, sagte sie. »Schau doch, was mit ihm passiert ist. Im Gegensatz zu dir und Junior, und offensichtlich jedem anderen Mann, bin ich gegen die Reize dieses Mädchens immun.« Ihre Stimme wurde plötzlich weinerlich, verzweifelt. »Angus, siehst du denn nicht? Junior verliebt sich in sie.«

»Ich versteh nicht, was daran so furchtbar ist«, sagte er und grinste übers ganze Gesicht.

»Es wäre eine Katastrophe«, jammerte Sarah Jo. »Ihre Mutter hat ihm das Herz gebrochen. Ist dir das denn egal?«

Angus runzelte die Stirn und erinnerte sie: »Das ist lange her. Und Alex ist nicht wie ihre Mutter.«

»Da bin ich mir nicht so sicher.« Sarah Jo starrte ins Leere.

»Alex ist nicht launisch und oberflächlich, wie Celina es war. Sie ist ein bißchen zu forsch, aber vielleicht braucht Junior das. Er hat all seine anderen Frauen mit Füßen getreten, und sie haben sich hingelegt und es zugelassen. Vielleicht braucht er eine Frau, die ihm sagt, was Sache ist.«

»Wo ist er denn eigentlich? Ist er noch böse auf mich?« fragte sie ängstlich.

»Er war ziemlich aufgeregt, aber er wird's überstehen, wie immer. Er hat gesagt, er geht sich besaufen.«

Sie lachten zusammen. Sarah Jo wurde als erste wieder ernst. »Ich hoffe, er fährt vorsichtig.«

»Er, äh, wird wahrscheinlich woanders übernachten.«

»Oh?«

»Würde mich nicht überraschen«, sagte Angus. »Alex braucht ein bißchen Zeit, um das alles zu verdauen. Junior mag vielleicht auf sie stehen, aber er ist unter der Gürtellinie nicht tot. Er wird eine Frau finden, die ihm den Trost gibt, den er heute nacht braucht.« Sein Blick senkte sich zum Ausschnitt seiner Frau, glatt und glänzend vom Körperpuder, den sie nach dem Baden aufgelegt hatte. »Er hat die Bedürfnisse eines Mannes, genau wie sein Daddy.«

»Oh, Angus«, seufzte sie erschöpft, als sich seine Hand durch die Spitzenschichten zu ihren Brüsten tastete.

»Ich könnte selber ein bißchen Trost gebrauchen.«

»Ihr Männer! Denkt ihr denn immer nur an das eine? Du machst mich...«

»Du machst mich geil.«

»Bitte nicht diese Sprache. Es ist ordinär. Und ich will das heute abend nicht tun. Meine Kopfschmerzen fangen wieder an.«

Sein Kuß verhinderte jeden weiteren Einwand. Sie unterwarf sich, genau wie erwartet. Sie leistete immer ein bißchen Widerstand, aber hatte sich ihm noch nie verweigert. Von der Wiege an hatte man sie dazu erzogen, ihre ehelichen Pflichten zu akzeptieren, genau wie man ihr das Teeritual eingebleut hatte.

Die Tatsache, daß sie sich ihm aus Pflichtgefühl und nicht aus Leidenschaft hingab, hinderte ihn nicht daran, sie zu begehren, vielleicht steigerte es sogar seine Lust. Angus genoß Herausforderungen.

Er zog sich rasch aus und legte sich auf sie, dann kämpfte er mit den Knöpfen ihres Nachthemds, und schließlich gelang es ihm, es ohne ihre Hilfe zu öffnen. Ihre Brüste waren so keß und wohlgeformt wie damals in ihrer Hochzeitsnacht, in der er sie das erste Mal gesehen und berührt hatte.

Er küßte sie jetzt mit höflicher Zurückhaltung. Ihre Nippel waren klein. Es gelang seiner streichelnden Zunge nur selten, sie hart werden zu lassen. Er bezweifelte, daß sie wußte, was es damit auf sich hatte, es sei denn, ein paar von den Romanen, die sie las, waren sexuell informativer, als er vermutete.

Sie zuckte leicht zusammen, als er in sie eindrang. Er tat so, als hätte er das nicht bemerkt. Er versuchte, nicht zu schwitzen oder ein Geräusch oder irgend etwas zu machen, was sie als ekelhaft oder unangenehm empfinden könnte. Zum Austoben hatte er seine Witwe, die er im Nachbarbezirk aushielt. Sie hatte nichts gegen Obszönitäten. Im Gegenteil, sie brüllte vor Lachen, wenn er einen seiner farbigeren Ausdrücke gebrauchte.

Sie war im Bett genauso wollüstig wie er, hatte große, dunkle, milchig schmeckende Brustwarzen, mit denen sie ihn stundenlang spielen ließ, wenn er wollte. Sie machte es ihm sogar mit dem Mund und ließ sich auch von ihm lekken. Jedesmal, wenn er sie bestieg, packten ihre rundlichen Schenkel seinen Hintern wie einen Schraubstock. Sie kam immer mit viel Geschrei und war die einzige Frau, die er kannte, die beim Ficken vor Freude lachte.

Seit über zwanzig Jahren waren sie zusammen. Sie hatte nie mehr von ihm erwartet, als sie bekam. Es machte verdammt viel Spaß mit ihr, und er wußte nicht, was er ohne sie hätte anfangen sollen, aber er liebte sie nicht.

Er liebte Sarah Jo. Oder zumindest liebte er, daß sie zierlich und rein und fein und schön war. Er liebte sie, wie ein Kunstsammler eine Skulptur aus unbezahlbarem Alabaster liebt, die man nur zu besonderen Gelegenheiten berühren darf und dann nur mit äußerster Vorsicht.

Er trug immer ein Kondom, weil sie es verlangte, und wenn er fertig war, entfernte er es vorsichtig, damit ihre seidenen Laken nicht besudelt wurden. Während er das heute abend erledigte, beobachtete er, wie Sarah Jo den Saum ihres Nachthemds hinunterstreifte, die Knöpfe wieder schloß und die Decke zurechtrückte.

Angus stieg zurück ins Bett, küßte sie auf die Wange und nahm sie in die Arme. Er liebte es, ihren winzigen Körper an seinen zu drücken, liebte es, ihre glatte duftende Haut zu berühren. Er wollte sie vor allem beschützen. Zu seiner Enttäuschung entwand sie sich seiner Umarmung und sagte: »Schlaf jetzt, Angus. Ich möchte dieses Kapitel fertiglesen.«

Sie schlug ihren Roman wieder auf, der sicher genauso trocken und leblos war wie ihr Liebesspiel. Angus schämte sich seiner unloyalen Gedanken, als er sich auf die andere Seite rollte, weg vom Licht ihrer Leselampe.

Ihm kam nie der Gedanke an Scham, wenn er die dreißig Meilen zum Haus seiner Mätresse fuhr. Genau das würde er morgen abend machen.

Stacey ließ die Keramiktasse fallen. Sie zerbarst auf dem gekachelten Küchenboden. »Oh, mein Gott«, hauchte sie und raffte den Kragen ihres Veloursmorgenmantels enger zusammen.

»Stacey, ich bin's.«

Das Klopfen an der Hintertür hatte sie so erschreckt, daß ihr die Tasse aus der Hand geglitten war. Die Stimme, die ihren Namen rief, ließ ihren Puls noch mehr beschleunigen. Ein paar Sekunden lang stand sie einfach da und starrte die Tür an, dann lief sie zum Fenster und schob den steifen, gestärkten Vorhang beiseite.

»*Junior?*«

Sie bekam nicht genügend Luft, um seinen Namen laut auszusprechen. Ihre Lippen formten ihn tonlos. Sie nestelte am Schloß herum, schob hastig den Riegel beiseite und zog die Tür auf, als hätte sie Angst, er könnte verschwinden, bevor es ihr gelang.

»Tag.« Sein Lächeln war offen, unkompliziert, so als würde er jede Nacht um diese Zeit an ihre Tür klopfen. »Ist da was zerbrochen?«

Sie streckte die Hand aus und berührte sein Gesicht, um sich zu vergewissern, daß tatsächlich er es war, dann ließ sie schüchtern die Hand fallen. »Was machst du denn hier?«

»Ich will dich besuchen.«

Sie schaute über seine Schulter, suchte den Hinterhof ab nach einem plausiblem Grund dafür, daß ihr Exmann hier auf ihrer Treppe stand.

Er lachte. »Ich bin alleine. Ich wollte nur nicht klingeln, für den Fall, daß der Richter schon im Bett ist.«

»Das ist er. Er, äh ... komm rein.« Sie besann sich ihrer Manieren und trat beiseite. Junior kam herein. Sie standen sich im grellen Küchenlicht gegenüber, was für Stacey nicht sehr vorteilhaft war, sie hatte sich bereits abgeschminkt und fürs Bett fertig gemacht.

Davon hatte sie immer geträumt, daß er eines Nachts zu ihr kommen würde, aber jetzt, wo es passiert war, war sie unfähig, sich zu bewegen, und stumm vor Überraschung. Zahllose Liebesbezeugungen schwirrten ihr durch den Kopf, aber sie wußte, daß er sie nicht hören wollte. Sie beschränkte sich auf unverfängliche Themen.

»Dad ist früh zu Bett gegangen. Er hat Probleme mit dem Magen. Ich hab ihm eine warme Milch gemacht, und jetzt wollte ich mir aus dem Rest einen Kakao machen.« Sie deutete, unfähig, den Blick von ihm zu wenden, auf den Ofen, wo die Milch drohte überzukochen.

Junior ging hinüber und schaltete den Brenner aus. »Kakao, hm? Deinen Kakao? Es gibt keinen besseren. Hast du genug für zwei Tassen?«

»Na... natürlich. Willst du damit sagen, du bleibst?«

»Ein Weilchen. Wenn du mich läßt.«

»Ja«, hauchte sie. »Ja.«

Die sonst in der Küche so geschickte Stacey stolperte unbeholfen herum und bereitete zwei Tassen Kakao zu. Sie konnte sich nicht vorstellen, wieso er sie ausgerechnet heute besuchte. Es war ihr egal. Hauptsache er war hier.

Als sie ihm seinen Kakao reichte, lächelte er entwaffnend und fragte: »Hast du was Alkoholisches im Haus?«

Er folgte ihr ins Wohnzimmer, wo mehrere Flaschen Schnaps in einem Schränkchen standen, nur für ganz besondere Gelegenheiten.

»Das ist nicht dein erster Drink heute abend, oder?« sagte sie, als sie ihm Brandy in die Kakaotasse goß.

»Nein, ist es nicht.« Er senkte die Stimme und flüsterte: »Ich hab auch einen Joint geraucht.«

Sie kniff vorwurfsvoll den Mund zusammen. »Du weißt, wie ich über Drogen denke, Junior.«

»Marihuana ist keine *Droge*.«

»Ist es doch.«

»Ach, Stacey«, quengelte er, beugte sich vor und küßte ihr Ohr. »Eine Exfrau hat kein Recht zu schimpfen.«

Die Berührung seiner Lippen brachte ihr Inneres zum Flattern. Der Vorwurf zerschmolz so rasch wie Butter im August. »Ich wollte nicht schimpfen. Ich hab mich nur gefragt, warum du nach all der Zeit ausgerechnet heute kommst.«

»Ich wollte einfach.« Sie wußte, daß das in Juniors Augen Grund genug war. Er lümmelte sich aufs Sofa und zog sie zu sich herab. »Nein, laß die Lampe aus«, sagte er, als sie nach dem Schalter tastete. »Laß uns einfach hier sitzen und unseren Kakao trinken.«

»Ich hab von dem Ärger auf der Ranch gehört«, sagte sie nach einer kurzen Schweigepause.

»Ist alles wieder in Ordnung. Man sieht gar nichts mehr. Hätte viel schlimmer sein können.«

Sie berührte ihn zögernd. »Du hättest verletzt werden können.«

Er stellte seine leere Tasse auf den Tisch und seufzte. »Du bist immer noch um mich besorgt?«

»Immer noch.«

»Keiner war je so lieb zu mir wie du, Stacey. Du hast mir gefehlt.« Er nahm ihre Hand und drückte sie. »Du siehst erschöpft und bekümmert aus.«

»Das bin ich auch.«

»Wegen des Überfalls?«

»Nein.« Er glitt tiefer in die Kissen der Couch und lehnte seinen Kopf zurück. »Diese Turbulenzen wegen dem Mord an Celina sind furchtbar deprimierend. Hmm, du riechst gut. Der Geruch hat mir gefehlt. So sauber.« Er kuschelte sich an ihren Hals.

»Was beunruhigt dich denn so an dieser Untersuchung?«

»Nichts Spezielles. Es ist Alex. Sie und Mutter hatten heute einen Streit. Mutter hat ausgeplaudert, daß Celina sich hat bumsen lassen und deshalb ihren Soldaten heiraten mußte. Es war eine sehr häßliche Szene.«

Sein Arm glitt um ihre Taille. Automatisch zog Stacey seinen Kopf an ihre Brust.

»Ich hab sie angelogen«, beichtete sie mit leiser Stimme. »Eine Unterlassungslüge.«

Junior murmelte etwas Desinteressiertes.

»Ich hab ihr einfach nicht gesagt, daß ich an dem Tag, an dem Celina getötet wurde, im Pferdestall war.«

»Warum denn nicht?«

»Ich wollte nicht, daß sie mich mit Fragen bombardiert. Ich hasse sie, weil sie dir wieder Probleme macht, Junior.«

»Alex kann nichts dafür. Es ist nicht ihre Schuld.«

Es war ein vertrauter Refrain, einer, der Stacey mit den Zähnen knirschen ließ. Junior hatte oft dasselbe über Celina gesagt. Gleichgültig, wie schäbig sie ihn behandelte, er hatte nie ein Wort der Kritik an ihr geübt.

»Ich hasse diese Tochter von Celina genauso, wie ich sie gehaßt habe«, flüsterte Stacey.

Der Alkohol und das starke mexikanische Gras hatten Juniors Verstand abgestumpft. »Ist jetzt alles unwichtig. Aber das fühlt sich gut an, nicht wahr?« murmelte er, während seine Lippen seiner Hand in den Ausschnitt ihres Mantels zu ihrer Brust folgten. Seine feuchte Zunge streifte ihren Nippel. »Das hast du immer gern gemocht.«

»Das mag ich immer noch.«

»Wirklich? Und das? Magst du das auch immer noch?« fragte er, nahm ihre Knospe in den Mund und schob seine Hand in die pelzige Wärme zwischen ihren Schenkeln.

Sie stöhnte seinen Namen.

»Ich versteh's, wenn du nicht willst, daß ich das mache.« Er zog sich ein Stück zurück.

»Nein«, sagte sie hastig, zog seinen Kopf wieder herunter und kniff ihre Schenkel über seiner Hand zusammen. »Ich will es ja. Bitte.«

»Stacey, Stacey, deine Zärtlichkeit ist genau das, was ich heute abend brauche. Ich konnte mich immer drauf verlassen, daß du mir guttust.« Er hob den Kopf und küßte sie lange und ausgiebig. »Weißt du noch, was mir immer besonders gutgetan hat?« fragte er leise, mit seinen Lippen an ihrem Mund.

»Ja.« Sie sah ihn ernst an. Er strahlte wie ein Engel. Wenn er sie so ansah, konnte sie ihm nichts verweigern – damals nicht, als sie noch Teenager waren, und später, als sie verheiratet waren, auch nicht, jetzt nicht und auch sonst nie.

Stacey Wallace Minton, die ordentliche, spießige Tochter des Richters, ließ sich sofort vor ihm auf die Knie fallen, öffnete hastig seinen Hosenstall und nahm ihn in ihren gierigen Mund.

»Miss Gaither, Ma'am? Miss Gaither? Sind Sie da drin?«
Alex hatte vor sich hingedöst. Sie erwachte durch das Klopfen an der frisch reparierten Tür und fand sich ausgestreckt auf der Bettdecke, steif und kalt. Ihre Augen waren vom Weinen völlig verschwollen.
»Was wollen Sie?« Ihre Stimme schepperte.
»Ist Ihr Telefon ausgehängt, Ma'am?«
»Verdammt.« Sie schwang die Beine vom Bett. Ihre Kleidung war zerknittert und verdreht. Sie versuchte sie zurechtzuziehen, ging zum Fenster und öffnete den Vorhang. Der Nachtportier des Motels stand davor.
»Ich hab das Telefon ausgehängt, damit ich nicht gestört werde«, erklärte sie ihm durchs Fenster.
Er musterte sie mißtrauisch, offensichtlich erleichtert, daß sie noch am Leben war. »Tut mir leid, daß ich Sie stören muß, Ma'am, aber da ist dieser Kerl, der Sie erreichen will. Er hat mich fertiggemacht, hat gesagt, so lange könnten Sie nicht telefonieren.«
»Welcher Kerl?«
»Happer oder Harris oder so was«, murmelte er nach einem Blick auf ein Stück Papier, das er mitgebracht hatte. Er hielt es in das Licht über der Tür. »Ich kann meine Schrift nich so gut lesen ... mit der Rechtschreibung hapert's auch.«
»Harper? Greg Harper?«
»Ich glaub, der war's, Ma'am, ja.«
Alex ließ den Vorhang fallen, öffnete die Kette und machte die Tür auf. »Hat er gesagt, was er will?«
»Sicher. Hat gesagt, ich soll Ihnen sagen, daß Sie morgen um zehn in Austin sein müssen, zu einer Konferenz.«
Alex starrte den Portier fassungslos an. »Sie müssen das falsch verstanden haben. Zehn Uhr morgen früh?«

»Das hat er gesagt, und ich hab's nicht falsch verstanden, weil ich's hier aufgeschrieben hab.« Er zeigte ihr den Zettel, auf den er die Nachricht mit Bleistift gekritzelt hatte. »Der Mann hat schon den ganzen Nachmittag versucht Sie anzurufen, und er war stinksauer, weil er Sie nich erreicht hat. Dann hat er schließlich gesagt, er müsse jetzt weg und ich solle in Ihr Zimmer gehen und die Nachricht persönlich bringen, und das hab ich gemacht.«

»Warten Sie!«

»Hören Sie, ich muß eigentlich aufs Telefon aufpassen.«

»Hat er gesagt, was für eine Konferenz das ist? Warum ist es denn so dringend?«

»Nee, er hat nur gesagt, Sie müßten dabeisein.«

Er blieb erwartungsvoll stehen. Sie murmelte ein Dankeschön und drückte ihm einen Dollar in die Hand, dann trabte er zurück in Richtung Rezeption.

Alex schloß nachdenklich die Tür und las die Nachricht noch einmal durch. Sie ergab keinen Sinn. Es sah Greg gar nicht ähnlich, so geheimnisvoll zu tun, und schon gar nicht, daß er Konferenzen einberief, an denen teilzunehmen praktisch unmöglich war.

Als sich ihre Verwunderung gelegt hatte, wurde ihr erst klar, in welch ungeheurem Dilemma sie sich befand. Sie mußte bis morgen früh zehn Uhr in Austin sein. Es war bereits dunkel. Wenn sie jetzt losfuhr, müßte sie die ganze Nacht durchfahren und wäre dann im Morgengrauen in Austin.

Wenn sie bis zum Morgen wartete, mußte sie ganz früh los und hätte ständig die Angst im Nacken, sie würde den Termin nicht schaffen. Beide Möglichkeiten taugten nichts, und sie war weder mental noch emotional in der Lage, eine Entscheidung zu fällen.

Dann hatte sie plötzlich eine Idee. Bevor sie es sich anders überlegen konnte, wählte sie eine Nummer.

»Büro des Sheriffs.«

»Sheriff Lambert bitte.«

»Er ist nicht hier. Kann Ihnen jemand anders helfen?«

»Nein, danke. Ich muß mit ihm selber sprechen.«
»Entschuldigen Sie, Ma'am, aber sind Sie's, Miss Gaither?«
»Ja.«
»Wo sind Sie?«
»In meinem Motel. Warum?«
»Dorthin ist Reede unterwegs. Er müßte bald dasein.« Er unterbrach kurz, dann sagte er: »Sagen Sie, ist alles in Ordnung?«
»Natürlich ist alles in Ordnung. Ich glaube, ich höre grade den Sheriff vorfahren. Danke.« Alex legte auf und sah durchs Fenster, wie Reede aus seinem Pick-up sprang und auf ihre Tür zurannte.

Sie riß sie auf. Er bremste und hätte fast das Gleichgewicht verloren. »Bitte nicht wieder rammen.«

»Ich hab keinen Nerv für Späße«, er schob sie beiseite. »Was, zum Teufel, ist hier los?«

»Nichts.«

»Von wegen.« Er deutete auf das Telefon auf ihrem Nachttisch. Daß es einfach so unschuldig dastand, reizte ihn scheinbar noch mehr, verärgert zeigte er darauf. »Ich versuche seit Stunden anzurufen, und es ist ständig belegt.«

»Ich hab's ausgehängt. Was gab's denn so Wichtiges?«

»Ich hab gehört, was heute nachmittag zwischen Ihnen und Sarah Jo passiert ist.«

Sie ließ die Schultern hängen und seufzte. Bis über die Ohren mit Gregs Order beschäftigt, hatte sie es fast vergessen.

Nie hatte sie das Datum auf der Heiratsurkunde ihrer Eltern überprüft. Und ein schlüssiger Beweis wäre das ohnehin nicht. Als Anwältin wußte sie, daß man Daten auch in sogenannten amtlichen Dokumenten fälschen konnte. Aber so, wie alle auf Sarah Jos Enthüllung reagiert hatten, konnte es nur stimmen. Sie war unehelich gezeugt worden.

»Sie hätten dasein sollen, Sheriff, ich hab mich unsterblich blamiert. Sie hätten das sicher sehr unterhaltsam gefunden.«

Ihr schnippischer Ton verbesserte seine Laune auch nicht gerade. »Warum haben Sie das Telefon ausgehängt?«

»Um abzuschalten, was dachten Sie denn? Daß ich eine Überdosis Schlaftabletten genommen oder mir die Pulsadern aufgeschnitten hätte?«

Scheinbar nahm er ihre Bemerkung ernst. »Vielleicht.«

»Dann kennen Sie mich nicht sehr gut«, sagte sie wütend. »Ich gebe nicht so leicht auf. Und ich schäme mich auch nicht, weil meine Eltern heiraten mußten.«

»Ich hab auch nicht gesagt, daß Sie das sollen.«

»Was meine Eltern betraf, das hat nichts mit meiner Person zu tun, okay?«

»Okay.«

»Sie brauchen also nicht zu denken... Ach, Mist, mir ist egal, was Sie denken«, sagte sie und rieb sich die Schläfen. Sie war viel wütender auf sich selbst als auf ihn. Dieses Umsichschlagen war nur ein Zeichen dafür, wie das Ganze ihre Nerven strapazierte. »Ich brauche Ihre Hilfe, Reede.«

»Und wie soll die aussehen?«

»Können Sie mich nach Austin fliegen?«

Die Frage überrumpelte ihn. Er hatte lässig im Türrahmen gelehnt, jetzt richtete er sich auf. »Sie nach Austin fliegen? Warum?«

»Geschäfte mit Greg Harper. Ich muß dort morgen früh um zehn Uhr zu einer Konferenz antreten.«


## 27

Eine Stunde später waren sie in der Luft und flogen Kurs Südost in Richtung Hauptstadt des Staates. Alex hatte eine Viertelstunde gebraucht, um wieder einigermaßen menschlich auszusehen. Sie hatte sich das Gesicht mit kaltem Wasser gewaschen, frisches Make-up aufgelegt, sich die Haare gebürstet und eine Wollhose und einen Pullover angezogen. Was immer sie zu der Konferenz morgen früh tragen würde, mußte aus dem Schrank bei ihr zu Hause kommen.

Auf dem Weg zum städtischen Flugplatz von Purcell blieb Reede an einer Hamburgerbude stehen und holte die Bestellung ab, die er zuvor telefonisch aufgegeben hatte. Eine einmotorige Cessna erwartete sie auf dem Flugfeld, als sie ankamen. Der Sheriff wußte, wie man Beziehungen spielen läßt.

Purcell war nur noch ein Flecken glitzernder Lichter auf dem schwarzen Teppich unter ihnen, bevor ihr der Gedanke kam zu fragen: »Gehört dieses Flugzeug Ihnen?«

»Minton Enterprises. Angus hat mir die Erlaubnis gegeben, *es* zu benutzen. Geben Sie mir einen von den Cheeseburgern.«

Sie verschlang fast die Hälfte von ihrem, bevor sie wieder Luft holte – Sarah Jos Gurkensandwich hatte nicht lange vorgehalten. »Wann haben Sie fliegen gelernt?«

Reede kaute Kartoffelchips. »Ich war ungefähr acht.«

»Acht!«

»Ich hatte mir ein altes verbeultes Rad von einem Schrottplatz geholt und soweit repariert, daß ich damit rumfahren konnte. Sooft es ging, bin ich zum Flugplatz rausgeradelt.«

»Der ist doch mindestens drei Meilen vor der Stadt!« rief sie.

»Das war mir egal. Ich wär noch mal so weit gefahren. Flugzeuge haben mich fasziniert. Der alte Typ, der den Flugplatz verwaltete, war reizbar wie eine Klapperschlange, ein echter Einzelgänger, aber er hat immer einen Erdbeershake für mich in seinem uralten Eisschrank bereitgehalten. Ich hab ihm wahrscheinlich Löcher in den Bauch gefragt, aber er schien nichts dagegen zu haben. Eines Tages hat er mich von Kopf bis Fuß gemustert und gesagt: ›Ich muß die Maschine da durchchecken. Willste mitkommen?‹ Ich hab mir vor Aufregung fast in die Hosen gemacht.«

Reede merkte wahrscheinlich gar nicht, daß er bei dieser glücklichen Erinnerung lächelte. Alex schwieg, um ihn nicht durch unnötige Fragen zu stören. Sie genoß sein Lächeln. Es machte die Fältchen um seine Augenwinkel und seinen Mund noch viel attraktiver.

»Himmel, war das wunderbar«, sagte er, als könne er diese überwältigende Freude noch einmal verspüren. »Ich hatte Sex noch nicht entdeckt, also war Fliegen das Beste, was mir bis jetzt untergekommen war. Von dort oben sah alles so friedlich, so sauber aus.«

*Eine Flucht vor der schrecklichen Realität seiner Kindheit*, dachte Alex voller Mitleid. Sie wollte ihn berühren, wagte es aber nicht. Sie war drauf und dran, sich auf einen abschüssigen Pfad zu begeben. Ein falsches Wort oder eine Phrase wären der Untergang, also tastete sie sich langsam vor.

Sie fragte leise: »Reede, warum haben Sie mir nicht erzählt, daß meine Mutter schwanger war, als sie aus El Paso zurückkam?«

»Weil es keine Rolle spielt.«

»Jetzt nicht, aber vor fünfundzwanzig Jahren schon. Sie wollte meinen Vater nicht heiraten. Sie mußte.«

»Jetzt wissen Sie's, aber was ändert das? Gar nichts.«

»Vielleicht«, erwiderte sie zweifelnd. »Ich war der Grund für den Streit, nicht wahr?«

Er warf ihr einen scharfen Blick zu. »Was?«

Sie ließ ihren Kopf zurück auf die Lehne fallen und sinnierte: »Ich hab mich gefragt, wieso ihr beiden euch nicht versöhnt habt, als sie in diesem Sommer zurückkam. Nachdem ich weiß, wie lange und wie sehr ihr euch geliebt habt, hab ich mich gefragt, was euch nach einem so albernen Streit unter Liebenden auseinandertreiben konnte. Jetzt weiß ich es. Es war mehr als ein kleiner Streit. Das war ich. Ich stand zwischen euch. Ich war der Streit.«

»Das ist nicht wahr.«

»Ist es doch.«

Großmama Graham hatte gesagt, es wäre ihre Schuld, daß Celina ermordet wurde. Alles, was Alex bis jetzt aufgedeckt hatte, bestätigte das. Hatte Celina, indem sie von einem anderen Mann ein Kind bekam, ihren leidenschaftlichen, eifersüchtigen, besitzergreifenden Liebhaber dazu getrieben, sie umzubringen?

»Reede, haben Sie meine Mutter meinetwegen ermordet?«

»Verdammt«, fluchte er, »ich könnte Sarah Jo den Hals umdrehen, weil sie Ihnen das erzählt hat. Mein Streit mit Celina hatte nichts mit Ihnen zu tun – jedenfalls zuerst nicht.«

»Womit dann?«

»Sex!« Er drehte sich wütend zu ihr. »Okay?«

»Sex?«

»Ja, Sex.«

»Sie haben sie bedrängt, und sie wollte nicht?«

Er schob sein Kinn vor. »Ganz im Gegenteil, Counselor.«

»*Was?*« rief Alex. »Sie erwarten doch nicht, daß ich glaube...«

»Mir scheißegal, was Sie glauben! Es ist die Wahrheit. Celina wollte einen Vorschuß auf unsere Zukunft, und ich wollte das nicht.«

»Als nächstes werden Sie mir noch erzählen, daß Sie dafür einen edlen, selbstlosen Grund hatten«, höhnte Alex. »Stimmt's?«

»Meine eigenen Eltern«, sagte er mit tonloser Stimme, »mein alter Herr hat meine Mutter geschwängert, als sie kaum fünfzehn war. Sie mußten heiraten. Und Sie sehen ja, was da Tolles draus geworden ist. Ich wollte nicht riskieren, daß mir und Celina dasselbe passiert.«

Alex' Herz machte vor Freude, Skepsis und Gefühlen, die zu komplex waren, um sie zu untersuchen, einen Satz. »Sie meinen, daß Sie nie...«

»Nein, wir haben nie miteinander geschlafen.«

Sie glaubte ihm. Da war nichts Unehrliches in seinem Gesicht, nur Bitterkeit und vielleicht eine Spur von Reue. »Hatten Sie denn noch nichts von Verhütung gehört?«

»Bei den anderen Mädchen hab ich Gummis benutzt, aber...«

»Es gab also andere?«

»Mein Gott, ich bin kein Mönch. Die Gail-Schwestern«, sagte er wegwerfend, »viele andere. Es gab immer Willige...«

»Besonders für Sie.« Ein scharfer Blick quittierte das.

»Warum hatten Sie bei denen keine Angst, daß sie schwanger wurden?«

»Sie haben alle rumgebumst. Ich wär nur einer von vielen gewesen.«

»Aber Celina hätte nur mit Ihnen geschlafen.«

»Das ist richtig.«

»Bis sie nach El Paso fuhr und Al Gaither kennengelernt hat«, überlegte Alex laut. »Er war nur ein Mittel, um Sie eifersüchtig zu machen, nicht wahr?« Sie lachte scheppernd. »Leider ist sie übers Ziel hinausgeschossen und hat mich fabriziert.«

Beide waren verstummt. Alex merkte es nicht einmal, so vertieft war sie in die turbulente Geschichte ihrer Mutter mit Reede und deren nicht vollzogene Liebe.

»Es ist wirklich schön hier oben bei Nacht, nicht wahr?« sagte sie verträumt. Sie hatte gar nicht gemerkt, daß eine halbe Stunde vergangen war, seit sie das letzte Wort gesprochen hatten.

»Ich dachte, Sie wären eingeschlafen.«

»Nein.« Sie beobachtete, wie eine Wolkenbank zwischen sie und den Mond trieb. »Sind Sie je mit meiner Mutter geflogen?«

»Ein paarmal.«

»Nachts?«

Er zögerte. »Einmal.«

»Hat es ihr gefallen?«

»Sie hatte Angst, soweit ich mich erinnern kann.«

»Sie haben ihr die Hölle heißgemacht, nicht wahr?«

»Wer?«

»Alle. Als bekannt wurde, daß Celina Graham schwanger war, hat sich das bestimmt wie ein Lauffeuer verbreitet, da möchte ich wetten.«

»Sie wissen ja, wie das in einer Kleinstadt ist.«

»Sie konnte deshalb nicht weiter aufs College gehen.«

»Hören Sie, Alex. Sie haben sie nicht daran gehindert, irgend etwas zu tun«, sagte er wütend. »Na schön, sie hat einen Fehler gemacht. Sie hat sich mit einem Soldaten eingelassen, oder er hat sie ausgenutzt. Scheißegal wie, es ist auf jeden Fall passiert.«

Er schlug mit der Faust in die Luft. »Sie hatten weder mit dem Akt noch den Konsequenzen zu tun. Das haben Sie selbst gesagt, erst vor ein paar Stunden. Wissen Sie noch?«

»Ich will meine Mutter nicht verurteilen oder mich selbst bezichtigen, Reede. Ich habe Mitleid mit ihr. Sie konnte ihre Ausbildung nicht weitermachen, obwohl sie legal verheiratet war.«

Alex schlang ihre Arme um sich. »Ich glaube, sie war eine ganz besondere Lady. Sie hätte mich zur Adoption freigeben können, aber hat es nicht getan. Selbst nachdem mein Vater getötet wurde, hat sie mich bei sich behalten. Sie hat mich geliebt und war bereit, ungeheure Opfer für mich zu bringen.

Sie hat den Mut gehabt, mich in einer Stadt auszutragen, in der jeder über sie redete. Machen Sie sich nicht die Mühe, das abzustreiten. Ich weiß, daß sie es getan haben. Sie war beliebt und ist in Ungnade gefallen. Jeder, der einen Groll gegen sie hegte, hat triumphiert. So ist die menschliche Natur.«

»Falls dem so war, hat doch niemand gewagt, es zu zeigen.«

»Weil Sie immer noch ihr Ritter waren, nicht wahr?«

»Junior und ich.«

»Ihr habt sie beschützt.«

»So könnte man das wohl nennen.«

»Ihre Freundschaft hatte wahrscheinlich damals mehr Bedeutung für sie als je zuvor.« Er zuckte die Achseln.

Sie studierte einen Augenblick lang sein Profil. Der abschüssige Pfad hatte sie zu einer Klippe geführt, und jetzt stand sie vor dem Sprung. »Reede, wenn Celina nicht gestorben wäre, hättet ihr geheiratet?«

»Nein.«

Er antwortete, ohne eine Sekunde zu zögern. Alex war überrascht. Sie glaubte ihm nicht ganz. »Warum nicht?«

»Aus vielen Gründen, aber hauptsächlich wegen Junior.«
Das hatte sie nicht erwartet. »Warum?«
»Während Celinas Schwangerschaft sind sie sich sehr nahegekommen. Er hatte sie praktisch schon überredet, ihn zu heiraten, als sie ... starb.«
»Glauben Sie, sie hätte es letztendlich getan?«
»Ich weiß es nicht.« Er warf Alex einen spöttischen Blick zu. »Junior ist ein echter Weiberheld. Er kann sehr überzeugend sein.«
»Hören Sie, Reede. Ich hab es bereits Sarah Jo gesagt, und jetzt sag ich es Ihnen, nämlich, daß...«
»Psst! Wir werden an den Radar in Austin übergeben.« Er sprach etwas ins Funkgerät. Als die Formalitäten beendet waren, seifte er jemanden im Flughafentower ein, bis dieser sich bereit erklärte, einen Mietwagen zu ordern. Schließlich näherten sie sich der beleuchteten Landebahn. »Angeschnallt?«
»Ja.«
Er legte eine makellose Landung hin. Alex dachte später, sie mußte sich wohl in Trance befunden haben, weil sie sich nicht mehr erinnern konnte, wie sie vom Flugzeug in den Mietwagen gekommen waren. Sie gab Reede verträumt Anweisungen, wie er zu ihrer Wohnung fahren mußte.

Die Wohnung lag in einem schicken Yuppieviertel, wo Evian der beliebteste Drink war und in jeder Küche ein Wok stand und eine Mitgliedschaft in einem Fitneßclub so unerläßlich war wie ein Führerschein.

Die Sturmfront hatte ihren Flug nicht behindert, aber inzwischen die Stadt erreicht, als sie in ihre Straße einfuhren. Dicke Regentropfen pladderten an die Windschutzscheibe. Donner grollte.

»Da, wo die Zeitungen im Garten verstreut liegen.«
»Sie sind Staatsanwältin. Sie sollten doch wissen, daß das wie eine Bekanntmachung Ihrer Abwesenheit wirkt? Oder ist das Ihre Art, das Geschäft anzukurbeln?«
»Ich hab vergessen, sie abzubestellen.«

Er parkte am Randstein, ließ aber den Motor laufen. Noch vor einigen Tagen wäre Alex bei dem Gedanken, nach Hause zurückzukehren, überglücklich gewesen, als kurze Erholungspause vom Westerner Motel. Aber als sie jetzt ihre Haustür ansah, hatte sie keine Lust hineinzugehen. Die Tränen, die ihren Blick trübten, waren keine Tränen der Freude.

»Ich war fast drei Wochen weg.«

»Dann sollte ich besser mitkommen.« Er schaltete den Motor ab und stieg aus dem Wagen, den Regen spürte er scheinbar gar nicht. Er ging mit ihr den Gehweg hoch und sammelte unterwegs die alten Zeitungen ein. Er warf sie in eine Ecke ihrer überdachten Veranda, während sie die Tür aufschloß. »Vergessen Sie nicht, die morgen zu entsorgen«, sagte er.

»Nein, werd ich nicht.« Sie griff nach innen und schaltete ihre Alarmanlage aus, die angefangen hatte zu summen, als sie die Tür öffnete. »Ich nehme an, das heißt, daß drinnen alles sicher ist.«

»Sollen wir uns morgen am Flughafen treffen, oder was?«

»Äh...« Ihr einziger Gedanke war, daß er gleich wegfahren würde und sie allein in ihrer Wohnung ließe. »Darüber hab ich noch nicht nachgedacht.«

»Ich schau morgen mittag mal in der Staatsanwaltschaft vorbei und frage nach Ihnen. Ist das okay?«

»Wunderbar. Bis dahin sollte ich fertig sein.«

»Okay, bis dann.«

»Reede.« Sie streckte instinktiv die Hand nach ihm aus, aber als er sich umdrehte, zog sie sie rasch zurück. »Möchten Sie einen Kaffee, bevor Sie gehen?«

»Nein, danke.«

»Wohin gehen Sie jetzt?«

»Das werde ich erst wissen, wenn ich angekommen bin.«

»Was schwebt Ihnen denn vor?«

»Einen draufmachen.«

»Ach so, ja...«

»Sie sollten besser reingehen.«

»Ich hab Sie noch nicht bezahlt.«

»Wofür?«

»Das Flugzeug. Ihre Zeit.«

»Ist gratis.«

»Ich bestehe darauf.«

Er fluchte. »Über eins werde ich mit Ihnen ganz bestimmt nicht streiten, und das ist Geld. Kapiert? Also, gute Nacht.«

Er hatte sich umgedreht und zwei lange Schritte gemacht, bevor sie noch einmal seinen Namen rief. Als er sich umdrehte und sich seine Augen in die ihren bohrten, gestand sie hastig: »Ich will heute nacht nicht allein sein.« Trotz all der Tränen, die sie heute nachmittag vergossen hatte, war ihr Vorrat immer noch nicht erschöpft. Sie begannen erneut zu sprudeln und plätschern wie Regen über ihre Wangen. »Bitte gehen Sie nicht, Reede. Bleiben Sie bei mir.«

Er kam zurück unter das Vordach, aber sein Kopf und seine Schultern waren bereits naß. Er stemmte die Hände in die Hüften: »Warum?«

»Ich hab doch gerade gesagt, warum.«

»Da müssen Sie schon einen triftigeren Grund haben als den, sonst hätten Sie nicht drum gebeten.«

»Also gut«, schrie sie hoch zu ihm. »Ich fühle mich beschissen. Ist das Grund genug?«

»Nein.«

»Ich leide unter dem, was meine Mutter um meinetwillen durchgemacht haben muß«, sagte sie und versuchte sich die Tränen abzuwischen.

»Ich bin kein Arzt.«

»Ich brauche jemanden, der mich festhält.«

»Tut mir leid, ich hab andere Pläne.«

»Ist es Ihnen denn ganz egal, daß ich Sie um Hilfe anbettle?«

»Eigentlich ja.«

Sie haßte ihn dafür, daß er sie zwang zu betteln. Trotzdem verdrängte sie ihr letztes bißchen Stolz und sagte: »Meine Großmama Graham starb voller Haß auf mich, weil ich Celinas Leben zerstört habe. Sie wollte, daß sie Junior heiratet, und hat meiner unpassenden Geburt die Schuld daran gegeben, daß es nicht dazu kam. Und jetzt, verdammt noch mal, muß ich wissen, ob Sie mich nicht auch verachten.

Können Sie sich vorstellen, wie furchtbar mir zumute ist, nachdem ich weiß, daß meine Mutter meinetwegen einen anderen Mann geheiratet hat, obwohl sie Sie liebte? Wenn ich nicht gewesen wäre, hätten Sie sie heiraten können, Kinder kriegen und einander den Rest Ihres Lebens lieben. Reede, bitte bleiben Sie heute nacht bei mir.«

Er kam auf sie zu, drückte sie an die Wand und schüttelte sie kräftig durch. »Sie wollen, daß ich Sie in den Arm nehme und Ihnen sage, daß alles okay ist, und morgen wird die Sonne wieder ganz neu aufgehn?«

»Ja!«

»Also, zu Ihrer Information, Counselor. Ich bin kein Gutenachtgeschichtenerzähler. Wenn ich die Nacht mit einer Frau verbringe, dann nicht, weil ich sie trösten will oder weil sie verletzt ist oder weil ich sie aufheitern will, wenn sie traurig ist.« Er kam einen Schritt näher. Seine Augen waren nur noch schmale Schlitze. »Und ganz bestimmt nicht, weil ich *Daddy* spielen will.«


## 28

Gregory Harper, Bezirksstaatsanwalt von Travis County, war unbestreitbar außer sich vor Wut. Er rauchte bereits die dritte Zigarette innerhalb von fünf Minuten. Seine Wut konzentrierte sich auf seine Assistentin, die vor seinem Schreibtisch saß und aussah, als hätte sie links und rechts kräftig eine aufs Auge bekommen.

»Mit wem haben Sie geschlafen, Dracula? Sie sehen total ausgelutscht aus«, bemerkte Greg in seinem üblichen Freimut.

»Bitte die K.o.-Schläge der Reihe nach, einer nach dem anderen. Sonst kommen wir durcheinander.«

»K.o.-Schläge? Ach, Sie meinen, daß ich Ihnen gesagt habe, daß Ihre Untersuchung aus und vorbei ist und Sie Ihren Hintern pronto zurück nach Austin schwingen sollen?«

»Ja, diesen K.o.-Schlag.« Alex legte ihre Hände flach auf die Schreibtischkante. »Greg, verlangen Sie nicht von mir, sie jetzt einzustellen.«

»Ich verlange nicht – ich befehle es.« Er verließ seinen Sessel und ging zum Fenster. »Was, verdammt noch mal, haben Sie da draußen gemacht, Alex? Der Gouverneur hat mich gestern angerufen. Er war stinksauer.«

»Er ist ständig stinksauer auf Sie.«

»Das tut nichts zur Sache.«

»Oh, doch. Greg, alles was Sie tun, ist politisch motiviert. Und versuchen Sie nicht, mir was anderes einzureden. Ich kann's Ihnen nicht verdenken, aber markieren Sie bei mir nicht den Meister Proper, nur weil Sie eins auf die Finger gekriegt haben.«

»Der Gouverneur glaubt, seine Rennkommission wäre unfehlbar. Wenn er zugeben müßte, daß die Kommission einen Fehler gemacht hat, als sie Minton Enterprises für eine Lizenz auswählte, wäre das praktisch seine eigene Fehlentscheidung.«

»Minton Enterprises ist über jeden Zweifel erhaben, was Pferderennen angeht.«

»Ah, ich verstehe. Der einzige Haken ist, daß Sie einen der Mintons als Mörder verdächtigen, oder wenn nicht sie, dann einen Sheriff. Mein Gott, einen Moment lang sah's fast so aus, als hätten wir ein Problem.«

»Sie brauchen nicht sarkastisch zu werden.«

Er rieb sich den Nacken. »Nach dem, was der Gouverneur gestern sagte, ist Angus eine Kreuzung zwischen einer guten Fee und Buffalo Bill Cody.«

Alex lächelte über diesen Vergleich, der unheimlich treffend war. »Das ist eine faire Beurteilung, aber heißt noch lange nicht, daß er nicht fähig wäre, jemanden zu töten.«

»Was ist da neulich nachts in den Ställen passiert?«

»Wie haben Sie denn davon gehört?«

»Erzählen Sie mir einfach alles.«

Mit einigem Widerwillen erzählte sie ihm von Fergus Plummet und von der mutwilligen Beschädigung der Minton Ranch durch seine Fanatiker. Als sie fertig war, strich sich Greg mit der Hand übers Gesicht. »Sie haben da eine ganze Lawine ins Rollen gebracht.« Er nahm sich die nächste Zigarette, steckte sie in den Mund und redete dann weiter – bei jedem Wort wippte sie auf und ab, so daß er Schwierigkeiten hatte, sie anzuzünden. »Mir hat die Sache von Anfang an nicht gefallen.«

»Trotzdem haben Sie sich etwas davon versprochen.« Alex' Nerven waren schon ziemlich angekratzt, und deshalb reagierte sie besonders scharf darauf, daß er versuchte, ihr die Schuld in die Schuhe zu schieben. »Sie dachten, es wäre dem Gouverneur peinlich, und fanden die Vorstellung wunderbar.«

Er stemmte die Hände auf den Tisch und beugte sich zu ihr. »Sie sagten, Sie würden dorthin gehen, um den Mord an Ihrer Mutter wieder aufzurollen. Ich hab nicht gedacht, daß Sie einen Prediger zu Wahnsinnstaten anstacheln, es fertigbringen, daß die Stallungen eines Mannes fast niedergebrannt werden, ein wertvolles Rennpferd zugrunde geht und Sie einen angesehenen Richter beleidigen, dessen Ruf über jeden Zweifel erhaben ist.«

»Wallace?«

»Wallace. So wie's aussieht, hat er unseren geschätzten Gouverneur angerufen und sich über Ihr unprofessionelles Verhalten beschwert, die Art und Weise, wie Sie an den Fall rangehen und Ihre unbegründeten Anschuldigungen.« Er sog den Rauch tief in seine Lungen und blies ihn in einem Schwall heraus. »Soll ich fortfahren?«

»Bitte«, sagte sie erschöpft und wußte, daß er es ohnehin getan hätte.

»Okay. Chastain hat die Hosen gestrichen voll vor Wallace.«

»Chastain hat die Hosen gestrichen voll vor seinem eigenen Schatten. Er erwidert nicht mal meine Anrufe.«

»Er hat sich von Ihnen losgesagt, sich persilrein von Ihnen gewaschen. Er hat gesagt, Sie wären gesehen worden, wie Sie mit den anderen Parteien feiern.«

»Feiern? Ich hab sie gesellschaftlich ein paarmal getroffen.«

»Gefährliche Sache, Alex. Wir haben drei männliche Verdächtige und eine weibliche Anklägerin, deren Verbindung mit ihnen bis weiß Gott wie weit zurückgeht. Das ist oberfaul.«

Seinem durchdringenden Blick versuchte sie standzuhalten, ohne sich zu winden wie ein Aal. Sie erhob sich von ihrem Stuhl und stellte sich dahinter. »Das ist ein ungelöster Mordfall. Die Untersuchung ist gerechtfertigt, egal, wer sie führt.«

»Okay«, sagte er befriedigt, faltete die Hände hinterm Kopf und lehnte sich mitsamt dem Stuhl zurück. »Ich werde mitspielen. Was haben Sie vorzuweisen? Keine Leiche zum Ausgraben. Keine Mordwaffe. Kein...«

»Sie wurde aus der Tasche des Veterinärs gestohlen.«

»Was?«

»Die Mordwaffe.« Sie berichtete, was Dr. Ely Collins ihr erzählt hatte. »Das Skalpell wurde nie an Dr. Collins zurückgegeben. Ich hatte vor, das Beweismaterial erneut zu überprüfen auf die geringe Chance hin, daß es noch vorhanden ist, was ich bezweifle.«

»Genau wie ich. Ende vom Lied ist, daß Sie immer noch keine Mordwaffe haben. Hat sich ein Augenzeuge gemeldet?«

Sie seufzte. »Hat der Gouverneur bei seinem Anruf auch einen Stallknecht namens Pasty Hickam erwähnt?«

»Es ist also wahr.«

»Es ist wahr. Und bitte beleidigen Sie mich nicht, indem Sie noch einmal versuchen, mir eine solche Falle zu stellen. Ich hätte es Ihnen erzählt...«

»Wann? Wann wollten Sie es denn in unser Gespräch einflechten, daß ein Vertreter dieser Staatsanwaltschaft sich mit einem Cowboy eingelassen hat, der dann als Leiche auftaucht?«

»Möchten Sie meine Version hören?« Sie erzählte ihm von Pasty. Seine Miene war noch grimmiger, als sie damit fertig war. »Wenn Sie recht haben, ist es nicht nur dumm und politisch nicht ratsam, mit dieser Untersuchung fortzufahren, sondern auch noch gefährlich. Ich nehme an, bis jetzt hat noch keiner gestanden.«

Sie schnitt eine Grimasse. »Nein. Aber einer von ihnen hat Celina getötet, und wahrscheinlich Hickam auch.«

»Bitte, beschränken wir uns auf jeweils einen Mord, der Reihe nach. Wenn Sie morgen einen von ihnen für den Mord an Ihrer Mutter verhaften müßten, wer wäre das?«

»Ich bin mir nicht sicher.«

»Was für einen Grund hätte der alte Herr haben können, sie umzubringen?«

»Angus? Er ist streitsüchtig und raffiniert. Er hat sehr viel Macht und genießt es definitiv, der Boß zu sein.«

»Sie lächeln.«

»Wirklich einer zum Gernhaben, das gebe ich zu.« Sie behielt Angus' Bemerkung, von wegen er hätte gerne eine Tochter wie sie, für sich. »Er ist übertrieben streng mit Junior. Aber ein Messerstecher? Nein.« Sie schüttelte den Kopf. »Ich glaube es nicht. Das ist nicht seine Art. Außerdem hatte Angus kein Motiv.«

»Und was ist mit Junior?«

»Da gibt es eine Möglichkeit. Er ist sehr gewandt und sehr charmant. Ich bin überzeugt, daß alles, was er mir erzählt, der Wahrheit entspricht; er erzählt mir aber nicht alles. Ich weiß, daß er Celina geliebt hat. Er wollte sie heiraten, nachdem mein Vater getötet wurde. Vielleicht hat sie einmal zu oft nein gesagt.«

»Mutmaßungen über Mutmaßungen. Dann bleibt also noch Lambert. Was ist mit ihm?«

Sie senkte den Kopf und fixierte ihre blutleeren Hände. »Ich glaube, daß er am ehesten in Frage kommt.«

Gregs Stuhl machte einen Satz nach vorne. »Wie kommen Sie darauf?«

»Motiv und Gelegenheit. Vielleicht hatte er das Gefühl, sein bester Freund würde ihn ausstechen, und hat sie getötet, um das zu verhindern.«

»Ein ziemlich einleuchtendes Motiv. Und wie steht's mit der Gelegenheit?«

»Er war an diesem Abend auf der Ranch, ist aber dann weggegangen.«

»Sind Sie sicher? Hat er ein Alibi?«

»Er sagt, er wäre mit einer Frau zusammengewesen.«

»Glauben Sie ihm?«

Sie lachte kurz und hämisch. »Oh ja, das kann ich glauben. Weder er noch Junior haben Probleme mit Frauen.«

»Außer mit Ihrer Mutter.«

»Ja«, räumte sie leise ein.

»Und was sagt Lamberts Alibi?«

»Nichts. Er weigert sich, ihren Namen zu nennen. Wenn sie existiert, lebt sie wahrscheinlich immer noch in Purcell. Andererseits, was für einen Unterschied würde es machen? Ich werde versuchen sie aufzuspüren, wenn ich wieder dort bin.«

»Wer sagt, daß Sie wieder zurückgehn?«

Alex war bis jetzt im Zimmer auf- und abgelaufen. Jetzt setzte sie sich wieder und flehte: »Bitte, Greg, ich muß zurück. Ich kann das nicht einfach so in der Schwebe lassen. Es ist mir egal, selbst wenn der Gouverneur der Mörder ist, ich muß diesen Fall abschließen.«

Er nickte in Richtung Telefon. »Er will mich heute nachmittag anrufen und fragen, ob Sie von diesem Fall abgezogen wurden. Er erwartet, daß ich ja sage.«

»Selbst wenn das hieße, daß ein Mordfall ungelöst bleibt?«

»Richter Wallace hat ihn davon überzeugt, daß bei Ihnen eine Schraube locker ist und Sie einen persönlichen Rachefeldzug führen.«

»Nun, er irrt sich.«

»Das bezweifle ich.«

Ihr Herz setzte aus. »Glauben Sie das mit der Rache auch?«

»Ja, tu ich.« Er sprach jetzt leise, mehr wie ein Freund, nicht wie ihr Chef. »Geben Sie's auf, Alex, solange wir noch miteinander reden und bevor ich mir beim Gouverneur wirklich den Schwanz einklemme.«

»Sie haben mir dreißig Tage zugestanden.«

»Das kann ich widerrufen.«

»Es bleibt mir nur noch eine gute Woche.«

»In der Zeit können Sie eine Menge Schaden anrichten.«

»Ich könnte auch die Wahrheit rausfinden.«

Er warf ihr einen skeptischen Blick zu. »Das ist ziemlich unwahrscheinlich. Ich habe Fälle hier, die Ihrer geschulten Hand bedürfen.«

»Ich zahle meine eigenen Spesen«, sagte sie. »Betrachten Sie es als meinen Urlaub.«

»In dem Fall könnte ich nichts absegnen, was Sie da draußen machen. Sie stünden nicht mehr unter dem Schutz dieser Dienststelle.«

»Okay, in Ordnung.«

Er schüttelte stur den Kopf. »Das werde ich nicht zulassen, genausowenig, wie ich meine halbwüchsige Tochter ohne Gummi in der Tasche ausgehen lasse.«

»Greg, bitte.«

»Oh Gott, Sie sind vielleicht ein stures Weib.« Er zog eine Zigarette aus der Packung, zündete sie aber nicht an. »Es gibt da einen Punkt, der mich an diesem Fall fasziniert: der Richter. Wenn sich herausstellt, daß der ein krummer Hund ist, würde der Gouverneur ein Ei legen.«

»Eine etwas seltsame Metapher.«

»Was haben Sie gegen ihn in der Hand?«

»Nichts Greifbares, nur Abscheu. Er ist ein richtiger Korinthenkacker. Nervös, mit flackernden Augen.« Sie überlegte einen Moment. »Da ist noch etwas, was mir ziemlich seltsam vorkommt.«

»Und?« fragte er interessiert.

»Stacey, seine Tochter, hat Junior Minton nur ein paar Wochen nach Celinas Tod geheiratet.«

»Wenn sie nicht Geschwister sind, war das nicht ungesetzlich.«

Sie warf ihm einen giftigen Blick zu. »Stacey ist nicht... na ja, nicht direkt Juniors Typ, verstehn Sie? Sie liebt ihn immer noch.« Sie berichtete ihm von dem Vorfall in der Toilette des Horse-and-Gun-Club. »Junior ist sehr attraktiv und Stacey nicht der Typ Frau, den er normalerweise heiraten würde.«

»Vielleicht hat sie eine goldene Muschi.«

»Ich muß zugeben, daran hab ich nicht gedacht«, sagte Alex sarkastisch. »Er hätte sie nicht heiraten müssen, um mit ihr zu schlafen. Warum hat er es dann getan? Er mußte schon einen sehr guten Grund dafür gehabt haben. Stacey hat mich angelogen. Sie hat gesagt, sie wäre zu Hause gewesen und hätte nach einer Rückkehr von Galveston ausgepackt. Sie hat aber nicht gesagt, daß sie an diesem Tag im Stall war.«

Greg nagte an seiner Unterlippe, dann steckte er die Zigarette in den Mund und klickte sein Feuerzeug an. »Das ist immer noch zu wenig, Alex.« Er blies den Rauch aus dem Mund. »Ich muß meinem Instinkt folgen und Ihnen den Fall entziehen.«

Die beiden starrten sich einen Augenblick lang an, dann öffnete sie ganz ruhig ihre Handtasche und zog zwei einfache weiße Umschläge heraus. Sie schob sie ihm zu. »Was ist das?«

»Meine Kündigung und ein Brief, in dem ich erkläre, daß ich Zivilklage gegen die Mintons und Reede Lambert einreichen werde.«

Beinahe hätte er seine Zigarette verschluckt. »Was? Das geht nicht.«

»Es geht und wird. Ich habe genug Beweise, um eine Zivilklage gegen sie für den Mord an meiner Mutter einzureichen. Ich werde sie auf so viel Schadenersatz verklagen, daß der Bau einer Rennbahn nicht mehr in Frage kommt. Reede Lamberts berufliche Karriere wird ebenfalls im Eimer sein. Sie werden nicht ins Gefängnis gehen, aber sie werden pleite sein.«

»*Falls* Sie gewinnen.«

»Es spielt keine Rolle, ob ich gewinne oder nicht. Bei einer Zivilklage können sie nicht von ihrem Recht auf Aussageverweigerung Gebrauch machen, um sich selbst nicht zu belasten. Was auch immer sie sagen, alle werden glauben, daß sie lügen. Die Rennkommission wird keine andere Wahl haben, als die Glücksspiellizenz zu widerrufen.«

»Es geht also letztendlich nur um Geld?« rief er. »Ist es das, wohinter Sie von Anfang an her waren?«

Hektische rote Flecken sprossen auf ihrem Gesicht. »Es dürfte sogar unter Ihrer Würde sein, so etwas zu behaupten. Ich verlange eine Entschuldigung.«

Greg fluchte. »Okay, tut mir leid. Aber das ist Ihr Ernst, nicht wahr?«

»Ja.«

Er überlegte eine volle Minute, bevor er verärgert murmelte: »Ich sollte meinen Geisteszustand untersuchen lassen.« Ein strenger Zeigefinger richtete sich auf sie. »Wehe, Sie kommen in Schwierigkeiten. Überzeugen Sie sich, ob beide Läufe geladen sind, bevor Sie sich jemanden vornehmen, ganz besonders bei Wallace. Wenn Sie Mist bauen und mir deshalb der Hintern aufgerissen wird, werde ich behaupten, Sie waren ein böses Mädchen und ich hätte nichts mit Ihrem Vorgehen zu tun. Das und die ursprüngliche Frist gelten, kapiert?«

»Kapiert«, sagte sie und stand auf. »Sie hören von mir, sobald ich etwas weiß.«

»Alex?« Sie war bereits an der Tür und wandte sich noch einmal um; er sagte: »Was ist denn los mit Ihnen?«

»Wie meinen Sie das?«

»Gibt's irgendeinen Grund dafür, daß Sie wie ein Gespenst aussehen?«

»Ich bin einfach müde.«

Er glaubte ihr nicht, ließ es aber auf sich beruhen. Nachdem sie gegangen war, nahm er die beiden Umschläge, die sie ihm zugeschoben hatte. Er riß den ersten auf und dann, noch hastiger, den zweiten.

Greg Harper war mit einem Satz aus seinem Stuhl und stürzte zur Tür. »Alex, du Biest!« schrie er in den leeren Korridor.

»Sie ist gerade gegangen«, informierte ihn seine erstaunte Sekretärin. »Mit einem Mann.«

»Wer war das?«

»Ein Cowboy mit einer lederbesetzten Jacke.«

Greg kehrte an seinen Schreibtisch zurück, knüllte die beiden leeren Umschläge zusammen und schleuderte sie in den Papierkorb.

Die Sonne war schon fast am Untergehen, als Reede mit seinem Blazer auf den Parkplatz des Westerner Motels einbog.

»Lassen Sie mich einfach an der Rezeption raus«, sagte Alex. »Ich muß nachschauen, ob irgendwelche Nachrichten für mich da sind.«

Reede folgte ihrer Bitte ohne Kommentar. Sie hatten kaum ein Wort geredet, seit ihrem etwas verlegenen Wiedersehen vor dem Büro des Staatsanwalts. Der Flug nach Hause war ohne Zwischenfälle verlaufen, Alex hatte vor sich hingedöst, und er sah ihr dabei zu.

In dieser Nacht wäre er mindestens tausendmal beinahe zurück zu ihrer Wohnung gefahren. Wenn er jetzt die halbmondförmigen Schatten unter ihren geschlossenen Augen betrachtete, fragte er sich, wie er es geschafft hatte, sie einfach stehenzulassen. Sie hätte gestern nacht jemanden bei sich gebraucht. Er war der einzig Verfügbare gewesen.

Aber er hatte noch nie einen Preis als bester Pfadfinder gewonnen. Wenn er geblieben wäre, hätte er es nicht geschafft, seine Hände, seinen Mund oder seinen Schwanz von ihr fernzuhalten. Deshalb war er gegangen. Ihre Bedürfnisse waren zu verschieden gewesen.

Jetzt zögerte sie, noch halb im Pick-up sitzend. »Also, dann, danke.«

»Keine Ursache.«

»Sind Sie sicher, daß Sie nicht bezahlt werden wollen?«

Das war ihm nicht einmal eine Antwort wert. Statt dessen stellte er selbst eine Frage. »Worum ging's denn bei dem großen Treffen?«

»Um einen Fall, an dem ich vorher gearbeitet habe. Der andere Ankläger wollte ein paar Fakten klären.«

»Und das ließ sich nicht übers Telefon abwickeln?«

»Es war kompliziert.«

Er wußte, daß sie log, sah aber keinen Grund, die Sache weiter zu verfolgen. »Bis dann.«

Sie stieg aus, schwang den Riemen ihrer schweren Tasche über die Schulter und ging in die Lobby des Motels, wo ihr der Portier einen Stapel Nachrichten überreichte. Reede wendete seinen Wagen. Er wollte gerade losfahren, als er sah, daß Alex langsam stehenblieb und eine der Nachrichten durchlas. Ihr Gesicht war noch bleicher geworden. Er stellte den Hebel auf Parken und stieg aus.

»Was ist?«

Sie schielte zu ihm hoch, dann faltete sie den Brief hastig zusammen und steckte ihn zurück in den Umschlag. »Meine Post.«

»Lassen Sie sehen!«

»Sie wollen *meine* Post sehen?«

Er schnippte dreimal mit den Fingern und streckte die Hand aus. Sie klatschte ihm erbost den Umschlag in die Hand. Er las ihn rasch durch. Der Brief war kurz und kam sofort zur Sache. Seine Brauen zogen sich zusammen. »›Eine Schande vor Gott‹?«

»So nennt er mich.«

»Plummet, da gibt's keinen Zweifel. Was dagegen, wenn ich den behalte?«

»Nein«, Alex' Stimme zitterte. »Ich habe ihn auswendig gelernt.«

»Achten Sie darauf, daß Ihre Tür abgeschlossen ist.«

»Sie nehmen diese Drohung doch nicht etwa ernst, oder?«

Er hätte sie am liebsten gepackt und durchgebeutelt. Entweder war sie dumm oder naiv, und in beiden Fällen würde sie zu Schaden kommen. »Verdammt noch mal, ja«, sagte er. »Und das sollten Sie auch. Wenn er irgendeinen Versuch macht, Sie zu kontaktieren, rufen Sie mich an. Verstanden?«

Sie sah aus, als wolle sie darüber streiten, aber schließlich nickte sie. Ihre Erschöpfung war nicht zu übersehen. Er befürchtete, sie könne jeden Augenblick auf dem Parkplatz zusammenbrechen. Reede wußte, daß das zum Teil seine Schuld war, und kam sich vor wie ein Monster.

Er verdrängte sein schlechtes Gewissen und kehrte zu seinem Pick-up zurück. Doch fuhr er erst los, nachdem Alex sich in ihrem Zimmer eingeschlossen hatte.


29

Reede wandte den Kopf, als die Blechtür zum Hangar krachend aufgerissen wurde. Die Sonne ging im Hintergrund unter, so daß Alex' Gesicht im Schatten lag, aber er wußte auch ohne hinzuschauen, wie wütend sie war. Ihr Körper machte einen Bogen vor Wut. Die Lichtstrahlen auf ihrem Haar färbten es flammendrot.

Er beendete gelassen seine Handwäsche und griff nach einem Papierhandtuch.

»Was verschafft mir diese unerwartete Ehre?« fragte er freundlich.

»Sie sind ein Lügner, wahrscheinlich ein Betrüger und vielleicht ein Mörder.«

»Das war doch von Anfang an Ihre Meinung über mich. Erzählen Sie mir bitte mal etwas Neues!«

Er ließ sich auf einen Hocker fallen und hakte seine Stiefelabsätze in die unterste Sprosse. Seine Hände strichen gedankenlos seine Schenkel auf und ab. Nie zuvor in seinem Leben hatte er sich so gewünscht, eine Frau zu berühren.

Sie marschierte auf ihn zu, ein geharnischtes Bündel vibrierender Energie. Sie sah so weich aus, so gottverdammt lebendig, daß er ihre Haut fast unter seinen Händen spüren konnte. Er wollte sie an den Haaren packen, diesen ach so gescheiten Mund mit Küssen verschließen.

Sie trug die Pelzjacke, bei deren Anblick er jedesmal ein erotisches Kribbeln im Unterleib spürte. Für die Schenkel in den hautengen Jeans konnte er sich etwas Besseres vorstellen, als daß sie eine Frau stützten, die vor Wut fast explodierte.

Als sie nur noch wenige Zentimeter von ihm entfernt war, hielt sie ihm ein Papier unter die Nase. Er erkannte den Brief, den die besorgten Bürger von Purcell ihr nach ihrer Ankunft hier geschickt hatten. Die ganze Zeit hatte er damit gerechnet, daß es zu einer Auseinandersetzung kommen würde, sobald sie es herausfände.

»Ich hab gewußt, daß hier irgend etwas faul ist«, sagte sie mit zusammengebissenen Zähnen, »aber heute, als ich mir meine Unterlagen noch einmal durchgesehen habe, ist mir endlich klargeworden, was!«

Er versuchte ihren verlockenden Duft, der ihn halb wahnsinnig machte, zu ignorieren »Ich höre?« sagte er.

»Es steht ein Unternehmen mehr auf diesem Brief, als es Unterschriften sind. Moe-Blakely-Flugplatz«, sagte sie und wies auf den entsprechenden Absatz. »Aber Moe Blakely hat nicht unterschrieben.«

»Das wäre schwierig gewesen, wenn man bedenkt, daß er seit sieben Jahren tot ist.«

»Moe Blakely war der alte Mann, von dem Sie mir erzählt haben, stimmt's? Der, der Ihnen das Fliegen beigebracht hat und Ihnen immer die Erdbeermilkshakes aufbewahrte?«

»Tausend Punkte bis jetzt.«

»Dieser Flugplatz ist Ihr Eigentum, Mr. Lambert.«

»Inklusive Unkraut und Taranteln. Moe Blakely hat ihn mir vermacht. Überrascht?«

»Sprachlos.«

»Das waren die meisten Leute hier auch. Einigen hat es sogar gewaltig gestunken – denjenigen, die das Grundstück gerne in die Finger gekriegt hätten. Das war zu der Zeit, als sie überall Löcher gebohrt, unter jedem Stein nach Öl gesucht haben.«

»Wir haben ausführlich über diesen Brief gesprochen«, schäumte sie. »Sie sagten, Sie hätten ihn bereits gesehen, aber Sie hielten es nicht für nötig zu erwähnen, daß auch Ihr Unternehmen darin aufgelistet ist.«

»Die Leute, die den Brief aufgesetzt haben, haben mich nicht gefragt. Wenn ja, ich hätte ihnen gesagt, daß sie mich rauslassen sollen.«

»Warum? Sie denken doch genau wie die.«

»Das ist richtig, aber ich äußere keine versteckten Drohungen. Ich hab Ihnen ins Gesicht gesagt, daß Sie nach Austin abhauen sollen. Außerdem bin ich kein Herdentier. Gruppenprojekte sind nicht mein Ding.«

»Das erklärt immer noch nicht, warum Sie mir nicht gesagt haben, daß der Flugplatz Ihnen gehört, obwohl Sie reichlich Gelegenheit dazu hatten.«

»Ich hab es Ihnen nicht mitgeteilt, weil ich wußte, daß Sie eine Mücke zum Elefanten machen.«

Sie hob trotzig den Kopf. »Ich mache keine Mücken zu Elefanten. Dieser Flugplatz gehört Ihnen, ohne Wenn und Aber, und Sie haben große Pläne zur Erweiterung und Verbesserung.«

Er erhob sich langsam vom Hocker, dräute über ihr, gar nicht mehr amüsiert. Sein Blick war eisig. »Woher wissen Sie das?«

»Ich hab heute nachmittag meine Hausaufgaben gemacht. Als Ihre Sekretärin habe ich drei Pendlerfluglinien angerufen und gefragt, wie es mit *unserem* Antrag auf Service steht. Wenn sie nie von Ihnen gehört hätten, hätte ich gewußt, daß meine Annahme falsch war.«

Sie runzelte die Stirn. »Aber Sie hatten von Ihnen gehört. Sie waren ganz wild darauf, Ihnen zu gratulieren, weil ME die Glücksspiellizenz bekommen hat. Alle drei finden Ihre Idee von einem Charterservice wunderbar und bereiten augenblicklich Programme vor. Sie werden sich mit Ihnen in Verbindung setzen, sobald ihre Marktrecherchen abgeschlossen sind. Übrigens, Sie schulden mir zehn Dollar für Ferngespräche.«

Er packte ihren Arm. »Sie hatten kein Recht, sich in meine Geschäfte einzumischen. Das hat überhaupt nichts mit Ihrem Mordfall zu tun.«

»Ich habe jedes Recht, meine Ermittlungen so zu führen, wie ich es für richtig halte.«

»Nur weil ich einen Flugplatz besitze, der boomen wird, wenn die Rennbahn gebaut ist, heißt das noch lange nicht, daß ich mit einem Skalpell auf Celina losgegangen bin.«

»Es könnte heißen, daß Sie denjenigen, der das getan hat, decken«, schrie sie.

»Wen? Angus? Junior? Das ist Scheiße, und Sie wissen das auch.«

Sie entwand ihm ihren Arm. »Meine Untersuchung haben Sie auf Schritt und Tritt behindert. Sie tragen einen Stern, das macht Sie angeblich zu einem Vertreter des Rechts. Ha! Das ist Scheiße, wenn Sie mich fragen!

Sie wollen nicht, daß ich den Mörder finde, wer immer das ist, weil jede Verurteilung Rennbahn ade! und das Ende Ihrer Pläne bedeuten würde, ans große Geld zu kommen. Kein Wunder, daß Ihre Loyalität gegenüber den Mintons so unerschütterlich ist«, setzte sie ihre Tirade fort. »Freundschaft oder Dankbarkeit für frühere Gefallen haben damit nichts zu tun. Sie schützen schlicht und egoistisch Ihre finanziellen Interessen.«

Ihr Busen bebte unter ihrem Pullover, als sie mühsam Luft

holte und hinzufügte: »Ich kann es Ihnen auch gleich sagen, ich glaube, Sie sind es.«

»Was, der Mörder?« Seine Stimme war bedrohlich. Er nötigte sie gegen den Bauch des Flugzeuges, an dem er sich zu schaffen gemacht hatte, bevor sie kam.

»Ja, ich glaube, Sie haben sie getötet. Ich glaube, ich weiß auch warum.«

»Ich bin ganz Ohr.«

»Ich glaube, Sie haben Celina abgöttisch geliebt, aber sie hat Ihre Liebe verraten. Ich war die ständige Erinnerung an ihren Verrat, noch bevor ich zur Welt kam. Sie konnten nicht vergeben und vergessen, aber Junior konnte es. Er freute sich über die Chance, Ihren Platz einzunehmen. Er begann ihr den Hof zu machen, und seine Bemühungen waren erfolgreich.

Als Sie bemerkten, daß sie sich in ihn verliebte, konnten Sie es einfach nicht ertragen, sie an Ihren besten Freund und Rivalen zu verlieren, also haben Sie sie umgebracht. Wenn Sie sie nicht haben konnten, dann sollte sie, bei Gott, keiner haben, nicht einmal Junior.«

Er nickte beifällig. »Sehr gut, Counselor. Aber Sie haben in diesem Haufen Schafscheiße ein dickes, fettes Problem. Sie können es nicht beweisen, nicht die Bohne. Es ist alles Mutmaßung. Sie haben nichts gegen mich in der Hand, nichts gegen irgend jemanden. Also, warum machen Sie uns nicht allen das Leben leichter und geben auf?«

»Weil ich das nicht kann.«

Er hörte die Verzweiflung aus ihren Worten und wußte, daß er auf dem besten Weg war, ihren Widerstand zu brechen. »Warum nicht?« forderte er sie heraus.

»Weil ich denjenigen, der sie getötet hat, bestrafen will.«

»Nee, nee«, sagte er und schüttelte den Kopf. »Sie machen das nicht für Celina. Sie machen das für sich selbst.«

»Tu ich nicht.«

»Ihre Granny hat Celina in Ihren Augen als Übermenschen hingestellt, und Sie können es sich nicht verzeihen, daß

Sie zum falschen Zeitpunkt in ihrem Leben dahergekommen sind und es aus dem Gleis gebracht haben.«

»Und wer verzapft jetzt psychologischen Mist?« fragte sie wütend. »Ich kenne Sie gut genug, um zu wissen, wie egoistisch Sie sind, Reede Lambert. Die Vorstellung, daß ein anderer Mann das berührt, was Sie als Ihren persönlichen Besitz betrachten, wäre für Sie eine Tortur.«

Ihre Augen blitzten triumphierend: »Und was konnten Sie am schwersten verzeihen, Reede? Daß Celina mit einem anderen Mann ins Bett gegangen ist? Oder konnten Sie sich selbst nicht verzeihen, daß Sie sie nicht genommen haben, als es noch möglich war?«

»Warum reiten Sie dauernd darauf herum, wen ich *genommen* habe oder nicht?« Er stubste sie mit seinem Körper an, dann beugte er sich vor, bis sie sich Mitte an Mitte berührten. »Ich hab Sie schon einmal gewarnt. Halten Sie Ihre Neugier im Zaum«, flüsterte er. »Haben Sie das nicht schon mit Junior geklärt, Ihre Neugier befriedigt, warum Ihre Mama ihn so anziehend fand?« Er hatte seine perverse Freude daran zu sehen, wie ihr Gesicht aschfahl wurde.

»Nein«, sagte sie heiser.

»Ich glaube schon.«

»Sie sind krank.«

»Ich nicht, Baby.« Sein Atem hauchte über ihre Lippen. »Sie sind diejenige, die zuviel wissen will.«

Er senkte seinen Kopf und küßte sie. Sie widersetzte sich hartnäckig seinem fordernden Mund, aber schließlich gelang es ihm, ihre Lippen zu öffnen. Seine Zunge glitt rauh über ihre Zähne und das weiche Innere ihres Mundes.

Sie öffnete sich ihm. Er spürte, wie sie mit einem Seufzer ausatmete. Ihr Mund war feucht und warm und süß. Sein Penis streckte sich, drängte sich dazwischen. Er griff in ihre Jacke und legte eine Hand über ihre Brust. Die Warze versteifte sich unter seinem rotierenden Daumen, und als er kräftig darüberstrich, entlockte er ihrer Kehle ein leises Stöhnen.

Er hob den Kopf und spähte in ihr Gesicht. Ihr Kopf lehnte

am Flugzeug, der Hals gebogen, bereit. Sie atmete schwer, ihr Brustkorb bebte. Er spürte ihr Herz wie eine kleine wilde, verängstigte Kreatur, die er in seiner Hand eingefangen hatte. Ihre Lippen waren leicht geöffnet, naß und glänzend. Sie hatte die Augen geschlossen, aber jetzt schlug sie sie langsam auf. Sie sahen sich mißtrauisch und verwirrt an.

*Oh mein Gott*, war Reedes letzter zusammenhängender Gedanke. Sein Mund senkte sich wieder auf ihren, hungriger diesmal, aber viel behutsamer. Er drückte seine Zunge in ihren Mund, ein Geben, kein Nehmen, liebkoste ihre Brust mit mehr Zartgefühl.

Schließlich verlor er die Geduld mit ihrer Kleidung. Seine Hand griff nach ihrer Taille, schob ihren Pullover nach oben, das Körbchen ihres BHs nach unten und nahm das warme, weiche Fleisch. Sie reckte sich ihm entgegen, drückte ihre Brust in seine schwielige Hand. Er knetete und massierte ihre harte fiebrige Knospe weiter mit seinem Daumen.

Er küßte sie, als wäre das sein erster Kuß überhaupt, oder der letzte, der ihm je vergönnt wäre, dann drängte er sein Knie zwischen ihre Beine und drückte es auf ihre Spalte. Am Rande seiner Wahrnehmung registrierte er, daß sie ein leises, hilfloses Geräusch machte und die Arme um seinen Nacken schlang; aber für ihn gab es nur noch ihren Mund, die Eroberung dieser Weiche und wie sehr er sich danach sehnte, in sie einzudringen.

Seine freie Hand glitt über ihren Hintern, ihren Schenkelansatz und packte sie in der Kniekehle, hob ihr Bein, legte es auf seine Hüfte und preßte sich an sie. Er klemmte seinen eisenharten Körper zwischen ihre Schenkel und stieß immer wieder dagegen, steigerte das Tempo bis zur Atemlosigkeit. Sie keuchte leise seinen Namen, was seine Leidenschaft noch beflügelte.

Nach einigen Sekunden hörte er erneut seinen Namen, leise und von weit her. Er fragte sich benommen, wie sie es schaffte zu reden, wo ihre Zunge doch so intensiv mit seiner beschäftigt war.

Er hörte erneut seinen Namen und merkte, daß es gar nicht Alex' Stimme war.

»Reede? Wo bist du, Junge?«

Sein Kopf schnellte hoch. Alex blinzelte und kam langsam zurück in die Wirklichkeit. Er zog hastig seine Hand aus ihrem Pullover. Sie schlug ihre Jacke übereinander.

»Hier drin.« Seine Stimme klang, als hätte er soeben mit Nägeln gegurgelt.

Angus trat durch die Tür, die Alex offengelassen hatte.

Reede bemerkte, daß die Sonne untergegangen war.


## 30

Man mußte es Alex zugute halten, wie schnell sie sich wieder gefangen hatte, dachte Angus. Bis auf ihre etwas glasigen Augen und den geschwollenen Mund schien sie völlig gefaßt.

»Hallo, Angus.«

»Tag, Alex. Alles geregelt in Austin?«

»Ja, danke, daß Sie mir Ihr Flugzeug geliehen haben.«

»Keine Ursache.«

»Ich, äh, wollte gerade gehen.« Zu Reede sagte sie: »Ich melde mich dann später wegen dieser Sache«, und verließ rasch den Hangar. Reede nahm einen Schraubenschlüssel und steckte den Kopf in den offenen Motor des kleinen Flugzeugs.

»Was brütet sie denn jetzt wieder aus?« fragte Angus und setzte sich auf den Hocker, den Reede vorhin freigemacht hatte.

»Sie hat entdeckt, daß mir dies hier gehört. Ich hab nie ein Geheimnis draus gemacht, aber ich hab's auch nicht an die große Glocke gehängt. Sie ist der Meinung, ich hätte viel zu verlieren, wenn sie den Fall vor ein Schwurgericht bringt, ob ich nun der Mörder bin oder nicht.«

»Sie hat recht«, bemerkte sein alter Freund. Reede zuckte

nur mit den Schultern, dann warf er den Schraubenschlüssel auf eine Werkbank und schloß die Motorverkleidung. »Ely hat mir erzählt, sie war bei ihm in der Praxis und hat ihm Fragen wegen des Skalpells seines Vaters und dem Tag des Mordes gestellt.«

»Das Skalpell?«

»Ja. Weißt du was drüber?«

»Verflucht, nein, du?«

»Nee, wirklich nicht.«

Reede ging zu einem Schrank, in dem er einen Vorrat an Schnaps und Bier aufbewahrte. Er goß sich einen kräftigen Schuß Jack Daniels ein und kippte ihn hinunter. Dann bekam Angus die Flasche gereicht. »Willste einen?«

»Klar, danke.« Er nippte an seinem Glas und sah zu, wie Reede sich noch einen genehmigte.

Er sah Angus' neugierigen Blick und sagte: »Es war einer von diesen Tagen.«

»Alex?«

Reede strich sich durchs Haar wie ein Mann, den Dämonen plagten. »Ja, verdammt, sie läßt nicht locker.«

»Wer weiß, mit was für Scheiße Merle Graham ihr die Birne vollgequatscht hat.«

»Kein Wunder, daß sie so rachsüchtig ist.« Er seufzte laut. »Wenn ME diese Rennbahn nicht kriegt, sind all meine Zukunftspläne im Eimer.«

»Das ist dir ziemlich wichtig, was?«

»Was hast du denn gedacht, daß ich mein ganzes Leben ein beknackter Sheriff bleiben will?«

»Du machst dir zuviel Sorgen, Junge!« sagte Angus. »Wir kriegen die Sache in den Griff, und deine Zukunft wird wunderbar. Deswegen wollte ich mit dir reden.«

Reede sah ihn erwartungsvoll an. »Über meine Zukunft?«

Angus kippte den Rest seines Whiskeys hinunter und zerdrückte den Pappbecher mit einer Hand. Er schob seinen Cowboyhut in den Nacken und schaute grinsend zu Reede hoch.

»Ich möchte, daß du zurückkommst und wieder ein aktiver Teil von Minton Enterprises wirst.«

Einen Moment lang war Reede sprachlos. Er wich einen Schritt nach hinten. »Willst du mich verscheißern?«

»Nee.« Angus hob eine schwielige Hand. »Bevor du etwas sagst, hör dir an, was ich zu unterbreiten habe.«

Er hatte sich seine Argumente bereits zurechtgelegt. Nachdem er zwei besorgte Anrufe von Mitgliedern der Rennkommission erhalten hatte, die in einer Austiner Zeitung von Alex' Ermittlungen gelesen hatten, hatte er beschlossen, jetzt andere Saiten aufzuziehen. Das Ganze würde nicht einfach im Sand verlaufen, wie er ursprünglich gehofft hatte.

Die Ferngespräche erledigte er in sehr optimistischer Stimmung. Er hatte Alex' Beschuldigungen als lächerlich abgetan und ihnen ein paar dreckige Witze erzählt, bis sie schließlich lachend aufgelegt hatten. Noch war er nicht ernsthaft besorgt, aber er wußte überdeutlich, daß ME eine solide Fassade zeigen mußte. Reede wieder als integren Teil der Firma zu haben wäre ein wichtiger Teil davon.

Sein einstudierter Text floß ihm mühelos von den Lippen: »Du weißt fast genausoviel wie ich über Rennpferde und mehr, als Junior sich je die Zeit und Mühe genommen hat zu lernen. Du würdest als leitender Angestellter in die Firma zurückkehren. Ich würde die Verantwortung zu gleichen Teilen an Junior und dich übertragen, aber ihr hättet verschiedene Aufgabenbereiche. Ich weiß, wieviel dir dieser Flughafen bedeutet. Er hat für dich emotionalen Wert, aber du siehst auch das Potential zum Geldverdienen. Genau wie ich. Ich würde ihn in die ME integrieren. Die Firma hätte die finanziellen Mittel für die Renovierung und die Erweiterung, die du brauchst. Außerdem hätten wir eine wesentlich bessere Verhandlungsposition bei den Fluglinien.«

Er grinste übers ganze Gesicht. »Scheiße, ich würde sogar ein paar Aktien von ME als Ansporn mit drauflegen. So ein Geschäft kannst du dir nicht entgehen lassen, Junge.«

Reedes Reaktion enttäuschte ihn, er hatte auf Verwunderung und Freude gehofft. Statt dessen schwang in seinem Erstaunen ein Unterton von Mißtrauen mit.

»Was hat dich dazu bewogen?«

Angus, die Ruhe selbst, sagte: »Du gehörst zu uns – und das war schon immer so. Ich, in meiner Position, habe die Möglichkeit, die Dinge für dich ins Rollen zu bringen. Du wärst ein Narr, wenn du mein Angebot nicht ausnutztest.«

»Ich bin kein Junge mehr, der deine Almosen braucht, Angus.«

»Für mich warst du nie ein Almosenempfänger.«

»Das weiß ich«, sagte Reede ruhig, »aber wie schön du das auch umschreiben magst, ich war es trotzdem.« Er sah dem Älteren offen in die Augen. »Glaube ja nicht, daß ich nicht dankbar bin für alles, was du für mich getan hast.«

»Ich wollte nie deine Dankbarkeit. Du hast dir das ehrlich verdient, was ich dir habe zukommen lassen.«

»Ohne dich hätte ich überhaupt keine Chance gehabt.« Reede hielt kurz inne, dann fuhr er fort: »Aber ich hab dir alles zurückbezahlt und mehr als das, glaube ich. Als ich deine Firma verließ, habe ich das getan, weil ich meine Unabhängigkeit wollte. Und die will ich immer noch, Angus.«

Angus war beunruhigt und machte kein Geheimnis daraus. »Du willst, daß ich drum bettle, ist es das? Okay.« Er holte tief Luft. »Ich komme allmählich ins Pensionsalter. Einige finden sogar, ich sei längst drüber. Das Geschäft braucht deine Führungsqualitäten, um überleben zu können.« Er breitete die Arme aus. »So. Befriedigt das dein verfluchtes Ego?«

»Ich brauche keine Streicheleinheiten, Angus, und das weißt du entschieden. Ich denke da an das Ego eines anderen.«

»Juniors?«

»Juniors. Hast du ihm das erzählt?«

»Nein. Ich sah keinen Anlaß dafür, bis…«

»Bis er nichts mehr dagegen machen könnte.«

Angus' Schweigen war so gut wie ein Geständnis.

Reede begann auf und ab zu laufen. »Junior ist dein Erbe, Angus, nicht ich. Er ist derjenige, den du hochpäppeln solltest, damit er übernehmen kann. Er muß vorbereitet sein, wenn es soweit ist.«

Angus lief jetzt auch hin und her, während er seine Gedanken sammelte. »Du hast Angst, daß Junior sich nicht darauf vorbereiten wird, solange du da bist, um ihm die Probleme abzunehmen, und seine Spuren verwischst, wenn er Mist gebaut hat.«

»Angus, ich wollte nicht...«

»Ist schon gut«, Angus schnitt Reedes Einwände mit einer Handbewegung ab. »Ich bin sein Daddy. Du bist sein bester Freund. Wir sollten doch die Möglichkeit haben, frei über ihn zu reden, ohne daß wir durch einen Haufen Scheiße waten müssen. Junior ist nicht so stark wie du.«

Reede wandte sich ab. Die Wahrheit zu hören war Balsam für seine Seele. Er wußte, wie schwer es Angus fiel, das zu sagen. »Ich wollte immer, daß Junior so ist wie du – aggressiv, bestimmt, ehrgeizig – aber...« Angus zog vielsagend die Brauen hoch. »Er braucht dich, Reede. Verdammt, ich auch. Ich hab mir nicht jahrelang den Hintern aufgerissen, um dann mit ansehen zu müssen, wie alles, was ich aufgebaut habe, zusammenkracht. Ich habe meinen Stolz, aber bin auch ein nüchterner Geschäftsmann. Ich sehe den Tatsachen ins Gesicht, so unschön sie manchmal auch sind. Eine dieser Tatsachen heißt: Du bist kompetent und Junior nicht.«

»Genau das ist der Punkt, Angus. Er könnte es sein. Zwinge ihn dazu. Delegiere ihm mehr Verantwortung.«

»Und wenn er Scheiße baut, weißt du, was dann passiert? Ich werde sauer, brülle ihn an. Er wird schmollen und zu seiner Mama rennen, die ihn dann wieder in Watte packt.«

»Zuerst vielleicht schon, aber das wird nicht so bleiben. Eines Tages brüllt Junior zurück. Er wird dahinterkommen, daß es nur eine Möglichkeit gibt, mit dir fertig zu werden, nämlich dich mit deinen eigenen Waffen zu schlagen. Ich hab's gemacht.«

»Ist es das, was du jetzt vorhast, dich an mir zu rächen für etwas, was ich dir unabsichtlich angetan habe?«

»Verflucht, nein«, brauste Reede auf. »Seit wann habe ich Angst, dir die Meinung zu sagen oder sonst jemandem, wenn mir etwas nicht paßt?«

»Also gut, ich sage dir, seit wann«, entgegnete Angus giftig. »Seit Celina getötet wurde. Das hat alles verändert, nicht wahr?« Er stellte sich vor Reede. »Ich glaube, keiner von uns hatte mehr ein ehrliches Gespräch mit dem anderen seit diesem Morgen. Davor graute mir immer am meisten, daß sie dich und Junior auseinanderbringen würde.« Er schüttelte den Kopf. »Sie hat es sowieso geschafft. Sogar tot hat sie noch Mißtrauen gesät.«

»Celina hat nichts mit meiner Entscheidung, nein zu sagen, zu tun. Ich möchte das Gefühl haben, daß meins wirklich meins ist. Voll und ganz. Kein Teil deines Konglomerats.«

»Also geht's nur um wirtschaftliche Aspekte?«

»Richtig.«

Angus' Gehirn arbeitete fieberhaft, um seine Vorschläge abzuändern. »Was, wenn ich beschließe, selbst einen Flughafen zu bauen?«

»Dann wären wir Konkurrenten«, erwiderte Reede gelassen. »Aber es gibt nicht genug Nachfrage, daß zwei davon leben könnten – einer von uns würde verlieren.«

»Und ich kann es mir leisten. Du nicht.«

»Es wäre keine Befriedigung für dich, mich in den Bankrott zu treiben, Angus.«

Angus lachte. »Du hast recht. Verflucht, Junge, du gehörst doch fast zur Familie.«

»*Fast.* Junior ist dein Sohn, nicht ich.«

»Du lehnst diese Chance seinetwegen ab, nicht wahr?« An Reedes Gesicht sah er, daß er recht hatte.

Reede warf einen überflüssigen Blick auf die Uhr. »Hör mal, ich muß los.«

»Reede«, sagte Angus und packte ihn beim Arm. »Meinst du, Junior wird je merken, was für ein Freund du ihm bist?«

Reede gab sich vergnügt: »Wir werden es ihm nicht verraten. Er ist sowieso schon eingebildet genug.«

Angus wußte, daß er verloren hatte, und das schmeckte ihm gar nicht. »Ich kann das nicht zulassen, Junge.«

»Du hast keine andere Wahl.«

»Ich akzeptiere kein Nein. Da lasse ich nicht locker«, versprach er, und seine blauen Augen blitzten verschmitzt.

»Du bist nicht sauer, weil ich dir fehlen werde, sondern weil du deinen Willen nicht durchgesetzt hast.«

»Diesmal nicht, Reede. Ich brauche dich. Junior braucht dich. Und ME auch.«

»Warum ausgerechnet jetzt? Wieso soll nach all den Jahren plötzlich MEs Zukunft von mir abhängen?« Mit einem Mal dämmerte es Reede. »Du hast Angst.«

»Angst?« Angus tat höchst überrascht. »Wovor? Vor wem?«

»Vor Alex. Du hast Angst, daß sie dir deine Bonbons wegnehmen könnte. Du versuchst soviel Macht wie möglich um dich zu versammeln.«

»Wären wir denn nicht ein stärkerer Gegner für sie, wenn wir alle zusammenhielten?«

»Wir halten zusammen.«

»Tun wir das?« konterte Angus.

»Du hast meine Loyalität, Angus, genauso, wie ich deine habe.«

Angus trat noch einen Schritt näher. »Das hoffe ich doch sehr. Aber mir ist auch der Ausdruck in deinem Gesicht nicht entgangen, als ich vorhin durch diese Tür kam«, flüsterte er. »Du hast ausgesehen, als hättest du einen in die Eier gekriegt. Und sie war ganz rosig und feucht um den Mund.«

Reede sagte nichts. Der Ältere hatte auch nicht erwartet, daß er es abstreiten würde, das hätte Angus als Schwäche betrachtet. Und Reedes Stärke war einer der Gründe, warum er ihn immer bewundert hatte.

Angus sagte ruhig: »Ich mag das Mädchen auch. Sie ist keß und richtig niedlich. Aber sie ist cleverer, als ihr guttut.« Er hob streng einen Zeigefinger. »Sorg dafür, daß dein Schwanz dir nicht so den Blick verstellt, daß du sie nicht mehr durchschaust. Sie möchte uns in die Knie zwingen, möchte, daß wir für Celinas Mord büßen. Kannst du dir erlauben, all das zu verlieren, wofür du gearbeitet hast? Ich kann es nicht. Außerdem will ich es nicht.« Mit diesem grimmigen Versprechen war das Gespräch beendet, und er stapfte aus dem Hangar.

»Wo ist mein Sohn?« fuhr er einen der Barkeeper an, etwa eine Stunde, nachdem er Reede verlassen hatte. Während dieser Zeit hatte er Juniors übliche Tränken abgeklappert.

»Im Hinterzimmer«, erwiderte der Barmann und zeigte auf die geschlossene Tür am Ende der Kneipe.

Es war eine Spelunke, aber die mit den größten Pokereinsätzen der Stadt. Im Hinterzimmer wurde rund um die Uhr gespielt. Angus stieß die Tür auf und hätte fast die Kellnerin umgeworfen, die mit einem Tablett voll leerer Bierflaschen auf der Schulter rauskam. Er pflügte sich durch die Wolke von Zigarettenrauch zu dem Lichtkegel, unter dem der Pokertisch stand.

»Ich muß mit Junior reden«, brüllte er.

Junior, mit einer Zigarre im Mundwinkel, grinste zu seinem Vater hoch. »Kann das nicht warten, bis wir mit diesem Spiel fertig sind? Ich hab fünfhundert Dollar drauf gesetzt und glaube, das Glück ist mir hold.«

»Dein Arsch ist auf das gesetzt, was ich dir zu sagen habe, und dein Glück hat dich grade verlassen.«

Die anderen Spieler, von denen die meisten für ME arbeiteten, rafften hastig ihre Einsätze an sich und machten sich aus dem Staub. Sobald der letzte durch die Tür war, schlug Angus sie zu.

»Bist du verrückt? Was ist hier los?« begehrte Junior auf.

»Ich werde dir sagen, was hier los ist. Dein Freund Reede ist drauf und dran, wieder mal vor dir durchs Ziel zu gehen, während du hier in diesem Scheißhinterzimmer hockst und dein Leben die Kloake runterrauschen läßt.«

Junior löschte brav seine Zigarre. »Ich hab keine Ahnung, wovon du redest.«

»Weil du deinen Kopf in den Dreck steckst, anstatt in deine Angelegenheiten, wo er hingehört.«

Angus zwang sich mit großer Mühe zur Ruhe. Wenn er brüllte, würde Junior bloß schmollen. Brüllen hatte ihn noch nie weitergebracht, aber es war hart, sich seine Enttäuschung und seine Wut nicht anmerken zu lassen.

»Alex war heute nachmittag mit Reede auf dem Flugplatz...«

»Und?«

»Und, wenn ich zehn Sekunden später gekommen wäre, hätten die beiden auf der Motorhaube des Flugzeugs gevögelt!« brüllte er, vergessen waren alle guten Vorsätze.

Junior sprang vom Stuhl. »Was du nicht sagst!«

»Ich weiß, wenn Lebewesen brünftig sind, Junge. Ich verdiene einen Teil meines Lebensunterhalts damit, sie zu züchten, weißt du noch? Ich kann es riechen, wenn sie scharf aufeinander sind«, sagte er und tippte sich an die Nase. »Er hat getan, was du hättest tun sollen, anstatt Geld zu verspielen, das du nicht mal verdient hast.«

Junior zuckte zusammen. Dann sagte er trotzig: »Das letzte, was ich gehört habe, ist, daß Alex nicht in der Stadt ist.«

»Inzwischen ist sie wieder da.«

»Also gut. Ich ruf sie heute abend an.«

»Das reicht nicht. Verabrede dich mit ihr, geh mit ihr aus.«

»Okay.«

»Das ist mein Ernst!«

»Ich hab gesagt, es ist okay!« schrie Junior.

»Und noch etwas, damit du es zuerst von mir hörst. Ich hab Reede gebeten, zurück zu ME zu kommen.«

»Was?«

»Du hast mich gehört.«

»Was... was hat er gesagt?«

»Er hat nein gesagt, aber für mich ist das nicht das letzte Wort.« Angus stellte sich vor seinen Sohn. »Ich werde dir noch etwas sagen. Ich hab noch nicht entschieden, wer für wen arbeiten wird, wenn er den Job annimmt.«

Juniors Augen waren ein Spiegel seines Schmerzes und seiner Wut.

Angus rammte ihm einen Finger in die Brust. »Du machst dich besser an die Arbeit und tust, was ich dir gesagt habe, oder es könnte eines von zwei Dingen passieren. Entweder wird Reede an deinem Schreibtisch sitzen und dir Jobs zuteilen wie Ställe ausmisten, oder wir alle werden im Gefängnis von Huntsville Nummernschilder herstellen. In keinem Fall wirst du mehr Nachmittage haben, die du mit Pokern verplempern kannst.«

Angus trat zurück und verpaßte dem Tisch einen energischen Tritt mit seinem Eidechsenstiefel. Er fiel um, und Karten, Pokerchips, Aschenbecher und Bierflaschen krachten zu Boden.

Dann marschierte er hinaus, und Junior blieb in dem Tohuwabohu zurück.

## 31

Die Kellnerin stellte den beiden in ausgehöhlten Ananasfrüchten angerichteten, mit frischer Minze dekorierten Hühnersalate auf den Tisch. Sie fragte Junior Minton, ob er und sein Gast noch eine Portion Eistee wollten.

»Danke, wir sind gut versorgt«, sagte er und schenkte ihr sein Hundert-Watt-Lächeln.

Der Speiseraum des Country Clubs bot ein Panorama des Golfplatzes. Es war einer der wenigen Räume in Purcell County, die nicht nach Texasromantik mieften. Die beruhigenden Pastelltöne hätten überall hingepaßt. Junior und Alex gehörten zu den vereinzelten Gästen, die hier zu Mittag aßen.

Sie spießte eine Mandel auf ihre Gabel. »Das ist fast zu

hübsch zum Essen. Es schlägt den Empfehlungsteller vom B & B um Längen«, sagte sie und zerkaute den Kern. »Ich bin überzeugt, wenn ich je die Küche von innen sehen würde, würde ich nie wieder da essen. Wahrscheinlich tanzen die Kakerlaken da Tango.«

»Nein, die werden fritiert und als Hors d'œuvres serviert.« Junior lächelte. »Essen Sie dort oft?«

»Oft genug. Mir steht die Soße, in der alles schwimmt, und das Chili schon bis hier.«

»Dann bin ich ja froh, daß Sie meine Einladung zum Mittagessen angenommen haben, nachdem Sie mir gestern abend entwischt sind. Ich mußte schon öfter Damen, die in der Stadt arbeiten, vor den Kalorienbomben des B & B retten, dessen Speisekarte ihre Taillen gefährdet.«

»Das hier ist aber auch nicht direkt ein Schlankmacher«, sagte sie, als sie das cremige Salatdressing probierte.

»Da brauchen Sie sich keine Sorgen zu machen. Sie sind so schlank wie Ihre Mutter.«

Alex legte ihre Gabel an den Rand des Tellers: »Selbst nachdem sie mich gekriegt hatte?«

Juniors heller Kopf war über seinen Teller gebeugt. Er hob ihn, und als er sah, daß sie das ernsthaft interessierte, tupfte er sich den Mund mit der steifen Leinenserviette ab und sagte: »Von hinten ähneln Sie ihr wie ein Ei dem anderen, nur sind Ihre Haare dunkler und rötlicher.«

»Das hat Reede auch gesagt.«

»Wirklich? Wann?«

Ihr Lächeln geriet etwas aus den Fugen. Die Frage war ein bißchen zu beiläufig gestellt, eine verräterische Falte zeigte sich zwischen seinen Brauen.

»Kurz nachdem wir uns kennengelernt haben.«

»Ah.« Die Falte glättete sich wieder.

Alex wollte nicht an Reede denken. Wenn sie mit ihm zusammen war, löste sich ihre sachliche, professionelle, methodische Unparteilichkeit, auf die sie so stolz war, in nichts auf. Die Neutralität wurde von Emotionen weggespült.

Erst bezichtigte sie ihn des Mordes, und eine Sekunde später küßte sie ihn bereits hingebungsvoll und sehnte sich nach mehr. Er war gefährlich, nicht nur von ihrer Position als Anklägerin aus gesehen, sondern auch für sie als Frau. Beide Aspekte ihrer Existenz, einer so verletzbar wie der andere, litten unter seinem Beschuß.

»Junior«, fragte sie, nachdem sie mit Essen fertig waren, »warum konnte Reede Celina nicht verzeihen, daß sie mich gekriegt hat? War sein Stolz so tief getroffen?«

Er starrte aus dem Fenster auf den Golfplatz, und als er ihren Blick fühlte, sah er sie traurig an: »Ich bin enttäuscht.«

»Worüber denn?«

»Ich dachte – hoffte –, Sie hätten meine Einladung zum Essen angenommen, weil Sie mich sehen wollten.« Er verdrehte die Augen. »Aber Sie wollten nur über Reede reden.«

»Nicht über Reede, über Celina. Meine Mutter.«

Er streckte die Hand über den Tisch und drückte ihre. »Ist schon okay. Ich bin daran gewöhnt. Celina hat mich ständig angerufen und über Reede geredet.«

»Was hat sie da gesagt?«

Junior lehnte sich zurück und begann mit seiner Krawatte zu spielen. »Meistens hab ich mir anhören müssen, wie wunderbar er ist. Sie wissen schon, Reede hinten und Reede vorne. Nachdem Ihr Vater im Krieg getötet wurde und sie wieder frei war, hatte sie Angst, sie würde Reede nie zurückkriegen.«

»Das hat sie auch nicht.«

»Nein.«

»Sie hat doch wohl nicht erwartet, daß er über Al Gaither und mich erfreut war?«

»Nein, so naiv war sie nicht. Keiner von uns hatte gewollt, daß sie den Sommer über verreist, aber wir konnten nichts gegen ihre Entscheidung ausrichten«, erläuterte Junior. »Sie war dort, wir waren hier, über dreihundert Meilen weit auseinander. Eines Nachts hat Reede beschlossen, sich ein Flugzeug zu leihen, mit dem wir hinfliegen und sie heimholen würden.

Der Mistkerl hatte mich tatsächlich davon überzeugt, daß er uns sicher hin- und wieder zurückbringen könnte, bevor irgend jemand den fehlenden Flieger bemerkte. Der einzige, dem es auffallen würde, wäre Moe Blakey, und der war auf seiner Seite. In seinen Augen war Reede grundsätzlich im Recht.«

»Großer Gott, ihr habt es doch nicht etwa getan?«

»Nein, nicht an diesem Tag. Einer der Stallknechte – Pasty Hickam, um genau zu sein – hat uns belauscht und es Dad erzählt. Er hat uns fertiggemacht und gesagt, er würde uns totschlagen, wenn wir so was Verrücktes versuchten. Er wußte genau, daß Celina Reede eifersüchtig machen wollte, und hat uns geraten, ihr ruhig ihren Spaß zu lassen. Und er hat uns versichert, daß es sie irgendwann langweilen und sie nach Hause zurückkommen würde – dann wäre alles wieder wie zuvor.«

»Aber Angus hat sich geirrt. Als Mutter nach Purcell zurückkehrte, war sie mit mir schwanger. Alles war anders.«

Sie spielte stumm mit ihrem Teelöffel. »Wieviel wissen Sie über meinen Vater, Junior?«

»Nicht viel. Und Sie?«

Sie zuckte die Schultern. »Nur, daß er Al Gaither hieß, daß er aus einer Kohlengrubenstadt in West Virginia stammte, daß er kurz nach seiner Hochzeit mit meiner Mutter nach Vietnam geschickt wurde, auf eine Landmine getreten und Monate vor meiner Geburt gestorben ist.«

»Ich hab nicht mal gewußt, woher er stammte«, sagte Junior beschämt.

»Als ich alt genug war, überlegte ich mir, nach West Virginia zu fahren und seine Familie zu suchen, aber ich hab mich dagegen entschieden. Sie haben nie den Versuch gemacht, Verbindung mit mir aufzunehmen, also hielt ich es für das beste, sie in Ruhe zu lassen. Seine sterblichen Überreste wurden zu ihnen überführt und dort begraben. Ich bin mir nicht mal sicher, ob meine Mutter bei seiner Beerdigung war.«

»War sie nicht. Sie wollte es, aber Mrs. Graham hat sich geweigert, ihr das Geld für die Fahrt zu geben. Dad hat ihr angeboten, die Reise zu bezahlen, aber auch das hat Mrs. Graham nicht zugelassen.«

»Sie hat Angus für die Beerdigung meiner Mutter zahlen lassen.«

»Das war wohl was anderes für sie, irgendwie.«

»Al Gaither hatte genausowenig Schuld an der übereilten Hochzeit wie Mutter.«

»Vielleicht doch«, wandte Junior ein. »Ein Soldat auf dem Weg in den Krieg, die Masche. Celina war ein hübsches Mädchen, das darauf aus war, ihre Attraktivität zu beweisen.«

»Weil Reede nicht mit ihr schlafen wollte.«

»Das hat er Ihnen erzählt, was?«

Alex nickte.

»Ja, also, ein paar von den Mädchen, mit denen Reede geschlafen hatte, haben damit vor Celina angegeben. Sie wollte beweisen, daß auch sie Frau genug war, um einen Mann einzufangen. Und Gaither hat das zweifellos ausgenutzt.

Für Ihre Großmutter war sein Name ein Schimpfwort. Wegen ihm hat Ihre Mutter ihre Fortbildung auf dem College verpaßt. Das hat sie ihm nicht verziehen. Nein, Mr. Gaither war ein rotes Tuch für sie.«

»Ich wünschte, sie hätte wenigstens ein Foto von ihm aufgehoben. Sie hatte Tausende von Fotos von Celina, aber kein einziges von meinem Vater.«

»Für Mrs. Graham war er wahrscheinlich die Inkarnation des Bösen, das, was Celinas Leben total umgekrempelt hat.«

»Ja«, sagte sie und dachte, daß das, was Junior von ihrer Großmutter sagte, auch auf sie anwendbar gewesen war. »Ich habe kein Gesicht, das ich mit dem Namen in Verbindung bringen kann. Nichts.«

»O Gott, Alex, das muß hart sein.«

»Manchmal glaube ich, daß ich einfach der Erde entsprungen bin.« Sie machte den Versuch, der Sache eine heitere Note zu geben. »Vielleicht war ich die erste selbständige Gemüsepuppe, die die Hausfrauen jetzt alle anfertigen.«

»Nein«, sagte Junior und griff wieder nach ihrer Hand. »Sie hatten eine Mutter, und sie war schön.«

»War sie das?«

»Sie können jeden fragen.«

»War sie innerlich genauso schön wie äußerlich?«

Seine Brauen zogen sich zusammen. »So wie jeder andere auch: Sie war ein Mensch mit guten und schlechten Seiten.«

»Hat sie mich geliebt, Junior?«

»Geliebt? Und wie. Sie dachte, Sie wären das tollste Baby, das je geboren wurde.«

Alex war ganz warm ums Herz, als sie mit ihm den Club verließ. Er öffnete die Beifahrertür seines Jaguar, stellte sich dicht vor sie und legte seine Hand an ihre Wange. »Müssen Sie denn heute nachmittag zurück in dieses muffige alte Gericht?«

»Ich fürchte ja. Ich habe zu arbeiten.«

»Es ist ein herrlicher Tag.«

Sie zeigte zum Himmel. »Sie Lügner. Es sieht aus, als würde es gleich regnen oder schneien.«

Er beugte den Kopf und küßte sie rasch. Sein Mund blieb auf dem ihren, und er flüsterte: »Da fällt mir noch eine Möglichkeit, sich die Zeit im Haus zu vertreiben, ein.«

Sein Kuß wurde jetzt eindringlicher, und er teilte geschickt ihre Lippen. Doch als seine Zunge die ihre berührte, wich sie zurück. »Nein, Junior.« Sein ungehöriger Kuß und die Tatsache, daß er sie völlig kaltließ, machten sie wütend.

Bei seiner Berührung durchströmte keine herrliche Wärme ihren Körper, und ihr Blut kam nicht in Wallung. Dieses fiebrige Kribbeln im Unterleib blieb aus, genauso wie dieser undefinierbare Hunger, der in ihr rumorte. Und sie dachte dabei nicht, mein Gott, wenn er nicht ein Teil von mir wird, werde ich verschmachten.

Bei Juniors Kuß hatte sie nur einen Gedanken, nämlich, daß er ihre Freundschaft falsch interpretierte. Wenn sie dem jetzt nicht Einhalt gebot, dann würde ein Szenario entstehen, das beunruhigend der Vergangenheit glich.

Sie drehte ihren Kopf beiseite. »Ich muß arbeiten, Junior. Und bestimmt wartet auch auf Sie Arbeit.« Er fluchte leise vor sich hin, ließ sie aber ohne Groll los.

Sie trat einen Schritt zurück, um einsteigen zu können, und da entdeckte sie den Blazer. Er hatte sich unbemerkt herangepirscht und stand jetzt nur ein paar Meter von der Kühlerfigur des Jaguar entfernt. Der Fahrer, den sie durch die Windschutzscheibe sehen konnten, hatte die Hände über dem Steuer gefaltet und versteckte sich hinter einer verspiegelten Pilotenbrille. Er saß gefährlich reglos da, mit eisiger Miene.

Reede machte die Tür auf und stieg aus. »Ich hab Sie gesucht, Alex. Jemand hat mir erzählt, Sie hätten das Gerichtsgebäude mit Junior verlassen, also hab ich gedacht, ich schau mal hier nach.«

»Warum denn?« fragte Junior verärgert und legte seinen Arm um Alex' Schulter.

»Wir haben Fergus Plummet gefunden. Einer der Deputies bringt ihn gerade.«

»Und das gibt dir das Recht, unsere Verabredung zu stören?«

»Eure Verabredung ist mir scheißegal«, sagte Reede. »Sie hat gesagt, sie will dabeisein, wenn ich Plummet verhöre.«

»Würdet ihr beide bitte aufhören, so zu tun, als wär ich überhaupt nicht vorhanden?« Die Spannung, die sie zwischen den beiden ausgelöst hatte, war untragbar. Es war der Dreiecksgeschichte zwischen ihnen und ihrer Mutter zu ähnlich. Sie streifte Juniors Arm ab. »Er hat recht, Junior. Ich möchte hören, was Plummet zu seiner Verteidigung zu sagen hat.«

»Jetzt?« jammerte er.

»Tut mir leid.«

»Ich komme mit«, verkündete er fröhlich.

»Das ist eine dienstliche Angelegenheit. Die Pflicht ruft, und ich steh auf der Gehaltsliste des Staates. Danke für die Einladung.«

»Gern geschehn.« Er küßte sie kurz auf die Wange und

sagte, laut genug, daß Reede es hören konnte: »Ich ruf Sie später an.«

»Bis dann.« Sie lief zum Blazer und kletterte hinein, obwohl ihre Pumps und der enge Rock dabei einige Schwierigkeiten bereiteten. Reede schien das gar nicht zu merken, so beschäftigt war er damit, Juniors grimmigen Blick zu erwidern, als der sich hinters Steuer klemmte. Kaum saß sie, trat er voll aufs Gaspedal und raste los.

Nachdem sie den Highway erreicht hatten, bog er so scharf ab, daß Alex gegen die Beifahrertür geschleudert wurde. Sie biß die Zähne zusammen und klammerte sich an den Gurt, bis er den Wagen ausgerichtet hatte und den Mittelstreifen entlangrauschte.

»Nettes Mittagessen?«

»Reizend«, erwiderte sie spitz.

»Gut.«

»Sind Sie sauer, weil Junior mich geküßt hat?«

»Verflucht, nein. Warum sollte ich?«

»Genau.«

Insgeheim war sie froh, daß er genau im passenden Moment gekommen war. Er hatte ihr eine strengere Abfuhr an Junior erspart. Sie hatte ein schlechtes Gewissen und bemühte sich jetzt ganz um Professionalität: »Wo wurde Plummet gefunden?«

»Genau da, wo ich vermutet habe. Er hat sich im Haus eines seiner Diakone versteckt. Als er zum Luftholen auftauchte, hat ihn einer meiner Deputies erwischt.«

»Ist er friedlich mitgekommen?«

»Er ist doch kein Narr und weiß, daß er nur verhört wird. Wir können ihn noch nicht offiziell verhaften. Sie werden ein paar Minuten vor uns im Gericht sein.«

Stimmungsmäßig befand Junior sich absolut im schwarzen Loch. Nirgendwo konnte er Frieden finden, obwohl er mit seinem Jaguar wie ein Besessener durch alle Straßen der Stadt fegte.

Angus war am Boden zerstört, seine Mutter desgleichen, weil Angus darniederlag. Gestern nacht hatte sie ihm streng befohlen, seinen Hintern in Bewegung zu setzen – nicht unbedingt mit diesen Worten – und etwas zu tun, was seinen Vater stolz machte.

Für Sarah Jo war die Vorstellung, Reede wieder bei ME zu haben, untragbar. Und sie hatte ihrem Sohn in einem barscheren Ton, als er je von ihr vernommen hatte, gesagt, das dürfe schlicht und einfach nicht sein.

»Angus will *dich*, nicht Reede.«

»Warum hat er ihm dann einen Job angeboten?«

»Damit du aufwachst, Schätzchen. Er benutzt Reede nur als Mittel zum Zweck.«

Junior versprach ihr, er würde sein Bestes tun. Aber als er Alex angerufen und zum Abendessen eingeladen hatte, hatte sie ihm einen Korb gegeben, wegen angeblicher Kopfschmerzen. Sie hatte sich jedoch einverstanden erklärt, heute mit ihm zu Mittag zu essen. Und dann, gerade als alles so wunderbar lief, war Reede aufgetaucht und hatte sie wieder seinem Zugriff entzogen.

»Dienstlich, der spinnt wohl«, murmelte er, als er die breite Auffahrt zum Haus des Richters hochfuhr und den Wagen abrupt zum Halten brachte. Er sprang über das Blumenbeet und schlug mit der Faust an die Eingangstür.

Stacey ließ sich verdammt lange Zeit, bis sie endlich auftauchte, fand er. Er hatte praktisch Schaum vorm Mund, als sie öffnete.

»Junior!« rief sie hocherfreut, als sie ihn sah. »Das ist aber...«

»Halt die Klappe. Halt bloß die Klappe.« Er knallte die Tür so heftig hinter sich zu, daß jedes Stück Glas und Porzellan im Haus klirrte. Er packte Stacey, stieß sie an die Wand der Diele und bedeckte ihren schockierten, offenen Mund mit Küssen. Er küßte sie grob, während er die Knöpfe ihrer Bluse attackierte. Als ihm das zu lange dauerte, riß er sie einfach auf, und die Knöpfe kullerten zu Boden.

»Junior«, keuchte sie, »was ...«

»Ich muß dich haben, Stacey«, murmelte er und drückte seinen Kopf zwischen ihre Brüste. »Bitte mach mir keinen Streß. Alle machen mir nur Streß. Halt einfach die Klappe und laß dich ficken.«

Ihren Rock und Unterrock raffte er hoch, zog ihr die Strumpfhose runter und öffnete seine Hose. Dann rammte er sich trocken in sie, und sie schrie auf.

Er quälte sie und haßte sich dafür, daß er ihr weh tat, obwohl sie es nicht verdient hatte. Aber in einem dunklen Teil seiner Seele war er froh, daß auch noch jemand anders zu leiden hatte. Warum sollte er der einzige Mensch auf dieser Scheißwelt sein, dem es schlechtging?

Alle hackten auf ihm rum. Es wurde höchste Zeit für einen Gegenangriff. Stacey war verfügbar – und er wußte, daß er bei ihr Chancen hatte.

Ihr Entsetzen, ihre Erniedrigung, gaben ihm das Gefühl von Macht. Seine Entspannung kam von ihrer Erniedrigung, nicht vom Sex selbst. Als es vorbei war, quetschte er Stacey zwischen sich und die geblümte Tapete.

Ganz allmählich fand er seinen Atem und seine Vernunft wieder. Er lehnte sich etwas zurück und streichelte ihre Wange. »Stacey?« Sie schlug langsam die Augen auf. Er lächelte sie entwaffnend an und gab ihr einen sanften Kuß. Als er bemerkte, daß sie sich feingemacht hatte, fragte er: »Hab ich dich etwa von etwas abgehalten?«

»Von einem Treffen in der Kirche.«

Das Grübchen in seiner Wange vertiefte sich, und er grinste übers ganze Gesicht. Er kniff sie spaßeshalber in eine entblößte Brust. »Jetzt siehst du nicht gerade aus, als würdest du zu einem frommen Stelldichein gehn.«

Sie reagierte auf seine Liebkosungen, genau wie er es erwartet hatte, und seine Hände wurden kühner. »Junior«, wimmerte sie atemlos, als er ihr die Bluse von den Schultern schob, ihren BH herunterriß und sein Mund sich ihrer eregierten Knospe bemächtigte. Sie rief immer wieder seinen

Namen, unterbrochen von Liebesschwüren. Sein Kopf wanderte ihren Körper hinunter, schob Stück für Stück ihre Kleidung beiseite.

»Junior?« fragte sie ängstlich, als er vor ihr auf die Knie fiel.

Er lächelte sie genüßlich an, als seine Daumen zwischen ihre Schamlippen glitten und sie spreizten.

»Junior! Nicht. Nein, ich kann nicht. Du ... kannst nicht.«

»Ja, ich kann, Schatz. Und außerdem kannst du's gar nicht erwarten.« Er leckte sie behutsam, genoß es, sich selbst zu schmecken, den Moschusgeruch einer erregten Frau, ihre Nervosität. »Willst du immer noch in die Kirche gehn«, flüsterte er und knabberte an ihrer Scham. »Hmm, Stacey?«

Nachdem ihr orgasmisches Schluchzen im leeren Haus verhallt war, zog er sie hinunter und setzte sie auf sich, er lag mit dem Rücken auf dem kalten Marmorboden. Er entleerte sich noch einmal in sie. Hinterher, als sie wie ein erschöpftes Häuflein an ihn gekuschelt lag, fühlte er sich so gut wie seit Wochen nicht mehr.

Als er sich aufsetzen wollte, klammerte sich Stacey an ihn.

»He, Stacey«, er grinste, »schau, wie ich dich zugerichtet habe. Du wirst dich ein bißchen aufhübschen müssen, sonst merkt der Richter, was für Blödsinn wir getrieben haben, während er in der Arbeit war.«

Er stand auf, rückte seine Kleidung zurecht, strich sich die Haare glatt. »Außerdem hab ich selbst zu arbeiten. Wenn ich noch eine Minute länger bleibe, zerre ich dich ins Bett und verplempere den ganzen Nachmittag hier. Nicht daß es vergeudete Zeit wäre, das darfst du nicht glauben.«

»Kommst du wieder?« bettelte sie, als sie ihm zur Tür folgte und notdürftig ihre Blöße bedeckte.

»Natürlich.«

»Wann?«

Er runzelte die Stirn, kaschierte das aber vor ihr, indem er sich abwandte und die Haustür öffnete. »Ich bin mir nicht sicher. Aber nach neulich nacht und heute glaubst du doch nicht etwa, daß ich wegbleiben könnte, oder?«

»Ach Junior, ich liebe dich so sehr.«

Er nahm ihr Gesicht zwischen seine Hände und küßte sie: »Ich dich auch.«

Stacey schloß die Tür hinter ihm. Mechanisch stieg sie die Treppe hinauf, wo sie ihren schmerzenden Körper in ein warmes Schaumbad tauchte. Morgen würde sie wahrscheinlich von Kopf bis Fuß grün und blau sein. Sie würde jeden einzelnen Flecken wie einen kostbaren Schatz hüten.

Junior liebte sie! Er hatte es gesagt. Vielleicht würde er jetzt endlich erwachsen werden. Vielleicht war er zur Vernunft gekommen und hatte erkannt, was ihm guttat. Vielleicht hatte er endlich Celina überwunden.

Aber dann erinnerte sich Stacey an Alex und die Schafsaugen, die Junior ihr im Horse-and-Gun-Club gemacht hatte. Sie erinnerte sich daran, wie eng er sie an sich gedrückt hatte, als sie lachend über die Tanzfläche gewirbelt waren. Staceys Magen verkrampfte sich vor Eifersucht.

Genau wie ihre Mutter stand nun Alex zwischen ihr und dem großen Glück mit dem Mann, den sie liebte.

## 32

Sobald Reede und Alex im Gericht angekommen waren, gingen sie in den Vernehmungsraum, gefolgt von einer Protokollantin. Fergus Plummet saß an einem viereckigen Holztisch. Er hatte den Kopf im Gebet über eine offene Bibel gebeugt und die Hände gefaltet.

Mrs. Plummet war ebenfalls da und schaute auf ihren Schoß; aber als sie hereinkamen, zuckte sie zusammen und sah sie an wie ein waidwundes Reh. Genau wie beim letzten Mal war ihr Gesicht ungeschminkt und das Haar zu einem strengen Knoten gezwirbelt. Sie trug ein farb- und formloses Kleid.

»Hallo, Mrs. Plummet«, sagte Reede höflich.

»Hallo, Sheriff.« Wenn Alex nicht gesehen hätte, wie sich ihre Lippen bewegten, wäre sie nicht sicher gewesen, ob die Frau gesprochen hatte. Sie war anscheinend halb verrückt vor Angst. Ihre Hände hielt sie krampfhaft verschränkt im Schoß und preßte sie so heftig zusammen, daß die Knöchel bläulich weiß schimmerten.

»Sind Sie wohlauf?« fragte Reede freundlich. Sie nickte und warf einen ängstlichen Blick auf ihren Mann, der immer noch inbrünstig betete. »Sie haben das Recht auf Anwesenheit eines Anwalts, wenn Miss Gaither und ich Sie verhören.«

Bevor Miss Gaither etwas sagen konnte, beendete Fergus sein Gebet mit einem dröhnenden »A-men« und hob den Kopf. Sein fanatischer Blick richtete sich auf Reede. »Wir haben den besten aller Anwälte auf unserer Seite. Der Herr, mein Gott, wird mein Anwalt sein, jetzt und in alle Ewigkeit.«

»Gut«, sagte Reede amüsiert, »aber ich werde zu Protokoll geben, daß Sie auf Ihr Recht eines Anwalts beim Verhör verzichtet haben.«

Plummets Blick huschte zu Alex. »Was hat diese Dirne hier zu suchen? Ich dulde ihre Anwesenheit im Beisein meiner unschuldigen Gattin nicht.«

»Darauf haben weder Sie noch Ihre unschuldige Gattin Einfluß. Setzen Sie sich, Alex.«

Auf Reedes Geheiß setzte sie sich vorsichtig auf den Stuhl, der ihr am nächsten stand. Sie war froh, daß sie sich setzen konnte. Fergus Plummet war ein voreingenommener, schlecht informierter Fanatiker. Eigentlich führte er sich lächerlich auf, aber sie bekam eine Gänsehaut, wenn sie ihn nur ansah.

Reede setzte sich verkehrt herum auf einen Stuhl und fixierte den Priester auf der anderen Seite des Tisches. Er öffnete eine Akte, die einer seiner Deputies vorbereitet hatte.

»Was haben Sie Mittwoch nacht gemacht?«

Plummet schloß die Augen und neigte den Kopf zur Seite,

als würde er einer inneren Stimme lauschen. »Das kann ich beantworten«, sagte er, als er Sekunden später die Augen öffnete. »Ich habe in meiner Kirche die Mittwochabendmesse gelesen. Wir beten für die Erlösung dieser Stadt, für die Seelen derer, die sich korrumpieren lassen, und für die Individuen, die ohne Rücksicht auf den Willen des Herrn die Unschuldigen verderben wollen.«

Reede spielte die lässige Autorität. »Bitte beschränken Sie sich auf einfache Antworten. Um welche Zeit findet diese Messe statt?«

Plummet zog wieder seine Horchnummer ab. »Nicht von Bedeutung.«

»Das ist es sehr wohl«, sagte Reede in gefährlich ruhigem Ton. »Ich möchte vielleicht einmal daran teilnehmen.«

Das entlockte Mrs. Plummet ein Kichern. Ihr Mann war von diesem spontanen Ausbruch schockiert. Sie warf ihm einen zerknirschten Blick zu, den er tadelnd erwiderte.

»Wann war die Andacht vorbei?« wiederholte Reede, und jetzt klang seine Stimme schon strenger.

Plummet beschränkte sich weiter darauf, seine Frau vorwurfsvoll anzustarren. Sie senkte den Kopf. Reede packte über den Schreibtisch weg Plummet am Kinn und riß ihm den Kopf herum.

»Hören Sie auf, sie anzustarren, als wär sie ein Stück Scheiße, das im Suppentopf treibt. Und Ihren Quatsch hör ich mir auch nicht länger an.«

Plummet schloß die Augen, erschauderte unter der schweren Bürde, die man ihm auferlegt hatte. »Gott, verschließe meine Ohren vor der Gossensprache deines Gegners und erlöse mich von der Gegenwart dieser Sünder.«

»Er muß schon eine ganze Armee Engel schicken, um Sie zu retten, und das schnell, Bruder. Wenn Sie nicht schleunigst meine Fragen beantworten, werde ich Sie in den Knast werfen.«

Das durchdrang sogar Plummets bigotten Nebel. Er riß die Augen auf: »Mit welcher Begründung?«

»Die Bundespolizei findet, für den Anfang reicht Brandstiftung.«

Alex sah rasch zu Reede. Er bluffte. Rennpferde galten als überregionale Handelsware und fielen deshalb unter die Rechtsprechung des Finanzministeriums. Aber Regierungsbeamte wurden für gewöhnlich erst eingeschaltet, wenn der Schaden fünfzigtausend Dollar überschritt. Plummet fiel auch nicht auf den Bluff herein.

»Das ist absurd. Brandstiftung? Das einzige Feuer, das ich entzündet habe, brennt in den Herzen meiner Gläubigen.«

»Wenn dem so ist, dann legen Sie Rechenschaft ab über die Zeit vom letzten Mittwoch bis heute, wo Deputy Cappell Sie entdeckte, als Sie versuchten, aus der Hintertür des betreffenden Hauses zu schleichen. Wohin sind Sie nach der Andacht gegangen?«

Plummet legte einen Finger an die Wange und markierte den Nachdenkenden. »Ich glaube, das war der Abend, an dem ich einen unserer kranken Brüder besuchte.«

»Er kann das bestätigen?«

»Unglücklicherweise nein.«

»Lassen Sie mich raten – ist er gestorben?«

Plummet runzelte die Stirn ob dieser sarkastischen Bemerkung des Sheriffs. »Nein, aber während ich bei ihm war, schwebte die arme Seele im Fieberwahn, mehr oder weniger abwesend.« Er schüttelte bedauernd den Kopf. »Er war sehr krank. Seine Familie kann natürlich bezeugen, daß ich an seinem Krankenbett war. Wir haben die ganze Nacht für ihn gebetet.«

Reedes bohrender Blick wanderte zu Wanda Plummet. Sie drehte hastig den Kopf beiseite. Dann war Alex an der Reihe. Sie sah an seinem Gesicht, daß er damit gerechnet hatte, nicht weiterzukommen. Er wandte sich wieder ab und fragte schroff: »Wissen Sie, wo die Minton Ranch ist?«

»Natürlich.«

»Sind Sie Mittwoch abend dort gewesen?«

»Nein.«

»Haben Sie letzten Mittwoch abend jemanden dorthin geschickt?«

»Nein.«

»Mitglieder Ihrer Gemeinde? Die Gläubigen, in deren Herzen Sie während der Andacht ein Feuer entfacht hatten?«

»Ganz sicher nicht.«

»Sind Sie nicht dort hinausgefahren und haben das Haus mutwillig beschädigt, die Wände besprüht, Scheiße in die Tränken geschaufelt und Fenster zerbrochen?«

»Mein Anwalt sagt, ich muß keine Fragen mehr beantworten.« Er preßte seine Arme um sich.

»Weil Sie sich selbst belasten könnten?«

»Nein!«

»Sie lügen, Plummet.«

»Gott ist auf meiner Seite.« Er riß die Augen weit auf, dann kniff er sie zusammen. »›Wenn Gott uns beisteht‹«, zitierte er theatralisch, »›wer will sich dann gegen uns stellen?‹«

»Er wird Ihnen nicht lange beistehen«, flüsterte Reede drohend. Er erhob sich von seinem Stuhl, ging um den Tisch herum und beugte sich über den Prediger. »Gott begünstigt keine Lügner.«

»Vater unser, der du bist im Himmel…«

»Raus mit der Sprache, Plummet.«

»…geheiligt werde dein Name. Dein…«

»Wen haben Sie da rausgeschickt, um die Minton Farm aufzumischen?«

»…dein Reich komme, dein…«

»Sie haben doch Mitglieder Ihrer Gemeinde da rausgeschickt, stimmt's? Selbst sind Sie ja viel zu feige, um so was anzustellen.«

Das Gebet verstummte mittendrin, der Prediger japste nach Luft. Reede hatte einen Nerv getroffen, und jetzt bohrte er weiter. »Haben Sie Ihre miese kleine Rattenhorde da rausgeführt, oder haben Sie nur die Sprayfarbe geliefert?«

Reede hatte Alex vorher erzählt, daß er alle in Frage kommenden Läden abgeklappert hatte, aber bis jetzt konnte sich keiner der Besitzer daran erinnern, ob an irgendeinem speziellen Tag besondere Nachfrage nach Sprühfarbe bestanden hätte.

Plummet war wahrscheinlich zu clever, um sie alle in einem Laden gekauft zu haben; vielleicht hatte er sie sogar in einer anderen Stadt geholt. Reede konnte ihn nicht unbegrenzt festhalten, weil er keine Beweise hatte, aber vielleicht konnte er Plummet weismachen, er hätte einen belastenden Hinweis am Tatort gefunden.

Doch dieser ließ sich auch ein zweites Mal nicht von Reede hereinlegen. Er hatte sich inzwischen wieder gefaßt, richtete den Blick starr geradeaus und sagte: »Ich habe keine Ahnung, wovon Sie reden, Sheriff Lambert.«

»Versuchen wir das Ganze noch mal«, seufzte Reede. »Hören Sie, Plummet, wir – Miss Gaither und ich – wissen, daß Sie schuldig sind. Sie haben ihr praktisch aufgetragen: Packen Sie die Sünder hart an, sonst... War der Vandalismus draußen auf der Minton Ranch das *sonst*?«

Plummet schwieg.

Reede versuchte es anders. »Heißt es denn nicht, daß Beichten gut für die Seele ist? Geben Sie Ihrer Seele eine Chance, Plummet. Gestehen Sie. Ihre Frau kann zu Ihren Kindern nach Hause gehn, und ich möchte auch ganz gerne heim.«

Der Prediger preßte die Lippen zusammen.

Reede begann wieder von vorne und arbeitete systematisch noch einmal seine Liste von Fragen durch, in der Hoffnung, Plummet bei einer Lüge zu erwischen. Einige Male fragte er Alex, ob sie ihn verhören wolle, aber sie lehnte ab. Sie konnte ihn ebensowenig dieser Straftat überführen wie Reede.

Es war alles umsonst. Der Prediger blieb hartnäckig bei seiner Geschichte. Reede gelang es nicht, ihn aus dem Konzept zu bringen. Nach Beendigung einer weiteren erschöpfenden Runde von Fragen grinste Plummet ihn arglos an und sagte: »Es wird allmählich Zeit zum Abendessen. Werden Sie uns jetzt entschuldigen?«

Reede fuhr sich frustriert durchs Haar. »Ich weiß, daß Sie es getan haben, Sie bigotter Hurensohn. Selbst wenn Sie tatsächlich nicht dabei waren. Sie waren derjenige, der es angezettelt hat. Sie haben mein Pferd getötet.«

Plummt zuckte sichtlich zusammen. »Ihr Pferd getötet? Das ist nicht wahr. Sie haben es selbst getötet. Ich hab es in der Zeitung gelesen.«

Reede gab ein Fauchen von sich und stürzte sich quer durch den Raum auf ihn. »Sie sind verantwortlich.« Er beugte sich über Plummet, so daß sich dieser verängstigt im Stuhl zusammenkauerte. »Davon zu lesen war bestimmt ein echter Kick für Sie, Sie elender Wichser, nicht wahr? Sie werden für dieses Tier bezahlen, und wenn ich das Geständnis aus Ihrem mageren Hals rauswürgen muß.«

In dieser Tonart ging es mindestens noch eine Stunde weiter. Alex schlief langsam, aber sicher der Po auf ihrem unbequemen Stuhl ein. Einmal stand sie auf und schritt im Zimmer auf und ab, nur um ihren Kreislauf wieder in Schwung zu bringen. Plummets fanatischer Blick folgte ihr, was sie so verunsicherte, daß sie sich wieder setzte.

»Mrs. Plummet?«

Die Frau des Priesters zuckte zusammen, als der Sheriff unerwartet ihren Namen nannte, vor Müdigkeit war sie zusammengesunken, mit gebeugtem Kopf. Sie richtete sich auf und sah Reede voller Ehrfurcht und Respekt an.

»Ja, Sir?«

»Bestätigen Sie alles, was er gesagt hat?«

Sie warf Plummet einen nervösen Blick aus dem Augenwinkel zu, schluckte und leckte sich die Lippen. Dann nickte sie eingeschüchtert: »Ja.«

Plummets Gesicht zeigte keinerlei Regung, obwohl seine Mundwinkel triumphierend zuckten. Als nächstes sah Reede hinüber zu Alex. Sie hob kaum merklich die Achseln.

Er starrte ein paar Sekunden lang den Boden an, dann bellte er den Namen des Deputy. Der Beamte erschien sofort in der Tür.

»Laß ihn gehen.«

Plummet klappte mit Nachdruck seine Bibel zu und stand auf. Er marschierte zur Tür wie ein Kreuzritter in voller Rüstung. Seine Frau, die demütig hinter ihm hertrabte, ignorierte er.

Reede murmelte ein paar ziemlich obszöne Flüche, dann sagte er zum Deputy: »Sorg dafür, daß jemand das Haus im Auge behält. Laß es mich wissen, wenn etwas verdächtig aussieht oder auch nur ein bißchen dubios. Verdammt, es kotzt mich an, diesen Bastard gehen lassen zu müssen.«

»Machen Sie sich keine Vorwürfe«, sagte Alex voller Mitgefühl. »Sie haben ein sehr gründliches Verhör geführt, Reede. Von Anfang an stand fest, daß es keine wirklichen Beweise gibt.«

Er fuhr sie wütend an: »Sie hat das aber auch nie gehindert, oder?« Er stürmte hinaus, und sie blieb sprachlos zurück.

Alex kehrte zu ihrem Kabuff zurück, kramte den Schlüssel aus ihrer Handtasche und beugte sich vor, um die Tür aufzuschließen. Plötzlich spürte sie ein Kribbeln im Nacken, und im gleichen Augenblick drang ein bedrohliches Flüstern an ihr Ohr.

»Sie sind von den Gottlosen korrumpiert worden. Sie verkehren mit Satan, schamlos wie die Hure, die sich selbst verkauft.« Sie wirbelte herum. Aus Plummets Augen züngelte wieder das alte missionarische Feuer. Weißer Schaum hatte sich in seinen Mundwinkeln gesammelt. Er atmete schwer. »Sie haben mein Vertrauen mißbraucht.«

»Ich habe Sie nicht um Ihr Vertrauen gebeten«, konterte Alex mit vor Angst heiserer Stimme.

»Ihr Herz und Ihr Verstand sind von den Gottlosen verseucht worden. Ihr Körper ist vom Schwengel des Teufels besudelt worden. Sie...«

Jemand packte ihn von hinten und klatschte ihn an die Mauer. »Plummet, ich hab Sie gewarnt.« Reedes Gesicht war wutverzerrt. »Verschwinden Sie aus meinen Augen, oder Sie werden das Gefängnis von innen kennenlernen.«

»Mit welcher Begründung?« flüsterte der Priester. »Sie haben nichts gegen mich in der Hand.«

»Belästigung von Miss Gaither.«

»Ich bin Gottes Sendbote.«

»Falls Gott Miss Gaither irgend etwas mitzuteilen hat, wird er ihr das selbst sagen. Kapiert? *Kapiert?*« Er schüttelte Plummet noch einmal kräftig, dann ließ er ihn los und wandte sich an Mrs. Plummet, die sich verängstigt in einen Winkel gedrückt hatte. »Wanda, ich warne dich. Bring ihn nach Hause. Jetzt!« brüllte der Sheriff.

Mit mehr Mut, als Alex von ihr erwartet hätte, packte sie ihren Mann am Arm und zog ihn buchstäblich in Richtung Treppe. Sie stolperten zusammen hinauf und verschwanden am oberen Absatz um die Ecke.

Alex merkte gar nicht, wie sie zitterte, bis sie Reedes Blick auf ihre Hand folgte, die sie an ihr hämmerndes Herz preßte.

»Hat er Sie angefaßt, Ihnen weh getan?«

»Nein.« Sie schüttelte den Kopf. »Nein.«

»Machen Sie mir diesmal nichts vor. Hat er irgendwelche Drohungen ausgesprochen? Irgend etwas gesagt, womit ich seinen Schlabberhintern festnageln kann?«

»Nein, nur irgendwelchen Quatsch, von wegen ich hätte mich an die Gottlosen verkauft. Er betrachtet mich als den Verräter im Lager.«

»Holen Sie Ihre Sachen. Sie gehen nach Haus.«

»Das lass ich mir nicht zweimal sagen.«

Er nahm ihren Pelz vom Haken neben der Tür. Er hielt ihn nicht für sie auf, warf ihn ihr praktisch an den Kopf, aber Alex war gerührt von seiner Besorgnis um ihre Sicherheit. Oben zog er sich seine Lederjacke mit dem Fellkragen an und nahm seinen Cowboyhut, dann verließen sie das Haus.

Die Plummets hatten wohl seinen Rat befolgt und waren verschwunden. Es dunkelte bereits. Der Platz war praktisch menschenleer. Selbst das B & B Café hatte schon zu, seine Kundschaft kam zum Frühstück oder zum Mittagessen.

Sie bibberte, als sie sich hinters Steuerrad setzte. »Lassen

Sie Ihren Motor an, damit er heizt, aber fahren Sie erst los, wenn ich mit meinem Pick-up hier bin. Ich folge Ihnen zum Motel.«

»Das ist nicht nötig, Reede. Wie Sie schon sagten, er ist wahrscheinlich ein Feigling. Leute, die Drohungen ausstoßen, machen sie nur selten wahr.«

»Ja, selten«, letzteres betonte er.

»Ich kann auf mich selbst aufpassen. Sie brauchen sich nicht um mich zu kümmern.«

»Tu ich auch nicht. Meine Sorgen betreffen mich selbst. Sie haben den Ärger heraufbeschworen, als Sie hergekommen sind, und jetzt kriegen Sie ihn. Aber in meinem Bezirk wird kein weiblicher Staatsanwalt vergewaltigt, verstümmelt oder umgelegt werden. Kapiert?«

Er schlug die Wagentür zu. Alex sah ihm nach, wie er den dunklen Gehsteig hinunterging, und wünschte, sie hätte nie von diesem vermaledeiten Purcell County gehört. Sie verwünschte es in die lodernde Hölle, die Plummet so gerne heraufbeschwor.

Als sie die Scheinwerfer des Blazers auf sich zukommen sah, fuhr sie den Wagen rückwärts auf die Straße und chauffierte ihn zum Motel, das schon viel zu lange ihr Zuhause war. Es paßte ihr gar nicht, daß man sie eskortierte.

Sie sperrte ihr Zimmer auf und schloß die Tür hinter sich, ohne Reede auch nur zum Dank zuzuwinken. Zum Abendessen aß sie eine geschmacklose Pampe vom Zimmerservice. Noch einmal blätterte sie die Jahrbücher durch, aber inzwischen waren sie so vertraut, daß sie die Bilder kaum noch registrierte. Müde war sie, aber zu aufgekratzt, um schlafen zu können.

Juniors Kuß ging ihr nicht aus dem Kopf, nicht weil er sie erregt hatte, sondern aus dem gegenteiligen Grund. Reedes Küsse verfolgten sie, weil er so mühelos erreicht hatte, wofür Junior solche Anstrengungen unternahm.

Angus hatte kein Drehbuch gebraucht, um zu wissen, was er mit seinem Erscheinen unterbrochen hatte. Sein Gesichtsausdruck war eine Mischung aus Überraschung, Mißbilligung und etwas, das sie nicht genau hatte identifizieren können, gewesen. Resignation?

Sie drehte und wendete sich vor Müdigkeit, Frust und ja, Angst. Gleichgültig, wie sehr sie es abstritt, Plummet machte sie nervös. Er war irre, aber seine Worte hatten etwas Wahres.

Inzwischen lag ihr etwas daran, was jeder ihrer Verdächtigen von ihr hielt. Ihre Anerkennung zu gewinnen war inzwischen fast so wichtig geworden wie die ihrer Großmutter. Wirklich bizarr das Ganze, und sie hatte einige Mühe, sich das einzugestehen!

Sie traute Reede nicht, aber begehrte ihn und wollte, daß er diese Gefühle erwiderte. Trotz all seiner Trägheit mochte sie Junior, und irgendwie tat er ihr leid. Angus war die Inkarnation ihrer Kindheitsträume von einem strengen, aber liebevollen Vater. Je näher sie der Enthüllung der Wahrheit über ihre Verwicklung in den Tod ihrer Mutter kam, desto weniger wollte sie sie wissen.

Dann verdüsterte noch die Wolke des Mordes an Pasty Hickam den Horizont. Reedes Hauptverdächtiger, Lyle Turner, war immer noch auf freiem Fuß. Bis man sie davon überzeugte, daß er tatsächlich Mintons ehemaligen Pferdeknecht getötet hatte, würde sie weiterhin an ihrer Theorie des Augenzeugenmords festhalten. Sein Mörder mußte Alex ebenfalls als Bedrohung empfinden.

Und so kam es, daß ihr Herz vor Angst einen Satz machte, als sie mitten in der Nacht einen Wagen hörte, der langsam an ihrer Tür vorbeifuhr und dessen Lichter ihr Bett kurz beleuchteten.

Sie schlug die Decke zurück, schlich zum Fenster und spähte durch einen Spalt im Vorhang. Ihr ganzer Körper sackte zusammen vor Erleichterung, und sie atmete hörbar auf.

Auf dem Parkplatz schlug der Blazer des Sheriffs einen weiten Bogen, fuhr noch einmal an ihrem Zimmer vorbei und rauschte dann davon.

Reede überlegte, ob er wenden und zu einem Ort fahren sollte, wo er einen kräftigen Schnaps, ein einladendes Lächeln und eine willige Dame finden würde, aber dann steuerte er den Pick-up doch weiter nach Hause.

Er litt an einer unbekannten Krankheit und konnte sie nicht abschütteln, wieviel Mühe er sich auch gab. Sein ganzes Inneres juckte und kribbelte, und sein Bauch rumorte ständig.

Sein Haus, das er aufgrund seiner Ruhe und Abgeschiedenheit immer gemocht hatte, schien plötzlich nur einsam, als er das quietschende Fliegengitter öffnete. Wann würde er endlich mal diese Scharniere ölen? Das Licht, das er einschaltete, trug nur wenig zur Gemütlichkeit des Wohnzimmers bei. Es erleuchtete höchstens die Tatsache, daß keiner hier war, um ihn willkommen zu heißen.

Nicht einmal ein Hund kam angetrabt, um ihm die Hand zu lecken und mit dem Schwanz zu wedeln, weil er sich freute, ihn zu sehen. Er besaß keinen Goldfisch, keinen Papagei, keine Katze, nichts, was ihm wegsterben und ein weiteres Vakuum in seinem Leben hinterlassen konnte.

Pferde waren etwas anderes. Geschäftliche Investitionen. Aber eins davon stellte doch etwas Besonderes dar, wie Double Time. Das hatte weh getan. Er wollte nicht daran denken.

Flüchtlingslager in von Hungersnöten geplagten Ländern hatten mehr Vorräte zu bieten als seine Küche. Er aß nur selten zu Hause. Wenn ja, so wie jetzt, mußten ein Bier und ein paar Cracker mit Erdnußbutter genügen.

Auf dem Gang regelte er den Heizungsthermostaten, damit er nicht bis zum Morgen steif gefroren wäre. Sein Bett lag noch zerwühlt da; er konnte sich nicht mehr erinnern, was ihn so plötzlich rausgeholt hatte, als er das letzte Mal drin schlief.

Er streifte seine Kleidung ab und ließ sie in den Wäschekorb im Bad fallen, den Lupes Nichte ausleeren würde, wenn sie das nächste Mal vorbeikam. Er besaß wahrscheinlich mehr Unterwäsche und Socken als jeder andere Mann, den er kannte. Das war kein übertriebener Luxus, nur eine Vorsichtsmaßnahme, damit er nicht so oft waschen mußte. Seine Garderobe bestand hauptsächlich aus Jeans und Hemden. Er brachte jede Woche ein paar davon in die Reinigung, damit er ordentlich angezogen war.

Während er sich im Bad die Zähne putzte, studierte er sein Gesicht im Spiegel. Er mußte zum Haareschneiden. Wie meistens. Da fand er ein paar graue Haare mehr in seinen Koteletten, seit er das letzte Mal nachgesehen hatte. Wann waren denn die gewachsen?

Mit einem Mal wurde ihm klar, wie viele Falten sein Gesicht inzwischen aufwies. Er ließ die Zahnbürste im Mundwinkel stecken, beugte sich übers Waschbecken und betrachtete sein Spiegelbild aus der Nähe. Sein Gesicht war voller Schrunden und Furchen.

In direkten Worten: Er sah alt aus.

Zu alt? Wofür? Um genauer zu sein, für wen zu alt?

Der Name, der ihm sofort in den Sinn kam, beunruhigte ihn sehr.

Er spuckte aus und spülte seinen Mund, vermied es aber, sich noch einmal anzusehen, bevor er das grausam entlarvende Licht löschte. Er brauchte keinen Wecker zu stellen. Bei Sonnenaufgang wachte er von allein auf. Er verschlief nie.

Die Laken waren eiskalt. Er zog die Decke bis zum Kinn und wartete darauf, daß die Wärme seinen nackten Körper fand. In Augenblicken wie diesen, wenn die Nacht am dunkelsten und kältesten und einsamsten war, wünschte er sich immer, Celina hätte ihn nicht für alle anderen Beziehungen verdorben. Zu jeder anderen Zeit war er froh, daß er nicht ein Sklave seiner Emotionen war.

Zu Zeiten wie diesen wünschte er sich jedoch insgeheim, er wäre verheiratet. Selbst neben dem warmen Körper einer Frau zu schlafen, die man nicht besonders liebte oder die ein paar Monate nach der Hochzeit Fett angesetzt hatte, oder einen im Stich gelassen hatte, oder ständig nörgelte über zuwenig Geld und daß er ständig Überstunden machen mußte, wäre besser, als allein zu schlafen.

Oder vielleicht auch nicht. Er würde es nie wissen, dank Celina. Er hatte sie nicht mehr geliebt, als sie starb, nicht so, wie fast sein ganzes Leben lang vorher bis zu jenen Ereignissen.

Er hatte angefangen sich zu fragen, ob ihre Liebe über ihre Jugend hinaus bestehen würde, ob sie echt und solide wäre oder bloß ein willkommener Ersatz für all die anderen Mängel ihres Lebens. Er würde sie sicher immer als Freund lieben, aber hatte bezweifelt, daß ihre gegenseitige Abhängigkeit eine gute Grundlage für ein Leben zusammen wäre.

Vielleicht hatte Celina seine Zurückhaltung gespürt, und das war einer der Gründe gewesen, warum sie beschloß, die Stadt zu verlassen. Sie hatten nie darüber gesprochen. Er würde es nie wissen, aber vermutete es.

Schon Monate, bevor sie in diesem Sommer nach El Paso abgereist war, hatte er die Dauerhaftigkeit ihrer Kindheitsromanze in Frage gestellt. Wenn seine Gefühle für sie sich im Erwachsenenalter änderten, wie, zum Teufel, sollte er dann die Trennung bewältigen? Er hatte sich noch immer zu keinem Ergebnis durchgerungen, als sie starb, und danach stand er jeder neuen Beziehung mißtrauisch gegenüber.

Nie wieder würde er sich so mit einem anderen menschlichen Wesen verstricken. Es war tödlich, sich ausschließlich auf eine einzige Person zu konzentrieren, besonders wenn es eine Frau war.

Vor Jahren hatte er sich geschworen zu nehmen, was Frauen ihm praktischerweise bieten konnten, vornehmlich Sex, aber nie wieder die Zärtlichkeit zu einer zu kultivieren. Und er wollte eine Attraktion nie mehr in Liebe ausarten lassen.

Aber auch die kurzen Affären waren kompliziert geworden. Die Frauen entwickelten unweigerlich eine emotionelle Bindung, die er nicht erwidern konnte. Also hatte er angefangen, sich für seine körperliche Befriedigung auf Nora Gail zu verlassen. Jetzt war Sex mit ihr auf einmal Routine und bedeutungslos geworden, und in letzter Zeit hatte er alle Mühe, nicht zu zeigen, wie sehr es ihn langweilte.

Aber sich in allen Lebenslagen mit einer Frau herumzuschlagen erforderte einen wesentlich höheren Preis, als er bereit war zu zahlen.

Trotzdem, während er so dalag und sein Glaubensbekenntnis zur Ungebundenheit im Geiste aufsagte, mußte er an *sie* denken.

In diesem fortgeschrittenen Stadium seiner Reife fing er plötzlich an, vor sich hinzuträumen wie ein Pennäler. Sie hatte wesentlich mehr von seinem Sinnen und Trachten in Besitz genommen, als er je für möglich gehalten hätte. Am Rande dieser Gedanken war ein Gefühl, das der Zärtlichkeit sehr nahe kam und sich langsam in sein Bewußtsein vortastete.

Aber gleich dahinter lauerte immer der Schmerz, der Schmerz zu wissen, wer sie war und wie unwiderruflich ihre Empfängnis sein Leben verändert hatte, der Schmerz zu wissen, wie ausgelaugt er in den Augen einer Frau ihres Alters wirken mußte, der Schmerz zu sehen, wie sie Junior küßte.

»Verdammt.«

Er stöhnte in der Dunkelheit und legte schützend den Arm vor seine Augen, als ihm sein Verstand erneut ein Schnippchen schlug und er das Ganze noch einmal mitansehen mußte. Es hatte einen solchen Anfall von Eifersucht ausgelöst, daß er Angst gekriegt hatte vor dem Vulkan in seinem Inneren. Es war ein Wunder, daß er nicht senkrecht durch das Dach des Wagens geschossen war.

Spielte ihm sein Unterbewußtsein einen Streich? Warum hatte er sie an sich herangelassen, obwohl absolut nichts dabei rauskommen konnte, außer daß die Kluft, die ihre Mutter zwischen ihm und Junior aufgerissen hatte, noch tiefer wurde?

Eine Beziehung – allein bei dem Wort schauderte es ihn schon – zwischen ihm und Alex kam nicht in Frage, warum machte es ihm dann etwas aus, daß er in den Augen einer smarten welterfahrenen Karrierefrau sicher wie ein Hinterwäldler wirkte und obendrein ein *alter*?

Er und Celina hatten alles gemeinsam gehabt, trotzdem war sie unerreichbar gewesen, wie, zum Teufel, kam er dann darauf, daß es eine gemeinsame Basis geben könnte für ihn und Alex?

*Und noch eine Kleinigkeit*, dachte er, *der Mord an Celina*. Alex würde die Geschichte nie verstehen.

Leider schaffte es keines dieser vernünftigen Gegenargumente, ihn von seiner Sehnsucht zu befreien. Hitze durchströmte jetzt seinen Körper und mit ihr Verlangen. Er wollte sie riechen. Er wollte ihr Haar an seiner Wange, seiner Brust, seinem Bauch spüren. Bei dem Gedanken an ihre Lippen und ihre Zunge auf seiner Haut stockte ihm schmerzlich der Atem, aber der Mangel an Luft war das Bild wert. Er wollte sie wieder schmecken und mit seinem Mund an ihrem Nippel zupfen.

Er flüsterte ihren Namen in die Dunkelheit und konzentrierte sich auf den Augenblick, in dem seine Hand in das Körbchen ihres BHs geglitten war und die verbotene Haut gestreichelt hatte. Das Feuer seiner Phantasie drohte ihn zu verzehren, so heftig flammte es auf.

Schließlich verglomm es, und er fühlte sich leer und allein in seinem kalten, dunklen, einsamen Haus.

## 33

»Guten Morgen, Wanda Gail.«

Fergus Plummets Frau wich einen Schritt zurück. »Wie haben Sie mich genannt?«

»Wanda Gail«, erwiderte Alex mit einem sanften Lächeln. »So heißen Sie doch, oder? Sie sind eine der Burton-Drillinge, besser bekannt als die Gail-Schwestern.«

Mrs. Plummet hatte die Tür mit einem Spüllappen in der Hand geöffnet. Daß Alex wußte, wer sie war, verschlug ihr die Sprache. Ihr Blick huschte an der Besucherin vorbei, um zu sehen, ob sie Verstärkung mitgebracht hatte.
»Darf ich reinkommen?«
Alex wartete nicht auf die Erlaubnis, sondern nutzte den Schrecken der anderen, um einzutreten und die Tür hinter sich zu schließen. Sie hatte Mrs. Plummets Identität per Zufall entdeckt, als sie bei ihrer morgendlichen Tasse Kaffee das Jahrbuch durchgeblättert hatte. Nachdem sie es wohl hundertmal überschlagen hatte, war ihr plötzlich ein Klassenbild ins Auge gestochen. Sie hatte an eine Täuschung gedacht, bis sie den Namen am Rand bestätigt fand. Wanda Gail Burton.
Zitternd vor Aufregung hatte sie im Telefonbuch die Adresse des Pfarrhauses herausgesucht und war direkt hingefahren. Sie hatte ein gutes Stück weiter unten geparkt und sich erst dem Haus genähert, nachdem Fergus mit seinem Wagen weggefahren war.
Die beiden Frauen standen sich im schwach beleuchteten Gang gegenüber. Alex war neugierig und Wanda Gail Plummet deutlich verängstigt.
»Ich sollte nicht mit Ihnen reden«, flüsterte sie nervös.
»Warum? Weil Ihr Mann Sie vor mir gewarnt hat?« fragte Alex leise. »Ich will Ihnen keinen Ärger machen. Setzen wir uns doch.«
Alex übernahm die Rolle der Gastgeberin und führte Wanda Gail in das tristeste, häßlichste Zimmer, das sie je betreten hatte. Es gab keinen einzigen Farbtupfer oder irgend etwas Heiteres, keine Pflanzen, keine Bilder – abgesehen von einem blutenden, gekreuzigten Christus –, keine Bücher oder Zeitschriften. Es gab nichts, was die freudlose Atmosphäre des Hauses aufgelockert hätte. Alex hatte die drei dünnen, niedergeschlagen aussehenden Kinder gesehen, die mit ihrem Vater ins Auto gestiegen waren. Sie war mit Wanda Gail alleine.
Nun setzten sie sich nebeneinander auf ein billiges, faden-

scheiniges Sofa, genauso ärmlich wie die restlichen Möbel im Blickfeld. Wanda Gail knetete den feuchten Lappen zwischen ihren Händen. Ihr Gesicht zuckte furchtsam. Sie hatte offensichtlich Todesangst, entweder vor Alex oder vor der Bestrafung durch ihren Mann, sollte er herausfinden, daß sie in ihrem Haus gewesen war.

Alex versuchte sie zu beruhigen, indem sie freundlich sagte: »Ich möchte nur mit Ihnen reden. Per Zufall habe ich entdeckt, daß Sie Wanda Gail Burton sind.«

»Nicht mehr. Nicht mehr, seit ich Jesus gefunden habe.«

»Erzählen Sie mir davon. Wann war das?«

»Im Sommer, nachdem ich mit der Schule fertig war. Ein paar von uns...«

»Ihre Schwestern?«

Sie nickte. »Und ein paar Freunde. Wir haben uns alle zusammen ins Auto von einem gequetscht und sind nach Midland gefahren, um uns zu amüsieren«, sagte sie und schlug die Augen nieder. »Wir haben dieses große Zelt gesehen, das auf einer Weide am Rand der Stadt aufgeschlagen war. Ein Bibeltreffen fand dort statt. Wir dachten, wir gehn mal hin und schaun, was da los ist. Wir wollten uns einen Jux erlauben, die Leute verkohlen und übers Evangelium lachen.«

Sie setzte eine Büßermiene auf. »Zuerst war alles sehr komisch, wir hatten getrunken und Hasch geraucht, das einer vom Eagle Pass mitgebracht hatte.« Sie faltete die Hände und murmelte ein kurzes Bußgebet.

»Was ist passiert? Haben Sie an diesem Abend ein religiöses Erlebnis gehabt?«

Sie bestätigte das mit einem kurzen Nicken. »Da war ein ganz junger Priester. Nach dem Singen und Beten hat er das Mikrofon genommen.« Bei der Erinnerung wurde ihr Blick verträumt. »Ich kann mich nicht mal mehr erinnern, worüber er gepredigt hat. Seine Stimme allein hat mich schon in Trance versetzt. Ich weiß noch, wie ich gefühlt habe, daß seine Energie mich durchströmte. Ich konnte mich nicht sattsehen an ihm.«

Ihr Blick klärte sich wieder. »Die anderen hatten inzwischen genug und wollten weg. Ich sagte, sie sollten fahren und mich später abholen, weil ich es vorzog zu bleiben. Als er mit der Predigt fertig war, bin ich zum Altar gegangen, mit ein paar Dutzend anderen. Er hat seine Hände auf meinen Kopf gelegt und für meine Erlösung von den Sünden gebetet.« Sie verkündete mit strahlenden Augen: »In derselben Nacht habe ich Jesus und Fergus Plummet mein Herz geschenkt.«

»Wie bald danach haben Sie geheiratet?«

»Zwei Tage später.«

Alex wußte nicht, wie sie ihre nächste Frage taktvoll umschreiben sollte. Aus Rücksicht auf den christlichen Glauben der Frau sprach sie sie mit ihrem ehelichen Namen an. »Mrs. Plummet, Sie und Ihre Schwestern ...«, sie hielt inne, schluckte, »ich habe gehört ...«

»Ich weiß, was Sie gehört haben, wir waren Dirnen.«

Alex war schockiert, wie brutal sich diese Frau selbst abwertete, und versuchte es etwas zu mildern. »Ich weiß, daß Sie mit vielen Männern ausgegangen sind.«

Wanda wrang wieder ihren Lappen zwischen den Händen. »Ich habe Fergus meine Fehltritte gestanden. Er hat mir vergeben, genau wie Gott. Er hat mich in Liebe umarmt, trotz meiner Verworfenheit.«

Alex hatte ihre eigene Meinung, was die Großherzigkeit des Priesters anbelangte. Er hatte wahrscheinlich eine Frau gesucht, die es als Privileg betrachtete, daß er ihr so selbstlos vergab, eine, die seine Gnade mit der Gottes gleichsetzen würde.

Gott sah über Sünden hinweg, Fergus Plummet sicher nicht, davon war Alex überzeugt. Wahrscheinlich führte er peinlich genau Buch über Fehltritte und benutzte Wanda Gails Vergangenheit, um sie unter seiner Fuchtel zu halten. Er machte ihr sicher das Leben schwer, indem er sie ständig daran erinnerte, wie glücklich sie über sein Erbarmen zu sein hatte.

Eins war jedoch klar, was immer Wanda Gail in diesem Zelt passiert war, es war für sie welterschütternd und unumkehrbar gewesen. Ihre Entscheidung an diesem Abend, ihr Leben von Grund auf zu ändern, hatte fünfundzwanzig Jahre lang gehalten. Dafür verdiente sie Alex' Bewunderung.

»Zwei von den Jungen, mit denen Sie in der High School befreundet waren, waren Reede Lambert und Junior Minton.«

»Ja«, sagte Wanda mit einem nachdenklichen Lächeln, »sie waren die beiden attraktivsten, beliebtesten Jungen der Stadt. Alle Mädchen wollten mit ihnen ausgehen.«

»Einschließlich Stacey Wallace?«

»Die hatte immer nur Augen für Junior Minton. Irgendwie war das richtig jämmerlich, weil Stacey so verrückt nach ihm war und er nur versessen auf Celina.«

»Und Celina gehörte Reede.«

»Aber ja. Reede war und ist eigentlich immer noch ein guter Mann. Er hat mich und meine Schwestern nicht wie den letzten Dreck behandelt, obwohl wir das waren. Er war immer nett, wenn er... na ja, wenn wir uns mit ihm getroffen haben. Er hat hinterher immer danke gesagt.«

Alex lächelte etwas gequält.

»Hat ihn wahrscheinlich zum Wahnsinn getrieben, wie Celina geheiratet hat. Dann, als sie gestorben ist...« Sie seufzte voller Mitleid. »Er tut jetzt immer recht brutal, aber tief in seinem Inneren ist er immer noch ein liebenswürdiger Mann.« Sie wandte sich ab. »Ich weiß, daß er Fergus nicht mag, aber mich hat er gestern nett behandelt.«

Diese Frau und Reede hatten miteinander geschlafen. Alex sah sie sich genauer an. Es war unmöglich, sich Wanda Gail in Ekstase mit irgendeinem Mann vorzustellen, ganz zu schweigen von Reede.

Ihr Gesicht wies immer noch Reste des hübschen Mädchens von einst auf, so daß Alex sie im Jahrbuch auf dem Foto erkannt hatte, aber ihre Haut war jetzt schlaff, der Hals faltig. Die toupierte Frisur auf dem Klassenfoto war durch einen strengen, wenig schmeichelhaften Knoten ersetzt worden. Die Augen, die sie für das Foto aufregend geschminkt hatte, waren jetzt völlig nackt. Ihre Taille hatte sich den Ausmaßen ihres Busens und ihrer Hüften angepaßt, als Teenager hatte sie sicher eine sensationell üppige Figur besessen.

Wanda Gail sah mindestens zehn Jahre älter aus als ihre Klassenkameraden Reede und Junior – selbst Stacey wirkte jünger. Alex fragte sich, ob ihr früheres ausschweifendes Leben oder ihre Ehe mit Plummet den Alterungsprozeß beschleunigt hatte. Es war sicher kein Honiglecken, das Leben mit ihm zu teilen. Trotz all seiner Frömmigkeit brachte er seiner Umgebung nur wenig Freude oder Liebe. Für Alex war das das Wichtigste am Glauben. In ihre Bewunderung für die Frau mischte sich Mitleid.

Das steigerte sich noch, als Wanda Gail zu ihr aufsah und sagte: »Sie waren auch nett. Das hab ich nicht erwartet, weil Sie so erfolgreich sind und so hübsche Sachen anhaben.« Sie warf einen sehnsüchtigen Blick auf Alex' Pelzjacke und ihre Handtasche aus Aalhaut.

»Danke«, erwiderte sie. Dann merkte sie, daß Wanda Gail ganz verlegen wurde, und setzte ihr Fragen fort. »Wie haben Ihre Schwestern auf Ihre Heirat reagiert?«

»Oh, es hat ihnen sicher nicht gefallen.«

»Sie wissen es nicht?«

»Fergus hielt es für richtiger, daß ich nicht mehr mit ihnen verkehre.«

»Er hat Sie von Ihrer Familie getrennt?«

»Es war zu meinem Besten«, verteidigte ihn Wanda hastig. »Ich habe mein altes Leben hinter mir gelassen. Sie waren ein Teil davon. Ich mußte mich von ihnen abwenden, um Jesus zu beweisen, daß ich der Sünde abschwor.«

Alex' Verachtung für den Prediger wuchs stetig. Er hatte seine Frau einer Gehirnwäsche unterzogen, um sie ihrer Familie zu entreißen, und ihre unsterbliche Seele als Druckmittel benutzt.

»Wo sind Ihre Schwestern jetzt?«

»Peggy Gail ist vor ein paar Jahren gestorben. Ich hab's in der Zeitung gelesen. Sie hatte Krebs«, sagte sie verzweifelt.
»Und was ist mit der anderen, mit Nora Gail?«
Wandas Lippen wurden schmal und mißbilligend. »Sie lebt immer noch in Sünde.«
»Hier in der Stadt?«
»Oh ja.« Wieder faltete sie die Hände unterm Kinn und sprach ein Gebet. »Ich bete zu Gott, daß sie erleuchtet wird, bevor es zu spät ist.«
»Sie hat nie geheiratet?«
»Nein, sie mag die Männer zu gern, alle Männer. Sie wollte nie einen bestimmten. Vielleicht Reede Lambert, aber der wollte nichts auf Dauer.«
»Sie hat ihn gemocht?«
»Sogar sehr. Sie haben körperlich ihren Spaß miteinander gehabt, aber es war nie Liebe. Vielleicht waren sie sich zu ähnlich. Stur. Und beide haben auch ihre gemeinen Seiten.«
Alex bemühte sich, die nächste Frage ganz selbstverständlich klingen zu lassen: »Wissen Sie, ob die beiden sich immer noch sehen?«
»Ich denke schon«, sagte sie und schniefte vor Mißbilligung. »Er hat uns alle gemocht, aber Nora Gail war immer seine erste Wahl. Ich weiß nicht, ob sie immer noch miteinander schlafen, aber sie müssen Freunde bleiben, weil jeder vom anderen zuviel weiß. Seit dieser Nacht, in der Celina umgebracht wurde, hat es ...«
»Was wissen Sie darüber?« unterbrach Alex sie.
»Was weiß ich worüber?«
»Über die Nacht, in der Celina getötet wurde.«
»Reede war bei Nora Gail.«
Alex' Herz fing an zu flattern. »Er war in dieser Nacht bei Ihrer Schwester? Sind Sie sicher?«
Wanda sah sie verwirrt an. »Ich dachte, das wissen alle.«
*Alle außer mir*, dachte Alex erbittert.
Sie fragte Wanda Gail, wo Nora Gail wohnte. Wanda sagte ihr widerstrebend, wie sie das Haus finden könnte. »Ich war

nie dort, aber ich weiß, wo es ist. Ich glaube, Sie können es nicht verfehlen.«

Alex dankte ihr für die Information und erhob sich. An der Tür wurde Wanda wieder nervös. »Ich glaube, Fergus wäre es nicht recht, daß ich mit Ihnen geredet habe.«

»Von mir wird er es nicht erfahren.« Das schien Wanda Gail zu beruhigen, bis Alex hinzufügte: »Ich rate ihm, keinen Vandalismus mehr zu begehen, und ich würde es auch nicht gerne sehen, wenn ich noch einen Verdammungsbrief in meiner Post fände.«

»Brief?«

Sie tat so, als wüßte sie nichts von dem schimpflichen Schreiben des Reverends; obwohl Alex ihr das nicht abnahm, beschwichtigte sie: »Ich werde Sie nicht in die Verlegenheit bringen, für Ihren Mann lügen zu müssen, Mrs. Plummet; aber ich warne Sie, Reede hat den Brief und betrachtet es als polizeiliche Angelegenheit. Ich bin überzeugt, er würde eine Verhaftung vornehmen, wenn ich einen weiteren bekäme.«

Sie hoffte, diese subtile Warnung würde ihren Zweck erfüllen. Als sie jedoch bei ihrem Wagen angelangt war, war sie in Gedanken bereits bei ihrer Nachforschung über Reedes Alibi.

Das zweistöckige Fachwerkhaus erinnerte Alex an die Rasthäuser aus der Prohibitionszeit, die sie in Gangsterfilmen gesehen hatte. Vorne gab es keine Schilder, und vom Highway aus war es nicht zu sehen, aber mehrere Lastzüge standen auf dem Parkplatz, ein paar Pick-ups und sogar ein neuerer Cadillac.

Der gepflasterte Gehsteig war von tapferen halberfrorenen Stiefmütterchen gesäumt, ein paar Stufen führten zu einer breiten Veranda. Neben der Tür hing ein altmodischer Klingelzug. Gedämpfte Barmusik drang durch die Wände, aber die Fenster waren anscheinend verdunkelt, man konnte nichts dahinter erkennen.

Ein Bär von Mann mit einem mächtigen Salz-und-Pfeffer-

Bart, der fast zwei Drittel seines puterroten Gesichts verdeckte, öffnete die Tür. Er trug einen weißen Smoking mit schwarzer Fliege und eine große weiße Schürze. Und er schaute beängstigend finster drein.

»Ich...«, begann Alex.

»Haben Sie sich verfahren?«

»Ich bin auf der Suche nach Nora Gail Burton.«

»Was wolln Sie von ihr?«

»Ich will mit ihr reden.«

»Worüber?«

»Das ist persönlich.«

Er blickte sie mißtrauisch an. »Verkaufen Sie was?«

»Nein.«

»Haben Sie einen Termin?«

»Nein.«

»Sie ist beschäftigt.«

Er machte Anstalten, die Tür zu schließen, aber ein Mann näherte sich auf dem Weg nach draußen. Er quetschte sich zwischen ihnen durch, tippte kurz mit dem Finger an seine Kappe, nickte Alex zu und murmelte für den Türsteher ein Dankeschön. Alex nutzte die Ablenkung und trat über die Schwelle in ein prächtig eingerichtetes Entrée. »Ich würde gerne Miss Burton sehen. Ich verspreche, daß ich mich kurz fasse.«

»Wenn Sie Arbeit suchen, Miss, müssen Sie eine Bewerbung ausfüllen und Bilder bringen. Sie redet erst mit den Mädchen, wenn sie sich die Bilder angeschaut hat.«

»Ich suche keine Arbeit.«

Er musterte sie lange, bevor er sich zu ihren Gunsten entschied. »Name?«

»Alexandra Gaither.«

»Sie warten genau hier, verstanden?«

»Ja, Sir.«

»Rühren Sie sich nicht vom Fleck.«

»Versprochen.«

Er ging zum rückwärtigen Teil des Hauses und lief dann

mit einer für einen Mann seiner Größe ungewöhnlichen Anmut und Leichtfüßigkeit die Treppe hoch. Sein Befehl, sich nicht von der Stelle zu rühren, war so eindringlich gewesen, daß sie wie angewurzelt stehenblieb.

Doch schon wenige Sekunden später lockte es sie, die Herkunft der Musik zu erforschen. Leise Unterhaltung und sanftes Gelächter führten sie zu den violetten Portieren, die den Eingang vom Raum dahinter teilten. Die Kanten überlappten sich so, daß sie nichts sehen konnte. Sie hob vorsichtig die Hand, teilte sie und spähte durch den Schlitz.

»Miss Gaither.«

Sie zuckte zusammen, ließ schuldbewußt die Hand fallen und drehte sich um. Der bärtige Riese dräute über ihr, aber seine Mundwinkel zuckten amüsiert.

»Hier entlang«, sagte der Mammutmann. Er führte sie hinter die Treppe und blieb vor einer geschlossenen Tür stehen. Dreimal klopfte er an, öffnete sie und machte Alex Platz, dann schloß er die Tür hinter ihr.

Frau Anwältin hatte erwartet, daß die Dame des Hauses hingegossen auf Satinlaken liegen würde. Statt dessen saß sie hinter einem großen, technisch ausgerüsteten Schreibtisch, umgeben von stählernen Aktenschränken. Nach der Anzahl von Ordnern und Mappen zu schließen und den Stapeln von Korrespondenz, die über den Schreibtisch verstreut lagen, sah es aus, als würde sie hier mindestens genauso viele Geschäfte tätigen wie in ihrem Boudoir.

Auch ihre Kleidung war ganz anders, als Alex es erwartet hatte. Statt knapper Dessous trug sie ein maßgeschneidertes Wollkostüm. Sie war jedoch reichlich mit Juwelen behängt, und alle Stücke sahen echt und exquisit aus.

Ihr Haar war schneeweiß gebleicht, wie ein modellierter Berg Zuckerwatte. Aber irgendwie paßte diese altmodische Frisur zu ihr. Genau wie ihre Schwester Wanda neigte sie zur Fülle, aber auch das stand ihr gut. Das attraktivste an ihr war ihre Haut, makellos und milchig weiß. Vermutlich setzte sie sie niemals der gefährlichen Sonne von Texas aus.

Die blauen Augen, mit denen sie Alex musterte, waren so berechnend wie die der Katze, die es sich zu ihrer Rechten auf dem Schreibtisch bequem gemacht hatte.

»Sie haben einen besseren Geschmack als Ihre Mutter«, sagte sie ohne Einleitung und musterte Alex von oben bis unten. »Celina war hübsch, aber sie hatte keinen Stil. Sie schon. Setzen Sie sich, Miss Gaither.«

»Danke.« Alex setzte sich auf einen Stuhl ihr gegenüber. Nach einem kurzen Moment lachte sie und schüttelte den Kopf. »Verzeihen Sie, daß ich Sie so anstarre.«

»Es macht mir nichts aus. Ich bin sicher die erste Puffmutter, die Sie sehen.«

»Um ehrlich zu sein, nein. Ich habe in Austin eine Frau vor Gericht gebracht, deren Modelagentur sich als Callgirlring entpuppte.«

»Sie war unvorsichtig.«

»Ich hab meine Hausaufgaben gemacht. Es ist uns eine lückenlose Anklage gegen sie gelungen.«

»Soll ich das als Warnung verstehen?«

»Ihr Betrieb fällt nicht in meinen Amtsbereich.«

»Genausowenig wie der Mord an Ihrer Mutter.« Sie entzündete eine schlanke, schwarze Zigarette wie ein Mann, mit sehr sparsamen Bewegungen, und bot auch Alex eine an, die dankend ablehnte. »Einen Drink? Verzeihen Sie mir, wenn ich sage, daß Sie aussehn, als könnten Sie einen gebrauchen.« Sie zeigte auf einen mit Perlmutt eingelegten Lackschrank, der als Bar diente.

»Nein, danke. Nichts.«

»Peter sagt, Sie hätten es abgelehnt, unser Bewerbungsformular auszufüllen, also nehme ich an, daß Sie nicht auf der Suche nach einem Job sind.«

»Nein.«

»Schade. Sie würden sich gut machen. Schöner Körper, gute Beine, ungewöhnliches Haar. Ist das Ihre natürliche Haarfarbe?«

»Ja.«

Nora Gail grinste schlüpfrig. »Ich hab mehrere Stammkunden, die große Freude an Ihnen hätten.«

»Danke«, sagte Alex steif. Das Kompliment gab ihr das Gefühl, sie müßte dringend baden.

»Ich nehme an, Sie sind geschäftlich hier. Ihr Geschäft«, sie lächelte ölig, »nicht meins.«

»Ich möchte Ihnen gerne ein paar Fragen stellen.«

»Zuerst komme ich dran.«

»In Ordnung.«

»Hat Reede Sie hergeschickt?«

»Nein.«

»Gut. Das hätte mich auch enttäuscht.«

»Ich hab Sie durch Ihre Schwester gefunden.«

Eine Braue wurde kaum merklich hochgezogen. »Wanda Gail? Ich dachte, sie glaubt, wenn sie meinen Namen ausspricht, wird sie in eine Salzsäule verwandelt oder irgend so ein Quatsch. Wie geht's ihr? Vergessen Sie's«, sagte sie, als Alex merklich zögerte.

»Ich habe Wanda Gail von weitem gesehen. Sie sieht furchtbar aus. Der kleine Wichser, der behauptet, ein Mann Gottes zu sein, hat fast ihre Gesundheit ruiniert und ihr Aussehen sowieso. Ihre Kinder laufen rum wie Lumpensammler. Wenn sie so leben will, in Ordnung, aber warum den Kleinen Armut aufzwingen?«

Sie war wirklich entrüstet. »Rechtschaffenheit hat nichts mit Armut zu tun. Ich würde ihr gerne finanziell helfen, aber sie würde sicher lieber verhungern, als einen Cent von mir annehmen, selbst wenn ihr Mann es erlaubt. Hat Sie Ihnen einfach frisch von der Leber weg verraten, daß ihre Schwester eine Hure ist?«

»Nein. Sie hat mir nur gesagt, wie ich hierherkomme. Ich nehme an, sie dachte, ich weiß bereits, was für einen... Beruf Sie haben.«

»Sie wußten es nicht?«

»Nein.«

»Mein Geschäft war recht einträglich, trotzdem werde ich

es jetzt erweitern. Ich hab früher Männer zum Spaß gevögelt, Miss Gaither, ich vögle sie immer noch, aber jetzt mach ich es meist für Geld. Und wissen Sie was? Geld macht noch mehr Spaß.« Ihr Lachen war kehlig und selbstzufrieden.

Wanda Gails Furchtsamkeit war ihr fremd. Alex hatte den Eindruck, nicht einmal der Teufel persönlich könnte Nora Gail erschrecken; sie würde einfach auf ihn zugehen, ihm ohne mit der Wimper zu zucken ins Auge spucken. Und danach würde sie ihn wahrscheinlich verführen.

»Sie haben tatsächlich Glück, daß Sie mich hier erwischen. Ich bin gerade von einer Besprechung mit meinem Banker zurückgekommen. So beschäftigt er auch ist, für mich hat er immer Zeit.«

Sie zeigte auf eine Mappe vor ihr. Selbst spiegelverkehrt erkannte Alex das Logo auf dem Briefkopf.

»NGB Incorporated«, flüsterte sie. Sie sah Nora Gail an, ihre Augen funkelten triumphierend. »*Sie* sind NGB Incorporated? Nora Gail Burton«, hauchte sie.

»Richtig.«

»Sie haben den Brief unterschrieben, den die Geschäftsleute mir geschickt haben.«

»Ich hab geholfen, ihn aufzusetzen.« Ihre langen, wunderbar manikürten Nägel gruben sich in den flauschigen Pelz der Katze und kraulten sie hinterm Ohr. »Mir gefällt nicht, was Sie hier versuchen zu machen, es gefällt mir überhaupt nicht. Sie sind drauf und dran, meine wunderbaren Expansionspläne zu durchkreuzen.«

»Soweit ich mich erinnern kann, hat NGB Incorporated vor, ein Kurhotel in der Nähe von Purcell Downs zu bauen.«

»Das ist richtig. Ein Kurhotel mit Golfgelände, Übungsschlagplätzen, Rasentennis, Squash, Schwimmen. Für jeden Geschmack etwas.«

»Und gibt's zu jedem Zimmer eine Nutte?«

Nora lachte schallend. »Nein. Aber wer weiß besser, wie man sich amüsiert, wenn nicht eine alte Nutte? Ich hab die besten Hotelarchitekten im Land zur Planung der Anlage engagiert. Sie wird spektakulär sein, mit viel Kitsch, das mögen die Touristen meiner Erfahrung nach. Alle Texasbesucher, besonders die aus dem Osten, erwarten, daß wir laut und rauflustig sind, keinen Geschmack haben. Ich möchte meine Kundschaft nicht enttäuschen.«

»Und das Geld, so etwas zu bauen?« fragte Alex, die Neugier hatte über ihren Abscheu gesiegt.

»Ich hab genug angesammelt, um kreditwürdig zu sein. Schätzchen, diese Treppe sind mehr Cowboys, Trucker, Rauhbeine, Bürohengste, Staatsbeamte und zukünftige Minister raufgetrabt, als Sie ahnen«, sie deutete nach oben.

»Offen gestanden könnte ich Ihnen genau sagen, wie viele, wie lange jeder geblieben ist, was er getan und getrunken hat, was er geraucht hat, was immer Sie wissen wollen. So gründlich sind meine Aufzeichnungen. Ich bin eine Hure, aber eine verdammt gewiefte. Man kommt nicht in dieses Geschäft, nur weil man sich auskennt mit Freiern. Man kommt nur rein, wenn man sich rasch einen nach dem anderen vornimmt. Außerdem muß man wissen, wie man ihn dazu bringt, mehr dazulassen, als er für den Spaß ausgeben wollte.«

Sie setzte sich auf und streichelte die Katze. »Jawohl, ich hab das Geld. Und, was noch wichtiger ist, ich hab den Kopf, um es zu vermehren. Mit dem Kurhotel kann ich legal werden. Ich werde nie wieder einen steifen Schwanz blasen müssen, außer es ist einer, den ich mir ausgesucht habe, oder mir ewig traurige Geschichten anhören, von wegen seine Frau versteht ihn nicht.

Ich lebe für den Tag, an dem ich hier ausziehen, mich in der Stadt etablieren und hocherhobenen Hauptes sagen kann ›Leck mich am Arsch‹, wenn jemandem meine Nachbarschaft nicht paßt.« Sie richtete ihre Zigarette auf Alex. »Und so einen Cheerleader wie Sie, der herkommt und alles kaputtmacht, brauche ich wie ein Loch im Kopf.«

Diese Rede beeindruckte sie wirklich. Alex war unwillkürlich fasziniert, aber mitnichten eingeschüchtert. »Ich versuche nur, einen Mordfall aufzuklären.«

»Aber ganz bestimmt nicht um Recht und Ordnung willen. Dem Staat ist der Mord an Celina Gaither scheißegal, damals hätten sie gleich weiterermitteln sollen.«

»Also geben Sie selbst zu, daß der Fall es verdiente, wieder aufgerollt zu werden?«

Nora hob elegant die Schultern. »Vielleicht vom legalen Standpunkt aus gesehen, aber nicht vom persönlichen. Hören Sie, Schätzchen, folgen Sie meinem Rat. Ich rede jetzt mit Ihnen, wie ich mit einem meiner Mädchen reden würde, wenn bei ihr was schiefläuft. Gehen Sie nach Hause. Lassen Sie die Dinge hier so, wie sie sind. Alle werden glücklicher sein, vor allem Sie.«

»Wissen Sie, wer meine Mutter ermordet hat, Mrs. Burton?«

»Nein.«

»Glauben Sie, daß Gooney Bud sie getötet hat?«

»Dieser harmlose Narr? Nein.«

»Also verdächtigen Sie jemand anders. Wen?«

»Das würde ich Ihnen nie sagen.«

»Selbst unter Eid, auf dem Zeugenstand?«

Sie schüttelte ihr prachtvolles weißes Haar. »Ich würde meine Freunde nicht belasten.«

»Wie Reede Lambert?«

»Wie Reede Lambert«, erwiderte Nora Gail gelassen. »Wir kennen uns eine Ewigkeit.«

»Das hab ich gehört.«

Nora Gails genüßliches Lachen ließ Alex' Kopf hochschnellen. »Macht es Ihnen was aus zu erfahren, daß Reede und ich gefickt haben, bis die Wände wackelten?«

»Warum sollte es?«

Nora Gail ließ Alex nicht aus den Augen, blies eine Rauchfahne zur Decke und drückte ihre Zigarette aus. »Fragen Sie nur, Schätzchen.«

Alex richtete sich auf, versuchte wieder, ganz die harte Anklägerin zu sein. »War er in der Nacht, als meine Mutter getötet wurde, mit Ihnen zusammen?«

»Ja«, erwiderte sie, ohne auch nur eine Sekunde zu zögern.
»Wo?«
»Ich glaube, in meinem Auto.«
»Und haben gefickt, bis die Wände wackelten?«
»Was geht Sie das an?«
»Mein Interesse ist rein professionell«, erklärte Alex kühl. »Ich versuche, Reede Lamberts Alibi zu bestätigen. Ich muß wissen, wo Sie waren, was Sie getan haben und wie lange.«
»Ich verstehe nicht, wieso das relevant sein soll.«
»Das lassen Sie meine Sorge sein. Außerdem, was spielt es für eine Rolle, wenn Sie mir das jetzt erzählen? Ich bin überzeugt, Sie haben die Antworten auch den Polizeibeamten gegeben, die Sie damals verhörten.«
»Mich hat nie einer verhört.«
»Was?« rief Alex.
»Mich hat nie einer verhört. Reede hat ihnen wahrscheinlich gesagt, daß ich mit ihm zusammen war, und sie haben ihm geglaubt.«
»War er die ganze Nacht mit Ihnen zusammen?«
»Das würde ich vor Gericht beschwören.«
Alex sah ihr ruhig in die Augen. »Aber stimmt das?«
»Ich würde es unter Eid beschwören, daß es stimmt«, sagte sie herausfordernd.
Sie befand sich in einer Sackgasse. Alex beschloß, nicht mehr mit dem Kopf gegen die Mauer anzurennen. Er schmerzte bereits. »Wie gut kannten Sie meine Mutter?«
»Gut genug, um nicht zu weinen, als sie starb.« Sie nahm genausowenig ein Blatt vor den Mund wie Stacey Wallace. Alex hätte inzwischen dagegen immun sein müssen, aber sie war es nicht. »Hören Sie, Schätzchen, ich sag's nur ungern so direkt, aber ich konnte Ihre Mutter nicht ausstehen. Sie wußte, daß Junior und Reede sie beide geliebt haben. Sie hat der Versuchung nicht widerstanden.«
»Welcher Versuchung?«
»Die beiden gegeneinander auszuspielen, zu sehen, wie weit sie gehen konnte. Nachdem Ihr Daddy gefallen war, hat

sie sich wieder an die beiden rangemacht. Reede wollte ihr nicht gleich verzeihen, daß sie sich hatte schwängern lassen, Junior schon. Ich glaub, er hat seine Chance erkannt und sie wahrgenommen. Auf jeden Fall hat er angefangen, ihr ernsthaft den Hof zu machen.

Seiner Familie hat das nicht gefallen. Stacey Wallace ist deswegen fast ausgeflippt. Aber es sah so aus, als würde Junior Celina trotz allem kriegen. Er hat es überall rumposaunt, daß er sie heiraten würde, sobald er sein Examen hätte. Ihre Großmama war ganz aus dem Häuschen, sie hatte Reede immer verabscheut und wollte Junior Minton gern als Schwiegersohn haben.«

Sie hielt inne, um sich die nächste Zigarette anzuzünden. Alex wartete ungeduldig, sie vibrierte innerlich vor Spannung. Als Nora Gail wieder paffte, fragte sie: »Und wie hat Reede auf die geplante Hochzeit zwischen Celina und Junior reagiert?«

»Er war immer noch sauer auf Celina, aber es hat ihm weh getan, und wie. Deshalb ist er in dieser Nacht zu mir gekommen. Celina war zur Ranch rausgefahren, zum Abendessen. Reede rechnete damit, daß Junior sie da um ihre Hand bitten würde und es zur Verlobung käme.«

»Aber am nächsten Morgen war Celina tot.«

»Richtig, Schätzchen«, erwiderte Nora Gail ungerührt. »Meiner Meinung nach war das die beste Lösung für ihr Problem.«

Und wie eine Fanfare zur Unterstreichung ihrer schockierenden Aussage ertönte ein Schuß.

## 34

»Du lieber Himmel, was war denn das?« Alex sprang auf.

»Ein Revolver, glaube ich.« Nora Gail blieb bewundernswert ruhig, aber sie war bereits an der Tür, als der Mann, der

Alex empfangen hatte, sie aufriß. »Ist jemand verletzt, Peter?«

»Ja, Ma'am. Ein Kunde ist angeschossen worden.«

»Ruf Reede an.«

»Ja, Ma'am.«

Peter stürzte zum Telefon auf dem Schreibtisch. Nora Gail verließ das Büro, und Alex folgte ihr. Nora riß die Vorhänge mit einer melodramatischen Geste beiseite und erfaßte mit einem Blick die Situation. Alex lugte neugierig und etwas betreten über ihre Schulter.

Zwei Männer, Rausschmeißer wie Alex annahm, hatten einen Mann überwältigt und drückten ihn gegen die reichverzierte Bar. Mehrere mangelhaft bekleidete Mädchen kauerten in den violetten Polstermöbeln. Ein weiterer Mann lag auf dem Boden. Blut sammelte sich unter ihm und färbte den pastellfarbenen Orientteppich dunkelrot.

»Was ist passiert?« Als Nora Gail keine Antwort bekam, wiederholte sie die Frage mit Nachdruck.

»Sie haben Streit gekriegt«, druckste eine der Prostituierten. »Und dann ist plötzlich die Pistole losgegangen.« Eine Pistole lag zu Füßen des verletzten Mannes auf dem Boden.

»Warum haben sie gestritten?« Nach einer längeren Schweigepause hob die Sprecherin ängstlich die Hand.

»Geh in mein Büro und bleib da.« Nora Gails Ton war messerscharf, das Mädchen hätte wissen müssen, wie man einen solchen Vorfall verhinderte. »Die übrigen gehn nach oben und warten auf meinen Bescheid.«

Keiner murrte. Nora Gail führte ein strenges Regiment. Die Männer huschten wie ein Schwarm Käfer an Alex vorbei. Andere kamen ihnen auf der Treppe entgegen, im Laufschritt streiften sie hastig ihre Kleidung über. Keiner, ohne Ausnahme, sah nach links oder rechts, als sie durch die Haustür stürmten.

Die Szene war die reinste Farce, aber darüber zu lachen kam nicht in Frage. Alex war entsetzt. Sie hatte schon öfter Gewalt am Rande miterlebt, aber über kriminelle Handlungen in einem Polizeibericht zu lesen war etwas anderes, als selber mittendrin zu stecken. Der Anblick von frischem menschlichem Blut war etwas sehr Schockierendes und Reales.

Nora Gail winkte Peter, der wieder zu ihnen gestoßen war, zu dem blutenden Mann. Er kniete sich nieder und preßte zwei Finger an seine Halsschlagader. »Er lebt...«

Alex sah, wie Nora Gails Schultern ein bißchen herabhingen. Sie hatte den Vorfall meisterlich gehandhabt, war aber auch nicht aus Stein. Es hatte sie mehr mitgenommen, als sie zeigen wollte.

Eine Sirene ertönte, Nora Gail wandte sich zur Tür und war bereits auf der Schwelle, als Reede heranpreschte. »Was ist passiert, Gail?«

»Es gab einen Streit wegen einem der Mädchen«, informierte sie ihn. »Ein Mann ist angeschossen worden, aber er lebt.«

»Wo ist er? Die Sanitäter sind...« Reede verstummte, als er Alex entdeckte. Zuerst starrte er sie ungläubig mit offenem Mund an, dann verdüsterte sich sein Gesicht. »Was, zum Donnerwetter, haben Sie hier zu suchen?«

»Ich führe meine Ermittlungen.«

»Ermittlungen, heiliger Strohsack«, knurrte er. »Verschwinden Sie von hier, und zwar pronto.«

Der verwundete Mann stöhnte, und Reede wandte sich zu ihm. »Ich schlage vor, Sie kümmern sich um Ihre eigenen Angelegenheiten, Sheriff Lambert«, fertigte Alex ihn ab.

Er fluchte und kniete sich neben den Mann. Als er sah, wieviel Blut der verloren hatte, war Alex sofort vergessen. »Wie geht's dir, Cowboy?« Der Mann stöhnte. »Wie heißt du?«

Seine Augen öffneten sich zitternd. Er verstand die Frage, war aber anscheinend nicht fähig zu antworten. Reede zog behutsam seine Kleidung beiseite, bis er die Wunde gefunden hatte. Die Kugel hatte seinen Körper etwa in Taillenhöhe seitlich durchbohrt. »Du wirst's überleben«, sagte er. »Du mußt nur noch ein paar Minuten durchhalten, der Krankenwagen ist unterwegs.«

Er richtete sich auf und ging zur Bar, wo die Rausschmeißer den Widersacher immer noch festhielten. Er stand mit gesenktem Kopf da. »Was ist mit dir? Hast du einen Namen?« fragte Reede und riß ihm den Kopf hoch. »Ach hallo, Lewis«, spottete er. »Ich dachte, deine armselige Fratze käme mir nicht mehr unter die Augen. Du hast meine Warnung nicht ernst genommen, stimmt's? Ich kann dir gar nicht sagen, was für eine Freude es für mich sein wird, dich wieder in meinem Gefängnis zu beherbergen.«

»Fick dich doch ins Knie, Lambert«, sagte der Mann mit einem verächtlichen Schnaufen.

Reede verpaßte ihm einen Schwinger, der fast fünfzig Zentimeter Bauchgewebe bis zur Wirbelsäule zusammenquetschte, dann landete er noch einen beachtlichen Kinnhaken, packte ihn am Kragen und knallte ihn gegen die Wand.

»Du hast eine große Klappe, Lewis«, sagte Reede ruhig, die kleine Turnübung ließ ihn nicht mal schneller atmen. »Wir werden ja sehen, wie groß sie ist, wenn du ein oder zwei Monate an einem Platz verbracht hast, wo dir die bösen Buben zum Frühstück ihren Schwanz in den Hals stecken.«

Der Mann wimmerte hilflos. Als Reede ihn losließ, rutschte er an der Wand runter und blieb wie ein Haufen Lumpen auf dem Boden liegen. Zwei Deputies betraten den Raum und staunten über die feudale Umgebung.

»Er hat sich der Obrigkeit widersetzt«, sagte Reede gelassen und deutete auf Lewis, dann befahl er barsch, ihm Handschellen anzulegen, ihm seine Rechte vorzulesen und ihn wegen versuchten Mordes zu verhaften. Anschließend besprach er sich mit den Sanitätern, die hinter den Deputies hereingekommen waren und den verletzten Mann behandelten.

»Er hat viel Blut verloren«, teilte einer von ihnen Reede mit, während er dem Opfer eine Infusion anlegte. »Es ist ernst, aber nicht lebensbedrohlich.«

Nachdem er sich überzeugt hatte, daß alles ordnungsgemäß gehandhabt wurde, konzentrierte sich Reede wieder auf Alex. Er packte sie am Arm und zerrte sie zur Tür.

»Lassen Sie mich los.«

»Wenn Nora Gail Sie nicht eingestellt hat, haben Sie hier nichts zu suchen. Nora Gail, du machst für heute zu.«

»Es ist Freitag, Reede.«

»Pech für dich! Und laß keinen gehen. Gleich wird jemand kommen und alle vernehmen.«

Er schubste Alex grob die Veranda hinunter und in seinen Blazer, warf sie auf den Sitz und schlug die Tür zu. Dann setzte er sich hinters Steuer.

»Mein Wagen steht da drüben«, sagte sie bockig. »Ich kann mich selbst in die Stadt zurückfahren.«

»Ich laß ihn später von einem meiner Deputies abholen.« Er drehte den Schlüssel in der Zündung. »Welcher Teufel hat Sie denn geritten, hier rumzuschnüffeln.«

»Ich wußte nicht, um was es sich handelte.«

»Und, als Sie das rausgefunden hatten, warum sind Sie dann nicht gegangen?«

»Ich wollte mit Nora Gail reden. Sie ist eine sehr alte und sehr geschätzte Freundin von Ihnen, wie ich höre«, sagte sie mit zuckersüßer Stimme.

An der Einfahrt zum Highway begegneten sie einem der Streifenwagen, er bedeutete dem Deputy anzuhalten und kurbelte sein Fenster runter. »Geben Sie mir Ihre Schlüssel«, sagte er zu Alex. Sie gab sie ihm, weil er ihr keine Wahl ließ, und sie zitterte innerlich, denn sie wäre ihm lieber an die Gurgel gefahren.

Reede warf dem Deputy die Schlüssel zu und wies ihn an, Miss Gaithers Wagen von seinem Partner zum Westerner Motel bringen zu lassen, wenn sie mit der Voruntersuchung der Schießerei fertig wären. Anschließend rauschte er hinaus auf den Highway.

»Haben Sie denn überhaupt keine Schuldgefühle?« fragte Alex ihn.

»Weswegen?«

»Sie dulden einen Puff in Ihrem Bezirk.«
»Nein.«
Sie sah ihn baß erstaunt an. »Warum nicht? Weil die Chefin eine alte Freundin von Ihnen ist?«
»Nicht direkt. Nora Gails Haus konzentriert potentielle Missetäter auf einen Platz. Ihre Rausschmeißer halten sie in Schach.«
»Heute nicht.«
»Heute war eine Ausnahme. Dieser Abschaum macht Ärger, wo immer er sich aufhält.«
»Ich sollte Sie wegen Polizeibrutalität melden.«
»Das war längst fällig und eigentlich sogar mehr. Er ist letztes Mal, als er das Rechtssystem durchlief, wegen eines Verfahrensfehlers freigekommen. Diesmal wird er eine schöne Zeit im Gefängnis verbringen.

Und, übrigens, Lyle Turner ist in New Mexico erwischt worden. Er hat gestanden, daß er Pasty Hickam die Kehle durchgeschnitten hat, weil der mit seiner Frau Ruby Faye rummachte. Es hatte überhaupt nichts mit Ihnen zu tun, also brauchen Sie keine Angst mehr vor bösen schwarzen Männern zu haben.«

»Danke, daß Sie mir's gesagt haben.« Die Nachricht erleichterte sie, aber diese andere Entwicklung ging ihr nicht aus dem Kopf. »Versuchen Sie nicht, mich vom Thema abzulenken. Ich möchte das nicht unter den Teppich kehren. Pat Chastain würde nur zu gerne erfahren, daß direkt vor seiner Nase ein Bordell betrieben wird.«

Reede lachte. Er nahm seinen Hut ab, strich sich durchs Haar und schüttelte den Kopf über soviel Naivität. »Haben Sie je Mrs. Chastain kennengelernt?«

»Was hat das...?«
»Haben Sie?«
»Nein, ich habe nur mit ihr telefoniert.«
»Sie ist die typische Countryclubsängerin, gebräunte Haut über Knochen pur. Sie trägt mehr Goldschmuck als ein Zuhälter, sogar wenn sie Tennis spielt. Sie glaubt, ihre

Scheiße stinkt nicht. Können Sie mir folgen? Sie genießt es, die Frau des Staatsanwalts zu sein, aber mag den Staatsanwalt nicht so gerne in ihrem Bett.«

»Mich interessiert nicht...«

»Ihre Vorstellung von Vorspiel ist: ›Beeil dich, aber mach ja meine Frisur nicht kaputt‹, und sie würde wahrscheinlich lieber sterben, als ihn in ihrem Mund kommen zu lassen.«

»Sie sind widerlich.«

»Pat hat eine Favoritin draußen bei Nora Gail, die es schluckt und noch so tut, als ob's ihr gefällt, also wird er keinen Finger rühren, um das Haus zu schließen. Wenn Sie schlau sind, und das bezweifle ich allmählich ernsthaft, werden Sie ihn nicht blamieren mit Ihrem Wissen um Nora Gails Etablissement. Und denken Sie nicht im Traum dran, bei Richter Wallace zu petzen, er ist abstinent, aber seine Freunde alle nicht. Und er denkt gar nicht daran, ihnen die Freude zu verderben.«

»Großer Gott, ist denn jeder in diesem Bezirk korrupt?«

»Du lieber Himmel, Alex, werden Sie endlich erwachsen. Jeder auf dieser ganzen verrückten Welt ist korrupt. Sie sind möglicherweise der einzige Mensch, der je ein Jurastudium absolviert hat und dann immer noch glaubt, daß das Gesetz auf Moral basiert. Jeder hat ein Geheimnis. Wenn Sie Glück haben, ist das Geheimnis des Nachbarn saftiger als Ihres. Sie benutzen sein Geheimnis dazu, daß er über Ihres schweigt.«

»Ich bin froh, daß Sie das zur Sprache bringen. Sie waren mit Nora Gail zusammen in der Nacht, als Celina getötet wurde.«

»Gratuliere. Endlich haben Sie mal richtig geraten.«

»Ich hab nicht geraten, Wanda Gail hat es mir gesagt.«

»Wann sind Sie denn der auf die Spur gekommen?«

»Bin ich nicht«, gab sie mit einigem Widerwillen zu. »Ich habe ihr Bild im Jahrbuch erkannt. Sie hätten es mir sagen können, Reede.«

»Ich hätte, aber dann hätten Sie schon früher damit angefangen, sie zu schikanieren.«

»Ich hab sie nicht schikaniert. Sie war sehr kooperativ.«

»Sie war verängstigt. So wie sie jetzt aussieht, ahnt keiner, was für ein Feger das mal war.«

»Ich würde lieber über ihre Schwester, Nora Gail, reden. In der Nacht, in der meine Mutter ermordet wurde, waren Sie da die ganze Zeit bei ihr?«

»Das wüßten Sie wohl gerne.«

»Was haben Sie denn gemacht?«

»Dreimal dürfen Sie raten, und die ersten beiden Male zählen nicht.«

»Haben Sie sich geliebt?«

»Wir haben gebumst.«

»Wo?«

»Bei ihr zu Hause.«

»Nora Gail hat gesagt, sie wären in ihrem Auto gewesen.«

Er riß seinen Blazer um den Pick-up eines Farmers herum.

»Vielleicht waren wir's. Auto, Haus, was spielt das für eine Rolle? Ich weiß es nicht mehr.«

»Sie waren vorher auf der Ranch gewesen.«

»Ja, und?«

»Sie haben dort zu Abend gegessen.«

»Das haben wir bereits durchgekaut.«

»Es war ein besonderer Abend – Celina war auch da.«

»Wissen Sie denn nicht mehr, daß wir das schon besprochen haben?«

»Ich erinnere mich. Sie haben mir gesagt, Sie wären vor dem Dessert gegangen, weil Sie nicht gerne Apfelkuchen essen.«

»Falsch. Kirschkuchen. Ich mag ihn immer noch nicht.«

»Aber das ist nicht der Grund, warum Sie gegangen sind, Reede.«

»Nein.« Er riskierte einen Blick auf sie.

»Nein. Sie sind gegangen, weil Sie Angst hatten, Junior würde an diesem Abend Celina einen Heiratsantrag machen. Sie hatten noch mehr Angst davor, daß sie ihn annehmen würde.«

Er machte eine Notbremsung vor ihrem Motelzimmer. Er stand auf, ging zu ihrer Tür und riß sie beim Öffnen fast aus den Angeln. Wieder packte er ihren Arm, zog sie aus dem Wagen und schob sie zur Tür. Sie wehrte sich und stellte sich ihm in den Weg.

»Bis hierher liege ich doch richtig, oder?«

»Ja, ich bin mit Nora Gail losgezogen, um ein bißchen Dampf abzulassen.«

»Hat es funktioniert?«

»Nein, also hab ich mich zurück zur Ranch geschlichen und Celina im Stutenstall gefunden. Woher ich wußte, daß sie dort sein würde, das müssen Sie selber rausfinden, Counselor«, sagte er spöttisch.

»Ich hab das Skalpell aus meiner Tasche gezogen. Warum ich mir das aus der Tasche des Veterinärs geholt hatte, wo es doch viel einfacher gewesen wäre, sie mit bloßen Händen zu erwürgen, da müssen Sie durchwaten. Und wenn Sie schon dabei sind, überlegen Sie mal, wo ich es versteckt hatte, als ich mich auszog, um Nora Gail zu vögeln, die wahrscheinlich das Skalpell bemerkt hätte.

Auf jeden Fall habe ich es benutzt, um wiederholt auf Celina einzustechen. Dann hab ich ihre Leiche einfach da liegenlassen, in der frommen Hoffnung, daß Gooney Bud vorbeigeirrt käme, versuchen würde, ihr zu helfen, und sich dabei mit ihrem Blut vollschmiert.«

»Ich glaube, genau so ist es passiert.«

»Sie haben allerhand Watte im Kopf, und ein Schwurgericht wird das auch so sehen.« Er schubste sie weiter auf ihr Zimmer zu. Sie sagte zitternd: »Ihre Hände sind blutig.«

Er sah sie sich an. »Das ist schon öfter dagewesen.«

»Am Abend, als Celina ermordet wurde?«

Sein Blick schnellte zurück zu Alex. Er beugte sich vor und hechelte: »Nein, in der Nacht, als sie versucht hat, Sie abzutreiben.«

## 35

Alex starrte ihn mehrere Sekunden lang fassungslos an. Dann fiel sie über ihn her. Ihre Nägel versuchten sich in sein Gesicht zu krallen, sie bearbeitete seine Schienbeine mit den Schuhspitzen. Er grunzte vor Schmerz und Überraschung, als ein heftiger Schlag auf seiner Kniescheibe landete.

»Lügner! Sie lügen! *Lügen!*« Sie holte aus und schlug nach seinem Kopf. Es gelang ihm auszuweichen.

»Hören Sie auf.« Er packte sie an den Handgelenken, um sein Gesicht zu schützen. Sie versuchte sich loszureißen und trat weiter wie besessen um sich. »Alex, ich lüge nicht!«

»Doch, das tun Sie! Schwein, Sie sind ein Schwein, ich weiß es. Meine Mutter hätte das nicht getan. Sie hat mich geliebt. Sie *hat*...«

Sie kämpfte wie eine Wildkatze. Wut und Adrenalin verliehen ihr erstaunliche Kräfte. Trotzdem hatte sie keine Chance gegen ihn. Mit der linken Hand hielt er ihre Gelenke fest, schüttelte mit der anderen den Schlüssel aus ihrer Handtasche und schloß die Tür auf. Sie stolperten zusammen ins Zimmer, und er trat die Tür mit dem Fuß hinter sich zu.

Sie bäumte sich auf, beschimpfte ihn und versuchte sich loszureißen, warf sich völlig durchgedreht hin und her.

»Alex, hör auf«, befahl er streng.

»Ich hasse Sie.«

»Ich weiß, aber ich lüge nicht.«

»Tun Sie doch!« Sie wand sich und strampelte, versuchte ihm auf die Füße zu treten.

Er zwang sie aufs Bett hinunter und benutzte seinen Körper, um sie dort zu fixieren. Er hielt immer noch ihre Handgelenke eisern umklammert, mit der Rechten verschloß er ihr den Mund. Sie versuchte zu beißen, also drückte er noch fester zu, so daß sie ihre Kiefer nicht mehr bewegen konnte.

Ihre Augen funkelten mörderisch über seinem Handrücken, ihr Busen wogte heftig bei jedem Atemzug. Sein

Kopf war direkt über ihrem, seine Haare fielen ihm über die Stirn, und er rang einige Sekunden nach Luft, bis sich sein Atem beruhigt hatte.

Schließlich hob er sich ein wenig und sah ihr tief in die Augen. »Ich wollte nicht, daß du es erfährst«, sagte er leise, »aber du hast nicht lockergelassen. Ich bin ausgerastet. Es ist raus, genau wie das Du, und dabei bleibt's auch, verdammt noch mal, es ist eben passiert.«

Sie versuchte ihren Kopf zu schütteln, ihre Augen schrien nein. Sie bäumte sich auf, um ihn abzuwerfen, aber vergeblich.

»Hör mich an, Alex«, sagte er mit zusammengebissenen Zähnen. »Bis zu diesem Abend hat keiner auch nur geahnt, daß Celina schwanger ist. Sie war schon ein paar Wochen aus El Paso zurück, aber ich hatte sie noch nicht besucht, nicht mal angerufen, aus falschem Stolz. Auf eine kindische Art hab ich sie ein bißchen schmoren lassen.«

Er schloß die Augen und schüttelte reumütig den Kopf. »Wir spielten Spielchen miteinander, kindische, dumme Mädchen-Junge-Spiele. Schließlich habe ich mich entschieden, ihr zu verzeihen.« Er lächelte voller Selbstverachtung.

»Ich bin Mittwoch abend zu ihr gegangen, weil ich wußte, daß deine Großmutter da bei einer Andacht in der Baptistenkirche war. Danach ist sie immer zur Chorprobe geblieben, also wußte ich, daß Celina und ich ein paar Stunden für uns haben würden, um die Sache zu klären.

Als ich zu ihrem Haus kam, hab ich ein paarmal geklopft, aber sie ist nicht an die Tür gekommen. Ich hab gewußt, daß sie da ist, die Lichter hinten in ihrem Schlafzimmer brannten. Ich dachte, sie wäre vielleicht unter der Dusche oder hätte das Radio so laut gedreht, daß sie mein Klopfen nicht hörte. Also bin ich zur Hintertür gegangen.«

Alex bewegte sich nicht mehr unter ihm. Ihre Augen waren nicht mehr feindselig, sie glänzten vor unvergossenen Tränen.

»Ich schaute durch ihr Schlafzimmerfenster, die Lichter

brannten, aber Celina war nicht da. Ich klopfte ans Fenster. Sie reagierte nicht, ich sah jedoch ihren Schatten an der Badezimmerwand, durch die Tür, sie stand ein Stück offen. Ich rief ihren Namen. Ich wußte, daß sie mich hören mußte, aber sie wollte nicht rauskommen. Dann...«

Er kniff die Augen zu, biß die Zähne zusammen und fuhr fort: »Ich wurde allmählich sauer, weil ich dachte, sie will mich ärgern. Sie öffnete die Badezimmertür ein Stück weiter, und ich sah sie da stehen.

Ein paar Sekunden lang bemerkte ich nur ihr Gesicht, weil es so lange her war, seit ich sie gesehen hatte. Sie starrte mich an. Sie sah verwirrt aus, als wolle sie fragen: ›Was jetzt?‹ Und dann entdeckte ich das Blut. Sie trug ein Nachthemd, und die untere Hälfte war voller Blut.«

Alex schloß die Augen. Zwei riesige Tränen rollten unter ihren zitternden Lidern hervor auf Reedes Finger.

»Ich hab eine Scheißangst gekriegt«, sagte er heiser. »Irgendwie bin ich ins Haus gekommen, hab vergessen, wie. Ich glaub, ich hab die Fenster hochgeschoben und bin reingestiegen. Auf jeden Fall war ich ein paar Sekunden später drinnen und hab sie im Arm gehalten. Wir landeten beide auf dem Boden, sie ist einfach zusammengebrochen.

Sie wollte mir nicht sagen, was los war. Ich schrie sie an, schüttelte sie. Schließlich legte sie den Kopf auf meine Brust und flüsterte ›Baby‹. Dann wurde mir klar, was das Blut bedeutete und woher es kam. Ich hab sie einfach aufgehoben, bin rausgelaufen und hab sie in meinen Wagen gelegt.«

Er hielt kurz inne, um sich zu fangen. Nach einer Weile sprach er ruhiger weiter.

»Da war dieser Arzt in der Stadt, der heimlich Abtreibungen machte, aber keiner hat drüber geredet, weil Abtreibungen in Texas damals noch illegal waren. Ich hab sie zu ihm gebracht und Junior angerufen und ihm gesagt, er soll Geld mitbringen. Wir haben uns dort getroffen. Er und ich saßen im Wartezimmer, während der Arzt sie zusammengeflickt hat.«

Er sah hinunter zu Alex, sehr lange, bis er schließlich die Hand von ihrem Mund nahm. Sie hatte eine weiße Druckstelle auf der unteren Hälfte ihres Gesichts hinterlassen, das ohnehin aschfahl war. Ihr Körper lag jetzt unter seinem so reglos wie der Tod. Er wischte die Tränen mit seinen Daumen von ihren Wangen.

»Sie werden in der Hölle schmoren, wenn Sie mich angelogen haben«, flüsterte sie.

»Hab ich nicht. Fragen Sie Junior.«

»Junior würde auch behaupten, der Himmel wäre grün, wenn Sie das verlangten. Ich werde den Arzt fragen.«

»Er ist tot.«

»Das hätte ich mir denken können«, sagte sie mit einem schrillen Auflachen. »Womit hat sie denn versucht mich umzubringen?«

»Alex, nicht!«

»Sagen Sie's mir.«

»Nein.«

»Was war es?«

»Sagen Sie's mir, verdammt noch mal.«

»Die Stricknadel deiner Großmama.«

Er schrie das hinaus, die plötzliche Stille hinterher war ohrenbetäubend.

»Oh, mein Gott«, wimmerte Alex, biß sich in die Unterlippe und drehte ihren Kopf in die Kissen »Oh, mein Gott.«

»Schsch, nicht weinen. Celina hat dich nicht verletzt, nur sich selbst.«

»Aber sie wollte es. Sie wollte nicht, daß ich auf die Welt komme.« Sie schluchzte so heftig, daß ihr ganzer Körper bebte. Er fing das mit seinem auf. »Warum hat mich der Arzt nicht einfach rausgeholt, als er sie zusammenflickte?«

Reede gab keine Antwort.

Alex drehte den Kopf, dann packte sie ihn am Hemd. »Warum, Reede?«

»Er hat es vorgeschlagen.«

»Warum hat er es dann nicht getan?«

»Weil ich geschworen habe, ihn umzubringen, wenn er es täte.«

Emotionen regten sich wie ein wärmender Lufthauch zwischen ihnen. Sie ließen ihren Atem stocken, und ihre Brust begann zu schmerzen. Sie stieß einen unartikulierten Laut aus. Ihre Finger ließen zuerst sein Hemd los, dann krallte sie sich fester hinein und zog ihn näher. Ihr Rücken bäumte sich noch einmal auf, nicht um ihn abzuwerfen, sondern um ihm näher zu kommen.

Er grub seine Finger in ihr Haar, neigte seinen dunkelblonden Kopf und drückte seinen offenen Mund auf ihren. Ihre Lippen waren geöffnet, feucht und empfänglich. Seine Zunge stieß tief in sie hinein.

Sie streifte hektisch die Ärmel ihrer Jacke ab und verschränkte die Arme um seinen Nacken. Plötzlich hob er den Kopf und sah hinunter auf sie. Ihr Gesicht trug dunkle Schatten vom Weinen, aber das Blau der Augen schimmerte ihm kristallklar entgegen. Sie wußte, was sie tat, das genügte ihm.

Sein Daumen strich über ihre Lippen, die von seinem harten Kuß feucht und verschwollen waren. Er hatte einzig den Wunsch, sie noch heftiger zu küssen, und das tat er auch.

Ihr Hals war zurückgebogen und bot sich verletzlich seinen Lippen dar, als er ihren Mund losließ. Er zupfte mit den Zähnen leicht an ihrer Haut und glättete sie dann mit der Zunge. Er liebkoste ihr Ohr und den Ansatz ihres Halses, als ihre Kleidung dazwischengeriet. Daher setzte er sie auf und zog ihr den Pullover aus.

Beide atmeten heftig, als sie sich wieder zurücklegten, das einzige Geräusch im Raum. Er öffnete ihren BH und schob die Körbchen beiseite.

Seine Finger huschten über ihre Haut, warm und gerötet vor Erregung. Seine Hand umfing eine Brust, schob sie nach oben, dann nahm er die Knospe zwischen seine Lippen. Er saugte gerade so fest daran, daß ihr Leib zu kribbeln begann, und so raffiniert, daß sie nach mehr lechzte. Als die Knospe sich aufrichtete, ließ er kurz seine Zunge dagegenschnalzen.

Alex schrie in Panik und Lust seinen Namen. Er begrub sein Gesicht zwischen ihren Brüsten, drückte sie fest an sich und rollte sie auf seinen Körper, gleichzeitig kämpfte er sich aus seiner Jacke. Sie riß die Knöpfe seines Hemds auf, er öffnete den Reißverschluß ihres Rockes und schob ihn samt Unterrock über ihre Hüften hinunter. Alex grub ihre Finger in den dichten Pelz auf seiner Brust, bedeckte seine geschmeidigen Muskeln mit Küssen und rieb ihre Wange an seinen gedehnten Brustwarzen.

Sie tauschten wieder Positionen. Es gelang ihr, ihre Schuhe und Strümpfe abzustreifen, bevor er sich auf sie streckte. Seine Hand legte sich an ihren Bauchansatz und glitt in ihren Slip, umschloß ihren Venushügel besitzergreifend; seine Daumen teilten ihr Geschlecht und entblößten die harte empfindliche Knospe. Seine Fingerspitzen tauchten in ihre sahnige Feuchte und salbten diesen winzigen Knopf mit dem Tau ihrer eigenen Begierde.

Sie stöhnte vor Wonne, und er beugte den Kopf und küßte ihren Bauch, dann entfernte er ihr Höschen und berührte die feurigen dunklen Locken zwischen ihren Schenkeln mit seinem offenen Mund. Er öffnete hastig seinen Reißverschluß, nahm ihre Hand und führte sie zu seiner Erektion. Er zischte, als ihre Hand fest zupackte, dann drückte er ihre Schenkel auseinander und drängte sich dazwischen.

Die glatte Spitze seines Penis glitt zwischen die Falten ihres Körpers. Seine Hände legten sich auf ihre Brüste und kreisten zart über ihren eregierten Knospen. Seine Hüften stießen kräftig zu, und eigentlich hätte ihn das fest in den Sattel bringen sollen.

Dem war nicht so.

Er wiegte sich kurz hin und her und versuchte es noch einmal, aber er traf erneut auf denselben Widerstand. Seinen Oberkörper hochstemmend, starrte er sie ungläubig an: »Willst du damit sagen...«

Sie keuchte, ihre Augen flatterten, hatten Mühe, sich auf ihn zu konzentrieren. Sie machte kleine sehnsüchtige Geräusche.

Ihre Hände tanzten rastlos suchend über seine Brust, seinen Hals und seine Wangen, ihre Fingerspitzen strichen über seine Lippen. Das alles war so ungeheuer sexy, und die seidige Wärme, die ihn umschloß, war sein Untergang. Er stieß fester zu und sank bis zum Anschlag in sie. Ihr keuchendes Seufzen, überrascht und verwundert, war das erotischste Geräusch, das er je gehört hatte. Es peitschte seine Leidenschaft auf die Spitze.

»O Himmel«, stöhnte er, »o Himmel.«

Jetzt übernahm der Paarungsinstinkt, und seine Hüften bewegten sich mit dem uralten Drang zu besitzen, vollkommen auszufüllen. Er packte ihren Kopf und küßte sie wie ein Besessener. Sein Orgasmus war eine Lawine von Empfindungen, die seine Seele aus den Angeln hoben, und er schien endlos ... und doch war es nicht lang genug.

Mehrere Minuten verstrichen, bevor er sich soweit im Griff hatte, sich aus ihr zurückzuziehen. Er wollte es nicht, aber als er auf sie hinuntersah, war jeder Gedanke an eine Verlängerung ihrer Vereinigung verschwunden.

Sie lag da, den Kopf abgewandt, eine Wange auf dem Kissen. Sie sah zerbrechlich und verängstigt aus. Bei dem Anblick Mals, das sein heftiger Kuß dort hinterlassen hatte, kam er sich vor wie ein Vergewaltiger. Voller Zerknirschung versuchte er, seine Finger aus ihrem Haar zu lösen.

Beide zuckten heftig zusammen, als es an der Tür klopfte. Alex griff rasch nach der zerknüllten Bettdecke und zog sie über sich. Reede schwang die Beine vom Bett, sprang auf und zog sich die Jeans über die Hüften.

»Reede, bist du da drin?«

»Ja«, rief er durch die Tür.

»Ich, äh, ich hab Miss Gaithers Schlüssel hier. Du hast doch gesagt ...«

Der Deputy verstummte, als Reede die Tür aufriß. »Ja, ich weiß.« Er streckte seine Hand durch den Spalt, und der Deputy ließ den Schlüssel hineinfallen. »Danke«, sagte er kurz angebunden und schloß die Tür.

Er warf die Schlüssel auf den runden Tisch vor dem Fenster. Sie landeten mit einem Getöse wie auf einer Blechtrommel... Reede bückte sich nach seinem Hemd und seiner Jacke, die er irgendwann vom Bett geschleudert hatte. Während er sich anzog, sagte er mit dem Rücken zu Alex: »Ich weiß, daß du dich im Augenblick selber haßt, aber vielleicht fühlst du dich besser, wenn du hörst, daß auch ich es lieber ungeschehen machen würde.«

Sie drehte den Kopf und sah ihn lange fragend an. Sie suchte nach Mitgefühl, Zärtlichkeit, Liebe. Sein Gesicht blieb ausdruckslos, die Augen waren die eines Fremden. Sein abweisender Blick hatte nichts Weiches, nichts Gefühlvolles. Er schien ungerührt und unberührbar.

Alex schluckte, begrub ihre Enttäuschung und sagte, um sich für seine Abweisung zu rächen: »Na ja, jetzt sind wir quitt, Sheriff. Sie haben mir das Leben gerettet, bevor ich geboren wurde.« Sie hielt inne, dann fügte sie mit belegter Stimme hinzu: »Und ich hab Ihnen gerade gegeben, was Sie von meiner Mutter immer schon haben wollten, aber nie bekamen.«

Reedes Hände ballten sich zu Fäusten, als ob sie sie schlagen wollten, dann zog er sich mit fahrigen ungelenken Bewegungen an. An der offenen Tür drehte er sich noch einmal um. »Was immer Sie für einen Grund hatten, das zu tun, danke. Für eine Jungfrau waren Sie ein ziemlich guter Fick.«

## 36

Junior schlüpfte in die mit orangefarbenem Kunststoff ausgestattete Nische des Coffeeshops des Westerner Motels. Sein Lächeln gefror sofort, als er Alex' Gesicht sah. »Liebling, sind Sie krank?«

Sie lächelte gequält. »Nein. Kaffee?« Sie winkte der Bedienung.

»Bitte«, sagte er abwesend. Als die Kellnerin ihm die in Plastik eingeschweißte Karte reichen wollte, schüttelte er den Kopf. »Nur Kaffee.«

Nachdem sie ihm eine Tasse eingegossen hatte, beugte er sich über den Tisch und flüsterte ihr zu: »Ich war ganz aus dem Häuschen vor Freude, daß Sie mich heute früh angerufen haben, aber offensichtlich ist irgendwas passiert. Sie sind weiß wie die Wand.«

»Sie sollten mich erst ohne Sonnenbrille sehen!« Sie hob sie kurz hoch und ließ sie wieder fallen, aber dieser Versuch, fröhlich zu erscheinen, versagte kläglich.

»Was ist los?«

Sie lehnte sich an das grelle Orange zurück, drehte den Kopf und sah aus dem getönten Fenster. Draußen war es sehr hell, ihre Brille also nicht allzu fehl am Platze. Mehr Gutes gab es aber auch nicht an diesem Tag. »Reede hat mir von Celinas versuchter Abtreibung erzählt.«

Zuerst sagte Junior nichts. Dann fluchte er ausgiebig. Er nippte an seinem Kaffee, wollte etwas anfügen, tat es doch nicht und schüttelte dann den Kopf, offensichtlich angewidert. »Ist der noch bei Trost? Warum hat er Ihnen das erzählt?«

»Es ist also wahr?«

Er senkte den Kopf und starrte in seinen Kaffee. »Sie war noch siebzehn, Alex, und von einem Typen schwanger, den sie nicht mal liebte, einem Typen auf dem Wag nach Saigon. Sie hatte Angst. Sie ...«

»Ich kenne die relevanten Fakten, Junior«, unterbrach sie ihn ungeduldig. »Warum verteidigen Sie sie immer?«

»Gewohnheit, nehm ich an.«

Alex schämte sich bereits ihres Ausbruchs und nahm sich einen Moment Zeit, um sich wieder zu fassen. »Ich weiß, *warum* sie es getan hat. Es ist mir nur unverständlich, daß sie so etwas überhaupt machen konnte.«

»Uns auch«, gab er zögernd zu.

»Uns?«

»Reede und mir. Er hat ihr nur zwei Tage zur Erholung gelassen, dann haben wir sie zurück nach El Paso geflogen, um die Sache zu regeln.« Er nippte an seinem Kaffee. »Wir trafen uns draußen auf dem Flugplatz, gleich nach Sonnenuntergang.«

Alex hatte Reede gefragt, ob er je nachts mit Celina geflogen wäre. »Einmal«, hatte er ihr gesagt, wegen Celinas Flugangst. »Er hat ein Flugzeug gestohlen?«

»*Geborgt* nannte er das. Ich glaube, Moe wußte, was Reede im Schilde führte, aber er hat weggeschaut. Wir landeten in El Paso, mieteten ein Auto und sind zur Militärbasis gefahren. Reede hat die Wache bestochen, damit sie Al Gaither ausrichteten, Verwandtenbesuch wäre da. Ich glaub, er hatte dienstfrei. Auf jeden Fall ist er ans Tor gekommen, und wir haben ihn, äh, überredet, mit uns ins Auto zu steigen.«

»Was ist passiert?«

Er sah sie beschämt an. »Wir haben ihn irgendwo in die Einöde geschleppt und kräftig verprügelt. Ich fürchtete, Reede würde ihn umbringen. Er hätte es wahrscheinlich auch getan, wenn Celina nicht dabeigewesen wäre. Sie drehte total durch.«

»Ihr habt ihn gezwungen, sie zu heiraten?«

»Noch in derselben Nacht. Wir sind über die Grenze nach Mexiko gefahren.« Er schüttelte verwundert den Kopf. »Gaither war halb ohnmächtig, konnte nicht mehr als sein Verslein stammeln. Reede und ich haben ihn durch die Zeremonie geschubst und dann vor dem Tor von Fort Bliss wieder abgeladen.«

»Eins versteh ich nicht ganz. Warum hat Reede darauf bestanden, daß Celina heiratet?«

»Er hat immer wieder gesagt, er würde nicht zulassen, daß das Baby als Bastard auf die Welt kommt.«

Alex sah ihn durch ihre dunklen Gläser bohrend an. »Warum hat er sie dann nicht selbst geheiratet?«

»Er hat ihr einen Antrag gemacht.«

»Und, was war dann das Problem?«

»Ich. Ich hab ihr auch einen gemacht.« Er sah, wie durcheinander sie war, und atmete hörbar aus. »Das ist alles am Morgen passiert, nach der ...«

»Ich verstehe. Reden Sie weiter.«

»Celina war immer noch ziemlich mitgenommen und sagte, sie könne nicht klar denken. Sie flehte uns an, sie in Ruhe zu lassen. Aber Reede sagte, sie müßte so schnell wie möglich heiraten, sonst würden alle erfahren, was passiert war.«

»Es haben sowieso alle erfahren«, sagte Alex.

»Er wollte sie so lange wie möglich vor dem Tratsch bewahren.«

»Ich bin wohl ein bißchen schwer von Begriff, aber ich versteh es immer noch nicht ganz. Celina hat zwei Männer, die sie anflehen, sie zu heiraten. Warum hat sie nicht einen genommen?«

»Sie wollte sich einfach nicht zwischen uns entscheiden.« Seine Brauen zogen sich nachdenklich zusammen. »Weißt du, Alex, das war die erste clevere, erwachsene Entscheidung, die Celina je getroffen hat. Wir hatten gerade mit dem Studium begonnen. Reede besaß, weiß Gott, kein Geld, aber ich hatte es, meine Eltern wären ausgerastet, wenn ich geheiratet hätte, noch bevor ich irgendeinen Abschluß hatte und nachdem Celina von einem anderen schwanger war.

Sie hatte aber einen weiteren Grund, viel wichtiger als die Zustimmung der Eltern oder Finanzen. Sie wußte, daß sich unsere Freundschaft ein für allemal verändern würde, wenn sie sich für einen von uns entschied. Da wäre dann immer einer zuviel. Als es hart auf hart ging, wollte sie das Dreieck nicht zerstören. Komisch, was? Es ist sowieso aus gewesen.«

»Was soll das heißen?«

»Zwischen uns dreien war es nie wieder so wie früher, nachdem wir aus El Paso zurückkehrten. Wir waren ständig auf der Hut voreinander, wo früher immer schonungslose Offenheit unter uns gegolten hatte.«

Seine Stimme wurde traurig. »Während ihrer Schwangerschaft hab ich sie öfter gesehen als Reede, aber das war auch nicht oft. Wir mußten mit dem Studium ja irgendwie vorankommen. Oh, wir haben schon so getan, als wären wir immer noch die besten Kumpels, aber in Wirklichkeit standen wir wie unter Schock.

Die Nacht, in der sie versucht hatte Sie abzutreiben, lag wie ein Graben zwischen uns. Keiner von uns konnte hinüber oder herüber. Die Gespräche wurden zur Qual, das Lachen gekünstelt.«

»Aber ihr habt sie nicht im Stich gelassen?«

»Nein. An dem Tag, an dem Sie geboren wurden, sind Reede und ich ins Krankenhaus gerast. Neben Ihrer Großmutter waren wir die ersten, denen Sie vorgestellt wurden.«

»Darüber bin ich froh«, sagte sie tränenumflort.

»Ich auch.«

»Wenn ich Celina gewesen wäre, hätte ich mir bei nächster Gelegenheit einen von euch geschnappt.«

Sein Grinsen verblaßte. »Reede hat sie nicht mehr gefragt.«

»Warum?«

Junior machte der Kellnerin ein Zeichen, seine Kaffeetasse nachzufüllen. Dann nahm er sie zwischen seine Hände und starrte in die dunklen Tiefen. »Er hat ihr nie verziehen.«

»Wegen Al Gaither?«

»Ihretwegen.«

Alex legte erschrocken die Hand vor den Mund. Die Schuld, die sie ihr ganzes Leben lang belastet hatte, drohte sie zu ersticken.

Junior spürte ihre Angst und sagte hastig: »Nicht weil sie schwanger wurde. Er konnte ihr diesen Abtreibungsversuch nicht verzeihen.«

»Das versteh ich nicht.«

»Alex, Reede ist ein Überlebenskünstler. Verdammt, wenn je einer unter einem schlechten Stern geboren war, dann Reede. Er hatte nicht die geringste Chance, irgendwas aus sich zu machen. Wenn es in Purcell Sozialarbeiter gegeben hätte, hätten sie mit Fingern auf ihn gezeigt und gesagt: ›Da, der ist prädestiniert, auf die schiefe Bahn zu geraten, der wird kriminell. Wartet nur ab.‹ Aber Reede hat alle Lügen gestraft. Er ist ein Durchhalter und stark. Er wird umgenietet und springt mit geballten Fäusten wieder auf. Ich dagegen«, er produzierte ein schiefes Lächeln, »ich kann die Schwächen anderer ignorieren, weil ich selbst so viele habe. Ich konnte die Angst und die Panik Celinas verstehen. Sie hat verzweifelte Maßnahmen ergriffen, weil sie fürchtete, es nicht durchzustehen. Reede kann es nicht nachvollziehen, wenn einer den Weg des geringsten Widerstands geht. Er tolerierte diese Schwäche in ihr nicht, erwartet er doch von sich selbst so gottverdammt viel und legt bei allen anderen dieselben Maßstäbe an. Diese Maßstäbe sind praktisch unerfüllbar. Deswegen ist er ständig von Leuten enttäuscht. Er setzt die Latte zu hoch.«

»Er ist ein Zyniker.«

»Ich kann verstehen, warum Sie das denken, aber lassen Sie sich nicht von seiner harten Fassade täuschen. Wenn ihn die Leute enttäuschen, was unweigerlich passiert, weil sie Menschen sind, verletzt es ihn. Und wenn er verletzt ist, wird er bösartig.«

»War er zu meiner Mutter bösartig?«

»Nein, nie. So wie ihre Beziehung war, hatte sie mehr Macht, ihm weh zu tun und ihn zu enttäuschen, als jeder andere es vermochte. Aber er konnte Celina gegenüber nicht bösartig werden, weil er sie so sehr liebte.« Er sah Alex in die Augen. »Er konnte ihr bloß nicht verzeihen.«

»Deswegen hat er sich zurückgezogen und Ihnen den Vortritt gelassen?«

»Den ich schamlos ausgenutzt habe«, antwortete er aufrichtig. »Ich bin nicht so schwer zu befriedigen wie Reede. Ich verlange keine Perfektion, weder von mir noch von irgend jemand sonst. Ja, Alex, trotz ihrer Fehler hab ich Ihre Mutter geliebt und wollte, daß sie meine Frau wird, egal zu welchen Bedingungen.«

»Warum hat sie Sie nicht geheiratet, Junior?« fragte Alex echt verwirrt. »Sie hat Sie geliebt, das weiß ich.«

»Ich weiß es auch. Und ich seh verdammt gut aus.« Er zwinkerte, und Alex erwiderte es. »So wie ich jetzt lebe, würden mir das nur wenige glauben, aber Celina wäre ich treu geblieben und für Sie ein ausgezeichneter Daddy, Alex. Ich wollte es auf jeden Fall versuchen. Aber Celina sagte nein, wie oft ich sie auch darum bat.«

»Und Sie haben sie immer wieder angefleht bis zur Nacht, in der sie starb?«

Sein Blick schnellte zu ihr. »Ja, ich hab sie an diesem Abend auf die Ranch eingeladen, um ihr einen Heiratsantrag zu machen.«

»Und – haben Sie?«

»Ja.«

»Und?«

»Dasselbe wie immer. Sie hat mir einen Korb gegeben.«

»Wissen Sie warum?«

»Ja«, er rutschte nervös auf seinem Sitz herum, »sie liebte Reede immer noch. Auf immer und ewig wollte sie nur Reede haben.«

Alex wandte sich ab, weil sie wußte, wie schmerzlich es für ihn war, sich das einzugestehen. »Junior, wo waren Sie in dieser Nacht?«

»Auf der Ranch.«

»Ich meine danach, nachdem Sie Celina nach Hause gebracht hatten.«

»Ich hab sie nicht nach Hause gebracht. Ich dachte, Dad würde das tun.«

»Angus?«

»Ich war sauer, weil sie mir wieder einen Korb gegeben hatte. Verstehen Sie, ich hatte meinen Eltern gesagt, sie müßten sich an die Vorstellung gewöhnen, bald eine Schwiegertochter und ein Enkelkind im Haus zu haben.« Er breitete hilflos die Arme aus. »Ich bin wütend geworden und einfach aus dem Zimmer gerannt, einfach abgehauen, und hab Celina dortgelassen.«

»Wohin sind Sie gegangen?«

»Ich war überall, wo Schnaps an junge Leute verkauft wurde. Ich hab mich besoffen.«
»Allein.«
»Allein.«
»Kein Alibi?«
»Junior braucht kein Alibi. Er hat Ihre Mutter nicht getötet.«

Sie waren beide so in ihr Gespräch vertieft gewesen, daß keiner von ihnen Stacey Wallace bemerkt hatte. Die beiden schauten hoch, und sie stand vor ihnen. Ihr Blick war noch haßerfüllter als bei ihrem ersten Treffen.

»Guten Morgen, Stacey«, sagte Junior verlegen. Er schien nicht gerade erfreut über ihr plötzliches Auftauchen. »Setz dich und trink einen Kaffee mit uns.« Er machte Platz für sie.

»Nein, danke.« Sie sah Alex vernichtend an: »Hören Sie endlich auf, Junior mit Ihrer Fragerei auszuquetschen.«

»He, Stacey, ich werde nicht ausgequetscht«, er versuchte die Wogen zu glätten.

»Warum geben Sie nicht einfach auf?«
»Das kann ich nicht.«
»Sie sollten es aber. Es wäre das beste für alle.«
»Besonders für den Mörder«, sagte Alex leise.

Staceys magerer Körper vibrierte wie eine Bogensehne. »Verschwinden Sie aus unserem Leben. Sie sind ein selbstsüchtiges, rachsüchtiges Aas, das ...«

»Nicht hier, Stacey.« Junior unterbrach sie eilig, sprang aus der Nische und nahm ihren Arm. »Ich bring dich zu deinem Auto. Was machst du denn heute morgen? Oh, das Frühstück des Bridgevereins«, sagte er, als er den Tisch voller Frauen bemerkte, die neugierig herüberstarrten. »Wie nett.« Er winkte ihnen frech zu.

Alex war sich all der Augen genauso bewußt wie Junior. Sie schob rasch einen Fünfdollarschein unter ihren Unterteller und verließ den Coffeeshop nur wenige Sekunden nach Junior und Stacey.

Sie schlug einen weiten Bogen um Staceys Wagen, beobachtete aber aus dem Augenwinkel, wie Junior Stacey umarmte und ihr tröstend den Rücken rieb. Er gab ihr einen sanften Kuß auf den Mund, sie klammerte sich indessen an ihn und redete aufgeregt auf ihn ein. Seine Antwort schien sie zu beruhigen, doch hielt sie ihn weiter fest.

Junior befreite sich aus ihrer Umklammerung, machte es aber so charmant, daß Stacey lächelte, als er sie in ihr Auto setzte und fröhlich hinterherwinkte, als sie losfuhr.

Alex war bereits in ihrem Zimmer, als er an die Tür klopfte: »Ich bin's.«

Sie öffnete. »Was sollte denn die ganze Aufregung?«

»Sie dachte, ich hätte die Nacht mit Ihnen verbracht, weil wir zusammen im Coffeeshop frühstückten.«

»Großer Gott«, flüsterte Alex, »die Leute in dieser Stadt haben ja wirklich eine rege Phantasie. Sie sollten besser gehen, bevor sonst noch jemand auf diese Idee verfällt.«

»Was schert Sie das? Mir ist es egal.«

»Mir aber nicht.«

Alex warf einen nervösen Blick auf das ungemachte Bett. An jedem anderen Morgen klopfte das Zimmermädchen immer schon, während sie noch unter der Dusche stand. Aber ausgerechnet heute war sie spät dran. Alex hatte Angst, das Bett würde ihr Geheimnis verraten. Der ganze Raum roch nach Reede. Seine Essenz hatte sich über alle Gegenstände gebreitet, wie eine feine Staubschicht. Sie fürchtete, Junior könnte das spüren.

Er entfernte ihre Sonnenbrille und strich über die lavendelblauen Halbmonde unter ihren Augen. »Schlechte Nacht?«

*Das ist noch milde ausgedrückt*, dachte sie. »Es ist wohl besser, wenn Sie es von mir erfahren, bevor es sich rumspricht. Gestern am späten Nachmittag bin ich bei Nora Gail gewesen.«

Sein Mund blieb vor Überraschung offen. »Ich glaub, mich tritt ein Pferd.«

»Ich mußte mit ihr reden. Wie es aussieht, ist sie Reedes

Alibi für die Nacht, in der Celina getötet wurde. Wie dem auch sei, während ich dort war, ist ein Mann angeschossen worden. Ein Haufen Blut, eine Verhaftung.«

Junior lachte ungläubig. »Sie verhohlen mich.«

»Ich wünschte, es wäre so«, sagte sie grimmig. »Ich bin hier, vertrete den Obersten Staatsanwalt und werde in eine Schießerei zwischen zwei Cowboys in einem Puff verwickelt.«

Mit einem Mal brach alles über ihr zusammen. Doch anstatt zu weinen, fing sie an zu lachen, und nachdem sie einmal dabei war, konnte sie nicht mehr aufhören. Sie lachte, bis ihr alles weh tat und ihr die Tränen über die Wangen kullerten. »Herrje, ist es zu fassen? Wenn Greg Harper das je erfährt, wird er...«

»Pat Chastain kann es ihm nicht erzählen. Er hat ein Mädchen draußen bei...«

»Ich weiß«, fiel sie ihm ins Wort. »Reede hat es mir erzählt. Er ist auf den Notruf hin gekommen und hat mich schleunigst rausgeschafft. Er glaubte scheinbar nicht, daß es Folgen haben würde.« Sie bemühte sich, unbeteiligt zu wirken, und hoffte, sie klänge nicht so falsch, wie sie sich fühlte.

»Es tut gut, Sie zur Abwechslung mal lachen zu hören«, bemerkte Junior und strahlte. »Ich würde gerne ein bißchen bleiben und Sie noch mehr aufheitern.« Er legte seine Hände um ihren Po und rieb ihn sanft. Alex schob sie weg.

»Wenn Sie jemand aufheitern wollen, dann hätten Sie mit Stacey gehn sollen. Sie sah aus, als könnte sie es noch dringender gebrauchen.«

Er schaute schuldbewußt zur Seite. »Es gehört nicht viel dazu, sie glücklich zu machen.«

»Weil sie Sie immer noch liebt!«

»Sie ist zu gut für mich.«

»Das ist ihr egal. Sie würde Ihnen alles verzeihen. Das hat sie bereits.«

»Was denn, den Mord?«

»Nein, daß Sie jemand anders liebten – Celina.«

»Diesmal nicht, Alex«, flüsterte er und beugte den Kopf, um sie zu küssen.

Sie wich seinen Lippen aus. »Nein, Junior.«

»Warum nicht?«

»Sie wissen warum.«

»Muß ich ein Kumpel bleiben?«

»Ein Freund.«

»Warum nur ein Freund?«

»Ich kriege ständig die Vergangenheit und die Gegenwart durcheinander. Und als Sie mir erzählt haben, daß Sie so gerne mein Vater gewesen wären, hat das meine romantischen Ambitionen im Keim erstickt.«

»Wenn ich Sie jetzt so ansehe, kann ich Sie nicht mit dem Baby in der Wiege in Verbindung bringen. Sie sind eine aufregende Frau. Ich möchte Sie festhalten, Sie lieben – und nicht wie ein Daddy.«

»Nein.« Sie schüttelte unerbittlich den Kopf. »Es paßt einfach nicht, Junior, es haut nicht hin.«

All das hätte sie Reede sagen sollen. Warum hatte sie das nicht? Weil sie sich vor der Wahrheit drückte, weil nicht immer dieselben Regeln bei gleichen Situationen anwendbar waren, selbst wenn man das wollte. Und weil sie keine Kontrolle darüber hatte, in wen sie sich verliebte. Das war ihre und Celinas Gemeinsamkeit.

»Wir können niemals ein Liebespaar werden.«

Er lächelte und sagte ohne Groll: »Ich bin stur. Wenn erst Ihr Vorhaben hier erledigt ist, werde ich dafür sorgen, daß Sie mich in einem ganz neuen Licht sehen. Wir werden so tun, als würden wir uns das erste Mal begegnen, und Sie werden sich unweigerlich in mich verlieben.«

*Wenn das seinem Ego schmeichelt, soll er es ruhig glauben*, dachte Alex.

Sie wußte, daß das nie passieren könnte, genausowenig, wie es ihm mit Celina gelungen war.

Und in beiden Fällen war Reede Lambert das Hindernis.

# 37

Angus' Sekretärin begleitete Alex in sein Büro im Hauptquartier von ME. Es war ein unprätentiöses Büro in einem Geschäftshaus, zwischen einer Zahnarztpraxis und einer Anwaltskanzlei mit zwei Partnern. Er kam hinter seinem Schreibtisch hervor, um sie zu begrüßen.

»Danke, daß Sie vorbeikommen, Alex.«

»Ich bin froh, daß Sie angerufen haben, ich wollte sowieso mit Ihnen sprechen.«

»Möchten Sie einen Drink?«

»Nein, danke.«

»Haben Sie Junior in letzter Zeit gesehen?«

»Ja. Wir haben heute morgen zusammen Kaffee getrunken.«

Angus freute sich, seine Standpauke schien gewirkt zu haben. Wie gewöhnlich hatte Junior nur ein bißchen Aufmunterung gebraucht, um in die Gänge zu kommen.

»Bevor wir geschäftlich werden«, sagte Angus aufgeräumt, »was haben Sie auf dem Herzen?«

»Insbesondere die Nacht, in der meine Mutter starb, Angus.«

Sein herzliches Lächeln verblaßte. »Nehmen Sie Platz.« Er führte sie zu einer kleinen Couch. »Was wollen Sie wissen?«

»Als ich heute morgen mit Junior sprach, bestätigte er mir, was ich bereits erfahren hatte... daß er Celina an diesem Abend einen Heiratsantrag machte. Ich weiß, daß Sie und Mrs. Minton dagegen waren.«

»Das ist richtig, Alex, das waren wir. Ich sage das nur ungern, und ich möchte auch nicht schlecht über Ihre Mutter reden, weil ich sie als Freund von Junior wunderbar fand.«

»Aber Sie wollten sie nicht als seine Frau.«

»Nein.« Er beugte sich vor und drohte scherzhaft mit dem Zeigefinger. »Glauben Sie ja nicht, daß ich ein Snob bin, das war nicht der Grund. Sarah Jo hätte sich vielleicht von Herkunfts- oder Klassenunterschieden beeinflussen lassen, ich nicht. Ich hätte jede Heirat von Junior in seinem damaligen Lebensabschnitt abgelehnt.«

»Warum haben Sie dann ein paar Wochen drauf Ihre Einwilligung zu seiner Hochzeit mit Stacey Wallace gegeben?«

Nicht blöd, dieses Mädel, dachte Angus. Er spielte den Unschuldigen. »Die Situation hatte sich inzwischen geändert. Er war durch Celinas Tod emotional am Boden zerstört, Stacey vergötterte ihn. Ich dachte, sie täte ihm gut. Eine Zeitlang war das auch der Fall. Ich bereue meinen Segen für diese Ehe nicht.«

»Die privilegierte Tochter eines Richters war auch eine wesentlich passendere Partie für den Sohn von Angus Minton.«

Seine Augen verdüsterten sich. »Sie enttäuschen mich, Alex. Was Sie da andeuten, ist absolut mies. Glauben Sie, ich würde meinen Sohn zu einer Heirat ohne Liebe zwingen?«

»Ich weiß es nicht. Würden Sie?«

»Nein!«

»Selbst, wenn enorm viel auf dem Spiel stünde?«

»Hören Sie«, sagte er eindringlich, »alles, was ich je für meinen Jungen getan habe, war immer nur zu seinem Besten.«

»Gehört dazu auch der Mord an Celina?«

Angus setzte sich mit einem Ruck auf. »Sie haben vielleicht Nerven, junge Frau.«

»Tut mir leid, ich kann es mir nicht leisten, subtil zu sein. Angus, Junior sagte, er hätte an diesem Tag die Ranch verlassen, wütend und verletzt, weil Celina seinen Antrag ablehnte.«

»Das ist richtig.«

»Es blieb Ihnen überlassen, sie nach Hause zu fahren.«

»Ja. Ich hab ihr statt dessen einen Wagen angeboten und ihr die Schlüssel gegeben. Sie hat sich verabschiedet und das Haus verlassen. Ich dachte, sie fährt nach Hause.«

»Hat irgend jemand dieses Gespräch mitgehört?«

»Nicht, daß ich wüßte.«

»Nicht einmal Ihre Frau?«
»Sie ist direkt nach dem Abendessen zu Bett gegangen.«
»Sehen Sie es denn nicht, Angus? Sie haben kein Alibi. Es gibt keinen Zeugen für das, was passierte, nachdem Junior gegangen war.«
Es befriedigte ihn sehr, daß ihr das scheinbar Kopfzerbrechen bescherte, ihr Gesicht war besorgt und spitz. In letzter Zeit hatte er immer größere Schwierigkeiten, dieses Mädchen als seinen Feind zu sehen. Offensichtlich plagte sie dasselbe Dilemma.
»Ich hab in dieser Nacht mit Sarah Jo geschlafen«, sagte er. »Sie wird das beschwören. Reede ebenfalls. Wir lagen am nächsten Morgen zusammen im Bett, als er angerannt kam, um uns zu sagen, daß man Celinas Leiche im Stall gefunden hatte.«
»Hat sich denn meine Großmutter keine Sorgen um sie gemacht? Hat sie nicht auf der Ranch angerufen, als Celina nicht nach Hause kam?«
»Das hat sie tatsächlich. Celina hatte bereits das Haus verlassen. Sie hat damit angegeben, daß Sie schon die ganze Nacht durchschlafen, also nehm ich an, daß Mrs. Graham wieder ins Bett gegangen ist, in der Annahme, sie wäre unterwegs. Erst am nächsten Morgen hat sie gemerkt, daß Celina nicht heimgekommen war.«
»Um welche Uhrzeit hat Großmama Graham angerufen?«
»Ich kann mich nicht erinnern. Es war nicht sehr spät, weil ich noch auf war. Normalerweise gehe ich früh zu Bett. Ich war besonders müde, nachdem wir den ganzen Tag mit dieser Stute im Stall verbracht hatten.«
Alex runzelte die Stirn und überlegte. Er grinste. »Klingt das plausibel?«
Sie erwiderte mißmutig sein Lächeln. »Aber es ist voller Lücken.«
»...und bestimmt nicht genug für einen Mordprozeß vor einem Schwurgericht. Kein Vergleich zu Gooney Bud mit dem blutigen Skalpell!«

Alex sagte nichts.

Angus streckte die Hand aus und legte sie auf die ihre. »Ich hoffe, ich habe Ihre Gefühle nicht verletzt, weil ich so offen über Ihre Mutter gesprochen habe.«

»Nein, haben Sie nicht«, sie rang sich ein Lächeln ab. »In den letzten paar Tagen habe ich erfahren, daß sie alles andere als ein Engel war.«

»Ich hätte nie meine Zustimmung zu ihr als Frau von Junior gegeben. Aber das hatte nichts damit zu tun, ob sie eine Heilige oder eine Sünderin war.«

Er beobachtete, wie sie sich nervös die Lippen leckte, bevor sie fragte: »Und was war Ihr Haupteinwand, Angus? Daß sie mich hatte?«

*Das ist es also*, dachte er. *Alex gibt sich die Schuld am Schicksal ihrer Mutter.* Diese Schuldgefühle hatten sie dazu getrieben, diesem Fall auf den Grund zu gehen. Sie gierte nach Absolution von der Schuldzuweisung, die Merle Graham ihr aufgebürdet hatte. So eine Bosheit von diesem alten Luder, einem Kind so etwas anzutun! Trotzdem kam es ihm sehr gelegen.

»Meine Ablehnung hatte nichts mit Ihnen zu tun, Alex. Es ging um Reede und Junior.« Er faltete demütig die Hände und betrachtete sie, als er fortfuhr. »Junior braucht jemanden, der ihm ab und zu die Sporen gibt. Einen starken Daddy, einen starken Freund, eine starke Frau.« Er sah sie an. »Sie wären das perfekte Gespons für ihn.«

»Gespons?«

Er lachte und breitete die Arme aus. »Verflucht, ich sag's einfach frei von der Leber weg. Ich würde gerne sehen, daß Sie und Junior ein Paar werden.«

»*Was!?*«

Angus war sich nicht sicher, ob sie wirklich so schockiert oder eine verdammt gute Schauspielerin war. Wie dem auch sei, er war begeistert, daß diese Sache endlich ins Rollen geriet. Alleine würde Junior das einfach nicht schaffen.

»Wir könnten eine clevere Anwältin in dieser Familie

brauchen. Stellen Sie sich vor, was für eine Bereicherung Sie für das Geschäft wären, ganz zu schweigen von den leeren Schlafzimmern auf der Ranch. In kürzester Zeit wären sie voller Enkelkinder.« Sein Blick senkte sich zu ihrem Becken. »Sie sind dafür gebaut, und Sie würden frisches Blut in meine Herde bringen.«

»Das kann doch nicht Ihr Ernst sein, Angus.«

»Mir war noch nie etwas so ernst.« Er tätschelte ihren Rücken. »Aber für jetzt werden wir's erst mal dabei belassen: Ich wär überglücklich, wenn's zwischen Ihnen und Junior funken würde.«

Sie entzog sich seiner Reichweite. »Angus, ich will weder Sie noch Junior beleidigen, aber was Sie vorschlagen, ist...« Sie suchte nach dem richtigen Wort, dann lachte sie und sagte: »...absurd!«

»Warum?«

»Sie wollen, daß ich die Rolle spiele, für die meine Mutter vorgesehen war. Sie haben sie abgelehnt.«

»Sie sind für die Rolle geeignet, Celina war es nicht.«

»Ich bin nicht verliebt in Junior und will die Rolle nicht.«

Sie stand auf und ging zur Tür. »Es tut mir leid, wenn es irgendwelche Mißverständnisse gegeben hat oder wenn ich jemanden versehentlich dazu verleitet habe zu glauben...« Er fixierte sie mit seiner düstersten, bösesten Miene, die normalerweise die Herzen derer, die sich ihm entgegenstellten, in Angst und Schrecken versetzte. Sie ertrug es gelassen. »Wiedersehen, Angus. Ich melde mich wieder.«

Nachdem sie gegangen war, goß er sich zur Beruhigung einen Drink ein. Er packte das Glas so fest, daß es eigentlich in tausend Stücke hätte zerbersten müssen.

Angus Minton passierte es nur selten, daß seine Ideen in Frage gestellt wurden, und noch seltener, daß sie belächelt wurden. Und ganz bestimmt hatte sie noch keiner als absurd bezeichnet.

Alex war höchst beunruhigt, als sie ME verließ. Trotz allerbester Vorsätze hatte sie ihn beleidigt. Das bedauerte sie. Aber am meisten beunruhigte sie der Blick hinter die joviale Fassade.

Angus Minton wollte, daß alles nach seiner Pfeife tanzte. Wenn etwas nicht schnell genug ging, half er nach. Und er mochte es gar nicht, wenn sich ihm jemand in den Weg stellte.

Alex bedauerte Junior mehr als je zuvor. Sein Tempo war das Gegenteil von dem seines Vaters, zweifellos von Anfang an ein Stein des Anstoßes zwischen ihnen. Sie konnte auch verstehen, warum ein Mann wie Reede Minton Enterprises verlassen hatte. Unter Angus' ständiger Bevormundung hatte er sich nicht entfalten können.

Sie kehrte zu ihrem Wagen zurück und begann ziellos herumzufahren. Sie verließ die Stadt und hielt sich an die Nebenstraßen. Die Landschaft war nicht übertrieben eindrucksvoll: Steppenunkraut hatte sich in endlosen Stacheldrahtzäunen verheddert; Ölfördertürme, deren Silhouetten sich schwärzlich vor der farblosen Erde abzeichneten, pumpten einsam vor sich hin.

Das Fahren tat ihr gut, gab ihr die Abgeschiedenheit, die sie brauchte, um nachzudenken.

Genau wie ihre Mutter war sie zwischen drei Männern eingefangen, von denen sie jeden mochte. Sie wollte nicht glauben, daß einer von ihnen der Mörder war.

Großer Gott, was für ein Schlamassel. Sie war dabei, Schicht für Schicht die Anstriche der Tarnung abzutragen. Wenn sie das lange genug durchhielt, mußte sie doch auf die Wahrheit treffen.

Aber ihre Zeit wurde knapp. Es blieben ihr nur noch ein paar Tage, bis Greg Ergebnisse verlangen würde. Wenn sie dann nicht etwas Konkretes vorweisen konnte, würde er die Einstellung der Ermittlungen anordnen.

Als sie sich auf der Rückfahrt der Stadtgrenze näherte, merkte sie plötzlich, daß der Wagen hinter ihr viel zu dicht auffuhr.

»Scheißkerl«, murmelte sie und warf einen Blick in den Rückspiegel. Eine weitere Meile lang hing der Pick-up wie ein Schatten an ihrem Heck. Die Sonne stand so schräg, daß sie den Fahrer nicht erkennen konnte. »Überhol doch, wenn du's so eilig hast.«

Sie tippte kurz auf die Bremse, nur so, daß die Bremslichter kurz aufleuchteten. Er verstand den Hinweis nicht. Auf dieser Landstraße waren die Bankette so schmal, daß man sie kaum als solche bezeichnen konnte. Sie fuhr trotzdem weiter nach rechts in der Hoffnung, der Fahrer des Pick-up würde überholen.

»Ich danke dir herzlich«, sagte sie, als der Pick-up auf den Mittelstreifen scherte und Gas gab, um sie zu überholen.

Er zog gleich mit ihr. Sie sah es aus dem Augenwinkel und erkannte nicht, daß der Fahrer etwas wesentlich Bösartigeres im Sinn hatte als ein kleines Gerangel mit Vehikeln. Wenig später wurde ihr klar, daß er immer noch auf gleicher Höhe fuhr, ein sehr riskantes Spiel bei der Geschwindigkeit, die sie beide draufhatten.

»Du Narr!« Sie wandte den Kopf zu einem kurzen Seitenblick. Der Pick-up beschleunigte plötzlich und schwenkte dann absichtlich gegen ihren vorderen linken Kotflügel. Sie verlor die Kontrolle über den Wagen.

Ans Steuerrad geklammert, stieg sie auf die Bremsen, aber vergeblich. Ihr Wagen schlitterte über das schmale Bankett und pflügte in den tiefen, trockenen Graben. Alex wurde von ihrem Gurt gehalten, aber doch so heftig nach vorne geschleudert, daß ihr Kopf gegen das Steuerrad knallte. Die Windschutzscheibe zerbarst beim Aufprall und ergoß einen schier endlosen Schauer von Glassplittern über ihren Kopf und ihre Hände.

Sie hatte nicht das Bewußtsein verloren, soweit sie es beurteilen konnte, und das Nächste, was sie bemerkte, waren Stimmen, die auf sie einredeten. Sie klangen leise und melodiös, aber verstehen konnte sie sie nicht.

Benommen hob sie den Kopf, ein stechender Schmerz

durchbohrte ihren Schädel. Sie kämpfte gegen aufsteigende Übelkeit an und zwang ihre Augen, geradeaus zu schauen.

Die Männer, die sich um ihren Wagen drängten und sie besorgt ansahen, sprachen Spanisch. Einer öffnete die Tür und sagte etwas, das sich wie eine Frage anhörte.

»Ja, ich bin okay«, erwiderte sie automatisch. Sie konnte sich nicht vorstellen, wieso die Männer sie so seltsam anstarrten, bis sie etwas Nasses auf ihrer Wange spürte. Sie hob die Hand und legte sie prüfend aufs Gesicht. Als sie hinsah, waren ihre zitternden Finger rot.

»Es wäre mir lieber, wenn Sie die Nacht hier im Krankenhaus verbrächten. Ich kann Ihnen ein Zimmer besorgen«, sagte der Arzt.

»Nein, ich bin gut aufgehoben im Motel. Wenn ich zwei von denen genommen habe, sollte ich bis zum Morgen durchschlafen.« Sie schüttelte ein braunes Pillenfläschchen.

»Sie haben keine Gehirnerschütterung, aber Sie sollten ein paar Tage lang kürzertreten. Keinen Sport oder so was.«

Der bloße Gedanke an körperliche Anstrengung ließ sie zusammenzucken. »Ich verspreche es.«

»In einer Woche ziehen wir die Fäden. Gut, daß die Platzwunde unter den Haaren war und nicht im Gesicht.«

»Ja«, pflichtete Alex ihm etwas benebelt bei. Er hatte ein Stück Kopfhaut rasieren müssen, aber mit geschicktem Kämmen würden ihre Haare die Stelle verdecken.

»Sind Sie schon bereit für einen Besucher? Es wartet jemand, der Sie sehen will. Da wir jetzt Feierabend haben, ist hier nicht viel los, Sie können das Zimmer benutzen, so lange Sie wollen.«

»Danke, Doktor.«

Er verließ das Behandlungszimmer. Alex versuchte sich aufzusetzen, mußte aber entdecken, daß ihr dazu immer noch zu schwindlig war. Der Anblick Pat Chastains, der jetzt durch die Tür trat, war auch nicht unbedingt zuträglich für ihr Gleichgewicht. »Ah, Mr. Chastain, lange nicht gesehn.«

Er kam zum Behandlungstisch und sagte verlegen: »Wie geht es Ihnen?«

»Ich hab mich schon besser gefühlt, aber das renkt sich wieder ein.«

»Gibt es irgend etwas, was ich für Sie tun kann?«

»Nein. Es wäre nicht nötig gewesen, daß Sie extra kommen. Wie haben Sie das überhaupt erfahren?«

Er zog sich den einzigen Stuhl im Raum heran und setzte sich. »Diese Mexikaner haben ein vorbeifahrendes Auto angehalten. Der Fahrer ist zum nächsten Telefon gerast und hat einen Krankenwagen angefordert. Der Deputy, der den Unfall vor Ort untersucht hat, spricht Spanisch und hat von ihnen gehört, was geschehen ist.«

»Sie haben gesehen, wie der Pick-up mich von der Straße gedrängt hat?«

»Ja. Könnten Sie den Wagen identifizieren?«

»Er war weiß.« Sie sah dem Staatsanwalt direkt in die Augen. »Und auf der Seite prangte das Logo von Minton Enterprises.«

Er sah besorgt und nervös aus. »Das haben die Mexikaner auch gesagt. Der Deputy konnte Reede nicht finden, also hat er mich angerufen.« Er zeigte auf den Verband um ihren Kopf. »Kommt das wieder in Ordnung?«

»In zwei bis drei Tagen. Ich kann morgen den Verband abnehmen. Es mußte genäht werden. Und das hier hab ich zur Erinnerung.« Sie zeigte ihre Hände, die von winzigen Kratzern übersät waren, aus denen man die Splitter mit einer Pinzette herausgezogen hatte.

»Alex, haben Sie den Fahrer erkannt?«

»Nein.« Der Staatsanwalt sah sie streng an, um zu sehen, ob sie log. »Nein«, wiederholte sie. »Glauben Sie mir, wenn ich das hätte, wär ich selbst schon hinter ihm her. Ich hab nichts gesehen außer seiner Silhouette gegen die Sonne. Ich glaube, er hatte eine Art Hut auf.«

»Glauben Sie, das war ein zufälliger Unfall?«

Sie stützte sich auf beide Ellbogen. »Sie etwa?«

Er hob die Hand, drängte sie, sich wieder hinzulegen. »Nein, das war es wohl nicht.«

»Dann strapazieren Sie mich nicht mit dummen Fragen.«

Er raufte sich das Haar und fluchte. »Als ich meinem alten Kumpel Greg Harper sagte, Sie hätten freie Hand, hab ich nicht gewußt, daß Sie meinen ganzen Bezirk auf den Kopf stellen würden.«

Sie war mit ihrer Geduld am Ende. »Es ist schließlich mein Kopf, der hier den Bach runter soll, Mr. Chastain. Was jammern Sie denn?«

»Verdammt noch mal, Alex, Richter Wallace, der mich ohnehin nicht gut leiden kann, ist jetzt so scharf, daß ich in letzter Zeit im Gerichtssaal keinen einzigen Punkt mehr gegen ihn machen kann. Sie haben drei führende Bürger des Bezirks praktisch als Mörder bezeichnet. Pasty Hickam, eine Institution der Stadt, taucht als Leiche auf, während Sie bei ihm sind. Sie waren in Nora Gails Bordell, als eine Schießerei stattfand. Warum mußten Sie um Himmels willen in diesem Hornissennest herumstochern?«

Sie drückte die Hand an ihre dröhnende Stirn. »Ich war nicht freiwillig da, sondern bin einer Spur gefolgt.« Sie senkte den Kopf und sah ihn an. »Keine Sorge, Ihr geheimes Interesse an Nora Gail ist bei mir sicher.«

Er wand sich schuldbewußt auf dem Stuhl. »Ich sage Ihnen eins, Alex, Sie haben da einen Stier bei den Hörnern gefaßt, und das hat Sie heute abend fast das Leben gekostet.«

»Was beweisen sollte, daß ich der Wahrheit näher komme. Jemand versucht mich abzumurksen, um sich selbst zu schützen.«

»Wird wohl so sein«, stimmte er düster zu. »Was haben Sie denn in der Zwischenzeit an Erkenntnissen hinzugewonnen?«

»Einwandfrei festgestellte Motive, zum einen.«

»Sonst noch etwas?«

»Einen Mangel an konkreten Alibis. Reede Lambert sagt, er war bei Nora Gail. Sie hat zugegeben, daß sie notfalls einen

Meineid schwören würde, um das zu bestätigen, was mich wiederum zu der Annahme verleitet, daß er nicht die ganze Nacht bei ihr war. Junior hat überhaupt kein Alibi vorzuweisen.«

»Und was ist mit Angus?«

»Er behauptet, er wäre auf der Ranch gewesen, aber Celina war auch da. Wenn Angus die ganze Nacht daheim war, hätte er reichlich Gelegenheiten gehabt.«

»Genau wie Gooney Bud, wenn er ihr da hinaus gefolgt ist«, sagte Pat, »und genau das würde ein guter Verteidiger den Geschworenen erzählen. Keiner kriegt lediglich auf Tatverdacht lebenslänglich. Sie haben immer noch nichts in der Hand, was beweist, daß einer von ihnen zur fraglichen Zeit mit einem Skalpell in der Hand in diesen Stall geschlichen ist.«

»Ich war heute nachmittag auf dem Weg zu Ihnen ins Büro, um darüber zu reden, als man mich von der Straße drängte.«

»Um worüber mit mir zu reden?«

»Über das Skalpell des Veterinärs. Wo ist es geblieben?«

Er sah überrascht aus. »Sie sind schon die zweite Person in dieser Woche, die mir diese Frage stellt.«

Alex versuchte, sich mit Hilfe eines Ellbogens aufzurichten. »Wer hat denn sonst noch danach gefragt?«

»Ich«, sagte Reede Lambert, der in der Tür stand.


## 38

Alex' Inneres wollte sich in nichts auflösen. Sie hatte den Augenblick gefürchtet, in dem sie ihn wiedersehen würde. Es war natürlich unvermeidlich, aber sie hatte gehofft, daß sie wenigstens nach außen hin unbeteiligt erscheinen könnte.

Auf einem Krankenhausbehandlungstisch zu liegen, die Haare mit Blut verklebt, die Hände von kürbisfarbener Desinfektionslösung verfärbt, zu schwach und schwindlig, um sich aufzurichten, entsprach allerdings nicht gerade ihrer Vorstellung von Unbesiegbarkeit, die sie gerne zur Schau gestellt hätte.

»Hallo, Sheriff Lambert. Es wird Sie freuen zu hören, daß ich Ihren Rat befolgt habe und nicht mehr ständig über die Schulter geschaut hab, ob mir böse schwarze Männer folgen.«

Er ignorierte sie und sagte: »Tag, Pat. Ich hab grade mit dem Deputy über Funk gesprochen.«

»Dann hast du gehört, was passiert ist?«

»Mein erster Gedanke war, daß Plummet dahintersteckt, aber der Deputy sagt, ihr Wagen wäre von einem ME-Truck abgedrängt worden.«

»Das ist richtig.«

»ME umfaßt eine Reihe von Firmen. Praktisch jeder im Bezirk könnte sich Zugang zu einem dieser Fahrzeuge verschaffen.«

»Einschließlich Ihnen«, sagte Alex.

Reede war jetzt endlich so gnädig, ihre Anwesenheit mit einem bösen Blick zu quittieren. Der Staatsanwalt sah nervös von einem zum anderen. »Äh, wo warst du, Reede? Keiner konnte dich finden.«

»Ich war mit dem Pferd unterwegs. Jeder auf der Ranch hätte dir das sagen können.«

»Ich mußte doch fragen«, sagte Pat betreten.

»Das versteh ich, aber du solltest wissen, daß jemanden von der Straße zu drängen nicht ganz mein Stil ist. Abgesehen von mir, wer könnte es Ihrer Meinung nach sonst noch gewesen sein?« fragte er Alex sarkastisch.

Sie hatte schon Schwierigkeiten, sich das vorzustellen, aber es in Worte zu fassen war noch schwerer. »Junior«, sagte sie leise.

»Junior?« Reede lachte. »Warum ausgerechnet der?«

»Ich hab mich heute morgen mit ihm getroffen. Er hat kein Alibi für die Nacht, in der Celina getötet wurde. Er gibt zu, daß er furchtbar wütend war.« Sie schlug die Augen nieder.

»Ich habe außerdem Grund zu der Annahme, daß er wütend auf mich ist.«

»Warum?«

Sie sah ihn trotzig an, obwohl es sie einige Mühe kostete. »Er ist heute morgen in mein Zimmer gekommen.« Mehr würde sie nicht sagen. Er konnte eigene Schlüsse ziehen.

Seine Gesichtszüge entgleisten etwas, aber er fragte nicht, was Junior in ihrem Zimmer gemacht hatte. Entweder wollte er es nicht wissen, oder es war ihm gleichgültig. »Sonst noch jemand?« fragte er. »Oder kommen nur wir zwei in Frage?«

»Möglicherweise Angus. Ich habe ihn heute nachmittag getroffen, und wir sind nicht gerade in Freundschaft auseinandergegangen.«

»Wieder wir drei, was? Glauben Sie denn, wir sind an allem schuld, was in unserer Gegend passiert?«

»Ich *glaube* gar nichts. Meine Vermutungen basieren auf Fakten.« Eine Woge von Übelkeit brandete über sie hin, und sie mußte kurz die Augen schließen, ehe sie fortfuhr. »Ich habe da noch einen Verdächtigen im Sinn.«

»Wen?«

»Stacey Wallace.«

Pat Chastain reagierte, als hätte ihm einer in den Hintern getreten. »Wollen Sie sich über mich lustig machen?« Er warf einen Blick zur Tür, um sicherzugehen, daß sie geschlossen war. »Großer Gott, bitte sag mir, daß ich träume. Sie werden sie doch nicht öffentlich bezichtigen, oder? Denn wenn Sie das auch nur denken, Alex, dann sind Sie von jetzt an auf sich gestellt. Ich halte meinen Hals nicht noch einmal hin.«

»Sie haben Ihren Hals bis jetzt für gar nichts hingehalten!« schrie Alex, was einen neuerlichen messerscharfen Schmerz in ihrem Kopf auslöste.

»Wie sollte sich Stacey einen ME-Pick-up beschaffen?« fragte Reede.

»Ich habe keine konkreten Fakten«, sagte Alex erschöpft. »Es ist nur eine Vermutung.«

»Mehr haben Sie anscheinend nie«, sagte Reede. Alex warf

ihm einen gefährlichen Blick zu, der aber wohl nicht überzeugend genug ausgefallen war.

Pat mischte sich ein. »Was Stacey angeht, worauf begründen Sie Ihre Anschuldigungen?«

»Sie hat mich angelogen, als ich sie fragte, wo sie in der Mordnacht war.« Sie erzählte, was Stacey ihr in der Damentoilette des Horse-and-Gun-Club gesagt hatte. »Ich weiß, daß sie Junior noch liebt. Ich glaube, das würde keiner abstreiten.«

Die beiden Männer sahen sich an, der Blick war so etwas wie Zustimmung. »Sie behandelt ihren Vater wie eine Henne ihr Küken und will nicht, daß ihr Ruf ruiniert wird. Und«, fügte sie mit einem Seufzer hinzu, »sie haßt mich aus demselben Grund, aus dem sie Celina gehaßt hat – Junior. Sie glaubt, ich stehle ihr seine Zuneigung, genau wie meine Mutter es getan hat.«

Pat klimperte mit dem Kleingeld in seiner Tasche und wiegte sich auf den Ballen hin und her. »Klingt logisch, wenn Sie's so schildern, aber ich kann mir nicht vorstellen, daß Stacey Gewalt anwendet.«

»Ihre Mutmaßungen lagen in letzter Zeit auch ziemlich daneben, Counselor.«

Alex setzte sich mit einiger Mühe auf. »Gehen wir doch zurück zum Skalpell.« Ihr war so schwindlig, daß sie sich an den Kanten des Tisches festhalten mußte, um aufrecht zu bleiben. »Wann hat Reede Sie danach gefragt, Pat?«

»Wenn Sie etwas zu fragen haben, dann fragen Sie mich«, sagte Reede und baute sich direkt vor ihr auf. »Ich hab ihn vor ein paar Tagen auf das Skalpell angesprochen.«

»Warum?«

»Genau wie Sie wollte ich wissen, was damit passiert ist.«

»Wenn Sie es vor mir gefunden hätten – hätten Sie es zerstört oder als Beweismaterial eingebracht?«

Ein Muskel zuckte in seiner Wange. »Das steht nicht mehr zur Diskussion. Es ist nicht mehr in der Asservatenkammer.«

»Sie haben es überprüft?«

»Da können Sie Gift drauf nehmen. Ich hab keine Spur davon entdeckt. Wahrscheinlich ist es schon seit Jahren weg. Höchstwahrscheinlich wurde es weggeworfen, weil der Fall abgeschlossen war.«

»Hätte da keiner angeboten, es zurückzugeben, aus Rücksicht auf die Familie Collins?«

»Darauf weiß ich keine Antwort.«

»Wurde es je auf Fingerabdrücke untersucht?«

»Ich habe mir die Freiheit genommen und Richter Wallace diese Frage gestellt.«

»Da bin ich mir sicher, Sheriff. Was hat er gesagt?«

»Er sagte nein.«

»Warum nicht?«

»Der Griff war blutig. Und übersät mit Gooney Buds Fingerabdrücken. Eine weitere Überprüfung erübrigte sich.«

Die beiden sahen sich so feindselig an, daß Pat Chastain einen Schweißausbruch bekam. »Wir sollten den Leuten jetzt ihr Behandlungszimmer zurückgeben. Ihr Wagen ist Schrott, Alex, also werde ich Sie ins Motel fahren. Können Sie bis zum Auto gehen, oder soll ich einen Rollstuhl besorgen?«

»Ich bringe sie zurück«, sagte Reede, bevor Alex auf Pats Angebot reagieren konnte.

»Wollen Sie das wirklich?« fühlte Pat sich genötigt zu fragen, obwohl er offensichtlich erleichtert war, daß Reede sie ihm abnahm. »Nachdem der Sheriff es angeboten hat«, sagte sie zu Pat, »werde ich mich von ihm fahren lassen.«

Der Staatsanwalt huschte zur Tür hinaus, bevor einer der beiden es sich anders überlegte. Alex verfolgte seinen hastigen Abgang mit spöttischer Miene. »Kein Wunder, daß das Verbrechen in diesem Bezirk so überhandnimmt. Der Staatsanwalt ist ein echter Hasenfuß.«

»Und der Sheriff ist korrupt.«

»Sie nehmen mir die Worte aus dem Mund.« Sie rutschte vom Behandlungstisch und lehnte sich kurz dagegen, um ihr Gleichgewicht zu finden. Sie versuchte einen Schritt zu machen, geriet aber heftig ins Schwanken. »Der Arzt hat mir ein

Schmerzmittel gegeben. Mir ist so schwummrig, daß Sie doch bitte einen Rollstuhl besorgen.«

»Vielleicht solltest du lieber über Nacht hierbleiben. Und könnten wir jetzt endlich den Quatsch mit dem Sie lassen?«

»Ich will nicht.«

»Wie du willst.«

Er hob sie einfach hoch, bevor sie protestieren konnte, und trug sie hinaus. »Meine Tasche.« Sie zeigte mit schwacher Hand zum Aufnahmeschalter. Reede holte sie. Dann trug er sie unter den entgeisterten Blicken des Personals nach draußen und setzte sie auf den Beifahrersitz seines Blazers.

Sie lehnte den Kopf zurück und schloß die Augen. »Wo warst du heute nachmittag«, wiederholte sie, nachdem sie losgefahren waren.

»Das hab ich dir bereits gesagt.«

»Du bist auch nach Sonnenuntergang weitergeritten?«

»Ich hab ein paar Sachen erledigt.«

»Du warst nicht über Funk erreichbar. Wo warst du, Reede?«

»Hier und da.«

»Genau.«

»Ich war bei Nora Gail.«

Alex war überrascht, wie sehr sie das verletzte. »Oh.«

»Ich mußte die Zeugen wegen der Schießerei befragen.«

»Dann hast du also gearbeitet?«

»Unter anderem.«

»Du schläfst immer noch mit ihr, stimmt's?«

»Manchmal.«

Sie betete darum, daß er einen langsamen qualvollen Tod sterben möge.

»Vielleicht hat Nora Gail einen ihrer Schläger losgeschickt«, giftete sie, »dir zu Gefallen.«

»Vielleicht. Es würde mich nicht überraschen. Wenn sie jemanden nicht mag, hat sie keine Skrupel, was dagegen zu unternehmen.«

»Sie hat Celina nicht gemocht«, sagte Alex leise.

»Das stimmt. Aber ich war in der Nacht, als Celina ermordet wurde, mit Nora Gail zusammen, erinnerst du dich?«

»Das hat man mir jedenfalls erzählt.«

War Nora Gail tatsächlich eine weitere Verdächtige für den Mord an Celina? Der Gedanke ließ ihren Kopf nahezu bersten. Sie schloß die Augen. Als sie am Motel anlangten, streckte sie die Hand nach dem Türgriff aus. Reede befahl ihr zu warten und ging um den Wagen herum, um ihr herauszuhelfen. Er legte den linken Arm um ihre Taille und stützte sie langsam bis zur Tür.

Reede sperrte auf und half ihr aufs Bett. Sie ließ sich dankbar zurücksinken. »Es ist eiskalt hier drin«, sagte er und rieb sich die Hände, während er nach dem Thermostat suchte.

»Das ist es immer, wenn ich reinkomme.«

»Gestern hab ich das gar nicht bemerkt.«

Sie tauschten einen kurzen Blick, dann schloß Alex die Augen, weil sie der Situation nicht gewachsen war. Als sie sie aufschlug, sah sie, wie Reede in der obersten Schublade der Kommode gegenüber dem Bett kramte.

»Was suchst du denn diesmal?«

»Etwas, worin du schlafen kannst.«

»Irgendein T-Shirt. Egal.«

Er kam zurück zum Bett, setzte sich vorsichtig an den Rand und zog ihr die Stiefel aus. »Laß meine Socken«, sagte sie. »Ich hab kalte Füße.«

»Kannst du dich aufsetzen?«

Sie konnte, indem sie sich erschöpft an seine Schulter lehnte, während er mit den Knöpfen ihres Kleides kämpfte. Die winzigen runden Dinger waren kaum größer als Pillen und mit demselben Stoff bezogen wie das Kleid. Eine endlose Reihe vom Hals bis zum Knie. Er schimpfte bereits, als er erst bei ihrer Taille angelangt war.

Danach legte er sie behutsam zurück in die Kissen, zog die engen langen Ärmel herunter und streifte ihr das Kleid über die Hüften und die Beine hinunter. Ihr Unterrock ließ ihn noch nicht stutzen, aber ihr BH schon. Er atmete einmal tief durch, dann öffnete er ihn rasch und half ihr, die Träger von den Schultern zu streifen.

»Ich dachte, du hast nur eine Platzwunde am Kopf und ein paar Kratzer an den Händen?« Er hatte offensichtlich mit dem Arzt gesprochen.

»Das ist richtig.«

»Woher sind dann all die…«

Er verstummte, als ihm klarwurde, daß die Abschürfungen auf ihrem Oberkörper von seinem Bart stammten. Ein Mundwinkel zuckte reumütig. Sie fühlte sich genötigt, eine Hand auf seine Wange zu legen und ihn zu beschwichtigen, daß alles in Ordnung wäre, daß sie nichts gegen seinen heißen gierigen Mund auf ihren Brüsten hatte, nichts gegen seine geschickte Zunge, die ihre Nippel zu sanfter Rosigkeit streichelte.

Natürlich tat sie es nicht. Seine finstere Miene erstickte alles im Keim. »Du wirst dich noch einmal aufsetzen müssen«, sagte er.

Er nahm sie an beiden Schultern, zog sie hoch und lehnte sie an das Kopfteil. Dann rollte er das T-Shirt zusammen und versuchte, es über ihren Kopf zu stülpen. Alex zuckte zusammen, sobald er ihr Haar berührte.

»Das funktioniert nicht«, murmelte er. Dann riß er den Halsausschnitt des T-Shirts mit einer heftigen Bewegung soweit auf, daß es schmerzlos über ihren Kopf gleiten konnte.

Sie legte sich wieder hin und tastete den langen Riß ab. »Danke. Das war eins meiner liebsten.«

»Tut mir leid.« Er zog ihr die Decke bis zum Kinn hoch und stand auf. »Kommst du zurecht?«

»Ja.«

Er sah skeptisch aus. »Bist du sicher?«

Sie nickte mühsam. »Brauchst du noch etwas, bevor ich gehe? Wasser?«

»Okay. Stell ein Glas auf den Nachttisch, bitte.«

Als er mit dem Glas Wasser zurückkam, war sie bereits eingeschlafen. Reede blieb über ihr stehen und sah sie an. Die

Haarsträhnen, die unter dem Verband hervorquollen, waren blutverklebt. Ihr Gesicht lag unnatürlich bleich auf dem Kissen, und ihm wurde ziemlich mulmig bei dem Gedanken, wie knapp sie einer ernsthaften Verletzung oder sogar dem Tod entronnen war.

Er stellte das Wasser auf den Nachttisch und setzte sich vorsichtig an den Bettrand. Alex bewegte sich, murmelte unverständliche Wortfetzen und streckte die Hand aus, als wolle sie nach etwas greifen. Reede reagierte auf diese stumme Bitte, indem er ihre zerschnittenen Hände mit seinen starken schwieligen umhüllte.

Er wäre nicht überrascht gewesen, wenn sie plötzlich die Augen aufgeschlagen und angefangen hätte, ihn zu beschimpfen, weil er sie entjungfert hatte. Woher hätte er das um alles in der Welt wissen sollen?

*Und wenn ich es gewußt hätte*, dachte er, *dann hätte ich es trotzdem getan.*

Sie wachte nicht auf, sondern schniefte nur laut, und ihre Finger kneteten vertrauensselig seine Knöchel. Er war hin- und hergerissen zwischen Vernunft und Impuls, aber der Kampf dauerte nicht lange, und der Ausgang war entschieden, bevor sein Gewissen sich regte.

Er legte sich vorsichtig aufs Bett und streckte sich neben ihr aus, dann drehte er sich zu ihr, fühlte ihren sanften Atem auf seinem Gesicht.

Er bewunderte ihre feingeschnittenen Züge, die Form ihres Mundes, wie ihre Wimpern auf den Wangen lagen.

»Alex.« Er flüsterte ihren Namen, nicht um sie aufzuwecken, nur aus Lust ihn auszusprechen.

Sie seufzte und lenkte seine Aufmerksamkeit auf das zerrissene T-Shirt. Durch den Riß konnte er den seidigen Schwung ihrer Brüste sehen. Im dämmrigen Licht der Nachttischlampe war ihr Dekolleté bräunlich, schattenverhangen, samten, und er wollte seinen offenen Mund dort hindrücken.

Er tat es nicht. Er küßte auch nicht ihre verletzlichen Lippen, obwohl ihm nicht aus dem Kopf ging, wie weich und intensiv und feucht sie sich anfühlten.

Wie schön wäre es, die verlockenden Schwellungen ihrer Brüste zu ertasten. Er konnte die dunklen Abdrücke ihrer Knospen unter dem dünnen T-Shirtstoff erkennen und wußte, daß sie bei der leisesten Berührung seiner Fingerspitzen oder seiner Zunge steif werden würden. Und dieses verdammte T-Shirt war viel sexyer als jedes Negligé oder jeder Strapsgürtel, den Nora Gail je getragen hatte.

Es war die Hölle, so nahe bei ihr zu liegen und sie nicht anzufassen, aber gleichzeitig himmlisch, sie so aus der Nähe ungeniert anstarren zu dürfen. Als die Lust und der Schmerz ihn überwältigten, ließ er widerwillig ihre Hand los und verließ das Bett. Nachdem er sich vergewissert hatte, daß sie warm zugedeckt und von den Pillen völlig ruhiggestellt war, schlich er sich leise hinaus.


### 39

»Herein.« Junior saß im Bett, sah fern und rauchte einen Joint, als Reede sein Zimmer betrat. »Tag. Was führt dich denn her?« Er bot Reede den Joint an.

»Nein, danke.« Reede ließ sich in einen Sessel fallen und legte seine Stiefel auf die gleichhohe Ottomane.

Das Zimmer hatte sich nur wenig verändert, seit Reede das erste Mal dorthin eingeladen wurde; Junior hatte nur die Möbel etwas modernisiert, als er nach seiner letzten Scheidung beschloß, wieder zu Hause zu wohnen. Es war ein geräumiges Zimmer und äußerst behaglich eingerichtet.

»Gott, bin ich müde«, sagte Reede und strich sich übers Haar.

Junior drückte die glimmende Zigarette aus und legte sie beiseite. »Man sieht's dir an.«

»Danke.« Er seufzte kläglich. »Wie kommt es nur, daß ich

immer wie vierzig Meilen schlechte Straße aussehe und du nonstop gepflegt?«

»Sind die Gene. Sieh dir Mutter an. Ich hab noch nie gesehen, daß sie schwitzt.«

»Das wird's wohl sein. Mein Vater hatte, weiß Gott, die Körperpflege nicht erfunden.«

»Erwarte kein Mitleid von mir. Du weißt, daß diese Harte-Burschen-Nummer für Damen unwiderstehlich ist. Wir beide sind eben unterschiedlich, eine Tatsache.«

»Zusammen wären wir toll.«

»Das waren wir auch.«

»Was?«

»Erinnerst du dich an die Nacht, als wir uns eine von den Gail-Schwestern hinter dem Denkmal für die Nationalgarde geteilt haben? Welche war das eigentlich?«

Reede lachte. »Keine Ahnung – und wenn du mich erschlägst! Ich bin viel zu müde, um zu denken, ganz zu schweigen, mich zu erinnern.«

»Du hast allerhand Überstunden runtergerissen in letzter Zeit, stimmt's?«

»Das hat's gebraucht.« Er holte Luft. »Bloß um Alex im Auge zu behalten und dafür zu sorgen, daß sie nicht verletzt wird.«

Reede sah, daß er Juniors Interesse geweckt hatte. »Die kann einem ganz schön zu schaffen machen.«

»Ich scherze nicht! Sie wäre heute nachmittag fast umgebracht worden.«

»Was?« Junior schwang seine Beine vom Bett. »Was ist passiert? Eine ernste Sache?« Reede erzählte ihm von dem Vorfall auf dem Highway. »Ich sollte sie gleich anrufen«, sagte er, sobald Reede geendet hatte.

»Tu's nicht. Als ich sie verließ, ist sie eingeschlafen. Sie haben ihr im Krankenhaus ein Schmerzmittel gegeben.«

Er spürte den neugierigen Blick Juniors, ignorierte ihn aber. Wieso er es für nötig gehalten hatte, Alex ins Bett zu stecken, würde er ihm nicht erklären. Es hatte seine gesamte

Willenskraft erfordert, aus diesem Zimmer zu gehen und sich das Glück zu versagen, die Nacht bei ihr zu bleiben.

»Einige Mexikaner haben die ganze Geschichte mit angesehen. Sie sagten, es wäre ein ME-Pick-up gewesen und er hätte sie absichtlich von der Straße gedrängt.«

Junior schien verwirrt. »Ich hätte zuerst auf den Prediger getippt.«

»Woher würde der einen der Firmenwagen kriegen?«

»Ein treues Mitglied seiner Gemeinde könnte ein Angestellter sein.«

»Ich hab einen Mann angesetzt, der diese Möglichkeit überprüft, obwohl ich bezweifle, daß irgendwas dabei rauskommt.«

Die beiden Freunde schwiegen für einen Augenblick. Schließlich sagte Reede beiläufig: »Wie ich höre, hast du heute früh mit Alex gefrühstückt.«

»Sie hat angerufen und um ein Treffen gebeten.«

»Warum?«

»Sie sagte, du hast ihr von Celinas versuchter Abtreibung erzählt.«

Reede wandte sich ab. »Ja.«

»Ich versuch nur ungern zu erraten, was dahintersteckt, Freund, aber –«

»Dann tu's nicht.« Reede stemmte sich aus dem Sessel.

»Okay, ich versteh bloß nicht, warum das notwendig war.«

Reede hatte nicht vor, das leiseste Wort über gestern nacht zu verlieren. »Worüber habt ihr beim Frühstück sonst noch geredet?«

»Über die Mordnacht. Alex wollte wissen, ob ich Celina einen Antrag gemacht hätte.« Junior berichtete ihm sein ganzes morgendliches Gespräch mit Alex.

»Hat sie dir geglaubt, daß du losgegangen bist und dich alleine besoffen hast?«

»Ich denke schon. Es sah so aus. Alle glauben mir.«

Der Blick, den sie wechselten, dauerte ein paar Sekunden zu lang, keinem war wohl dabei zumute. »Ja, richtig.« Reede sah aus dem Fenster. »Alex sagte, Stacey wäre aufgetaucht und nicht eben freundlich gewesen.«

Junior rutschte verlegen hin und her. »Ich, äh, ich war in letzter Zeit ein paarmal bei Stacey.«

Reede drehte sich überrascht um. »Hast du sie besucht oder gefickt? Oder ist das bei dir automatisch dasselbe?«

»Schuldig in beiden Anklagepunkten.«

Reede fluchte. »Warum gießt du Öl auf dieses Feuer?«

»Bequemlichkeit.«

»Nora Gails Haus ist auch bequem.«

»Aber nicht umsonst – zumindest für niemanden außer dir.«

Reede verzog verächtlich den Mund. »Du armseliger Dreckskerl!«

»Hör mal, es tut niemandem weh. Stacey braucht Aufmerksamkeit, sie will sie.«

»Weil sie dich liebt, du Wichser.«

»Aach.« Junior winkte gelangweilt ab. »Eins weiß ich, sie ist total von der Rolle wegen Alex. Stacey hat Angst, sie könnte uns alle ruinieren, aber ganz besonders ihren alten Herrn.«

»Richtig. Sie ist entschlossen, den Schuldigen zu finden und ihn ins Gefängnis zu bringen.«

Junior lehnte sich zurück ans Kopfteil. »Macht dir das wirklich Sorgen?«

»Ja«, sagte Reede. »Ich habe viel zu verlieren, wenn ME diese Rennlizenz nicht kriegt. Du auch.«

»Worauf willst du hinaus, daß *ich* Alex von der Straße gedrängt habe? Ist das ein Verhör, Sheriff?« fragte er in einem Ton, der nicht sehr schmeichelhaft war für das Amt, das Reede bekleidete.

»Ich höre?«

Juniors schönes Gesicht lief vor Wut rot an. »Mein Gott, hast du noch alle Tassen im Schrank?« Er stand vom Bett auf und pflanzte sich vor Reede hin. »Ich würde ihr niemals ein Haar krümmen.«

»Warst du heute morgen in ihrem Zimmer?«
»Ja? Und?«
»Warum?« schrie Reede.
»Was glaubst du denn?« brüllte Junior seinerseits.
Reedes Kopf schnellte zurück. Es war reiner Reflex, gegen den er nichts machen konnte.
Ein paar Sekunden verstrichen in absolutem Schweigen, bevor Junior sagte: »Sie hat nein gesagt.«
»Ich hab nicht gefragt.«
»Aber du hattest es vor«, sagte Junior intuitiv. »Haben Alex und ihre Ermittlungen hier damit etwas zu tun, daß du Dads Angebot, zu ME zurückzukommen, abgelehnt hast?« Er ging wieder zu seinem Bett, setzte sich auf die Kante und sah Reede verletzt, aber forschend an. »Wolltest du es nicht mal ansprechen, Reede?«
»Nein.«
»Warum?«
»Es gab keine Notwendigkeit. Als ich die Firma verließ, war das endgültig. Ich will nicht wieder ein Teil davon werden.«
»Von *uns* meinst du.«
Reede hob die Schultern. Junior betrachtete seinen Freund nachdenklich. »Wegen Celina?«
»Celina?« flüsterte Reede mit einem leisen, traurigen Lachen. »Celina ist tot und begraben.«
»Ist sie das?«
Die Freunde sahen sich ehrlich und offen in die Augen, ohne jedes Versteckspiel. Nach einem Augenblick erwiderte Reede: »Ja.«
»Es war nicht mehr dasselbe zwischen uns, seit sie tot ist, nicht wahr?«
»Das konnte es auch nicht sein.«
»Wahrscheinlich nicht«, sagte Junior grimmig. »Leider.«
»Finde ich auch.«
»Was ist mit Alex?«
»Was soll mit ihr sein?«

»Ist sie der Grund, warum du nicht zurückwillst?«

»Verflucht, nein. Du kennst den Grund, Junior, oder zumindest solltest du das. Du hast mich oft genug davon reden hören.«

»Diesen Quatsch von wegen Unabhängigkeit? Das ist ein Vorwand ... du hast doch Angus viel besser im Griff als ich.«

Junior holte plötzlich tief Luft, ihm war klargeworden, daß er den Nagel auf den Kopf getroffen hatte. »Das ist es, nicht wahr? Du hältst dich meinetwegen aus ME raus.«

»Du irrst dich.« Reedes Protest kam ein bißchen zu schnell.

»Von wegen«, knurrte Junior. »Du siehst dich selbst als Bedrohung für mich, den zukünftigen Erben. Herzlichen Dank auch, aber ich brauche deine Rücksicht nicht!«

Juniors Wut verflog genauso schnell, wie sie ausgebrochen war. »Wem, zum Teufel, muß ich denn etwas vormachen?« Er schlug ein Bein übers andere. »Mir selbst ganz bestimmt nicht.« Mit vorgerecktem Kopf sah er Reede flehend an. »Ich würde mich wahnsinnig freuen, wenn du wieder dabei bist. Wir brauchen dich, ganz besonders mit den ganzen Rennbahnangelegenheiten.«

»Und wer redet jetzt Scheiße?«

»Du weißt, daß ich recht habe. Dad ist ein Macher, aber er operiert wie ein Pirat. Heutzutage läuft das nicht mehr so in der Geschäftswelt. Ich habe Charme, aber Charme ist auf einer Zuchtranch genauso überflüssig wie Schneeschuhe in Jamaika. Wenn man kein Gigolo ist – ein Beruf, mit dem ich öfter geliebäugelt habe –, kann man Charme nicht auf die Bank tragen.«

»Er kann sehr praktisch sein.«

»Dad ist clever genug zu wissen, daß du alles zusammenhalten könntest, Reede. Du könntest der Puffer zwischen uns sein.« Er sah seine Hände an. »Er hätte lieber dich als mich in seiner Nähe.«

»Junior ...«

»Nein, laß uns dieses eine Mal aufrichtig sein, Reede. Wir

werden allmählich zu alt dafür, uns gegenseitig anzulügen. Dad würde auf einen Stapel Bibeln schwören, daß er stolz darauf ist, mich zum Sohn zu haben, aber ich weiß es besser. Oh, ich weiß, daß er mich liebt, aber ich bau Mist am laufenden Band. Es wär ihm lieber, wenn ich so wäre wie du.«

»Das ist nicht wahr.«

»Ich fürchte doch.«

»Nee, nee«, sagte Reede und schüttelte streng den Kopf. »Angus weiß, wenn es hart auf hart geht, stehst du deinen Mann. Es hat Zeiten gegeben...«

»Was für Zeiten?«

»Viele Zeiten«, betonte Reede, »in denen du gemacht hast, was du machen mußtest. Manchmal mußt du dieses Letzter-Atemzug-Stadium erreichen, bevor du deine Verantwortung übernimmst«, sagte Reede, »aber wenn du weißt, daß allein du zuständig bist, dann bist du da.« Er legte seine Hand auf Juniors Schulter. »Du brauchst nur immer einen Tritt in den Hintern, damit du in Gang kommst.«

Es war Zeit, die Diskussion zu beenden, bevor sie in Sentimentalität abglitt. Reede versetzte Juniors Schulter einen freundschaftlichen Stoß, dann ging er zur Tür. »Fang ja nicht an, dein Hasch an Schulkinder zu verkaufen, sonst muß ich dich einlochen, ja?« Er hatte die Tür schon offen und war auf dem Weg nach draußen, als Junior ihn aufhielt.

»Ich war neulich stinksauer, als du im Country Club aufgetaucht bist, um Alex rauszuholen.«

»Ich weiß. Aber es ging nicht anders. Eine Geschäftssache.«

»War es das? Und das auf dem Flugplatz, war das auch geschäftlich? Dad hatte nicht den Eindruck.«

Reede schwieg eisern.

»Oh, herrje«, hauchte Junior und fuhr sich übers Gesicht. »Passiert es etwa wieder? Verlieben wir uns beide in dieselbe Frau?«

Reede verließ das Zimmer und schloß leise die Tür hinter sich.

Stacey Wallace schob den halb gegessenen Thunfischsalat ihres Vaters beiseite und stellte eine Schüssel mit Kompott vor ihn. »Ich glaube, die wird uns nicht mehr lange Sorgen machen«, sagte sie voller Überzeugung. Gesprächsthema war Alexandra Gaither. »Hast du von ihrem Unfall gehört?«
»So wie ich das verstanden habe, war es kein Unfall.«
»Um so mehr Grund für sie, die Stadt zu verlassen.«
»Angus glaubt nicht, daß sie abreisen wird«, sagte er und spielte mit einer Kirsche, die in zähem Sirup schwamm. »Sie soll überzeugt sein, jemand wollte ihr einen Schrecken einjagen, damit sie endlich abreist.«
»Für dich ist wohl alles, was Angus sagt, das reinste Evangelium«, Stacey war erbost. »Woher weiß er, was sie tun wird?«
»Er hält sich an das, was sie Junior gesagt hat.«
Stacey legte ihre Gabel beiseite. »Junior?«
»Hmm.« Richter Wallace nippte an seinem Eistee. »Er hat sie gestern besucht.«
»Ich dachte, sie hätte das Krankenhaus verlassen und wäre wieder im Motel.«
»Wo immer sie ist, Junior war jedenfalls ihr einziger Kontakt zur Außenwelt.« Der Richter hatte soviel eigene Sorgen, daß er Staceys plötzlich abwesenden Blick gar nicht bemerkte.
Er erhob sich vom Tisch. »Ich muß jetzt los, sonst komm ich noch zu spät. Wir haben heute morgen eine Geschworenenauswahl und eine Anhörung wegen dieses Kerls, der neulich draußen bei Nora Gail Burton einen Mann angeschossen hat. Ich rechne damit, daß sie mir einen Kuhhandel vorschlagen wollen, aber Lambert hat Pat Chastain soweit, daß er auf versuchten Mord plädiert.«
Stacey hörte nur mit halbem Ohr hin. In ihrem Kopf hatte sich ein Bild festgesetzt: die schöne Alex Gaither leidend auf

ihrem Bett im Motelzimmer und Junior, der sie wie ein Sklave bedient.

»Übrigens«, sagte der Richter, während er sich seinen Mantel überstreifte. »Hast du die Nachricht gekriegt, die ich dir gestern hinterlassen habe?«

»Daß ich Fergus Plummet anrufen soll?«

»Ja, ist das nicht dieser Prediger, der so einen Aufstand gemacht hat, weil sie letztes Jahr beim Halloween-Maskenfest Bingo gespielt haben? Was wollte er denn von dir?«

»Er sucht Unterstützung für seine Kampagne, das Glücksspiel aus Purcell County rauszuhalten.«

Der Richter kicherte. »Weiß er, daß er genausogut versuchen könnte, den nächsten Hurrikan aufzuhalten?«

»Das hab ich ihm auch erklärt am Telefon«, sagte Stacey. »Er weiß, daß ich mehreren Frauenvereinen angehöre, und wollte, daß ich ihn dort unterstütze. Ich hab natürlich abgelehnt.«

Joe Wallace nahm seine Aktentasche und öffnete die Haustür. »Reede ist überzeugt, daß Plummet für den Vandalismus draußen auf der Minton Ranch verantwortlich ist, aber er hat keine Beweise, um ihn einzusperren.« Der Richter diskutierte mit Stacey seine Fälle in aller Unbefangenheit, sie besaß schon seit Jahren sein Vertrauen. »Ich glaube, Plummet hat nicht den Kopf, um so etwas durchzuziehen, nicht ohne jemanden, der ihm Anweisungen gibt. Reede liegt mir ständig in den Ohren damit, aber im Augenblick ist Plummet meine geringste Sorge.«

Stacey griff besorgt nach dem Arm ihres Vaters. »Was macht dir denn Sorgen, Dad? Alex Gaither? Wegen der brauchst du dir keine zu machen. Wie könnte sie dir schon schaden?«

Er rang sich ein Lächeln ab. »Absolut nicht. Aber du weißt doch, daß ich alles immer gerne schön geordnet habe. Ich muß mich beeilen. Wiedersehn.«

Wanda Gail Burton Plummet fegte zufällig gerade ihre Veranda, als der Postbote kam. Er reichte ihr den Stapel Post, und sie dankte ihm. Sie blätterte die Briefe auf dem Weg ins Haus durch. Wie üblich war die gesamte Post an ihren Mann adressiert, meist Rechnungen und Kirchenangelegenheiten.

Ein Umschlag unterschied sich jedoch von den anderen. Er war aus teurem beigem Papier mit aufgedrucktem Absender; aber jemand hatte ihn mit der X-Taste der Schreibmaschine unleserlich gemacht. Ihre Adresse war ebenfalls mit der Schreibmaschine getippt.

Neugier siegte über die Anordnung ihres Mannes, er allein habe das Recht, die Post zu öffnen. Wanda riß den Umschlag auf. Er enthielt nur ein leeres Stück Papier, in das fünf Hundertdollarscheine gefaltet waren.

Wanda starrte das Geld an, als wäre es eine Sendung von einem außerirdischen Planeten. Fünfhundert Dollar waren mehr, als nach einem gutbesuchten Bibeltreffen auf dem Kollektenteller lag. Fergus nahm sich immer nur ein Almosen davon, um seine Familie zu ernähren. Alles andere ging an die Kirche und ihre »Anliegen«.

Das Geld war ohne Zweifel von einem Spender geschickt worden, der anonym bleiben wollte. In den letzten paar Tagen hatte Fergus ständig Leute angerufen und Freiwillige für eine Demonstration vor den Toren der Minton-Ranch gesucht. Er wollte ganzseitige Anzeigen gegen das Glücksspiel in die Zeitung setzen: Kreuzzüge mit großem Werbeaufwand waren teuer. Die meisten Leute ließen ihn gar nicht zu Wort kommen, sondern legten auf. Einige hatten ihn wüst beschimpft, bevor sie den Hörer hinknallten. Andere versprachen halbherzig, eine Spende zu schicken.

Aber *fünfhundert* Dollar?

Er hatte auch einige Zeit mit geheimnisvollen, geflüsterten Gesprächen am Telefon zugebracht. Wanda wußte nicht, worum es bei diesen heimlichen Anrufen ging; aber sie vermutete, daß sie etwas mit der Geschichte auf der Minton Ranch zu tun hatten. Eine der unangenehmsten Anweisungen, die sie je hatte befolgen müssen, war, ihren alten Freund Reede anzulügen. Er hatte gemerkt, daß sie log, war aber souverän genug gewesen, ihr das nicht vorzuwerfen.

Hinterher, als sie Fergus gestand, sie wäre wegen der Sünde der Lüge besorgt, hatte er ihr gesagt, sie wäre gerechtfertigt gewesen. Gott erwartete nicht, daß seine Diener ins Gefängnis gingen, wo sie nichts ausrichten könnten.

Sie wies ihn schüchtern darauf hin, daß der Apostel Paulus erhebliche Zeit hinter Gittern verbracht hätte und dabei einige der inspiriertesten Texte für das Neue Testament entstanden wären. Fergus war von dem Vergleich nicht sehr angetan und hatte sie getadelt, sie solle nicht über Sachen reden, die für ihren Verstand viel zu kompliziert wären.

»Wanda?«

Beim Klang seiner Stimme zuckte sie zusammen und drückte instinktiv das Geld an ihren schlaffen Busen. »Was, Fergus?«

»War das der Briefträger?«

»Äh, ja.« Sie warf einen Blick auf den Umschlag. Das Geld hatte sicher etwas mit diesen heimlichen Anrufen zu tun, Fergus würde nicht darüber reden wollen. »Ich wollte dir gerade die Post bringen.«

Sie ging in die Küche. Er saß an ihrem Resopaltisch, der zwischen den Mahlzeiten als Schreibtisch diente. Sie legte den Stapel Post vor ihn hin. Als sie zum Spülbecken zurückging, um fertig abzuwaschen, war der schicke Umschlag samt seinem Inhalt in ihrer Schürzentasche verschwunden.

Sie würde ihn Fergus später geben, gelobte Wanda, als Überraschung. In der Zwischenzeit würde sie sich ausmalen, was sie damit alles für ihre drei Kinder kaufen könnte.

Alex hatte sechsunddreißig Stunden gehabt, um nachzudenken. Während sie ihre lähmenden Kopfschmerzen pflegte, hatte sie im Bett gelegen und sich alles, was sie wußte, noch einmal durch den Sinn gehen lassen und die Lücken mit realistischen Vermutungen gefüllt.

Sie konnte nicht mehr endlos im Kreis herumrennen. Näher als jetzt würde sie der Wahrheit wahrscheinlich nie kommen, außer sie griff zu drastischen Maßnahmen. Es war Zeit, jemanden zu zwingen, Farbe zu bekennen, aggressiv zu werden, selbst wenn sie bluffen mußte.

Vor Tagen war sie bereits zu dem herzzerreißenden Schluß gekommen, daß sie der Auslöser für den Mord an Celina gewesen war, aber sie hatte nicht vor, die Last dieser Schuld für den Rest ihres Lebens allein zu tragen. Wer immer die Tat begangen hatte, sollte ebenfalls leiden müssen.

Als sie an diesem Morgen aufwachte, hatte sie zwar immer noch Kopfschmerzen, aber solche, mit denen man leben konnte. Sie verbrachte den Morgen damit, noch einmal ihre Notizen durchzuarbeiten und ein paar Recherchen zu machen; jetzt erwartete sie Richter Wallace in seinem Vorzimmer. Er schien nicht besonders erfreut, sie zu sehen.

»Ich habe Miss Gaither gesagt, daß Sie heute einen vollen Terminkalender haben«, sagte Mrs. Lipscomb hastig, als er ihr einen vernichtenden Blick zuwarf. »Sie hat darauf bestanden, auf Sie zu warten.«

»Das stimmt, Richter Wallace, das hab ich«, sagte Alex. »Können Sie mir ein paar Minuten widmen?«

Er warf einen Blick auf seine Armbanduhr. »Sehr wenige.«

Sie folgte ihm in sein Büro. Er zog seinen Mantel aus und hängte ihn an eine Messinggarderobe. Erst als er hinter seinem Schreibtisch in Positur gegangen war, fragte er: »Was steht denn diesmal zur Debatte?«

»Womit hat Angus Minton Sie in Versuchung geführt?«

Sein Gesicht war schlagartig von hektischen roten Flecken übersät. »Ich habe keine Ahnung, wovon Sie reden.«

»Oh doch, das haben Sie. Sie haben einen unschuldigen Mann in eine staatliche Irrenanstalt eingewiesen, Richter Wallace. Sie wußten, daß er unschuldig war, oder haben es zumindest geahnt. Sie machten das auf Bitten von Angus, nicht wahr? Und im Gegenzug haben Sie verlangt, daß Junior Minton Ihre Tochter heiratet.«

»Das ist unglaublich!« Er schlug mit der Faust auf den Schreibtisch.

»Es ist sogar sehr glaubhaft. Am Morgen, nachdem Celina Graham ermordet im Stall der Minton Ranch aufgefunden wurde, erhielten Sie einen Besuch oder einen Anruf von Angus. Bud Hicks war in der Nähe des Tatorts verhaftet worden, voller Blut und im Besitz eines Skalpells, das vermutlich die Mordwaffe war. Das wurde nie einwandfrei festgestellt, weil niemand das Skalpell gründlich untersucht hatte. Im Autopsiebericht stand, Todesursache wären die zahlreichen Stichwunden, aber kein Gerichtsmediziner hatte Zugang zu der Leiche, bevor sie verbrannt wurde – also hätten die Wunden von allem möglichen stammen können.«

»Gooney Bud hat sie mit Dr. Collins' Skalpell ermordet«, begehrte er auf. »Er hat es im Stall gefunden und sie damit attackiert.«

»Wo ist es jetzt?«

»Das ist fünfundzwanzig Jahre her. Sie erwarten doch nicht, daß es immer noch in der Asservatenkammer herumliegt, oder?«

»Aber ich erwarte, daß es Aufzeichnungen über seinen Verbleib gibt. Niemand hat je Dr. Collins oder seinen Sohn angerufen und gefragt, ob sie es vielleicht zurückhaben wollen, zumal es ein Geschenk seiner Frau war. Finden Sie das nicht ungewöhnlich?«

»Gott weiß, was damit passiert ist, oder mit den betreffenden Aufzeichnungen.«

»Ich glaube, daß Sie es verschwinden ließen, Richter. Sie und nicht das Büro des Sheriffs waren der letzte, der es laut Bericht in Händen hatte. Ich habe das heute morgen überprüft.«

»Warum sollte ich es verschwinden lassen?«

»Falls später ein Ermittler kommen würde – jemand wie ich – und es dann glaubhaft wäre, sein Verschwinden als Ordnungsfehler hinzustellen. Es ist besser, schlampiger Büroführung bezichtigt zu werden als eines Justizirrtums.«

»Sie sind widerlich, Miss Gaither«, grollte er. »Wie die meisten Rächer reagieren Sie emotional und haben keinerlei Beweise für Ihre schrecklichen Beschuldigungen.«

»Nichtsdestoweniger werde ich genau das vor ein Schwurgericht bringen. Eigentlich tue ich Ihnen einen Gefallen, wenn ich Ihnen meine Anhaltspunkte mitteile. So haben Sie die Möglichkeit, sich im vorhinein mit einem Anwalt zu beraten, wie Ihre Antworten heißen sollen. Oder wollen Sie sich auf Ihr Schweigerecht berufen?«

»Ich werde keines von beidem machen.«

»Wollen Sie Ihren Anwalt jetzt anrufen? Ich warte gerne.«

»Ich brauche keinen Anwalt.«

»Dann fahre ich fort. Angus hat Sie um einen Gefallen gebeten. Sie haben im Austausch einen von ihm verlangt.«

»Junior Minton hat meine Tochter geheiratet, weil er sie liebte.«

»Ich kann das unmöglich glauben, Richter Wallace, nachdem er mir selbst gesagt hat, daß er in der Nacht, in der meine Mutter getötet wurde, ihr einen Heiratsantrag gemacht hatte.«

»Seine Unstetigkeit kann ich nicht erklären.«

»Ich aber. Junior war der Preis für Ihr Urteil gegen Gooney Bud.«

»Das Büro des Bezirksstaatsanwalts ...«

»Der war zu jener Zeit auf Urlaub in Kanada. Ich habe mir das heute morgen von seiner Witwe bestätigen lassen. Sein Assistent hatte genug Beweise, um Bud Hicks des Mordes anzuklagen.«

»Ein Schwurgericht hätte ihn ebenfalls verurteilt.«

»Der Meinung bin ich nicht, aber das werden wir nie erfahren, denn Sie haben es verhindert.« Sie holte tief Luft. »Wen wollte Angus beschützen – sich selbst, Junior oder Reede?«

»Keinen.«

»Er muß es Ihnen gesagt haben, als er Sie an diesem Morgen angerufen hat.«

»Er hat nicht angerufen.«

»Er muß angerufen haben, sobald Hicks verhaftet worden war. Was hat Angus Ihnen erzählt?«

Sie stand auf und beugte sich über seinen Schreibtisch. »Er muß gesagt haben ›Hör mal, Joe, ich steck hier ganz schön im Schlamassel‹ oder ›Junior hat diesmal ein bißchen zu sehr über die Stränge geschlagen‹ oder ›Kannst du Reede da raushelfen? Er ist wie ein Sohn für mich.‹ War es nicht so?«

»Nein, keineswegs.«

»Sie haben vielleicht gesagt, Sie könnten das nicht tun. Sie haben wahrscheinlich um Bedenkzeit gebeten. Angus hat Ihnen ein paar Stunden eingeräumt, sich damit auseinanderzusetzen. Und dann haben Sie ihn angerufen und ihm gesagt, Sie würden ihm diesen kleinen Gefallen erweisen für eine Heirat von Junior und Stacey.«

»Ich werde nicht dulden...«

»Vielleicht haben Sie sogar Ihr Dilemma mit ihr und Mrs. Wallace besprochen?«

»Das ist eine Verleumdung...«

»Oder vielleicht hat Stacey die Bedingungen für die Transaktion vorgeschlagen?«

»Stacey hat nie etwas davon gewußt!«

Er schoß von seinem Stuhl hoch und schleuderte Alex die Worte ins Gesicht. Als ihm dämmerte, was er da angerichtet hatte, blinzelte er und benetzte sich die Lippen, dann wich er langsam zurück und drehte ihr den Rücken zu. Nervös betastete er die Messingnägel an der Lehne seines Ledersessels. Der Stuhl war ein Geschenk seiner Tochter, seines einzigen Kindes.

»Sie wußten, wie sehr Stacey Junior Minton liebte.«

»Ja«, sagte er leise. »Ich wußte, daß sie ihn mehr liebte, als er es verdiente.«

»Und daß ihre Zuneigung nicht erwidert wurde.«

»Ja.«

»Und daß Junior mit ihr schlief, wann immer ihm danach war. Sie dachten, es wäre das Beste, ihren Ruf zu schützen und die Möglichkeit einer unpassenden Schwangerschaft auszuschließen, indem Sie sie so schnell wie möglich verheirateten.«

Der Richter ließ die Schultern hängen und erwiderte mit gebrochener Stimme: »Ja.«

Alex schloß die Augen und atmete langsam aus. Die Spannung in ihr verebbte wie die brandende Flut, die sich vom Ufer zurückzieht. »Richter Wallace, wer hat meine Mutter getötet? Wen wollte Angus beschützen, als er Sie bat, Buddy Hicks im Eiltempo durch die Justiz zu jagen?«

Er wandte sich ihr zu. »Ich weiß es nicht. So wahr Gott mein Zeuge ist, ich weiß es nicht. Ich würde es bei meiner Amtszeit als Richter beschwören.«

Sie glaubte ihm und sagte das auch. Sie sammelte so unauffällig wie möglich ihre Sachen ein. Als sie an der Tür angelangt war, hauchte er mit schwacher Stimme ihren Namen.

»Ja?«

»Wenn das je vor Gericht kommt, wird es dann für Ihre Anklage unerläßlich sein, dies zur Sprache zu bringen?«

»Ich fürchte ja, es tut mir leid.«

»Stacey ...« Er räusperte sich. »Es war keine Lüge, als ich sagte, sie wußte nichts von meinem Abkommen mit Angus.«

Alex wiederholte: »Tut mir wirklich leid.«

Er nickte resigniert. Sie ging hinaus ins Vorzimmer und schloß die Tür hinter sich. Die Sekretärin warf ihr einen haßerfüllten Blick zu, der nicht ganz unverdient war. Sie hatte den Mann solange schikaniert, bis er die Wahrheit gesagt hatte. Es war notwendig gewesen, aber Freude hatte sie nicht dabei verspürt.

Sie wartete auf den Aufzug, als sie den Schuß hörte. »O mein Gott, nein.« Diese Worte flüsterte sie unbewußt, ließ ihre Aktentasche fallen und rannte zurück zum Ende des Gangs. Mrs. Lipscomb war an der Tür zu seinem Büro, Alex schob sie beiseite und stürzte an ihr vorbei.

Was sich ihren Augen bot, ließ sie unvermittelt stehenbleiben. Ihr Schrei erstarb ihr in der Kehle, aber der der Sekretärin gellte durch den Raum und hinaus auf den Korridor.

## 41

Ein Schwarm von Schreibkräften, Gerichtsdienern und anderen Angestellten hatte sich innerhalb von Sekunden nach dem Schuß vor der Tür zum Richterzimmer von Richter Wallace versammelt.

Reede war als erster aus dem Keller zur Stelle. Er drängte sich durch die Menge und rief den Deputies, die ihm gefolgt waren, Anweisungen zu. »Schafft alle hier raus!«

Er befahl einem, den Krankenwagen zu rufen, einem anderen, den Korridor abzusperren. Er legte tröstend den Arm um Mrs. Lipscomb, die hysterisch schluchzte, und beauftragte Imogene, die Sekretärin von Pat Chastain, sie wegzubringen. Dann nahm er Alex ins Visier.

»Geh in mein Büro, sperr dich ein und bleib da, verstanden!« Sie gaffte ihn verständnislos an. »Verstanden?« wiederholte er laut und schüttelte sie kurz. Sie brachte immer noch keinen Ton heraus, nickte aber.

Er wandte sich einem anderen Deputy zu und sagte: »Sorg dafür, daß sie in mein Büro kommt. Laß keinen rein.«

Der Beamte führte sie weg. Bevor sie den Raum verließ, sah sie, wie Reede sich dem grausigen Anblick am Schreibtisch zuwandte. Er fuhr sich mit der Hand durchs Haar und murmelte: »Scheiße.«

In seinem Büro im Keller des Hauses vertrieb sich Alex die Zeit mit Hinundherlaufen, Weinen, Zähneknirschen und ins Leerestarren. Richter Joseph Wallace' Selbstmord ließ sie durch ihr eigenes privates Fegefeuer gehen.

Ihr Kopf pochte so heftig, daß sie das Gefühl hatte, die Nähte in ihrer Kopfhaut würden jeden Moment platzen. Sie hatte vergessen, ihre Tabletten mitzunehmen. Eine hektische

Suche im Schreibtisch des Sheriffs brachte nicht einmal ein Aspirin zutage. War denn der Mann völlig immun gegen Schmerz?

Ihr drehte sich alles, und ihre Hände weigerten sich, warm zu werden, obwohl sie schweißnaß waren. Durch die alte Putzdecke war jedes Geräusch von oben zu hören, aber sie konnte keins davon identifizieren. Es folgte eine endlose Parade von Schritten. Das Büro gab ihr Zuflucht vor dem Trubel, aber sie wollte unbedingt wissen, was in den Räumen und Gängen über ihr passierte.

Sie steckte bis zum Hals in Verzweiflung. Die Fakten zeigten auf eine gnadenlose Wahrheit, die sie nicht wahrhaben wollte. Richter Wallace' Geständnis, daß er etwas vertuscht hatte, belastete ihre Hauptverdächtigen noch mehr.

Wenn Angus in Bedrängnis war, würde er ohne einen Funken Skrupel seine persönlichen Interessen wahren. Und ebenso hätte er den Richter bestochen, um Junior zu beschützen, und hätte das wahrscheinlich auch für Reede getan. Aber wer von den dreien war nun tatsächlich in den Stall gegangen und hatte Celina umgebracht?

Als Reede die Tür aufriß, drehte Alex sich erschrocken um. Sie hatte aus dem Fenster gestarrt. Sie wußte nicht, wie lange sie schon in diesem Raum wartete, aber mit einem Mal merkte sie, daß es draußen schon dämmerte, als er den Lichtschalter drückte. Sie hatte immer noch keine Ahnung, was sich oben und vor dem Gericht abspielte.

Reede warf ihr einen scharfen Blick zu, sagte vorläufig nichts. Er goß sich eine Tasse Kaffee ein und nippte ein paarmal daran. »Wie kommt es, daß, wenn in letzter Zeit etwas passiert ist, du immer irgendwie daran beteiligt warst?«

Tränen schossen ihr in die Augen, drängten unter ihren Lidern hervor. Sie richtete einen zitternden Zeigefinger auf seine Brust. »Nicht, Reede. Ich hab nicht gewußt, daß...«

»Daß Joe Wallace sich die Birne wegschießt, nachdem du ihn in die Ecke gedrängt hast? Aber genau das ist passiert. Jetzt tropft sein Gehirn den Schreibtisch runter.«

»Sei still.«

»Wir haben Haarklumpen und Gewebe an der gegenüberliegenden Wand gefunden.«

Sie hielt sich den Mund zu und unterdrückte den Schrei, der sich aus ihrer Kehle drängte. Sie wandte ihm den Rücken zu, zitternd von Kopf bis Fuß. Als er sie berührte, zuckte sie zusammen, aber er packte mit fester Hand ihre Schultern, drehte sie um und zog sie an seine Brust.

»Schon gut, es ist vorbei.« Seine Brust wölbte sich unter ihrer Wange, als er tief Luft holte. »Vergiß es.«

Sie stemmte sich gegen ihn. »Vergessen? Ein Mann ist tot. Es ist meine Schuld.«

»Hast du abgedrückt?«

»Nein.«

»Dann hast du keine Schuld.«

Es klopfte an der Tür. »Wer ist da?« fragte Reede verärgert. Ein Deputy meldete sich, und Reede ließ ihn eintreten. Er bedeutete Alex, sich zu setzen, während der Deputy ein Blatt Papier in die Schreibmaschine spannte. Sie sah Reede verwirrt an.

»Er muß deine Aussage zu Protokoll nehmen«, sagte er.

»Jetzt?«

»Am besten, wir bringen es hinter uns. Fertig?« fragte er den Deputy, der nickte. »Okay, Alex, was ist passiert?«

Sie tupfte sich das Gesicht mit einem Kleenex ab, bevor sie begann. Dann schilderte sie, so knapp wie möglich, was sich im Richterzimmer abgespielt hatte, achtete aber darauf, weder Namen noch Fakten zu nennen, die sie besprochen hatten.

»Ich hab sein Büro verlassen und bin bis zum Aufzug gekommen.« Sie sah auf das tropfnasse Kleenex, das sie inzwischen zerrupft hatte. »Dann habe ich den Schuß gehört.«

»Sie sind zurückgelaufen?«

»Ja. Er war vornübergesackt. Sein Kopf lag auf dem Schreibtisch. Ich hab Blut gesehen... und wußte, was er getan hatte.«

»Haben Sie die Pistole gesehen?« Sie schüttelte den Kopf.

Reede sagte zum Deputy: »Schreib, daß sie nein gesagt hat und daß sie sie gar nicht hätte sehen können, weil sie aus der Hand des Opfers auf den Boden gefallen war. Das war's dann für jetzt.« Der Deputy zog sich diskret zurück. Reede wartete ein paar Augenblicke. Er saß auf der Schreibtischkante, und sein Fuß schwang hin und her. »Worüber hast du mit dem Richter geredet?«

»Über den Mord an Celina. Ich habe ihn beschuldigt, Beweismaterial verfälscht und Bestechungen angenommen zu haben.«

»Ernste Anschuldigungen. Wie hat er reagiert?«

»Er hat es zugegeben.«

Reede holte etwas aus seiner Brusttasche und warf es auf den Schreibtisch. Das silberne Skalpell landete mit einem dumpfen metallischen Geräusch. Es war angelaufen, aber im übrigen sauber.

Alex wich entsetzt zurück. »Woher hast du das?«

»Aus der linken Hand des Richters.«

Sie tauschten einen langen durchdringenden Blick. Schließlich sagte Reede: »Es war ein Instrument der Selbstzüchtigung. Er hat es in seiner Schreibtischschublade aufbewahrt, eine ständige Erinnerung daran, daß er korrupt war. Wenn man weiß, wie stolz er auf seine Jahre auf der Richterbank war, ist es kein Wunder, daß er sich umgebracht hat. Lieber hat er sich den Kopf weggeblasen, als mitansehen zu müssen, wie seine Laufbahn in den Dreck gezogen wird.«

»Und mehr hast du nicht dazu zu sagen?«

»Was erwartest du denn von mir?«

»Ich erwarte, daß du mich fragst, wer ihn bestochen hat. Womit? Warum?« Ihre Tränen waren rasch versiegt. »Du weißt es bereits, nicht wahr?«

Er rutschte vom Schreibtisch und stand auf. »Ich bin nicht von gestern, Alex.«

»Du weißt also, daß Angus Richter Wallace dazu gekriegt hat, Gooney Bud einzuweisen, angeblich als Celinas Mörder, und zur Entschädigung heiratete Junior Stacey.«

»Was kommt für dich nun dabei heraus?« Er stemmte die Hände in die Hüften und baute sich mächtig vor ihr auf. »Das ist reine Mutmaßung. Du kannst es nicht beweisen. Keiner von beiden wäre so dumm gewesen, ein Gespräch darüber aufzuzeichnen, falls eines stattgefunden hat. Keiner hat irgend etwas aufgeschrieben. Es gibt so viele berechtigte Zweifel, wie Dallas Einwohner hat. Ein Mann ist tot, sein Ruf als erstklassiger Richter beim Teufel, und du hast immer noch nichts, worauf du eine Mordanklage gründen kannst.«

Er klopfte sich an die Brust. »Ich mußte zum Haus des Richters fahren und Stacey davon in Kenntnis setzen, daß ihr alter Herr sein Gehirn über dem Schreibtisch verteilt hat, auf Grund deiner kaum fundierten Beschuldigungen, die kein Schwurgericht akzeptiert hätte.«

Er hielt inne und zwang sich, ruhig zu werden. »Bevor ich wirklich stinksauer auf dich werde, schlage ich vor, daß wir hier abhauen und irgendwo hingehen, wo es sicher ist.«

»Sicher? Für wen?«

»Für dich, verdammt noch mal. Hast du denn immer noch nicht kapiert, was das für Auswirkungen hat? Pat Chastain steht kurz vor dem Herzinfarkt. Greg Harper hat heute bereits dreimal angerufen und wollte wissen, ob du möglicherweise etwas mit dem Selbstmord dieses prominenten und hochangesehenen Richters zu tun hast. Stacey ist vor Kummer nicht ansprechbar, und in ihren lichten Momenten verdammt sie dich zum ewigen Fegefeuer.

Plummet und seine Armee von Irren sind da draußen auf den Stufen des Gerichtsgebäudes, mit Transparenten, daß dies der Anfang vom Ende ist. Und dieses ganze Chaos haben wir Ihrem halbausgegorenen Mordfall zu verdanken, Counselor.«

Alex hatte das Gefühl, der Himmel würde über ihr einstürzen, trotzdem schlug sie zurück. »Sollte ich Wallace etwa laufenlassen, weil er so ein netter Kerl war?«

»Es gibt subtilere Methoden, um so prekäre Situationen zu handhaben, Alex.«

»Aber keiner hat irgend etwas gehandhabt!« schrie sie. »Ist das Ihre Rechtsphilosophie, Sheriff Lambert? Einige Regeln gelten nicht für gewisse Leute? Wenn ein Freund von dir das Gesetz übertritt, schaust du dann taktvollerweise einfach weg? Offensichtlich. Beispiel: Nora Gail und ihr Puff. Gilt diese Unantastbarkeit durch das Gesetz auch für dich?«

Er gab keine Antwort. Statt dessen ging er zur Tür, öffnete sie und sagte kurz: »Gehn wir.«

Sie folgte ihm hinaus auf den Korridor, und er dirigierte sie zum hinteren Aufzug. »Pat hat mir den Wagen seiner Frau geliehen«, sagte sie. »Er steht vor dem Haus.«

»Ich weiß. Eine Horde Reporter kampiert direkt daneben, die sind ganz wild auf die blutigen Einzelheiten. Ich schmuggle dich durch die Hintertür raus.«

Sie verließen das Gebäude ungesehen. Draußen war es inzwischen Nacht geworden, und Alex fragte sich, wie spät es wohl wäre.

Auf halbem Weg vom Gebäude zum Parkplatz löste sich eine Gestalt aus den Schatten und verstellte ihnen den Weg.

»Stacey«, rief Reede leise. Seine Hand griff unwillkürlich nach der Pistole, er zog sie aber nicht aus dem Halfter.

»Das hab ich mir gedacht, daß ich Sie erwische beim Davonschleichen.«

Staceys haßerfüllter Blick war auf Alex gerichtet, die hätte sich am liebsten an Reede festgehalten, aber sie wahrte ihren Stolz. »Bevor Sie etwas sagen, Stacey, sollten Sie wissen, daß mir das mit Ihrem Vater entsetzlich leid tut.«

»Wirklich?«

»Zutiefst.«

Stacey zitterte, ob vor Kälte oder Ekel, das konnte Alex nicht feststellen. »Sie sind hierhergekommen, um ihn zu ruinieren. Es sollte Ihnen nicht leid tun, Sie können zufrieden mit sich sein.«

»Die früheren Fehler Ihres Vaters sind nicht meine Schuld.«

»Sie sind aber der Grund für dieses ganze Grauen. Warum

konnten Sie ihn nicht einfach in Ruhe lassen?« kreischte Stacey. »Was vor fünfundzwanzig Jahren passiert ist, war doch für niemanden wichtig außer für Sie. Er war alt. Er wollte in ein paar Monaten sowieso in Pension gehen. Wem hat er denn noch geschadet?«

Alex erinnerte sich an die letzten Worte des Richters. Stacey hatte nichts gewußt von dem schuftigen Handel, den er ihretwegen eingegangen war. Diesen Schmerz konnte Alex ihr ersparen, zumindest bis sie den Schock über den Tod ihres Vaters einigermaßen überwunden hätte. »Ich kann mit Ihnen nicht über diesen Fall sprechen, tut mir leid.«

»*Fall*? *Fall*? Hier ging's doch nie um einen Fall. Es ging um Ihre Schlampe von Mutter, die Leute benutzt und manipuliert hat – *Männer* – bis jemand die Nase voll von ihr hatte.« Ihre Augen wurden gefährlich schmal, und sie kam einen bedrohlichen Schritt näher. »Sie sind genau wie sie, stiften nur Unheil, nutzen Leute aus, Sie Hure!«

Sie stürzte sich auf Alex, aber Reede trat dazwischen, fing Stacey mit seiner Brust ab und hielt sie fest, bis ihr Wutanfall verraucht war und sie sich schluchzend an ihn klammerte.

Er tätschelte ihren Rücken, murmelte ihr tröstliche Worte zu. Hintenrum reichte er Alex die Schlüssel zu seinem Blazer. Sie sperrte auf, stieg ein und verriegelte von innen, dann beobachtete sie durch die Windschutzscheibe, wie er Stacey um die Ecke geleitete. Ein paar Minuten später kam er im Laufschritt zurück. Sie öffnete ihm, und er stieg ein.

»Wird sie zurechtkommen?« fragte Alex.

»Ja. Ich hab sie ein paar Freunden übergeben, die bringen sie nach Hause. Jemand wird heute nacht bei ihr bleiben.« Sein Mund wurde schmal. »Der Mann, den sie braucht, ist natürlich nicht für sie da.«

»Ihr Vater?«

Er schüttelte den Kopf. »Junior.«

Und nachdem alles so armselig und erschütternd war, begann Alex wieder zu weinen.

## 42

Den Kopf hob sie erst, als der Blazer über ein Schlagloch rumpelte; sie versuchte sich durch die Windschutzscheibe zu orientieren, aber es war eine düstere Nacht, und die Straße hatte keine Markierungen. »Wohin fahren wir?«

»Zu mir.« Kaum hatte er es gesagt, erschien das Haus im Scheinwerferlicht.

»Warum?«

Er stellte den Motor des Pick-up ab. »Weil ich Angst habe, dich aus den Augen zu lassen. Wann immer ich mir das nämlich erlaube, gibt's Tote oder Verletzte.«

Er ließ sie im Wagen sitzen, während er die Haustür aufsperrte. Sie überlegte, ob sie wegfahren sollte, aber er hatte die Schlüssel mitgenommen. Irgendwie war Alex erleichtert, daß man ihr die Möglichkeit eigener Initiative genommen hatte. Sie wollte sich ihm widersetzen, besaß aber weder körperlich noch geistig die Energie dazu. Erschöpft schob sie die Tür des Blazers auf und wankte hinaus.

Das Haus sah nachts anders aus. Genau wie das Gesicht einer nicht mehr ganz jungen Frau wirkte es besser bei sanfter Beleuchtung, die half, seine Makel zu kaschieren. Reede war vorangegangen und hatte Licht gemacht. Er saß in der Hocke vor dem Kamin und zündete mit einem langen Streichholz die Kienspäne unter den aufgestapelten Scheiten an.

Als das trockene Holz zu knistern anfing, richtete er sich auf: »Hast du Hunger?«

»Hunger?« Sie wiederholte es, als wäre es ein Fremdwort.

»Wann hast du das letzte Mal etwas gegessen? Heute mittag?«

»Junior hat mir gestern abend einen Hamburger aufs Zimmer gebracht.«

Er schnaubte und ging in Richtung Küche. »So etwas Feines wie einen Hamburger kann ich nicht versprechen.«

Dank Lupes Nichte war die Speisekammer vor kurzem mit mehr als Erdnußbutter und Crackern ausgestattet worden. Nach einer kurzen Bestandsaufnahme zählte er die Menüwahl auf: »Suppe in Dosen, Spaghetti in Dosen, gefrorene Pasteten, Eier mit Speck.«

»Eier mit Speck.«

Sie arbeiteten in kameradschaftlichem Schweigen. Reede übernahm das Kochen. Er war schlampig und hatte keinerlei Sinn für kulinarische Finessen. Alex genoß es, ihm zuzusehen. Als er ihr einen Teller hinstellte und sich in den Stuhl ihr gegenüber an den kleinen Tisch setzte, lächelte sie ihn nachdenklich an. Er bemerkte es und stutzte, als er die erste Gabel zum Mund führen wollte.

»Was gibt's?«

Sie schüttelte den Kopf und schlug schüchtern die Augen nieder. »Nichts.«

Scheinbar wollte er sich mit dieser Antwort nicht zufriedengeben, aber bevor er etwas sagen konnte, klingelte das Telefon. Er nahm den Hörer von der Wand.

»Lambert. Oh, Tag, Junior.« Er sah kurz zu Alex. »Ja, es war furchtbar.« Er horchte. »Sie, äh, sie hatte ein Treffen mit ihm, direkt bevor es passiert ist... ich fürchte, sie hat alles gesehen.«

Er zitierte kurz Alex' offizielle Aussage. »Mehr weiß ich auch nicht... Mein Gott, sag ihnen, sie sollen sich beruhigen. Sie können es morgen früh in der Zeitung lesen, wie alles andere auch... Okay, hör mal, tut mir leid, aber es war ein Scheiß-Tag und ich bin müde.

Gib Sarah Jo eine von ihren Pillen, und sag Angus, er braucht sich keine Sorgen zu machen.« Er sah Alex' gerunzelte Stirn, reagierte aber nicht. »Alex? Der geht's gut... Wenn sie nicht ans Telefon geht, ist sie wahrscheinlich unter der Dusche. Wenn du den Samariter spielen willst, da gibt's jemanden, der dich heute nacht dringender braucht als Alex... Stacey, du Idiot! Warum fährst du nicht rüber zu ihr und hältst ihr ein bißchen die Hand... Okay, wir sehn uns morgen.«

Er drückte kurz die Gabel, hängte das Telefon aus und wandte sich wieder seinem Essen zu. Alex fragte: »Warum hast du ihm nicht gesagt, daß ich hier bin?«

»Wolltest du es?«

»Nicht unbedingt. Ich hab mich nur gefragt, warum du's nicht gemacht hast.«

»Er braucht es nicht zu wissen.«

»Wird er zu Stacey fahren?«

»Ich hoffe es, aber bei Junior weiß man das nie. Eigentlich«, sagte er und schluckte einen Bissen hinunter, »denkt er nur an dich.«

»An mich persönlich oder an das, was ich von Richter Wallace gehört habe?«

»Beides, vermutlich.«

»Angus ist am Boden zerstört?«

»Natürlich. Joe Wallace war ein alter Freund.«

»Freund und Mitverschwörer.« Reede nahm den Köder nicht auf, ließ sich nicht von seinem Abendessen ablenken. »Ich muß mit Angus reden, Reede, ich möchte, daß du mich zu ihm rüberfährst, sobald wir mit dem Essen fertig sind.« Er griff unbeirrt nach seiner Kaffeetasse, nippte daran und stellte sie wieder ab. »Reede, hast du mich gehört?«

»Ja.«

»Und, wirst du mich rüberfahren?«

»Nein.«

»Ich muß mit ihm reden.«

»Heute abend nicht.«

»Doch, heute abend. Wallace hat ihn als Komplizen bei einer Vertuschung erwähnt. Ich muß ihn deswegen vernehmen.«

»Er läuft dir nicht davon. Morgen ist früh genug.«

»Deine Loyalität ist lobenswert, aber sie kann Angus nicht auf ewig schützen.«

Er legte sein Besteck auf seinen leeren Teller und trug ihn zum Spülbecken. »Heute abend mach ich mir mehr Gedanken um dich als um Angus.«

»Um mich?«

Er warf einen Blick auf ihren Teller, stellte befriedigt fest, daß sie aufgegessen hatte, und räumte ihn ab. »Hast du mal in letzter Zeit in den Spiegel gesehen? Du siehst beschissen aus. Etliche Male hab ich gedacht, du kippst mir aus den Latschen.«

»Mir geht's gut. Wenn du mich jetzt einfach zurück ins Motel fahren würdest, werde ich...«

»Nein.« Er schüttelte den Kopf. »Du bleibst heute nacht hier, wo du in Ruhe schlafen kannst, ohne von Reportern belästigt zu werden.«

»Glaubst du, das würden die wirklich machen?«

»Der Tod eines Richters ist eine heiße Story. Ein Selbstmord noch heißer. Du warst die letzte, die mit ihm geredet hat, führst eine Ermittlung, die die Rennkommission in Besorgnis versetzt hat. Ja, ich glaube, die Presse wird die Büsche vor dem Westerner niedertrampeln, um an dich ranzukommen.«

»Es würde reichen, wenn ich mich in meinem Zimmer einsperre.«

»Ich werde kein Risiko eingehen. Wie ich dir schon vorhin sagte, will ich nicht, daß einer von Harpers Lieblingen sich in meinem Bezirk umbringen läßt. Du hast uns in den letzten Wochen genug negative Publicity beschert, noch mehr davon brauchen wir wie ein Loch im Kopf. Tut deiner weh?«

Sie hatte den Kopf auf die Hände gestützt und massierte sich gedankenverloren die Schläfen. »Ja, ein bißchen.«

»Nimm deine Medizin.«

»Ich hab sie nicht dabei.«

»Ich werd sehen, ob ich ein Schmerzmittel finde.«

Er stellte sich hinter ihren Stuhl und zog ihn vom Tisch weg. Sie erhob sich: »Hast du etwa einen kleinen Vorrat an Drogen? Das ist auch ungesetzlich, weißt du?«

»Das Gesetz. An was anderes denkst du wohl nie? Immer nur daran, was recht und unrecht ist? Ist denn die Grenze für dich so klar definiert?«

»Für dich etwa nicht?«

»Wenn dem so wäre, hätte ich oft hungern müssen. Ich hab Essen gestohlen, um meinen alten Herrn und mich zu füttern. War das falsch?«

»Ich weiß es nicht, Reede«, sagte sie erschöpft.

Ihr schmerzte der Kopf vor Anstrengung, ihm geistig zu folgen. Sie tappte hinter ihm drein, den Gang hinunter und merkte gar nicht, wohin er sie führte, bis er das Licht in seinem Schlafzimmer anknipste.

Er hatte offenbar ihren Schreck bemerkt, denn er grinste spöttisch und sagte: »Keine Sorge. Ich versuche nicht, dich zu verführen. Ich werde auf dem Sofa im Wohnzimmer schlafen.«

»Ich sollte wirklich nicht hierbleiben, Reede.«

»Wir könnten uns wie Erwachsene benehmen... wenn du überhaupt schon erwachsen bist.«

Sie fand das gar nicht amüsant und fuhr ihn an: »Es gibt eine Million Gründe, wieso ich die Nacht nicht hier verbringen sollte. Nummer Eins auf der Liste ist, daß ich im Augenblick Angus verhören müßte.«

»Gönn ihm noch eine Frist. Was kann das schon ausmachen?«

»Pat Chastain rechnet wahrscheinlich damit, daß ich mich bei ihm melde.«

»Ich hab ihm gesagt, du wärst kurz vor dem Zusammenbruch und würdest dich morgen früh mit ihm in Verbindung setzen.«

»Du hast vorausgeplant, wie ich sehe.«

»Ich wollte kein Risiko eingehen. Wenn man dich frei rumlaufen läßt, bist du gefährlich.«

Sie lehnte sich an die Wand und schloß für einen Moment die Augen. Sie war zu stolz, klein beizugeben, aber zu erschöpft, es nicht zu tun, also entschloß sie sich zu einem Kompromiß. »Beantworte mir nur eine Frage.«

»Schieß los.«

»Wo ist deine Dusche?«

Fünfzehn Minuten später drehte sie das Wasser ab und griff nach dem Handtuch, das an der Stange hing. Er hatte ihr einen Schlafanzug geliehen, der nagelneu aussah.

Ihr Erstaunen hatte eine Erklärung verlangt: »Junior hat ihn mir ins Krankenhaus gebracht, als ich vor ein paar Jahren eine Blinddarmoperation hatte. Ich hab ihn nur angezogen, damit ich dieses Hemd, aus dem der Hintern rausschaut, nicht mehr anziehen mußte. Die Dinger kann ich nicht ausstehen.«

Sie mußte bei dem Gedanken an die Grimasse, die er dabei geschnitten hatte, lächeln. Während sie das blauseidene Oberteil anzog, klopfte er an die Badezimmertür. »Ich hab ein paar Schmerztabletten gefunden.«

Züchtig bedeckt bis auf halbe Schenkelhöhe, öffnete sie, er reichte ihr das Fläschchen. »Das ist starker Tobak«, bemerkte sie, nachdem sie das Etikett gelesen hatte. »Du mußt schlimme Schmerzen gehabt haben. Der Blinddarm?«

Er schüttelte den Kopf. »Wurzelbehandlung. Fühlst du dich besser?«

»Die Dusche war Balsam. Mein Kopf tut nicht mehr gar so weh.«

»Du hast dir die Haare gewaschen.«

»Entgegen den Anweisungen des Arztes. Eine Woche sollte ich warten, aber ich hab's nicht mehr ausgehalten.«

»Ich schau mir mal deine Stiche an.«

Sie beugte den Kopf nach vorne, und er teilte behutsam ihr Haar, seine Finger waren vorsichtig und geschickt. Sie spürte seinen Atem auf ihrer Kopfhaut.

»Sieht aus, als wär alles in Ordnung.«

»Ich hab drum herum gewaschen.«

Reede trat zurück, ließ sie aber nicht aus den Augen. Sie erwiderte seinen Blick. Sie blieben lange so stehen, schweigend. Schließlich sagte Reede rauh: »Nimm jetzt deine Pille.«

Er drehte sich zum Waschbecken und füllte sein Zahnputzglas mit Leitungswasser. Sie schüttelte eine Tablette aus dem Fläschchen, warf sie in den Mund und trank. Als sie das

Glas absetzte, begegnete sie seinem Blick im Spiegel. Sie drehte das Pillengefäß wieder zu und wischte sich den Mund mit dem Handrücken ab.

Aus unerfindlichen Gründen und völlig unerwartet schossen ihr Tränen in die Augen. »Ich weiß, daß du keine sehr hohe Meinung von mir hast, Reede, aber du sollst wenigstens wissen, wie furchtbar ich mich fühle wegen dem, was Richter Wallace sich angetan hat.« Ihre Unterlippe begann zu zittern, ihre Stimme wurde heiser vor Emotionen. »Es war schrecklich, gräßlich.«

Sie ging auf ihn zu, legte ihre Arme um seine Taille und lehnte ihre Wange an seine Brust. »Sei einmal in deinem Leben gütig, und halt mich einfach fest. Bitte.«

Er stöhnte ihren Namen und schlang seinen Arm um ihre Taille. Mit der anderen Hand nahm er behutsam ihren Kopf und drückte ihn an seine Brust. Er massierte ihn vorsichtig und küßte zärtlich ihre Stirn. Bei der ersten Berührung seiner Lippen hob sie den Kopf, hielt die Augen geschlossen, fühlte aber seinen sengenden Blick auf ihrem Gesicht.

Seine Lippen streiften die ihren, und als diese sich teilten, stöhnte er wieder leise und küßte sie voller Inbrunst. Seine Hände strichen durch ihr nassen Haar, dann liebkosten sie ihren Hals.

»Berühr mich wieder, Reede«, bettelte sie.

Er knöpfte ihre Pyjamajacke auf, dann glitten seine Hände darunter, umfaßten ihren Körper und zogen ihn zu sich hoch. Sein Hemd kratzte leicht über ihre Nippel. Sie spürte das kalte Metall seiner Gürtelschnalle auf ihrem nackten Bauch und die Wölbung unter seinem Reißverschluß, die gegen ihren Venushügel stieß, der sich in den weichen Haaren zwischen ihren Schenkeln verbarg.

Jede Empfindung war noch elektrisierender als die vorhergehende. Sie wollte sie einzeln genießen, aber die Kombination war zu überwältigend, zu ungeheuer, als daß sie sich noch zu konzentrieren vermochte. Jedes Blutgefäß in ihrem Körper dehnte sich vor Leidenschaft. Sie war überflutet davon.

Mit einem Mal ließ er sie los. Sie sah ihn verwirrt, mit großen Augen an, spürte bereits den Verlust. »Reede?«

»Ich muß es wissen.«

»Was?«

»Warst du mit Junior im Bett?«

»Ich muß das nicht beantworten.«

»Doch, du mußt«, sagte er entschlossen. »Wenn du willst, daß das hier auch nur einen Schritt weitergeht, mußt du es. Warst du mit Junior im Bett?«

Begierde siegte über ihren Stolz. Sie schüttelte den Kopf und flüsterte: »Nein.«

Nach mehreren gedankenschweren Sekunden sagte er: »Okay, dann werden wir es diesmal richtig machen.«

Er nahm sie an der Hand und führte sie ins Wohnzimmer. Das überraschte sie, denn er hatte das Bett für sie vorbereitet, während sie sich duschte. Die einzige Beleuchtung war das Kaminfeuer. Er hatte sich bereits die Couch zurechtgemacht, aber jetzt riß er die Matratze herunter und breitete sie auf dem Boden vor dem Kamin aus. Sie kniete sich darauf, während er begann, sich in aller Ruhe auszuziehen.

Stiefel, Socken, Hemd und Gürtel landeten in der Ecke, Alex folgte einem Impuls und schob seine Hände beiseite, als er seine Hose öffnen wollte. Ihre Finger nestelten die hartnäckigen Metallknöpfe aus den Knopflöchern. Als alle offen waren, zog sie den Schlitz weiter auseinander, beugte sich vor und küßte ihn.

Reede nahm stöhnend ihren Kopf zwischen seine Hände. Ihr Mund öffnete sich warm und feucht über seinem Bauch, direkt unter dem Nabel. »Das mag ich am allerliebsten«, keuchte er.

Ihre Hände glitten hinten in seine Jeans, streiften sie langsam über seinen Hintern, während ihre Lippen zarte Küsse über seinen Unterleib hauchten. Schließlich streifte ihre Zunge kurz über die Spitze seines Penis.

»Hör auf, Alex, hör auf«, stöhnte er. »Das bringt mich um, Baby.«

Er stieg rasch aus seinen Jeans und stieß sie beiseite. Nackt war er groß und schlaksig, der Körper eines Kämpfers, neben der Blinddarmnarbe gab es viele andere.

Der Schimmer des Feuers verfing sich in seinen Körperhaaren, wie goldener Flaum lagen sie auf seiner gebräunten Haut, nur um sein Geschlecht waren sie dunkel und dicht. Sehnige Muskeln spielten bei jeder Bewegung.

»Zieh dieses alberne Pyjamaoberteil aus, bevor ich es dir runterreiße.«

Alex setzte sich auf ihre Fersen zurück, ließ die Pyjamajacke von ihren Schultern gleiten und dann fallen. Der sinnliche Stoff drapierte sich um ihre Füße. Reede fiel vor ihr auf die Knie und weidete sich an ihrem Anblick.

Alex dachte, er wage es nicht, sie zu berühren, aber schließlich griff er nach ihrem Haar und rieb die feuchten dunkelroten Strähnen zwischen seinen Fingerspitzen. Sein Blick folgte seiner Hand, die langsam ihren Hals hinunterwanderte bis zu ihrer Brust. Sein Daumen rieb geschickt die Knospe, bis sie hart wurde.

Ihr stockte der Atem und sie seufzte. »Ich dachte, du wolltest nicht versuchen, mich zu verführen?«

»Ich hab gelogen.«

Sie legten sich zusammen. Er zog die Decken hoch, nahm sie in die Arme, drückte sie an sich und küßte sie voller Zärtlichkeit.

»Du bist sehr klein«, flüsterte er an ihren Lippen. »Hab ich dir neulich nacht weh getan?«

»Nein.« Er hob den Kopf und sah sie mißtrauisch an. Sie duckte sich ängstlich. »Nur ein bißchen.«

Seine Hand umschloß ihren Hals und streichelte ihn: »Woher sollte ich denn wissen, daß du noch Jungfrau bist?«

»Solltest du auch nicht.«

»Wie kommt es, daß du es noch warst, Alex?«

Sie legte den Kopf zur Seite und sah ihn an. »Sind denn die Gründe so wichtig, Reede?«

»Nur, weil du mich gelassen hast.«

»Dich *lassen* ist mir nie in den Sinn gekommen. Es ist einfach passiert.«

»Und, bedauerst du's?«

Sie legte ihre Hand an seine Wange und zog seinen Kopf zu sich. Sie küßten sich lange und gierig. Seine Hand hatte wieder den Weg zu ihrer Brust gefunden, als der Kuß endete. Er schob die Decke beiseite und beobachtete, wie seine Finger ihren Nippel liebkosten.

»Reede«, sagte sie zögernd, »das ist mir peinlich.«

»Ich möchte es anschauen. Sag mir nur, wenn du frierst.«

»Ich friere nicht.«

Sie machte schon kleine sehnsüchtige Geräusche, ehe er den Kopf beugte und sein Mund ihren Nippel umschloß. Er saugte und liebkoste ihn mit großem Geschick. Seine Hand strich genüßlich über die Einbuchtung ihrer Taille, und dann glitt sie über die Rundung ihrer Hüften und Schenkel. Er berührte spielerisch ihren Nabel, rieb die weiche Haut darunter mit seinen Knöcheln, faßte in das Delta krauser Haare, und seine Augen wurden dunkelgrün.

»Ich möchte, daß du diesmal kommst«, murmelte er.

»Ich will es auch.«

Seine Hand glitt zwischen ihre Schenkel. Sie bäumte ihm ihre Hüften entgegen, war bereits feucht. Seine Finger versenkten sich in sie.

»Reede«, sie keuchte vor Wonne.

»Pssst, genieß es einfach.«

Sein Daumen spielte mit dem empfindlichen kleinen Lustknopf, während er ihren empfänglichen Mund mit feurigen Küssen überhäufte.

»Ich glaube, es passiert gleich«, hauchte sie zwischen den Küssen.

»Noch nicht, rede mit mir. Ich komm nie dazu, im Bett zu reden.«

»Reden?« Sie konnte nicht mal denken. »Worüber denn?«

»Egal. Ich will nur deine Stimme hören.«

»Ich... ich weiß nicht...«

»Rede, Alex.«

»Ich schau dir gerne beim Kochen zu«, prustete sie.

»Was?« Er lachte.

»Es war sehr männlich, wie du mit dem Geschirr und den Pfannen herumgepoltert hast. Du bist schlampig. Du hast die Eier nicht aufgeschlagen, du hast sie zertrümmert. Du warst hinreißend ungeschickt.«

»Du bist verrückt.«

»Du machst mich verrückt.«

»Tu ich das?«

Sein Kopf rutschte weiter nach unten, er streichelte ihren Bauch mit seiner Zunge. Sein Daumen rieb sie immer weiter, provozierte, reizte sie bis zum Äußersten, und seine Finger glitten hin und her, immer tiefer in sie. Empfindungen schäumten wie Wellen in ihrem Unterleib, Wärme durchströmte sie. Alles konzentrierte sich auf die Bewegung seines Daumens, und als er ihn durch seine Zungenspitze ersetzte, schrie sie auf.

Sie packte ihn an den Haaren und bäumte ihre Hüften seinem heißen, gierigen Mund entgegen, dem wirbelnden Zauber seiner Zunge.

Erst nachdem die Nachbeben verebbt waren, öffnete sie die Augen. Sein Gesicht war über das ihre gebeugt. Feuchte Haarsträhnen klebten ihr an Wange und Hals. Er zog sie neben sich und bettete sie aufs Kissen.

»Was sagt eine Frau in einem Augenblick wie diesem, Reede?«

»Nichts«, brummte er. »Dein Gesicht hat alles gesagt. Ich hab noch nie zuvor einer Frau dabei ins Gesicht gesehn.«

Alex war tief gerührt von diesem Geständnis, versuchte es aber locker zu nehmen. »Gut. Dann weißt du ja nicht, ob ich es richtig gemacht habe oder nicht.«

Er sah hinunter auf ihre geröteten Brüste, die Feuchtigkeit, die ihr Schamhaar glänzen ließ. »Du hast es richtig gemacht.«

Sie strich ihm liebevoll durchs Haar. »Es hätte schon früher passieren können, weißt du – wie an diesem Abend auf dem Flugplatz. Oder damals in Austin, als du mich nach Hause gebracht hast. Ich hab dich angebettelt, die Nacht bei mir zu bleiben. Warum hast du es mir verweigert?«

»Weil du mich aus den falschen Gründen haben wolltest. Ich wollte eine Frau und nicht ein kleines verlorenes Mädchen, das auf der Suche nach ihrem Daddy ist.« Er musterte ihr skeptisches Gesicht. »Du stimmst mir anscheinend nicht zu.«

Sie konnte seinen prüfenden Blick nicht ertragen und konzentrierte sich auf einen Punkt über seiner Schulter. »Bist du sicher, daß das der Grund war? Oder hat dir jemand anders vorgeschwebt?«

»Du meinst nicht jemanden, du meinst Celina.« Alex drehte den Kopf weg. Reede packte sie am Kinn und zwang sie, ihn anzusehen. »Hör zu, Alex. Ich war stocksauer über das, was du neulich nacht zu mir gesagt hast, von wegen, ich hätte mir von dir genommen, was ich immer schon von Celina haben wollte. Ich möchte, daß du eins verstehst. Wir sind die einzigen beiden Leute hier. Es gibt niemanden zwischen uns, auch keine Gespenster. Hast du das kapiert?«

»Ich glaube...«

»Nein.« Er schüttelte den Kopf so heftig, daß ihm seine Strähnen über die grünen Augen fielen. »Glaub nicht bloß – *weiß es.* Du bist die einzige Frau, die ich momentan im Kopf habe. Du bist die einzige Frau in meinem Kopf, seit du mir begegnet bist. Du bist die einzige Frau, die ich jede wache Minute ficken will und von der ich träume, daß ich sie ficke, wenn ich schlafe.

Ich bin zu alt für dich. Es ist dumm und wahrscheinlich falsch von mir, daß ich dich haben will. Es ist scheißkompliziert. Aber ob richtig oder falsch, egal wessen Tochter du bist, ich will dich.« Er grub sich bis zum Anschlag in sie. »Kapiert?« Er stieß fester, härter, heißer zu und stöhnte: »Kapiert?«

Er machte es ihr begreiflich.

Junior erwachte kurz vor Sonnenaufgang, eine Seltenheit bei ihm. Er hatte eine schlechte Nacht hinter sich. Auf Reedes Vorschlag hin hatte er für ein paar Stunden bei Stacey gesessen. Ihr Arzt hatte ihr ein Beruhigungsmittel gegeben, aber die Wirkung blieb aus. Jedesmal wenn Junior dachte, sie wäre eingeschlafen, und den Stuhl neben ihrem Bett verließ, wachte sie auf, klammerte sich an seine Hand und bettelte, sie nicht allein zu lassen. Er war erst lange nach Mitternacht heimgekehrt und dann immer wieder aufgewacht, aus Sorge um Alex.

Kaum hatte er die Augen aufgeschlagen, griff er nach dem Telefon und wählte die Nummer des Westerner Motels. Er befahl dem Portier, der mürrisch und müde war in diesen letzten Minuten seiner Schicht, ihn mit ihrem Zimmer zu verbinden. Das Telefon klingelte zehnmal.

Er legte auf und rief im Büro des Sheriffs an. Ihm wurde mitgeteilt, Reede wäre noch nicht da. Er bat, ihn über Mobilfunk anzurufen, aber es hieß, der wäre nicht eingeschaltet. Bei Reede zu Hause erwischte er das Besetztzeichen.

Frustriert sprang er aus dem Bett und zog sich an. Er konnte die Ungewißheit über Alex' Verbleib nicht ertragen. Bei Reede würde er anfangen, nach ihr zu fahnden.

Er schlich sich am Schlafzimmer seiner Eltern vorbei, obwohl er hörte, daß sich hinter ihrer Tür schon etwas regte. Angus würde mit ihm über die Transaktion reden wollen, die er mit Richter Wallace wegen seiner Heirat mit Stacey getätigt hatte. Junior fühlte sich dem noch nicht gewachsen.

Draußen stieg er in seinen Jaguar. Es war ein kalter, aber klarer Morgen. Die Fahrt zu Reedes Haus dauerte nur wenige Minuten. Er war froh, als er den Blazer vor der Tür stehen sah und den Rauch, der aus dem Schornstein aufstieg. Reede war ein Frühaufsteher. Hoffentlich hatte er schon Kaffee gekocht!

Junior joggte über die Veranda und klopfte an der Haustür. Er stand da und hüpfte von einem Fuß auf den anderen, blies sich in die Hände, um sie zu wärmen. Nach langem Warten öffnete Reede die Tür. Er hatte nur Jeans an, und sein Gesicht war verschlafen und mißmutig.

»Wie spät ist es denn, verflucht noch mal?«

»Erzähl mir ja nicht, daß ich dich aus dem Bett geholt habe«, sagte Junior ungläubig. Er öffnete das Fliegengitter und trat ins Wohnzimmer. »Für dich ist es doch schon spät, oder?«

»Was willst du hier? Was ist los?«

»Ich hab gehofft, das könntest du mir sagen. Alex ist die ganze Nacht nicht ans Telefon gegangen. Hast du eine Ahnung, wo sie steckt?«

Zuerst bemerkte er aus dem Augenwinkel die Matratze auf dem Boden vor dem Kamin, dann eine Bewegung. Er drehte den Kopf und sah sie im Gang zu Reedes Schlafzimmer stehen. Ihr Haar war zerzaust, die Lippen voll und rot, die Beine nackt. Sie trug das Oberteil eines Schlafanzugs, den er Reede anläßlich seiner Blinddarmoperation geschenkt hatte. Sie sah wollüstig und nach einer Liebesnacht aus.

Junior fiel einen Schritt zurück, ihm stockte der Atem. Er ließ sich gegen die Wand fallen, schaute hoch zur Decke und lachte.

Reede legte die Hand auf seinen Arm. »Junior, ich…«

Junior schüttelte wütend die Hand seines Freundes ab. »Es war nicht genug, daß du ihre Mutter gehabt hast, was? Du brauchtest sie auch noch.«

»So ist das nicht«, sagte Reede mit eisiger Stimme.

»Nein? Dann sag mir, wie es ist! Du hast mir neulich nachts grünes Licht gegeben. Du hast gesagt, du willst sie nicht.«

»Ich hab nichts dergleichen gesagt.«

»Aber Hände weg hast du ganz bestimmt nicht gesagt. Du warst schneller als eine Klapperschlange, als du merktest, daß ich interessiert bin. Warum denn die Eile? Hast du Angst gehabt, wenn sie zuerst mit mir schläft, hat sie vielleicht keine Lust mehr, Qualität für ein billiges Leben aufzugeben?«

»Junior, hör auf!« schrie Alex.

Junior nahm sie nicht wahr. Er hatte nur Reede im Visier. »Warum, Reede, warum mußt du dir alles nehmen, was ich will? Footballtrophäen, den Respekt meines Vaters. Du wolltest Celina gar nicht mehr, aber du hast dafür gesorgt, daß ich sie deshalb auch nicht kriege, nicht wahr?«

»Halt die Klappe«, sagte Reede und machte einen bedrohlichen Schritt auf ihn zu.

Juniors Finger zielte auf Reedes Brust. »Komm mir nicht zu nahe, hörst du? Halt dich ja fern!«

Er stürmte zur Haustür hinaus und knallte sie hinter sich zu. Das kleine Haus erbebte. Nachdem das Röhren des Jaguars verhallt war, ging Reede zur Küche. »Magst du Kaffee?«

Alex war schockiert von dem, was Junior gesagt hatte, und noch schockierter über Reedes Reaktion. Sie rannte in die Küche. Kaffee ergoß sich aus der Kanne, als sie Reede am Arm packte und ihn herumriß.

»Bevor ich mich endgültig in dich verliebe, Reede, gibt es etwas, was ich dich noch ein allerletztes Mal fragen muß.« Sie holte tief Luft. »Hast du meine Mutter getötet?«

Mehrere Herzschläge verhallten, dann erwiderte er: »Ja.«


43

Fergus Plummet stand neben dem Bett und sah bebend vor Wut hinunter auf seine schlafende Frau. »Wanda, wach auf.« Sein herrischer Ton hätte Tote wecken können.

Wanda schlug die Augen auf und setzte sich benommen und schlaftrunken auf. »Fergus, wie spät...« Mit einem Schlag wurde ihr alles klar, als sie sah, was er in der Hand hielt – fünf belastende Hundertdollarscheine.

»Steh auf«, befahl er, dann marschierte er aus dem Zimmer.

Wanda stand schlotternd vor Angst auf. Sie zog sich an, so schnell sie konnte, und raffte hastig ihre Haare zusammen, damit er ja keinen Makel an ihr fände.

Er erwartete sie in der Küche, saß hoch aufgerichtet am Tisch. Sie näherte sich ihm demütig, wie ein Büßer.

»Fergus, ich ... ich hab es als Überraschung aufgehoben.«

»Schweig!« brüllte er. »Du wirst schweigen und in dich gehen, bis ich dir erlaube zu reden.« Seine anklagenden Augen durchbohrten sie. Sie beugte beschämt den Kopf.

»Woher hast du das?«

»Es ist gestern mit der Post gekommen.«

»Mit der Post?«

Sie nickte heftig. »Ja, in diesem Umschlag.« Er lag neben seiner Kaffeetasse.

»Warum hast du es vor deinem Ehemann versteckt, dem du dich laut der Heiligen Schrift zu unterwerfen hast?«

»Ich«, begann sie, leckte sich nervös die Lippen, »ich hab es aufgehoben, um es dir als Überraschung zu geben.«

Seine Augen schwelten vor Mißtrauen. »Wer hat es geschickt?«

Wanda hob den Kopf und sah ihn ratlos an. »Ich weiß es nicht.«

Er schloß die Augen und wiegte sich wie in Trance hin und her. »Satan, ich befehle dir, entlasse sie aus den bösen Klauen. Du beherrschst ihre verlogene Zunge. Gib sie zurück im Namen ...«

»Nein!« schrie Wanda. »Ich lüge nicht. Ich dachte, es kommt wahrscheinlich von einem dieser Leute, mit denen du am Telefon über das geredet hast, was du draußen auf der Minton Ranch gemacht hast.«

Er schoß wie eine Natter aus dem Stuhl, um den Tisch herum und wälzte sich auf sie zu. »Wie kannst du es wagen, das zu erwähnen? Hab ich dir nicht gesagt, du darfst nie, *niemals* ein Sterbenswort darüber verlauten lassen?«

»Ich hab es vergessen«, stotterte sie und duckte sich verängstigt. »Ich dachte, das Geld kommt vielleicht von jemandem, der das, was du getan hast, zu schätzen weiß.«

»Ich weiß, von wem es kommt«, zischte er.

»Von wem?«

»Komm mit.« Er packte sie an der Hand und zerrte sie zur Tür, die die Küche mit der Garage verband.

»Wohin gehen wir, Fergus?«

»Warte ab und sieh. Ich möchte, daß sich die Sünder von Angesicht zu Angesicht gegenüberstehen.«

»Die Kinder sind...«

»Gott wird über sie wachen, bis wir wieder zurück sind.«

Mit der zitternden Wanda neben sich fuhr Plummet durch die schlafenden Straßen der Stadt. Auf dem Highway angelangt, fuhr er in Richtung Westen. Er schien die Kälte nicht zu spüren, der Mantel der Rechtschaffenheit wärmte ihn wohl. Als er in die Abzweigung einbog, starrte ihn Wanda fassungslos an, aber er sah sie mit einem so vernichtenden Blick an, daß sie beschloß, keinen Mucks von sich zu geben.

Vor einem großen Haus blieb er stehen und befahl seiner Frau, aus dem Wagen zu steigen. Seine Schritte dröhnten über die Holztreppe, und sein Klopfen tönte laut durch die Stille des frühen Morgens. Niemand reagierte auf sein erstes Klopfen, also schlug er fester an die Tür. Als immer noch niemand kam, hämmerte er gegen das Fenster daneben.

Nora Gail öffnete persönlich und zielte mit dem Lauf einer kleinen Pistole direkt auf seine Stirn. »Mister, ich hoffe, Sie haben einen verdammt guten Grund, meine Tür halb einzuschlagen und mich zu dieser unchristlichen Stunde aus dem Bett zu schrecken.«

Fergus hob die Hände über sein gebeugtes Haupt und beschwor Gott und seine Engelscharen, die Sünderin von ihren Sünden reinzuwaschen.

Nora Gail schob ihn beiseite und ging auf ihre Schwester zu. Sie sahen sich an. Nora Gail, deren platinweißes Haar strahlend glänzte, sah wunderbar aus für jemanden, der gerade aus dem Bett geholt worden war. Der ständige Gebrauch kostspieliger Cremes erhielt ihr einen blühenden Teint. Sie trug einen prachtvollen Morgenmantel aus rosa Satin, mit Orientperlen bestickt. Neben ihr sah Wanda aus wie ein übergewichtiges Suppenhuhn.

»Es ist kalt hier draußen«, bemerkte Nora Gail, als hätten sie sich erst gestern das letzte Mal gesehen. »Gehn wir hinein.« Sie führte ihre gaffende Schwester über die Schwelle des Bordells. Im Vorbeigehen gab sie Fergus einen Rempler zwischen seine mageren Rippen: »Prediger, wenn Sie nicht sofort mit diesen lärmigen Gebeten aufhören, schieß ich Ihnen die Eier weg, verstanden?«

»Ah-men«, rief er und beendete umgehend sein Gebet.

»Danke«, sagte Nora Gail amüsiert. »Die Gebete kann ich sicher brauchen. Kommen Sie, ich wollte sowieso mit Ihnen reden.«

Kurz darauf waren sie um den Tisch in ihrer Küche versammelt, der ganz gewöhnlich und gar nicht sündig aussah. Kaffee war gekocht und in feine Porzellantassen gegossen. Fergus befahl Wanda, ihn zu meiden, als wäre es ein giftiges Gebräu.

»Sie können uns nicht besiegen«, sagte Fergus voller Inbrunst. »Gott ist auf unserer Seite, und er ist bitterlich enttäuscht von Ihnen, weil Sie unsere schwächeren Brüder auf den Pfad der Verworfenheit locken.«

»Sparen Sie sich das«, Nora Gail winkte ab. »Ich fürchte Gott, ja, aber das, was zwischen ihm und mir ist, betrifft allein mich und nicht Sie. Das einzige, was mir an Ihnen Angst macht, Prediger, ist Ihre Dummheit.«

Er plusterte sich auf wie ein räudiger Rabe. Sein Gesicht schwoll an vor Wut. »Habt Ihr meiner Frau etwas von Eurem besudelten Geld geschickt?«

»Ja, so wie sie und die Kinder aussehen, dachte ich, sie könnten es gebrauchen.«

»Wir brauchen Ihr Geld nicht.«

Nora Gail beugte sich vor, lächelte und sagte leise zu Fergus: »Sie haben es mir aber auch nicht vor die Füße geworfen, nicht wahr?«

Sein Mund zog sich zusammen wie ein Klingelbeutel. »Ich habe noch nie ein Geschenk zurückgewiesen, das Gott so großzügig gibt.«

»Da bin ich mir sicher.« Nora Gail ließ ungerührt zwei Stück Zucker in ihren Kaffee fallen. »Deswegen möchte ich Ihnen gerne ein Angebot machen, *Reverend* Plummet.«

»Ich mache keine Geschäfte mit den Gottlosen. Ich bin hierhergekommen als Bote des Herrn, um Sie vor seinem Zorn zu warnen, um Ihre Beichte...«

»Was würden Sie zu einer neuen Kirche sagen?«

Die Litanei des Predigers wurde jäh unterbrochen. »Was?« Nora Gail rührte in ihrem Kaffee. »Wie würde Ihnen eine neue Kirche gefallen? Eine große, prächtige Kirche, die alle anderen in der Stadt in den Schatten stellen würde, sogar die der Baptisten.« Sie nippte an ihrem Kaffee. »Wie ich sehe, hat es Ihnen die Sprache verschlagen, was an sich schon ein Segen ist.«

Wieder lächelte sie wie eine Katze, die gerade den Sahnetopf sauber geleckt hat. »Sobald Purcell Downs fertiggebaut ist, werde ich sehr reich und sehr respektabel sein. Es wäre zu Ihrem Vorteil, Prediger, meine großzügigen Spenden anzunehmen, die beachtlich wären und regelmäßig. Dann können die Talk-Shows, wenn sie hier rauskommen und über mich als eine der reichsten Geschäftsfrauen im Bezirk berichten, auch veröffentlichen, was für ein großzügiger und wohltätiger Mensch ich bin.

Und für diese schicke Kirche, die ich Ihnen bauen werde«, sagte sie und beugte sich wieder vor, »können Sie sich revanchieren, indem Sie Ihr übereifriges Maul zügeln und nichts mehr über Pferdewetten von sich geben. Es gibt genug andere Sünden zu geißeln. Wenn Ihnen das Predigtmaterial ausgeht, bin ich nur zu gerne bereit, Ihnen ein paar Fehltritte zu verraten; ich hab sie alle begangen, Schätzchen.«

Er japste wie ein gestrandeter Fisch. Die Bordellchefin besaß zweifellos seine Aufmerksamkeit.

»Und Sie würden keine solchen Nummern mehr abziehen müssen wie draußen auf der Minton-Ranch. Ja«, sie stoppte sein Leugnen mit einer Bewegung ihrer beringten Hand. »Ich weiß, daß Sie es getan haben. Ihretwegen mußte ein wertvolles Pferd eingeschläfert werden, und das trifft mich wirklich auf die Backe.«

Ihre Augen wurden schmal: »Wenn Sie je wieder so etwas Dämliches machen, zieh ich Ihnen die Kanzel unterm Hintern weg, Meister Prediger. Ich habe Pläne, verstehen Sie, und ich schlage jeden nieder, der sich denen in den Weg stellt. Wenn Sie ein Problem haben, das Sie gelöst haben wollen, dann kommen Sie zu mir. Überlassen Sie die Rachefeldzüge jemandem, der was davon versteht und sich nicht erwischen läßt.« Sie lehnte sich in ihrem Stuhl zurück. »Nun?«

»Sie ... Sie haben mir viel Stoff zum Denken gegeben.«

»Nicht genug. Ich will Ihre Antwort heute. Jetzt sofort. Wollen Sie eine große religiöse Nummer in einer schönen neuen Kirche werden, oder wollen Sie in den Knast? Wenn Sie nämlich zu meinem Angebot nicht ja sagen, werde ich meinen Kumpel Reede Lambert anrufen und ihm sagen, daß ich einen Augenzeugen für den Überfall auf die Ranch habe. Was darf's sein, Schätzchen – Kanzel oder Knast?«

Fergus schluckte. Er kämpfte mit sich, seinem Gewissen, aber es dauerte nicht lange. Er nickte einmal kurz.

»Gut. Oh, da ist noch etwas«, fuhr Nora Gail mit derselben zuckersüßen Stimme fort. »Hören Sie auf, meine Schwester wie einen Fußabstreifer zu behandeln. Man hat Sie dabei beobachtet, wie Sie sie neulich abends im Büro des Sheriffs öffentlich abgekanzelt haben. Wenn ich je Wind davon bekomme, daß sich so etwas wieder ereignet hat, werde ich Ihnen persönlich Ihren armseligen Schniedelwutz abschneiden und ihn an den nächstbesten Hund verfüttern. Okay?«

Er schluckte mit einiger Mühe.

»Ich werde Wanda Gail auf eine Schönheitsfarm in Dallas schicken, wo sie zwei Wochen lang verwöhnt wird, was ohnehin viel zu wenig Urlaub von Ihnen ist. Wie wollen Sie denn Leute in Ihre neue Kirche locken, wenn Ihre Frau aussieht wie eine zerdetschte Kröte? Diesen Sommer fahren Ihre Kinder ins Camp. Sie werden neue Fahrräder und neue Baseballhandschuhe kriegen, weil ich Ihre Regel ›Keine Spiele‹

abschaffe und sie nächsten Frühling in die Kinderliga einschreibe.« Sie zwinkerte. »Ihre Tante Nora Gail wird das gottverdammt Beste sein, was diesen Kindern je begegnet ist. Haben Sie das alles kapiert, Prediger?«

Plummet nickte noch einmal verdattert.

»Gut.« Sie lehnte sich zurück und schwang gelassen ein Bein hin und her. »Nachdem wir jetzt klar Schiff gemacht haben, reden wir über Bedingungen. Sie werden die erste Spende an dem Tag erhalten, an dem die Lizenz endgültig bestätigt ist, und danach jeden Ersten des Monats eine weitere. Die Schecks werden vom Konto der NGB Incorporated abgebucht, ich brauche die Steuerermäßigung«, sagte sie lachend.

Jetzt wandte sie sich ihrer Schwester zu. »Wanda Gail, warte nicht, bis ich dich nach Dallas schicke. Nimm das Geld, das ich dir gestern zukommen ließ, und kauf für dich und die Kinder was zum Anziehen. Und, um Himmels willen, mach was mit deinen Haaren. Sie sehn beschissen aus.«

Wandas Augen füllten sich mit Tränen. »Danke, danke.«

Nora Gail wollte nach der Hand ihrer Schwester greifen, besann sich aber eines Besseren und zündete sich statt dessen eine ihrer schwarzen Zigaretten an. Durch eine dichte Wolke beißenden Rauchs erwiderte sie: »Nichts zu danken, Schätzchen.«

## 44

»Junior?«

Er wandte sich von der Bar ab, wo er sich gerade innerhalb von zehn Minuten den zweiten Drink mixte. »Guten Morgen, Mutter. Möchtest du eine Bloody Mary?«

Sarah Jo durchquerte den Raum und riß die Flasche Wodka aus seiner Hand. »Was ist denn mit dir los?« fragte sie, in wesentlich gereizterem Ton, als er von ihr gewöhnt war. »Warum trinkst du schon so früh am Morgen?«

»So früh ist es nun auch wieder nicht, wenn man bedenkt, wann ich aufgestanden bin.«

»Du warst fort. Ich hab dich gehen hören. Wo warst du?«

»Das würde ich auch gerne wissen«, sagte Angus und kam ins Zimmer. »Ich muß mit dir reden.«

»Laß mich raten«, sagte Junior und versuchte krampfhaft, fröhlich zu klingen. »Es geht um Richter Wallace...«

»Richtig.«

»Und meine Ehe mit Stacey.«

»Ja«, gab Angus widerwillig zu.

»Ich wette, du willst mir erklären, warum es so maßlos wichtig war, daß ich sie damals geheiratet habe.«

»Es war zu deinem Besten.«

»Soviel hast du mir bereits vor fünfundzwanzig Jahren gesagt. Es war ein Kuhhandel, stimmt's? Du hast ihn dazu gebracht, Celinas Mordfall abzuschließen im Austausch für meine Ehe mit Stacey. Liege ich richtig? Alex ist auch soweit gekommen. Als sie den Richter mit ihrer Hypothese konfrontierte, hat er sich umgebracht.«

Sarah Jo war aschfahl geworden. Angus reagierte mit Wut. Seine Hände ballten sich zu Fäusten. »Es war das beste, was ich damals tun konnte. Ich konnte nicht zulassen, daß es eine endlose Untersuchung gibt. Um meine Familie und mein Geschäft zu schützen, blieb mir keine andere Wahl, als den Richter um diesen Gefallen zu bitten.«

»Hat Stacey davon gewußt?«

»Von mir nicht. Ich bezweifle, daß Joe es ihr je erzählt hat.«

»Dafür danke ich Gott.« Junior ließ sich in einen Stuhl fallen und niedergeschlagen den Kopf hängen. »Dad, du weißt genausogut wie ich, daß Gooney Bud unschuldig war.«

»Davon weiß ich überhaupt nichts.«

»Ach komm. Er war harmlos. Du hast gewußt, daß er Celina nicht umgebracht hat, aber du hast zugelassen, daß er dafür bestraft wurde. Warum hast du den Dingen nicht einfach ihren natürlichen Lauf gelassen? Auf lange Sicht wären wir alle besser damit gefahren.«

»Du weißt, daß das nicht stimmt, Junior!«

»Tu ich das?« Er hob den Kopf und fixierte seine Eltern mit brennenden Augen. »Wißt ihr, wen Reede heute morgen in seinem Bett hatte, ganz weich und sexy und befriedigt sah sie aus? Alex.« Er warf sich im Sessel zurück und stützte seinen Kopf auf die Lehne. Dann sagte er mit einem bitteren Auflachen: »Celinas *Tochter*, ist das zu fassen?«

»Alex hat die Nacht mit Reede verbracht?« brüllte Angus.

Sarah Jo schniefte angewidert. »Das überrascht mich nicht.«

»Warum hast du das nicht verhindert, Junior?« bellte Angus.

Junior spürte die wachsende Wut seines Vaters und schrie: »Ich hab's versucht.«

»Offensichtlich nicht gekonnt genug. In deinem Bett sollte sie jetzt sein, nicht in Reedes.«

»Sie ist eine erwachsene Frau. Sie braucht meine Erlaubnis nicht, um mit ihm ins Bett zu gehn. Mit irgend jemandem.« Junior erhob sich aus dem Sessel und schlich zur Bar.

Sarah Jo stellte sich ihm in den Weg. »Ich mag das Mädchen nicht. Sie ist genauso eine Schlampe wie ihre Mutter, aber wenn du sie für dich haben wolltest, warum hast du dann zugelassen, daß Reede Lambert sie kriegt?«

»Es ist wesentlich schlimmer als das, Sarah Jo«, Angus schwoll der Kamm. »Unsere Zukunft hängt von Alex' Urteil über uns ab. Ich hatte gehofft, daß sie ein Teil unserer Familie wird. Wie immer hat Junior den Job verbockt.«

»Kritisier ihn nicht, Angus.«

»Warum nicht, verflucht noch mal? Er ist mein Sohn. Ich darf ihn kritisieren, sooft ich will.« Er zwang sich, ruhig zu bleiben, und atmete tief durch. »Es ist jetzt zu spät rumzujammern, was wir alles versäumt haben. Wir haben ein größeres Problem als Juniors Liebesleben. Ich fürchte, wir können vor Gericht gestellt werden.« Er verließ den Raum und polterte zur Haustür hinaus.

Junior ging zur Bar und goß sich einen Wodka pur ein. Sarah Jo packte seinen Arm, als er das Glas ansetzen wollte. »Wann wirst du endlich begreifen, daß du genausogut bist wie Reede? *Besser*. Du hast deinen Vater wieder enttäuscht. Wann wirst du endlich etwas schaffen, was ihn stolz auf dich macht? Junior, mein Schatz, es ist höchste Zeit, daß du erwachsen wirst und zur Abwechslung einmal selbst die Initiative ergreifst.«

Alex starrte Reede fassungslos, entsetzt an. Er wischte gelassen den Kaffee mit dem Handrücken von der Theke und füllte weiter Kaffee in den Filter der Maschine. Sobald der Kaffee anfing, in die Glaskaraffe zu tropfen, wandte er sich ihr zu. »Du siehst aus, als hättest du einen Wurm verschluckt. Hast du etwa nicht erwartet, das zu hören?«

»Ist es wahr?« zögerte sie. »Hast du sie getötet?«

Er wandte sich ab, starrte ein paar Sekunden ins Leere, dann sah er sie wieder an, mit durchdringendem Blick. »*Nein*, Alex, ich hab Celina nicht umgebracht. Wenn ich es gewollt hätte, hätte ich es lange vor dieser Nacht getan, mit meinen bloßen Händen. Ich hätte das als gerechtfertigten Mord betrachtet. Ich hätte mir nicht die Mühe gemacht, ein Skalpell zu stehlen. Und ganz bestimmt nicht hätte ich diesen armen, behinderten Kerl dafür büßen lassen.«

Sie flog in seine Umarmung und preßte sich an ihn. »Ich glaube dir, Reede.«

»Na, das ist doch schon was.« Er strich ihr zärtlich über den Rücken. Sie kuschelte sich an seine Brust.

Er stöhnte leise, erregt, schob sie dann aber weg. »Der Kaffee ist fertig.«

»Geh bitte nicht weg. Ich hab noch nicht genug Umarmung gehabt.«

»Ich auch nicht«, sagte er und streichelte ihre Wange. »Aber Umarmen ist mir eigentlich zuwenig, und ich habe das dumpfe Gefühl, daß unser fälliges Gespräch nicht gerade die romantische Stimmung fördern wird.« Er goß zwei Tassen Kaffee ein und trug sie zum Tisch.

»Warum sagst du das?«

»Weil du wissen willst, ob ich weiß, wer in dieser Nacht in den Stall gegangen ist.«

»Weißt du's?«

»Nein, ich weiß es nicht«, sagte er mit Nachdruck. »Das schwöre ich bei Gott.«

»Aber du weißt, daß es entweder Junior oder Angus war?« Er verschränkte die Arme.

»Du wolltest nie wissen, wer von beiden, stimmt's?«

»Was spielt das für eine Rolle?«

Sie war entsetzt. »Für mich spielt es eine Rolle. Und für dich sollte es das auch.«

»Warum? Wenn ich es weiß, ändert das gar nichts. Es bringt Celina nicht zurück. Es wird deine unglückliche Kindheit nicht ändern oder meine. Würde dich deshalb deine Großmutter endlich lieben? Nein.«

Er sah, wie schockiert sie war, und sagte: »Ja, Alex, ich weiß, daß du dich zu Celinas Richter erkoren hast. Merle Graham hat stets einen Sündenbock gebraucht. Immer wenn Celina etwas ausgefressen hat, was sie falsch fand, hab ich die Schuld dafür gekriegt. ›Dieser kleine Lambert‹ hat sie mich immer genannt, immer mit ihrer sauertöpfischen Miene.

Es überrascht mich gar nicht, daß sie dir einen lebenslangen Schuldtrip aufgehalst hat. Sie hat nie die Schuld für Celinas Fehler bei sich gesucht. Und sie wollte nicht zugeben, daß Celina wie jedes andere menschliche Wesen, das je diese Welt schmückte, getan hat, was sie verdammt noch mal wollte, wenn ihr verdammt noch mal danach war, mit oder ohne Anstiftung. Also bist nur du übriggeblieben, die einzig wirklich Unschuldige in dieser ganzen Drecksgeschichte, der sie den schwarzen Peter zuschieben konnte.«

Er holte tief Luft. »Also, wenn du all das bedenkst, was kann es schon irgend jemandem nützen zu wissen, wer der Mörder war?«

»Ich muß es wissen, Reede«, sagte sie, den Tränen nahe. »Der Mörder war auch ein Dieb. Er hat mich beraubt. Meine

Mutter hätte mich geliebt, wenn sie am Leben geblieben wäre. Ich weiß es.«

»Beim Himmel, sie wollte dich nicht mal haben, Alex«, schrie er. »Genausowenig wie meine Mutter mich haben wollte. Ich hab mich ihretwegen nicht auf die große Suche begeben.«

»Weil du Angst davor hast«, schrie sie zurück.

»Angst?«

»Angst davor, von dem, was du rausfindest, verletzt zu werden.«

»Nicht Angst«, sagte er, »Gleichgültigkeit.«

»Ich bin nicht gleichgültig, Gott sei dank, ich bin nicht so kalt und gefühllos wie du.«

»Gestern nacht hast du das anders gesehen«, sagte er zornig, »oder bist du nur Jungfrau geblieben, weil du den anderen Männern, mit denen du dich verabredet hast, einen geblasen hast?«

Sie zuckte zusammen, als hätte er sie ins Gesicht geschlagen. Zutiefst getroffen starrte sie ihn an. Sein Gesicht war abweisend und feindselig, aber ihre Zerbrechlichkeit besiegte ihn. Er fluchte leise vor sich hin und rieb sich die Augen.

»Es tut mir leid. Das war überflüssig. Aber du treibst mich auf die Palme, wenn es um diese Sache geht.« Seine grünen Augen flehten sie an. »Gib es auf, Alex. Gib nach.«

»Das kann ich nicht.«

»Du willst nicht.«

Sie griff nach seiner Hand. »Reede, in dem Punkt werden wir uns nie einigen, und ich will nicht mit dir streiten.« Ihr Gesicht wurde zärtlich. »Nicht nach gestern nacht.«

»Einige Leute würden denken, daß das, was da drin vorgefallen ist«, er deutete in Richtung Wohnzimmer, »die Vergangenheit überwunden hätte.«

»Und, ist es deshalb passiert, in der Hoffnung, daß ich vergeben und vergessen werde?«

Er entriß ihr seine Hand. »Du legst es wirklich drauf an, mich stocksauer zu machen, nicht wahr?«

»Nein, ich versuche nicht, dich zu provozieren. Versteh doch bitte, daß ich nicht aufgeben kann, bis dieser Fall abgeschlossen ist.«

»Ich versteh es einfach nicht.«

»Dann akzeptiere es. Hilf mir.«

»Wie? Indem ich entweder meinen Mentor oder meinen besten Freund beschuldige?«

»Vorhin klang Junior gar nicht wie dein bester Freund.«

»Das war verletzter Stolz und Eifersucht.«

»Er war auch eifersüchtig in der Nacht, als Celina getötet wurde. Sie hat seinen Stolz verletzt. Sie hat seinen Heiratsantrag abgelehnt, weil sie immer noch dich geliebt hat. Hätte ihn das dazu bringen können, sie zu vernichten?«

»Denk darüber nach, Alex«, sagte er verärgert. »Wenn Junior die totale Wut gepackt hätte, hätte er da das Skalpell zur Hand gehabt, um damit auf sie einzustechen? Und glaubst du wirklich, daß Junior irgend jemanden töten könnte, egal wie rasend er getobt hat?«

»Dann war es Angus«, sagte sie leise.

»Ich weiß es nicht.« Reede sprang auf und begann hin- und herzulaufen. Diese Hypothese war vertraut, beängstigend.

»Angus war dagegen, daß Junior Celina heiratet.«

»Angus ist viel jähzorniger als Junior«, sagte sie, mehr zu sich selbst. »Ich hab ihn wütend gesehen. Ich kann mir vorstellen, daß er fähig ist, jemanden umzubringen, und auf jeden Fall hat er zu verzweifelten Maßnahmen gegriffen, um den Fall abzuschließen, bevor die Beweisführung ihm auf den Leib rücken konnte.«

»Wohin gehst du?« Reedes Kopf schnellte herum, als sie aufstand und zum Badezimmer ging.

»Ich muß mit ihm reden.«

»Alex!« Er eilte hinterher und rüttelte am Knopf der Tür, aber sie hatte sich eingesperrt. »Ich will nicht, daß du zur Ranch fährst.«

»Ich muß aber.« Sie öffnete fertig angezogen die Tür und hielt ihm ihre Hand hin. »Kann ich deinen Blazer borgen?«

Er starrte sie an. »Du wirst sein Leben auf den Kopf stellen. Hast du dir das überlegt?«

»Ja, und jedesmal, wenn mich das schlechte Gewissen packt, erinnere ich mich an meine einsame, lieblose Kindheit, die ich verbracht habe, während er reicher wurde.« Sie schloß die Augen und sammelte sich. »Ich will Angus nicht zerstören. Ich mache nur meine Arbeit, streite für das Recht. Ich mag ihn. Unter einem anderen Vorzeichen könnte ich ihn sehr gerne haben. Aber die Umstände sind eben so, wie sie sind, und ich kann sie nicht ändern. Wenn ein Mensch Schuld auf sich lädt, muß er dafür bestraft werden.«

»Also gut.« Er packte ihren Arm und zog sie an sich. »Was ist die Strafe für einen Ankläger, der mit einem Tatverdächtigen schläft?«

»Du bist kein Tatverdächtiger mehr.«

»Das hast du gestern nacht nicht gewußt.«

Sie entriß ihm empört ihren Arm, rannte los, schnappte sich seine Schlüssel von dem Tischchen, auf das er sie gestern nacht geworfen hatte.

Reede ließ sie gehen und rief im Gerichtsgebäude an. Ohne Vorrede brüllte er ins Telefon: »Schickt mir sofort einen Wagen hier raus.«

»Sie sind alle unterwegs, Sheriff. Alle außer dem Jeep.«

»Der muß genügen. Sorgt nur dafür, daß er hergebracht wird.«

## 45

Stacey Wallace Minton schockierte ihre Freunde, indem sie ins Wohnzimmer spazierte, korrekt gekleidet, trockenen Auges und scheinbar völlig gefaßt. Sie hatten sich aus Rücksicht auf ihr Leid nur flüsternd unterhalten in der Annahme, sie würde sich etwas Ruhe gönnen vor der Tortur, die ihr bevorstand.

Tupperwaredosen und feuerfeste Formen mit Salaten, Aufläufen und Desserts waren von einem steten Strom besorgter Bekannter angeliefert worden. Ohne Ausnahme hatten alle gefragt: »Wie kommt sie damit zurecht?«

So wie es aussah, hatte Stacey den Tod ihres Vaters durchaus bewältigt. Sie erschien, wie immer, makellos gekleidet und gepflegt. Wären da nicht die bläulichen Ringe unter ihren Augen gewesen, hätte man meinen können, sie wäre auf dem Weg zu einer Clubversammlung.

»Stacey, haben wir dich aufgeweckt? Wir haben einen Zettel an die Tür gehängt, damit die Leute klopfen, nicht klingeln.«

»Ich bin schon eine Weile wach«, beruhigte sie ihre Freunde. »Wann ist denn Junior gegangen?«

»Irgendwann nachts. Möchtest du etwas essen? Herrgott, hier ist genug Essen, um eine Armee zu füttern.«

»Nein danke, jetzt nicht.«

»Mr. Davis hat angerufen. Er muß mit dir die Beerdigung besprechen, sagte aber, er kann sich nach dir richten.«

»Ich werde ihm später Bescheid geben.«

Ihre Freunde beobachteten starr vor Staunen, wie sie zum Garderobenschrank ging und ihren Mantel herausholte. Sie tauschten besorgte und verwirrte Blicke.

»Stacey, Liebes, wo willst du hin?«

»Ich geh aus.«

»Wir nehmen dir gerne Besorgungen ab. Dafür sind wir doch hier.«

»Ich weiß euer Angebot zu schätzen, aber das ist etwas, was ich selbst erledigen muß.«

»Was sollen wir denn den Leuten sagen, die dich besuchen kommen?« fragte eine und folgte ihr alarmiert zur Haustür.

Stacey drehte sich um und erwiderte ruhig: »Sag ihnen, was immer du willst.«

Angus schien nicht überrascht, Alex zu sehen, als sie unangemeldet sein Arbeitszimmer betrat. Er saß auf dem Ledersofa und massierte die Zehe, die ihn nach wie vor quälte. »Ich hab Sie nicht reinkommen hören«, sagte er, »war selbst bis eben im Stall. Wir haben einen Zweijährigen mit Sehnenproblemen, das kann auch nicht schmerzhafter sein als diese elende Gicht.«

»Lupe hat mir gesagt, Sie wären hier hinten.«

»Wollen Sie frühstücken? Kaffee?«

»Nein danke, Angus.« Gastfreundlich bis zum bittern Ende, dachte Alex. »Wir müssen reden. Paßt es Ihnen jetzt?«

Er lachte. »Ob jetzt oder ein andermal spielt wohl keine Rolle bei dem, was wir zu besprechen haben. Passen wird mir das nie.« Sie setzte sich neben ihn aufs Sofa. Er musterte sie mit schlauen blauen Augen. »Hat er gequatscht, bevor er sich umgebracht hat?«

»Er hat mich nicht in sein Büro eingeladen, um ein Geständnis abzulegen, wenn Sie das meinen«, erwiderte sie, »aber ich weiß von Ihrem Geschäft mit ihm. Wie haben Sie Junior dazu gebracht, dabei mitzumachen, Angus?«

»Zu diesem Zeitpunkt«, sagte er, ohne ihre Behauptungen lange abzustreiten, »war dem Jungen völlig egal, was mit ihm passierte. Celinas Tod hatte ihn so schwer getroffen, daß er mit Joes Mädchen verheiratet war, bevor es ihm klarwurde. Wissen Sie was? Ich bin mir nicht sicher, ob er diese ersten Monate überstanden hätte, wenn Stacey nicht für ihn dagewesen wäre. Ich hab diesen Handel mit Joe nie bereut.«

»Wen haben Sie geschützt?«

Er wechselte ohne Überleitung das Thema. »Sie sehen ein bißchen mitgenommen aus. Hat Reede Sie heute nacht so hart geritten?«

Alex beugte verlegen den Kopf. »Junior hat es Ihnen erzählt?«

»Ja.« Er zog seinen Stiefel an und schnitt eine Grimasse, während er vorsichtig seine schmerzende Zehe hineinschraubte. »Ich kann nicht behaupten, daß ich überrascht bin – enttäuscht, aber nicht überrascht.«

Sie hob den Kopf. »Warum?«

»Wie die Mutter, so die Tochter. Reede hatte bei Celina immer einen Vorteil gegenüber jedem anderen Mann. So war es einfach. Chemie nennen sie das, glaube ich, heutzutage.« Er stellte seinen Fuß auf den Boden und lehnte sich im Sofa zurück. »Was ist zwischen euch beiden?«

»Es ist mehr als Chemie.«

»Sie lieben ihn also?«

»Ja.«

Sein Gesicht wurde besorgt. »Ich warne Sie, wie ein Daddy das tun würde, Alex. Es ist nicht leicht, einen Mann wie Reede zu lieben. Er hat große Schwierigkeiten, Zuneigung zu zeigen, und noch mehr, sie zu akzeptieren. Trotz seines Alters ist er immer noch verbittert, weil ihn seine Mama als Baby einfach im Stich gelassen hat.«

»Hat er deshalb Celina nicht verzeihen können, daß sie sich mit Al Gaither eingelassen und mich gekriegt hat?«

»Ich glaube schon. Er hat versucht nicht zu zeigen, wie weh ihm das getan hat. Ist hier rumgelaufen, als könne ihm ganz Texas gestohlen bleiben. Er hat seine Gefühle hinter dieser Mir-ist-alles-scheißegal-Fassade versteckt, aber er war absolut fertig, ich hab's gemerkt. Das hatte nichts mit Ihnen zu tun, verstehen Sie, aber er konnte Ihrer Mutter nie richtig verzeihen, daß sie ihn betrogen hat.«

»Und was ist mit Junior?«

»Junior konnte ihr nicht verzeihen, daß sie Reede mehr liebte als ihn.«

»Aber keiner von beiden hat sie umgebracht.« Sie sah ihm direkt in die Augen. »Sie waren das, nicht wahr?«

Er stand auf und ging zum Fenster. Er sah hinaus auf all das, was er aus dem Nichts aufgebaut hatte und jetzt verlieren könnte. Schwere Stille lag mehrere Minuten über dem Raum. Schließlich sagte er: »Nein, ich war es nicht.« Dann drehte er sich langsam um: »Aber ich wollte es tun.«

»Warum?«

»Ihre Mutter hat Spielchen gespielt, Alex. Ihr hat das gefallen. Als ich ihr das erste Mal begegnet bin, war sie noch ein kleiner Lausbub. Alles wäre vielleicht gut gelaufen, wenn sie so geblieben wäre. Aber sie ist älter geworden und hat gemerkt, daß sie Macht über diese beiden Jungen hatte – sexuelle Macht. Sie begann dem einen mit dem anderen einzuheizen.«

Alex' Herz schmerzte. Sie wagte kaum zu atmen. Es war wie in einem Horrorfilm, wenn man darauf wartet, daß das Monster endlich seinen Kopf aufrichtet. Sie wollte den ganzen Film sehen, aber noch fehlte ihr die Kraft. Er würde sicher nicht schön sein.

»Ich hab gesehen, wie es passierte«, sagte Angus, »aber ich konnte nicht viel dagegen machen. Sie hat sie gegeneinander ausgespielt.«

Seine Worte waren ein Echo dessen, was Nora Gail gesagt hatte. *Die Versuchung war einfach zu groß.*

»Je älter sie wurden, desto schlimmer wurde es«, fuhr Angus fort. »Die Freundschaft zwischen den beiden war wie ein glänzender Apfel. Celina fraß langsam den Kern weg, wie ein Wurm. Ich hab sie nicht besonders gemocht.« Er kehrte zum Sofa zurück und setzte sich. »Aber ich hab sie begehrt.«

Als Alex sicher war, daß sie sich nicht verhört hatte, konnte sie sich ein erschrockenes Keuchen nicht verkneifen. »*Was?*«

Angus grinste. »Vergessen Sie nicht, das war vor fünfundzwanzig Jahren mit dreißig Pfund weniger. Ich hatte das noch nicht.« Er rieb sich seinen vorstehenden Bauch. »Und ich hatte mehr Haare. Auch wenn ich das selber sage, war ich damals ein richtiger Ladykiller.«

»Ich bezweifle Ihre Anziehungskraft nicht, Angus, ich hatte nur keine Ahnung...«

»Das hatte niemand. Es war mein kleines Geheimnis. Selbst sie hat es nicht gewußt... bis zu der Nacht, in der sie starb.«

Alex stöhnte seinen Namen. Das Monster der Wahrheit war nicht nur häßlich, es war grauenerregend.

»Junior ist aus dem Haus gestürmt, um seinen Kummer zu ertränken. Celina ist in dieses Zimmer gekommen. Sie saß direkt da, wo Sie jetzt sitzen, und hat geweint. Sie hat mir gesagt, sie wüßte nicht, was sie tun sollte. Sie liebte Reede auf eine Art, wie sie nie einen anderen Mann lieben könnte. Junior mochte sie auch, aber nicht genug, um ihn zu heiraten. Sie wußte nicht, wie sie Sie alleine aufziehen sollte. Jedesmal, wenn sie Sie ansah, wurde sie an den Fehler erinnert, der ihre Zukunft für immer besiegelt hatte.

Sie hat immer weiter geredet, hat erwartet, daß ich Mitleid mit ihr habe, und ich sah nur, was für ein egoistisches kleines Luder sie war. Sie hatte sich selbst all diese Probleme aufgehalst. Ihr war es scheißegal, wie sehr sie andere Leute verletzte oder mit deren Leben spielte. Sie interessierte nur, ob sie etwas von ihnen hätte.«

Er schüttelte den Kopf voller Selbstverachtung. »Das hat mich nicht daran gehindert, sie zu begehren. Ich wollte sie mehr denn je. Ich glaube, ich habe das damit gerechtfertigt, daß sie nichts Besseres verdiente als einen geilen alten Bock wie mich.« Er holte tief Luft. »Auf jeden Fall hab ich mein Verslein aufgesagt.«

»Sie haben ihr gesagt..., daß Sie sie begehren?«

»Ich bin nicht gleich mit der Tür ins Haus gefallen, nein. Ich hab ihr angeboten, ihr irgendwo ein Haus außerhalb der Stadt einzurichten, irgendwo in der Nähe; hab ihr gesagt, ich würde für alles aufkommen. Sie müßte keinen Finger rühren, nur nett sein, wenn ich sie besuchen würde. Ich hab natürlich damit gerechnet, daß sie Sie mitbringt und auch Mrs. Graham, obwohl sich Ihre Großmama sicher nicht drauf eingelassen hätte. Kurzum«, schloß er, »ich hab sie gebeten, meine Mätresse zu werden.«

»Was hat sie gesagt?«

»Gar nichts, verflucht noch mal. Sie hat mich nur ein paar Sekunden lang angeschaut, und dann hat sie angefangen zu lachen.« Sein Blick ging Alex durch Mark und Bein, als er mit heiserer Stimme hinzufügte: »Und Sie wissen, wie sehr ich es hasse, wenn man mich auslacht.«

»Du dreckiger alter Bock!«

Beim Klang dieser Stimme schnellten beide Köpfe gleichzeitig herum. Junior stand mit wutverzerrtem Gesicht in der offenen Tür. Seine geballte Faust richtete sich anklagend auf seinen Vater. »Du wolltest nicht, daß ich sie heirate, weil du sie für dich selbst haben wolltest. Du hast sie umgebracht, weil sie deinen verachtenswerten Vorschlag nicht akzeptiert hat! Du gottverdammtes Schwein, deshalb hast du sie umgebracht!«

Die Straße schien noch holpriger als sonst. Oder vielleicht traf sie nur auf alle Schlaglöcher, weil sie halb blind vor Tränen war. Alex hatte auf der Rückfahrt zu Reedes Haus alle Mühe, den Blazer auf der Straße zu halten.

Als Junior sich auf Angus stürzte und begann, ihn mit Schlägen zu bearbeiten, war Alex aus dem Zimmer gerannt. Sie konnte das nicht mit ansehen. Ihre Ermittlungen hatten Sohn gegen Vater aufgebracht, Freund gegen Freund, und sie konnte das einfach nicht mehr ertragen. Sie war geflohen.

Alle hatten recht gehabt, sie gewarnt, aber sie wollte ja nicht hören. Getrieben von Schuldgefühlen, stur und furchtlos, bis an die Zähne bewaffnet mit einem unerschütterlichen Gefühl für Recht und Unrecht, angespornt vom Leichtsinn der Unreife, hatte sie auf verbotenem Gelände gegraben und geweihten Boden entehrt. Sie hatte den Zorn böser Geister geweckt, die längst zur Ruhe gebracht waren. Entgegen vernünftigem Rat hatte sie weitergewühlt. Jetzt protestierten diese Geister, manifestierten sich.

Sie mußte ein Brett vor dem Kopf gehabt haben zu glauben, Celina wäre eine zerbrechliche Heldin gewesen, tragisch aus der vollen Blüte der Jugend gerissen, eine junge Witwe mit gebrochenem Herzen, mit einem neugeborenen Kind im Arm, die entsetzt vor einer eiskalten Welt stand. Statt dessen war sie manipulativ, egoistisch und sogar grausam gegenüber den Leuten gewesen, die sie liebten.

Merle hatte ihr eingeredet, sie wäre für den Tod ihrer Mutter verantwortlich. Mit jeder Geste, jedem Wort, ob offen oder versteckt, hatte sie Alex das Gefühl gegeben, unzulänglich und schuldig zu sein.

Merle hatte sich geirrt. Celina hatte sich selbst ins Unglück manövriert. Alex nahm ihren ganzen Willen zusammen und befreite sich von der Last der Schuld und Reue. Sie war frei! Es spielte keine Rolle mehr, wessen Hand das Skalpell geschwungen hatte. Sie war nicht der Anlaß dafür gewesen.

Umgehend wollte sie dieses Gefühl der Befreiung mit Reede teilen. Sie parkte den Blazer vor seinem Haus, stieg aus und rannte über die Veranda. An der Tür zögerte sie und klopfte leise. Nach mehreren Sekunden zog sie sie auf und trat ein. »Reede?« Das Haus war düster und leer.

Sie ging auf das Schlafzimmer zu und rief noch einmal seinen Namen, aber er war offensichtlich nicht da. Sie drehte sich um und bemerkte ihre Handtasche, die übriggeblieben auf dem Nachttisch lag. Sie sah im Badezimmer nebenan nach, ob sie irgend etwas vergessen hatte, sammelte alles ein und steckte es in ihre Tasche.

Gerade als sie sie zuschnappen ließ, glaubte sie, das vertraute Quietschen der Eingangstür zu hören. Sie hielt inne und horchte »Reede?« Das Geräusch wiederholte sich nicht.

Die süßen Erinnerungen an gestern nacht umfingen sie, sie betastete Reedes Sachen auf dem Nachttisch – eine Sonnenbrille, ein Kamm, der selten benutzt wurde, eine Messinggürtelschnalle mit dem Staatssiegel von Texas. Ihr Herz quoll über vor Liebe, als sie sich zum Gehen wandte und wie angewurzelt stehenblieb.

Die Frau, die in der Tür zum Schlafzimmer stand, hielt ein Messer in der Hand.

## 46

»Habt ihr denn noch alle Tassen im Schrank?«

Reede packte Junior und riß ihn von seinem Vater weg, der am Boden lag. Blut tropfte von seiner verletzten Lippe über sein Kinn. Seltsamerweise lachte er.

»Wo hast du bloß gelernt, so zu kämpfen, mein Junge, und warum hast du das nicht schon öfter gemacht?« Er setzte sich auf und streckte Reede seine Hand entgegen. »Hilf mir.« Reede warf Junior einen warnenden Blick zu, dann ließ er ihn los und half Angus auf die Beine.

»Würde einer von euch mir vielleicht erzählen, was das bedeuten soll?« fragte Reede.

Nachdem der Jeep eingetroffen war, war er direkt zur Ranch gefahren, wo eine verstörte Lupe ihn mit der Nachricht begrüßte, Junior und Mr. Minton würden sich prügeln.

Reede war zum Arbeitszimmer gerast, wo die beiden ineinander verkeilt über den Boden rollten. Junior versuchte heftige, aber wirkungslose Schwinger gegen Angus' Kopf zu landen.

»Er wollte Celina für sich«, keuchte Junior, schwer atmend vor Wut und Anstrengung. »Ich hab gehört, wie er es Alex erzählt hat. Er wollte Celina als seine Mätresse etablieren. Als sie nein gesagt hat, hat er sie umgebracht.«

Angus tupfte sich gelassen mit einem Taschentuch das Blut vom Kinn. »Glaubst du das wirklich, Sohn? Glaubst du, ich würde alles opfern – deine Mutter, dich, dieses Haus – für diese kleine Schnepfe?«

»Ich hab gehört, wie du Alex gesagt hast, du wolltest sie haben.«

»Das wollte ich auch, vom Gürtel abwärts, aber ich hab sie nicht geliebt. Mir hat es nicht gefallen, wie sie sich zwischen dich und Reede stellte. Und du kannst Gift drauf nehmen, daß ich nicht einfach alles in meinem Leben weggeworfen hätte, indem ich sie umbrachte. Mir war vielleicht danach zumute, als sie über mein Angebot lachte, aber ich hab es nicht getan.« Sein Blick streifte die beiden Jüngeren. »Mein Stolz wurde verschont, da einer von euch beiden es für mich übernommen hat.«

Die drei Männer tauschten nervöse Blicke. Die vergangenen fünfundzwanzig Jahre waren zu diesem entscheidenden Moment zusammengeschrumpft. Bis jetzt hatte keiner von ihnen den Mut gehabt, die Frage zu stellen. Die Wahrheit wäre zu schmerzlich, um sie zu ertragen, also hatten sie geduldet, daß die Identität des Mörders ungeklärt blieb. Sie hatten sich stillschweigend auf Mundhalten geeinigt. Keiner von ihnen hatte wissen wollen, wer Celinas Mörder war.

»Ich hab das Mädchen nicht getötet«, sagte Angus. »Wie ich schon Alex sagte, hab ich ihr die Schlüssel zu einem der Autos gegeben, damit sie nach Hause fahren konnte. Als sie das Haus durch die Vordertür verließ, habe ich sie das letzte Mal gesehen.«

»Und ich war außer mir, weil sie mir einen Korb gegeben hat«, sagte Junior. »Ich hab eine Runde durch die Bierkneipen gedreht und mich bewußtlos gesoffen. Ich weiß nicht mehr, wo oder mit wem ich zusammen war. Aber ich glaube, ich würde mich erinnern, wenn ich sie erstochen hätte.«

»Mein Alibi beginnt vor dem Dessert«, sagte Reede, »als ich mich davonmachte, um Nora Gail zu vögeln. Ich bin etwa um sechs Uhr früh in den Stall gekommen. Und da war es geschehen.«

Angus schüttelte ratlos den Kopf. »Dann ist alles, was wir Alex erzählt haben, wahr.«

»Alex?« rief Reede. »Hast du nicht gesagt, sie wäre grade hiergewesen?«

»Dad hat mit ihr geredet, als ich reinkam.«

»Wo ist sie jetzt?«

»Da hat sie gesessen«, sagte Angus und deutete auf das Sofa. »Ich hab nichts mehr gesehen, nachdem Junior sich auf mich stürzte und mich niederschlug. Der hat mich wie ein gottverdammter Bulle angegangen«, sagte er und verpaßte seinem Sohn einen liebevollen Haken unters Kinn. Junior grinste siegreich wie ein kleiner Junge.

»Würdet ihr zwei bitte damit aufhören und mir sagen, wo Alex jetzt ist?«

»Beruhig dich, Reede. Sie muß irgendwo sein.«

»Ich hab sie hier nirgendwo gesehen«, schnauzte er und lief hinaus in die Halle.

»Es kann höchstens ein paar Minuten her sein«, Junior pfiff durch die Zähne. »Warum bist du denn so besorgt?«

»Kapierst du nicht?« fragte Reede über seine Schulter. »Wenn keiner von uns Celina umgebracht hat, dann läuft, wer es auch war, immer noch frei herum und ist genauso sauer auf Alex wie wir.«

»Du lieber Himmel, ich hab nicht gedacht ...«

»Du hast recht, Reede.«

»Kommt schon.«

Die drei Männer rannten zur Eingangstür hinaus. Gerade als sie die Treppe hinuntertrampelten, fuhr Stacey vor und stieg aus dem Wagen.

»Junior, Angus, Reede, ich bin froh, daß ich euch erwischt habe. Es geht um Alex.«

Reede fuhr den Jeep, als wäre ihm der Teufel persönlich auf den Fersen. An der Kreuzung vom Highway und der Privatstraße der Mintons holte er die Deputies ein, die ihm den Jeep gebracht hatten, und hielt den Streifenwagen an.

»Habt ihr meinen Blazer gesehen?« schrie er ihnen zu. »Alex Gaither hat ihn gefahren.«

»Ja, Reede, haben wir. Sie war auf dem Weg zu deinem Haus.«

»Sehr verbunden.« Seinen Fahrgästen schrie er zu »Festhalten« und machte eine halsbrecherische Wende.

»Was ist denn los?« fragte Stacey, die sich verzweifelt an den Überrollbügel des offenen Jeeps klammerte. In ihrer aufgeräumten Welt war ihr so etwas Lebensgefährliches noch nie widerfahren.

Es war unmöglich gewesen, die Mintons und Reede aufzuhalten. In ihrer Hast, zum Jeep zu kommen, hätten sie sie fast über den Haufen gerannt. Und sie hatten gebrüllt, wenn sie gleich jetzt mit ihnen reden wollte, müßte sie das unterwegs tun. Sie war mit Junior auf den Rücksitz geklettert, Angus hatte sich nach vorne zu Reede gehievt. »Alex ist vielleicht in Gefahr«, schrie Junior Stacey ins Ohr, damit sie ihn verstehen konnte. Der kalte Nordwind riß ihm die Worte aus dem Mund.

»Gefahr?«

»Das ist eine lange Geschichte.«

»Ich war in ihrem Motel«, schrie Stacey. »Der Portier hat gesagt, sie könnte auf der Ranch sein.«

»Was ist es denn so Wichtiges?« fragte Reede über die Schulter.

»Ich hab mir gestern nicht alles von der Seele geredet. Sie hat vielleicht nicht die Pistole gehalten oder den Abzug gedrückt, aber sie ist schuld an Daddys Tod.«

Junior legte den Arm um sie, zog sie an sich und küßte ihre Schläfe. »Stacey, laß es gut sein. Alex ist nicht der Grund, warum Joe sich umgebracht hat.«

»Es ist nicht nur das«, sagte Stacey verzweifelt. »Ihre Untersuchung hat Fragen aufgeworfen. Na ja, wir haben sehr bald nach dem Mord an Celina geheiratet. Die Leute dachten... du weißt doch, wie mißtrauisch und engstirnig sie sein können. Sie reden wieder drüber.« Sie sah ihn flehend an: »Junior, warum hast du mich geheiratet?«

Er legte einen Finger unter ihr Kinn. »Weil du eine schöne, dynamische Frau bist, das verdammt Beste, was mir je passiert ist, Stacey«, sagte er und meinte es auch. Er konnte sie nicht lieben, aber er wußte ihre Güte und Warmherzigkeit und ihre unerschütterliche Liebe zu ihm zu schätzen.

»Dann liebst du mich ein bißchen?«

Er lächelte sie an und sagte um ihretwillen: »Verflucht Mädchen, ich lieb dich sogar sehr.«

Ihre Augen glänzten vor Tränen. Sie strahlte so, daß sie fast hübsch aussah. »Danke, Junior.«

Angus beugte sich vor und zeigte zum Horizont: »Mein Gott, das sieht aus wie...«

»Rauch«, Reede beugte sich vor und trat das Gaspedal durch.

## 47

»Sarah Jo!« rief Alex. »Was, in aller Welt, machen Sie denn hier?«

Sarah Jo lächelte selbstzufrieden. »Ich bin Ihnen von meinem Haus gefolgt.«

»Warum?«

Alex' Blick fiel auf das Messer. Es war ein gewöhnliches Küchenmesser, in Sarah Jos Hand sah es aber gar nicht gewöhnlich aus. Bis jetzt hatte ihre Hand immer feminin und zerbrechlich gewirkt. Jetzt umklammerte sie das Messer wie der Knochenmann seine Sense.

»Ich bin hier, um mein Leben von einer weiteren lästigen Plage zu befreien.« Ihre Augen öffneten sich weit, dann wurden sie schmal. »Genau wie ich es damals in Kentucky gemacht habe. Mein Bruder hat das Fohlen gekriegt, das ich wollte. Es war nicht fair. Ich mußte ihn und das Fohlen loswerden, sonst hätte ich nie wieder glücklich sein können.«

»Was... was haben Sie gemacht?«

»Ich hab ihn in den Stall gelockt, indem ich ihm erzählt habe, das Fohlen hätte eine Kolik. Dann hab ich die Tür abgeschlossen und das Feuer angezündet.«

Alex schwankte vor Entsetzen. »Wie abscheulich!«

»Ja, das war es wirklich. Man konnte meilenweit brennendes Pferdefleisch riechen. Der Gestank ging tagelang nicht weg.«

Alex hielt sich mit zitternder Hand den Mund zu. Die Frau war offensichtlich psychisch krank und deshalb noch furchterregender.

»In der Nacht, in der ich Celina beseitigt habe, mußte ich kein Feuer anzünden.«

»Warum nicht?«

»Dieser Idiot, Gooney Bud, war ihr zur Ranch gefolgt. Ich bin ihm begegnet, als ich aus dem Stall kam. Er hat mich zu Tode erschreckt, wie er so reglos in den Schatten dastand. Er ist reingegangen und hat sie gesehen. Dann hat er sich auf sie geworfen und sich schrecklich aufgeführt. Ich hab gesehen, wie er Dr. Collins' Messer aufgehoben hat.« Sie grinste schadenfroh. »Da hab ich gewußt, daß ich kein Feuer anzünden und all diese wunderbaren Pferde nicht vernichten mußte.«

»Sie haben meine Mutter getötet«, wimmerte Alex unaufhörlich. »Sie haben meine Mutter getötet.«

»Sie war eine Schlampe.« Sarah Jos Gesicht veränderte sich schlagartig, wurde gehässig. »Ich habe jede Nacht darum gebetet, daß sie Reede Lambert heiratet. Auf die Weise wäre ich sie beide endlich losgeworden. Angus brauchte nur den einen Sohn, den, den ich ihm geschenkt habe«, schrie sie und schlug sich mit der freien Hand auf die Brust. »Warum brauchte er noch diesen Straßenköter um sich?«

»Was hatte das mit Celina zu tun?«

»Das dämliche Mädchen hat sich schwängern lassen. Danach wollte Reede sie nicht mehr haben.« Sie knirschte mit den Zähnen, ihr zartes Gesicht war eine wutverzerrte Fratze. »Und Junior hat nichts unversucht gelassen, um Reedes Platz einzunehmen. Er wollte sie tatsächlich heiraten. Man stelle sich vor, ein Presley heiratet so eine aus der Gosse mit einem unehelichen Kind. Niemals hätte ich meinen Sohn seine Zukunft wegschmeißen lassen wegen der.«

»Also haben Sie nach einer Gelegenheit gesucht, sie umzubringen.«

»Sie hat sie mir in den Schoß gelegt. Junior verließ in dieser Nacht das Haus, untröstlich! Dann hat sich Angus wegen ihr zum Narren gemacht.«

»Sie haben das Gespräch belauscht?«

»Ich hab an der Tür gehorcht.«

»Und Sie waren eifersüchtig.«

»Eifersüchtig«, lachte sie perlend. »Du lieber Himmel, nein. Angus hat immer andere Frauen gehabt, seit unserer Hochzeit. Ich hätte vielleicht gar nichts dagegen gehabt, daß er Celina hat, solange er sie außerhalb der Stadt untergebracht hätte und Junior aus den Augen. Aber dieses alberne Flittchen hat ihn ausgelacht – meinen Mann ausgelacht, nachdem er ihr sein Herz vor die Füße gelegt hatte!«

Ihre Augen blinzelten jetzt wild, und ihre Brüste bebten bei jedem ihrer heftigen Atemzüge. Ihre Stimme wurde immer schriller. Alex wußte, daß sie ganz behutsam vorgehen mußte, wenn sie sich da rausreden wollte. Sie rang immer noch um die passenden Worte, als sie mit einem Mal Rauch roch.

Ihr Blick wanderte von Sarah Jo zum Korridor. Flammen leckten die Wände des Wohnzimmers dahinter hoch.

»Sarah Jo«, sagte Alex, »ich würde gerne mit Ihnen darüber reden, aber ...«

»Rühr dich nicht vom Fleck!« befahl Sarah Jo schneidend und hob das Messer, als Alex einen zögernden Schritt machte. »Du bist hierhergekommen und hast angefangen, Ärger zu machen, genau wie sie. Du ziehst Reede meinem Sohn vor. Du brichst sein Herz. Angus ist besorgt und aufgeregt über Joe Wallace' Tod, an dem du auch schuld bist. Du mußt wissen, Angus hat geglaubt, einer der Jungen hätte sie getötet.«

Sie grinste verzerrt. »Ich hab gewußt, daß er das glauben würde und daß die Jungen auch keine Fragen stellen würden. Ich hab mich auf ihre Loyalität untereinander verlassen. Es war das perfekte Verbrechen. Angus dachte, er müßte die beiden schützen, und hat dieses Geschäft mit dem Richter abgeschlossen. Es war mir zuwider, daß Junior so jung heiratete, aber immer noch besser Stacey als das Biest Celina.«

Der Rauch wurde dichter. Er umwogte bereits Sarah Jo, die das scheinbar nicht bemerkte. »Du hast angefangen, zu viele Fragen zu stellen«, sagte sie mit bedauernder Miene zu

Alex. »Mit diesem Brief hab ich versucht, dich zu ängstigen. Ich hab's so hingedreht, daß er von diesem verrückten Reverend Plummet stammen konnte, aber ich hab ihn geschickt.« Sie suhlte sich in ihrem Triumph, das nutzte Alex, um sich langsam vorzutasten, Schritt für Schritt.

»Du hast den Wink nicht verstanden, also hab ich dich mit einem der Firmen-Pick-ups von der Straße gedrängt. Richter Wallace wäre wahrscheinlich noch am Leben und die Vereinbarung, die Angus mit ihm getroffen hat, immer noch ein Geheimnis, wenn du bei diesem Unfall nur gestorben wärst!« Sie schien wirklich enttäuscht. »Aber nach heute werde ich nicht...«

Alex warf sich nach vorn und schlug auf Sarah Jos Handgelenk. Sie war stärker, als sie aussah. Es gelang ihr, das Messer festzuhalten. Alex packte ihr Handgelenk, umklammerte es und versuchte, den Stößen auszuweichen, die auf ihren Körper zielten.

»Ich werde nicht zulassen, daß du meine Familie zerstörst«, fauchte Sarah Jo und holte mit dem Messer gegen Alex' Bauch aus.

Die beiden Frauen kämpften um den Besitz der Waffe. Sie fielen auf die Knie. Alex trachtete danach, die tödlichen Schwünge des Messers abzuwehren, aber der Rauch wurde allmählich so dicht, daß sie fast nichts mehr sehen konnte. Ihre Augen füllten sich mit Tränen. Sie bekam keine Luft, Sarah Jo stieß sie gegen die Wand. Beim Aufprall fühlte sie, wie die Naht auf ihrer Kopfhaut platzte.

Irgendwie gelang es ihr, auf die Füße zu kommen und Sarah Jo den Gang entlangzuzerren, wo der Rauch besonders qualmte. Alle Regeln der Flucht vor Feuer waren vergessen. Sie gab sich Mühe, den Atem anzuhalten, aber ihre Lungen verlangten Sauerstoff für die schwierige Aufgabe, Sarah Jo mitzuschleifen.

Sie waren schon fast beim Wohnzimmer angelangt, als Sarah Jo merkte, daß Alex die Oberhand gewonnen hatte. Sie bäumte sich noch einmal auf und wehrte sich heftiger denn je. Das Messer traf Alex' Knöchel, und sie schrie auf. Die Sägekante streifte ihre Wade, und sie taumelte zurück in Richtung Wohnzimmer.

Mit einem Mal löste sich Sarah Jo aus ihrem Griff. Und obwohl Alex noch vor wenigen Sekunden um ihre Haut gekämpft hatte, geriet sie jetzt bei dem Gedanken, ihre Angreiferin im stickigen schwarzen Rauch zu verlieren, in Panik. Er war so dicht, daß sie nicht einmal mehr die Umrisse der anderen erkennen konnte.

»Sarah Jo, wo sind Sie?« Alex würgte, weil der Rauch ihr die Kehle zuschnürte. Sie streckte die Arme aus und versuchte, die Frau zu ertasten, aber da war nur sengende Luft.

Jetzt übernahm ihr Überlebensinstinkt die Führung. Sie drehte sich um, duckte sich und hechtete den Gang entlang. Im Wohnzimmer schlängelte sie sich durch die brennenden Möbel und rannte blindlings in Richtung Haustür. Die Tür war intakt, schwelte aber bereits. Sie packte den Türknopf, der sich wie ein Brandeisen in ihre Handfläche bohrte.

Schreiend vor Schmerz und Angst stürmte sie durch die Tür hinaus auf die Veranda.

»Alex!«

Sie taumelte auf Reedes Stimme zu und sah durch ihre rauchgeschundenen Augen die undeutlichen Umrisse des Jeeps, der nur wenige Meter von ihr entfernt mit quietschenden Reifen zum Stehen kam.

»Reede«, krächzte sie und streckte die Arme nach ihm aus. Sie fiel zu Boden. Er sprang aus dem Wagen und beugte sich über sie.

»Sarah Jo«, sie hob mit letzter Kraft die Hand und zeigte aufs Haus.

»Großer Gott, Mutter!« Junior sprang seitlich aus dem Wagen und preschte los.

»Junior!« schrie Stacey. »Nein, o Gott, nein!«

»Sohn, tu's nicht!« Angus grabschte nach Juniors Arm, als er an ihm vorbeistürzte. »Es ist zu spät!«

Reede war bereits auf der Veranda, als Junior ihn zur Seite

stieß. Reede fiel rückwärts die Treppe hinunter, vergeblich haschte er nach Juniors Knöchel. »Junior, nein!«

Junior drehte sich um und sah auf ihn hinunter: »Diesmal, Reede, krieg ich die Lorbeeren!«

Er grinste Reede mit seinem unwiderstehlichsten Lächeln an, dann lief er in das brennende Haus.

# Epilog

»Ich hab mir gedacht, daß ich dich hier finde.«

Reede hatte Alex nicht kommen hören, bis sie den Mund aufmachte. Er warf ihr einen Blick über die Schulter zu, dann wandte er sich wieder den beiden frischen Gräbern zu. »Ich hab Angus versprochen, daß ich jeden Tag nachschaue, ob alles in Ordnung ist. Er fühlt sich dafür noch nicht stark genug.«

Alex trat näher. »Ich war heute nachmittag kurz bei ihm. Er hat den armseligen Versuch gemacht, den starken Mann zu spielen«, bemerkte sie niedergeschlagen. »Er hat doch ein Recht zu trauern. Das hab ich ihm gesagt. Ich hoffe, er hat es sich zu Herzen genommen.«

»Ich bin sicher, er war dankbar für deinen Besuch.«

»Da bin ich mir nicht so sicher.« Reede drehte sich zu ihr um. Sie strich sich nervös die Haare zurück, die der Wind ihr ins Gesicht blies. »Wenn ich nie hergekommen wäre, den Fall nicht wieder aufgerollt hätte...«

»Tu dir das nicht ständig an, Alex«, fiel er ihr ins Wort. »Nichts davon war deine Schuld. Keiner hatte eine Ahnung, daß Sarah Jo wahnsinnig war, nicht mal Angus, und er war mit ihr verheiratet. Junior... Na ja...« Er verstummte und mußte schlucken.

»Er wird dir fehlen.«

»Fehlen?« wiederholte er, gab sich lässig. »Dieser dämliche Hund. Rennt in ein brennendes Haus, das jeden Moment zusammenkracht. Nur ein gottverdammter Narr läßt sich so etwas Dummes einfallen.«

»Du weißt, warum er es getan hat, Reede. Er hielt es für seine Pflicht.« Die Tränen, die in seinen Augen schimmerten, schnürten Alex die Kehle zu. Sie machte einen Schritt auf ihn zu und legte eine Hand auf seinen Arm. »Du hast ihn geliebt, Reede, ist denn das so schwer zuzugeben?«

Er starrte auf das blumenübersäte Grab. »Die Leute haben immer darüber geredet, wie eifersüchtig er auf mich war. Keiner hat geahnt, wie eifersüchtig ich war auf ihn.«

»Du? Eifersüchtig auf Junior?«

Er nickte. »Auf seine Privilegien.« Ein schrilles Auflachen folgte. »Ich war die meiste Zeit stocksauer auf ihn, weil er diese Vorteile einfach vergeudet hat.«

»Wir lieben Menschen trotz allem, was sie sind, nicht wegen dem, was sie sind. Zumindest sollte es so sein.«

Sie nahm die Hand von seinem Arm und legte alle Zuversicht in ihre Stimme. »Angus hat mir erzählt, daß er an seinen Plänen für den Bau der Rennbahn festhalten will.«

»Ja, er ist ein sturer alter Bock.«

»Dein Flugplatz wird gedeihen.«

»Wehe, wenn nicht! Ende des Jahres werde ich arbeitslos sein«, sagte er. Er sah ihren fragenden Blick. »Ich hab gekündigt. Ich kann nicht gleichzeitig Sheriff sein, wenn ich den Flughafen aufbauen will. Es war höchste Zeit, daß ich's entweder angehe oder seinlasse. Ich habe beschlossen, es anzugehn.«

»Gut. Ich freu mich für dich. Angus sagt, du überlegst, ob du bei ihm in die Firma einsteigen sollst.«

»Wir werden sehen. Ich kaufe mit der Versicherungssumme für Double Time noch ein Rennpferd. Am liebsten möchte ich es selber trainieren. Angus will mir helfen.«

Sein beiläufiger Ton täuschte sie nicht, aber sie bedrängte ihn nicht weiter. Wenn sie eine Zockerin wäre, würde sie ihr Geld auf die zukünftige Verbindung setzen. Diesmal profitierte sicher Angus mehr davon als Reede.

»Und was ist mit dir?« fragte er. »Wann gehst du wieder an die Arbeit?«

Sie steckte die Hände tief in ihren Mantel und zog die Schultern hoch. »Das weiß ich noch nicht genau. Angesichts meiner Verletzungen...«

»Wie geht's denen übrigens?«

»Alles heilt recht gut.«

»Keine Schmerzen?«

»Jetzt nicht mehr. Ich bin praktisch so gut wie neu, aber Greg hat gesagt, ich soll mir Zeit lassen.« Sie bohrte ihre Stiefelspitze in die weiche Erde. »Ich bin mir nicht sicher, ob ich überhaupt zurück will.« Sie merkte, wie er zusammenzuckte, und lächelte ihn an. »Das wird Sie sicher amüsieren, Sheriff, aber mir ist in letzter Zeit klargeworden, wie sehr ich mit den Angeklagten sympathisiere. Vielleicht versuch ich's zur Abwechslung mit Verteidigung.«

»Pflichtverteidigerin?«

»Möglicherweise.«

»Wo?«

Sie sah ihm tief in die Augen. »Ich hab mich noch nicht entschieden.«

Auch Reede wühlte jetzt mit der Stiefelspitze in der Erde. »Ich, äh, ich hab deine Erklärung in der Zeitung gelesen. Es war sehr anständig von dir, den Fall aus Mangel an Beweisen abzuschließen«, sagte er leise.

»Es hätte wirklich keinen Sinn mehr gehabt, das ursprüngliche Urteil anzufechten, oder?«

»Nein, hätte es nicht, besonders jetzt.«

»Wahrscheinlich von Anfang an, Reede.« Er hob den Kopf und sah sie nachdenklich an. »Ihr hattet recht, ihr alle. Diese Ermittlungen waren selbstsüchtig. Ich habe sie und die davon betroffenen Leute dazu benutzt, um meine Großmutter Lügen zu strafen.« Sie holte zitternd Luft. »Für Celina ist es zu spät, ihre Fehler wiedergutzumachen, aber ich kann auf jeden Fall etwas gegen meine tun.«

Sie deutete auf das nahe Grab, das älteste, das überwachsene, auf dessen Grabstein jetzt eine einzelne rote Rose lag. »Hast du die gebracht?«

Reede schaute über die zwei frischen Gräber zu Celinas. »Ich hab mir gedacht, Junior würde ihr gern eine Blume abgeben. Du weißt doch, wie sehr er die Lady mochte.« Gut für ihn, daß er dabei lächeln konnte.

»Weißt du, mir ist erst neulich bei der Beerdigung klargeworden, daß diese Grabstellen alle den Mintons gehören. Mutter hätte es gefallen, daß sie hier nebeneinanderliegen.«

»Und er ist da, wo er immer schon sein wollte. Nahe bei Celina und nichts zwischen ihnen.«

Rührung schnürte Alex die Kehle zu und trieb ihr die Tränen in die Augen. »Arme Stacey. Sie hatte nie eine Chance bei Junior, nicht wahr?«

»Keine Frau hatte das. Trotz seiner Weibergeschichten war Junior ein Mann, der nur eine einzige lieben konnte.«

In stillschweigendem Übereinkommen wandten sie sich ab und gingen den Hügel hinunter zu ihren Autos.

»War es deine Idee, daß Stacey für eine Weile auf die Ranch zieht?« fragte Alex unterwegs.

Er wollte es nicht gerne laut sagen, hob nur bejahend die Schultern.

»Eine gute Sache, Reede. Sie und Angus werden sich gegenseitig stützen.« Die Tochter des verstorbenen Richters würde sie nie mögen, aber Alex verstand sie und verzieh ihr ihre Feindseligkeit.

»Stacey muß jemanden haben, den sie verwöhnen kann«, sagte Reede. »Genau das, was Angus jetzt braucht.«

Als sie bei ihrem Wagen angelangt waren, wandte sich Alex zu ihm um: »Und was ist mit dir? Wer wird dich verwöhnen?«

»Ich hab das nie gebraucht.«

»O doch, das hast du«, sagte sie, »du hast nur nie jemanden gelassen.« Sie kam einen Schritt näher. »Wirst du einfach erlauben, daß ich abreise, aus deinem Leben verschwinde, ohne die geringsten Anstalten, mich aufzuhalten?«

»Ja.«

Sie sah ihn voller Frust und Liebe an. »Okay, ich sag dir

was, Reede. Ich werde dich einfach weiterlieben, solange ich lebe, und du kannst dich weiter dagegen wehren.« Es war eine Herausforderung. »Wir werden sehen, wie lange du es durchhältst.«

Er legte den Kopf zurück und sah, wie entschlossen sie dastand. »Du gehst wohl aufs Ganze, weißt du das?«

Sie erwiderte das mit einem zaghaften Lächeln. »Du liebst mich, Reede Lambert. Ich weiß, daß du mich liebst.«

Der Wind zerzauste sein Haar, als er nickte. »Ja, das tu ich. Du bist eine Nervensäge, aber ich liebe dich.« Er sträubte sich standhaft. »Das ändert trotzdem nichts.«

»Was zum Beispiel?«

»Wie zum Beispiel unser Alter. Ich werde lange vor dir alt sein und sterben, weißt du.«

»Spielt das heute eine Rolle – jetzt in diesem Augenblick?«

»Muß es doch...«

»Tut es nicht.«

Ihre ruhige Logik machte ihn wütend, er schlug sich mit der Faust in die Hand. »Gott, bist du hartnäckig.«

»Ja, das bin ich. Wenn ich etwas unbedingt haben will aus dem Gefühl heraus, daß es das wirklich Richtige ist, gebe ich nie auf.«

Lange Sekunden verstrichen, während er sie ansah, im Krieg mit sich selbst. Hier wurde ihm Liebe geboten, aber er hatte Angst, sie zu akzeptieren. Dann stieß er eine Serie lästerlicher Flüche aus, packte sie an ihren kastanienroten Haaren und zog sie an sich.

Er griff in ihren Pelz, wo sie warm und weich und nachgiebig war. »Sie führen ein verdammt überzeugendes Plädoyer, Counselor«, knurrte er.

Er drängte sie zu ihrem Wagen, berührte ihr Herz, ihren Bauch, dann legte er seine Hand an ihre Hüfte und zog ihren Körper an sich. Er küßte sie mit Leidenschaft und Liebe und etwas, das bei ihm stets vor sich hin gekümmert hatte – Hoffnung.

Keuchend löste er sich von ihren Lippen und begrub sein

Gesicht an ihrem Hals. »In meinem ganzen Leben habe ich nie etwas gehabt, was ich als erster besessen habe, etwas, das nicht abgelegt oder gebraucht war, nichts – bis du kamst, Alex, Alex...«

»Sag es, Reede...«

»Werde meine Frau!«

# SANDRA BROWN

# Nacht ohne Ende

Roman

# 1

»Ich habe gerade die Kurznachrichten in meinem Autoradio gehört.«

Tiel McCoy begann dieses Telefongespräch nicht mit überflüssigem Gerede, sondern sie kam gleich zur Sache, nachdem Gully sich am anderen Ende der Leitung gemeldet hatte. Es waren auch gar keine langen Vorreden nötig. Er hatte ihren Anruf wahrscheinlich ohnehin schon erwartet.

Trotzdem stellte Gully sich erst einmal dumm. »Bist du das, Tiel? Na, genießt du deinen Urlaub bisher?«

Ihr Urlaub hatte offiziell an diesem Morgen begonnen, als sie Dallas verlassen und auf der Interstate 20 Richtung Westen gefahren war. Sie war bis nach Abilene gekommen, wo sie einen Zwischenstopp eingelegt hatte, um ihren Onkel zu besuchen, der seit fünf Jahren in einem Pflegeheim lebte. Sie hatte ihren Onkel Pete als einen großen, robusten Mann mit einem respektlosen Sinn für Humor in Erinnerung, der fantastische Nackensteaks grillen und einen Softball weit über das Spielfeld hinweg schlagen konnte.

Heute hatten sie zusammen Mittag gegessen – matschige Fischstäbchen und Dosenerbsen – und sich danach eine Folge von *Guiding Light* angesehen. Sie hatte ihn gefragt, ob sie irgendetwas für ihn tun könnte, solange sie da war, wie zum Beispiel einen Brief für ihn schreiben oder ihm ein paar Zeitschriften besorgen. Er hatte sie nur traurig angelächelt, ihr für ihr Kommen gedankt und sich dann einem

Pfleger überlassen, der ihn wie ein Kind für sein Mittagsschläfchen ins Bett gepackt hatte.

Draußen vor dem Pflegeheim hatte Tiel dankbar die sengend heiße, staubige Luft von West Texas in ihre Lungen gesogen, in der Hoffnung, den deprimierenden Geruch nach Alter und Resignation loszuwerden, der das Gebäude durchdrungen hatte. Sie war erleichtert gewesen, dass die familiäre Verpflichtung nun hinter ihr lag, hatte aber wegen dieser Erleichterung auch prompt ein schlechtes Gewissen gehabt. Mit äußerster Willensanstrengung schüttelte sie ihre Verzweiflung ab und erinnerte sich daran, dass sie schließlich Urlaub hatte.

Dem Kalender nach war es noch gar nicht Sommer, aber der Mai war ungewöhnlich warm für die Jahreszeit. In der Nähe des Pflegeheims hatte es nirgendwo einen im Schatten liegenden Parkplatz gegeben, folglich war es im Inneren ihres Wagens derart heiß gewesen, dass sie Kekse auf dem Armaturenbrett hätte backen können. Sie drehte das Gebläse der Klimaanlage auf volle Stärke und fand einen Radiosender, der etwas anderes als Garth, George und Willie spielte.

»Es wird eine herrliche Zeit werden. Es wird mir gut tun, mal von all dem Stress und der Hektik wegzukommen und eine Weile auszuspannen. Ich fühle mich jetzt schon sehr viel besser, weil ich es getan habe.« Sie wiederholte diesen inneren Monolog wie einen Katechismus, während sie sich von seinem Wahrheitsgehalt zu überzeugen versuchte. Sie war diesen Urlaub angegangen, als ob er gleichbedeutend mit der Einnahme eines scheußlich schmeckenden Abführmittels wäre.

Hitzewellen flimmerten auf dem Highway, erweckten den Eindruck, als kräuselte sich die Fahrbahn in hypnotisierenden Wellenbewegungen. Das Fahren wurde zu einer rein mechanischen, geistlosen Tätigkeit. Ihre Gedanken schweiften ab. Das Radio lieferte nur ein Hintergrundgeräusch, das Tiel kaum noch wahrnahm.

Aber als sie die Kurznachrichten hörte, war es, als hätte plötzlich jemand neben ihr laut »Buh!« gerufen, um sie zu erschrecken. Mit einem Ruck beschleunigte sich alles – der Wagen, Tiels Pulsschlag, ihre Gedanken.

Augenblicklich kramte sie ihr Handy aus ihrer großen Ledertasche und rief Gully über seinen persönlichen Anschluss an. Wieder verzichtete sie auf jede unnötige Konversation, als sie jetzt zu ihm sagte: »Erzähl mir mal, was da abläuft.«

»Was haben sie denn in den Radionachrichten gesagt?«

»Dass heute Vormittag ein High-School-Schüler in Fort Worth Russell Dendys Tochter gekidnappt hat.«

»Das ist auch so ziemlich das Wesentliche«, bestätigte Gully.

»Das Wesentliche, aber ich möchte Einzelheiten wissen.«

»Du bist im Urlaub, Tiel.«

»Ich komme zurück. Bei der nächsten Ausfahrt werde ich wenden und zum Sender zurückfahren.« Sie warf einen Blick auf die Uhr am Armaturenbrett. »Ich schätze mal, ich werde so gegen –«

»Moment, Moment! Wo genau bist du jetzt?«

»Ungefähr fünfzig Meilen westlich von Abilene.«

»Hmmm.«

»Was, Gully?« Ihre Handflächen waren feucht geworden. Sie spürte wieder das vertraute Prickeln im Bauch, das sich nur dann bemerkbar machte, wenn sie im Begriff war, eine heiße Spur zu einer super Story zu verfolgen. Dieser beispiellose Adrenalinstoß war einfach unmissverständlich.

»Du bist auf dem Weg nach Angel Fire, richtig?«

»Richtig.«

»Im nordöstlichen Teil von New Mexico... ah ja, da ist es.« Er musste beim Sprechen auf eine Straßenkarte gesehen haben. »Egal, vergiss es. Du willst diesen Auftrag bestimmt nicht. Du würdest dann auch einen Umweg machen müssen.«

Er wollte sie ködern, und sie wusste es, aber es machte ihr in diesem Augenblick nichts aus, sich ködern zu lassen. Sie wollte ein Stück von dieser Story. Die Entführung von Russell Dendys Tochter war eine sensationelle Nachricht, ein gefundenes Fressen für die Medien, und sie versprach, noch für eine ganze Menge mehr Schlagzeilen zu sorgen, ehe sie vorüber war. »Es macht mir nichts aus, einen Umweg zu machen. Sag mir, wo ich hinfahren soll.«

»Na ja«, meinte er zögernd, »aber nur, wenn du dir sicher bist.«

»Ich bin mir sicher.«

»Okay. Also, nicht allzu weit vor dir gibt es eine Ausfahrt auf den State Highway Zwei-Null-Acht. Fahr von dort aus in südlicher Richtung nach San Angelo. Auf der Südseite von San Angelo kommst du an eine Kreuzung –«

»Gully, ungefähr wie weit wird mich dieser Umweg von meiner geplanten Route abbringen?«

»Ich dachte, es macht dir nichts aus.«

»Das tut es ja auch nicht. Ich möchte es nur wissen. Eine grobe Schätzung.«

»Tja, mal überlegen. Grob über den Daumen gepeilt... ungefähr dreihundert Meilen.«

»Von Angel Fire?«, fragte sie schwach.

»Von der Stelle aus, wo du jetzt bist. Den Rest des Weges nach Angel Fire nicht mit eingerechnet.«

»Dreihundert hin und zurück?«

»Dreihundert hin und dreihundert zurück.«

Sie stieß einen langen Seufzer aus, achtete jedoch sorgfältig darauf, dass Gully ihn nicht hörte. »Du hast gesagt, Highway Zwei-Null-Acht in südlicher Richtung nach San Angelo, und wie weiter?«

Tiel lenkte mit den Knien, hielt das Handy mit der linken Hand und machte sich mit der rechten Notizen. Der Wagen war auf Tempostat eingestellt, aber ihr Gehirn lief auf Hochtouren. Erregung pulsierte durch ihre Adern, und ihr Journalistenblut pumpte schneller als die Kolben im Motor ihres Autos. Gedanken an lange, angenehme Abende in einem Schaukelstuhl auf einer Veranda wurden von solchen an Tonbandaufnahmen und Interviews verdrängt.

Aber sie griff den Dingen ein bisschen zu weit vor. Ihr fehlten noch immer handfeste Fakten. Als sie danach fragte, stellte sich Gully – zur Hölle mit ihm – plötzlich stur. »Nicht jetzt, Tiel. Ich bin so beschäftigt wie ein einarmiger Tapezierer, und du hast noch einen ziemlich weiten Weg vor dir. Bis du dort angekommen bist, wo du hinwillst, werde ich mehr als genug Informationen für dich haben.«

Frustriert und mehr als ärgerlich auf ihn, weil er derart mit Einzelheiten knauserte, fragte sie: »Wie heißt die Stadt noch mal?«

»Hera.«

Die Highways verliefen schnurgerade, auf beiden Seiten von endloser Grassteppe flankiert, deren Eintönigkeit nur hin und wieder von Viehherden aufgelockert wurde, die auf künstlich bewässerten Weiden grasten. Ölquellen zeichneten sich als Silhouetten gegen einen wolkenlosen Himmel ab. Oft rollte ein Steppenläufer vor Tiel über die Straße. Nachdem sie San Angelo hinter sich gelassen hatte, sah sie nur noch selten ein anderes Fahrzeug.

*Komisch*, dachte sie, *wie sich die Dinge so entwickeln.*

Normalerweise hätte sie es vorgezogen, nach New Mexico zu fliegen. Aber sie hatte schon vor Tagen entschieden, mit dem Wagen nach Angel Fire zu fahren, nicht nur, damit sie Onkel Pete auf dem Weg dorthin besuchen konnte, sondern auch, um in Urlaubsstimmung zu kommen. Die lange Fahrt würde ihr Zeit verschaffen, sich von all dem Druck zu befreien, den Alltag hinter sich zu lassen, die Phase der Ruhe und Entspannung zu beginnen, noch bevor sie ihren Urlaubsort in den Bergen erreicht hatte, so dass sie – wenn sie dann schließlich dort ankam – bereits voll und ganz auf Ferien eingestimmt sein würde.

Zu Hause in Dallas bewegte sie sich stets mit Lichtgeschwindigkeit, immer in Hetze, immer unter Termindruck arbeitend. Als sie an diesem Morgen die Randbezirke von Fort Worth erreicht und das sich weit ausbreitende Stadtgebiet hinter sich gelassen hatte, als der Urlaub allmählich zur Realität geworden war, hatte sie zum ersten Mal so etwas wie Vorfreude auf die idyllischen Tage gefühlt, die sie erwarteten. Sie hatte mit offenen Augen von klaren, sprudelnden Bächen geträumt, von langen Wanderungen auf von Espen gesäumten Wegen, von kühler, frischer Luft und faulen Vormittagen bei einer Tasse Kaffee und einem spannenden Bestseller.

Es würde keinen Arbeitsplan geben, der unbedingt eingehalten werden musste, keine Hetze, keinen Zeitdruck. Auf sie warteten einzig und allein Stunden der Entspannung, in denen sie ungehemmt ihren Gedanken nachhängen konnte, was an sich betrachtet ja sogar eine Tugend war. Tiel McCoy hatte inzwischen mehr als genug Anspruch darauf, sich unverfroren der Langeweile hinzugeben. Und sie hatte diesen Urlaub außerdem bereits dreimal verschoben.

»Entweder du nimmst sie, oder dein Anspruch verfällt«, hatte Gully ihr in Anbetracht der Urlaubstage gesagt, die sich bei ihr angesammelt hatten.

Er hatte ihr einen Vortrag darüber gehalten, welch ungeheuer positive Wirkung es sowohl auf ihre Leistung als auch auf ihre Stimmung haben würde, wenn sie sich mal eine Verschnaufpause gönnte. Und das von einem Mann, der in den vergangenen vierzig oder sogar noch mehr Jahren nicht mehr als einige wenige Urlaubstage genommen hatte – einschließlich der Woche, die er im Krankenhaus verbracht hatte, wo seine Gallenblase entfernt worden war.

Als sie ihn daran erinnerte, hatte er sie finster angesehen. »Genau das meine ich. Willst du ebenfalls als ein solch jämmerliches Relikt enden wie ich?« Damit hatte er wirklich den Nagel auf den Kopf getroffen. »Es wird deine Chancen nicht gefährden, wenn du mal Urlaub nimmst. Diese Stelle wird immer noch frei sein, wenn du zurückkommst.«

Es war ihr nicht schwer gefallen, die wahre Bedeutung hinter dieser listigen Bemerkung zu erkennen. Sauer auf ihn, weil er sich sofort den wirklichen Grund für ihr Widerstreben, ihre Arbeit auch nur für eine kurze Zeitspanne im Stich zu lassen, herausgegriffen hatte, hatte sie sich schließlich widerwillig bereit erklärt, für eine Woche wegzufahren. Sie hatte die nötigen Reservierungen vorgenommen und die Reise geplant. Aber in jeden Plan sollte ein kleines bisschen Flexibilität eingebaut sein.

Und wenn jemals Flexibilität gefordert war, dann zu einem Zeitpunkt, wenn Russell Dendys Tochter angeblich gekidnappt worden war.

Tiel hielt den klebrigen Hörer des Münzfernsprechers vorsichtig zwischen Daumen und Zeigefinger, um nur ja nicht mehr von der schmutzigen Oberfläche berühren zu müssen, als unbedingt notwendig war. »Okay, Gully, ich bin da. Oder zumindest irgendwo in der Nähe. Tatsache ist, ich habe mich verfranst.«

Er lachte meckernd. »Zu aufgeregt, um dich darauf zu konzentrieren, wo du hinfährst?«

»Na ja, es ist schließlich nicht so, als hätte ich eine blühende Metropole verfehlt. Du hast selbst gesagt, dass der Ort auf den meisten Karten überhaupt nicht verzeichnet ist.«

Ihr Sinn für Humor hatte sich ungefähr zu dem Zeitpunkt verflüchtigt, als sie auch jedes Gefühl im Hinterteil verloren hatte. Schon vor Stunden war ihre verlängerte Kehrseite von dem langen Sitzen taub geworden. Seit sie das letzte Mal mit Gully telefoniert hatte, hatte sie nur ein einziges Mal angehalten, und das auch nur aus zwingender Notwendigkeit. Ihr taten alle Knochen weh, sie war hungrig, durstig, müde, schlecht gelaunt und nicht mehr allzu frisch, weil sie einen langen Teil der Fahrt die untergehende Sonne im Gesicht gehabt hatte. Die Klimaanlage des Wagens hatte vor Überbeanspruchung ihren Geist aufgegeben. Eine Dusche würde eine Wohltat sein.

Gully trug nicht gerade dazu bei, ihre Laune zu verbessern, indem er fragte: »Wie hast du es geschafft, dich zu verirren?«

»Ich habe jeden Ortssinn verloren, nachdem die Sonne untergegangen war. Die Landschaft hier draußen sieht von jedem Blickwinkel gleich aus. Nach Einbruch der Dunkelheit ist es sogar noch schlimmer. Ich rufe von einem Gemischtwarenladen in einem Ort mit exakt achthundertdreiundzwanzig Einwohnern an, jedenfalls laut dem Schild an der Stadtgrenze, und ich glaube, die Handelskammer hat diese Zahl noch zu ihren Gunsten frisiert. Dies ist das einzige beleuchtete Gebäude im Umkreis von vielen Meilen. Die Stadt heißt Rojo Soundso.«

»Flats. Rojo Flats.«

Natürlich kannte Gully den vollen Namen dieses obskuren kleinen Kaffs. Er kannte wahrscheinlich sogar den Namen des Bürgermeisters. Es gab nichts, was Gully nicht wusste. Er war eine wandelnde Enzyklopädie. Er sammelte Informationen, so wie Verbindungsratten die Telefonnummern von Kommilitoninnen sammelten.

Der Fernsehsender, bei dem Tiel arbeitete, hatte einen Nachrichtendirektor, aber der Mann mit diesem Titel führte die Geschäfte von einem mit Teppichen ausgelegten Büro aus und war eher ein Erbsenzähler und Administrator als ein Boss, der die Zügel gern fest in der Hand hielt.

Der Mann im Schützengraben, derjenige, der sich direkt mit den Reportern, Schreibern, Pressefotografen und Redakteuren befasste, derjenige, der Termine und Arbeitspläne koordinierte und sich rührselige Geschichten anhörte und Dreck fraß, wenn Dreckfressen angesagt war, derjenige, der den Nachrichtenbetrieb wirklich leitete, war der Chefredakteur, Gully.

Er war bereits beim Sender gewesen, als dieser zu Beginn der fünfziger Jahre sein Programm begonnen hatte, und er hatte verkündet, dass sie ihn schon mit den Füßen voran aus der Redaktion würden wegtragen müssen. Eher wollte er sterben, als in Rente zu gehen. Er arbeitete sechzehn Stunden am Tag und ärgerte sich über die Zeit, die er nicht arbeitete. Er verfügte über einen farbigen, äußerst anschaulichen Wortschatz und zahllose Gleichnisse, ein umfangreiches Repertoire an abenteuerlichen Geschichten über längst vergangene Zeiten in der Rundfunk- und Fernsehbranche und hatte anscheinend kein Leben außerhalb des Nachrichtenstudios. Sein Vorname war Yarborough, aber das wussten nur einige wenige Sterbliche. Alle anderen kannten ihn nur als Gully.

»Wirst du mir nun diesen mysteriösen Auftrag geben oder nicht?«

Er ließ sich nicht drängen. »Was ist mit deinen Urlaubsplänen passiert?«

»Nichts. Ich bin immer noch im Urlaub.«

»Wer's glaubt, wird selig.«

»Aber wenn ich's dir doch sage! Ich habe nicht vor, meine freie Woche zu streichen. Ich verschiebe nur den Beginn, das ist alles.«

»Was wird dein neuer Freund dazu sagen?«

»Ich habe es dir doch schon tausendmal erklärt, es gibt keinen neuen Freund.« Er lachte sein stoisches Kettenraucherlachen, um anzudeuten, dass sie beide wussten, dass sie log, und dass sie ihm nichts vorzumachen brauchte.

»Hast du deinen Notizblock parat?«, fragte Gully plötzlich.

»Äh, ja.«

Welche Bazillen sich auch immer auf dem schmierigen Telefonhörer angesiedelt hatten, sie waren inzwischen wahrscheinlich alle zu ihr rübergehopst. Tiel fand sich damit ab und klemmte sich den Hörer zwischen Schulter und Wange, während sie Notizblock und Stift aus ihrer Tasche holte und sie auf das schmale Metallsims unter dem Wandtelefon legte.

»Schieß los.«

»Der Name des Jungen ist Ronald Davison«, begann Gully.

»Das habe ich schon im Radio gehört.«

»Wird allgemein Ronnie genannt. Besucht die letzte Klasse der High School, genau wie die Dendy. Wird seinen Schulabschluss zwar nicht mit Auszeichnung machen, aber er ist ein Schüler mit einem guten Zensurendurchschnitt. Hat bis heute nie Ärger gemacht. Nach der ersten Unterrichtsstunde heute Morgen ist er mit Sabra Dendy in seinem Toyota Pickup vom Schülerparkplatz gebraust, als ob ihn jemand mit vorgehaltener Schrotflinte zum Heiraten hätte zwingen wollen.«

»Russ Dendys Kind.«

»Sein Einziges.«

»Ist das FBI eingeschaltet worden?«

»FBI. Texas Rangers. Und praktisch sämtliche anderen Behörden. Wer immer eine Dienstmarke trägt, arbeitet an dieser Sache. Ein Mordsaufstand, das Ganze. Alle behaupten, für den Fall zuständig zu sein, und alle wollen bei der Aktion dabei sein.«

Tiel brauchte einen Moment, um das volle Ausmaß dieser Story in sich aufzunehmen. Der kurze Korridor, in dem sich der Münzfernsprecher befand, führte zu den öffentlichen Toiletten. Auf der einen Tür war ein Cowgirl in einem Fransenrock mit blauer Farbe mittels Schablone aufgemalt. Die andere war, wie nicht anders zu erwarten, mit dem männlichen Gegenstück dekoriert, einem Cowboy in weit ausgestellten Reithosen und breitkrempigem Hut, der ein Lasso über dem Kopf wirbelte.

Als Tiel den Gang zu dem Verkaufsraum hinunterblickte, sah sie die leibhaftige Verkörperung des Türschablonencowboys den Laden betreten. Groß, schlank, den Stetson tief in die Stirn gezogen. Er nickte der Kassiererin zu, deren krauses, stark dauergewelltes Haar in einer wenig schmeichelhaften Schattierung von Ockergelb gefärbt war.

In Tiels Nähe stand ein älteres Ehepaar, das sich nach Souvenirs umsah und es anscheinend nicht eilig hatte, zu seinem Winnebago zurückzukehren. Zumindest nahm Tiel an, dass das Wohnmobil draußen vor den Benzinzapfsäulen den beiden gehörte. Die alte Dame war gerade damit beschäftigt, durch Gleitsichtbrillengläser die Inhaltsstoffe auf einem Glas auf dem Regal zu entziffern. »Jalapeño-Pfeffer-*Marmelade*? Du lieber Himmel!«

Dann kamen die beiden zu Tiel in den Korridor und bewegten sich auf die jeweiligen Toilettentüren zu. »Trödel nicht wieder so lange herum, Gladys«, sagte der Mann. Seine weißen Beine waren praktisch haarlos und sahen lächerlich dünn in seinen ausgebeulten Khakishorts und den dick besohlten Turnschuhen aus.

»Kümmere du dich um deine Angelegenheiten, und ich werde mich um meine kümmern«, gab seine Ehefrau smart zurück. Als sie an Tiel vorbeiging, zwinkerte sie ihr zu, als wollte sie sagen: »Männer! Sie halten sich immer für Gott weiß wie überlegen, aber wir wissen es besser.« Zu jedem anderen Zeitpunkt hätte Tiel das alte Ehepaar drollig und liebenswert gefunden, aber sie las gerade nachdenklich die Notizen durch, die sie fast wortwörtlich von Gully übernommen hatte.

»Du hast gesagt, der Junge wäre davongebraust, als ob ihn jemand mit vorgehaltener Schrotflinte zum Heiraten hätte zwingen wollen. Eine merkwürdige Wortwahl, Gully.«

»Kannst du ein Geheimnis für dich behalten?« Er senkte viel sagend die Stimme. »Weil sie mich auf der Stelle in Rente schicken werden, wenn das hier vor unserer nächsten Nachrichtensendung bekannt wird. Wir sind nämlich sämtlichen Konkurrenzsendern und Zeitungen im Staat zuvorgekommen.«

Tiels Kopfhaut begann zu prickeln, wie jedes Mal, wenn sie wusste, dass sie im Begriff war, etwas zu erfahren, was noch kein anderer Reporter erfahren hatte; wenn sie den wesentlichen Faktor enthüllt hatte, der ihre Story von allen anderen abheben würde; wenn ihr Exklusivbericht das Potential hatte, ihr einen Journalismuspreis einzubringen oder Lob von ihren Kollegen. Oder ihr die heiß begehrte Sendezeit in *Nine Live* zu garantieren.

»Wem sollte ich hier denn schon davon erzählen, Gully?

Außer mir sind in diesem Laden nur noch ein frisch von der Weide gekommener Cowboy, der gerade ein Sixpack Budweiser kauft, eine forsche Oma und ihr Ehemann von außerhalb – das erkenne ich an ihrem Akzent. Und zwei nicht Englisch sprechende Mexikaner.« Die Männer waren vor kurzem in den Laden gekommen. Tiel hatte zufällig gehört, wie die beiden Spanisch sprachen, während sie abgepackte Burritos in einer Mikrowelle erhitzten.

Gully sagte: »Linda –«

»Linda? *Sie* hat die Story bekommen?«

»Du bist im Urlaub, erinnerst du dich?«

»Ein Urlaub, den zu nehmen du mich förmlich gezwungen hast!«, rief Tiel empört.

Linda Harper war ebenfalls Reporterin, eine verdammt gute Reporterin, und Tiels heimliche Rivalin. Es wurmte Tiel ganz gewaltig, dass Gully Linda damit beauftragt hatte, über eine solche Bombenstory zu berichten, die von Rechts wegen eigentlich ihr gehört haben sollte. So sah *sie* die Sache zumindest.

»Was ist nun, willst du das hier hören oder nicht?«, fragte er mürrisch.

»Schieß los.«

In dem Moment kam der ältere Mann wieder aus der Herrentoilette heraus. Er ging zum Ende des Korridors, wo er stehen blieb, um auf seine Frau zu warten. Wohl aus Langeweile nahm er einen Camcorder aus einer Nylontasche und begann damit herumzuhantieren.

Gully sagte: »Linda hat heute Nachmittag Sabra Dendys beste Freundin interviewt. Und jetzt halt dich fest! Die Dendy ist schwanger mit Ronnie Davisons Kind. Im achten Monat. Die beiden hatten die Sache bisher vertuscht.«

»Das ist ja stark! Und die Dendys wussten nichts davon?«

»Laut Aussage der Freundin wusste niemand etwas davon. Das heißt, bis gestern Abend. Da haben die Kids ihren Eltern die Neuigkeit beigebracht, und Russ Dendy ist die Wände hochgegangen.«

Tiels Gedanken rasten bereits voraus und füllten die Lücken aus. »Dann ist es also gar keine Entführung. Sondern eine zeitgenössische Version von Romeo und Julia.«

»Das habe ich nicht gesagt.«

»Aber ...«

»Aber das würde ich zunächst einmal vermuten«, erwiderte Gully. »Eine Ansicht, die auch Sabra Dendys beste Freundin und Vertraute teilt. Sie behauptet, Ronnie Davison wäre verrückt nach Sabra und würde ihr kein Härchen krümmen. Hat erzählt, Russell Dendy hätte schon über ein Jahr lang gegen diese Romanze angekämpft. Niemand ist gut genug für seine Tochter; sie sind noch viel zu jung, um zu wissen, was sie wollen; das College ist ein Muss, und so weiter. Du verstehst.«

»Ja.«

Aber was ihr nicht in den Kopf wollte, war, dass Linda Harper bei dieser Story mitmischte und Tiel McCoy nicht. Verdammt! Dass sie aber auch ausgerechnet jetzt in Urlaub gefahren war.

»Ich komme heute Nacht zurück, Gully.«

»Nein.«

»Ich glaube, du hast mich für nichts und wieder nichts losgeschickt, damit es mir unmöglich sein würde, rechtzeitig zurückzukehren.«

»Das stimmt nicht.«

»Wie weit bin ich von El Paso entfernt?«

»El Paso? Wer hat denn irgendwas von El Paso gesagt?«

»Oder San Antonio. Welches von beiden auch immer näher ist. Ich könnte heute Abend dort hinfahren und morgen früh mit einer Southwest-Maschine zurückfliegen. Hast du zufällig einen Flugplan der Southwest Airlines zur Hand? Um welche Zeit geht die erste Maschine nach Dallas?«

»Jetzt hör mir mal zu, Tiel. Wir haben hier bereits genügend Leute auf die Sache angesetzt. Bob bearbeitet die fahndungsbehördliche Seite. Linda fühlt den Freunden, Lehrern und Familien der Kids auf den jeweiligen Zahn. Steve hat sich praktisch in der Villa der Dendys häuslich niedergelassen, sodass er an Ort und Stelle ist, falls eine Lösegeldforderung eintrifft, womit ich persönlich nicht rechne. Und – und das ist das Entscheidende – diese Kids werden wahrscheinlich sowieso wieder auftauchen, bevor du nach Dallas zurückkehren könntest.«

»Was tue ich dann hier mitten in dieser verdammten Wallachei?«

Der alte Mann warf ihr einen neugierigen Blick über die Schulter zu.

»Hör zu«, zischte Gully. »Die Freundin verklickerte uns, Sabra habe ihr gegenüber vor ein paar Wochen erwähnt, dass sie und Ronnie vielleicht einfach nach Mexiko verduften würden.«

Etwas besänftigt, weil sie näher an der mexikanischen Grenze war als an Dallas, fragte Tiel: »Wo in Mexiko?«

»Das wusste sie nicht. Oder wollte es nicht sagen. Linda musste sie regelrecht in die Mangel nehmen, um wenigstens so viel aus ihr herauszubekommen. Die Freundin wollte Sabras Vertrauen nicht enttäuschen. Aber das eine, was das Mädchen tatsächlich gesagt hat, ist, dass Ronnies Vater – sein leiblicher Vater; seine Mutter ist zum zweiten Mal verheiratet – Mitgefühl für die Zwangslage der beiden hat. Vor einer Weile hat er sich angeboten, ihnen zu helfen, wenn sie seine Hilfe jemals brauchen sollten. So, und jetzt wirst du dich wirklich mies fühlen, dass du mich angeschrien hast, wenn ich dir sage, wo er sich niedergelassen hat.«

»In Hera. Zufrieden?«

Sie hätte sich entschuldigen müssen, aber sie tat es nicht. Gully verstand auch so.

»Wer weiß sonst noch davon?«

»Keiner, bis jetzt jedenfalls. Aber die Konkurrenz wird es herausfinden. Es ist zu unserem Vorteil, dass Hera ein verschlafenes Nest ist und ziemlich abgelegen.«

»Erzähl mir davon«, raunte Tiel.

»Wenn sich die Sache herumspricht, werden die anderen eine Weile brauchen, um dort hinzukommen, selbst per Hubschrauber. Du hast also einen klaren Vorsprung gegenüber der Konkurrenz.«

»Gully, ich liebe dich!«, rief Tiel jetzt aufgeregt. »Erklär mir den Weg, wie ich fahren muss.«

Die alte Dame kam aus der Damentoilette und gesellte sich wieder zu ihrem Ehemann. Sie schimpfte mit ihm, weil er mit dem Camcorder herumspielte, und befahl ihm, ihn wieder in die Tasche zu tun, bevor er etwas daran kaputt machte.

»Als ob du eine Expertin für Videokameras wärst«, gab der alte Mann ärgerlich zurück.

»Ich habe mir immerhin die Zeit genommen, die Gebrauchsanweisung durchzulesen. Du nicht.«

Tiel steckte sich den Finger ins Ohr, damit sie Gully besser hören konnte. »Wie heißt der Vater des Jungen? Davison, wie ich annehme.«

»Ich habe eine Adresse und eine Telefonnummer.«

Tiel notierte sich die Informationen so schnell, wie Gully sie herunterrasselte. »Habe ich einen Termin bei ihm?«, wollte sie wissen.

»Ich arbeite noch daran. Er ist möglicherweise nicht bereit, vor der Kamera zu stehen.«

»Ich werde ihn schon dazu bringen, dass er sich bereit erklärt«, erwiderte sie zuversichtlich.

»Ich schicke einen Helikopter mit einem Kameramann los.«

»Kip, wenn er abkömmlich ist.«

»Ihr könnt euch dann alle in Hera treffen. Du wirst das Interview morgen machen, sobald die Sache mit Davison geregelt ist. Anschließend kannst du dann deine Vergnügungstour fortsetzen.«

»Es sei denn, es gibt dort noch mehr heiße Storys.«

»Nichts da! Das ist die Bedingung, Tiel.« Sie konnte ihn förmlich vor sich sehen, wie er störrisch den Kopf schüttelte. »Du machst dieses Interview, und dann verschwindest du nach Angel Fire. Basta. Ende der Diskussion.«

»In Ordnung, wie du meinst.« Sie konnte jetzt erst einmal problemlos zustimmen und dann später darüber diskutieren, wenn die Ereignisse es rechtfertigten.

»Okay, lass mich mal sehen. Aus Rojo Flats raus...« Die Straßenkarte musste direkt vor ihm auf dem Schreibtisch liegen, denn Gully brauchte nur ein paar Sekunden, um ihr weitere Informationen zu geben. »Du müsstest eigentlich relativ schnell nach Hera kommen. Du bist doch nicht müde, oder?«

Sie war nie wacher als dann, wenn sie einer heißen Story nachjagte. Ihr Problem bestand vielmehr darin, abzuschalten und einzuschlafen. »Ich werde mir irgendwas Koffeinhaltiges für unterwegs kaufen.«

»Melde dich bei mir, sobald du dort ankommst. Ich habe dir ein Zimmer in dem einzigen Motel des Ortes reservieren lassen. Du kannst es unmöglich verfehlen. Man hat mir gesagt, es liegt an der blinkenden Ampel – der Einzigen weit und breit. Einer der Motelangestellten wird aufbleiben und auf dich warten, um dir den Zimmerschlüssel zu geben.« Er wechselte abrupt das Thema und fragte: »Wird dein neuer Freund sauer sein?«

»Zum letzten Mal, Gully, es gibt keinen neuen Freund!«

Sie legte auf und wählte eine andere Nummer – die ihres neuen Freundes.

Joseph Marcus war ein ebensolcher Workaholic wie sie. Laut Plan sollte er früh am nächsten Morgen ins Flugzeug steigen, deshalb nahm Tiel an, dass er an diesem Abend noch im Büro sein und länger arbeiten würde, um verschiedenes in Ordnung zu bringen, bevor er für einige Tage verreisen würde. Wie sich herausstellte, hatte sie richtig vermutet. Er meldete sich gleich beim zweiten Klingeln.

»Bekommst du die Überstunden bezahlt?«, fragte sie neckend.

»Tiel? Hi! Ich bin froh, dass du anrufst.«

»Es ist schon ziemlich spät. Ich hatte befürchtet, du würdest nicht mehr ans Telefon gehen.«

»Reiner Reflex. Wo bist du gerade?«

»Irgendwo in der Wallachei.«

»Alles in Ordnung? Du hast doch keinen Ärger mit dem Wagen, oder so was?«, fragte er.

»Nein, alles läuft bestens. Ich rufe aus verschiedenen Gründen an. Erstens einmal, weil ich dich vermisse.«

Dies war die Richtung, die sie einschlagen musste. Ihm erklären, dass die Reise nach wie vor stattfand. Ihm schonend beibringen, dass sie sich ein klein wenig verzögerte, dass ihr gemeinsamer Urlaub deshalb aber nicht völlig ins Wasser fallen würde. Ihm versichern, dass alles in bester Ordnung war, und ihn dann über die kleine Knitterfalte in ihren Plänen für eine romantische Flucht informieren.

»Du hast mich doch erst gestern Abend gesehen«, sagte er.

»Aber nur kurz, und es ist ein langer Tag gewesen. Der

zweite Grund, weshalb ich anrufe, ist, um dich daran zu erinnern, eine Badehose in deinen Koffer zu packen. Der Whirlpool in dem Apartmentkomplex ist öffentlich.«

Nach einer kurzen Pause erwiderte er: »Tatsächlich ist es gut, dass du angerufen hast, Tiel. Es gibt da etwas, worüber ich mit dir reden muss.«

Etwas in seiner Stimme hinderte sie daran, weiterzuplappern. Sie verstummte und wartete darauf, dass er das Schweigen brach, das sich zwischen ihnen ausdehnte.

»Ich hätte dich heute auf deinem Handy anrufen können«, erklärte er schließlich, »aber dies ist nicht die Art von Angelegenheit, die... Tatsache ist, dass... Und es tut mir wahnsinnig Leid. Du kannst dir überhaupt nicht vorstellen, wie Leid es mir tut.«

Tiel starrte auf die unzähligen Löcher in dem Metallschirm, der das Wandtelefon umgab. Sie starrte so lange darauf, dass die winzigen Löcher ineinander zu fließen schienen. Geistesabwesend fragte sie sich, welchem Zweck sie wohl dienten.

»Ich fürchte, ich kann morgen nicht von hier weg«, erklärte er.

Sie hatte die ganze Zeit über den Atem angehalten. Jetzt stieß sie ihn wieder aus, zutiefst erleichtert. Der Umstand, dass Joseph ihre gemeinsamen Pläne änderte, linderte ihr schlechtes Gewissen darüber, sie selbst ändern zu müssen.

Bevor sie jedoch etwas sagen konnte, fuhr er fort: »Ich weiß, wie sehr du dich auf diese Reise gefreut hast. Ich habe mich auch unheimlich darauf gefreut«, fügte er hastig hinzu.

»Lass es mich etwas leichter für dich machen, Joseph.« Schuldbewusst gestand sie: »In Wahrheit habe ich dich angerufen, um dir zu sagen, dass ich noch ein paar Tage brauche, bevor ich nach Angel Fire kommen kann. Deshalb ist mir eine kurze Verschiebung durchaus recht. Würde es dein Zeitplan erlauben, dass wir uns, sagen wir, Dienstag statt morgen treffen?«

»Du verstehst offenbar nicht, was ich sage, Tiel. Ich kann dich überhaupt nicht treffen.«

Die winzigen Löcher flossen wieder ineinander. »Oh. Ach so. Das ist allerdings eine Enttäuschung. Na ja –«

»Die Lage hier ist ziemlich angespannt, verstehst du. Meine Frau hat mein Flugticket gefunden und –«

»Wie war das bitte?«

»Ich sagte, meine Frau hat mein Flug –«

»Du bist verheiratet?«, fragte sie tonlos.

»Ich ... ja. Ich dachte, das wüsstest du.«

»Nein.« Ihre Gesichtsmuskeln fühlten sich plötzlich starr und unbiegsam an. »Du hast mir gegenüber nie erwähnt, dass es auch eine Mrs. Marcus gibt.«

»Weil meine Ehe nichts mit dir zu tun hat, mit uns. Es ist schon seit langem keine *richtige* Ehe mehr. Wenn ich dir meine häusliche Situation erst einmal erklärt habe, wirst du mich verstehen.«

»Du bist verheiratet.« Diesmal war es eine Feststellung, keine Frage.

»Tiel, hör zu –«

»Nein, nein, ich werde dir nicht zuhören, Joseph. Ich werde ganz einfach auflegen, du Scheißkerl!«

Noch lange nachdem sie aufgelegt hatte klammerte sie sich an den Telefonhörer, den sie knapp zehn Minuten zuvor nur mit Widerwillen angefasst hatte. Sie lehnte sich gegen den Münzfernsprecher, die Stirn fest gegen das perforierte Metall gepresst, während ihre Hände noch immer den schmierigen Hörer umfasst hielten.

Verheiratet. Als sie ihn kennen gelernt hatte, hatte sie gedacht, es sei zu schön, um wahr zu sein. Tja, und genauso war es ja auch. Der Traummann Joseph Marcus – gut aussehend, charmant, nett, witzig, sportlich, erfolgreich und finanziell abgesichert – war verheiratet. Wenn das Flugticket nicht gewesen wäre, hätte sie eine Affäre mit einem verheirateten Mann gehabt.

Tiel schluckte eine Aufwallung von Übelkeit hinunter und brauchte einen weiteren Moment, um sich wieder in die Gewalt zu bekommen. Später würde sie ihre Wunden lecken, sich dafür ausschelten, dass sie so dumm und naiv gewesen war, auf ihn hereinzufallen, und ihn zur Hölle und zurück wünschen. Aber zuerst einmal musste sie ihre Arbeit tun.

Josephs Enthüllung war ein solcher Schock gewesen, dass sich ihr alles drehte. Sie war über alle Maßen wütend auf ihn. Sie war zutiefst verletzt, aber mehr als alles andere schämte sie sich ihrer eigenen Leichtgläubigkeit. Umso mehr Grund, nicht zuzulassen, dass der Bastard sie in ihrer Arbeitsleistung beeinträchtigte.

Arbeit war ihr Allheilmittel, ihr Lebenserhaltungssystem. Sie arbeitete, wenn sie glücklich war. Sie arbeitete, wenn sie traurig war. Sie arbeitete, wenn sie krank war. Arbeit war das Heilmittel gegen alle ihre Leiden. Arbeit war das Patentrezept gegen alles... selbst gegen einen so großen Kummer, dass man dachte, man würde daran sterben.

Sie wusste das aus erster Hand.

Sie raffte ihren Stolz zusammen, sammelte die Zettel mit ihren Notizen zu der Dendy-Story und Gullys Wegbeschreibung nach Hera, Texas, ein und befahl sich energisch, sich in Bewegung zu setzen.

Verglichen mit dem trüben Halbdunkel im Korridor schien die Neonbeleuchtung im Verkaufsraum übermäßig hell. Der Cowboy war inzwischen wieder gegangen. Das ältere Ehepaar stöberte in der Zeitschriftenauslage. Die beiden Spanisch sprechenden Männer aßen ihre Burritos und unterhielten sich leise miteinander.

Tiel fühlte ihre anzüglichen Blicke auf sich, als sie an ihnen vorbei zu den Kühlschränken ging. Der eine sagte etwas zu dem anderen, was diesen prustend lachen ließ. Es fiel Tiel nicht sonderlich schwer, die Art des Kommentars zu erraten. Zum Glück war ihr Spanisch etwas eingerostet.

Sie schob die Glastür der Kühlvitrine auf und wählte einen Sechserpack Cola für unterwegs aus. Von einem Regal mit Snacks nahm sie ein Päckchen Sonnenblumenkerne. Während ihrer Collegezeit hatte sie entdeckt, dass das Aufknacken der gesalzenen Schalen, um an die Kerne im Inneren heranzukommen, eine gute manuelle Übung war, um sich wach zu halten, wenn man spät abends noch lernen musste. Hoffentlich würde sich das Prinzip auch auf nächtliche Autofahrten übertragen lassen.

Sie überlegte hin und her, ob sie sich einen Beutel Schokoladentoffees kaufen sollte oder nicht. Nur weil ein Mann, mit dem sie sich wochenlang getroffen hatte, sich plötzlich als verheiratetes Arschloch entpuppt hatte, bedeutete das nicht, dass sie das als Entschuldigung benutzen sollte, um ein Fressgelage zu veranstalten. Andererseits, wenn sie jemals etwas Leckeres verdient hatte ...

Die Videoüberwachungskamera an der Ecke der Ladendecke explodierte praktisch und ließ einen Regen von Glassplittern und Metallstückchen herabregnen.

Instinktiv schreckte Tiel vor dem ohrenbetäubenden Lärm zurück. Aber die Kamera war nicht von selbst explodiert. Ein junger Mann war in den Laden gestürmt und hatte mit einer Pistole auf die Videokamera gefeuert. Dann zielte er mit seiner Waffe auf die Kassiererin, die ein schrilles Kreischen ausstieß, bevor der Schrei in ihrer Kehle zu erstarren schien.

»Dies ist ein Überfall!«, brüllte er melodramatisch und ziemlich überflüssig, da unschwer zu erraten war, was es war.

Zu der jungen Frau, die ihn in den Laden begleitet hatte, sagte er: »Sabra, behalte die anderen im Auge. Warne mich, wenn sich irgendjemand bewegt.«

»Okay, Ronnie.«

*Tja, ich könnte hierbei draufgehen*, dachte Tiel. *Aber wenigstens werde ich meine Story bekommen.*

Und sie würde nicht erst nach Hera fahren müssen, um sie zu bekommen. Die Story war zu ihr gekommen.

## 2

»Sie da!« Ronnie Davison wedelte mit seiner Pistole auf Tiel. »Kommen Sie hier rüber. Legen Sie sich auf den Boden!« Unfähig, sich zu rühren, glotzte sie ihn nur mit offenem Mund an. »Sofort!«

Sie ließ ihr Päckchen mit den Sonnenblumenkernen und den Sechserpack Cola fallen, hastete zu der Stelle, auf die er wies, und legte sich wie befohlen mit dem Gesicht nach unten auf den Fußboden. Nun, da sie sich von dem ersten lähmenden Schreck erholt hatte, musste Tiel sich auf die Zunge beißen, um ihn nicht zu fragen, warum er eine Entführung noch durch einen bewaffneten Überfall verschlimmerte.

Aber sie bezweifelte, dass der junge Mann in diesem Moment für Fragen empfänglich sein würde. Außerdem sollte sie vielleicht besser nicht enthüllen, dass sie Reporterin war und sowohl seine Identität als auch die seiner Komplizin kannte, bis sie wusste, was er mit ihr und den anderen Augenzeugen vorhatte.

»Kommen Sie hierher und legen Sie sich hin!«, befahl er dem älteren Ehepaar. »Das gilt auch für Sie beide!« Er zeigte mit der Schusswaffe auf die Mexikaner. »Na los! Bewegen Sie sich!«

Die alten Leute gehorchten ohne Widerworte. Die beiden Mexikaner blieben, wo sie waren. »Wenn ihr nicht sofort hier rüber kommt, knall ich euch ab!«, brüllte Ronnie.

Tiel hielt den Kopf gesenkt und richtete ihre Worte an

den Fußboden, als sie sagte: »Die beiden sprechen kein Englisch.«

»Mund halten!«

Ronnie Davison durchbrach die Sprachbarriere und machte sich verständlich, indem er mit seiner Pistole herumfuchtelte. Mit langsamen, zögernden Schritten kamen die beiden Männer näher und legten sich neben Tiel und das ältere Ehepaar auf den Boden.

»Verschränken Sie die Hände hinter dem Kopf!«

Tiel und die anderen taten wie befohlen.

Im Laufe der Jahre hatte Tiel über Dutzende von Raubüberfällen und dergleichen berichtet, bei denen nur zu oft unschuldige Umstehende, die zufällig Augenzeugen eines Verbrechens geworden waren, tot am Tatort gefunden wurden – bäuchlings auf dem Boden ausgestreckt, mit einem Schuss in den Hinterkopf hingerichtet, und das einzig und allein aus dem Grund, weil sie zur falschen Zeit am falschen Ort gewesen waren. Sollte ihr, Tiels, Leben auch auf diese Weise enden?

Seltsamerweise fühlte sie nicht so sehr Angst als vielmehr Wut. Sie hatte doch noch längst nicht alles getan, was sie in ihrem Leben tun wollte! Snowboardfahren sah nach einem echten Spaß aus, aber sie hatte bisher noch keine Zeit gehabt, es auszuprobieren. Berichtigung: Sie hatte sich nie die Zeit *genommen*, es auszuprobieren. Sie hatte auch noch nie eine Rundfahrt durch das Napa Valley gemacht. Sie wollte Paris wiedersehen, nicht als Schülerin einer High-School-Klasse unter strenger Aufsicht, sondern allein, um auf eigene Faust und ganz nach Lust und Laune die Boulevards entlangzuschlendern.

Es gab so viele Ziele, die sie noch erreichen musste. Wenn sie nur an all die Storys dachte, über die sie nicht mehr würde berichten können, wenn ihr Leben jetzt endete. *Nine Live* würde kampflos an Linda Harper fallen, und das war echt ungerecht.

Aber nicht alle ihre Träume waren karriereorientiert. Sie und einige ihrer Freundinnen, die ebenfalls Singles waren, witzelten manchmal über ihre biologische Uhr, aber insgeheim bereitete Tiel ihr unaufhörliches Ticken großen Kummer. Wenn sie heute Nacht starb, würde der Wunsch nach einem Kind nur einer von vielen Träumen sein, die unerfüllt blieben.

Und dann war da noch diese andere Sache. Die große Sache. Die gewaltige Schuld, die ihren Ehrgeiz anheizte. Sie hatte noch längst nicht genug getan, um das wieder gutzumachen. Sie hatte noch nicht für die harten Worte gebüßt, die sie im Zorn und völlig unbedacht dahergesagt hatte und die tragischerweise prophetisch gewesen waren. Sie musste am Leben bleiben, um Wiedergutmachung dafür zu leisten.

Sie hielt den Atem an, wartete auf den Tod.

Aber Davisons Aufmerksamkeit war auf etwas anderes konzentriert. »Sie da, in der Ecke!«, rief der junge Mann. »Na los, Bewegung! Sonst knall ich die Alten ab! Es liegt ganz bei Ihnen.«

Tiel hob den Kopf nur gerade hoch genug, um einen Blick in den Fischaugenspiegel zu werfen, der in einer Ecke an der Decke angebracht war. Ihre Annahme war falsch gewesen. Der Cowboy war nicht gegangen. Im Spiegel beobachtete sie, wie er scheinbar seelenruhig ein Taschenbuch in seine Lücke auf dem drehbaren Ständer zurückstellte. Als er den Gang hinunterschlenderte, nahm er seinen Hut ab und legte ihn auf ein Regal. Tiel hatte plötzlich das vage Gefühl, ihn von irgendwoher zu kennen, aber sie schrieb dieses Gefühl dem Umstand zu, dass sie ihn zuvor schon einmal gesehen hatte, als er in den Laden gekommen war.

Die Augen, die er fest auf Ronnie Davison gerichtet hielt,

wiesen in den äußeren Winkeln ein Netz von feinen Fältchen auf. Schmale, grimmig zusammengepresste Lippen. Der Gesichtsausdruck besagte *Leg dich nicht mit mir an*, und Ronnie Davison las ihn richtig. Nervös verlagerte er die Pistole von der einen Hand in die andere, bis der Cowboy neben einem der Mexikaner auf dem Fußboden ausgestreckt lag, die Hände hinter dem Kopf verschränkt.

Während all dies vor sich ging, hatte die Kassiererin den Inhalt der Kassenschublade in eine Einkaufstüte entleert. Anscheinend war dieser abseits gelegene Laden nicht mit einem Nachttresor ausgestattet, in dem die Tageseinnahmen automatisch deponiert wurden. Soweit Tiel es erkennen konnte, befand sich eine beträchtliche Summe Bargeld in der Tüte, die Sabra Dendy von der Kassiererin entgegennahm.

»Ich habe das Geld, Ronnie«, sagte die Tochter eines der reichsten Männer von Fort Worth.

»Okay.« Er zögerte einen Moment, als wäre er sich nicht sicher, was er als Nächstes tun sollte. »Sie«, sagte er zu der völlig verängstigten Kassiererin. »Legen Sie sich zu den anderen auf den Boden.«

Sie mochte in den dicksten Winterklamotten vielleicht neunzig Pfund wiegen und hatte offenbar noch nie etwas von Sonnenschutzmitteln gehört. Die Haut, die schlaff von ihren dürren Armen herabhing, sah wie Leder aus, wie Tiel bemerkte, als sich die winzige Frau neben sie legte. Gedämpfte Schluchzer panischer Angst kamen aus ihrem Mund, während sie von einem krampfartigen Schluckaufanfall gepackt wurde.

Jeder hatte seine ganz eigene Art, auf Todesangst zu reagieren. Das ältere Ehepaar hatte Ronnies Befehl, beide Hände hinter dem Kopf zu halten, missachtet. Die rechte Hand des Mannes war fest um die linke seiner Ehefrau geschlungen.

*Das war's dann wohl,* dachte Tiel. *Jetzt wird er uns alle töten.*

Sie schloss die Augen und versuchte zu beten, aber es war schon eine ganze Weile her, seit sie das letzte Mal gebetet hatte, und sie war aus der Übung gekommen. Die poetische Sprache der King James Bibel war ihr entfallen. Sie wollte, dass diese flehentliche Bitte ausdrucksvoll und bewegend klang, überzeugend und beeindruckend, bezwingend genug, um Gott von all den anderen Gebeten abzulenken, die in diesem speziellen Moment zu Ihm emporgesandt wurden.

Aber Gott würde ihre rein egoistischen Gründe für ihren Wunsch, am Leben zu bleiben, wahrscheinlich sowieso nicht billigen, deshalb fiel ihr auch nichts anderes ein als: »Himmlischer Vater, bitte lass mich nicht sterben.«

Als der plötzliche Schrei die Stille zerriss, war Tiel überzeugt, dass er aus dem Mund der Kassiererin gekommen war. Sie warf einen schnellen Blick auf die Frau neben ihr, um zu sehen, welch unsägliche Folterqualen ihr zugefügt worden waren. Aber die Frau schrie nicht, sondern schluchzte noch immer erstickt vor sich hin.

Es war Sabra Dendy, die geschrien hatte, und auf diesen ersten erschrockenen Aufschrei folgte ein: »O mein Gott! *Ronnie!*«

Der Junge rannte zu ihr. »Sabra? Was ist los? Was hast du?«

»Ich glaube, es ist... O Gott!«

Tiel konnte einfach nicht anders. Sie hob den Kopf, um zu sehen, was dort vorging. Das Mädchen wimmerte und starrte entgeistert auf die Pfütze zwischen ihren Füßen.

»Ihre Fruchtblase ist geplatzt.«

Ronnie drehte ruckartig den Kopf herum und funkelte Tiel finster an. »Was?«

»Ihre Fruchtblase ist geplatzt.« Sie wiederholte ihre Erklärung mit sehr viel mehr Gefasstheit, als sie fühlte. Tatsächlich raste ihr Herz vor Furcht. Dies konnte womöglich der Funke sein, der eine Kurzschlussreaktion bei ihm auslöste und ihn veranlasste, die Dinge zu einem schnellen Abschluss zu bringen, indem er sämtliche Geiseln erschoss und sich dann mit dem Problem seiner Freundin befasste.

»Das ist richtig, junger Mann.« Unerschrocken setzte sich die ältere Frau auf und sprach ihn mit all der Kühnheit an, die sie zuvor bei ihrem Ehemann bewiesen hatte, als sie ihm wegen seines ungeschickten Herumhantierens mit der Videokamera die Leviten gelesen hatte. »Ihr Baby kommt.«

»Ronnie? Ronnie?« Sabra klemmte sich den Rock ihres Sommerkleids zwischen die Schenkel, als ob sie auf diese Weise den Lauf der Natur aufhalten könnte. Mit gebeugten Knien ließ sie sich langsam auf den Fußboden sinken, bis sie auf den Fersen saß. »Was sollen wir denn jetzt bloß tun?«

Das Mädchen hatte offensichtlich Angst. Weder sie noch Ronnie schienen Erfahrung mit bewaffneten Überfällen zu haben. Oder mit Entbindungen, was das betraf. Tiel schöpfte Mut aus dem Verhalten der alten Dame und setzte sich ebenfalls auf. »Ich schlage vor –«

»Sie halten den Mund!«, brüllte Ronnie. »Ihr alle haltet ganz einfach die Klappe!«

Er zielte weiterhin mit seiner Pistole auf Tiel und die anderen, während er sich neben Sabra kniete. »Haben die Recht? Bedeutet das, dass das Baby kommt?«

»Ich glaube schon.« Sie nickte unter Tränen. »Es tut mir Leid.«

»Ist schon okay. Wie viel Zeit... wie lange dauert es noch, bis es geboren wird?«

»Ich weiß nicht. Das ist ganz unterschiedlich, glaube ich.«

»Tut es weh?«

Wieder sammelten sich Tränen in ihren Augen und kullerten über ihre Wangen hinunter. »Es tut schon seit ein paar Stunden weh.«

»Ein paar Stunden!«, rief er alarmiert.

»Aber nur ein bisschen. Nicht sehr.«

»Wann genau haben die Schmerzen angefangen? Warum hast du mir nichts davon gesagt?«

»Wenn sie Wehen hat –«

»Ich habe Ihnen doch gesagt, Sie sollen die Klappe halten!«, kreischte er Tiel an.

»Wenn Ihre Freundin schon seit einer ganzen Weile Wehen hat«, wiederholte Tiel unbeirrt, während sie ihm unverwandt in die Augen blickte, »sollten Sie besser ärztliche Hilfe holen. Und zwar sofort.«

»Nein«, sagte Sabra hastig. »Hör nicht auf sie, Ronnie.« Sie klammerte sich an seinen Ärmel. »Mit mir ist alles okay. Ich bin –«

Schmerz zuckte durch ihren Körper. Ihr Gesicht verzerrte sich. Sie rang keuchend nach Luft.

»O Gott. Scheiße.« Ronnie musterte besorgt Sabras Gesicht und kaute ratlos auf seiner Unterlippe. Seine Hand mit der Pistole zitterte.

In dem Moment sprang einer der Mexikaner – der kleinere der beiden – unvermittelt auf die Füße und stürzte auf das Paar zu.

»Nein!«, schrie Tiel.

Der Cowboy streckte blitzschnell die Hand aus und versuchte, den Mexikaner am Bein festzuhalten, griff aber daneben.

Ronnie feuerte die Pistole ab.

Die Kugel zertrümmerte mit einem ohrenbetäubenden Knall die Glastür der Kühlvitrine und durchbohrte einen

Milchcontainer aus Plastik. Auf alles, was sich im unmittelbaren Umkreis befand, prasselte ein Hagel aus Glassplittern und Milchtropfen herab.

Der Mexikaner hielt abrupt inne. Bevor er völlig zum Stehen kam, ließ die Trägheit seinen Körper leicht vor und zurück schwanken, als ob seine Stiefel plötzlich auf dem Fußboden festgeklebt wären.

»Zurück, oder ich erschieße Sie!« Ronnies Gesicht war hochrot vor Erregung. Diesmal war keine gemeinsame Sprache notwendig, um die Botschaft rüberzubringen. Der Freund des Mannes sprach leise und eindringlich auf Spanisch auf ihn ein, und der Mexikaner wich langsam rückwärts, bis er an seinem Ausgangspunkt angekommen war, und setzte sich dann wieder auf den Fußboden.

Tiel funkelte ihn wütend an. »Sie Idiot! Das hätte Sie den Kopf kosten können! Sparen Sie sich Ihr Machogehabe gefälligst für ein andermal auf, okay? Ich möchte deswegen nicht getötet werden.«

Obwohl er kein Englisch verstand, entging ihm doch nicht der Sinn ihrer Worte. Zutiefst in seinem männlichen Stolz gekränkt und wütend darüber, dass er von einer Frau abgekanzelt worden war, warf er ihr einen finsteren Blick aus dunklen Augen zu, aber das kümmerte sie nicht.

Tiel wandte sich wieder zu dem jungen Paar um. Sabra lag jetzt auf der Seite, die Knie bis zur Brust hochgezogen. Im Moment war sie ruhig.

Ronnie dagegen sah aus, als wäre er kurz davor, den letzten Rest von Selbstbeherrschung zu verlieren. Tiel glaubte nicht daran, dass er sich im Zeitraum eines einzigen Nachmittags von einem Schüler, der nie in Schwierigkeiten geraten war, in einen kaltblütigen Killer verwandelt haben könnte. Sie glaubte auch nicht, dass der Junge überhaupt das Zeug dazu hatte, irgendjemanden zu töten, selbst in

Notwehr. Wenn er den Mann, der auf ihn losgegangen war, hätte treffen wollen, hätte er das mühelos tun können. Stattdessen schien er genauso bestürzt und durcheinander wie alle anderen, dass er den Schuss hatte abfeuern müssen. Tiel vermutete, dass er den Mann absichtlich verfehlt hatte und die Pistole nur deshalb abgeschossen hatte, um seiner Drohung mehr Nachdruck zu verleihen.

Es konnte natürlich auch sein, dass sie völlig falsch mit ihrer Einschätzung lag. Tödlich falsch.

Laut Gullys Informationen kam Ronnie Davison aus zerrütteten Familienverhältnissen. Sein leiblicher Vater wohnte weit entfernt, deshalb konnte er ihn nicht allzu häufig gesehen haben. Ronnie lebte bei seiner Mutter und seinem Stiefvater. Was, wenn Klein Ronnie ein Problem mit dieser Regelung gehabt hatte? Was, wenn er durch die aufgezwungene Trennung von seinem Vater eine gravierende Persönlichkeitsstörung erlitten und über viele Jahre hinweg Hass und Misstrauen in sich aufgestaut hatte? Was, wenn er mordgierige Impulse ebenso erfolgreich vor der Außenwelt verborgen hatte, wie er und Sabra ihre Schwangerschaft verborgen hatten? Was, wenn ihm Russell Dendys Reaktion auf ihre Enthüllung endgültig den Rest gegeben hatte? Er war verzweifelt, und Verzweiflung war ein gefährliches Motiv.

Weil sie kein Blatt vor den Mund genommen hatte, würde sie, Tiel, wahrscheinlich die Erste sein, die er erschoss. Aber sie konnte nicht einfach nur daliegen und sterben, ohne wenigstens zu versuchen, dem Tod zu entrinnen. »Wenn Sie sich auch nur das kleinste bisschen aus diesem Mädchen machen...«

»Ich habe Ihnen schon mal gesagt, Sie sollen die Klappe halten!«

»Ich versuche doch nur, eine Katastrophe zu verhindern,

Ronnie«, erwiderte Tiel. Da er und Sabra sich gegenseitig mit Namen angesprochen hatten, würde er sich nicht fragen, woher sie seinen Namen wusste. »Wenn Sie nicht Hilfe für Sabra holen, werden Sie das für den Rest Ihres Lebens bitter bereuen.« Er hörte zu, deshalb nutzte sie seine offensichtliche Unentschlossenheit aus. »Ich nehme an, das Kind ist von Ihnen.«

»Verdammt noch mal, was glauben Sie denn? Natürlich ist das Kind von mir.«

»Dann sind Sie doch sicherlich genauso sehr um sein Wohlergehen besorgt wie um Sabras. Sie braucht ärztliche Hilfe.«

»Hör nicht auf sie, Ronnie«, sagte Sabra schwach. »Die Schmerzen haben jetzt nachgelassen. Vielleicht ist es doch nur falscher Alarm gewesen. Es wird mir schon wieder gut gehen, wenn ich einfach nur eine Weile ausruhen kann.«

»Ich könnte dich in ein Krankenhaus bringen. Hier irgendwo in der Nähe müsste eines sein.«

»Nein!« Sabra setzte sich auf und packte ihn an den Schultern. »Er würde dahinter kommen! Er würde uns verfolgen! Wir fahren heute Nacht geradewegs bis nach Mexiko durch. Jetzt, wo wir etwas Geld haben, können wir es schaffen.«

»Ich könnte meinen Dad anrufen...«

Sie schüttelte energisch den Kopf. »Dad könnte sich inzwischen mit ihm in Verbindung gesetzt haben. Ihn bestochen haben, oder so was. Wir sind ganz auf uns gestellt, Ronnie, und genau so will ich es haben. Hilf mir hoch. Lass uns von hier verschwinden.« Doch als sie mühsam vom Fußboden aufzustehen versuchte, setzte eine neue Wehe ein, und sie presste beide Hände auf ihren aufgeblähten Bauch. »O mein Gott, o mein Gott!«

»Das ist doch Wahnsinn.« Bevor Tiel Zeit hatte, den Befehl ihres Gehirns zu verarbeiten, war sie vom Boden aufgesprungen.

»Hey!«, schrie Ronnie. »Legen Sie sich wieder auf den Boden. Sofort!«

Tiel ignorierte ihn, drängte sich an ihm vorbei und hockte sich neben das wimmernde Mädchen. »Sabra?« Sie nahm ihre Hand. »Drücken Sie meine Hand, bis der Schmerz nachlässt. Vielleicht hilft das ja.«

Sabra umklammerte ihre Hand derart fest, dass Tiel befürchtete, ihre Knochen würden zu Staub zermahlen werden. Aber sie ertrug den schraubstockartigen Griff, und gemeinsam überstanden sie die Wehe. Als sich das schmerzverzerrte Gesicht des Mädchens wieder zu entspannen begann, flüsterte Tiel: »Ist es jetzt besser?«

»Hmmm.« Dann, mit einer Andeutung von Panik: »Wo ist Ronnie?«

»Er ist direkt hier.«

»Ich werde dich nicht verlassen, Sabra.«

Tiel sagte: »Ich glaube, Sie sollten Ihren Freund dazu bringen, dass er einen Krankenwagen für Sie ruft.«

»Nein.«

»Aber Sie sind in Gefahr, und nicht nur Sie, sondern auch Ihr Baby.«

»Er würde uns finden. Er würde uns schnappen.«

»Wer?«, fragte Tiel, obwohl sie wusste, wen das Mädchen meinte. Russell Dendy. Er stand in dem Ruf, ein skrupelloser Geschäftsmann zu sein. Nach dem, was sie über ihn wusste, konnte Tiel sich nicht vorstellen, dass er in seinen persönlichen Beziehungen auch nur einen Deut weniger hart und unnachgiebig war.

»Gehen Sie wieder zu den anderen zurück, Lady«, befahl Ronnie barsch. »Das hier geht Sie nichts an.«

»Es geht mich durchaus etwas an, weil Sie mich mit hineingezogen haben, als Sie mit einer Pistole vor meiner Nase herumgefuchtelt und mein Leben bedroht haben.«

»Gehen Sie wieder rüber zu den anderen.«

»Nein.«

»Hören Sie zu, Lady...«

Er verstummte abrupt, als plötzlich ein Auto vom Highway abbog und auf den Parkplatz fuhr. Das Licht seiner Scheinwerfer glitt über die Vorderfront des Ladens.

»Verdammt! Hey, Lady!« Ronnie lief zu der Kassiererin und stieß sie mit der Schuhspitze an. »Hoch mit Ihnen, schnell! Schalten Sie die Lichter aus und schließen Sie die Tür ab.«

Die Frau schüttelte den Kopf, weigerte sich, sowohl ihn als auch die prekäre Situation zur Kenntnis zu nehmen.

»Tun Sie, was er sagt«, sagte die ältere Frau zu ihr. »Wenn wir einfach tun, was er sagt, wird uns nichts passieren.«

»Nun bewegen Sie endlich Ihren Hintern, schnell!« Der Wagen kam draußen vor einer der Zapfsäulen zum Stehen. »Schalten Sie das Licht aus und schließen Sie die Tür ab.«

Die Frau erhob sich zittrig auf die Füße. »Ich darf nicht vor elf Uhr schließen. Und bis dahin sind es noch zehn Minuten.«

Wenn die Lage nicht so angespannt gewesen wäre, hätte Tiel über ihre blinde Befolgung der Vorschriften gelacht.

»Tun Sie's jetzt«, befahl Ronnie. »Bevor der Typ aus seinem Wagen aussteigt.«

Sie ging hinter den Tresen, wobei ihre ausgetretenen Schlappen bei jedem Schritt gegen ihre Fersen klatschten. Mit dem Klicken eines Schalters wurde die Beleuchtung draußen gelöscht.

»Jetzt schließen Sie die Tür ab.«

Die Frau ging zu einer anderen Schalttafel hinter dem Tresen und betätigte einen zweiten Schalter. Mit einem hörbaren Schnappen rastete das elektronische Schloss an der Tür ein. »Wie schließe ich sie wieder auf?«, wollte Ronnie wissen.

Der Junge ist clever, dachte Tiel. Er wollte nicht im Innern des Ladens in der Falle gefangen sein.

»Dreh einfach diesen Schalter hier«, erwiderte die Kassiererin.

Der Cowboy und die beiden Mexikaner lagen noch immer mit dem Gesicht nach unten auf dem Boden, die Hände hinter dem Kopf verschränkt. Sie waren für den Mann, der sich jetzt der Ladentür näherte, nicht sichtbar. Tiel und Sabra waren in dem Gang zwischen zwei Regalreihen ebenfalls nicht zu sehen.

»Jeder bleibt, wo er ist.« Ronnie schlich gebückt zu der älteren Frau, packte sie am Arm und zog sie auf die Füße.

»Nein!«, schrie ihr Ehemann. »Lass sie in Ruhe!«

»Klappe!«, befahl Ronnie. »Wenn sich einer von euch rührt, werde ich die Frau erschießen.«

»Keine Angst, er wird mich nicht erschießen, Vern«, sagte sie beruhigend zu ihrem Mann. »Mir wird nichts passieren, solange ihr alle die Ruhe bewahrt.«

Die Frau befolgte Ronnies Anweisungen und duckte sich zusammen mit ihm hinter einen zylinderförmigen Getränkekühlautomaten. Über den Rand hinweg hatte Ronnie einen guten Blick auf die Tür.

Der Kunde zog an der Tür, stellte fest, dass sie verschlossen war, und rief laut: »Donna! Bist du da drinnen? Wieso hast du plötzlich die Lichter ausgemacht?«

Donna, die hinter dem Tresen kauerte, blieb stumm.

Der Kunde spähte durch die Glasscheibe. »Da bist du ja«, rief er, als er sie entdeckte. »Was ist los?«

»Antworten Sie ihm«, befahl Ronnie ihr im Flüsterton.

»Ich... ich bin k-krank«, sagte sie so laut, dass der Mann sie durch die Tür hören konnte.

»Ach was, dummes Zeug, du hast nichts, was ich nicht schon gehabt habe. Mach die Tür auf. Ich brauch nichts weiter als für zehn Dollar Benzin und 'nen Sechserpack Miller Lite.«

»Ich kann nicht«, rief sie unter Tränen.

»Nun komm schon, Donna. Dauert keine zwei Sekunden, und dann bin ich wieder verschwunden. Es ist noch nicht ganz elf. Nun mach endlich, schließ die Tür auf.«

»Ich kann nicht!« Sie rappelte sich vom Boden hoch, während ihre Stimme gleichzeitig zu einem richtiggehenden Kreischen anschwoll. »Er hat 'ne Kanone, und er wird uns alle umbringen!« Sie ließ sich hinter den Tresen fallen.

»Scheiße!«

Tiel wusste nicht, von welchem Mann der Kraftausdruck gekommen war, aber er drückte genau das aus, was sie dachte. Sie dachte auch, wenn Ronnie Davison nicht Donna die Kassiererin erschoss, würde sie es vielleicht einfach selbst tun.

Der Mann an der Tür wich hastig zurück und stolperte dann, als er kehrt machte und zu seinem Wagen zurückrannte. Reifen quietschten, als das Fahrzeug rückwärts schoss, dann einen Bogen beschrieb und auf den Highway brauste.

Der alte Mann bat flehend: »Bitte tun Sie meiner Frau nichts. Ich bitte Sie inständig, tun Sie Gladys nicht weh. Bitte tun Sie meiner Gladys nichts!«

»Sei still, Vern. Mir geht es gut.«

Ronnie schrie Donna an, wütend darüber, dass sie so unglaublich dumm gewesen war. »Warum haben Sie das getan? Warum? Dieser Typ wird die Polizei rufen. Wir werden hier drinnen in der Falle sitzen. Verdammt noch mal, warum haben Sie das getan?«

Seine Stimme war schrill vor Frustration und Furcht. Tiel dachte, dass er wahrscheinlich ebenso große Angst hatte wie der Rest von ihnen. Vielleicht sogar noch größere. Denn ganz gleich, wie diese Situation letzten Endes entschieden wurde, er würde sich nicht nur auf strafrechtliche Konsequenzen gefasst machen müssen, sondern auch auf Russell Dendys Zorn. Gott möge ihm beistehen.

Der junge Mann befahl der Kassiererin, hinter dem Tresen hervorzukommen und sich auf den Boden zu legen, wo er sie sehen konnte.

Tiel wusste nicht, ob Donna ihm gehorchte oder nicht. Ihre gesamte Aufmerksamkeit war auf das Mädchen konzentriert, das gerade in der Gewalt einer neuen Wehe war. »Drücken Sie meine Hand, Sabra. Atmen Sie.« War das nicht das, was Frauen in den Wehen tun sollten? Atmen? Das taten sie zumindest in den Kinofilmen. Sie schnauften, und sie keuchten, und ... und sie schrien das ganze Haus zusammen. »Atmen Sie ganz ruhig, Sabra.«

»Hey, hey!«, kreischte Ronnie plötzlich. »Was zum Teufel fällt Ihnen ein? Gehen Sie sofort wieder zurück und legen Sie sich auf den Boden. Hey, *ich meine es ernst*!«

Dies war nun wirklich nicht der geeignete Zeitpunkt, um den äußerst nervösen und aufgeregten jungen Mann zu reizen, und Tiel hatte die Absicht, demjenigen, der das tat, zu sagen, dass er sofort damit aufhören sollte. Sie blickte hoch, aber der Vorwurf blieb unausgesprochen, als sich der Cowboy auf Sabras andere Seite kniete.

»Gehen Sie weg von ihr!« Ronnie rammte dem Cowboy den Lauf seiner Pistole gegen die Schläfe, aber dieser ignorierte sowohl die Waffe als auch die gebrüllten Drohungen des jungen Mannes.

Hände, die aussahen, als wären sie es gewohnt, mit Sattelzeug zu hantieren und Zaunpfosten einzuschlagen, wurden behutsam auf den Bauch des Mädchens gelegt. Sie massierten ihn sanft.

»Ich kann ihr helfen.« Seine Stimme war rau und kratzend, als hätte er lange Zeit nicht gesprochen, als hätte sich der Staub von West Texas auf seinen Stimmbändern angesammelt. Er blickte zu Ronnie auf. »Ich werde Doc genannt.«

»Sie sind Arzt?«, fragte Tiel.

Sein ruhiger Blick schweifte zu ihr, und er wiederholte: »Ich kann ihr helfen.«

# 3

»Sie fassen sie nicht an!«, befahl Ronnie grimmig. »Nehmen Sie Ihre verdammten Pfoten weg, sofort!«

Der Mann namens Doc fuhr ungerührt fort, den Bauch des Mädchens abzutasten. »Sie ist entweder im ersten oder im zweiten Wehenstadium. Ohne zu wissen, wie weit sich der Muttermund gedehnt hat, kann man nur schwer beurteilen, wie lange es noch dauern wird, bis das Baby zur Welt kommt. Aber ihre Wehen kommen in relativ kurzen Abständen, deshalb vermute ich –«

»Sie vermuten?«

Doc ignorierte Ronnie und tätschelte Sabra beruhigend die Schulter. »Ist dies Ihr erstes Baby?«

»Ja, Sir.«

»Sie können mich Doc nennen.«

»Okay.«

»Wie lange ist es her, seit Sie die Schmerzen zum ersten Mal bemerkt haben?«

»Zuerst hat es sich einfach nur komisch angefühlt, wissen Sie? Nein, ich schätze, das wissen Sie nicht.«

Er lächelte. »Ich habe keine persönlichen Erfahrungen damit, nein. Beschreiben Sie mir, wie es sich angefühlt hat.«

»Wie direkt vor einer Periode. Irgendwie.«

»Haben Sie da unten einen starken Druck gefühlt? Und einen stechenden Schmerz, als ob sie schlimme Krämpfe hätten?«

»Ja. Echt schlimme Krämpfe. Und Rückenschmerzen.

Ich dachte, ich wäre nur müde von der endlos langen Fahrt in dem Pickup, doch es wurde immer stärker. Aber ich wollte nichts sagen.« Ihr Blick schweifte zu Ronnie, der sich über Docs breite Schulter beugte. Er hing förmlich an Sabras Lippen, hielt die Pistole jedoch weiter auf die Leute gerichtet, die wie Streichhölzer auf dem Fußboden aufgereiht lagen.

»Wann haben diese Symptome angefangen?«, wollte Doc wissen.

»Heute Nachmittag, so gegen drei Uhr.«

»Gott, Sabra!«, stöhnte Ronnie. »Vor acht Stunden? Warum hast du mir denn nichts davon gesagt?«

Ihre Augen füllten sich wieder mit Tränen. »Weil es unsere Pläne über den Haufen geworfen hätte. Ich wollte bei dir sein, ganz gleich, was passiert.«

»Ruhig, ganz ruhig.« Tiel tätschelte ihr die Hand. »Wenn Sie weinen, werden Sie sich nur noch schlechter fühlen. Denken Sie daran, dass Ihr Baby kommt. Es kann jetzt nicht mehr lange dauern.« Sie blickte Doc an. »Oder?«

»Das ist beim ersten Kind schwer zu sagen.«

»Was schätzen Sie denn, wie lange es noch dauern könnte?«

»Zwei, drei Stunden.« Er stand auf und sprach eindringlich auf Ronnie ein. »Sie wird heute Nacht entbinden. Wie leicht oder wie schwer die Entbindung sein wird, liegt bei Ihnen. Sie braucht ein Krankenhaus, einen gut ausgestatteten Kreißsaal und medizinisch geschultes Personal. Das Baby wird ebenfalls sofort ärztlich versorgt werden müssen, sobald es zur Welt gekommen ist. Das ist die Sachlage. Was werden Sie jetzt unternehmen?«

Sabra schrie auf, als eine weitere heftige Wehe kam. Doc ließ sich wieder neben ihr auf die Knie fallen und überwachte die Wehe, indem er seine Hände auf ihren Unterleib legte. Die steile Falte zwischen seinen Augenbrauen alarmierte Tiel. »Was ist?«, fragte sie.

»Nicht gut.«

»*Was?*«

Er schüttelte den Kopf, um ihr begreiflich zu machen, dass er nicht vor dem Mädchen darüber sprechen wollte. Aber Sabra Dendy war kein Dummkopf. Sie hatte seine Besorgnis sofort mitbekommen. »Irgendwas ist nicht in Ordnung, nicht?«

Es sprach für Doc, dass er nicht herablassend mit ihr redete. »So würde ich das nicht unbedingt sagen, Sabra. Es ist nur etwas komplizierter, das ist alles.«

»Was?«

»Wissen Sie, was Steißlage bedeutet?«

Tiel hielt den Atem an. Sie hörte, wie Gladys bedauernd mit der Zunge schnalzte.

»Das ist, wenn das Baby...« Sabra hielt inne, um hart zu schlucken, »wenn das Baby verkehrt herum liegt.«

Er nickte ernst. »Ich glaube, Ihr Baby hat nicht die richtige Lage. Es liegt nicht mit dem Kopf nach unten.«

Sie begann zu wimmern. »Was können Sie tun?«

»Manchmal ist es gar nicht nötig, irgendetwas zu tun. Manchmal dreht sich das Baby von selbst herum.«

»Was ist das Schlimmste, was passieren kann?«

Doc blickte zu Ronnie hoch, der diese Frage gestellt hatte. »Es wird ein Kaiserschnitt gemacht, um Mutter und Kind eine äußerst strapaziöse Geburt zu ersparen. Eine vaginale Entbindung ist in diesem Fall gefährlich und kann unter Umständen sogar lebensbedrohlich sein. Nachdem Sie das jetzt wissen, werden Sie jemanden einen Krankenwagen rufen lassen, damit Sabra Hilfe bekommt?«

»Nein!«, schrie das Mädchen. »Ich will nicht in ein Krankenhaus! Ich will nicht!«

Doc nahm ihre Hand. »Ihr Baby könnte sterben, Sabra.«
»Sie können mir helfen.«
»Ich habe nicht die nötige Ausrüstung.«
»Sie können es trotzdem. Ich weiß, dass Sie es können.«
»Sabra, bitte hören Sie auf ihn«, sagte Tiel beschwörend. »Er weiß, wovon er spricht. Eine Steißgeburt würde extrem schmerzhaft sein. Sie könnte auch das Leben Ihres Babys gefährden oder schwere Defekte verursachen. Bitte drängen Sie Ronnie, Docs Rat anzunehmen. Lassen Sie uns einen Krankenwagen rufen.«

»Nein«, erwiderte Sabra und schüttelte störrisch den Kopf. »Sie verstehen ja nicht. Mein Dad hat geschworen, dass weder ich noch Ronnie unser Baby jemals zu sehen bekommen würden, nachdem es geboren ist. Er wird es sofort weggeben.«

»Ich bezweifle, dass –«

Aber Sabra ließ Tiel nicht zu Ende sprechen. »Er hat gesagt, das Baby würde ihm nicht mehr bedeuten als ein unerwünschter Welpe, den er im Tierheim abgeben würde. Wenn er etwas sagt, dann meint er es auch so. Er wird uns das Baby wegnehmen, und wir werden es niemals sehen. Und er wird auch Ronnie und mich trennen. Er hat gesagt, dass er das tun würde, und er wird es tun.« Sie begann zu schluchzen.

»Ach je«, murmelte Gladys. »Die Ärmsten!«

Tiel blickte über ihre Schulter zu den anderen hinüber. Vern und Gladys saßen jetzt aufrecht auf dem Boden, dicht aneinander geschmiegt, seine Arme schützend um sie geschlungen. Beide blickten bekümmert drein.

Die beiden Mexikaner sprachen leise miteinander, während ihre feindseligen Blicke durch den Raum schossen. Tiel hoffte nur inständig, dass sie nicht einen neuen Versuch planten, Ronnie zu überrumpeln. Donna, die Kassiererin, lag noch immer mit dem Gesicht nach unten auf dem Boden, aber sie murmelte wütend: »Die Ärmsten? Das soll ja wohl ein Witz sein! Der Kerl hätte mich beinahe umgebracht.«

Ronnie, der schließlich zu einer Entscheidung gekommen war, blickte Doc an und sagte: »Sabra möchte, dass Sie ihr helfen.«

Doc sah aus, als wollte er sich nicht darauf einlassen. Dann – vielleicht weil die Zeit ein entscheidender Faktor war – überlegte er es sich wieder anders. »In Ordnung. Vorläufig werde ich tun, was ich kann, angefangen mit einer inneren Untersuchung.«

»Sie meinen, ihre...«

»Ja. Genau das meine ich. Ich muss wissen, wie weit der Geburtsvorgang vorangeschritten ist. Besorgen Sie mir irgendwas, womit ich meine Hände sterilisieren kann.«

»Ich habe diese wasserfreie Handwaschpaste in meiner Tasche«, erklärte Tiel ihm. »Sie ist antibakteriell.«

»Gut. Danke.«

Sie machte Anstalten aufzustehen, aber Ronnie hielt sie zurück. »Holen Sie das Zeug und kommen Sie sofort wieder hierher zurück. Keine krummen Touren! Vergessen Sie nicht, ich beobachte Sie!«

Sie kehrte zu der Stelle zurück, wo sie ihre Tasche, ihre Coladosen und das Päckchen mit den Sonnenblumenkernen fallen gelassen hatte. Sie holte die Plastiktube mit der Handwaschpaste aus ihrer Tasche. Dann blickte sie Vern an und machte eine Geste, so als ob sie eine Videokamera ans Auge hielte. Zuerst sah der alte Mann verwirrt aus, begriff offensichtlich nicht, was sie wollte, doch dann stupste Gladys ihn in die Rippen und flüsterte ihm etwas ins Ohr. Er nickte energisch und deutete mit einer Kinnbewegung auf den Zeitschriftenständer. Tiel erinnerte sich, dass die beiden dort herumgeblättert hatten, als der Überfall begonnen hatte.

Sie kehrte mit der Tube Handwaschpaste zurück und reichte sie Doc. »Sollte das Mädchen nicht irgendwas unter sich haben?«

»Wir haben ein paar Bettunterlagen in unserem Wohnmobil.«

»Gladys!«, krächzte Vern, dem das Geständnis seiner Ehefrau offensichtlich äußerst peinlich war.

»Das wäre perfekt«, erwiderte Tiel, als sie sich an die Wegwerfschutzunterlagen erinnerte, die sie auf Onkel Petes Bett in dem Pflegeheim gesehen hatte. Sie ersparten es dem Pflegepersonal, jedes Mal die Bettlaken zu wechseln, wenn einem der Heimbewohner ein Malheur passiert war. »Ich werde sie holen.«

»Den Teufel werden Sie!«, knurrte Ronnie und machte ihre Idee sofort zunichte. »Nicht Sie. Aber der alte Mann kann gehen. Sie«, fügte er hinzu, während er mit seiner Pistole auf Gladys zeigte, »bleibt hier.«

Gladys streichelte beruhigend Verns knochiges Knie. »Mir wird schon nichts passieren, Schatz.«

»Bist du sicher? Wenn dir irgendetwas zustoßen würde...«

»Keine Angst, mir wird nichts zustoßen. Dieser Junge da hat noch genügend andere Sorgen außer mir.«

Vern hievte seinen klapprigen Körper vom Fußboden hoch, wischte sich den Staub vom Hosenboden seiner Shorts und marschierte zur Tür. »Tja, ich kann leider nicht durch Glas gehen.«

Ronnie stieß erneut Donna an, die sofort zu wimmern begann und ihn anflehte, ihr Leben zu verschonen. Er befahl ihr barsch, den Mund zu halten und die Tür aufzuschließen, was sie auch tat.

An der Tür tauschten Ronnie und der alte Mann einen bedeutungsvollen Blick. »Keine Sorge, ich werde gleich wieder zurückkommen«, versicherte Vern ihm. »Ich würde ganz bestimmt nichts tun, was das Leben meiner Frau gefährdet.« Und obwohl Ronnie Davison fünfzig Pfund schwerer und fast dreißig Zentimeter größer war als er, sprach er eine Warnung an den jungen Mann aus. »Wenn Sie ihr auch nur ein Härchen krümmen, bringe ich Sie um!«

Ronnie schob die Tür auf, und Vern schlüpfte hindurch. Sein Versuch, elastisch zu joggen, wirkte unfreiwillig komisch. Tiel beobachtete, wie er über den Parkplatz eilte, bis er die Zapfsäulen erreichte und in den Winnebago kletterte.

Doc sprach gerade beruhigend auf Sabra ein, um ihr durch eine weitere Wehe zu helfen. Als sie vorbei war, entspannte sich das Mädchen wieder und schloss die Augen. Tiel blickte Doc an, der das Mädchen aufmerksam beobachtete. »Was würde sonst noch nützlich für Sie sein?«

»Handschuhe.«

»Ich will sehen, was ich finden kann.«

»Und etwas Essig.«

»Gewöhnlicher Branntweinessig?«

»Hmmm.« Nach einer kurzen Pause meinte er: »Sie reagieren bewundernswert cool und besonnen, wenn Sie unter Druck stehen.«

»Danke.« Sie beobachteten weiter das Mädchen, das für den Moment zu schlafen schien. Tiel fragte leise: »Wird das hier schlimm enden?«

Er presste die Lippen zu einer grimmigen Linie zusammen. »Nicht, wenn es nach mir geht.«

»Wie schlimm –«

»Hey, was haben Sie beide da zu flüstern?«

Tiel blickte zu Ronnie auf. »Doc braucht ein Paar Handschuhe. Ich wollte gerade Donna fragen, ob dieser Laden so etwas führt.«

»Okay, dann machen Sie.«

Sie erhob sich von ihrem Platz neben Sabra und ging zum Tresen. Donna stand dahinter und wartete darauf, dass Vern zurückkehrte, um die Tür wieder aufzuschließen. Sie beäugte Tiel misstrauisch. »Was wollen Sie?«

»Donna, bitte bleiben Sie ganz ruhig. Hysterie wird die Situation nur noch verschlimmern. Im Moment sind wir alle sicher.«

»Sicher? Ha! Dies ist schon das dritte Mal für mich.«

»Dass Sie überfallen worden sind?«

»Bisher hab ich ja immer noch Schwein gehabt und bin mit dem Leben davongekommen, aber mein Glück wird nicht ewig währen. Beim ersten Mal waren sie zu dritt. Spazierten seelenruhig in den Laden rein, leerten die Kasse und sperrten mich in den Gefrierschrank. Wenn der Lieferant von der Molkerei nicht vorbeigekommen wäre, wär's aus und vorbei mit mir gewesen. Beim zweiten Mal gab mir dieser Typ mit der Strickmaske mit dem Kolben seiner Pistole kräftig eins auf den Schädel. Hatte 'ne Gehirnerschütterung und konnte sechs Wochen lang wegen starker Kopfschmerzen nicht arbeiten. Mir war so schwindelig, dass ich rund um die Uhr gekotzt hab.« Ihr schmaler Brustkasten hob und senkte sich unter einem tiefen Seufzer der Resignation. »Es ist nur noch 'ne Sache der Zeit. Früher oder später wird's mich erwischen, und einer von ihnen wird mich umbringen. Glauben Sie, er wird uns rauchen lassen?«

»Wenn Sie solche Angst haben, warum kündigen Sie dann nicht und suchen sich einen anderen Job?«, fragte Tiel.

Donna blickte Tiel an, als ob sie den Verstand verloren hätte. »Ich liebe meine Arbeit!«

Wenn das logisch war, vielleicht war Tiel dann tatsächlich drauf und dran, den Verstand zu verlieren. »Führen Sie zufällig Latexhandschuhe hier im Laden? Die Sorte, die ein Arzt trägt.«

Donna schüttelte ihre krause, dauergewellte Mähne. »Nur Gummihandschuhe von Rubbermaid. Das ist alles. Ich glaube, wir haben zwei Paar da drüben bei den Haushaltsreinigern.«

»Danke. Behalten Sie einen kühlen Kopf, Donna.«

Als Tiel an Gladys vorbeikam, beugte sie sich zu ihr hinunter und wisperte: »Ist in Ihrer Videokamera ein Band?«

Die alte Frau nickte. »Mit zwei Stunden Aufnahmezeit. Es ist auch zurückgespult. Es sei denn, Vern hat es vermasselt, als er mit der Kamera herumhantiert hat.«

»Wenn ich es irgendwie schaffe, an die Kamera ranzukommen und sie Ihnen zu geben –«

»Hey!«, rief Ronnie. »Worüber flüstert ihr zwei da schon wieder?«

»Sie hat Angst um ihren Mann. Ich habe nur versucht, sie zu beruhigen.«

Donna schob den Riegel an der Tür zurück, und Vern kam hereingeschwankt – bis auf seine spindeldürren Beine vollständig hinter einem Stapel Bettzeug verborgen. Ronnie befahl ihm, den Haufen von Kissen und Decken fallen zu lassen, aber der alte Mann weigerte sich. »Die Sachen sind ganz sauber. Wenn ich sie fallen lasse, werden sie schmutzig. Die junge Dame sollte einen bequemen Platz zum Liegen haben, und ich dachte, diese Handtücher hier könnten vielleicht auch ganz nützlich sein.«

»Das ist wirklich sehr umsichtig von ihm, Ronnie«, lobte Tiel. »Sie können die Sachen ja überprüfen, wenn er sie herbringt.«

Zusätzlich zu den Bettunterlagen, die zu holen er hinausgegangen war, hatte Vern auch zwei Kopfkissen, zwei Decken, zwei saubere Laken und mehrere Badehandtücher aus seinem Wohnmobil mitgebracht. Ronnie untersuchte die Sachen sorgfältig, fand nichts darin versteckt und gab Tiel grünes Licht, um ein behelfsmäßiges Bett daraus zu machen, was sie auch tat, während Sabra sich schwer auf Doc stützte.

Tiel benutzte nur eines der Laken und hob das andere für später auf, um es notfalls zu wechseln. Als sie fertig war, half Doc dem Mädchen behutsam auf das Bettzeug. Sabra legte sich dankbar in die Kissen zurück, und Tiel schob ihr eine der Wegwerfunterlagen unter die Hüften.

»Die Dinger sind nicht für das, was Sie denken«, erklärte Vern.

Tiel und Doc blickten beide gleichzeitig zu dem alten Mann auf und sahen zu ihrer Überraschung, wie er sich vertraulich zu ihnen herunterbeugte. »Gladys und ich sind nicht inkontinent.«

Tiel konnte sich nur mit Mühe ein Lächeln verkneifen. »So genau wollten wir's gar nicht wissen.«

»Wir sind in den Flitterwochen«, erklärte Vern in vertraulichem Flüsterton. »Wir machen's jede Nacht. Oft auch am Tag, wenn uns der Drang überkommt. Diese Unterlagen da sind zwar nicht besonders angenehm für den Partner, der unten liegt, aber keiner von uns möchte auf dem nassen Fleck liegen, und es ist immer noch praktischer, als danach jedes Mal die Laken zu wechseln.«

Der alte Mann zwinkerte ihnen zu, dann wandte er sich ab und befolgte Ronnies Befehl, wieder zu den anderen zurückzukehren. Er setzte sich neben seine Ehefrau – seine Braut –, die ihn umarmte, ihm einen schmatzenden Kuss auf die Wange drückte und ihn für seine Tapferkeit lobte.

Als Tiel bewusst wurde, dass ihr vor lauter Verblüffung der Unterkiefer herabhing, klappte sie den Mund mit einem leisen Klicken ihrer Zähne wieder zu. Ihr Blick schweifte zu Doc; er sah konzentriert auf seine Uhr, um zu überprüfen, in welchen Abständen Sabras Wehen kamen, aber um seine schmalen Lippen zuckte es belustigt.

Dann blickte er zu Tiel auf, ertappte sie dabei, wie sie ihn beobachtete, und gab ein Schnauben von sich, das ein Lachen hätte sein können. »Handschuhe?«

»Was?«

»Haben Sie nach den Handschuhen gefragt?«

»Äh, ja, zwei Paar Rubbermaid.«

Er schüttelte den Kopf. »Die nützen mir nichts. Dann könnte ich auch ebenso gut lederne Arbeitshandschuhe anziehen. Was ist mit dem Essig?«

»Kommt sofort.«

»Und Verbandsmull.«

Sie bat Ronnie um die Erlaubnis, in den Regalen nachzusehen, wo sie mehrere Plastikflaschen mit Essig fand, eine Schachtel mit sterilen Mullpads und eine Packung Wegwerfpflegetücher für Babys. Sie sammelte die Sachen ein. Auf dem Rückweg zu Sabra fiel ihr Blick zufällig auf eine andere Auslage. Aus einer plötzlichen Eingebung heraus fügte sie zwei Schachteln mit Tönungsshampoo zu ihrer Sammlung hinzu.

Als sie zu dem Mädchen zurückkehrte, hörte Sabra gerade aufmerksam auf das, was Doc ihr erklärte.

»Es wird nicht angenehm sein, aber ich werde versuchen, Ihnen nicht weh zu tun, okay?«

Das Mädchen nickte und warf Tiel einen ängstlichen Blick zu.

»Haben Sie schon mal eine Unterleibsuntersuchung gehabt, Sabra?«, fragte sie leise.

»Einmal. Als ich zum Frauenarzt gegangen bin, um mir die Pille verschreiben zu lassen.« Tiel legte fragend den Kopf schief, und Sabra senkte den Blick. »Ich hab sie dann aber nicht mehr genommen, weil ich fett davon wurde.«

»Ich verstehe. Okay, wenn Sie schon einmal untersucht worden sind, dann wissen Sie ja, was Sie erwartet. Dies hier wird wahrscheinlich nicht unangenehmer sein als Ihre erste Untersuchung. Richtig, Doc?«

»Ich werde es so erträglich machen, wie ich kann.«

Tiel drückte flüchtig die Hand des Mädchens. »Ich werde gleich da drüben sein, falls Sie –«

»Nein, bleiben Sie hier bei mir, bitte.« Sie gab Tiel durch ein Zeichen zu verstehen, dass sie ihr etwas sagen wollte, was nur für ihre Ohren bestimmt war.

»Er ist nett«, sagte sie mit leiser Stimme direkt in Tiels Ohr. »Er benimmt sich wie ein Arzt, und er redet wie ein Arzt, aber er sieht nicht wie einer aus. Wissen Sie, was ich meine?«

»Ja, ich weiß, was Sie meinen.«

»Deshalb ist es mir ein bisschen peinlich, mich von ihm… verstehen Sie? Könnten Sie mir helfen, meinen Schlüpfer auszuziehen?«

Tiel richtete sich wieder auf und blickte Doc an. »Könnten Sie uns bitte einen Moment allein lassen?«

»Sicher.«

»Was ist los?«, wollte Ronnie wissen, als Doc aufstand.

»Die junge Dame möchte einen Moment ungestört sein. Deshalb werden wir uns jetzt zurückziehen. Ich. Und Sie.«

»Aber ich bin ihr Freund.«

»Was exakt der Grund ist, weshalb sie der Letzte sind, von dem sie möchte, dass er zuschaut.«

»Er hat Recht, Ronnie«, sagte Sabra. »Bitte lass mich einen Augenblick allein, okay?«

Der Junge entfernte sich mit Doc. Tiel hob Sabras Rock hoch und half ihr, als sie schwerfällig die Hüften anhob und ihren Schlüpfer die Schenkel herunterzog.

»Na also, das hätten wir«, sagte Tiel sanft, als sie das feuchte Kleidungsstück beiseite legte, das Sabra zur Größe eines Pingpongballs zusammengeknüllt hatte.

»Tut mir Leid, dass er so feucht und klebrig ist.«

»Sabra, Sie haben wirklich keinen Grund, sich zu entschuldigen. Ich habe zwar noch nie in den Wehen gelegen, aber ich bin überzeugt, ich würde dabei nicht annähernd so viel Würde beweisen wie Sie. Haben Sie es jetzt bequemer?« Offensichtlich nicht. Sie konnte an Sabras Grimasse erkennen, dass sie mitten im Kampf mit einer weiteren Wehe war. »Doc?«

Er war sofort da und presste seine Hände auf ihren Bauch. »Ich wünschte wirklich, der Bursche würde sich von selbst herumdrehen.«

»Ich hoffe auf ein Mädchen«, erklärte Sabra ihm unter heftigem Keuchen.

Doc lächelte. »Tatsächlich?«

»Ronnie würde auch gern ein Mädchen haben.«

»Töchter sind wundervoll, das ist schon richtig.«

Tiel warf Doc einen verstohlenen Blick zu. Ob er Töchter hat? fragte sie sich. Sie hatte ihn für einen Junggesellen gehalten, einen Einzelgänger. Vielleicht deshalb, weil er wie der Marlboro-Mann aussah. Man sah den Marlboro-Mann nie mit einer Ehefrau und Kindern im Schlepptau.

Vielleicht…? Tiel konnte einfach das Gefühl nicht abschütteln, dass sie Doc vorher schon einmal irgendwo gesehen hatte. Es musste seine Ähnlichkeit mit den markigen, robusten Typen in der Zigarettenwerbung sein, weshalb er ihr vage bekannt vorkam.

Als der Schmerz nachließ, legte Doc seine Hände auf die

hochgezogenen Knie des Mädchens. »Versuchen Sie, sich so gut wie möglich zu entspannen. Und sagen Sie mir Bescheid, wenn ich Ihnen wehtue, okay?«

»Oh, Moment, warten Sie.« Tiel griff nach der Schachtel mit der Haartönung und öffnete sie. Als sie Docs neugierige Miene sah, erklärte sie: »Diese Packungen enthalten immer Wegwerfhandschuhe. Sie sind nichts Großartiges, nur ganz dünne Plastikdinger. Wahrscheinlich werden sie noch nicht mal passen«, fügte sie hinzu, während sie auf seine kräftigen Männerhände hinunterblickte, »aber ich schätze, sie sind immer noch besser als gar nichts.«

»Gute Idee.«

Er zog die Plastikhandschuhe von dem Wachspapier, auf dem sie klebten, und zwängte seine Hände hinein. Sie waren zu kurz und zu eng, und sie sahen unförmig aus, aber er bedankte sich bei Tiel und versicherte Sabra dann noch einmal, dass er sein Möglichstes tun würde, um die Untersuchung nicht zu unangenehm zu machen.

»Das hier hilft vielleicht.« Aus Gründen des Anstands breitete Tiel das zweite Bettlaken über den Knien des Mädchens aus.

Doc warf ihr einen anerkennenden Blick zu. »Entspannen Sie sich einfach, Sabra. Bevor Sie wissen, wie Ihnen geschieht, wird es vorbei sein.«

Sabra holte tief Luft und kniff die Augen zu.

»Zuerst werde ich den äußeren Bereich mit einem dieser Tücher abwischen. Und dann mit etwas Essig desinfizieren. Es könnte sich ein bisschen kalt anfühlen.«

Als er Essig über sie goss und ihre Haut mit mehreren Gazetupfern abwischte, fragte er sie, wie es ihr ginge.

»Okay«, erwiderte sie gepresst.

Tiel ertappte sich dabei, wie sie ebenfalls den Atem anhielt. »Atmen Sie tief durch, Sabra. Es wird Ihnen helfen, sich zu entspannen. Kommen Sie, machen wir's gemeinsam. Okay, tief einatmen. Und jetzt wieder ausatmen.« Als Doc behutsam seine Hand zwischen ihre Schenkel schob, zuckte Sabra zusammen. Tiel sagte: »Und noch einmal. Tief einatmen. Und wieder ausatmen. Ja, so ist es richtig. Gleich ist die Untersuchung überstanden. Sie machen Ihre Sache ganz super. Alles bestens.«

Aber so war es nicht. Docs Ausdruck verriet ihr, dass die Dinge gar nicht gut standen. Er zog seine Hand wieder zwischen den Schenkeln des Mädchens hervor und verbarg seine Besorgnis, während er Sabra lobte, wie gut sie ihre Sache gemacht hätte. Er streifte sich die Handschuhe ab und griff nach der Tube mit Handwaschpaste, um sie energisch auf seinen Händen und Unterarmen zu verreiben.

»Ist alles in Ordnung?«

Ronnie war wieder da. Er war derjenige, der die Frage gestellt hatte, aber Doc richtete seine Antwort an Sabra. »Der Muttermund hat sich noch nicht genügend geweitet.«

»Was bedeutet das?«

»Das bedeutet, dass Ihre Wehentätigkeit dysfunktional ist.«

»Dysfunktional?«

»Das ist ein hartes Wort, aber es ist nun mal die medizinische Bezeichnung dafür. So heftig und häufig, wie Ihre Wehen kommen, müsste sich Ihr Gebärmutterhals inzwischen schon sehr viel mehr gedehnt haben. Das Baby versucht, sich hinauszudrängen, aber nicht alle Teile Ihres Körpers sind für die Geburt bereit.«

»Was können Sie tun?«

»Ich kann überhaupt nichts tun, Ronnie, aber Sie. Sie können diesem Irrsinn ein Ende machen und Sabra in ein Krankenhaus bringen, wo sie die nötige Geburtshilfe bekommen wird.«

»Ich hab's Ihnen doch schon mal gesagt – nein.«
»Nein«, echote Sabra.
Bevor es zu weiteren Diskussionen kommen konnte, schrillte das Telefon.

# 4

Das unerwartete, schrille Geräusch erschreckte alle.

Donna war dem klingelnden Telefon am nächsten. »Was soll ich tun?«, fragte sie.

»Gar nichts.«

»Ronnie, vielleicht sollten Sie Donna besser rangehen lassen«, schlug Tiel vor.

»Wieso denn? Es hat wahrscheinlich überhaupt nichts mit mir zu tun.«

»Das könnte sein. Aber was, wenn es doch Sie betrifft? Würden Sie nicht lieber wissen, woran Sie sind?«

Er ließ sich ihre Bemerkung einen Augenblick durch den Kopf gehen, dann machte er Donna ein Zeichen, den Hörer abzunehmen.

»Hallo?« Sie hörte ein paar Sekunden zu, dann sagte sie: »Hi, Sheriff. Nein, er war nicht betrunken. Es ist genauso, wie er gesagt hat. Dieser Junge hier hat uns als Geiseln genommen und bedroht uns mit einer Pistole.«

Plötzlich war die Vorderfront des Gebäudes in blendend helles Licht getaucht. Alle im Inneren des Ladens waren derart auf Sabras Zustand konzentriert gewesen, dass keiner von ihnen die drei Streifenwagen hatte kommen hören, die jetzt ihre Scheinwerfer aufflammen ließen. Tiel vermutete, dass der Sheriff von einem der Wagen aus anrief, die direkt hinter den Zapfsäulen parkten.

Ronnie duckte sich hastig außer Sichtweite hinter einen Frito-Lay-Aufsteller und schrie: »Sagen Sie ihnen, sie sollen diese verdammten Scheinwerfer ausmachen, sonst muss hier gleich einer dran glauben!«

Donna gab die Botschaft weiter. Sie hielt inne, um zuzuhören, dann sagte sie: »Ungefähr achtzehn, würde ich sagen. Nennt sich Ronnie.«

»Mund halten!« Ronnie zielte mit seiner Pistole auf sie. Sie kreischte erschrocken und ließ den Telefonhörer fallen.

Die Autoscheinwerfer verlöschten, zwei Paar fast gleichzeitig, das Dritte nur Sekunden später.

Sabra stöhnte.

Doc sagte: »Ronnie, hören Sie mir zu.«

»Nein. Seien Sie still und lassen Sie mich nachdenken.«

Der junge Mann war nervös und völlig durcheinander, doch Doc ließ nicht locker und sprach weiter mit gedämpfter, ernster Stimme auf ihn ein. »Bleiben Sie hier und ziehen Sie diese Sache durch, wenn Sie wollen. Aber wenn Sie auch nur ein Fünkchen Verantwortungsbewusstsein haben, dann werden Sie Sabra gehen lassen. Die Polizei wird sie ins Krankenhaus bringen, wo sie unbedingt hingehört.«

»Ich werde nicht gehen«, wiederholte das Mädchen beharrlich. »Nicht ohne Ronnie.«

Tiel appellierte an sie. »Denken Sie an Ihr Baby, Sabra.«

»Ich denke ja an mein Baby«, schluchzte Sabra. »Wenn mein Dad das Baby in die Finger bekommt, werde ich es niemals wiedersehen. Ich werde es nicht aufgeben. Und ich werde auch Ronnie nicht aufgeben.«

Als Doc sah, dass seine Patientin kurz davor war, hysterisch zu werden, gab er nach. »Okay, okay. Wenn Sie partout nicht in ein Krankenhaus wollen, wie wär's dann, wenn Sie einen Arzt hierher kommen lassen würden?«

»Wieso denn, Sie sind doch Arzt«, widersprach Ronnie.

»Nicht die Art, die Sabra braucht. Ich habe keine Instrumente dabei. Ich habe nichts, was ich ihr geben könnte, um ihre Schmerzen zu lindern. Dies wird eine sehr schwierige Entbindung, Ronnie. Es könnte alle Arten von ernsthaften Komplikationen geben, mit denen ich nicht fertig würde, weil ich nicht dafür qualifiziert bin. Sind Sie wirklich bereit, sowohl Sabras Leben als auch das des Kindes zu riskieren? Denn wenn Sie nichts unternehmen, wenn Sie die Dinge einfach so weiterlaufen lassen wie bisher, tun Sie genau das. Sie könnten Sabra oder das Kind oder auch beide verlieren. Und dann wird alles umsonst gewesen sein.«

Tiel war beeindruckt. Sie hätte diese dringende Bitte nicht besser formulieren können.

Der junge Mann kaute einen Moment auf Docs Worten herum, dann winkte er Tiel zum Tresen und zu dem herabbaumelnden Telefonhörer. Nachdem Donna ihn fallen gelassen hatte, war noch mehrere Minuten lang eine Männerstimme zu hören gewesen, die energisch zu wissen verlangt hatte, was dort los war. Jetzt war sie verstummt.

»Sie sind doch so groß im Sprücheklopfen«, sagte er zu Tiel. »Übernehmen Sie das Reden.«

Sie erhob sich vom Fußboden, ging an Sabra und Doc und dem Frito-Lay-Aufsteller vorbei und quer über die freie Fläche zum Tresen. Sie verschwendete keine Zeit und wählte den Notruf. Sobald sich die Vermittlung meldete, sagte sie: »Sagen Sie dem Sheriff, er soll mich sofort zurückrufen. Stellen Sie keine Fragen. Dies ist eine Notsituation, und er weiß Bescheid. Sagen Sie ihm, er soll im Gemischtwarenladen anrufen.« Sie legte schnell auf, bevor die Vermittlung mit dem Routinedrill fortfahren konnte, was nur Verschwendung kostbarer Zeit gewesen wäre.

Sie warteten in angespanntem Schweigen. Keiner sagte ein Wort. Vern und Gladys saßen eng aneinander geschmiegt auf dem Boden. Als Tiel in ihre Richtung blickte, machte Vern sie verstohlen auf die Nylontasche in seinem Schoß aufmerksam. Irgendwie hatte er es geschafft, sie von dem Regal herunterzuholen, ohne dass Ronnie etwas davon mitbekommen hatte. Ein gerissener Casanova. Das an sich würde schon eine gute Story ergeben, dachte Tiel. Außer dass sie noch eine sehr viel bessere hatte, eine, bei der sie nicht nur eine Reporterin war, sondern eine unmittelbar Betroffene. Gully würde entzückt sein. Wenn ihr diese Story nicht den begehrten Auftritt in *Nine Live* einbrachte...

Obwohl sie damit gerechnet hatte, dass das Telefon klingeln würde, zuckte sie erschrocken zusammen, als es losschrillte. Sie meldete sich sofort.

»Wer spricht da?«, fragte eine Männerstimme.

Sie umging eine direkte Antwort, indem sie sagte: »Sheriff?«

»Marty Montez.«

»Sheriff Montez, ich bin zur Sprecherin bestimmt worden. Ich bin eine der Geiseln.«

»Sind Sie in unmittelbarer Gefahr?«

»Nein«, erwiderte sie, überzeugt, dass im Moment keine Gefahr drohte.

»Hat Ihnen der Geiselnehmer körperliche Gewalt angetan?«

»Nein.«

»Berichten Sie mir, was bisher passiert ist.«

Sie begann mit einer kurzen und exakten Schilderung des Überfalls, angefangen mit Ronnies Schuss auf die Videoüberwachungskamera. »Die Sache wurde unterbrochen, als bei seiner Komplizin die Wehen einsetzten.«

»Wehen? Sie meinen, sie bekommt ein Baby?«

»Genau das, ja.«

Nach einer längeren Pause, während der sie den schweren Atem eines übergewichtigen Mannes am anderen Ende der Leitung hören konnte, sagte er: »Antworten Sie mir, wenn Sie es gefahrlos tun können, Miss. Handelt es sich bei diesen Räubern zufällig um zwei High-School-Kids?«

»Ja.«

»Was fragt er?«, verlangte Ronnie zu wissen.

Tiel bedeckte die Sprechmuscheln mit der Hand. »Er hat gefragt, ob Sabra starke Schmerzen hätte, und ich habe ihm geantwortet.«

»Jesus, Maria und Josef!«, rief der Sheriff und pfiff durch die Zähne. Mit gedämpfter Stimme berichtete er seinen Deputys – oder zumindest nahm Tiel an, dass er mit seinen Stellvertretern sprach –, dass die Geiselnehmer die beiden Kids aus Fort Worth waren. Dann fragte er Tiel: »Ist jemand verletzt?«

»Nein. Wir sind alle unversehrt.«

»Wer ist dort alles bei Ihnen? Wie viele Geiseln?«

»Vier Männer und zwei Frauen, mich nicht mit eingerechnet.«

»Sie sind sehr redegewandt. Sie sind nicht zufällig eine gewisse Miss McCoy?«

Sie versuchte, ihre Überraschung vor Ronnie zu verbergen, der ihr aufmerksam zuhörte und misstrauisch ihr Mienenspiel beobachtete. »Das ist richtig. Es ist niemand verletzt worden.«

»Sie sind also tatsächlich Miss McCoy, aber Sie wollen nicht, dass die Geiselnehmer erfahren, dass Sie Fernsehreporterin sind? Ich verstehe. Ihr Chef, ein Typ namens Gully, hat Sie als vermisst gemeldet. Hat schon zweimal in meinem Büro angerufen und gefordert, dass wir eine Fahndung nach Ihnen einleiten. Sagte, Sie wären von Rojo Flats aus losgefahren und hätten sich nicht bei ihm gemeldet –«

»Was sagt er?«, fragte Ronnie.

Sie unterbrach den Sheriff. »Sheriff Montez, es wäre im besten Interesse aller Beteiligten, wenn Sie uns einen Arzt herschicken könnten. Einen Gynäkologen, wenn möglich.«

»Sagen Sie ihm, er soll alles mitbringen, was er für eine schwierige Entbindung benötigt«, warf Doc ein.

Tiel gab Docs Nachricht weiter.

»Sorgen Sie auch dafür, dass er weiß, dass das Baby in Steißlage ist«, fügte Doc hinzu.

Nachdem Tiel auch das übermittelt hatte, fragte Montez, von wem sie ihre Informationen bekäme. »Er nennt sich Doc«, erklärte sie.

»Sie wollen mich wohl verarschen«, sagte der Sheriff.

»Nein.«

»Doc ist eine der Geiseln«, hörte sie ihn weitersagen. »Doc sagt, die Dendy braucht einen Spezialisten, wie?«

»Das ist richtig, Sheriff. Und sobald wie möglich. Wir sind in großer Sorge um sie und ihr Baby.«

»Wenn die beiden sich ergeben, werden wir das Mädchen unverzüglich in ein Krankenhaus schaffen. Sagen Sie den beiden, dass sie meine Garantie haben.«

»Ich fürchte, das steht hier nicht zur Debatte.«

»Davison will das Mädchen nicht gehen lassen?«

»Nein«, erwiderte Tiel. »Sie weigert sich zu gehen.«

»Verdammte Scheiße, was für ein Schlamassel.« Der Sheriff seufzte schwer. »Okay, ich will sehen, was ich tun kann.«

»Sheriff, ich kann Ihnen gar nicht deutlich genug klar machen, wie sehr die junge Frau leidet. Und…«

»Sprechen Sie weiter, Miss McCoy. Was?«

»Die Situation ist unter Kontrolle«, sagte sie langsam. »Zur Zeit sind alle ruhig und gefasst. Bitte ergreifen Sie keine drastischen Maßnahmen.«

»Ich höre, was Sie sagen, Miss McCoy. Keine große Truppenschau. Keinen Wirbel, keine Scharfschützen und dergleichen?«

»Genau.« Sie war erleichtert, dass er verstanden hatte. »Bisher ist niemand verletzt worden.«

»Und wir alle möchten, dass es auch so bleibt.«

»Ich bin sehr froh, Sie das sagen zu hören. Bitte, bitte, schicken Sie so schnell wie möglich einen Arzt her.«

»Ich werd mich drum kümmern. Hier ist die Nummer des Telefons, das ich bei mir habe.«

Sie prägte sich die Nummer ein. Montez wünschte ihr viel Glück und legte auf. Tiel stellte das Telefon wieder auf den Tresen zurück, froh darüber, dass es ein älteres Modell war und keine Lautsprechereinrichtung hatte. Sonst würde Ronnie womöglich bei zukünftigen Gesprächen mithören wollen.

»Der Sheriff bemüht sich darum, einen Arzt herzuschicken«, erklärte sie.

»Das gefällt mir«, sagte Doc.

»Wie lange dauert es, bis er hier ist?«

Sie wandte sich zu Ronnie um und erwiderte: »So schnell wie möglich. Ich will ehrlich mit Ihnen sein, Ronnie. Der Sheriff hat Ihre und Sabras Identität erraten.«

»Verdammt«, stöhnte der Junge. »Was kann denn noch alles schief gehen?«

»Man hat sie ausfindig gemacht!«

Russell Dendy hätte beinahe den FBI-Agenten umgerannt, der ihm zufällig im Weg stand, als der Ausruf aus dem Nebenraum kam. Er entschuldigte sich nicht dafür, dass er den Agenten so hart angerempelt hatte, dass diesem brühend heißer Kaffee über die Hand gekippt war, sondern stürmte in die Bibliothek seines Hauses, die seit diesem

Morgen in eine Kommandozentrale umfunktioniert worden war.

»Wo? Wo sind sie? Hat er meiner Tochter etwas angetan? Geht es Sabra gut?«

Special Agent William Calloway war der Verantwortliche. Er war ein großer, dünner Mann mit schütterem Haar, der eher wie ein Hypothekenbanker aussah als wie ein FBI-Agent. Auch sein Auftreten entsprach nicht dem Klischee. Er war ein ruhiger Typ und sprach leise – meistens jedenfalls. Russell Dendy hatte Calloways freundliche, umgängliche Art auf eine harte Probe gestellt.

Als Dendy in den Raum marschierte und ihn mit Fragen bestürmte, bedeutete Calloway ihm, die Luft anzuhalten, und setzte sein Telefongespräch fort.

Dendy drückte ungeduldig eine Taste auf dem Telefon, und eine Frauenstimme ertönte durch den Lautsprecher.

»Der Ort heißt Rojo Flats. Liegt praktisch mitten in der Einöde, west-südwestlich von San Angelo. Sie sind bewaffnet. Sie haben versucht, einen Gemischtwarenladen auszurauben, aber ihr Plan wurde durchkreuzt. Jetzt halten sie Geiseln in dem Laden fest.«

»Zur Hölle mit dem Kerl! Zur Hölle mit ihm!« Dendy schlug sich erbost mit der Faust in die Fläche seiner anderen Hand. »Er hat aus meiner Tochter eine minderwertige Kriminelle gemacht! Und sie konnte einfach nicht verstehen, warum ich etwas gegen ihn hatte.«

Wieder bedeutete Calloway ihm mit einer Geste, die Stimme zu dämpfen. »Sie haben gesagt, die beiden sind bewaffnet. Ist jemand verletzt oder getötet worden?«

»Nein, Sir. Aber das Mädchen liegt in den Wehen.«

»In dem Laden?«

»Richtig, Sir.«

Dendy fluchte lästerlich. »Er hält sie gewaltsam fest.«

Die körperlose Frau sagte: »Laut Aussage einer der Geiseln, die mit dem Sheriff gesprochen hat, weigert sich die junge Frau zu gehen.«

»Er hat sie einer Gehirnwäsche unterzogen«, erklärte Dendy grimmig.

Die FBI-Agentin in dem Büro in Odessa fuhr zu sprechen fort, als hätte sie ihn nicht gehört. »Eine der Geiseln, ein Mann, hat offenbar gewisse medizinische Kenntnisse. Er kümmert sich um das Mädchen, aber sie haben einen Arzt angefordert.«

Dendy ließ voller Wut seine Faust auf den Schreibtisch niederkrachen. »Verdammt noch mal, ich will, dass Sie Sabra dort rausholen, haben Sie mich gehört?«

»Wir haben Sie gehört, Mr. Dendy«, sagte Calloway mit schwindender Geduld.

»Es kümmert mich nicht, wie Sie das anstellen, und wenn Sie sie mit Dynamit aus dem Laden raussprengen müssen.«

»Nun, mich kümmert es schon. Laut Aussage der Sprecherin ist bisher niemand verletzt worden.«

»Meine Tochter liegt in den Wehen!«

»Und wir werden sie sobald wie möglich in ein Krankenhaus bringen. Aber ich werde nichts unternehmen, was diese Geiseln, Ihre Tochter oder Mr. Davison in Lebensgefahr bringen könnte.«

»Hören Sie, Calloway, wenn Sie diese Situation wie ein Schlappschwanz angehen wollen –«

»Wie ich das Problem anpacken werde, ist ganz allein meine Sache, nicht Ihre. Ist das klar?«

Russell Dendy stand in dem Ruf, ein äußerst unangenehmer Zeitgenosse zu sein. Leider hatte die Begegnung mit ihm weder irgendwelche Gerüchte zerstreut, noch hatte sie etwas an Calloways vorgefasster Meinung von dem Millionär geändert.

Dendy übte eine despotische Aufsicht über mehrere Unternehmen aus. Er war es nicht gewohnt, jemand anderem die Kontrolle zu überlassen oder auch nur irgendjemandem ein Mitspracherecht einzuräumen, wenn es darum ging, wie die Dinge gehandhabt werden sollten. In seinen Firmen herrschten keine demokratischen Grundsätze, genauso wenig wie in seiner Familie. Mrs. Dendy hatte den ganzen Tag über nichts anderes getan, als in ihr Taschentuch zu schluchzen und die Antworten ihres Ehemannes auf die prüfenden Fragen der Agenten über ihr Familienleben und die Beziehung zu ihrer Tochter nachzuplappern. Sie hatte nicht ein einziges Mal eine Ansicht geäußert, die von der ihres Mannes abwich.

Von Anfang an hatte Calloway starke Zweifel an Dendys Behauptung gehabt, dass seine Tochter gekidnappt worden wäre. Stattdessen baute er mehr auf die realistischere Version: Sabra Dendy war mit ihrem Freund von zu Hause abgehauen, um ihrem tyrannischen Vater zu entkommen.

Russ Dendy kochte förmlich vor Wut über Calloways Anpfiff. »Ich fahre jetzt dort raus.«

»Davon würde ich Ihnen dringend abraten.«

»Als ob ich einen feuchten Dreck darum geben würde, was Sie mir raten.«

»In unserem Helikopter ist kein Platz für zusätzliche Passagiere«, rief der Agent Dendy nach.

»Dann werde ich eben in meinem Lear fliegen.«

Er stürmte aus dem Raum und erteilte mit scharfer Stimme Anweisungen an seine Schar von Handlangern, die allgegenwärtig waren, so stumm und unauffällig wie Möbelstücke, bis Dendys gebrüllte Befehle sie in Aktion treten ließen. Sie gingen im Gänsemarsch hinter ihm aus dem Haus. Mrs. Dendy wurde ignoriert und auch nicht aufgefordert, mitzukommen.

Calloway schaltete die Lautsprechereinrichtung am Telefon wieder aus und griff nach dem Hörer, damit er die Agentin am anderen Ende der Leitung besser hören konnte. »Ich schätze, Sie haben all das eben mitbekommen.«

»Sie haben wirklich alle Hände voll zu tun, Calloway.«

»Das können Sie laut sagen. Wie sind die Behördenvertreter dort draußen?«

»Nach dem, was ich gehört habe, ist Montez ein kompetenter Sheriff, aber er ist mit dem Problem ganz einfach überfordert, und er ist klug genug, um das zu wissen. Er bekommt Unterstützung von den Rangers und der Highway-Streife.«

»Was meinen Sie, werden sie sich über unsere Anwesenheit ärgern?«

»Tun Sie das nicht immer?«, gab sie trocken zurück.

»Tja, uns wurde der Fall als Entführung gemeldet. Und ich werde es vorläufig dabei belassen, bis ich es besser weiß.«

»Tatsächlich wird Montez wahrscheinlich sogar froh sein, das Problem auf uns abwälzen zu können. Seine Hauptsorge ist, dass sich jemand als Held aufspielen könnte. Er will jedes Blutvergießen vermeiden.«

»Dann sind er und ich ja auf der derselben Wellenlänge«, erwiderte Calloway. »Ich glaube, wir haben es hier mit zwei in Panik geratenen Kids zu tun, die sich in eine heikle Situation hineinmanövriert haben, aus der sie keinen Ausweg finden können. Was wissen Sie über die Geiseln?«

Sie lieferte ihm eine Aufschlüsselung nach Geschlecht. »Einer der Männer ist von Sheriff Montez als ortsansässiger Rancher identifiziert worden. Die Kassiererin gehört sozusagen zum beweglichen Inventar des Gemischtwarenladens. Jeder in Rojo Flats kennt sie. Und diese Miss McCoy, die mit Sheriff Montez gesprochen hat –«

»Was ist mit ihr?«, fragte Calloway.
»Sie ist Reporterin für einen Fernsehsender in Dallas.«
»Tiel McCoy?«
»Sie kennen sie also?«
Er kannte sie und sah in Gedanken sofort ihr Bild vor sich: schlank, kurzes blondes Haar, helle Augen. Blau, vielleicht auch grün. Sie war fast jeden Abend im Fernsehen. Calloway hatte sie auch schon außerhalb des Nachrichtenstudios unter anderen Reportern am Schauplatz von Verbrechen gesehen, bei denen er die Ermittlungen geleitet hatte. Sie war aggressiv, aber objektiv. Ihre Berichterstattung war immer sachlich, niemals übermäßig aufhetzend oder ausbeuterisch. Sie sah klasse aus und war äußerst feminin, und ihrer Vortragsweise mangelte es nicht an Glaubwürdigkeit.

Er war nicht sonderlich begeistert zu hören, dass eine Fernsehjournalistin ihres Kalibers im Epizentrum dieser Krise war. Es war ein Faktor, der die Situation noch verschlimmerte, einer, auf den er gut und gerne hätte verzichten können.

»Na großartig. Es ist also schon eine Reporterin am Tatort.« Er strich sich mit der Hand über den Nacken, wo sich seine Muskeln vor Anspannung zu verkrampfen begonnen hatten. Es würde eine lange Nacht werden. Er konnte jetzt schon vorhersagen, dass es in dem bis dato völlig unbekannten Rojo Flats bald nur so von Medienleuten wimmeln würde, die das Chaos noch vergrößern würden.

Die andere Agentin fragte: »Jetzt mal rein vom Gefühl her, Calloway. Glauben Sie, dass dieser Junge die Dendy gekidnappt hat?«

Calloway murmelte vor sich hin: »Ich frage mich nur, warum sie so lange gebraucht hat, um von zu Hause abzuhauen.«

## 5

Während sie darauf warteten, dass der versprochene Arzt eintraf, nahm Doc eine Schere und ein Päckchen Schnürbänder aus dem Warenbestand des Ladens. Er legte sie zum Auskochen in eine Karaffe, in der gewöhnlich Wasser zur Herstellung von heißen Instant-Getränken erhitzt wurde. Er nahm auch eine Packung Damenbinden, Klebeband und eine Rolle Plastikmüllsäcke aus den Regalen.

Er fragte Donna, ob sie auch Aspiratoren führten. Als sie ihn verständnislos anstarrte, erklärte er: »Eine Gummiballonspritze. Um dem Baby den Schleim aus Nase und Rachen abzusaugen.«

Sie kratzte sich an ihrem schuppigen Ellenbogen. »Nee, so was führen wir nicht. Wird hier nicht allzu oft verlangt.«

Ronnie war nervös, als Doc die Karaffe mit kochendem Wasser hochhob. Er befahl dem Jungen, Gladys das Wasser ausgießen zu lassen, was die alte Dame nur zu bereitwillig tat.

Das Warten, das auf diese Tätigkeit folgte, zog sich schier endlos hin. Alle im Laden waren sich der wachsenden Zahl ankommender Fahrzeuge bewusst. Die Fläche zwischen den Benzinzapfsäulen und dem Ladeneingang war wie eine entmilitarisierte Zone: Sie wurde frei gehalten. Aber auf dem Platz zwischen den Zapfsäulen und dem Highway drängten sich Polizeifahrzeuge und Feuerwehr- und Notarztwagen. Als diese Fläche gefüllt war, begannen sie, auf dem Bankett des Highways zu parken und beide Seiten der staatlichen Straße zu säumen. Sie waren nicht im Eilzugstempo angekommen, aber das Fehlen von blitzenden Blaulichtern und Martinshörnern ließ ihre Anwesenheit nur noch bedrohlicher erscheinen.

Tiel fragte sich, ob auf der Rückseite des Gebäudes wohl ebenso viel Betrieb herrschte wie auf der Vorderseite. Offensichtlich war auch Ronnie auf diese Möglichkeit gekommen, denn er erkundigte sich bei Donna nach einem Hinterausgang.

Unkonzentriert haspelte sie: »In dem Gang, der zu den Toiletten führt? Sehen Sie die Tür da? Dahinter liegt der Lagerraum. Und auch der Gefrierschrank, in den mich diese wahnsinnigen Kids eingesperrt hatten.«

»Ich habe nach der Hintertür gefragt.«

»Sie ist aus Stahl und von innen verriegelt. Sie ist mit einer schweren Eisenstange gesichert, und die Türangeln sind auch auf der Innenseite. Sie ist so schwer, dass ich sie kaum aufkriege, wenn die Lieferanten kommen.«

Wenn Donna die Wahrheit sagte, würde niemand geräuschlos durch den Hintereingang eindringen können. Ronnie würde also mehr als rechtzeitig gewarnt sein, falls sich jemand an der Tür zu schaffen machte.

»Was ist mit den Toiletten?«, wollte er wissen. »Gibt es dort irgendwelche Fenster?«

Donna schüttelte verneinend den Kopf.

»Das stimmt«, meldete Gladys sich zu Wort. »Ich war vorhin auf der Damentoilette. Ein bisschen Belüftung würde nicht schaden, wenn Sie mich fragen.«

Nachdem er in dieser Hinsicht beruhigt sein konnte, teilte Ronnie seine Aufmerksamkeit zwischen Sabra, seinen Geiseln und dem wachsenden Getümmel draußen, was mehr als genug war, um ihn zu beschäftigen. Tiel erhob sich von ihrem Platz an Sabras Seite und fragte Ronnie, ob sie etwas aus ihrer Tasche holen dürfte. »Meine Kontaktlinsen sind trocken geworden. Ich brauche meine Befeuchtungslotion.«

Er warf einen schnellen Blick auf die Tasche, die auf dem Tresen lag. Sie hatte sie dort zurückgelassen, nachdem sie die Handwaschpaste für Doc herausgenommen hatte. Ronnie schien hin und her zu überlegen, ob es ratsam wäre, ihr die Erlaubnis zu geben, als sie sagte: »Es wird nur eine Sekunde dauern. Ich kann sowieso nicht lange von Sabra wegbleiben. Es beruhigt sie, eine andere Frau in der Nähe zu haben.«

»Okay. Aber ich beobachte Sie. Bilden Sie sich nur ja nicht ein, ich würde Sie auch nur einen Moment aus den Augen lassen.«

Die draufgängerische Unerschrockenheit des jungen Mannes war nur vorgetäuscht. Er hatte Angst und war fix und fertig, aber er hatte noch immer den Finger am Abzug seiner Pistole. Tiel wollte nicht diejenige sein, die die Schuld daran trug, wenn er plötzlich die Nerven verlor und durchdrehte.

Sie ging zum Tresen, wo Ronnie sie sehen konnte, während sie in ihrer Tasche nach dem kleinen Fläschchen mit den Augentropfen kramte. Sie schraubte die Kappe ab und legte den Kopf in den Nacken, um die Tropfen einzuträufeln. »Verdammt«, fluchte sie leise und presste einen Finger auf ihr Augenlid. Dann nahm sie ihre Kontaktlinse heraus, wühlte in ihrer Tasche nach einem anderen Fläschchen und reinigte die Linse dann in einem kleinen Teich von Flüssigkeit in ihrer Handfläche.

Ohne sich umzudrehen, um Gladys und Vern anzusehen, sagte sie im Flüsterton zu ihnen: »Ist in Ihrer Kamera ein Band?«

Vern – dem Himmel sei Dank – inspizierte angelegentlich

ein loses Stückchen Nagelhaut an seiner linken Hand und sah ungefähr so verschwörerisch aus wie ein Ministrant. »Ja, Ma'am.«

»Und auch neue Batterien«, fügte Gladys kaum hörbar hinzu, während sie ihren Kniestrumpf herunterkrempelte, so dass er eine Manschette um ihr Fußgelenk bildete. Sie begutachtete das Ergebnis, kam zu der Entscheidung, dass ihr der Strumpf anders besser gefiel, und rollte ihn wieder hoch. »Es ist alles fertig zum Aufnehmen. Halten Sie sich bereit. Wir haben ein kleines Ablenkungsmanöver geplant.«

»Warten Sie –«

Bevor Tiel ihren Satz beenden konnte, bekam Vern plötzlich einen heftigen Hustenanfall. Gladys sprang vom Boden auf, warf die Tasche mit der Kamera in Tiels Reichweite auf den Tresen und fing dann an, ihren Ehemann kräftig zwischen die Schulterblätter zu schlagen. »O Gott, Vern, nicht wieder einer deiner Erstickungsanfälle! Dass du dich aber auch ausgerechnet jetzt an deiner eigenen Spucke verschlucken musst! Der Herr bewahre uns!«

Tiel setzte rasch ihre Kontaktlinse ein und blinzelte ein paarmal, bis sie richtig an Ort und Stelle saß. Dann – als alle einschließlich Ronnie zuschauten, wie der alte Mann verzweifelt keuchte und japste, um wieder zu Atem zu kommen, während Gladys ihm unentwegt Schläge auf den Rücken versetzte, als ob sie einen Teppich ausklopfte – griff Tiel hastig in die Nylontasche und nahm die Videokamera heraus.

Sie kannte sich gut genug mit Camcordern aus, um zu wissen, wo der Startschalter war. Sie legte den Schalter um und drückte auf den Aufnahmeknopf. Dann trat sie unauffällig an eines der Regale und schob die Kamera zwischen zwei Kartons mit Zigaretten, während sie stumm betete, dass Ronnie sie nicht entdecken würde. Sie machte sich keine allzu großen Hoffnungen, was die Qualität der Aufnahmen anging, aber Amateurvideos hatten sich in der Vergangenheit schon oft als unschätzbar wertvoll erwiesen, einschließlich des Zapruder-Films von der Ermordung John F. Kennedys und des beunruhigenden Videos von der Straßenszene in Los Angeles, als Rodney King von mehreren Polizisten zusammengeschlagen worden war.

Verns Hustenanfall legte sich allmählich wieder. Gladys bat Ronnie um die Erlaubnis, ihrem Mann eine Flasche Wasser zu holen.

Tiel legte die Fläschchen mit den Augentropfen und dem Kontaktlinsenreiniger in ihre Tasche zurück und wollte gerade die Hand wieder herausziehen, als sie ihren Kassettenrekorder entdeckte. Sie benutzte das winzige Tonbandgerät manchmal während eines Interviews, als Ergänzung zu der Videoaufnahme. Auf diese Weise würde sie später, wenn sie ihren Text schrieb, nicht im Schneideraum sitzen und sich das Video ansehen müssen, um das Interview zu hören, sondern konnte es auf ihrem winzigen Recorder abspielen.

Sie hatte den Kassettenrekorder nicht bewusst eingesteckt. Er gehörte zu ihrem beruflichen Handwerkszeug und war kein Gegenstand, den man in den Urlaub mitnahm. Aber trotzdem, dort war er, zwischen allerlei Krimskrams tief unten auf dem Boden ihrer großen Tasche vergraben, wie ein kostbarer kleiner Schatz, der nur darauf wartete, ausgegraben zu werden. Tiel stellte sich vor, wie er eine schimmernde, goldene Aura ausstrahlte.

Sie schloss ihre Finger um das kleine Aufnahmegerät und ließ es genau in dem Moment in ihrer Hosentasche verschwinden, als Sabra einen lauten Schrei ausstieß. Verzweifelt blickte Ronnie sich nach Tiel um. »Ich komme ja schon«, sagte sie.

Sie machte den älteren Thespisjüngern verstohlen ein Zeichen, dass alles geritzt war, als sie um sie herumtrat und wieder zu Sabra zurückeilte.

Doc sah besorgt aus. »Ihre Wehen haben sich etwas verlangsamt, aber wenn sie eine hat, ist sie sehr heftig. Wo zum Teufel bleibt bloß dieser Arzt? Wieso dauert das denn so lange?«

Tiel wischte Sabras schweißnasse Stirn mit einem Gazetupfer ab, den sie mit kaltem Trinkwasser angefeuchtet hatte. »Wenn er hierher kommt, wie effektiv kann er dann sein? Was wird er unter diesen Umständen tun können?«

»Hoffen wir nur, dass er eine gewisse Erfahrung mit Steißgeburten hat. Vielleicht wird er Ronnie und Sabra auch davon überzeugen können, dass ein Kaiserschnitt dringend angeraten ist.«

»Und wenn keines von beiden der Fall ist...?«

»Das wäre schlecht«, erwiderte er grimmig. »Für alle Beteiligten.«

»Können Sie ohne einen Aspirator auskommen?«

»Ich hoffe doch, dass der Arzt einen mitbringt. Das sollte er eigentlich.«

»Was, wenn sich Sabras Muttermund nicht stärker geweitet hat?«

»Ich zähle darauf, dass die Natur ihren Lauf nimmt. Eventuell dreht sich das Baby ja doch noch von selbst herum. So was kommt vor.«

Tiel streichelte beruhigend den Kopf des Mädchens. Sabra schien im Moment zu dösen. Die letzten Phasen des Geburtsvorgangs hatten noch nicht einmal begonnen, und sie war bereits erschöpft. »Es ist nur gut, dass sie zwischendurch diese kurzen Nickerchen machen kann.«

»Ihr Körper weiß, dass er später alle Kraft brauchen wird, die er aufbringen kann.«

»Ich wünschte, sie müsste nicht so leiden.«

»Leiden ist die Hölle, allerdings«, murmelte er, fast so, als spräche er mit sich selbst. »Der Arzt kann ihr eine Injektion geben, um die Schmerzen zu lindern. Manchmal schadet das dem Fötus nicht. Aber nur bis zu einem gewissen Punkt. Je näher der Augenblick der Entbindung rückt, desto riskanter ist es, ihr Medikamente zu verabreichen.«

»Was ist mit einer Rückenmarksbetäubung? Wird das nicht oft in den letzten Wehenphasen gemacht?«

»Ich bezweifle, dass der Arzt unter diesen Umständen eine Blockierung der Rückenmarksnerven versuchen wird, obwohl er durchaus zuversichtlich sein könnte.«

Nach einem Moment des Nachdenkens sagte Tiel: »Ich glaube, den natürlichen Weg zu gehen und auf jegliche Schmerzmittel zu verzichten, ist Schwachsinn. Ich schätze, das macht mich zu einer Schande für das weibliche Geschlecht.«

»Sie haben Kinder?« Als sich ihre Blicke trafen, fühlte es sich für Tiel an, als wäre sie ganz leicht direkt unterhalb des Bauchnabels angestupst worden.

»Äh, nein.« Sie senkte hastig die Augen. »Ich will damit nur sagen, wenn und falls ich jemals Kinder bekomme, werde ich darauf bestehen, dass sie mich bis zur Halskrause mit Schmerzmitteln voll pumpen.«

»Ich verstehe Sie sehr gut.«

Und Tiel hatte den Eindruck, dass er sie tatsächlich verstand. Als sie ihn erneut anblickte, hatte er seine Aufmerksamkeit wieder Sabra zugewandt. »Haben Sie Kinder, Doc?«

»Nein.«

»Vorhin haben Sie eine Bemerkung über Töchter gemacht, die mich auf den Gedanken brachte –«

»Nein.« Er hielt locker Sabras Handgelenk umfasst, während er mit Mittel- und Zeigefinger ihren Puls fühlte. »Ich wünschte, ich hätte ein Blutdruckmessgerät. Und sicherlich wird der Arzt ein Fetuskop mitbringen.«

»Das ...«

»Das den Herzschlag des Fötus überwacht. Die Krankenhäuser benutzen jetzt teure Ultraschallgeräte. Aber ich würde mich für ein Fetuskop entscheiden.«

»Wo haben Sie Ihre medizinische Ausbildung bekommen?«

»Was mir wirklich Sorgen macht«, sagte er, ohne auf ihre Frage zu antworten, »ist, ob der Arzt einen Dammschnitt machen wird oder nicht.«

Bei dem Gedanken an den Einschnitt und an die empfindliche Körperregion, durch die dieser Schnitt verlief, zuckte Tiel unwillkürlich zusammen. »Wie könnte er?«

»Es wird nicht angenehm sein, aber wenn er keinen Dammschnitt macht, könnte sie leicht reißen, und das wird noch sehr viel unangenehmer sein.«

»Sie tun meinen Nerven nicht gut, Doc.«

»Ich nehme an, unser aller Nerven sind etwas angegriffen.« Wieder hob er den Kopf und blickte sie über das Mädchen hinweg an. »Übrigens, ich bin froh, dass Sie hier sind.«

Sein Blick war genauso eindringlich, seine Augen ebenso bezwingend wie zuvor, doch diesmal kniff Tiel nicht, sondern erwiderte seinen Blick. »Ich tue doch wirklich nichts Konstruktives.«

»Sie tun schon eine ganze Menge, indem Sie ganz einfach bei ihr sind. Wenn sie wieder eine Wehe hat, ermutigen Sie sie, nicht dagegen anzukämpfen. Wenn sie sich verkrampft und sich dadurch die Muskeln und das Gewebe um die Gebärmutter herum anspannen, verstärkt das die Beschwerden nur noch. Die Gebärmutter wurde dafür erschaffen, sich zusammenzuziehen. Sabra sollte sie ihre Arbeit tun lassen.«

»Sie haben leicht reden«, meinte Tiel.

»Ich habe leicht reden, allerdings«, gestand er mit einem trockenen Lächeln. »Machen Sie Atemübungen mit ihr. Atmen Sie tief durch die Nase ein und durch den Mund wieder aus.«

»Diese Atemübungen werden auch mir helfen.«

»Sie machen Ihre Sache sehr gut. Sie fühlt sich wohl bei Ihnen. Sie helfen ihr, ihre Hemmungen abzulegen.«

»Sie hat zugegeben, dass sie Ihnen gegenüber Hemmungen hat.«

»Verständlich. Sie ist ja auch noch sehr jung«, erwiderte Doc.

»Sie hat vorhin gesagt, Sie sähen nicht wie ein Arzt aus.«

»Nein, das tue ich vermutlich nicht.«

»Sind Sie Arzt?«, wollte Tiel wissen.

»Rancher.«

»Dann sind Sie also ein richtiger Cowboy?«

»Ich züchte Pferde und halte eine Herde Schlachtrinder. Ich fahre einen Kleintransporter. Ich schätze, das macht mich zu einem Cowboy.«

»Wo haben Sie dann gelernt –«

Das Klingeln des Telefons unterbrach ihre private Unterhaltung abrupt. Ronnie riss den Hörer von der Gabel. »Hallo? Ich bin Ronnie Davison. Wo bleibt der Arzt?«

Er hielt inne, um zuzuhören, und Tiel konnte an seinem Gesichtsausdruck erkennen, dass er etwas hörte, was ihn mit großer Sorge erfüllte. »FBI? Wieso denn das?« Dann schrie er: »Aber ich habe sie nicht gekidnappt, Mr. Calloway! Wir sind von zu Hause durchgebrannt. Ja, Sir, sie ist auch meine größte Sorge. Nein. Nein. Sie weigert sich, in ein Krankenhaus zu gehen.«

Er hörte abermals eine Weile zu, dann warf er einen Blick auf Sabra. »Okay. Wenn die Telefonschnur bis dahin reicht.« Er nahm das Telefon mit zu Sabra und zog die Schnur so lang, wie es irgend ging. »Der FBI-Agent möchte mit dir sprechen.«

Doc meinte: »Es wird ihr nicht schaden, aufzustehen. Tatsächlich könnte es ihr vielleicht sogar gut tun.«

Er und Tiel stützten Sabra unter den Armen und halfen ihr gemeinsam auf die Füße. Sie bewegte sich mit kleinen, unbeholfenen Schritten vorwärts, gerade weit genug, um den ausgestreckten Telefonhörer von Ronnie entgegenzunehmen.

»Hallo? Nein, Sir. Was Ronnie gesagt hat, ist wahr. Ich gehe nicht ohne ihn. Noch nicht einmal, um ins Krankenhaus zu gehen. Wegen meines Vaters! Er hat gesagt, er wird mir mein Baby wegnehmen, und er tut immer, was er sagt.« Sie kämpfte gegen aufsteigende Tränen an. »Natürlich bin ich freiwillig mit Ronnie gegangen. Ich –« Unvermittelt schnappte sie keuchend nach Luft und packte eine Hand voll von Docs Hemd.

Er hob sie rasch hoch und trug sie wieder zu dem behelfsmäßigen Bett, wo er sie behutsam auf die Kissen legte. Tiel kniete sich neben Sabra und überredete sie – wie Doc sie angewiesen hatte –, sich zu entspannen, nicht gegen die Wehe anzukämpfen und tief ein- und auszuatmen.

Ronnie sprach aufgeregt ins Telefon. »Hören Sie, Mr. Calloway, Sabra kann jetzt nicht mehr mit Ihnen reden. Sie hat gerade eine Wehe. Wo bleibt der Arzt, der uns versprochen wurde?« Er warf einen Blick durch die Glastür nach draußen. »Ja, ich sehe ihn. Sie können Gift darauf nehmen, dass ich ihn reinlassen werde.«

Ronnie knallte den Hörer auf die Gabel und stellte das Telefon hastig auf den Tresen zurück. Er eilte in Richtung Tür und machte dann, als ihm plötzlich aufging, welch perfektes Ziel er für Scharfschützen abgeben würde, blitzschnell wieder kehrt und duckte sich abermals hinter den

Frito-Lay-Aufsteller. »Kassiererin, warten Sie, bis er an der Tür ist, bevor Sie aufschließen. Dann, sobald er drinnen ist, schließen Sie sie wieder ab. Verstanden?«

»Halten Sie mich für blöde, oder was?«

Donna wartete, bis der Arzt gegen die Tür drückte, bevor sie den Schalter betätigte. Er kam herein, und alle im Laden, einschließlich des jungen Arztes, hörten das metallische Klicken, als das Türschloss wieder einrastete.

Nervös warf er einen Blick über seine Schulter auf die verschlossene Tür, bevor er sich vorstellte. »Ich bin, äh, Dr. Cain. Scott Cain.«

»Kommen Sie hier rüber.«

Dr. Scott Cain war ein gut aussehender Mann von durchschnittlicher Größe und Figur, zirka Anfang bis Mitte dreißig. Mit großen Augen musterte er die Leute, die sich in einer Gruppe vor dem Tresen zusammendrängten. Gladys winkte ihm zu.

Sein Blick schweifte wieder zurück zu Ronnie. »Ich hatte gerade meine Besuchsrunde durch den Bezirk gemacht, als ich angepiepst wurde. Ich hätte mir niemals träumen lassen, dass ich noch einmal zu einem Notfall wie diesem gerufen würde.«

»Bei allem Respekt, Dr. Cain, aber wir haben nicht mehr viel Zeit.«

Tiel teilte Docs Ungeduld. Der Grünschnabel Dr. Cain war offensichtlich zutiefst davon beeindruckt, sich als Mitspieler in einem solch spannungsgeladenen Drama wiederzufinden. Er hatte den Ernst der Lage noch gar nicht wirklich begriffen.

Doc fragte ihn, ob er von Sabras Zustand in Kenntnis gesetzt worden wäre.

»Man hat mir gesagt, sie läge in den Wehen und dass es Komplikationen geben könnte.«

Doc winkte ihn zu dem zusammengekrümmt daliegenden Mädchen. »Ist es okay?«, fragte Cain Ronnie, während er einen furchterfüllten Blick auf die Pistole warf.

»Machen Sie Ihre Tasche auf.«

»Was? Ach so, ja, natürlich.« Er öffnete die Schnallen an der schwarzen Reisetasche und hielt sie auf, damit Ronnie ihren Inhalt inspizieren konnte.

»Okay, fangen Sie an. Helfen Sie ihr bitte. Sie ist in ziemlich schlechter Verfassung.«

»Es hat ganz den Anschein«, bemerkte der Arzt, als Sabra von einer Wehe gepackt wurde und laut stöhnte.

Mit einer Reflexbewegung griff sie nach Tiels Hand. Tiel hielt ihre Finger fest umschlossen und sprach ermutigend auf sie ein. »Der Arzt ist hier, Sabra. Jetzt wird alles besser. Das verspreche ich Ihnen.«

Doc versorgte den Arzt mit sachdienlichen Informationen. »Sie ist siebzehn. Dies ist ihr erstes Kind. Erste Schwangerschaft.« Sie nahmen ihre Plätze um das Mädchen herum ein, Doc auf Sabras rechter Seite, Dr. Cain zu ihren Füßen, Tiel auf ihrer linken.

»Wie lange hat sie schon Wehen?«

»Die einleitenden Kontraktionen haben heute Nachmittag angefangen. Vor ungefähr zwei Stunden ist das Fruchtwasser abgegangen. Danach sind die Wehen stark eskaliert und haben dann während der letzten halben Stunde langsam wieder nachgelassen.«

»Hi, Sabra«, sagte der Arzt zu dem Mädchen.

»Hi.«

Er legte ihr die Hände auf den Bauch und untersuchte den prallen Hügel mit leichten, massierenden Handbewegungen.

»Steißlage, richtig?«, fragte Doc, der seine Diagnose bestätigt haben wollte.

»Richtig.«

»Glauben Sie, Sie können den Fötus herumdrehen?«

»Das ist sehr schwierig.«

»Haben Sie Erfahrung mit Steißgeburten?«

»Ich habe dabei assistiert.«

Das war nicht die erhoffte Antwort. Doc fragte: »Haben Sie ein Blutdruckmessgerät mitgebracht?«

»In meiner Tasche.«

Der Arzt fuhr fort, Sabra zu untersuchen, indem er behutsam ihren Unterleib abtastete. Doc reichte ihm das Messgerät, doch er lehnte es ab, es zu nehmen. Er sprach gerade mit Sabra. »Entspannen Sie sich einfach, und alles wird in Ordnung sein.«

Sie blickte Ronnie an und lächelte hoffnungsvoll. »Wie lange dauert es noch, bis das Baby kommt, Dr. Cain?«

»Das ist schwer zu sagen. Babys haben ihren eigenen Kopf. Ich würde es vorziehen, Sie ins Krankenhaus zu bringen, solange noch Zeit ist.«

»Nein.«

»Es wäre sehr viel sicherer für Sie und das Baby.«

»Ich kann nicht in ein Krankenhaus gehen. Wegen meines Vaters.«

»Er macht sich große Sorgen um Sie, Sabra. Tatsächlich ist er draußen vor dem Laden. Er hat mir aufgetragen, Ihnen zu sagen –«

Sie zuckte am ganzen Körper zusammen, als ob sie einen Muskelkrampf hätte. »Dad ist hier?« Ihre Stimme war hoch, schrill, von Panik erfüllt. »Ronnie?«

Ronnie reagierte ebenso erschrocken und bestürzt auf diese Nachricht wie Sabra. »Wie ist er hierher gekommen?«

Tiel streichelte beruhigend die Schulter des Mädchens. »Ist schon okay. Denken Sie jetzt nicht an Ihren Vater. Denken Sie an Ihr Baby. Das ist das Einzige, was Sie jetzt interessieren sollte. Alles andere wird schon irgendwie wieder auf die Reihe kommen.«

Sabra begann zu schluchzen.

Doc beugte sich zu dem Arzt vor und flüsterte ärgerlich: »Warum zum Teufel haben Sie ihr das gesagt? Hätte diese Nachricht nicht noch warten können?«

Dr. Cain sah verwirrt aus. »Ich dachte, es würde ihr eine Beruhigung sein, zu wissen, dass ihr Vater hier ist. Die Polizei hatte keine Zeit, mich über alle Einzelheiten der Lage zu informieren. Ich wusste nicht, dass sich das Mädchen so über diese Information aufregen würde.«

Doc sah aus, als wäre er drauf und dran, den Arzt zu erwürgen, und Tiel teilte seinen Impuls.

Doc war so wütend, dass sich seine schmalen Lippen kaum bewegten, als er sprach. Aber da er wusste, dass es die Lage nur verschlimmern würde, wenn er seinen Zorn offen zeigte, nahm er sich zusammen und konzentrierte sich auf das vorliegende Problem. »Der Gebärmutterhals hatte sich noch nicht sonderlich stark geweitet, als ich sie untersucht habe.« Mit einem Blick auf seine Armbanduhr fügte er hinzu: »Aber es ist schon über eine Stunde her, dass ich die innere Untersuchung vorgenommen habe.«

Der Arzt nickte. »Wie stark? Hatte sich der Gebärmutterhals geweitet, meine ich.«

»Ungefähr acht bis zehn Zentimeter.«

»Hmmm.«

»Sie Scheißkerl.«

Docs leise geknurrte Beleidigung ließ Tiel ruckartig den Kopf heben. Hatte sie ihn richtig gehört? Anscheinend ja, denn Dr. Cain starrte ihn bestürzt an.

»*Scheißkerl*!«, wiederholte Doc, diesmal in einem wütenden Ausruf.

Was als Nächstes passierte, war danach immer nur eine

nebelhafte Erinnerung für Tiel. Sie konnte sich nie genau an die schnelle Folge von Ereignissen erinnern, aber jedes Mal, wenn sie sie sich ins Gedächtnis zurückzurufen versuchte, verspürte sie Hunger auf Chili.

# 6

Der FBI-Transporter, der auf dem asphaltierten Vorfeld zwischen dem Highway und den Zapfsäulen parkte, war mit allen möglichen High-tech-Geräten ausgestattet, die für Einsätze, Überwachung und Kommunikation benutzt wurden. Er war ein rollender Befehlsstand aus dem im Landesinneren gelegenen Odessa, der mobilisiert und nach Rojo Flats gefahren worden war. Er war nur wenige Minuten nach Calloways Helikopter aus Fort Worth eingetroffen.

In der näheren Umgebung von Rojo Flats gab es nirgendwo eine Start- und Landebahn, auf der ein Flugzeug hätte landen können, das größer als die zweimotorigen Maschinen war, die zur Schädlingsbekämpfung eingesetzt wurden. Daher war Dendy mit seinem Privatjet nach Odessa geflogen, wo bereits ein Charterhelikopter gewartet hatte, um ihn in die Kleinstadt zu bringen. Bei seiner Ankunft war er sofort in den FBI-Wagen hereingeplatzt und hatte aufgebracht exakt zu wissen verlangt, wie die Sachlage war und was Calloway dagegen zu unternehmen gedachte.

Dendy war allen Anwesenden gründlich auf die Nerven gegangen, und Calloway hatte die Nase bereits gestrichen voll von dem Millionär gehabt, noch bevor Dendy ihn wegen des gegenwärtig ablaufenden Manövers ins Verhör nahm.

Aller Augen waren auf den Bildschirm gerichtet, der eine Live-Aufnahme von einer Überwachungskamera draußen übertrug. Sie beobachteten, wie Cain den Laden betrat, wo er eine Weile mit dem Rücken zur Tür stehen blieb, bevor er aus ihrem Blickfeld verschwand.

»Was, wenn es nicht funktioniert?«, fragte Dendy. »Was dann?«

»Das ‚Was dann' wird von dem Ergebnis abhängen.«

»Sie meinen, Sie haben keinen Plan, der alle Eventualitäten berücksichtigt? Was ist das für ein lahmarschiger Verein, den Sie hier führen, Calloway?«

Sie gingen in Kampfstellung. Die anderen Männer in dem Transporter standen schweigend daneben und warteten, um zu sehen, wer als Erster von beiden explodieren würde, Dendy oder Calloway. Ironischerweise war es eine Bemerkung von Sheriff Marty Montez, die die spannungsgeladene Atmosphäre entschärfte.

Er sagte: »Ich kann Ihnen beiden die Nerven zermürbende Ungewissheit ersparen und Ihnen gleich jetzt sagen, dass es nicht funktionieren wird.«

Aus Höflichkeit – und auch als smarten diplomatischen Schachzug – hatte Agent Calloway den County Sheriff eingeladen, der Besprechung auf höchster Ebene beizuwohnen.

»Doc ist kein Idiot«, fuhr Montez fort. »Das kann nicht gut gehen, wenn Sie diesen Anfänger da reinschicken.«

»Danke, Sheriff Montez«, erwiderte Calloway steif.

Dann, als ob Montez' Bemerkung prophetisch gewesen wäre, hörten sie plötzlich Schüsse. Zwei erfolgten im Abstand von einer Millisekunde, ein Dritter ertönte mehrere Sekunden später. Bei den ersten beiden Schüssen erstarrten sie alle vor Schreck. Der Dritte elektrisierte sie. Alle im Inneren des Wagens wurden schlagartig aktiv und redeten durcheinander.

»Großer Gott!«, bellte Dendy.

Die Kamera zeigte ihnen nichts. Calloway schnappte sich einen Kopfhörer, damit er die Mitteilungen zwischen den beiden Männern hören konnte, die vor dem Laden Stellung bezogen hatten.

»Waren das Gewehrschüsse?«, fragte Dendy. »Was läuft da ab, Calloway? Sie haben mir doch gesagt, meine Tochter wäre nicht in Gefahr!«

Gereizt rief Calloway über seine Schulter: »Setzen Sie sich hin und seien Sie still, Mr. Dendy, sonst muss ich Sie mit Gewalt aus diesem Wagen entfernen lassen.«

»Wenn Sie diese Sache hier vermasseln, dann werde ich *Sie* mit Gewalt von diesem *Planeten* entfernen lassen!«

Calloway erbleichte vor Zorn. »Vorsichtig, Sir. Sie haben gerade das Leben eines Beamten der Bundeskriminalpolizei bedroht.« Er wies einen seiner untergeordneten Agenten an, Dendy hinauszubefördern.

Er musste auf der Stelle wissen, wer im Inneren des Ladens auf wen geschossen hatte und ob jemand verletzt oder getötet worden war. Und während er dies herauszufinden versuchte, konnte er gut und gerne darauf verzichten, sich von Dendy beschimpfen und bedrohen zu lassen.

»Ich denke nicht im Traum daran, den Wagen zu verlassen!«, brüllte Dendy.

Calloway überließ den völlig überreizten Vater seinen Untergebenen, wandte sich wieder zu der Konsole um und verlangte Informationen von den Agenten draußen.

Tiel hatte mit fassungsloser Ungläubigkeit beobachtet, wie Dr. Scott Cain plötzlich eine Pistole aus einem Wadenholster herausriss und auf Ronnie zielte. »FBI! Lassen Sie Ihre Waffe fallen!«

Sabra hatte laut geschrien.

Doc hatte Cain weiterhin verflucht. »Die ganze Zeit über

haben wir auf einen Arzt gewartet!«, hatte er gebrüllt. »Stattdessen kriegen wir Sie! Was zum Teufel soll diese schwachsinnige Nummer?«

Tiel war erschrocken aufgesprungen und hatte gefleht: »Nein, bitte nicht. Bitte nicht schießen.« Sie hatte befürchtet, jeden Moment miterleben zu müssen, wie Ronnie Davison vor ihren Augen weggepustet wurde.

»Sie sind überhaupt kein Arzt?«, hatte der völlig verzweifelte junge Mann geschrien. »Man hat uns einen Arzt versprochen. Sabra braucht einen Arzt!«

»Lassen Sie Ihre Waffe fallen, Davison! Sofort!«

»Die ganze Warterei für nichts und wieder nichts, verdammt noch mal!« Die Adern an Docs Hals waren vor Zorn angeschwollen gewesen. Tiel nahm an, wenn der Agent keine Pistole in der Hand gehalten hätte, wäre Doc ihm vor Wut an die Kehle gesprungen. »Das Mädchen ist in Schwierigkeiten. In lebensbedrohlichen Schwierigkeiten. Habt ihr FBI-Bastarde das noch immer nicht begriffen?«

»Ronnie, tun Sie, was er sagt«, hatte Tiel den Jungen beschworen. »Ergeben Sie sich. Bitte.«

»Nein, Ronnie, tu's nicht!«, hatte Sabra geschluchzt. »Dad ist da draußen.«

»Warum legen Sie nicht beide Ihre Pistolen weg.« Obwohl sich Docs Brust vor Aufregung noch immer heftig hob und senkte, hatte er seine Selbstbeherrschung wieder gefunden. »Hier muss niemand verletzt werden. Wir können uns alle wie vernünftige Menschen benehmen, nicht?«

»Nein.« Ronnie, zum Äußersten entschlossen, hatte den Griff seiner Pistole nur noch fester umklammert. »Mr. Dendy wird mich festnehmen lassen. Ich werde Sabra niemals wiedersehen.«

»Er hat Recht«, hatte das Mädchen gesagt.

»Vielleicht auch nicht«, hatte Doc widersprochen. »Vielleicht –«

»Ich zähle bis drei, und wenn Sie dann nicht Ihre Waffe fallen lassen, schieße ich!«, hatte Cain mit überschnappender Stimme gebrüllt. Anscheinend verlor auch er unter Druck die Nerven.

»Warum mussten Sie das tun?«, hatte Ronnie ihn angeschrien. »Warum?«

»Eins.«

»Warum haben Sie uns reingelegt? Meine Freundin leidet schrecklich. Sie braucht einen Arzt. Warum haben Sie das bloß getan?«

Tiel hatte es gar nicht gefallen, wie sich Ronnies Zeigefinger um den Abzug verkrampfte.

»Zwei.«

»Ich habe nein gesagt! Ich werde nicht kampflos aufgeben und Sabra ihrem Vater überlassen.«

Genau in den Moment, als Cain »Drei!« gebrüllt und seine Pistole abgefeuert hatte, hatte Tiel blitzschnell eine Dose Chilibohnen aus dem nächsten Regal gerissen und ihm damit einen kräftigen Schlag auf den Kopf versetzt.

Cain war wie ein Sack Zement umgefallen und bewusstlos auf dem Fußboden zusammengebrochen. Sein Schuss hatte sein Ziel – Ronnies Brust – zwar verfehlt, aber die Kugel war nur um Haaresbreite an Doc vorbeigesaust, bevor sie in den Tresen eingeschlagen war.

Reflexartig hatte Ronnie ebenfalls einen Schuss abgegeben. Der einzige Schaden, den seine Kugel anrichtete, war, einen Brocken Putz aus der gegenüberliegenden Wand herauszusprengen.

Donna hatte entsetzt aufgeschrien, sich auf den Fußboden geworfen und schützend die Arme über den Kopf gelegt und dann wie am Spieß weitergeschrien.

In dem darauf folgenden Durcheinander waren die beiden Mexikaner plötzlich vorwärtsgestürmt, wobei sie Vern und Gladys in ihrer Hast beinahe niedergetrampelt hätten.

Als Tiel erkannte, dass sie die Absicht hatten, die Pistole des Agenten an sich zu reißen, hatte sie die Waffe hastig außer Reichweite unter eine Kühltruhe getreten.

»Zurück! Zurück mit euch!«, hatte Ronnie die Männer angebrüllt. Er hatte abermals gefeuert, um seinem Befehl mehr Nachdruck zu verleihen, hatte jedoch weit über ihre Köpfe gezielt. Die Kugel war pfeifend in einen Lüftungsschacht gesaust, aber sie hatte den Angriff der beiden Mexikaner aufgehalten.

Jetzt standen sie alle wie erstarrt da und warteten mit angehaltenem Atem, um zu sehen, was als Nächstes passierte, wer als Erster sprechen, sich bewegen würde.

Wie sich herausstellte, war Doc derjenige. »Tun Sie, was er sagt«, befahl er den beiden Mexikanern. Er hob die linke Hand und signalisierte ihnen, sich zurückzuziehen. Seine rechte Hand war auf seine linke Schulter gepresst. Zwischen seinen Fingern quoll Blut hervor.

»Sie sind verletzt!«, rief Tiel erschrocken.

Er ignorierte sie, während er vernünftig mit den beiden Männern redete, die sich offensichtlich sträubten, seiner Aufforderung Folge zu leisten. »Wenn Sie durch diese Tür da stürmen, kann es leicht sein, dass Sie den Bauch mit Blei voll gepumpt kriegen.«

Die Worte und die darin enthaltene Logik entgingen ihnen. Sie begriffen nur, dass Doc darauf bestand, dass sie blieben, wo sie waren. Sie beschimpften ihn wütend auf Spanisch und überhäuften ihn mit einem Schwall von Flüchen. Tiel hörte mehrmals das Wort madre heraus. Den Rest konnte sie nur erraten. Trotzdem taten die beiden, was Doc verlangte, und schlichen wieder zu ihrem ursprünglichen Platz zurück, wobei sie murmelnd miteinander sprachen und feindselige Blicke durch den Raum warfen. Ronnie hielt weiterhin seine Pistole auf sie gerichtet.

Donna machte mehr Lärm als Sabra, die die Zähne zusammenbiss, um nicht aufzuschreien, als eine weitere heftige Wehe einsetzte. Doc befahl der Kassiererin, endlich mit dem gottverdammten Gekreische aufzuhören.

»Ich werd den morgigen Tag nicht mehr erleben!«, jammerte Donna.

»Bei dem Glück, das wir haben, werden Sie ihn wahrscheinlich doch erleben«, fauchte Glady. »Jetzt halten Sie endlich den Mund!«

Donnas Gewimmer verstummte augenblicklich, als ob ihr jemand einen Korken in den Mund gestopft hätte.

»Halten Sie durch, Schätzchen.« Tiel hatte wieder ihren Platz an Sabras Seite eingenommen und hielt ihre Hand während der Wehe.

»Ich hab gewusst ...« Sabra hielt inne, um mehrmals keuchend nach Luft zu schnappen. »Ich hab gewusst, dass Dad keine Ruhe geben würde. Ich hab gewusst, dass er uns schließlich aufspüren würde.«

»Denken Sie jetzt nicht an ihn.«

»Wie geht es ihr?«, fragte Doc, als er sich zu ihnen gesellte.

Tiel warf einen Blick auf seine Schulter. »Sind Sie schlimm verletzt?«

Er schüttelte den Kopf. »Die Kugel hat mich nur gestreift. Es brennt, das ist alles.« Durch den Riss in seinem Hemd säuberte er die Wunde mit einem Gazetupfer, dann legte er einen anderen darauf und bat Tiel, einen Streifen Klebeband abzuschneiden. Während er den Tupfer auf der Wunde fest hielt, befestigte sie ihn mit Klebestreifen.

»Danke.«

»Keine Ursache.«

Bis zu diesem Zeitpunkt hatte niemand auf den bewusstlosen Agenten geachtet. Ronnie näherte sich ihm vorsichtig, während er seine Pistole von der einen Hand in die andere verlagerte und seine schweißfeuchten Handflächen abwechselnd am Hosenboden seiner Jeans abwischte. Er zeigte mit einer Kinnbewegung auf Cain. »Was ist mit ihm?«

Tiel hielt das für eine sehr gute Frage. »Ich werde wahrscheinlich etliche Jahre Gefängnis dafür bekommen, dass ich ihn k.o. geschlagen habe.«

Doc sagte zu Ronnie: »Ich schlage vor, Sie lassen mich ihn nach draußen schleppen, damit seine Kumpels in diesem beschissenen Transporter dort draußen wissen, dass er lebt. Wenn sie glauben, dass er schwer verletzt oder gar tot ist, könnte es ausgesprochen unangenehm für Sie werden, Ronnie.«

Ronnie warf einen ängstlichen Blick nach draußen und kaute auf seiner Unterlippe, während er sich Docs Vorschlag durch den Kopf gehen ließ. »Nein, nein.« Er sah zu Vern und Gladys hinüber, die sich ebenso gut zu amüsieren schienen wie zwei Leute in einer mörderisch schnellen Loopingbahn. »Besorgen Sie 'ne Rolle Isolierband«, wies Ronnie die beiden an. »Ich bin sicher, dass dieser Laden so etwas verkauft. Fesseln Sie ihn an Händen und Füßen.«

»Wenn Sie das tun, werden Sie sich nur noch tiefer reinreiten, mein Junge«, warnte Doc ihn sanft.

»Ich glaube, ich stecke schon so tief drin, wie es überhaupt nur geht.«

Ronnies Ausdruck war traurig, als ob er das ungeheure Ausmaß seiner Zwangslage erst jetzt vollständig begriffen hätte. Was ihm zu Anfang, als er und Sabra durchgebrannt waren, vielleicht noch als ein romantisches Abenteuer erschienen sein mochte, hatte sich in der Zwischenzeit in ein Drama verwandelt, das das FBI auf den Plan gerufen und zu einer Schießerei geführt hatte. Er hatte mehrere schwere Verbrechen begangen. Er steckte in ernsten Schwierigkeiten, und er war intelligent genug, um das zu erkennen.

Vern und Gladys traten vorsichtig über den bewusstlosen Agenten hinweg und packten ihn jeweils an einem Fußgelenk. Es war eine große Anstrengung für die beiden alten Leute, aber sie schafften es, den Mann von Sabra wegzuziehen, sodass Doc und Tiel mehr Platz hatten, um sich um das Mädchen zu kümmern.

»Sie werden mich lebenslänglich einsperren«, fuhr Ronnie fort. »Aber ich will, dass Sabra in Sicherheit ist. Ich will von ihrem Alten das Versprechen haben, dass er sie das Baby behalten lässt.«

»Dann beenden Sie diesen Irrsinn hier und jetzt.«

»Ich kann nicht, Doc. Nicht bevor ich diese Garantie von Mr. Dendy bekommen habe.«

Doc wies mit einer Handbewegung auf Sabra, die gemeinsam mit Tiel durch eine weitere Wehe hechelte. »In der Zwischenzeit –«

»Wir bleiben hier«, widersprach der Junge beharrlich.

»Aber sie muss dringend in ein –«

»Doc?«, unterbrach Tiel ihn.

»– ein Krankenhaus. Und zwar schleunigst. Wenn Sie wirklich um Sabras Wohl besorgt sind –«

»Doc?«

Gereizt, weil sie ihn nun schon zum zweiten Mal in seinem eindringlichen Appell unterbrochen hatte, fuhr er abrupt zu ihr herum und fragte ungeduldig: »Was ist denn?«

»Sabra kann nirgendwo mehr hingehen. Ich kann das Baby sehen.«

Er kniete sich zwischen Sabras angezogene Knie. »Gott sei Dank!«, sagte er mit einem erleichterten Lachen. »Das Baby hat sich herumgedreht, Sabra. Ich kann den Kopf sehen. Jetzt dauert es nur noch ein paar Minuten, und dann wird Ihr Baby da sein.«

Das Mädchen lachte, und sie klang viel zu jung, um in einer Klemme wie dieser zu sitzen. »Wird mit ihm alles in Ordnung sein?«

»Ich denke schon.« Doc blickte Tiel an. »Helfen Sie mir?«

»Sagen Sie mir, was ich tun soll.«

»Holen Sie noch ein paar von diesen Unterlagen und breiten Sie sie um Sabra herum aus. Halten Sie eines von den Handtüchern bereit, um das Baby darin einzuwickeln.« Er hatte seine Hemdsärmel bis über die Ellenbogen aufgekrempelt und schrubbte sich energisch Hände und Unterarme mit Tiels Reinigungspaste. Dann badete er sie mit Essig. Er reichte Tiel die beiden Flaschen. »Hier, machen Sie reichlich Gebrauch von beiden. Aber schnell.«

»Ich möchte nicht, dass Ronnie zuschaut«, sagte Sabra.

»Sabra? Warum nicht?«

»Ich meine es ernst, Ronnie. Geh weg.«

»Es wäre vielleicht das Beste, Ronnie«, sagte Doc über seine Schulter hinweg. Widerstrebend wich der Junge zurück.

In Cains Arzttasche fand Doc ein Paar Handschuhe und streifte sie über – fachmännisch, wie Tiel bemerkte. Er zog sie geschickt über seine Handgelenke hoch. »Wenigstens etwas, was er richtig gemacht hat«, murmelte er vor sich hin. »Hier in der Tasche ist eine ganze Schachtel davon. Nehmen Sie sich auch ein Paar.«

Tiel hatte es gerade geschafft, sich die Handschuhe überzuziehen, als Sabra eine weitere Wehe hatte. »Pressen Sie nicht, wenn es irgend geht«, wies Doc sie an. »Ich möchte nicht, dass Sie reißen.« Er legte seine rechte Hand als zusätzliche Stütze auf den Damm, um ein Einreißen zu verhindern, während seine linke behutsam auf dem Kopf des Babys ruhte. »Und jetzt hecheln Sie, Sabra. Kräftig hecheln. Jawohl, so ist es richtig! Sie sollten sich hinter sie knien«, sagte er zu Tiel. »Richten Sie sie etwas auf. Stützen Sie den unteren Teil ihres Rückens ab.«

Er geleitete Sabra durch die Wehe, und als sie vorbei war, lehnte sich das Mädchen kraftlos gegen Tiels stützende Hände zurück, um einen Moment auszuruhen.

»Jetzt haben Sie's gleich geschafft, Sabra«, sagte Doc mit sanfter, beschwichtigender Stimme. »Sie machen Ihre Sache prima. Wirklich großartig.«

Und dasselbe hätte Tiel von ihm sagen können. Man musste die ruhige, kompetente Art, wie er mit dem verängstigten Mädchen umging, ganz einfach bewundern.

»Alles okay mit Ihnen?«

Tiel hatte ihn mit unverhüllter Bewunderung angestarrt, aber sie merkte nicht, dass seine Frage ihr gegolten hatte, bis er zu ihr hochblickte. »Meinen Sie mich? Mir geht's gut.«

»Sie werden nicht in Ohnmacht fallen oder so was?«

»Ich glaube nicht.« Dann – weil seine Gelassenheit ansteckend war – fügte sie hinzu: »Nein. Ich werde ganz bestimmt nicht ohnmächtig.«

Sabra schrie laut auf, richtete sich ruckartig zu einer halb sitzenden Haltung auf und grunzte vor Anstrengung, als sie versuchte, das Baby hinauszupressen. Tiel rieb ihr den Rücken, während sie inständig wünschte, sie könnte mehr tun, um die Schmerzen des Mädchens zu lindern.

»Alles in Ordnung mit ihr?«, erkundigte sich der werdende Vater besorgt, doch niemand achtete auf ihn.

»Versuchen Sie, nicht zu pressen«, erinnerte Doc das

Mädchen. »Das Baby wird jetzt kommen, ohne dass Sie zusätzlichen Druck anwenden. Überlassen Sie sich einfach der Wehe. Gut so, sehr gut. Der Kopf ist schon fast draußen.«

Die Wehe verebbte langsam wieder, und Sabra brach erschöpft zusammen. Sie weinte jetzt. »Es tut so weh.«

»Ich weiß.« Doc sprach mit beruhigender Stimme auf sie ein, doch seine Miene drückte tiefe Besorgnis aus. Das Mädchen blutete stark aus dem gerissenen Dammgewebe. »Alles in Ordnung, Sabra«, log er. »Bald werden Sie Ihr Baby haben.«

Sogar sehr bald, wie sich herausstellte. Nach all den Sorgen, die ihnen der schleppende Geburtsvorgang bereitet hatte, schien das Kind es in den letzten Sekunden plötzlich sehr eilig zu haben, sich seinen Weg ans Licht der Welt zu bahnen.

Während der nächsten Wehe – fast noch bevor Tiel das Wunder, das sie miterlebte, wirklich fassen konnte – sah sie den Kopf des Babys mit dem Gesicht nach unten herausgleiten. Doc führte es nur ganz leicht mit einer Hand, bevor es sich instinktiv auf die Seite drehte. Als Tiel das Gesicht des Neugeborenen sah, seine Augen weit offen, murmelte sie: »O mein Gott«, und sie meinte es wortwörtlich, wie ein Gebet, denn es war ein Ehrfurcht gebietendes, fast spirituelles Phänomen, das sie in diesem Moment erlebte.

Aber an diesem Punkt hörte das Wunder auf, denn die Schultern des Babys steckten noch immer im Geburtskanal fest.

»Was ist los?«, fragte Ronnie ängstlich, als Sabra gellend schrie.

Im selben Augenblick klingelte das Telefon. Donna stand dem Apparat am nächsten und nahm den Hörer ab. »Hallo?«

»Ich weiß, es tut sehr weh, Sabra«, sagte Doc. »Noch zwei oder drei Wehen, und Sie müssten es überstanden haben. Okay?«

»Ich kann nicht«, schluchzte sie. »Ich kann nicht!«

»Dieser Typ namens Calloway will wissen, wer erschossen worden ist«, informierte Donna sie, aber niemand achtete auf sie.

»Sie machen Ihre Sache großartig, Sabra«, sagte Doc ermutigend. »Machen Sie sich bereit. Hecheln Sie!« Er blickte Tiel an und fügte hinzu: »Atmen Sie mit ihr.«

Tiel begann, gemeinsam mit Sabra zu hecheln, während sie beobachtete, wie Docs Hände um den Hals des Babys glitten. Als er ihre Bestürzung bemerkte, erklärte er: »Ich wollte mich nur vergewissern, dass sich die Nabelschnur nicht darum gewickelt hat.«

»Ist es okay?«, stieß Sabra zwischen zusammengebissenen Zähnen hervor.

»Bisher ist es die reinste Bilderbuchgeburt.«

Tiel hörte Donna zu Calloway sagen: »Nee, er ist nicht tot, aber er hätte von Rechts wegen den Tod verdient und auch dieser verdammte Idiot, der ihn hier reingeschickt hat!« Damit knallte sie den Hörer auf die Gabel.

»Ja, gut so, gut so, weiter so! Ihr Baby ist gleich da, Sabra!« Doc lief der Schweiß vom Haaransatz in die Augenbrauen, aber er schien nichts davon zu merken. »So ist es richtig. Sehr gut. Gleich haben Sie's geschafft.«

Der Schrei des Mädchens sollte Tiel später noch viele Nächte im Schlaf verfolgen. Weiteres Dammgewebe zerriss, als sich die Schultern des Kindes herausschoben. Ein kleiner Einschnitt unter lokaler Betäubung hätte Sabra diese Qual erspart, aber daran ließ sich nun einmal nichts ändern.

Der einzige Segen, der bei all dieser Schinderei herauskam, war das zappelnde Baby, das in Docs wartende Hände glitt. »Es ist ein Mädchen, Sabra. Und sie ist eine kleine Schönheit. Ronnie, Sie haben eine kleine Tochter!«

Donna, Vern und Gladys applaudierten begeistert. Tiel drängte ihre aufsteigenden Tränen zurück, als sie beobachtete, wie Doc den Kopf des Babys behutsam nach unten beugte, um die Atemwege von Schleim frei zu machen, da er keinen Aspirator hatte. Zum Glück begann das winzige Wesen augenblicklich zu schreien. Ein breites Grinsen der Erleichterung hellte seine besorgte Miene auf.

Tiel blieb jedoch nicht viel Zeit zum Staunen, weil Doc ihr jetzt das Baby reichte. Das Neugeborene war so schlüpfrig, dass sie befürchtete, es fallen zu lassen. Aber sie schaffte es, das kleine Mädchen mit einem Arm zu umfassen und es in ein Handtuch zu wickeln. »Legen Sie es seiner Mutter auf den Bauch.« Tiel befolgte Docs Anweisung.

Sabra starrte voller Verwunderung auf ihr schreiendes Neugeborenes und fragte dann mit furchterfülltem Flüstern: »Ist sie gesund?«

»Ihre Lungen scheinen es auf jeden Fall zu sein«, erwiderte Tiel lachend. Sie nahm eine schnelle Bestandsaufnahme vor. »Alle Finger und Zehen vollständig. Sieht so aus, als ob ihr Haar so hell wie Ihres würde.«

»Ronnie, kannst du sie sehen?«, rief Sabra.

»Ja.« Der Junge ließ seinen Blick zwischen ihr und den beiden Mexikanern hin und her schweifen, die das Wunder der Geburt offenbar völlig kalt ließ. »Sie ist sehr hübsch. Na ja, ich schätze, sie wird es sein, wenn sie sauber gewaschen ist. Wie geht es dir?«

»Super«, erwiderte Sabra.

Aber dem war nicht so. Die Unterlagen, auf denen sie lag, waren vollkommen mit Blut durchtränkt. Doc versuchte, die Blutungen mit Binden zu stillen. »Bitten Sie Gladys, mir noch mehr von diesen Damenbinden zu bringen. Ich fürchte, wir werden sie brauchen.«

Tiel rief Gladys herbei und erklärte ihr, was Doc benötigte. Sie kehrte innerhalb von einer halben Minute mit einer weiteren Schachtel Binden zurück. »Haben Sie es geschafft, den Mann ordentlich zu verschnüren?«, wollte Tiel wissen.

»Vern arbeitet noch daran, aber der Kerl wird vorerst nirgendwo hingehen.«

Während Doc weiterhin damit beschäftigt war, Sabras Blutungen zu stillen, versuchte Tiel, das Mädchen abzulenken. »Wie werden Sie Ihre Tochter nennen?«

Sabra inspizierte ihr neu geborenes Kind mit unverhüllter Bewunderung und uneingeschränkter Liebe. »Wir haben uns für Katherine entschieden. Ich mag die klassischen Namen.«

»Ich auch. Und ich glaube, Katherine wird gut zu ihr passen.«

Plötzlich verzerrte sich Sabras Gesicht vor Schmerz. »Was ist los?«

»Es ist die Plazenta«, erklärte Doc. »Das Organ, das während der vergangenen neun Monate Katherines Ernährung und Atmung gedient hat. Ihre Gebärmutter zieht sich zusammen, um es auszustoßen, genauso wie sie sich zusammengezogen hat, um Katherine ans Licht der Welt zu befördern. Es wird ein bisschen weh tun, aber es ist lange nicht so schmerzhaft wie eine Wehe. Sobald die Plazenta ausgestoßen ist, werden wir Sie waschen und Sie dann schlafen lassen. Na, wie klingt das?«

Zu Tiel sagte er: »Halten Sie bitte einen von diesen Müllsäcken bereit. Ich muss das hier aufbewahren. Es wird später untersucht werden.«

Sie tat wie befohlen und lenkte Sabra dann abermals ab,

indem sie über das Baby sprach. Innerhalb von kurzer Zeit hatte Doc die Nachgeburt in den Plastiksack eingewickelt und außer Sichtweite gelegt, obwohl sie noch immer durch die Nabelschnur mit dem Baby verbunden war. Tiel wollte ihn fragen, warum er die Nabelschnur noch nicht durchtrennt hatte, aber er war beschäftigt.

Gute fünf Minuten später streifte er schließlich die blutbeschmierten Handschuhe ab, griff nach dem Blutdruckmessgerät und legte Sabra die Manschette um den Oberarm. »Wie fühlen Sie sich?«

»Gut«, sagte sie, aber ihre Augen wirkten eingesunken und waren von dunklen Ringen umgeben. Ihr Lächeln war matt. »Wie hält Ronnie sich?«

»Sie sollten ihn dazu überreden, dies hier zu beenden, Sabra«, sagte Tiel sanft.

»Ich kann nicht. Jetzt, wo ich Katherine habe, kann ich es nicht riskieren, dass mein Dad sie zur Adoption freigibt.«

»Das kann er nicht ohne Ihre Einwilligung tun.«

»Mein Vater bringt alles fertig.«

»Was ist mit Ihrer Mutter? Auf wessen Seite steht sie?«

»Auf Dads natürlich.«

Doc las die Anzeige auf dem Messgerät und nahm die Manschette ab. »Versuchen Sie, ein bisschen zu schlafen. Ich tue mein Bestes, um Ihre Blutung auf ein Minimum zu reduzieren. Ich werde Sie später noch um einen Gefallen bitten müssen, deshalb möchte ich, dass Sie jetzt erst mal ein Nickerchen machen, wenn Sie können.«

»Es tut weh. Da unten.«

»Ich weiß. Es tut mir Leid.«

»Sie können doch nichts dafür«, erwiderte Sabra schwach. Ihre Lider wurden schwer, und sie schloss die Augen. »Sie waren super cool, Doc.«

Tiel und Doc beobachteten, wie Sabras Atemzüge einen

ruhigen, gleichmäßigen Rhythmus annahmen und ihre Muskeln sich entspannten. Tiel hob Katherine von der Brust ihrer Mutter. Sabra murmelte protestierend, war aber zu erschöpft, um sonderlich viel Widerstand zu leisten. »Ich werde sie nur ein bisschen säubern. Wenn Sie aufwachen, können Sie sie gleich wieder zurückhaben. Okay?«

Tiel fasste das Schweigen des Mädchens als Erlaubnis auf, das Neugeborene fortzunehmen. »Was ist mit der Nabelschnur?«, fragte sie Doc.

»Ich habe so lange gewartet, bis es absolut sicher ist.«

Die Nabelschnur hatte inzwischen zu pulsieren aufgehört und war jetzt nicht mehr strangähnlich, sondern dünner und flacher. Er band sie an zwei Stellen fest mit Schnürsenkeln ab, wobei er ungefähr zwei Zentimeter Platz zwischen den beiden Punkten ließ. Tiel drehte den Kopf weg, als er die Nabelschnur durchschnitt.

Nachdem die Plazenta jetzt nicht mehr mit dem Baby verbunden war, schnürte Doc den Müllsack fest zu und verließ sich abermals auf Gladys' Hilfe, als er sie bat, den Beutel in den Kühlschrank zu legen, bevor er sich weiter um die junge Mutter kümmerte.

Tiel öffnete die Packung mit angefeuchteten Erfrischungstüchern. »Meinen Sie, ich kann das Baby gefahrlos mit diesen Tüchern waschen?«

»Das nehme ich doch an. Dafür sind sie schließlich da«, erwiderte Doc.

Obwohl Katherine protestierende Töne von sich gab, wischte Tiel sie mit den Pflegetüchern sauber, die angenehm nach Babypuder dufteten. Da sie keinerlei Erfahrung mit Neugeborenen hatte, ging sie ziemlich nervös an ihre Aufgabe heran. Sie fuhr auch fort, Sabras ruhige Atemzüge zu überwachen.

»Ich kann den Mut des Mädchens nur bewundern«, sagte sie zu Doc. »Und, ehrlich gesagt, ich habe vollstes Verständnis für die beiden. Nach allem, was ich über Russell Dendy weiß, wäre ich auch vor ihm davongelaufen.«

»Sie kennen ihn?«

»Nur durch die Medien. Ich frage mich, ob er wohl darauf gedrungen hat, dass Cain hier reingeschickt wurde.«

»Warum haben Sie ihm den Schädel poliert?«

»Sie spielen auf meinen tätlichen Angriff auf einen FBI-Agenten an?«, fragte sie mit einem grimmigen Lächeln. »Ich habe nur versucht, eine Katastrophe zu verhindern.«

»Ich muss Sie für Ihr schnelles Handeln loben. Ich wünschte nur, ich wäre so geistesgegenwärtig gewesen.«

»Ich hatte den Vorteil, direkt hinter ihm zu stehen.« Sie wickelte Katherine in ein frisches Handtuch und drückte sie an ihre Brust, um sie zu wärmen. »Ich nehme an, Agent Cain hat nur seine Pflicht getan. Und es hat ihn sicherlich einigen Mut gekostet, sich in eine solch gefährliche Situation zu begeben. Aber ich wollte unter allen Umständen verhindern, dass er Ronnie erschießt. Und genauso dringend wollte ich verhindern, dass Ronnie ihn erschießt. Ich habe ganz impulsiv gehandelt.«

»Und waren Sie nicht auch ein kleines bisschen sauer, als sich herausstellte, dass Cain gar kein Arzt ist?«

Sie blickte Doc an und lächelte verschwörerisch. »Aber sagen Sie's keinem weiter.«

»Das verspreche ich.«

»Woran haben Sie eigentlich erkannt, dass er kein Mediziner ist?«, wollte sie wissen. »Wodurch hat er sich verraten?«

»Seine erste Sorge hätte Sabras lebenswichtigen Organen gelten müssen, aber so war es nicht. Er hat zum Beispiel nicht ihren Blutdruck gemessen. Er schien gar nicht zu begreifen, wie bedenklich ihr Zustand war, deshalb fing ich an, Verdacht zu schöpfen, und habe sein Wissen getestet. Wenn der Muttermund zwischen acht und zehn Zentimetern geweitet ist, laufen alle Systeme auf Hochtouren. Er ist bei dem Test durchgerasselt.«

»Wir könnten beide zu vielen Jahren harter Arbeit in einem Bundesgefängnis verurteilt werden.«

»Besser das, als ihn Ronnie erschießen zu lassen«, erwiderte Doc.

»Amen.«

Sie blickte auf das Neugeborene in ihren Armen, das jetzt schlief. »Was ist mit dem Baby? Ist alles mit ihm in Ordnung?«

»Sehen wir uns die Kleine mal an.«

Tiel legte Katherine in ihren Schoß. Doc schlug das Handtuch zurück und untersuchte das winzige Wesen, das noch nicht einmal so lang wie sein Unterarm war. Seine Hände wirkten riesig und maskulin gegen den kleinen rosigen Babykörper, aber ihre Berührung war sanft und behutsam, besonders als er das abgebundene Stückchen Nabelschnur mit Klebeband auf Katherines Bauch befestigte.

»Sie ist klein«, bemerkte er. »Ungefähr zwei Wochen zu früh geboren, würde ich sagen. Aber sie scheint gesund zu sein. Die Atmung ist in Ordnung. Trotzdem gehört sie in die Neugeborenenstation eines Krankenhauses. Es ist wichtig, dass wir sie warm halten. Achten Sie darauf, dass ihr Kopf bedeckt ist.«

»In Ordnung.«

Er hatte sich dicht zu Tiel vorgebeugt, um das Neugeborene zu untersuchen. So dicht, dass sie jede winzige Falte, die von seinen äußeren Augenwinkeln ausstrahlte, deutlich sehen konnte. Die Iris seiner Augen war grau-grün, die

Wimpern sehr schwarz, mehrere Schattierungen dunkler als sein mittelbraunes Haar. Sein Kinn und seine Wangen waren mit kurzen Bartstoppeln bedeckt, was Tiel sehr attraktiv fand. Durch den Riss in seinem Hemd konnte sie sehen, dass sein behelfsmäßiger Verband mit Blut durchtränkt war.

»Schmerzt Ihre Schulter?«

Als er den Kopf hob, wären sie beinahe mit den Nasen zusammengestoßen. Ihre Blicke verschmolzen für mehrere Sekunden miteinander, bevor er den Kopf wegdrehte, um seine Schulterverletzung zu inspizieren. Er sah aus, als hätte er vollkommen vergessen, dass sie da war. »Nein. Ich spüre kaum etwas davon.« Hastig fügte er hinzu: »Legen Sie ihr besser eine dieser Windeln an und wickeln Sie sie dann wieder in das Handtuch.«

Tiel wickelte unbeholfen das Baby, während Doc nach der jungen Mutter sah.

»Ist all dieses Blut...« Tiel ließ ihre Frage absichtlich unvollendet, weil sie befürchtete, dass Ronnie ihre Worte mitbekommen würde. Da sie noch nie bei einer Entbindung dabei gewesen war, wusste sie nicht, ob die Blutmenge, die Sabra verloren hatte, normal oder Grund zur Besorgnis war. Ihr kam es so vor, als wäre es übermäßig viel Blut, und wenn sie Docs Gesichtsausdruck richtig deutete, war auch er beunruhigt.

»Es ist sehr viel mehr, als es sein dürfte.« Er dämpfte seine Stimme aus dem gleichen Grund wie sie. Dann zog er das Laken über Sabras Schenkel und begann ihren Unterleib zu massieren. »Manchmal hilft das, die Blutung einzudämmen«, antwortete er auf Tiels unausgesprochene Frage.

»Und wenn es nicht hilft?«

»Es kann nicht mehr lange so weitergehen, bis wir echte

Probleme bekommen. Ich wünschte, ich hätte einen Dammschnitt machen und ihr das hier ersparen können.«

»Machen Sie sich keine Vorwürfe. Unter diesen Umständen und angesichts der katastrophalen Bedingungen haben Sie Ihre Sache erstaunlich gut gemacht, Dr. Stanwick.«

# 7

Es war ihr einfach herausgerutscht, bevor sie sich zurückhalten konnte. Sie hatte nicht vorgehabt, Doc merken zu lassen, dass sie ihn erkannt hatte. Jedenfalls noch nicht.

Obwohl... vielleicht war ihr Versprecher ja auch unterbewusste Absicht gewesen. Vielleicht hatte sie ihn mit seinem Namen angesprochen, nur um zu sehen, wie er darauf reagieren würde. Es war die Reporterin in ihr, der journalistische Drang, eine Erwiderung auf eine unerwartete Frage oder Feststellung zu provozieren, der sie dazu angestachelt hatte, seinen Namen herauszuposaunen, um zu sehen, wie seine spontane, ungeprobte und daher aufrichtige Reaktion sein würde.

Seine spontane, ungeprobte und aufrichtige Reaktion war äußerst aufschlussreich. Zuerst ließ seine Miene Erstaunen erkennen, dann Verwirrung, dann Ärger. Schließlich war es, als ob ein Visier vor seinen Augen herunterklappte.

Tiel erwiderte seinen finsteren Blick ruhig und unverwandt, wie um anzudeuten, dass er es nur ja nicht wagen sollte, abzustreiten, dass er Dr. Bradley Stanwick war. Beziehungsweise in seinem früheren Leben gewesen war.

In dem Moment klingelte wieder das Telefon.

»Verdammt noch mal«, knurrte Donna. »Was soll ich denen denn diesmal sagen?«

»Lassen Sie mich rangehen.« Ronnie griff nach dem Hörer. »Mr. Calloway? Nein, es ist genauso, wie die Lady gesagt hat, er ist nicht tot.«

Sabra war durch das Schrillen des Telefons geweckt worden. Sie bat darum, ihr Baby halten zu dürfen. Tiel legte ihr das Kind in die Arme, und die junge Mutter gurrte zärtlich, wie süß Katherine jetzt aussah und wie gut sie roch.

Tiel stand auf und streckte sich. Sie hatte bis jetzt gar nicht gemerkt, wie anstrengend und aufreibend die letzte Stunde der Wehen und die Entbindung gewesen waren. Man konnte ihre Ermattung natürlich nicht mit Sabras vergleichen, aber sie war trotzdem erschöpft.

Körperlich erschöpft, aber geistig hellwach. Sie sah sich schnell im Laden um, um sich einen Überblick über die derzeitige Lage zu verschaffen. Gladys und Vern saßen ruhig nebeneinander und hielten sich bei der Hand. Sie wirkten müde, aber zufrieden, als ob sich die Ereignisse der Nacht speziell zu ihrer Unterhaltung abspielten.

Donna hatte ihre mageren Arme vor ihrer knochigen Brust verschränkt und zupfte an den lose hängenden, schuppigen Hautsäcken, die als Ellenbogen durchgingen. Der Größere, Dünnere der beiden Mexikaner starrte angespannt auf Ronnie und das Telefon. Sein Freund beobachtete den FBI-Agenten, der allmählich wieder zu sich zu kommen schien.

Vern hatte Agent Cain mit dem Rücken gegen den Tresen gelehnt, die Beine lang ausgestreckt. Seine Knöchel waren mit silbernem Isolierband gefesselt, seine Handgelenke waren auf die gleiche Art hinter seinem Rücken zusammengebunden. Sein Kopf war tief auf seine Brust hinabgesunken, aber hin und wieder versuchte er ihn zu heben, und wenn er das tat, stöhnte er jedes Mal.

»Wir haben ihn gefesselt«, erklärte Ronnie Calloway gerade am Telefon. »Wir haben unsere Pistolen fast gleichzeitig abgefeuert, aber der Einzige, der getroffen wurde, war Doc. Nein, es geht ihm gut. War nur ein Streifschuss.« Ronnie blickte Doc an, der zustimmend nickte. »Wer ist Miss McCoy?«

»Das bin ich«, erklärte Tiel und trat vor.

»Wie das?« Ronnie musterte Tiel fragend. »Na ja, ich schätze, es ist okay. Woher wissen Sie ihren Namen? Okay, bleiben Sie dran.« Als er Tiel den Hörer reichte, fragte er: »Sind Sie berühmt oder so was?«

»Wie man's nimmt.« Sie ergriff den Hörer. »Hallo?«

Die Stimme am anderen Ende der Leitung klang nach Behördenvertreter – knapp, sachlich, präzise. » Miss McCoy, hier spricht FBI Special Agent Bill Calloway.«

»Hallo.«

»Können Sie frei reden?«

»Ja.«

»Sie stehen unter keinem akuten Druck?«

»Nein.«

»Wie ist die Lage bei Ihnen?«

»Genauso, wie Ronnie sie Ihnen geschildert hat. Agent Cain hätte beinahe eine Katastrophe ausgelöst, aber wir konnten sie gerade noch verhindern.«

Der ranghöhere Agent war derart bestürzt, dass er einen Moment brauchte, um seine Sprache wiederzufinden. »Wie war das bitte?«

»Es war eine schlechte Entscheidung, ihn hierher zu schicken. Miss Dendy hätte einen Facharzt für Geburtshilfe gebraucht und nicht die Kavallerie.«

»Wir wussten ja nicht –«

»Tja, nun wissen Sie es. Dies hier ist nicht Mount Carmel oder Ruby Ridge. Ich will Ihnen nicht vorschreiben, wie Sie Ihren Job machen sollen –«

»Ach nein?«, fragte er trocken.

»Aber ich bitte Sie inständig, von jetzt ab mit Mr. Davison zu kooperieren.«

»Es gehört zu unseren Grundsätzen, nicht mit Geiselnehmern zu verhandeln.«

»Das hier sind keine Terroristen!«, rief Tiel. »Dies sind zwei Kids, die völlig verwirrt und verängstigt sind und das Gefühl haben, hoffnungslos in der Falle zu sitzen.«

Im Hintergrund waren laute Stimmen zu hören. Calloway bedeckte die Sprechmuschel mit der Hand, um mit jemand anderem zu reden. Agent Cain hob den Kopf und blickte mit trüben Augen zu Tiel auf. Erkannte er sie als diejenige wieder, die ihn mit einer Dose Chilibohnen k.o. geschlagen hatte?

»Mr. Dendy macht sich große Sorgen um das Wohl seiner Tochter«, sagte Calloway, als er wieder in der Leitung war. »Die Kassiererin – Donna? – hat mir gesagt, dass Sabra inzwischen entbunden hat.«

»Es ist ein Mädchen. Der Zustand von Mutter und Kind ist... stabil.« Sie blickte zu Doc hinüber, der leicht nickte. »Versichern Sie Mr. Dendy, dass seiner Tochter keine unmittelbare Gefahr droht.«

»Sheriff Montez hat mich informiert, dass unter den Geiseln ein Einheimischer ist, der gewisse medizinische Fachkenntnisse besitzt.«

»Das stimmt. Er hat Sabra geholfen, ihr Kind zur Welt zu bringen.«

Docs Augen verengten sich leicht – der Revolverheld, der drauf und dran war, seine Knarre zu ziehen.

»Sheriff Montez kann sich nicht an seinen Nachnamen erinnern. Sagt, der Betreffende würde allgemein Doc genannt.«

»Richtig«, erwiderte Tiel.

»Sie kennen seinen Namen wohl auch nicht, oder?«

Tiel überdachte ihre Möglichkeiten. Sie war zwar vollauf damit beschäftigt gewesen, Sabra während der Wehen und der Geburt zu unterstützen, aber es war nicht etwa so, als ob sie nichts von dem mitbekommen hätte, was in der Zwischenzeit draußen passiert war. Sie hatte unentwegt das Knattern von Helikopterrotoren gehört. Einige davon waren sicherlich Polizei- und Rettungsdiensthubschrauber, aber sie war bereit, jede Wette darauf einzugehen, dass sie auch auf die Ankunft von Medienleuten aus Dallas, Fort Worth, Austin und Houston hindeuteten. Berichterstatter der großen staatlichen Sendeanstalten. Reporter der an das Sendernetz angegliederten Privatsender.

Die aktive Rolle, die sie in dieser sich entwickelnden Story spielte, hatte ihren Medienwert automatisch erhöht. Tiel würde sich zwar nicht unbedingt als berühmt bezeichnen, aber andererseits war sie – bei aller Bescheidenheit – auch keine unbedeutende Figur in der TV-Branche. Sie war fast jeden Tag in den Abendnachrichten ihres Senders zu sehen. Diese Nachrichtensendungen wurden auch von Kabelsendern in kleineren Sendegebieten in ganz Texas und Oklahoma ausgestrahlt, die mehrere Millionen Zuschauer zählten. Sie, Tiel, war ein geschmacksverstärkender Bestandteil einer ohnehin schon ziemlich gepfefferten Story. Fügte man zu dieser schmackhaften Mischung noch die Information hinzu, dass es sich bei einer der Geiseln um den skandalumwitterten Dr. Bradley Stanwick handelte, der vor drei Jahren aus dem Licht der Öffentlichkeit verschwunden war, dann hatte man ein eins a Fünf-Sterne-Menü, auf das sich Presse, Funk und Fernsehen mit wahrem Heißhunger stürzen würde.

Aber Tiel wollte, dass es *ihr* Menü war.

Wenn sie jetzt Docs wahre Identität enthüllte, konnte sie sich ihren Exklusivbericht abschminken. Alle anderen würden ihr um Längen voraus sein. Die Story würde auf sämtlichen Nachrichtenkanälen gesendet werden, noch bevor sie ihren ersten Bericht auch nur getippt hatte. Bis sie ihre eigene Darstellung der Ereignisse bringen konnte, würde das Wiederauftauchen von Dr. Stanwick Schnee von gestern sein.

Gully würde ihr diese Entscheidung wahrscheinlich niemals verzeihen, aber vorläufig wollte sie diesen pikanten Leckerbissen als ihre geheime Zutat für sich behalten.

Deshalb vermied sie es, Calloway eine direkte Antwort auf seine Frage zu geben. »Doc hat großartige Arbeit geleistet, und noch dazu unter sehr schwierigen Umständen«, sagte sie ungeduldig. »Wir sind alle müde, aber im Übrigen unversehrt. Ich kann das gar nicht oft genug betonen.«

»Sie werden nicht gezwungen, das zu sagen?«

»Absolut nicht. Das Letzte, was Ronnie will, ist, dass jemand verletzt wird.«

»Das ist richtig«, sagte der Junge. »Ich möchte nur mit Sabra und unserem Baby ungehindert diesen Laden hier verlassen können, sodass es uns freisteht, unseren eigenen Weg zu gehen.«

Tiel übermittelte seinen Wunsch Calloway, der daraufhin erwiderte: » Miss McCoy, Sie wissen, dass ich das nicht zulassen kann.«

»Es ist doch sicherlich möglich, gewisse Zugeständnisse zu machen.«

»Ich habe nicht die Befugnis –«

»Mr. Calloway, sind *Sie* in der Lage, frei zu sprechen?«

Nach einer kurzen Pause sagte er: »Fahren Sie fort.«

»Wenn Sie mit Russell Dendy zu tun gehabt haben, dann können Sie doch bestimmt gut verstehen, warum diese beiden jungen Leute verzweifelt genug waren, um das zu tun, was sie nun einmal getan haben.«

»Ich kann mich im Moment nicht direkt dazu äußern, aber ich verstehe, was Sie meinen.«

Anscheinend war Dendy in Hörweite. »Nach allem, was man so hört, ist der Mann ein unerträglicher Tyrann«, fuhr Tiel fort. »Ich weiß nicht, ob Sie darüber informiert sind, aber er hat geschworen, diese beiden hier gewaltsam zu trennen und das Baby zur Adoption frei zu geben. Ronnie und Sabra wollen nur die Freiheit haben, über ihre eigene Zukunft und über die ihres Kindes selbst zu entscheiden. Das hier ist eine Familienkrise, Mr. Calloway, und als solche sollte sie auch behandelt werden. Vielleicht würde sich Mr. Dendy mit einem Vermittler einverstanden erklären, der ihnen helfen könnte, ihre Differenzen beizulegen und zu einer Einigung zu kommen.«

»Ronnie Davison hat sich trotzdem für eine Menge zu verantworten, Miss McCoy. Zum Beispiel für einen bewaffneten Raubüberfall, um nur einen Punkt zu nennen.«

»Ich bin überzeugt, Ronnie ist bereit, die Verantwortung für sein Tun zu übernehmen.«

»Lassen Sie mich selbst mit ihm sprechen.« Ronnie nahm ihr den Hörer aus der Hand. »Hören Sie zu, Mr. Calloway, ich bin kein Krimineller. Oder zumindest war ich es bis heute nicht. Ich habe nie auch nur ein Ticket wegen Geschwindigkeitsüberschreitung bekommen. Aber ich werde nicht zulassen, dass Mr. Dendy über die Zukunft meiner kleinen Tochter bestimmt. In der Situation, in der wir waren, konnte ich einfach keine andere Möglichkeit sehen, um ihm zu entkommen.«

»Erzähl ihm, was wir beschlossen haben, Ronnie«, rief Sabra.

Er blickte zu der Stelle hinüber, wo sie auf dem Boden lag, das Neugeborene fest in ihren Armen, und sein Gesicht nahm einen gequälten Ausdruck an. »Sprechen Sie mit Sabras Dad, Mr. Calloway. Überreden Sie ihn, uns in Ruhe zu lassen. Dann werde ich alle hier freilassen.«

Er hörte einen Moment zu, dann sagte er: »Ich weiß, sie gehören ins Krankenhaus. Je eher, desto besser. Sie haben also eine Stunde Zeit, um sich wieder mit mir in Verbindung zu setzen.« Eine weitere Pause. »Oder was?«, sagte er, womit er offensichtlich Calloways Frage wiederholte. Ronnie warf erneut einen Blick auf Sabra. Sie drückte ihre kleine Tochter noch fester an ihre Brust und nickte. »Das werde ich Ihnen in einer Stunde sagen.« Damit legte er abrupt auf.

Er wandte sich an seine Geiseln. »Okay, Sie haben's alle gehört. Ich möchte niemanden verletzen. Ich möchte, dass wir alle diesen Laden heil und in einem Stück verlassen. Also relaxen Sie ganz einfach.« Er blickte zu der Wanduhr hoch. »Noch sechzig Minuten. Dann könnte alles vorbei sein.«

»Was, wenn Sabras alter Herr nicht bereit ist, Sie beide in Ruhe zu lassen?«, fragte Donna. »Was werden Sie dann mit uns tun?«

»Warum setzen Sie sich nicht hin und halten einfach den Mund?«, sagte Vern gereizt.

»Warum rutschen Sie mir nicht den Buckel runter, Opa?«, gab sie schroff zurück. »Sie sind nicht mein Boss. Ich will wissen, was passiert, ob ich leben oder sterben werde. Wird er in einer Stunde anfangen, uns einen nach dem anderen umzunieten?«

Ein beklommenes Schweigen senkte sich über die Gruppe. Aller Augen hefteten sich auf Ronnie, doch er weigerte sich störrisch, die unausgesprochene Frage in ihren Augen zu beantworten.

Agent Cain war entweder wieder in Bewusstlosigkeit abgeglitten, oder er ließ den Kopf aus Scham darüber hängen, dass er es nicht geschafft hatte, die Geiseln zu befreien und die Sache unblutig zu beenden. Auf jeden Fall ruhte sein Kinn auf seiner Brust.

Donnas Ellbogen wurden einer weiteren Inspektion unterzogen.

Vern und Gladys ließen Anzeichen von Erschöpfung erkennen. Nun, da die Aufregung um die Geburt vorbei war, hatte ihre Lebhaftigkeit sichtlich nachgelassen. Gladys' Kopf lag auf Verns Schulter.

Tiel hockte sich neben Doc, der sich wieder um Sabra kümmerte. Ihre Augen waren geschlossen. Baby Katherine schlief in den Armen seiner Mutter. »Wie geht es ihr?«, fragte Tiel leise.

»Sie hat verdammt viel Blut verloren, und ihr Blutdruck fällt ab.«

»Was können Sie tun?«

»Ich habe versucht, die Gebärmutter zu massieren, aber statt die Blutung einzudämmen, hat es sie eher noch verstärkt.« Auf seiner Stirn zeichneten sich tiefe Sorgenfalten ab. »Und da ist noch etwas.«

»Was?«

»Die Sache mit dem Stillen.«

»Könnte sie denn schon so bald nach der Geburt Milch haben?«

»Nein. Haben Sie schon mal was von Oxytocin gehört?«

»Ich nehme an, es ist eine Frauensache.«

»Ein Hormon, das die Produktion der Milchdrüsen anregt. Es bewirkt auch, dass sich die Gebärmutter zusammenzieht, was die Blutung reduziert. Stillen stimuliert den Ausstoß ebendieses Hormons.«

»Ach so. Warum haben Sie dann nicht –«

»Weil ich dachte, sie würde inzwischen eventuell schon auf dem Weg in ein Krankenhaus sein. Außerdem hat sie bereits ziemlich viel durchmachen müssen.«

Sie schwiegen einen Moment, während sie Sabra betrachteten, und beiden gefiel die Blässe des Mädchens ganz und gar nicht. »Ich fürchte auch eine Infektion«, fuhr er leise fort. »Verdammt, die beiden müssen dringend in ein Krankenhaus. Was für ein Typ ist dieser Calloway? Der typische beinharte Bulle?«

»Er ist sehr kühl und sachlich, das auf jeden Fall. Aber er klingt ganz vernünftig. Dendy dagegen ist ein tobender Irrer. Ich konnte ihn im Hintergrund Drohungen brüllen und Ultimaten stellen hören.« Tiel blickte zu Ronnie hinüber, der seine Aufmerksamkeit zwischen dem Parkplatz und dem mexikanischen Duo teilte, das zunehmend nervöser und unruhiger wurde. »Er wird uns doch nicht erschießen, oder?«

Doc hatte es anscheinend nicht eilig, ihre Frage zu beantworten; er wechselte die blutdurchtränkten Unterlagen aus und schob Sabra ein paar frische unter, dann lehnte er sich gegen die Tiefkühltruhe und zog ein Knie an. Er stützte seinen Ellenbogen darauf und strich sich müde mit einer Hand durchs Haar. Nach großstädtischen Modemaßstäben hätte er dringend einen Haarschnitt vertragen können. Aber bei ihm, speziell in dieser Umgebung, war der unordentliche Look irgendwie passend.

»Ich weiß nicht, wie er sich verhalten wird, Miss McCoy. Es hat mich schon immer fasziniert und zugleich abgestoßen, wie viel Leid Menschen einander zufügen können. Ich persönlich glaube zwar nicht, dass der Junge fähig ist, uns an die Wand zu stellen und zu erschießen, aber das ist keine Garantie dafür, dass er es nicht doch tun wird. Jedenfalls wird Reden keinen Einfluss darauf haben, wie diese Sache am Ende ausgeht.«

»Das ist aber eine ziemlich fatalistische Einstellung.«

»Sie haben mich nach meiner Meinung gefragt.« Er zuckte gleichmütig die Achseln. »Wir müssen nicht darüber reden.«

»Worüber möchten Sie dann reden?«

»Über nichts.«

»Quatsch«, sagte sie, um ihn zu überraschen, was ihr auch gelang. »Sie wollen wissen, wie ich Sie erkannt habe.«

Er blickte sie lediglich an und schwieg. Er hatte eine ziemlich dicke Schutzmauer um sich herum errichtet, aber es gehörte unter anderem eben auch zu ihrem Job, unsichtbare Mauern zum Einsturz zu bringen.

»Als ich Sie vorhin in den Laden kommen sah, hatte ich das Gefühl, dass Sie mir irgendwie vage bekannt vorkamen, aber ich konnte Sie nicht unterbringen. Dann, irgendwann während des Geburtsvorgangs, kurz vor der Entbindung, dämmerte mir auf einmal, wer Sie sind. Ich glaube, es war die Art, wie Sie mit Sabra umgegangen sind, die Sie verraten hat.«

»Sie haben ein sehr bemerkenswertes Gedächtnis, Miss McCoy.«

»Tiel. Es kann durchaus sein, dass mein Gedächtnis besser ist als das von Lieschen Müller oder Gabriele Mustermann. Aber wissen Sie, ich habe damals über Ihre Story berichtet.«

Er murmelte einen Fluch. »Dann waren Sie also auch unter den Scharen von Reportern, die mir das Leben zur Hölle gemacht haben?«

»Ich bin einfach nur gut in meinem Job.«

Er schnaubte missbilligend. »Darauf wette ich.« Er streckte seine langen Beine aus, aber seine Augen hielten die ihren unverwandt fest. »Gefällt Ihnen denn das, was Sie tun?«

»Sehr.«

»Es macht Ihnen Spaß, Menschen auszubeuten, die bereits am Boden sind, ihr Elend dem neugierigen, sensationslüsternen Blick der Öffentlichkeit zu präsentieren und es ih-

nen damit unmöglich zu machen, wenigstens die Scherben ihres bereits zerstörten Lebens aufzusammeln?«
»Sie geben den Medien die Schuld an Ihren Schwierigkeiten?«
»Zum großen Teil, ja.«
»Zum Beispiel?«
»Zum Beispiel ist das Krankenhaus von der negativen Publicity förmlich erdrückt worden. Einer negativen Publicity, die von Leuten wie Ihnen erzeugt und verstärkt wurde.«
»Sie haben diese negative Publicity selbst erzeugt, Dr. Stanwick.«
Verärgert drehte er den Kopf weg, und Tiel erkannte, dass sie unangenehme Erinnerungen in ihm heraufbeschworen hatte.
Dr. Bradley Stanwick war ein namhafter Onkologe gewesen, der in einem der fortschrittlichsten Krebsbehandlungszentren der Welt praktiziert hatte. Die Patienten waren aus sämtlicher Herren Länder gekommen, in den meisten Fällen Hilfe Suchende im fortgeschrittenen Stadium der Krankheit, die ihre letzte Hoffnung auf Spezialisten wie Stanwick setzten, um dem Tod zu entrinnen. Seine Klinik konnte sie natürlich nicht alle retten, aber sie hatte einen ausgezeichneten Ruf, die verheerenden Auswirkungen von Krebserkrankungen hinauszuzögern und Leben zu verlängern, während sie ihren Patienten gleichzeitig zu einer Lebensqualität verhalf, die ihr Leben länger lebenswert machte.
Aus ebendiesem Grund war es eine solch grausame Ironie, als Bradley Stanwicks junge, schöne, temperamentvolle Ehefrau von inoperablem Bauchspeicheldrüsenkrebs befallen wurde.
Weder er noch seine brillanten Kollegen konnten die ra-

pide Ausbreitung des Karzinoms aufhalten. Innerhalb von wenigen Wochen nach der Diagnose war seine Ehefrau bereits ans Bett gefesselt. Sie entschied sich für aggressive Chemotherapie und Bestrahlung, aber die Nebenwirkungen waren fast genauso tödlich wie die Krankheit, die durch diese Behandlungsmethoden besiegt werden sollte. Ihr Immunsystem wurde schwächer; sie bekam eine schwere Lungenentzündung. Eines nach dem anderen begannen ihre Organsysteme nachzulassen und schließlich zu versagen.

Da sie nicht wollte, dass ihre Sinne durch schmerzlindernde Mittel betäubt wurden, lehnte sie jede Schmerzmedikation ab. Während der letzten paar Tage ihres Lebens wurde ihr Leiden jedoch so unerträglich, dass sie sich schließlich mit einem schmerzstillenden Betäubungsmittel einverstanden erklärte, das sie sich selbst durch intravenöse Zufuhr verabreichen konnte.

Alles das hatte Tiel durch Hintergrundrecherchen erfahren. Dr. Stanwick hatte jedoch erst nach dem Tod seiner Ehefrau in der Öffentlichkeit von sich reden gemacht. Bis sie starb, waren die beiden nur Bestandteil einer traurigen Statistik gewesen, die Opfer einer heimtückischen Krankheit.

Aber im Anschluss an die Beerdigung hatten die verärgerten Schwiegereltern Krach zu schlagen begonnen, mit der Behauptung, dass ihr Schwiegersohn das Hinscheiden seiner Frau womöglich beschleunigt hätte. Speziell deshalb, weil er es ihr ermöglicht hatte, sich selbst zu töten, indem er die Dosierung bei dem Selbstverabreichungsmechanismus so hoch eingestellt hatte, dass sie tatsächlich einer tödlichen Menge von Narkotika erlegen war. Sie behaupteten, der beträchtliche Nachlass seiner Frau habe ihn dazu verleitet, die Dinge ein wenig voranzutreiben.

Tiel war von Anfang an überzeugt gewesen, dass die Anschuldigungen Unsinn waren. Es hatte von vornherein festgestanden, dass Mrs. Stanwicks Lebenserwartung nur noch einige wenige Tage betrug. Ein Mann, der ein Vermögen erben sollte, konnte es sich also leisten, in Ruhe abzuwarten, bis die Natur ihren Lauf nahm. Außerdem war Dr. Stanwick selbst vermögend, obwohl er einen großen Teil seines Einkommens wieder in die onkologische Klinik steckte, um das Geld für Forschungszwecke und die Behandlung bedürftiger Patienten zu verwenden.

Selbst wenn er den Tod seiner Ehefrau tatsächlich durch die hohe Dosierung des Betäubungsmittels bewusst herbeigeführt hatte, war Tiel nicht bereit, den ersten Stein zu werfen. Die kontroverse Diskussion um das Thema Sterbehilfe hatte sie in ein moralisches Dilemma gebracht, für das sie keine befriedigende Lösung wusste. Wenn es um dieses heikle Thema ging, neigte sie dazu, dem am wenigsten leidenschaftlichen Sprecher zuzustimmen.

Aber streng vom praktischen Standpunkt aus betrachtet zweifelte sie stark daran, dass Bradley Stanwick um seiner geliebten Ehefrau willen seinen guten Ruf riskiert hätte.

Zu seinem Pech hielten seine Schwiegereltern beharrlich an ihren Behauptungen fest, bis der Bezirksstaatsanwalt eine Untersuchung anordnete – die sich als Vergeudung von Zeit und Arbeitskraft erwies. Es wurden keinerlei Beweise gefunden, um die Beschuldigungen der Verwandten zu erhärten. Nichts ließ darauf schließen, dass Dr. Stanwick irgendetwas getan hatte, was zum vorzeitigen Tod seiner Ehefrau geführt hätte. Der Bezirksstaatsanwalt lehnte es sogar ab, den Fall dem Großen Geschworenengericht vorzutragen, mit der Begründung, dass es keinen wie auch immer gearteten Grund dafür gäbe.

Dennoch war die Story damit nicht zu Ende. In den Wochen, während der die Ermittlungsbeamten Dr. Stanwick, seine Kollegen und Mitarbeiter, seine Freunde, Familienangehörigen und ehemaligen Patienten vernahmen, wurde jeder einzelne Aspekt seines Lebens eingehend untersucht und diskutiert. Er lebte unter einem Schatten des Verdachts, der besonders beunruhigend war, da die Mehrzahl seiner Patienten als unheilbar krank galt.

Die Klinik, in der er praktizierte, fand sich bald darauf ebenfalls im Rampenlicht der Öffentlichkeit wieder. Statt hinter ihm zu stehen, beschloss die Krankenhausverwaltung einstimmig, ihm seine Privilegien in der Einrichtung zu entziehen, bis sein Name von *jedem* Verdacht reingewaschen war. Doch Bradley Stanwick war kein Narr, und er wusste, er würde niemals von jedem Verdacht gereinigt sein. Wenn erst einmal die Saat des Zweifels im Bewusstsein der Öffentlichkeit gesät ist, findet sie gewöhnlich fruchtbaren Boden und wächst und gedeiht.

Der vielleicht schlimmste Verrat kam von seinen Partnern in der Klinik, die er gegründet hatte. Nach langjähriger intensiver Zusammenarbeit, während der sie die Ergebnisse ihrer Forschungsarbeit und Fallstudien kombiniert, ihr Wissen, ihre Fähigkeiten und Theorien vereint und sowohl Freundschaften als auch berufliche Bündnisse geschlossen hatten, baten sie ihn, aus dem Dienst auszuscheiden.

Er verkaufte seinen Anteil an der Klinik an seine ehemaligen Partner, verscherbelte sein imposantes Haus in Highland Park für einen Bruchteil seines Schätzwertes und verließ Dallas nach dem Motto »Ihr könnt mich alle mal«, um sich an einem unbekannten Ort niederzulassen. An diesem Punkt endete die Story schließlich. Wenn Tiel sich nicht verfahren hätte und durch Zufall in Rojo Flats gelandet wäre, hätte sie wahrscheinlich nie wieder an ihn gedacht.

»Ist Sabra die erste Patientin, die Sie behandelt haben, seit Sie von Dallas weggezogen sind?«, fragte sie ihn jetzt.

»Sie ist keine Patientin, und ich habe sie nicht behandelt«, erwiderte Doc. »Ich war Krebsspezialist, kein Gynäkologe. Dies ist eine Notsituation, und ich habe darauf reagiert. Genau wie Sie. Genau wie alle anderen hier.«

»Das ist falsche Bescheidenheit, Doc. Keiner von uns hätte für Sabra tun können, was Sie getan haben.«

»Ronnie, ist es okay, wenn ich mir was zu trinken hole?«, rief er plötzlich dem Jungen zu.

»Klar. Natürlich. Die anderen könnten wahrscheinlich auch einen Schluck Wasser vertragen.«

Doc beugte sich vor und zog einen Sechserpack Mineralwasser aus dem Regal. Nachdem er zwei der Plastikflaschen für sich und Tiel herausgenommen hatte, gab er den Rest an Ronnie weiter, der daraufhin Donna bat, die übrigen Flaschen zu verteilen.

Doc trank fast die Hälfte seines Wassers in einem Zug aus. Tiel schraubte die Kappe ab, trank aus ihrer Flasche und seufzte tief, nachdem sie einen großen Schluck genommen hatte. »Gute Idee. Sollte das ein Versuch sein, das Thema zu wechseln?«, fragte sie.

»Erraten.«

»Sie praktizieren hier in Rojo Flats nicht als Arzt?«

»Ich habe es Ihnen doch gesagt. Ich bin jetzt Rancher.«

»Aber die Leute hier in der Gegend kennen Sie als Doc.«

»In einer Kleinstadt weiß jeder alles über jeden.«

»Aber Sie müssen doch irgendjemandem von Ihrer Vergangenheit erzählt haben. Wie hätte es sich sonst herumsprechen können, dass –«

»Hören Sie, Miss McCoy –«

»Tiel.«

»Ich weiß nicht, wie es sich herumgesprochen hat, dass

ich früher einmal als Arzt praktiziert habe. Und selbst wenn ich es wüsste ... was geht Sie das an?«

»Ich war nur neugierig, das ist alles.«

»Aha.« Er wandte den Blick von ihr ab und sah starr geradeaus. »Dies ist kein Interview. Sie werden keinerlei Aussagen von mir bekommen. Also, warum sparen Sie sich nicht den Atem? Sie könnten ihn später noch brauchen.«

»Vor diesem ... diesem Vorfall haben Sie ein sehr aktives Leben geführt«, sagte Tiel. »Vermissen Sie es nicht, im Mittelpunkt der Dinge zu stehen?«

»Nein.«

»Langweilen Sie sich hier draußen nicht?«

»Nein.«

»Sind Sie nicht einsam? Sehnen Sie sich nicht manchmal nach –«

»Wonach?«

»Gesellschaft.«

Er drehte den Kopf und veränderte seine Haltung, so dass er ihr Schultern und Oberkörper zuwandte. »Manchmal schon.« Er musterte sie langsam von oben bis unten. »Bieten Sie sich an, mir in dieser Beziehung auszuhelfen?«

»Also, ich muss doch sehr bitten.«

Und als sie das sagte, lachte er laut, um sie wissen zu lassen, dass er es nicht ernst gemeint hatte.

Tiel hasste sich dafür, dass sie auf den Trick hereingefallen war. »Ich hatte gehofft, Sie wären über solch sexistische Beleidigungen erhaben.«

Wieder ernst, erwiderte er: »Und ich hatte gehofft, Sie würden sich in einer Situation wie dieser scheuen, Ihre Mitmenschen mit Fragen zu löchern, besonders mit derart persönlichen. Gerade als ich anfing, Sie zu mögen.«

Seltsamerweise hatte die Art, wie er sie jetzt ansah, mit dieser forschenden Eindringlichkeit, eine sehr viel stärkere

Wirkung auf sie als die schmierige sexuelle Anspielung. Das war Schwindel gewesen. Dies hier war echt. In ihrem Magen flatterten Schmetterlinge.

Aber dann brach plötzlich ein Tumult auf der gegenüberliegenden Seite des Ladens aus, der sie und Doc hastig aufspringen ließ.

## 8

Tiel hatte den kleineren, stämmigeren Mexikaner Juan getauft. Er war derjenige, der den Tumult verursacht hatte. Er beugte sich gerade über Agent Cain und verfluchte ihn ausgiebig – oder zumindest nahm Tiel an, dass er fluche, denn sein gebrülltes Spanisch war reichlich mit Kraftausdrücken durchsetzt.

Cain schrie wiederholt: »Was zum Teufel?«, während er sich vergeblich abmühte, sich von seinen Fesseln zu befreien.

Zur Bestürzung aller klatschte Juan dem FBI-Agenten kurzerhand einen Streifen Isolierband auf den Mund, um ihn zum Schweigen zu bringen. In der Zwischenzeit machte Juans Gefährte seiner Nervosität in einem Schwall von Spanisch Luft, der sowohl vorwurfsvoll klang als auch verwirrt über Juans plötzlichen Angriff auf den Agenten.

Ronnie fuchtelte hektisch mit seiner Pistole herum und rief: »He, was ist da los? Was machen Sie da? Vern, was ist passiert?«

»Weiß der Teufel. Ich muss wohl irgendwie eingedöst sein. Bin erst aufgewacht, als die beiden anfingen, herumzurangeln und sich gegenseitig anzubrüllen.«

»Er hat sich einfach auf den Agenten gestürzt«, fügte Gladys in ihrer pedantischen Art hinzu. »Aus keinem ersichtlichen Grund. Ich traue dem Burschen nicht. Und auch nicht seinem Freund, was das betrifft.«

»*Que pasa*?«, fragte Doc.

Die anderen verstummten abrupt, überrascht darüber, dass er Spanisch sprach. Anscheinend war Juan noch überraschter als alle anderen. Er drehte ruckartig den Kopf herum und starrte Doc grimmig an. Nicht im Geringsten eingeschüchtert durch die zornfunkelnden Augen, stellte Doc seine Frage ein zweites Mal.

»*Nada*«, murmelte Juan vor sich hin.

Daraufhin stand Doc einfach nur da und tauschte finstere Blicke mit dem Mexikaner. »Also?«, soufflierte Tiel.

»Also was? Das ist der ganze Umfang meines spanischen Vokabulars, abgesehen von ›hallo‹, ›auf Wiedersehen‹, ›bitte‹, ›danke‹ und ›Scheiße‹. Und keiner dieser Ausdrücke passt auf diese spezielle Situation.«

»Warum haben Sie sich auf ihn gestürzt?«, wollte Ronnie von dem Mexikaner wissen. »Was ist los mit Ihnen?«

»Er hat 'nen Dachschaden, das ist mit ihm los«, ließ sich Donna vernehmen. »Das hab ich gleich beim ersten Blick auf ihn gewusst.«

Juan antwortete auf Spanisch, aber Ronnie schüttelte ungeduldig den Kopf. »Ich kann Sie nicht verstehen. Ziehen Sie ihm einfach diesen Klebestreifen vom Mund. Na los, machen Sie schon!«, befahl er, als Juan nicht sofort gehorchte. Ronnie machte ihm durch Gebärden verständlich, was er meinte, und zeigte dabei auf Cain, der angespannt zuhörte und die Vorgänge um ihn herum mit runden, weit aufgerissenen, furchterfüllten Augen beobachtete.

Der Mexikaner beugte sich hinunter, fasste eine Ecke des Klebebands und riss es mit einem harten Ruck von den Lippen des Agenten. Cain schrie laut auf vor Schmerz und brüllte dann: »Du verdammter Scheißkerl!«

Juan wirkte regelrecht selbstzufrieden. Er blickte seinen Kumpel an, und beide lachten, als amüsierten sie sich über die Verlegenheit und den Verdruss des FBI-Agenten.

»Sie werden alle ins Gefängnis wandern. Jeder verdammte Einzelne von Ihnen.« Cain warf Tiel einen bösen Blick zu. »Und ganz besonders Sie. Sie sind schuld daran, dass wir in dieser Klemme sitzen.«

»Ich?«

»Sie, jawohl! Sie haben einen FBI-Beamten angegriffen und an der Ausübung seiner Pflicht gehindert.«

»Ich habe Sie daran gehindert, völlig unnötigerweise einen Menschen zu töten, nur damit Sie sich Ihre Sporen verdienen oder einen draufmachen konnten, oder was immer das war, was Sie dazu motiviert hat, hier reinzukommen und eine ohnehin schon komplizierte Situation noch mehr zu komplizieren. Unter denselben Umständen würde ich Ihnen jederzeit wieder eins überbraten!«

Sein feindseliger Blick schweifte langsam von einer Geisel zur anderen, um schließlich bei dem Mexikaner innezuhalten, der ihn angegriffen hatte. »Ich verstehe das einfach nicht. Was zum Teufel ist bloß mit euch Leuten los?« Er wies mit einer Kopfbewegung auf Ronnie. »*Er* ist der Feind, nicht ich.«

»Wir versuchen nur zu verhindern, dass diese Sache hier in einer Katastrophe endet«, erklärte Doc.

»Es gibt nur eine Möglichkeit, um das zu verhindern, nämlich, indem sich Davison kampflos der Polizei stellt und sämtliche Geiseln unverzüglich freilässt. Wir vom FBI haben es uns zur Regel gemacht, nicht mit Geiselnehmern zu verhandeln.«

»Das haben wir bereits von Calloway gehört«, erwiderte Tiel.

»Wenn Calloway denkt, ich wäre tot –«

»Wir haben ihm schon versichert, dass Sie das nicht sind.«

Der Agent blickte Ronnie höhnisch an. »Wie kommen Sie auf die Idee, dass er Ihnen glauben würde?«

»Weil ich es bestätigt habe«, warf Tiel ein.

Doc, der seine Aufmerksamkeit wieder Sabra zugewandt hatte, sagte: »Ich brauche noch ein Paket Windeln.«

Sie konnten nicht für das Baby bestimmt sein, wie Tiel annahm. Katherine hatte ihre Windeln nicht derart nass gemacht. Tiel brauchte nur einen Blick auf Sabra zu werfen, um zu begreifen, dass Doc die Windeln für sie benötigte. Ihre Blutungen hatten in der Zwischenzeit nicht nachgelassen. Wenn überhaupt, dann waren sie noch stärker geworden.

»Ronnie, darf ich noch einen Karton Windeln holen?«

»Was ist los? Irgendwas mit dem Baby?«

»Dem Baby geht es gut, aber Sabra hat Blutungen.«

»Verdammter Mist.«

»Kann ich die Windeln holen?«

»Klar, klar«, murmelte er geistesabwesend.

»Sie sind vielleicht ein Held, Davison!«, bemerkte Cain ätzend. »Um Ihre eigene Haut zu retten, sind Sie bereit, Ihre Freundin und das Baby sterben zu lassen. Ja, es gehört schon echter Mut dazu, eine Frau verbluten zu lassen!«

»Ich wünschte, dieser Mexikaner hätte Ihnen den Mund mit irgendwas zugeklebt, was man nicht wieder abziehen kann«, knurrte Donna. »Sie führen wirklich schlimme Reden, G-Man.«

»Da muss ich Ihnen ausnahmsweise mal Recht geben, Donna«, sagte Gladys. Zu Cain gewandt fügte sie hinzu: »Wie kann man nur so was Abscheuliches sagen!«

»Okay, das reicht. Seien Sie still, Sie alle!«, bellte Ronnie. Alle verstummten abrupt, bis auf die beiden Mexikaner, die sich flüsternd miteinander beratschlagten.

Tiel eilte mit dem Karton Wegwerfwindeln wieder zu Doc zurück. Sie riss die Packung auf und faltete eine Windel auseinander, die er Sabra unter die Hüften schob. »Was hat Sie auf den Gedanken gebracht, die hier zu benutzen?«

»Ihre Blutungen sind so stark, dass sich die Binden zu schnell voll saugen. Diese Windeln hier sind mit Plastik gefüttert.«

Sie unterhielten sich mit gedämpfter Stimme. Keiner von ihnen wollte das Mädchen in Panik versetzen oder Ronnie noch nervöser machen, der auf die Wanduhr hinter dem Tresen starrte. Ihr langer Sekundenzeiger kreiste quälend langsam um das Zifferblatt.

Doc hockte sich neben Sabra und ergriff ihre Hand. »Sie bluten noch immer ein bisschen stärker, als mir lieb wäre.«

Ihr Blick schoss zu Tiel, die ihr beruhigend eine Hand auf die Schulter legte. »Kein Grund zur Panik. Doc denkt nur voraus. Er möchte nicht, dass die Dinge so schlimm werden, dass sie nicht mehr besser werden können.«

»Richtig.« Er beugte sich tiefer zu Sabra hinunter und sagte leise: »Würden Sie sich das mit dem Krankenhaus bitte noch einmal überlegen? Es wäre wirklich das Beste für Sie und Ihr Baby.«

»Nein!«

Er sprach eindringlich auf sie ein. »Bevor Sie nein sagen, hören Sie mir eine Minute zu. Bitte.«

»Bitte, Sabra. Lassen Sie Doc erklären«, beschwor Tiel sie.

Der Blick des Mädchens schweifte wieder zu Doc zurück, aber sie betrachtete ihn misstrauisch. »Ich denke nicht nur an Sie und das Baby«, sagte er, »sondern auch an Ronnie. Je eher er dieser Sache ein Ende macht, desto besser wird es für ihn sein.«

»Mein Dad wird ihn umbringen!«

»Nein, das wird er nicht. Nicht, wenn Sie und Katherine in Sicherheit sind.«

Sabras Augen füllten sich mit Tränen. »Sie verstehen ja nicht. Mein Vater tut doch nur so, als ob er um unsere Sicherheit besorgt wäre. Gestern Abend, als Ronnie und ich ihm erzählt haben, dass ich ein Baby bekommen würde, hat er gedroht, es zu töten. Er sagte, wenn er könnte, würde er es mir auf der Stelle aus dem Leib schneiden und es mit bloßen Händen erwürgen. Daran können Sie erkennen, wie sehr er Ronnie hasst, wie sehr er es hasst, dass wir zusammen sind.«

Tiel schnappte entsetzt nach Luft. Sie hatte noch nie ein schmeichelhaftes Wort über Russell Dendy gehört, aber dieser Beweis seiner Grausamkeit war einfach schockierend. Wie konnte jemand bloß so herzlos sein? Doc presste die Lippen zu einer schmalen Linie zusammen.

»So ein Mensch ist mein Dad«, fuhr Sabra fort. »Er hasst es, auf Widerstand zu stoßen. Er wird es uns niemals verzeihen, dass wir uns ihm widersetzt haben. Er wird dafür sorgen, dass Ronnie für immer hinter Gitter kommt, und er wird dafür sorgen, dass ich mein Baby niemals wiedersehen werde. Was er mir antut, ist mir egal. Wenn ich nicht mit Ronnie und Katherine zusammen sein kann, kümmert es mich nicht, was mit mir passiert.«

Sie beugte den Kopf und schmiegte ihr Gesicht an ihr Neugeborenes. Die Tränen, die über ihre Wangen rollten, versickerten in dem rötlich-blonden Haarflaum auf dem kleinen Kopf des Babys. »Sie beide sind unheimlich nett zu mir gewesen. Ehrlich, ich hasse es, Sie zu enttäuschen. Aber ich werde meine Meinung nicht ändern. Ich bleibe hier, bis sie Ronnie und mich von hier fortgehen lassen und ich Dads Versprechen habe, dass er uns in Ruhe lassen wird. Außerdem, Doc, vertraue ich Ihnen mehr als jedem Arzt in irgendeinem Krankenhaus, in das Dad mich schicken würde.«

Doc wischte sich mit dem Handrücken den Schweiß von der Stirn und seufzte. Er blickte zu Tiel hinüber, die in einer Geste der Hilflosigkeit die Achseln zuckte.

»Okay«, sagte er widerstrebend. »Ich werde mein Bestes tun.«

»Das bezweifle ich nicht.« Sabra zuckte zusammen. »Ist es wirklich so schlimm?«

»Es gibt nichts, was ich gegen die Blutung aus dem Dammriss tun könnte. Aber die vaginale Blutung... Erinnern Sie sich noch an vorhin, als ich Sie gebeten hatte, eine Weile zu schlafen, weil ich Sie später vielleicht noch um einen Gefallen bitten müsste?«

»Hmmm, ja.«

»Also, ich möchte gern, dass Sie Katherine stillen.«

Das Mädchen warf Tiel einen verdutzten Blick zu. »Durch das Stillen wird sich Ihre Gebärmutter zusammenziehen, und dadurch werden die Blutungen reduziert«, erklärte Tiel.

Doc lächelte Sabra an. »Sind Sie bereit, es zu versuchen?«

»Ich schätze schon«, erwiderte sie, obwohl sie unsicher und verlegen klang.

»Ich helfe Ihnen.« Tiel griff nach der Schere, die Doc inzwischen sauber abgewischt hatte. »Warum benutzen wir nicht die hier, um die Schulternähte Ihres Kleids aufzutrennen? Wir können sie anschließend wieder zusammennähen, aber auf diese Weise werden Sie sich nicht ausziehen müssen.«

»Das wäre gut.« Sabra schien erleichtert, dass sie Tiel einen Teil der Entscheidungen überlassen konnte.

»Okay, dann werde ich die Damen jetzt erst einmal allein lassen, damit Sie Ihre Vorbereitungen treffen können. Miss Mc... äh, Tiel?« Doc bedeutete Tiel mit einer Geste, aufzustehen und zu ihm zu kommen, und sie hielten eine kurze Besprechung unter vier Augen ab. »Haben Sie Erfahrung in diesen Dingen?«, fragte er.

»Überhaupt keine. Meine Mutter hat aufgehört, mich zu stillen, als ich drei Monate alt war. Das ist schon so lange her, dass ich mich nicht mehr erinnere, worauf man beim Stillen achten muss.«

Er lächelte matt. »Ich meinte, abgesehen von Ihren Säuglingserfahrungen.«

»Ich weiß, was Sie gemeint haben. Das sollte ein Witz sein. Aber die Antwort lautet trotzdem nein.«

»Tja, dann wird Katherine wohl diejenige sein, die sich am besten von Ihnen dreien darin auskennt. Legen Sie sie richtig an, und sie wird instinktiv zu saugen anfangen. Das hoffe ich zumindest. Ein paar Minuten an jeder Brust.«

»In Ordnung«, erwiderte Tiel mit einem energischen Nicken.

Sie kniete sich neben Sabra und setzte die Schere an der Schulternaht ihres Sommerkleids an. »Ich würde Ihnen vorschlagen, von jetzt an Tops zu tragen, die man vorne aufknöpfen kann. Oder irgendetwas Weites, locker Sitzendes, das Sie hochheben und über Katherine drapieren können. Einmal, auf einem langen Flug nach Los Angeles, habe ich neben einer jungen Frau mit einem Baby gesessen. Sie hat das Kind während des Fluges mehrmals gestillt, und keiner außer mir hat etwas davon gemerkt, und ich habe es auch nur mitbekommen, weil sie direkt neben mir saß. Sie war die ganze Zeit über vollständig bedeckt.«

Das müßige Geplapper war zweckbestimmt, dazu gedacht, Sabra abzulenken und ihr etwas von ihrer Verlegenheit zu nehmen. Als Tiel die Nähte vollständig aufgetrennt hatte, zog sie eine Seite des Kleideroberteils herunter. »Jetzt schieben Sie Ihren BH-Träger über die Schulter und ziehen Sie das Körbchen herunter. Warten Sie, lassen Sie mich Katherine so lange halten.« Sabra sah sich befangen um. »Keiner kann irgendwas sehen«, versicherte Tiel ihr.

»Ich weiß. Aber es ist trotzdem ein komisches Gefühl.«
»Das kann ich mir gut vorstellen.«

Als Sabra fertig war, reichte Tiel ihr Katherine zurück. Das Baby wimmerte gedämpft, aber sobald es die Rundung von Sabras Brust an seiner Wange fühlte, begann sein kleiner Mund nach der Brustwarze zu suchen. Es fand sie, versuchte, sie mit den Lippen festzuhalten, und konnte es doch nicht. Nach mehreren vergeblichen Versuchen begann Klein-Katherine gellend zu protestieren. Sie fuchtelte mit ihren winzigen Fäusten in der Luft herum, und ihr Gesicht lief krebsrot an.

»Alles okay?«, rief Doc.

»Ja, alles in Ordnung«, log Tiel.

Sabra schluchzte vor Frust. »Ich mache es nicht richtig. Was mache ich denn bloß falsch?«

»Nichts, Schätzchen, gar nichts«, erwiderte Tiel beruhigend. »Für Katherine ist das Ganze nur ebenso neu und ungewohnt wie für Sie. Sie lernen Ihre Rollen gemeinsam. Das macht die Sache so wundervoll. Aber ich habe gehört, dass ein Baby die Frustration seiner Mutter spüren kann. Je entspannter Sie sind, desto leichter wird es sein. Atmen Sie ein paarmal ruhig durch, und dann versuchen Sie's noch einmal.«

Der zweite Versuch war nicht erfolgreicher als der Erste.

»Wissen Sie was? Ich glaube, es liegt an Ihrer Körperhaltung«, bemerkte Tiel. »Es ist unbequem für Sie und auch für Katherine. Wenn Sie sich aufsetzen könnten, geht es vielleicht besser.«

»Ich kann nicht. Mein Po tut zu weh.«

»Was, wenn Doc Sie im Rücken abstützen würde? Es würde den Druck da unten lindern, und Sie könnten Katherine bequemer im Arm halten.«

»Er wird mich sehen«, protestierte Sabra unter Tränen.

»Ich werde Sie so bedecken, dass er nichts sehen kann. Warten Sie einen Moment. Bin gleich wieder da.«

Vorhin hatte Tiel einen Ständer mit Souvenir-T-Shirts bemerkt. Bevor Ronnie auch nur fragen konnte, was sie da tat, flitzte sie zu dem Ständer und zog ein T-Shirt aus dem Stapel heraus. Es war staubig, wie ihr auffiel, aber daran ließ sich nun einmal nichts ändern. Zur Sicherheit riss sie noch ein zweites Shirt von dem Gestell.

Als sie mit den Kleidungsstücken zu Sabra zurückkehrte, hatte Katherine sich in einen regelrechten Wutanfall hineingesteigert und schrie aus Leibeskräften. Alle anderen im Laden wahrten ein respektvolles Schweigen. Tiel breitete eines der extra großen T-Shirts über Mutter und Baby. »Na bitte. So wird Doc nicht das Geringste sehen können. In Ordnung?«

»In Ordnung.«

»Doc?«

Er war im Nu da. »Ja?«

»Könnten Sie sich bitte hinter Sabra knien und ihren Rücken abstützen, so wie ich es während der Entbindung gemacht habe?«

»Sicher.«

Er kniete sich hinter das Mädchen und half ihr in eine halb sitzende Haltung. »So, und jetzt lehnen Sie sich einfach gegen meine Brust zurück. Na kommen Sie schon, entspannen Sie sich, Sabra. Ja, genau so. Haben Sie's bequem?«

»Ja, alles okay. Danke.«

Tiel hob einen Zipfel des T-Shirts an, nur gerade hoch genug, um darunter zu spähen. Katherine hatte zu schreien aufgehört und war erneut mit ihrer instinktiven Suche nach der mütterlichen Milchquelle beschäftigt. »Helfen Sie ihr, Sabra«, wies Tiel das Mädchen leise an. Sabra handelte ebenfalls instinktiv. Es erforderte nur ein bisschen Manövrieren und ein paar kleine Kunstgriffe, um eine feste Saugwirkung zwischen Brust und Babymund zu erzeugen, und schon begann Katherine, kräftig zu nuckeln.

Sabra lachte vor Freude, und Tiel freute sich mit ihr. Sie ließ den Zipfel des T-Shirts wieder fallen und lächelte Doc an.

»Ich nehme an, alles ist okay«, sagte er.

»Die beiden sind echte Profis.« Tiels Aufschneiderei zauberte ein breites Lächeln auf Sabras kreidebleiche Lippen. »Hatten Sie schon vorher beschlossen, Ihr Baby zu stillen?«, fragte Tiel.

»Ehrlich gesagt, ich hatte wirklich noch nicht darüber nachgedacht. Ich war so damit beschäftigt, mir Sorgen zu machen, dass jemand von meiner Schwangerschaft erfahren würde, dass ich nicht viel Zeit hatte, an irgendetwas anderes zu denken.«

»Sie können es ja versuchen, und falls es dann doch nicht funktioniert, können Sie auf Flaschennahrung übergehen. Es ist keine Schande, ein Baby mit der Flasche zu ernähren.«

»Aber ich habe gehört, Stillen wäre besser für das Baby.«

»Das habe ich auch gehört«, erwiderte Tiel.

»Sie haben keine Kinder?«, wollte Sabra wissen.

»Nein.«

»Sind Sie verheiratet?«

Anscheinend hatte Sabra völlig vergessen, dass Doc da war. Sie saß mit dem Rücken zu ihm, sodass er für sie wie ein Möbelstück war, gegen das sie sich lehnte. Tiel hockte ihm jedoch gegenüber, und sie war sich nur zu deutlich bewusst, dass er jedes Wort ihrer Unterhaltung hörte. »Nein. Ich bin Single.«

»Waren Sie schon mal verheiratet?«

Nach einem kurzen Moment des Zögerns antwortete Tiel: »Vor Jahren. Für kurze Zeit.«

»Was ist passiert?«

Die grau-grünen Augen blickten sie unverwandt an. »Wir, äh, sind getrennte Wege gegangen.«

»Oh. Schade.«

»Ja, das war es.«

»Wie alt waren Sie damals?«, fragte Sabra.

»Jung.«

»Und wie alt sind Sie jetzt?«

Tiel lachte nervös. »Älter. Letzten Monat bin ich dreiunddreißig geworden.«

»Sie sollten sich besser beeilen und einen neuen Partner finden. Wenn Sie Familie haben wollen, meine ich.«

»Sie klingen wie meine Mutter.«

»Und? Wollen Sie?«

»Was denn?«

»Einen neuen Ehemann und Kinder haben?«

»Eines Tages. Vielleicht. Zurzeit bin ich noch intensiv damit beschäftigt, mir eine Karriere aufzubauen«, erwiderte Tiel.

»Sie könnten eine allein erziehende Mutter sein.«

»Ich habe darüber nachgedacht, aber ich bin mir nicht sicher, ob ich mir das für mein Kind wünschen würde. Meine Entscheidung steht noch nicht fest.«

»Ich kann mir nicht vorstellen, keine Familie haben zu wollen«, sagte das Mädchen mit einem zärtlichen Blick auf Katherine. »Das ist alles, worüber Ronnie und ich reden. Wir wollen ein großes Haus draußen auf dem Land haben. Mit vielen Kindern. Ich bin Einzelkind. Ronnie hat einen kleinen Stiefbruder, der zwölf Jahre jünger ist als er. Wir wollen eine große Familie haben.«

»Das ist ein großartiges Ziel.«

Doc signalisierte Tiel unauffällig mit einer Kinnbewegung, dass es Zeit war, die Seiten zu wechseln. Tiel half Sabra, und bald nuckelte Katherine zufrieden an der anderen Brust.

Dann bog das Mädchen zu ihrer beider Überraschung den Kopf zurück und fragte: »Was ist mit Ihnen, Doc?«

»Was soll denn mit mir sein?«

»Sind Sie verheiratet?«

»Meine Frau ist vor drei Jahren gestorben.«

Sabra machte ein bestürztes Gesicht. »Oh, das tut mir so Leid.«

»Danke.«

»Wie ist sie gestorben? Wenn es Ihnen nichts ausmacht, dass ich danach frage.«

Er erzählte ihr von der Krankheit seiner Ehefrau, ohne jedoch den Konflikt zu erwähnen, der auf ihren Tod gefolgt war.

»Haben Sie Kinder?«, erkundigte sich Sabra.

»Leider nicht. Wir hatten gerade angefangen, darüber zu sprechen, dass wir eine Familie gründen wollten, als sie krank wurde. Genau wie Miss McCoy war auch meine Frau beruflich sehr engagiert. Sie war Mikrobiologin.«

»Wow, sie muss unheimlich intelligent gewesen sein.«

»Sie war sogar brillant.« Er lächelte, obwohl Sabra es nicht sehen konnte. »Sehr viel intelligenter als ich.«

»Sie müssen einander sehr geliebt haben.«

Sein Lächeln verblasste langsam wieder. Was Sabra nicht ahnen konnte, was Tiel jedoch wusste, war, dass es in seiner Ehe massive Probleme gegeben hatte. Während der polizeilichen Untersuchung der Begleitumstände von Shari Stanwicks Tod war enthüllt worden, dass sie eine außereheliche Affäre gehabt hatte. Bradley Stanwick hatte von der Untreue seiner Ehefrau gewusst und großzügig seinen Anteil an der Schuld auf sich genommen. Er war durch seinen Beruf und seine Forschungsarbeit sehr eingespannt gewesen, sodass er häufig noch bis spät abends in der Klinik gearbeitet oder Kongresse und Fortbildungsveranstaltungen besucht hatte.

Aber die beiden hatten einander geliebt und waren fest entschlossen gewesen, alles zu tun, damit ihre Ehe wieder funktionierte. Sie hatten eine Eheberatungsstelle aufgesucht und beschlossen, zusammenzubleiben, als Shari Stanwicks bösartiger Tumor diagnostiziert wurde. Tatsächlich hatte ihre Krankheit die beiden einander näher gebracht. Oder zumindest hatte Bradley Stanwick das gegenüber seinen Anklägern behauptet.

Tiel konnte sehen, dass ihn die Erinnerung an die Untreue seiner Ehefrau selbst nach all diesen Jahren noch immer schmerzte.

Als er merkte, dass Tiel ihn beobachtete, verschwand die Wehmut aus seinem Gesichtsausdruck. »Das reicht vorläufig«, sagte er in sehr viel schrofferem Ton, als er wahrscheinlich vorgehabt hatte.

»Sie hat sowieso zu nuckeln aufgehört«, sagte Sabra. »Ich glaube, sie ist eingeschlafen.«

Während Sabra ihre Kleidung wieder in Ordnung brachte, nahm Tiel das Baby und wechselte die Windeln. Doc legte Sabra behutsam wieder in die Kissen zurück und inspizierte die Windel, die er ihr untergeschoben hatte. »Besser. Gott sei Dank.«

Das Telefon klingelte. Die sechzig Minuten waren abgelaufen.

Alle zuckten erschrocken zusammen, plötzlich hellwach. Obwohl sie eine Stunde lang darauf gewartet hatten, war das Schrillen des Telefons ein misstönendes, Nerven zermürbendes Geräusch, denn es symbolisierte die Entscheidung darüber, was mit ihnen geschehen würde. Nun, da die Entscheidung über ihr weiteres Schicksal gefallen war, schienen sich plötzlich alle davor zu fürchten, Calloways Antwort auf Ronnies Forderung zu hören. Besonders Ronnie, der sogar noch nervöser als zuvor wirkte.

Er blickte zu Sabra hinüber und versuchte zu lächeln, doch seine Lippen konnten den Ausdruck nicht lange halten. »Bist du dir sicher, Sabra?«

»Ja, Ronnie.« Sie sprach leise, aber mit Entschlossenheit und Würde. »Absolut sicher.«

Der Junge wischte sich seine schweißnasse Hand am Hosenbein ab, bevor er den Hörer von der Gabel nahm. »Mr. Calloway?« Dann, nach einem kurzen Augenblick des Schweigens, rief er überrascht: »*Dad!*«

# 9

»Wer ist das denn?«

Als der neueste Ankömmling in den FBI-Transporter geführt wurde, hatte Calloway Russell Dendys unhöfliche Frage einfach ignoriert und war stattdessen aufgestanden, um dem Mann die Hand zu schütteln. »Mr. Davison?«

»Das soll wohl ein Witz sein!«, hatte Dendy empört gerufen. »Wer hat *den* denn eingeladen?«

Calloway hatte so getan, als wäre Dendy überhaupt nicht da. »Ich bin Special Agent Bill Calloway.«

»Cole Davison. Ich wünschte, ich könnte sagen, dass es mir ein Vergnügen ist, Sie kennen zu lernen, Mr. Calloway.«

Nach seinem Äußeren zu urteilen, hätte man Davison für einen Rancher halten können. Er trug verwaschene Levi's und Cowboystiefel. Sein gestärktes weißes Hemd hatte Perlmuttdruckknöpfe statt Knöpfe. Beim Einsteigen in den Transporter hatte er höflich einen Cowboyhut aus Stroh abgenommen, der eine tiefe Delle in seinem Haar hinterlassen hatte und einen rosa Streifen auf seiner Stirn, die mehrere Schattierungen heller war als die unteren zwei Drittel seines sonnengebräunten Gesichts. Er war von stämmiger Statur und ging leicht O-beinig.

Er war jedoch kein Rancher, sondern Eigentümer von fünf Fast-Food Franchiselokalen und lebte in Hera, nur um »Metropolen«, wie Tulia und Floydada zu entrinnen.

Calloway hatte ihn mit einem freundlichen »Danke, dass Sie so schnell gekommen sind«, begrüßt.

»Ich wäre so oder so gekommen, ob Sie mich nun darum gebeten hätten oder nicht. Sobald ich hörte, dass sich mein Junge hier verschanzt hat, war ich darauf bestrebt, so schnell wie möglich herzukommen. Ich war schon auf dem Weg zur Tür, als Sie angerufen haben.«

Dendy, der im Hintergrund vor Wut kochte, hatte Davison grob bei den Schultern gepackt und zu sich herumgewirbelt. Er hatte dem anderen Mann seinen Zeigefinger ins Gesicht gestoßen. »Es ist Ihre Schuld, dass meine Tochter in diesem Schlamassel steckt! Wenn ihr irgendetwas passiert, sind Sie ein toter Mann, und das gilt auch für diesen verbrecherischen Dreckskerl, den Sie gezeugt –«

»Mr. Dendy«, hatte Calloway ihn scharf unterbrochen. »Ich bin wieder einmal drauf und dran, Sie gewaltsam aus diesem Fahrzeug entfernen zu lassen. Noch ein Wort von Ihnen, und Sie sind draußen.«

Der Millionär hatte seine hasserfüllte Tirade gegen Davison ungerührt fortgesetzt, ohne sich um Calloways Warnung zu kümmern. »Ihr Junge«, hatte er erklärt, »hat meine Tochter verführt, sie geschwängert und dann gekidnappt. Ich werde es zu meiner Lebensaufgabe machen, dafür zu sorgen, dass er nie mehr aus dem Gefängnis herauskommt und einen Hauch von Freiheit atmet. Ich werde dafür sorgen, dass er jede einzelne Sekunde seines erbärmlichen Lebens hinter Gittern verbringt!«

Es sprach für Davison, dass er sich von den wüsten Beschimpfungen nicht aus der Ruhe hatte bringen lassen. »Mir scheint, dass Sie nicht ganz unschuldig an all dem hier sind, Mr. Dendy. Wenn Sie die Kinder nicht so hart zusammengestaucht hätten, hätten sie sich nicht derart in Bedrängnis gefühlt, dass sie keinen anderen Ausweg mehr sahen, als davonzulaufen. Sie wissen genauso gut wie ich, dass Ronnie Ihre Tochter nicht gegen ihren Willen mitgenommen hat.

Die beiden lieben einander und sind vor Ihnen und Ihren Drohungen geflohen. Das ist das, was ich denke.«

»Es ist mir scheißegal, was Sie denken!«

»Nun, mir nicht«, hatte Calloway über Russell Dendys wutentbranntes Gebrüll hinweg gesagt. »Ich möchte Mr. Davisons Ansicht über die Situation hören.«

»Sie können mich Cole nennen.«

»In Ordnung, Cole. Was wissen Sie über diese Sache? Alles, was Sie uns über Ihren Sohn und seine Gemütsverfassung sagen können, wird uns weiterhelfen.«

Worauf Dendy gesagt hatte: »Wie wär's mit ein paar Scharfschützen? Einer bewaffneten Sondereinheit? *Das* würde uns weiterhelfen!«

»Mit Gewaltanwendung würden wir nur das Leben Ihrer Tochter und ihres Babys gefährden.«

»Baby?«, hatte Davison überrascht gerufen. »Das Kind ist da?«

»Soviel wir gehört haben, hat sie vor ungefähr zwei Stunden ein Mädchen zur Welt gebracht«, hatte Calloway ihn informiert. »Wie verlautet, geht es beiden den Umständen entsprechend gut.«

»Wie verlautet«, hatte Dendy verächtlich geschnaubt. »So weit ich weiß, ist meine Tochter tot.«

»Sie ist nicht tot. Nicht laut Aussage von Miss McCoy.«

»Das hat sie vielleicht nur gesagt, um ihre eigene Haut zu retten. Dieser Irre könnte ihr eine Knarre an den Kopf gehalten haben!«

»Das glaube ich nicht, Mr. Dendy«, hatte Calloway erwidert, während er sich verzweifelt bemüht hatte, ruhig zu bleiben. »Und auch unser Psychologe nicht, der meine Unterhaltung mit Miss McCoy mitgehört hat. Sie klingt ruhig und beherrscht, als hätte sie sich vollkommen in der Hand. Nicht wie jemand, der unter Zwang spricht.«

»Wer ist diese Ms. McCoy?«, hatte Davison wissen wollen.

Calloway hatte es ihm erklärt, dann hatte er Davison forschend angeblickt. »Wann haben Sie das letzte Mal mit Ronnie gesprochen?«

»Gestern Abend. Er und Sabra waren im Begriff, zu den Dendys zu gehen und ihnen die Sache mit dem Baby zu beichten.«

»Wie lange haben Sie schon von der Schwangerschaft gewusst?«, hatte Calloway gefragt.

»Ein paar Wochen.«

Dendys Gesicht war krebsrot angelaufen. »Und Sie haben es nicht für nötig gehalten, mich davon in Kenntnis zu setzen?«

»Nein, Sir, das habe ich nicht. Mein Sohn hatte sich mir anvertraut. Ich konnte sein Vertrauen nicht enttäuschen, obwohl ich ihn gedrängt habe, es Ihnen zu sagen.« Er hatte Dendy den Rücken zugekehrt und den Rest seiner Worte an Calloway gerichtet.

»Ich musste heute nach Midkiff rauffahren, weil eine der Friteusen defekt war. Ich bin erst spät heute Abend nach Hause zurückgekehrt. Und da habe ich eine Nachricht von Ronnie auf dem Küchentisch vorgefunden. Darin stand, dass sie vorbeigekommen waren, in der Hoffnung, mich zu Hause anzutreffen. Ronnie schrieb, dass er und Sabra zusammen durchgebrannt wären und sich auf den Weg nach Mexiko gemacht hätten. Und dass sie mich wissen lassen würden, wo ich sie erreichen könnte, wenn sie an ihrem Zielort angekommen wären.«

»Es überrascht mich, dass die beiden Ihnen einen Besuch abgestattet haben. Hatten sie denn keine Angst, dass Sie versuchen würden, sie dazu zu überreden, wieder nach Hause zurückzukehren?«

»Die Wahrheit ist, Mr. Calloway, dass ich Ronnie gesagt hatte, wenn sie jemals meine Hilfe bräuchten, könnten sie sich jederzeit an mich wenden.«

Dendy hatte so blitzschnell angegriffen, dass keiner es hatte kommen sehen, am allerwenigsten Davison. Dendy landete mit der ganzen Wucht seines Gewichts auf Davisons Rücken, und Davison wäre flach auf das Gesicht gestürzt, hätte Calloway ihn nicht festgehalten und seinen Sturz abgefangen. So prallten beide Männer hart gegen die Wand des Transporters, die von Computerterminals, TV-Monitoren, Videorecordern und Überwachungsgeräten gesäumt war. Sheriff Montez packte Dendy kurzerhand am Hemdkragen und riss ihn mit aller Kraft zurück, sodass er gegen die gegenüberliegende Wand knallte.

Daraufhin hatte Calloway einen seiner Untergebenen angewiesen, Dendy auf der Stelle aus dem Wagen zu befördern.

»Nein!« Dendy hatte es bei dem Aufprall den Atem verschlagen, aber es gelang ihm, krächzend hervorzustoßen: »Ich möchte hören, was er zu sagen hat. Bitte!«

Etwas besänftigt, hatte Calloway nachgegeben. »Sie werden sich von jetzt ab vernünftig benehmen und diese Sperenzchen ein für alle Mal unterlassen, Dendy. Haben Sie mich gehört?«

Dendy war hochrot im Gesicht und wütend, aber er nickte. »Ja, ja, schon gut. Ich werde mir diesen Scheißkerl später vorknöpfen. Aber ich will wissen, was los ist.«

Nachdem Ruhe und Ordnung wiederhergestellt waren, hatte Calloway Davison gefragt, ob er verletzt sei. Davison hatte seinen Cowboyhut vom Boden aufgehoben und am Hosenbein seiner Jeans abgewischt. »Kümmern Sie sich nicht um mich, mir geht's gut. Ich mache mir Sorgen um diese beiden Kids. Und auch um das Baby.«

»Glauben Sie, Ronnie ist zu Ihnen gekommen, weil er Sie um Geld bitten wollte?«

»Schon möglich. Ungeachtet dessen, was Mr. Dendy hier denkt, hatte ich den beiden nicht angeboten, ihnen bei der Flucht behilflich zu sein. Tatsächlich war genau das Gegenteil der Fall. Mein Rat an sie war, dass sie sich Dendy gegenüber behaupten sollten.« Die beiden Väter hatten einen finsteren Blick getauscht. »Jedenfalls«, hatte Davison hinzugefügt, »nehme ich stark an, dass sie etwas Geld gebrauchen konnten. Ronnie arbeitet nach der Schule auf einem Golfplatz, um sich ein bisschen Taschengeld zu verdienen, aber sein Verdienst würde ganz sicher nicht ausreichen, um einen Umzug nach Mexiko zu finanzieren. Ich schätze, da er mich heute nicht zu Hause angetroffen hat, hat er in seiner Verzweiflung stattdessen beschlossen, das hier zu tun.«

Er hatte dabei auf den Laden gezeigt, sein Ausdruck kummervoll. »Mein Junge ist kein Dieb. Seine Mutter und sein Stiefvater haben ihn gut erzogen. Er ist ein guter Junge. Ich nehme an, er hat sich zu dieser Verzweiflungstat hinreißen lassen, weil er keine andere Möglichkeit sah, um für Sabra und das Baby zu sorgen.«

»Er hat für sie gesorgt, allerdings. Er hat ihr Leben ruiniert!«

Ohne sich um Dendy zu kümmern, hatte Davison Calloway gefragt: »Also, wie ist der Plan? Haben Sie überhaupt einen Plan?«

Calloway hatte Ronnie Davisons Vater ins Bild gesetzt. Mit einem kurzen Blick auf seine Armbanduhr hatte er hinzugefügt: »Vor siebenundfünfzig Minuten hat er uns eine Stunde Zeit gegeben, um Mr. Dendy dazu zu überreden, ihn und Sabra in Ruhe zu lassen. Sie wollen seine Garantie, dass er sich nicht in ihr Leben einmischen wird, dass er ihr Baby nicht weggeben wird. Dass –«

»Das Baby weggeben?« Davison hatte Dendy mit unverhülltem Entsetzen angesehen. »Sie haben den beiden gedroht, ihr Baby wegzugeben?« Sein verächtlicher Gesichtsausdruck sprach Bände. Mit einem traurigen Kopfschütteln hatte er sich wieder Calloway zugewandt. »Was kann ich tun?«

»Sie sollten sich darüber im Klaren sein, Mr. Davison, dass Ronnie wegen mehrerer Straftaten unter Anklage gestellt wird.«

»Das bin ich. Und ich schätze, er weiß es auch.«

»Aber je eher er diese Geiseln freilässt und sich ergibt, desto besser wird er bei dem Prozess davonkommen. Bisher ist niemand verletzt worden. Jedenfalls nicht ernstlich. Und ich möchte, dass es auch so bleibt, sowohl um Ronnies willen als auch der anderen wegen.«

»Er wird nicht verletzt werden?«

»Sie haben mein Wort darauf.«

»Okay. Sagen Sie mir, was ich tun soll.«

Diese Unterhaltung hatte dazu geführt, dass Cole Davison im Laden anrief, gerade als das Ultimatum ablief.

»Dad!«, rief Ronnie überrascht. »Von wo rufst du an?«

Tiel und Doc traten ein paar Schritte näher und hörten aufmerksam auf das, was Ronnie ins Telefon sagte. Seiner Reaktion nach zu urteilen, hatte er nicht damit gerechnet, dass der Anruf von seinem Vater kommen würde.

Nach dem, was Gully ihr zuvor erzählt hatte, wusste Tiel, dass die beiden einander nahe standen. Sie konnte sich vorstellen, dass Ronnie in diesem Moment eine Mischung aus Scham und Schuldbewusstsein fühlte, wie es jedem Kind ergeht, wenn es von einem Elternteil, den es liebt und respektiert, bei einer Missetat ertappt wird. Vielleicht konnte Mr. Davison seinem Sohn in aller Deutlichkeit klar machen, in welchen Schwierigkeiten er steckte, und ihn dazu überreden, die Sache schleunigst zu beenden und sich der Polizei zu stellen.

»Nein, Dad, Sabra geht es so weit gut. Du weißt, was ich für sie fühle. Ich würde niemals etwas tun, was ihr schaden könnte. Ja, ich weiß, sie gehört in ein Krankenhaus, aber –«

»Sag ihm, dass ich dich nicht verlasse«, rief Sabra ihm zu.

»Es geht nicht nur um mich, Dad. Sabra sagt, sie wird nicht gehen.« Während er seinem Vater zuhörte, wanderte sein Blick zu Sabra und dem Baby. »Der Kleinen scheint es auch ganz gut zu gehen. Miss McCoy und Doc haben sich um die beiden gekümmert. Ja, ich weiß, es ist ernst.«

Die Gesichtszüge des jungen Mannes waren angespannt vor Konzentration. Tiel sah sich nach ihren Mitgeiseln um. Alle, einschließlich der beiden Mexikaner, die noch nicht einmal die Sprache verstanden, saßen reglos und schweigend da, die Gesichter von einem wachsamen, misstrauischen Ausdruck erfüllt.

Doc fühlte Tiels Augen auf sich, als ihr Blick zu ihm schweifte. Er hob die Schultern in einem leichten Achselzucken, dann wandte er seine Aufmerksamkeit wieder Ronnie zu, der den Telefonhörer so fest umklammert hielt, dass seine Fingerknöchel weiß hervortraten. Auf seiner Stirn standen Schweißperlen; die Finger seiner anderen Hand verkrampften sich nervös um den Griff seiner Pistole.

»Ja, Dad, ich habe auch den Eindruck, dass Mr. Calloway in Ordnung ist. Aber es spielt wirklich keine Rolle, was er sagt oder garantiert. Es ist nicht die Polizei, vor der wir davonlaufen. Es ist Mr. Dendy. Wir werden unser Baby nicht aufgeben und zulassen, dass es von Fremden adoptiert wird. O doch, das würde er!«, betonte der Junge mit bebender, vor Erregung und Verzweiflung fast überschnappender Stimme. »Das *würde* er!«

»Die kennen Dad nicht«, sagte Sabra, ihre Stimme ebenso zittrig und von Emotionen erfüllt wie Ronnies.

»Dad, ich liebe dich«, sagte Ronnie in den Hörer. »Und es tut mir sehr Leid, wenn du dich für mich schämst. Aber ich kann nicht aufgeben. Ich kann einfach nicht. Nicht bevor Mr. Dendy verspricht, Sabra das Baby behalten zu lassen.«

Was immer Mr. Davison darauf antwortete, es veranlasste Ronnie, den Kopf zu schütteln und Sabra traurig anzulächeln. »Da ist noch etwas, was du, Mr. Dendy, das FBI und alle anderen wissen sollten, Dad. Wir – Sabra und ich – haben einen Pakt geschlossen, bevor wir Fort Worth verlassen haben.«

Tiel spürte einen schmerzhaften Stich in der Brust. »O nein!«

»Wir wollen nicht getrennt voneinander leben. Ich glaube, du weißt, was das bedeutet, Dad. Wenn Mr. Dendy nicht bereit ist, die Kontrolle über unser beider Leben, über unsere Zukunft aufzugeben, dann wollen wir keine Zukunft haben.«

»Großer Gott.« Doc fuhr sich mit beiden Händen übers Gesicht.

»Doch, Dad, das ist mein voller Ernst«, erklärte der Junge beharrlich. Er blickte Sabra an, die feierlich nickte. »Wir werden nicht ohne einander leben. Sag das Mr. Dendy und Mr. Calloway. Wenn sie uns nicht von hier fortgehen lassen, wenn sie uns nicht die Möglichkeit geben, unseren eigenen Weg zu gehen, dann wird keiner lebend aus diesem Laden rauskommen!«

Damit legte er hastig auf. Mehrere Augenblicke lang wagte es niemand, sich zu rühren oder irgendetwas zu sagen. Dann, wie auf ein Stichwort hin, begannen plötzlich alle gleichzeitig zu reden. Donna fing an zu jammern. Agent

Cain erging sich in einer Litanei von »Damit werden Sie niemals durchkommen!« Vern bekundete seine Liebe zu Gladys, während sie Ronnie anflehte, doch an sein Baby zu denken.

Es war ihr flehentlicher Appell, auf den Ronnie antwortete. »Mein Dad wird Katherine zu sich nehmen und wie sein eigenes Kind aufziehen. Er wird nicht zulassen, dass Mr. Dendy sie in die Finger kriegt.«

»Wir haben das alles schon vorher entschieden«, warf Sabra ein. »Gestern Abend.«

»Das kann doch nicht Ihr Ernst sein«, sagte Tiel gepresst zu ihr. »Das kann doch nicht sein!«

»Doch, es ist uns vollkommen ernst damit. Es ist die einzige Möglichkeit, ihnen begreiflich zu machen, was Ronnie und ich füreinander fühlen.«

Tiel kniete sich neben das Mädchen. »Sabra, Selbstmord ist doch keine Lösung, um seine Ansicht durchzusetzen oder eine Auseinandersetzung zu gewinnen. Denken Sie doch an Ihr Baby. Katherine würde niemals ihre Mutter kennen. Oder ihren Vater.«

»Sie würde uns sowieso nie kennen. Nicht, wenn es nach meinem Dad ginge.«

Tiel stand auf und trat neben Doc, der einen ähnlich eindringlichen Appell an Ronnie richtete. »Wenn Sie so viele Menschen töten, wenn Sie Sabra töten, würden Sie damit nur Dendys geringe Meinung von Ihnen bestätigen. Sie müssen ihm den Wind aus den Segeln nehmen, Ronnie, und klüger als er spielen.«

»Nein«, sagte der Junge störrisch.

»Ist das das Vermächtnis, das Sie Ihrer Tochter hinterlassen wollen?«

»Wir haben lange darüber nachgedacht«, erklärte Ronnie. »Wir haben Mr. Dendy eine Chance gegeben, uns zu akzeptieren, und er hat sich geweigert. Dies ist für uns der einzige Ausweg. Es war mir wirklich ernst mit dem, was ich gesagt habe. Sabra und ich würden eher sterben –«

»Ich glaube nicht, dass sie überzeugt sind.«

»Was?« Ronnie blickte Tiel an, die ihm ins Wort gefallen war. Doc wandte sich ihr ebenfalls zu, nicht minder überrascht über ihre Bemerkung.

»Ich wette, Ihr Vater, Mr. Calloway und Mr. Dendy denken, dass Sie nur bluffen.«

Vorhin, als Ronnie Calloway davon zu überzeugen versucht hatte, dass alle seine Geiseln, einschließlich Agent Cain, unversehrt waren, war Tiel zum ersten Mal eine Idee gekommen. Sie hatte diesen Einfall vorübergehend auf Eis gelegt, während sie Sabra beim Stillen geholfen hatte. Doch jetzt fasste er abermals Fuß in ihren Gedanken und nahm konkrete Gestalt an, noch während sie ihn aussprach.

»Um ihnen zu verdeutlichen, welche Auswirkungen Ihre Entscheidung haben wird, müssen Sie ihnen begreiflich machen, wie ernst es Ihnen ist.«

»Ich habe ihnen doch gesagt, dass es mir absolut ernst ist«, erwiderte Ronnie.

»Aber sie werden es erst dann glauben, wenn sie es mit eigenen Augen sehen.«

»Was schlagen Sie vor?« Diese Frage kam von Doc.

»Dort draußen sind jede Menge Medienleute. Ich bin sicher, es ist auch ein Kamerateam von meinem Sender darunter. Lassen wir einen Kameramann hier reinkommen, um Ihre Erklärung aufzuzeichnen.« Der Junge hörte aufmerksam zu. Sie versuchte, ihm ihre Ansicht klar zu machen. »Wir hier sehen, wie ernst es Ihnen ist«, sagte sie, während sie auf die anderen zeigte. »Aber es ist unmöglich, Ihre Ernsthaftigkeit übers Telefon zu vermitteln. Wenn Calloway Sie beim Sprechen sehen könnte, wenn er sehen könnte, dass Sabra absolut mit Ihnen übereinstimmt, ich glaube, dann würden er, Ihr Vater und Mr. Dendy Ihren Worten mehr Glauben schenken.«

»Sie meinen, ich würde ins Fernsehen kommen?«, fragte Donna, offensichtlich erfreut über diese Aussicht.

Ronnie malträtierte seine Unterlippe mit den Schneidezähnen. »Sabra, was meinst du dazu?«

»Ich weiß nicht«, erwiderte sie unsicher.

»Und noch etwas«, fügte Tiel hinzu. »Wenn Mr. Dendy seine Enkelin sehen könnte, vielleicht würde er dann einen Rückzieher machen und klein beigeben. Sie behaupten, mehr Angst vor ihm zu haben als vor dem FBI.«

»Das stimmt. Er ist sehr viel härter und rücksichtsloser.«

»Aber er ist auch nur ein Mensch. Videoaufnahmen von Katherine würden eine starke Überzeugungskraft haben. Bis jetzt ist sie für ihn nur ‚das Baby', das Symbol Ihrer Rebellion gegen ihn. Ein Video würde sie real für ihn machen, und es würde ihn dazu bringen, seine Einstellung noch einmal zu überdenken. Und wenn Ihr Vater und Agent Calloway ihn noch zusätzlich bearbeiten, ich glaube, dann würde er schließlich seinen Widerstand aufgeben und kapitulieren.«

»Agent Calloway wird nicht den Grundsätzen unserer Organisation zuwiderhandeln und sich auf Kompromisse einlassen.« Cain hätte sich seinen Atem auch ebenso gut sparen können, denn keiner achtete auf ihn oder seinen Kommentar.

»Also, was meinen Sie, Ronnie?«, fragte Tiel. »Ist es nicht einen Versuch wert? Sie wollen uns doch gar nicht wirklich töten, Ronnie. Und Sie wollen auch Sabra und sich selbst nicht töten. Selbstmord ist eine unwiderrufliche Dauerlösung für ein vorübergehendes Problem.«

»Ich will hier nicht bloß Eindruck schinden und eine große Show abziehen!«

Tiel stürzte sich förmlich auf diesen emotionalen Ausbruch. »Gut! Das ist genau das, was die dort draußen sehen und hören müssen! Machen Sie sich die Videoaufnahme zu Nutze, um sie davon zu überzeugen, dass Sie nicht die Absicht haben, klein beizugeben.«

Er kämpfte noch mit Unentschlossenheit. »Sabra, was meinst du dazu?«

»Vielleicht sollten wir es so machen, Ronnie.« Sie blickte auf das Baby, das in ihren Armen schlief. »Was Doc vorhin über das Vermächtnis gesagt hat, das wir Katherine hinterlassen… Wenn es noch einen anderen Ausweg aus dieser Sackgasse hier gibt, ist es dann nicht wenigstens einen Versuch wert?«

Tiel hielt den Atem an. Sie stand dicht genug neben Doc, um zu spüren, dass er so angespannt wie eine Klaviersaite war.

»Okay«, sagte Ronnie schließlich gepresst. »Einer von den Typen kann hereinkommen. Und Sie sollten ihnen besser sagen, dass sie keine Tricks abziehen sollen, so wie sie es mit ihm gemacht haben«, fügte er hinzu und wies dabei auf Cain.

Tiel stieß zitternd den angehaltenen Atem aus. »Selbst wenn sie es versuchen sollten, würde ich es nicht zulassen. Falls noch kein Team von meinem Sender hier ist, werden wir auf eines warten. Und wenn ich den Kameramann nicht erkenne, kommt er auch nicht herein, okay? Ich gebe Ihnen mein Wort darauf.« Sie wandte sich an Cain. »Wie kann ich mit Calloway Kontakt aufnehmen?«

»Ich weiß nicht –«

»Kommen Sie mir nicht mit diesem Schwachsinn. Wie ist seine Nummer?«

## 10

Tiel wusch sich gerade mit einem der Babypflegetücher die Brust, als sie plötzlich eine Bewegung hinter sich spürte. Sie sah sich hastig um, und es wäre schwer zu sagen gewesen, wem das Ganze peinlicher war, ihr oder Doc. Sein Blick fiel unwillkürlich auf ihren lila Spitzen-BH. Tiel fühlte eine heiße Röte über ihre Haut kriechen.

»Entschuldigung«, murmelte Doc.

»Ich habe katastrophal ausgesehen«, erklärte sie und wandte sich wieder ab, um ihre Vorderseite zu verbergen. Ihr Bluse war steif von der getrockneten, mit Blut vermischten Flüssigkeit gewesen, die in den Stoff eingesickert war, als sie das Neugeborene zuerst an ihre Brust gedrückt hatte. Doc hatte sich mit Ronnie beratschlagt, und so hatte Tiel den Augenblick der Ungestörtheit ausgenutzt, um ihre Bluse auszuziehen und sich zu waschen. Er war zurückgekehrt, bevor sie damit gerechnet hatte. »Ich dachte, ich sollte mich ein bisschen säubern, bevor ich vor der Kamera erscheine.«

Sie warf das Erfrischungstuch weg und griff nach dem überzähligen T-Shirt, das sie zuvor von dem Ständer genommen hatte. Nachdem sie es übergestreift hatte, drehte sie sich zu Doc herum und breitete die Arme aus. Auf der Vorderseite des T-Shirts war die Fahne des Staates Texas aufgedruckt, darunter das Wort *Heimat*. »Nicht direkt das, was man unter Haute Couture versteht«, meinte sie bedauernd.

»In dieser Gegend schon.« Er sah kurz nach Sabra, dann kehrte er wieder zu Tiel zurück, die sich inzwischen auf den Boden gesetzt hatte und mit dem Rücken gegen die Tiefkühltruhe lehnte. Sie reichte ihm eine Flasche Wasser. Er trank ohne Bedenken nach ihr aus der Flasche.

»Wie geht es ihr? Etwas besser?«

Doc nickte zögernd, aber seine Stirn war vor Besorgnis gefurcht. »Sie hat eine Menge Blut verloren. Es ist etwas geronnen, aber der Dammriss müsste dringend genäht werden.«

»Ist in der Arzttasche kein Nahtmaterial?«

Er schüttelte den Kopf. »Nein, ich habe schon nachgesehen. Daher ist die Infektionsgefahr ziemlich groß, obwohl die Blutung inzwischen nachgelassen hat.«

Sabra und das Baby schliefen. Nach Tiels Telefongespräch mit Agent Calloway, um die Videoaufzeichnung in die Wege zu leiten, hatte Ronnie wieder seinen Posten eingenommen. Die beiden Mexikaner und Cain waren diejenigen, auf die er ein besonders wachsames Auge hatte. Er beobachtete sie misstrauisch. Vern und Gladys dösten, die Köpfe aneinander gelehnt. Donna blätterte in einer Boulevardzeitschrift, fast so, wie sie es in jeder anderen Nacht tun würde, wenn die Geschäfte schleppend gingen. Im Moment war alles ruhig.

»Was ist mit dem Baby?«, fragte Tiel Doc.

»Die Kleine behauptet sich ganz gut.« Er hatte Katherines Brust mit dem Stethoskop abgehorcht, das sich in der Arzttasche befunden hatte. »Ihr Herzschlag ist kräftig. Die Lungen scheinen in Ordnung zu sein. Aber mir wird trotzdem sehr viel wohler sein, wenn sie auf einer Neugeborenenstation ist und fachmännische Pflege bekommt.«

»Vielleicht wird es nicht mehr lange dauern. Mein Freund Gully leitet unseren Nachrichtenbetrieb. Er weiß nun schon seit mehreren Stunden, dass ich unter den Geiseln bin. Ich bin mir fast sicher, dass unser Sender bereits ein Aufnahmeteam hergeschickt hat. Calloway überprüft das gerade, und er hat mir versprochen, mich so schnell wie möglich zurückzurufen. Ich baue fest auf die Wirksamkeit des Videos. Es wird bald vorbei sein.«

»Hoffentlich«, erwiderte Doc, während er erneut einen besorgten Blick auf die junge Mutter und das Baby warf.

»Sie haben fantastische Arbeit geleistet, Doc.« Er sah Tiel argwöhnisch an, als wartete er darauf, dass jetzt die schlechte Nachricht kommen würde. »Ich meine das ganz aufrichtig. Sie sind sehr gut. Vielleicht hätten Sie sich statt für Onkologie für Geburtshilfe oder Kinderheilkunde entscheiden sollen.«

»Ja, vielleicht hätte ich das tun sollen«, sagte er grimmig. »Ich hatte keine besonders hohen Erfolgsquoten bei meinem Kampf gegen den Krebs.«

»Sie hatten ausgezeichnete Erfolgsquoten. Weit über dem Durchschnitt.«

»Na ja, das schon ...«

*Na ja, das schon, aber ich konnte nicht den einen Menschen heilen, der wirklich für mich zählte. Meine eigene Frau,* beendete Tiel in Gedanken den Satz für ihn. Es wäre sinnlos zu argumentieren, wie lobenswert seine Anstrengungen im Kampf um die heimtückische Krankheit gewesen waren, wenn ihn seiner eigenen Ansicht nach dieses eine Todesopfer den Sieg gekostet hatte.

»Was hat Sie dazu bewogen, sich für Onkologie zu entscheiden?«

Zuerst schien es so, als würde er nicht antworten. Schließlich sagte er: »Mein jüngerer Bruder ist an einer bösartigen Vergrößerung der Lymphknoten gestorben, als er neun war.«

»Das tut mir Leid.«

»Es liegt schon lange zurück.«

»Wie alt waren Sie damals?«, fragte Tiel.

»Zwölf, dreizehn.«

»Aber sein Tod hat einen bleibenden Eindruck bei Ihnen hinterlassen.«

»Ich erinnere mich noch daran, wie schlimm es für meine Eltern war.«

Er hat also zwei Menschen, die er liebte, an einen Feind verloren, den er nicht besiegen konnte, dachte Tiel. »Es stand nicht in Ihrer Macht, Ihren Bruder oder Ihre Frau zu retten«, bemerkte sie laut. »Ist das der Grund, warum Sie aufgegeben haben?«

»Sie haben es doch damals miterlebt«, erwiderte er brüsk. »Sie wissen, warum ich aufgegeben habe.«

»Ich weiß nur das, was Sie den Journalisten mitzuteilen bereit waren, was herzlich wenig war.«

»Es ist immer noch herzlich wenig.«

»Sie waren verbittert.«

»Ich war stocksauer.« Er hob seine Stimme zur Lautstärke eines Bühnenflüsterns, aber sie war trotzdem so laut, dass Katherine in den Armen ihrer Mutter zusammenzuckte.

»Auf wen waren Sie sauer?« Tiel wusste, sie musste aufpassen, dass sie es nicht zu weit trieb. Wenn sie ihn zu sehr mit Fragen bedrängte, ihn zu stark unter Druck setzte, würde er womöglich überhaupt kein Wort mehr sagen. Aber sie war bereit, das Risiko einzugehen. »Waren Sie wütend auf Ihre Schwiegereltern, weil sie völlig aus der Luft gegriffene Behauptungen aufstellten? Oder auf Ihre Kollegen, weil sie ihre Unterstützung zurückzogen?«

»Ich war wütend auf jeden. Und alles. Auf den gottverdammten Krebs. Auf meine eigene Unzulänglichkeit.«

»Also haben Sie einfach das Handtuch geworfen.«

»Richtig, frei nach dem Motto: ›Was soll's‹, verdammt noch mal.«

»Ich verstehe. Und so haben Sie sich in dieses Niemandsland verbannt, wo Sie sich *wirklich* nützlich machen könnten.«

Ihr Sarkasmus kam bei ihm nicht an. Seine Miene ließ wachsende Verärgerung erkennen. »Hören Sie zu, ich brauche weder Sie noch sonst irgendjemanden, um meine Entscheidung zu analysieren. Oder um sie anzuzweifeln. Oder zu beurteilen. Wenn ich beschließe, Rancher zu werden oder Balletttänzer oder auch ein Penner, dann geht das niemanden etwas an.«

»Sie haben Recht. Das ist einzig und allein Ihre Privatangelegenheit.«

»Und wo wir schon mal beim Thema Privatangelegenheiten sind«, fügte er in demselben beißenden Tonfall hinzu, »diese Videoaufnahme-Idee von Ihnen…«

»Was ist damit?«

»Geht es Ihnen dabei wirklich nur um Ronnies und Sabras Interesse?«

»Natürlich.«

Doc blickte sie mit unverhülltem Misstrauen an, was Tiel wurmte. Er schnaubte sogar skeptisch.

»Ich glaube, alles, was wir tun können, um Dendy umzustimmen, wird helfen, diese Situation zu entschärfen.« Sie klang selbst in ihren eigenen Ohren defensiv, so als müsste sie sich verteidigen, aber sie fuhr trotzdem fort. »Ich habe nicht den Eindruck, dass Agent Calloway Spaß an dieser Geiselnahme hat. Ungeachtet dessen, was Cain sagt, klingt Calloway für mich wie ein vernünftiger Mann, der zwar seinen Job macht, dem aber der Gedanke an Feuergefechte und Blutvergießen gar nicht schmeckt. Ich denke, er ist bereit zu verhandeln, um eine friedliche Beilegung des Konflikts zu erreichen. Ich habe lediglich meine Dienste angeboten, was eine friedliche Lösung fördern wird, wie ich glaube.«

»Aber es wird auch eine fantastische Story für Sie dabei rausspringen.«

Seine leise und eindringliche Stimme im Verein mit seinem durchbohrenden Blick ließen Tiel schuldbewusst an den Cassettenrecorder in ihrer Hosentasche denken. »Okay, zugegeben«, gestand sie unsicher, »es wird eine super Story abgeben. Aber ich habe auch ein persönliches Verhältnis zu den beiden Kids hier entwickelt. Ich habe dabei mitgeholfen, ihr Kind auf die Welt zu holen, deshalb ist meine Idee nicht völlig eigennützig.

Sie sind voreingenommen, Doc. Sie können Reporter ganz allgemein nicht leiden, und angesichts Ihrer Erfahrung mit den Medien ist Ihre Aversion auch durchaus verständlich. Aber ich bin nicht so kaltschnäuzig und gefühllos, wie Sie offensichtlich denken. Es liegt mir sehr am Herzen, was mit Ronnie und Sabra und Katherine passiert. Ich mache mir Sorgen um unser aller Schicksal.«

Nach einer bedeutungsschweren Pause sagte er ruhig: »Ich glaube Ihnen.«

Sein Blick war noch genauso durchdringend wie zuvor, aber der Ausdruck in seinen Augen war jetzt ein anderer. Die Hitze des Zorns, die Tiel durchströmt hatte, verwandelte sich allmählich in eine Hitze anderer Art.

»Sie waren fantastisch, wissen Sie«, sagte Doc. »Bei Sabra. Sie hätten die Nerven verlieren können, sodass ich ganz allein mit dem Problem dagestanden hätte. Sie hätten im Sechseck springen können. Sich übergeben. In Ohnmacht fallen. Irgendwas in der Art. Stattdessen waren Sie ein beruhigender Einfluss. Eine echte Hilfe für mich. Danke.«

»Nichts zu danken.« Sie lachte leise. »Ich war entsetzlich nervös.«

»Ich auch.«

»Nein! Ehrlich?«

Er machte ein unsichtbares X über seinem Herzen.

»Das hat man Ihnen aber überhaupt nicht angemerkt.«

»Tja, aber so war es. Ich habe nicht sonderlich viel Erfahrung mit Entbindungen. Ich habe während meines Medizinstudiums ein paarmal bei Entbindungen zugesehen. Hab bei einigen assistiert, als ich Assistenzarzt im Krankenhaus war, aber immer in einem gut ausgestatteten, sterilen Kreißsaal mit anderen Ärzten und Schwestern an meiner Seite. Ich hatte das meiste dessen, was ich damals gelernt hatte, in der Zwischenzeit wieder vergessen. Es war eine unheimliche Erfahrung für mich.«

Tiel starrte einen Moment nachdenklich ins Leere, bevor ihr Blick wieder zu Doc zurückschweifte. »Ich war nervös bis zu dem Zeitpunkt, als ich den Kopf des Babys sehen konnte. Dann hat mich das Wundervolle daran überwältigt. Es war … unglaublich.« Das Wort reichte bei weitem nicht aus, um das unvergessliche Erlebnis zu beschreiben, aber sie war sich nicht sicher, ob ein einziges Wort überhaupt im Stande war, das Wunder, das sie miterlebt hatte, zu umfassen oder seine zahllosen Dimensionen zum Ausdruck zu bringen. »Wirklich, Doc. Unglaublich.«

»Ich weiß, was Sie meinen.«

Dann blickten sie einander eine scheinbar endlos lange Weile schweigend in die Augen.

Schließlich sagte er: »Wenn ich jemals wieder mit einem solchen Notfall konfrontiert werde und ein Kind auf die Welt holen muss …«

»Dann wissen Sie ja, wen Sie zur Unterstützung rufen können. Partner.«

Sie streckte ihm die Hand hin, und er ergriff sie. Aber er schüttelte sie nicht, um die Partnerschaft zu bekräftigen. Sondern er hielt ihre Hand einfach nur in seiner. Nicht so fest, dass es unangenehm war, aber fest genug, um die Berührung persönlich, fast intim zu machen.

Bis auf den Augenblick, als sie den Gazetupfer auf seiner Schulterwunde festgeklebt hatte – und das war eine so flüchtige Berührung gewesen, dass sie eigentlich gar nicht zählte –, war dies das erste Mal, dass sie einander berührten. Dieser Hautkontakt war regelrecht elektrisch. Er erzeugte ein Prickeln, das in Tiel das Bedürfnis weckte, ihre Finger schnell wieder wegzuziehen. Oder Docs Hand bis in alle Ewigkeit zu halten.

»Tun Sie mir einen Gefallen?«, fragte er sanft.

Sie nickte stumm.

»Ich möchte nicht vor der Kamera stehen.«

Widerstrebend entzog sie ihm ihre Hand. »Aber Sie sind ein wesentlicher Teil der Story.«

»Sie haben vorhin gesagt, die Story spiele bei Ihren Absichten nur eine untergeordnete Rolle.«

»Ich habe aber auch zugegeben, dass es eine Wahnsinnsstory ist.«

»Ich möchte nicht vor der Kamera stehen«, wiederholte Doc. »Halten Sie mich da raus.«

»Tut mir Leid, Doc, das kann ich nicht. Sie sind bereits in das Geschehen verwickelt. Sie stecken bis zum Hals in dieser Story drin.«

»Für uns hier drinnen, ja. Ich konnte mich gar nicht aus dieser Sache raushalten, selbst wenn ich gewollt hätte. Aber ich bin niemandem dort draußen irgendetwas schuldig, schon gar nicht Unterhaltung auf Kosten meiner Privatsphäre. Abgemacht?«

»Ich will sehen, was ich tun kann.« Der verborgene Cassettenrecorder fühlte sich plötzlich sehr schwer in ihrer Hosentasche an. »Ich kann nicht für den Kameramann sprechen.«

Er warf ihr einen zurückhaltenden Blick zu, der sie bat, seine Intelligenz nicht zu beleidigen. »Natürlich können Sie das. Sie haben schließlich das Sagen. Halten Sie mich da raus.« Er betonte jedes einzelne Wort, sodass sie das, was er meinte, unmöglich falsch auslegen konnte.

Er stand auf, um erneut nach Sabra zu sehen. Als er sich von ihr entfernte, fragte Tiel sich, ob seine Komplimente und sein Händchenhalten vielleicht nur Berechnung gewesen waren, um ihre Abwehr zu untergraben, die Masche eines gut aussehenden Mannes, um sich bei ihr einzuschleimen. Hatte er, statt eine aggressive Haltung einzunehmen, ihr ganz bewusst seine weichere Seite gezeigt? Gewissermaßen nach der Methode »Besser Süßholz raspeln als Essig spucken.«

Sie fragte sich auch, was er wohl tun würde, wenn er erfuhr, dass die Videoaufnahmen, die der Kameramann machen sollte, nicht das einzige Bildmaterial sein würden, das ihr zur Verfügung stand, wenn sie ihre Story verfasste. Doc war bereits auf Video aufgenommen worden, wusste es nur noch nicht.

Aber darüber würde sie sich später den Kopf zerbrechen müssen. Das Telefon klingelte wieder.

Calloway stand hastig auf, als die Seitentür des Transporters aufging. Sheriff Montez, den Calloway als einen cleveren, vernünftigen und intuitiven Gesetzesvertreter zu respektieren gelernt hatte, stieg als Erster ein. Er winkte einen säbelbeinigen, dickbäuchigen Mann mit schütterem Haar herein, der genau wie das Päckchen Camel roch, das in der Brusttasche seines Hemds sichtbar war.

»Mein Name ist Gully.«

»Special Agent Calloway.« Als sich die beiden Männer die Hand gaben, fügte der Agent hinzu: »Vielleicht sollten wir uns besser draußen unterhalten. Hier drinnen wird's allmählich ein bisschen eng.«

Im Inneren des Transporters drängten sich jetzt außer Calloway, dem FBI-Psychologen, Russell Dendy, Cole Davison und Sheriff Montez auch noch drei andere FBI-Agenten und der Neuankömmling, der erklärte: »Dann schmeißen Sie jemand anderen raus, weil ich mich nämlich nicht von hier wegrühren werde, bis Tiel in Sicherheit ist.«

»Sie sind der Chefnachrichtenredakteur, ist das richtig?«

»Praktisch seit 'nem halben Jahrhundert. Und heute Abend habe ich mein Nachrichtenstudio in der Obhut eines blutigen Anfängers mit gebleichten Haaren und drei Silberringen in der Augenbraue zurückgelassen, ein Klugscheißer, frisch von der Uni, mit 'nem Abschluss in Medienwissenschaften.« Er schnaubte verächtlich über die ungeheure Vermessenheit, dass Fernsehjournalismus etwas war, was man auf dem College lernen könnte.

»Ich verlasse meinen Posten nur sehr selten, Mr. Calloway. Und wenn ich es tue, dann sorge ich grundsätzlich dafür, dass mich jemand Kompetenter im Studio vertritt. Dass ich das Ruder heute Abend einer Niete überlassen habe, müsste Ihnen einen Eindruck davon vermitteln, wie viel ich von Tiel McCoy halte. Und deshalb, nein, Sir, Mr. Calloway, mein Hintern gehört von jetzt ab zum festen Inventar dieses Wagens, bis diese Sache vorbei ist. Sie sind Dendy, richtig?« Er drehte sich unvermittelt zu dem Millionär aus Fort Worth um.

Dendy ließ sich nicht dazu herab, auf eine derart schroffe Begrüßung zu reagieren.

»Nur damit Sie Bescheid wissen«, erklärte Gully ihm,

»wenn Tiel irgendwas passiert, werde ich Ihnen Ihre gottverdammten Gedärme aus dem Leib reißen. Meine Meinung ist, dass Sie die Ursache von all dem hier sind.« Er ließ Dendy in seiner Wut schmoren und wandte sich wieder zu Calloway um. »Also, was will Tiel? Was immer es ist, sie bekommt es.«

»Ich habe in ihre Bitte eingewilligt, einen Videokameramann herzuschicken.«

»Er ist draußen, steht schon in den Startlöchern.«

»Zuerst muss ich ein paar Grundregeln für diese Filmaufnahmen festlegen.«

Gully verengte misstrauisch die Augen. »Zum Beispiel?«

»Dieses Videoband muss auch unseren Zwecken dienen.«

Cole Davison trat einen Schritt vor. »Welchen Zwecken?«

»Ich möchte eine Aufnahme vom Ladeninneren.«

»Wozu?«

»Es handelt sich hier um einen bewaffneten Überfall, Mr. Davison. In diesem Laden dort werden Geiseln mit Waffengewalt festgehalten. Ich muss wissen, was dort drinnen vorgeht, damit ich entsprechend reagieren kann.«

»Sie haben mir versprochen, dass mein Sohn nicht verletzt werden würde.«

»Das wird er auch nicht. Nicht, wenn es nach mir geht.«

»Der Junge könnte ausklinken, wenn er denkt, dass Sie nur die Lage sondieren wollen, statt sich auf seine Botschaft zu konzentrieren«, bemerkte Gully.

»Ich möchte wissen, wer in diesem Laden wo ist.« Calloway sprach mit großem Nachdruck, um jede weitere Debatte über diese Angelegenheit im Keim zu ersticken. Es kümmerte ihn nicht, wem der Plan missfiel; das war eine Bedingung, über die er nicht zu verhandeln bereit war.

»Das war's?«, fragte Gully ungeduldig.

»Das war's, richtig. Ich werde jetzt Miss McCoy anrufen.«

Gully winkte Calloway zum Telefon. »Na dann mal los, rücken Sie dem Ding zu Leibe. Wenn Sie auf mich warten, machen Sie womöglich noch einen Rückzieher.«

Unter anderen Umständen hätte Calloway über die Dreistigkeit des Mannes gelacht. Aber seine Stimme war vollkommen sachlich, als Ronnie sich am anderen Ende der Leitung meldete. »Hier ist Agent Calloway. Lassen Sie mich mit Miss McCoy sprechen.«

»Werden Sie uns das Video machen lassen?«

»Genau darüber muss ich mit ihr sprechen. Holen Sie sie bitte an den Apparat.« Innerhalb einer Sekunde war die Journalistin in der Leitung.

» Miss McCoy, Ihr Kameramann ...«

»Kip«, soufflierte Gully.

»Kip steht bereit.«

»Danke, Mr. Calloway.«

»Wir drehen keinen Dokumentarfilm. Ich begrenze die Dauer dieser Aufzeichnung auf fünf Minuten. Die Uhr fängt an zu laufen, sobald der Kameramann durch die Tür des Ladens geht. Er wird entsprechende Anweisungen bekommen.«

»Ich glaube, damit werden Ronnie und Sabra einverstanden sein. Sie sollten in der Lage sein, ihre Botschaft innerhalb dieser Zeitspanne rüberzubringen.«

»Ich werde Kip sagen, dass er einen Schwenk –«

»Nein, nein«, unterbrach Tiel ihn hastig. »Dem Baby geht es gut. Ich werde schon dafür sorgen, dass Kip Nahaufnahmen von der Kleinen machen kann.«

»Wollen Sie damit sagen, dass er nicht das Innere des Ladens filmen soll?«

»Das ist richtig. Sie ist ganz entzückend. Sie schläft gerade.«

»Ich... äh...« Calloway wusste nicht so recht, was sie ihm damit mitzuteilen versuchte. Nach dem Debakel mit Cain konnte er sich einfach keine weiteren Fehler leisten.

»Was sagt sie?«, wollte Gully wissen.

»Sie möchte nicht, dass wir das Innere des Ladens filmen.« Dann: »Miss McCoy, ich werde jetzt auf Lautsprecher umschalten.« Calloway drückte auf die entsprechende Taste am Telefon.

»Tiel, hier ist Gully. Wie geht's dir, Mädchen?«

»Gully! Du bist hier?«

»Kaum zu glauben, was? Ich, der sich nie mehr als zehn Meilen vom Fernsehsender entfernt, hänge plötzlich hier draußen in der Einöde herum. Bin mit einem Helikopter hergekommen. Das lauteste gottverdammte Vehikel, in dem ich jemals das Pech hatte zu fliegen. Wollten mich während des Fluges noch nicht mal rauchen lassen. Dieser ganze Tag ist echt Scheiße, aber was soll's. Wie geht es dir?«

»Mir geht's gut.«

»Sobald du draußen bist, genehmigen wir uns eine Runde Margaritas. Auf meine Rechnung.«

»Ich werde dich beim Wort nehmen.«

»Calloway ist verwirrt. Du willst nicht, dass Kip einen Schwenk durch das Ladeninnere macht?«

»Richtig.«

»Du meinst, dann würden alle abdrehen?«

»Möglich.«

»Okay. Wie wär's dann mit Weitwinkelaufnahmen?«

»Das ist sehr wichtig, ja.«

»Ich verstehe. Weitwinkelaufnahmen, aber so, dass keiner etwas davon merkt. Kip soll so tun, als ob es Nahaufnahmen sind. Willst du das damit sagen?«

»Genau. Es ist schön zu wissen, dass ich mich immer auf

dich verlassen kann, Gully. Wir werden jetzt nach Kip Ausschau halten.« Damit legte Tiel auf.

»Sie haben sie gehört«, sagte Gully, während er zur Tür des Transporters strebte, um den Kameramann zu instruieren, der draußen wartete. »Sie werden Ihre Innenaufnahmen bekommen, Mr. Calloway, aber aus irgendeinem unerfindlichen Grund will Tiel nicht, dass die anderen merken, dass sie gefilmt werden.«

## 11

Tiel betrachtete sich im Spiegel ihrer Puderdose, ließ sie jedoch wieder zuschnappen, ohne sich zurechtzumachen.

Sie sagte sich, dass das Video umso stärkeren Eindruck machen würde, je unordentlicher und zerzauster sie aussah. Der Austausch ihrer fleckigen Bluse gegen das T-Shirt war das einzige Zugeständnis, das sie machte. Wenn die Fernsehzuschauer sie so sahen, wie sie gewöhnlich in den Abendnachrichten zu sehen war – modisch gestylt und frisiert, gut angezogen und kosmetisch vorteilhaft zur Geltung gebracht –, würde das Video zweifellos etwas von seiner Durchschlagskraft einbüßen.

Und sie wollte, dass es ein Hammer war; Aufnahmen, die unter die Haut gingen. Nicht nur den Fernsehzuschauern, sondern auch den maßgeblichen Leuten beim Sender. Diese Gelegenheit war ihr praktisch auf dem Silbertablett präsentiert worden, und sie hatte die Absicht, Kapital daraus zu schlagen. Obwohl sie zwar schon einen tollen Job hatte und wegen ihres journalistischen Instinkts und ihrer Fachkenntnisse großes Ansehen genoss, würde ihre Karriere einen dramatischen Aufschwung nehmen, wenn sie den heiß begehrten Auftritt als Gastgeberin in *Nine Live* bekäme.

Die tägliche Nachrichtenmagazinsendung war schon seit Monaten im Planungsstadium. Zuerst hatten die meisten sie nur für ein Gerücht gehalten, für ein Hirngespinst der Senderbosse, ein Projekt auf ihrer Wunschliste für die fernere Zukunft.

Aber jetzt sah es ganz danach aus, als würde das Projekt tatsächlich realisiert. Das halbstündige Programm sollte zwischen *Jeopardy!* und der ersten Ausgabe der Abendnachrichten gesendet werden. Set-Designer waren dabei, Entwürfe zur Begutachtung einzureichen. Brainstorming-Sitzungen waren abgehalten worden, um das Konzept, den Tenor und die Schwerpunkte der Sendung zu diskutieren. Die Werbeabteilung arbeitete an einem spezifischen, unverwechselbaren, leicht erkennbaren Logo. Die Kosten für eine groß angelegte, alle Marktbereiche abdeckende Werbekampagne waren veranschlagt worden. *Nine Live* sollte bald Realität werden.

Und Tiel wollte, dass es ihre Realität war, ihre Zukunft.

Diese Story würde ein Segen für ihre Chancen sein, diesen heiß begehrten Job zu kriegen. Diese Geiselnahme würde morgen und wahrscheinlich noch mehrere Tage danach eine Bombenstory sein. Man konnte zahllose Fortsetzungsberichte über die Beteiligten produzieren, und die Möglichkeiten waren schier unbegrenzt: wie es Katherine erging; Ronnies Gerichtsverhandlung und Verurteilung; der Davison-Dendy-Konflikt – ein Rückblick, ein Jahr später.

Sie konnte Interviews mit Special Agent Calloway, den Dendys, Ronnies Vater und Sheriff Montez machen. Und mit dem schwer fassbaren Dr. Bradley Stanwick.

Natürlich blieb noch abzuwarten, ob Doc sich zu einem Interview bereit erklären würde, aber möglich war alles, und Tiel war eine Optimistin.

Während der nächsten paar Tage und Wochen würde sie mittendrin im grellen Rampenlicht der Fernsehberichterstattung stehen. Zweifellos würde sie auch eine Menge Aufmerksamkeit in Zeitungen und Zeitschriften bekommen. Der Fernsehsender, bei dem sie arbeitete, würde enorm von der landesweiten Publicity profitieren, die ihr diese Story einbringen würde. Die Einschaltquoten würden in die Höhe schnellen. Sie würde der Liebling der Nachrichtenredaktion sein, und ihre Popularität würde sich bis hinauf in die Chefetage erstrecken.

*Das mach erst mal nach, wenn du kannst, Linda Harper!*

Ronnie riss Tiel abrupt aus ihren Tagträumen. »Miss McCoy? Ist er das?«

Der Kameramann materialisierte sich aus den dunklen Schatten hinter den Zapfsäulen. Die Videokamera hing schwer von seinem rechten Arm herab, aber sie wirkte auch wie eine Verlängerung. Man sah ihn nur selten ohne sein Handwerkszeug. »Ja, das ist Kip.«

In Gedanken probte sie noch einmal, was sie als Einleitung sagen würde. *»Hier ist Tiel McCoy, und ich befinde mich in einem Gemischtwarenladen in Rojo Flats, Texas, wo sich im Laufe der letzten Stunden dramatische Ereignisse abgespielt haben. Hauptakteure dieses Dramas sind zwei Teenager aus Fort Worth, Ronnie Davison und Sabra Dendy. Wie bereits berichtet, sind die beiden heute Morgen...«*

Nanu, was war denn das? Gewissensbisse? Sie verdrängte sie energisch. Dies war schließlich ihr Job. Dies war das Fachgebiet, auf dem sie sich auskannte. Genauso wie Dr. Stanwick seine Sachkenntnis auf die Notgeburt angewandt hatte, wandte sie jetzt ihre speziellen Kenntnisse auf die Situation an. Was war denn schon Schlimmes dabei? Es war nicht ausbeuterisch.

*Nein, das war es nicht!*

Wenn Sam Donaldson sich in einem entführten Flugzeug befände und die Möglichkeit hätte, seiner Sendergruppe eine sensationelle Exklusivstory zu liefern, würde er es dann ablehnen, das zu tun, nur weil das Leben anderer Menschen in Gefahr war? Ganz sicher nicht. Würde er dem Obermufti seines Senders sagen, dass er die Story nicht auf die Gefahr hin machen wollte, in die Privatsphäre seiner Mitgeiseln einzudringen? Ha! Es darf gelacht werden!

Menschen machten Schlagzeilen. Die bezwingendsten Storys handelten von Menschen, deren Leben in Gefahr war. Je unmittelbarer die Gefahr, desto packender die Story. Sie, Tiel, hatte diese Situation nicht geschaffen, um ihre Karriere zu fördern. Sie berichtete lediglich darüber. Sicher, ihre Karriere würde ungeheuer davon profitieren, aber trotzdem, sie machte nur ihren Job.

*Heute Morgen sind Ronnie Davison und Sabra Dendy aus Trotz gegenüber der elterlichen Autorität aus ihrer High School geflüchtet – um schließlich mit dem Gesetz in Konflikt zu geraten. Diese beiden jungen Leute sind jetzt in eine Auseinandersetzung mit dem FBI und anderen Fahndungsbehörden verwickelt. Ich bin eine ihrer Geiseln.*

Kip war an der Tür.

»Wie soll ich wissen, dass er keine Knarre dabei hat?«, fragte Ronnie nervös.

»Er ist ein Genie im Umgang mit einer Videokamera, aber ich bezweifle, dass er das eine Ende einer Schusswaffe vom anderen unterscheiden könnte«, erwiderte Tiel. Das stimmte. Kip sah ungefähr so bedrohlich aus wie ein Marshmallow. Durch einen Sucher sah er sofort die Beleuchtung und Winkel, die wundervolle bewegliche Bilder ergeben würden. Aber wenn es darum ging, sich selbst in einem Spiegel zu sehen, war er bedauerlich kurzsichtig. Zumindest schien es so. Er war liebenswert schlampig und ungepflegt.

Ronnie signalisierte Donna, das elektronische Türschloss

zu aktivieren. Kip schob sich in den Laden. Die Tür wurde hinter ihm wieder verschlossen. Er zuckte nervös zusammen, als er das metallische Klicken hörte.

»Hi, Kip.«

»Tiel. Alles okay mit dir? Gully ist noch aufgeregter als 'ne Jungfrau vor der Hochzeitsnacht.«

»Wie du sehen kannst, geht es mir gut. Lass uns lieber keine Zeit verschwenden. Dies ist Ronnie Davison.«

Offensichtlich hatte Kip einen wüst aussehenden Schlägertypen erwartet, nicht den gepflegten Typ des *all-American boy*, den Ronnie verkörperte. »Hallo.«

»Hi.«

»Wo ist das Mädchen?«, wollte Kip wissen.

»Sie liegt dort drüben auf dem Boden.«

Kip blickte in Sabras Richtung und hob grüßend das Kinn. »Hey.«

Katherine schlief in den Armen ihrer Mutter. Tiel bemerkte, dass Doc noch immer auf dem Boden saß, mit dem Rücken zur Tiefkühltruhe, wo er Sabra problemlos überwachen konnte, aber hinter einem drehbaren Ständer mit Snacks verborgen blieb.

»Wir sollten besser sofort loslegen«, sagte Skip. »Dieser Calloway hat ausdrücklich darauf bestanden, dass das Ganze hier nicht länger als fünf Minuten dauert.«

»Ich habe erst noch ein paar Sätze zur Einleitung zu sagen, und dann kannst du Ronnies Statement aufnehmen. Wir werden uns Sabra und das Baby für den Schluss aufheben.«

Kip reichte Tiel das drahtlose Mikrofon, dann hob er die Kamera auf seine Schulter und blickte durch den Sucher. Das kleine Licht oben auf der Kamera leuchtete auf. Tiel nahm ihren Platz an einer strategisch günstigen Stelle ein, die sie sich vorher genau überlegt hatte, sodass hinter ihr der größte Teil des Ladeninneren zu sehen war. »Ist es so okay?«

»Soll mir recht sein. Ton okay. Kamera läuft.«

»Hier ist Tiel McCoy.« Sie sprach den kurzen einleitenden Kommentar, den sie geprobt hatte. Ihre Sachdarstellung war leidenschaftlich, aber nicht rührselig, und hatte genau die richtige Mischung aus einfühlsamem Nachdruck und professioneller Objektivität. Sie widerstand der Verlockung, das Ganze auszuschmücken, weil sie überzeugt war, dass Ronnies und Sabras Erklärungen sehr viel bewegender sein würden als alles, was sie sagen konnte.

Als sie zu Ende gesprochen hatte, winkte sie Ronnie zu sich. Er schien sich dagegen zu sträuben, in das helle Licht der Kamera zu treten. »Woher soll ich wissen, dass sie keine Schüsse auf mich abfeuern werden?«

»Während Sie vor der Kamera stehen und keine unmittelbare Bedrohung darstellen? Das bezweifle ich doch stark. Das FBI hat schon genug PR-Probleme, auch ohne den öffentlichen Aufschrei der Empörung, den das hervorrufen würde.«

Anscheinend sah er die Logik in Tiels Argumentation. Er stellte sich neben sie und räusperte sich. »Sagen Sie mir, wann ich anfangen soll.«

»Sie sind dran«, sagte Kip. »Sprechen Sie.«

»Ich habe Sabra Dendy nicht gekidnappt«, platzte Ronnie heraus. »Wir sind von zu Hause abgehauen. Das ist alles. Es war unrecht von mir, diesen Laden auszurauben. Das gebe ich zu.« Er erklärte weiterhin, dass es Mr. Dendys Drohung war, sie für immer voneinander zu trennen und ihr Baby wegzugeben, die sie zur Flucht veranlasst hatte. »Sabra und ich wollen heiraten und mit Katherine als eine Familie zusammenleben. Das ist alles. Mr. Dendy, wenn Sie uns nicht unser eigenes Leben führen lassen, werden wir es hier in diesem Laden beenden. Und zwar noch heute Nacht.«

»Noch zwei Minuten«, flüsterte Kip, um sie an das Zeitlimit zu erinnern.

»Sehr gut, Ronnie.« Tiel nahm dem Jungen das Mikrofon aus der Hand und machte Kip ein Zeichen, ihr zu der Stelle zu folgen, wo Sabra lag. Er stellte sich rasch so vor sie hin, dass er den bestmöglichen Aufnahmewinkel hatte.

»Achten Sie darauf, dass Sie auch das Baby mit im Bild haben«, sagte Sabra zu ihm.

»Ja, Ma'am. Okay, es kann losgehen.«

Ronnie hatte seine Erklärung auf typisch männliche Art und Weise vorgebracht – aggressiv, streitlustig, herausfordernd. Sabras Erklärung war vielleicht wortgewandter, aber genauso entschieden und beunruhigend eindrucksvoll. Tränen stiegen in ihren Augen auf, aber sie stockte nicht, als sie mit den Worten schloss: »Du kannst unmöglich verstehen, wie wir uns fühlen, Dad, weil du gar nicht weißt, wie es ist, jemanden zu lieben. Du sagst, du willst nur das Beste für mich, aber das ist nicht wahr. Du willst das, was für *dich* das Beste ist. Du bist bereit, mich zu opfern, du bist bereit, dein Enkelkind aufzugeben, nur um deinen Willen durchzusetzen. Das ist traurig. Ich hasse dich nicht. Du tust mir nur Leid.«

Sie beendete ihre Erklärung genau in dem Moment, als Kip sagte: »Die Zeit ist abgelaufen.« Er schaltete die Kamera aus und hob sie von seiner Schulter. »Ich möchte nicht das Zeitlimit überschreiten und Schuld daran sein, wenn hier plötzlich die Fetzen fliegen.«

Als er und Tiel sich einen Weg zurück zur Tür bahnten, sagte er: »Übrigens, ein Typ namens Joe Marcus hat schon mehrmals im Nachrichtenstudio angerufen.«

»Wer?«

»Joe Mar –«

»Ach so. Joseph.«

»Er ist den anderen derart auf den Wecker gegangen, dass sie ihn schließlich zu mir durchgestellt haben.«

»Wie hat er denn von dieser Sache hier erfahren?«

»Auf die gleiche Art und Weise wie alle anderen, schätze ich«, erwiderte Kip. »Er hat es in den Nachrichten gehört. Wollte wissen, ob du unverletzt wärst. Sagte, er mache sich wahnsinnige Sorgen um dich.«

In den langen Stunden seit ihrem Telefongespräch mit ihm hatte sie die miese, verlogene, ehebrecherische Ratte, mit der sie einen romantischen Urlaub zu verbringen geplant hatte, schon beinahe vergessen. Es schien schon ziemlich lange her zu sein, dass Joseph Marcus irgendeinen Reiz für sie gehabt hatte. Sie konnte sich inzwischen kaum noch daran erinnern, wie er aussah.

»Wenn er noch mal anruft, leg einfach auf.«

Der unerschütterliche Kameramann zuckte lakonisch die Achseln. »Wie du willst.«

»Und, Kip, vergiss nicht, Calloway und Co. zu sagen, dass es Agent Cain und dem Rest von uns gut geht.«

»Das meinen auch nur Sie!«, warf Cain ein. »Richten Sie Calloway aus, dass ich gesagt habe –«

»Halten Sie die Klappe!«, brüllte Ronnie ihn an. »Sonst lasse ich Sie wieder von diesem Mexikaner mundtot machen!«

»Sie können mich mal!«

Kip sah so aus, als ließe er Tiel nur äußerst ungern in einer solch feindseligen Umgebung zurück, aber draußen leuchteten ein Paar Autoscheinwerfer zweimal kurz auf. »Das ist mein Signal«, erklärte er. »Ich muss gehen. Pass auf dich auf, Tiel.«

Er schlüpfte durch die Tür, und Ronnie machte Donna ein Zeichen, wieder hinter ihm abzuschließen.

Cain fing an zu lachen. »Sie sind doch ein Idiot, Davison. Glauben Sie wirklich, dass Calloway dieses Video auch nur im Geringsten juckt? Er hat darin nur eine Möglichkeit gesehen, Sie noch ein bisschen länger hinzuhalten, um mehr von seinen Leuten zusammenzutrommeln.«

Ronnies Blick schweifte argwöhnisch zwischen dem FBI-Agenten und Tiel hin und her, die energisch den Kopf schüttelte. »Das glaube ich nicht, Ronnie. Sie haben doch selbst mit Calloway gesprochen. Er klingt aufrichtig besorgt um uns alle. Ich glaube nicht, dass er Sie hereinlegen würde.«

»Dann sind Sie keinen Deut klüger als Davison.« Cain lachte spöttisch. »Calloway hat dort draußen einen Psychologen, der ihn berät, wie er mit dieser Situation umgehen muss. Die beiden verstehen sich auf aalglattes Gerede. Die wissen genau, welche Knöpfe sie drücken müssen. Calloway ist schon über zwanzig Jahre beim FBI. Dieser Fall hier ist ein Klacks für ihn. Er könnte im Schlaf damit fertig werden.«

»Warum halten Sie nicht einfach den Mund?«, zischte Ronnie wütend.

»Warum lecken Sie mich nicht einfach am Arsch?«

Vern, der für die Fernsehkamera aufgewacht war, rief aufgebracht: »Hey, reden Sie nicht so unflätig in Gegenwart meiner Frau!«

»Kümmere dich einfach nicht um ihn, Vern«, sagte Gladys. »Er ist nun mal ein Arschloch.«

»Ich muss dringend zum Klo«, jammerte Donna.

»Ich will, dass ihr euch alle beruhigt und endlich still seid, verdammt noch mal!«, brüllte Ronnie.

Er sah abgespannt und ziemlich mitgenommen aus. Für die Kamera hatte er sich zusammengerissen, aber jetzt ließen ihn seine Nerven wieder im Stich. Erschöpfung, bloßliegende Nerven und eine geladene Schusswaffe ergaben eine tödliche Kombination.

Tiel hätte Cain dafür erwürgen können, dass er Ronnie noch mehr aufgestachelt hatte. Ihrer Meinung nach wäre das FBI ohne Agent Cain sehr viel besser dran gewesen. »Ronnie, wie wär's, wenn Sie uns erlauben würden, kurz auf die Toilette zu gehen und uns ein bisschen frisch zu machen?«, schlug sie vor. »Es ist schon Stunden für uns alle her. Es könnte allen helfen, sich zu entspannen, bis wir wieder von Calloway hören. Was meinen Sie?«

Er dachte darüber nach. »Okay, Sie und die anderen Frauen. Immer eine nacheinander. Aber nicht die Männer. Wenn sie pinkeln müssen, können sie das hier draußen tun.«

Donna entschuldigte sich als Erste. Dann Gladys. Tiel ging als Letzte. Als sie auf der Toilette war, spulte sie das Band in ihrem Mini-Kassettenrekorder zurück und hörte es stichprobenweise ab. Sabras Stimme kam durch, gedämpft, aber deutlich genug, als sie über ihren Vater sagte: »So ein Mensch ist Dad. Er hasst es, wenn sich ihm jemand widersetzt.« Tiel spulte im Schnelldurchlauf vorwärts, hielt das Band abermals an, drückte auf die Play-Taste und hörte Docs rauen Bariton: »...auf jeden. Und alles. Auf den gottverfluchten Krebs. Auf meine eigene Unzulänglichkeit.«

*Ja*! Sie hatte schon befürchtet, dass diese vertrauliche Unterhaltung nicht mehr auf das Tonband gepasst hatte. Es würde fantastisch sein, Doc als Talkgast in *Nine Live* zu haben. Falls sie es schaffte, ihn dazu zu überreden, in der Sendung zu erscheinen. Sie würde es eben einfach schaffen müssen, das war alles. Sie würde das Programm mit einem kurzen Rückblick auf die schweren Belastungen beginnen, denen er im Anschluss an den Tod seiner Frau ausgesetzt gewesen war, und ihn dann um eine aktuelle Stellungnahme zu jenen unglückseligen Ereignissen bitten, die sein Leben völlig umgekrempelt hatten. Anschließend könnten sie eine Diskussion über das Thema »zerstörte Träume« führen. Ein Psychologe, möglicherweise auch ein Geistlicher, könnten zu ihrer Talkrunde dazustoßen und dieses Thema noch erweitern: Was geht in einem Menschen vor, wenn seine Welt in Trümmer fällt?

Freudig erregt über diese Aussicht, schob Tiel den Kassettenrekorder wieder in ihre Hosentasche, benutzte die Toilette und wusch sich Gesicht und Hände. Als sie wieder herauskam, strebte Vern gerade zur Herrentoilette, um den Eimer auszuleeren, den die Männer benutzt hatten. Als Vern an Agent Cain vorbeiging, fragte er Ronnie: »Was ist mit ihm?«

»Nein. Es sei denn, Sie bieten sich freiwillig an, ihm den Reißverschluss aufzuziehen und die Honneurs zu machen.«

Vern schnaubte angewidert und setzte seinen Weg fort. »Sieht ganz so aus, als müssten Sie sich in die Hosen machen, G-Man.«

Die beiden Mexikaner, die den Kern des Wortwechsels mitbekommen hatten, lachten höhnisch.

Tiel gesellte sich wieder zu Doc, dessen Blick starr auf den beiden Männern ruhte, die in der Nähe der Kühlvitrine mit der zersplitterten Glastür saßen. Tiel folgte der Richtung seines nachdenklichen Starrens. »Das macht mir schon die ganze Zeit Kopfzerbrechen«, murmelte er.

»Was meinen Sie?«
»Die beiden dort drüben.«
»Juan und Nummer Zwei?«
»Bitte?«
»Ich habe den Kleineren Juan getauft. Den Größeren –«
»Nummer Zwei. Ich verstehe.«

Doc wandte sich ab und nahm wieder seinen Platz neben Sabra ein. Tiel blickte ihn fragend an, als sie sich neben ihn auf den Fußboden setzte. »Was beunruhigt Sie denn an den beiden?«

Er zog eine Schulter in einem leichten Achselzucken hoch. »Irgendwas stimmt da nicht.«

»Was zum Beispiel?«

»Ich kann meinen Finger nicht drauflegen. Die beiden sind mir gleich aufgefallen, als sie vorhin in den Laden gekommen sind. Sie haben sich da schon merkwürdig benommen.«

»In welcher Weise?«

»Sie haben eine Mahlzeit in der Mikrowelle erhitzt, aber ich hatte den Eindruck, dass sie nicht wirklich wegen eines Snacks hergekommen waren. Es war eher so, als wollten sie Zeit totschlagen. Als warteten sie auf etwas. Oder jemanden.«

»Hmmm.«

»Ich habe diese ... ich weiß nicht ... bösen Schwingungen aufgefangen.« Er grinste selbstironisch. »Ich hab den beiden einfach nicht über den Weg getraut, aber nicht in einer Million Jahre wäre ich auf den Gedanken gekommen, einen zweiten Blick auf Ronnie Davison zu werfen. Das beweist nur wieder mal, wie sehr der erste Eindruck täuschen kann.«

»Oh, da bin ich mir nicht so ganz sicher. Sie sind mir auch gleich aufgefallen, als Sie in den Laden gekommen sind.«

Er zog fragend eine Augenbraue hoch.

Die Offenheit seines Blicks war sowohl erregend als auch beunruhigend. Sie erzeugte ein Flattern in Tiels Magen. »Sie werfen einen imposanten Schatten, Doc, besonders wenn Sie Ihren Hut aufhaben.«

»Oh. Na ja, ich bin schon immer groß für mein Alter gewesen.«

Es war als Witz gemeint, und es half Tiel zumindest insoweit, als dass sie wieder atmen konnte.

Dann sagte er: »Danke, dass Sie meine Bitte, mich nicht zu filmen, respektiert haben.«

Diesmal verspürte sie mehr als nur leichte Gewissensbisse. Diesmal war es ein scharfer Stich von Schuldbewusstsein, den zu ignorieren ihr sehr viel schwerer fiel. Sie murmelte eine passende Erwiderung und wies dann – um schnell das Thema zu wechseln – auf Sabra. »Irgendeine Veränderung?«

»Die Blutungen sind wieder stärker geworden. Allerdings nicht so schlimm wie vorher. Ich sollte sie wieder dazu überreden, das Baby zu stillen. Es ist schon über eine Stunde her, aber ich hasse es, sie zu stören, während sie schläft.«

»Calloway und die anderen sehen sich jetzt wahrscheinlich schon dieses Video an. Vielleicht wird Sabra bald in einem Krankenhaus sein.«

»Sie schlägt sich wirklich wacker. Aber sie ist erschöpft.«

»Ronnie auch. Ich sehe die ersten Anzeichen eines Zusammenbruchs. Ich wünschte, ich hätte nicht all diese Dramen um Geiselnahmen gesehen – erfundene und nicht erfundene. Je länger sich etwas wie dies hier hinzieht, desto reizbarer werden alle Beteiligten. Die Nerven versagen. Es kommt zu Wutausbrüchen und Kurzschlussreaktionen.«

»Und dann zu Schüssen.«

»Malen Sie bloß nicht den Teufel an die Wand.« Tiel schauderte. »Vorhin habe ich einen Moment lang befürchtet, Ronnies Besorgnis wegen der Scharfschützen wäre begründet. Was, wenn Calloway mich ausgetrickst hätte?

Seine Erlaubnis, das Video zu machen, hätte eine abgekartete Sache sein können, bei der Kip, Gully und ich nur Schachfiguren waren.«

»Wer ist dieser Gully?«, wollte Doc wissen, während er eine bequemere Haltung einnahm.

Sie beschrieb ihre kollegiale Beziehung. »Er ist ein richtiges Original. Ich wette darauf, dass er Calloway und seinen Leuten ganz schön einheizt«, fügte sie mit einem Lächeln hinzu.

»Und wer ist Joe?«

Diese unerwartete Frage ließ ihr Lächeln abrupt wieder verblassen. »Niemand.«

»Jemand. Ihr Freund?«

»Ein Möchtegern.«

»Ihr Möchtegern-Freund?«

Verärgert über seine Beharrlichkeit, war sie drauf und dran, ihm zu sagen, er solle sich um seine eigenen Angelegenheiten kümmern und aufhören, ihre Privatgespräche zu belauschen. Doch angesichts der Tonbandkassette in ihrer Hosentasche überdachte sie ihre Reaktion noch einmal. Vielleicht war es klüger, auf seine Fragen einzugehen. Wenn sie sich ihm anvertraute, wäre das eine gute Methode, um sein Vertrauen zu gewinnen.

»Joseph und ich hatten mehrere Dates. Joseph war auf dem besten Wege, die offizielle Bezeichnung ›Freund‹ zu erringen, aber leider hatte Joseph versäumt zu erwähnen, dass er der Ehemann einer anderen Frau war. Ich habe diese äußerst unschöne Entdeckung erst heute Nachmittag gemacht.«

»Hmmm. Sauer?«

»Und ob. Stinkwütend.«

»Tut es Ihnen Leid?«

»Um ihn? Nein. Ganz bestimmt nicht. Nur dass ich eine

so leichtgläubige Gans gewesen bin, das schon.« Sie schlug sich mit der Faust in die Fläche der anderen Hand, als ob es ein Richterhammer wäre. »Von jetzt ab müssen alle zukünftigen Männerbekanntschaften nicht weniger als drei notariell beglaubigte Charakterreferenzen vorlegen können, bevor ich mich mit ihnen einlasse.«

»Was ist mit Ihrem Ex-Mann?«

Noch ein Punkt für Doc. Er hatte ein echtes Talent dafür, ihr mit einer jähen und ernüchternden Frage einen kräftigen Dämpfer zu verpassen. »Was soll denn mit ihm sein?«

»Spielt er noch eine Rolle in Ihrem Leben?«

»Nein.«

»Sind Sie sich sicher?«

»Natürlich bin ich mir sicher.«

»Keine zurückbleibenden –«

»Nein.«

Doc runzelte zweifelnd die Stirn. »Komisch, aber Sie haben ganz seltsam ausgesehen, als ich ihn erwähnt habe.«

Innerlich flehte sie ihn an, ihr dies zu ersparen und sie in Ruhe zu lassen. Andererseits, wenn sie ihm die Geschichte erzählte, würde ihm das nur recht geschehen, weil er so neugierig war.

»John Malone. Ein großer Name in der Fernsehbranche, nicht? Mit dem dazu passenden Gesicht und der passenden Stimme. Wir hatten uns durch die Arbeit kennen gelernt und verliebten uns hoffnungslos ineinander. Die ersten paar Monate waren der reinste Himmel auf Erden. Dann, kurz nach unserer Heirat, wurde er von einer der Sendergruppen angeheuert, um als Auslandskorrespondent für sie zu berichten.«

»Aha. Ich verstehe.«

»Nein, das ist ein Irrtum«, gab Tiel zurück. »Sie verstehen überhaupt nicht. Beruflicher Neid hatte nicht das Geringste damit zu tun. Es war eine fantastische Chance für John, und ich war voll und ganz dafür. Der Gedanke, im Ausland zu leben, war sehr verlockend. Ich stellte mir Paris oder London oder Rom vor. Aber leider beschränkten sich seine Wahlmöglichkeiten auf Südamerika oder Bosnien. Das war noch bevor die meisten Amerikaner auch nur von Bosnien gehört hatten. Der Kampf dort hatte gerade erst begonnen.«

Gedankenverloren zupfte Tiel an einem losen Faden am Saum ihres T-Shirts. »Natürlich drängte ich ihn, sich für die ungefährlichere Alternative zu entscheiden – Rio. Unter anderem auch deshalb, weil ich ihn dorthin begleiten konnte. Mir behagte der Gedanke nicht, dass ich in den Staaten zurückbleiben sollte, während mein frisch angetrauter Ehemann in ein Kriegsgebiet ging, besonders in eines, wo die Grenzen verwischt waren und keiner so richtig wusste, auf wessen Seite er eigentlich stand.

John entschied sich jedoch für die aufregendere der beiden Möglichkeiten. Er wollte dort sein, wo ordentlich was los war, wo er garantiert mehr Sendezeit bekommen würde. Wir stritten uns darüber. Heftig. Schließlich sagte ich: ›In Ordnung, John, wie du willst. Dann geh. Lass dich umbringen.‹«

Sie hob den Kopf und blickte Doc direkt in die Augen. »Und genau das hat er getan.«

Seine Miene blieb ausdruckslos.

Tiel fuhr gepresst fort: »Er war in ein Krisengebiet gegangen, in das Journalisten nicht gehen sollten – was mich nicht weiter überraschte«, fügte sie mit einem leisen Lachen hinzu. »Er war von Natur aus ein Abenteurer. Jedenfalls, er wurde von der Kugel eines Heckenschützen getroffen. Sie überführten seine Leiche nach Hause. Ich habe ihn drei Monate vor unserem ersten Hochzeitstag beerdigt.«

Nach einer Weile sagte Doc: »Das ist hart. Es tut mir Leid.«

»Tja, nun ja...«

Sie schwiegen lange Zeit. Es war Tiel, die das Schweigen schließlich brach. »Wie ist es für Sie gewesen?«

»In welcher Hinsicht?«

»Beziehungen.«

»Speziell...?«

»Nun kommen Sie schon, Doc. Spielen Sie nicht den Dummen«, schalt sie ihn sanft. »Ich bin auch ganz offen zu Ihnen gewesen.«

»Was Ihre Entscheidung war, nicht meine.«

»Wir wollen doch fair bleiben. Erzählen Sie mir davon.«

»Es gibt nichts zu erzählen«, erwiderte er brüsk.

»Über Sie und Frauen?«, fragte sie ungläubig. »Das kaufe ich Ihnen nicht ab.«

»Was wollen Sie denn hören? Namen und Daten? Angefangen womit, Miss McCoy? Zählt die High School schon, oder sollte ich mit dem College anfangen?«

»Wie wär's mit der Zeit nach dem Tod Ihrer Frau?«

»Wie wär's, wenn Sie sich um Ihre eigenen verdammten Angelegenheiten kümmern würden?«

»Im Moment sprechen wir über Ihre verdammten Angelegenheiten«, erwiderte Tiel.

»Nein, nicht *wir*. *Sie* reden darüber.«

»Ich habe den Eindruck, dass es Ihnen in Anbetracht der Affäre Ihrer Frau noch immer schwer fällt, einer anderen Frau zu vertrauen.«

Er presste die Lippen zu einer schmalen, wütenden Linie zusammen, was Tiel vermuten ließ, dass sie einen wunden Punkt bei ihm getroffen hatte. »Sie haben doch überhaupt keine Ahnung von –«

Aber Tiel sollte nie von ihm erfahren, wovon sie seiner

Ansicht nach keine Ahnung hatte, weil er genau in dem Moment von Donnas ohrenbetäubendem Schrei unterbrochen wurde.

## 12

Kips Videoband lief auf zwei Bildschirmen gleichzeitig, und sämtliche Insassen des Transporters drängten sich vor den beiden Monitoren, um die Aufnahmen zu sehen. Einer der FBI-Agenten bediente das Steuerpult, um den Film auf Calloways Befehl hin anzuhalten.

»Wo ist meine Tochter? Ich sehe Sabra nirgendwo.«

Dendys Atem roch stark nach Alkohol, wie Calloway feststellte. Russell Dendy war in regelmäßigen Abständen hinausgegangen, um »ein bisschen frische Luft zu schnappen«. Anscheinend nahm der Millionär dabei mehr als nur Sauerstoff zu sich.

»Geduld, Mr. Dendy. Wir müssen uns die Aufnahmen erst einmal zu Ende ansehen. Ich muss wissen, wer von den Beteiligten wo ist. Sobald ich mir einen Überblick über die Lage verschafft habe, spielen wir das Band noch einmal von vorn und halten es bei den Abschnitten an, die eine genauere Überprüfung erfordern.«

»Vielleicht hat Sabra versucht, mir eine persönliche Botschaft zu übermitteln. So etwas wie ein Zeichen.«

»Vielleicht«, lautete die unverbindliche Erwiderung des ranghöchsten Agenten.

Seine Nase war nicht weiter als fünfzehn Zentimeter von dem Farbmonitor entfernt, als er sich Tiel McCoys einleitende Bemerkungen anhörte. Sie wirkte ziemlich ruhig und beherrscht, das musste er ihr lassen. Gelassen. Sie sah zwar ein bisschen abgerissen aus in ihrem billigen Souvenir-T-

Shirt, aber sie sprach ebenso ruhig und deutlich artikuliert, als stünde sie in einem Fernsehstudio, sicher aufgehoben hinter einem eleganten Stehpult.

»Dieser verdammte Scheißkerl!«, fauchte Dendy, als Ronnie auf dem Bildschirm erschien.

»Wenn Sie nicht in der Lage sind, den Mund zu halten, Dendy, werde ich Ihnen mit Freuden das Maul stopfen.« Cole Davison äußerte seine Drohung mit leiser Stimme, aber es steckte eine gehörige Portion Vehemenz dahinter.

»Gentlemen, bitte«, mahnte Calloway.

Niemand sagte ein Wort, während Ronnie seine Rede hielt. Aber das Schweigen wurde noch angespannter, als die Kamera schließlich auf Sabra und ihr Neugeborenes schwenkte. Die Bilder waren ergreifend, herzzerreißend. Der Dialog war erschütternd. Keine junge Mutter, die ihr neu geborenes Baby in den Armen hielt, sollte damit drohen müssen, sich das Leben zu nehmen.

Das Schweigen dauerte noch mehrere Sekunden an, nachdem das Band zu Ende war. Schließlich hatte Gully den Mut, laut auszusprechen, was alle anderen dachten. »Ich schätze, damit wäre die Frage, wer an all dem hier schuld ist, ja wohl geklärt.«

Calloway hob gebieterisch die Hand, um alle weiteren unerbetenen persönlichen Meinungsäußerungen über Russell Dendys Schuldhaftigkeit im Keim zu ersticken. Er wandte sich an Cole Davison. »Was ist mit Ronnie? Welchen Eindruck macht er auf Sie?«

»Erschöpft. Verängstigt.«

»Unter Drogeneinfluss?«

»Nein, Sir«, erwiderte Davison brüsk. »Ich hab's Ihnen doch schon mal gesagt, Ronnie ist ein guter Junge. Er nimmt keine Drogen. Vielleicht ein Bier hin und wieder. Aber das ist auch alles.«

»Meine Tochter ist ganz sicherlich keine Drogenkonsumentin«, bemerkte Dendy.

Calloway konzentrierte seine Aufmerksamkeit weiter auf Davison. »Haben Sie irgendetwas Ungewöhnliches an ihm bemerkt, das uns vor einer labilen Gemütsverfassung warnen sollte?«

»Mein achtzehnjähriger Sohn spricht davon, Selbstmord zu verüben, Mr. Calloway. Ich denke, das sagt mehr als genug über seine Gemütsverfassung aus.«

Obwohl Calloway vollstes Verständnis für den Mann hatte – er hatte selbst Kinder im Teenageralter –, setzte er ihn unter Druck, um noch mehr Informationen aus ihm herauszuholen. »Sie kennen ihn, Mr. Davison. Glauben Sie, Ronnie blufft nur? Klingt er aufrichtig für Sie? Haben Sie das Gefühl, dass er es ernst meint? Glauben Sie, er würde diese Sache tatsächlich durchziehen?«

Der Mann tat sich schwer mit seiner Antwort. Schließlich senkte er deprimiert den Kopf. »Nein, ich glaube nicht. Ehrlich, ich glaube es nicht. Aber –«

»Aber?« Calloway stürzte sich förmlich auf das Wort. »Aber was? Hat Ronnie jemals Suizidneigungen erkennen lassen?«

»Nie.«

»Eine Neigung zu Gewalttätigkeit? Unkontrollierbarem Zorn?«

»Nein«, erwiderte Davison kurz angebunden. Ihm schien jedoch nicht ganz wohl bei seiner Präventivantwort zu sein. Nervös ließ er seinen Blick von Calloway zu den anderen schweifen und dann wieder zurück zu dem Agenten. »Das heißt... doch. Aber nur ein einziges Mal. Es war ein einmaliger Vorfall. Und er war damals noch ein Kind.«

Nach langem, unbehaglichem Schweigen begann Davison zu berichten. »Ronnie wohnte damals während seiner

Sommerferien bei mir. Es war noch nicht lange her, dass seine Mutter und ich uns hatten scheiden lassen. Ronnie hatte Probleme mit unserer Trennung, und es fiel ihm schwer, sich auf die neue Situation einzustellen. Jedenfalls«, sagte er, während er unbehaglich mit den Füßen scharrte, »hatte er sein Herz an diesen Hund gehängt, der ein paar Häuser die Straße hinunter lebte. Er erzählte mir, der Besitzer misshandele die Hündin, füttere sie nicht jeden Tag und bade sie nie. Lauter solche Dinge.

Ich kannte den Besitzer zufällig. Er war ein widerwärtiger alter Bastard, die meiste Zeit sternhagelvoll, deshalb wusste ich, dass Ronnie die Wahrheit sagte. Aber die Sache mit dem Hund ging uns nichts an. Ich befahl Ronnie, von dem Hund wegzubleiben. Aber wie ich schon sagte, er hatte eine tiefe Zuneigung zu dem räudigen Vieh entwickelt. Ich schätze, er brauchte einen Freund, einen Kumpel. Oder vielleicht mochte er das Tier auch deshalb so sehr, weil es ein ebenso unglückliches Geschöpf war, wie er es in jenem Sommer war. Ich weiß es nicht. Ich bin kein Kinderpsychologe.«

Dendy unterbrach ihn. »Worauf wollen Sie mit Ihrer rührseligen Geschichte eigentlich hinaus?«

Calloway warf ihm einen finsteren Blick zu und war drauf und dran, ihm zu sagen, er solle gefälligst die Luft anhalten, bevor er sich wieder dem anderen Mann zuwandte. »Was ist passiert, Cole?«

»Eines Tages machte Ronnie die Hündin von der Kette los und brachte sie in unser Haus. Ich befahl ihm, sie sofort wieder zu ihrem Besitzer zurückzubringen. Er fing an zu weinen und weigerte sich. Sagte, lieber würde er sie tot sehen, als dass sie weiterhin ein solch erbärmliches Dasein fristen müsste. Ich schimpfte mit ihm und ging hinaus, um meine Autoschlüssel zu holen, weil ich die Absicht hatte, den Hund in meinem Transporter zurückzubringen.

Aber als ich durch die Küche zurückkam, war Ronnie verschwunden und der Hund desgleichen. Um es kurz zu machen, ich suchte die ganze Nacht nach den beiden. Bat auch Nachbarn und Freunde, nach dem Jungen zu suchen. Früh am nächsten Morgen entdeckte ein Rancher Ronnie und die Hündin, die sich hinter seiner Scheune versteckt hatten, und benachrichtigte den Sheriff.

Als wir auf die Scheune zugingen, rief ich nach Ronnie und sagte ihm, dass es Zeit würde, die Hündin wieder zu ihrem Besitzer zurückzubringen und nach Hause zu gehen. Er rief zurück, dass er die Hündin nicht hergeben würde, dass er auf keinen Fall zulassen würde, dass sie weiterhin misshandelt würde.«

Davison verstummte und starrte auf die Krempe seines Huts, während er ihn langsam in den Händen drehte. »Als wir dann um die Scheune herum zur Rückseite gingen, schluchzte Ronnie zum Gotterbarmen. Er streichelte die Hündin, die direkt neben ihm lag. Tot. Er hatte sie mit einem Stein auf den Kopf geschlagen und getötet.«

Die Augen, die er zu Calloway hob, waren rot vor ungeweinten Tränen. »Ich fragte meinen Jungen, wie er nur so etwas Schreckliches hatte tun können. Er sagte mir, er hätte es getan, weil er die Hündin so sehr liebte.« Über seine breite Brust lief ein Zittern, als er tief Luft holte. »Tut mir Leid, dass ich so langatmig erzählt habe. Aber Sie haben mich gefragt, ob ich glaube, dass Ronnie seine Drohungen womöglich wahr machen könnte, und ich dachte mir, dies ist die beste Art, um Ihre Frage zu beantworten.«

Calloway verdrängte den äußerst unprofessionellen Impuls, dem Mann mitfühlend die Schulter zu drücken. Stattdessen sagte er gepresst: »Danke für den Einblick.«

»Der Junge ist also reif für die Klapsmühle«, murmelte Dendy. »Genau wie ich von Anfang an gesagt habe.«

Obwohl Dendys Bemerkung unnötig grausam war, konnte Calloway die Assoziation doch auch nicht als völlig unsinnig und aus der Luft gegriffen abtun. Der Vorfall aus Ronnies Kindheit ließ eine gefährliche Ähnlichkeit mit der derzeitigen Sachlage erkennen. Cole Davisons Geschichte hatte einen weiteren Faktor zu der Situation hinzugefügt, und es war kein positiver. Tatsächlich war keiner der Faktoren positiv gewesen, seit diese Geiselnahme begonnen hatte. Nicht ein Einziger.

Er wandte sich an Gully. »Was ist mit Miss McCoy? Haben Sie irgendwelche Anzeichen gesehen, die darauf hindeuten, dass sie unter akutem Druck steht? Versucht sie, uns mehr mitzuteilen, als sie sagt? Irgendeine Doppeldeutigkeit in ihren Worten?«

»Nicht, dass ich wüsste. Und ich habe Kip hier gründlich ausgequetscht.«

Der FBI-Agent drehte sich zu dem Kameramann um. »Alles war genauso, wie Sie es uns geschildert haben? Es ist keiner verletzt?«

»Nein, Sir. Dieser Typ vom FBI ist an Händen und Füßen gefesselt – oder genauer gesagt, mit Klebeband zusammengeschnürt –, aber er spuckt ziemlich große Töne, deshalb schätze ich, dass es ihm gut geht.« Er warf einen furchtsamen Blick auf Dendy, als erinnerte er sich daran, was mit dem Überbringer schlechter Nachrichten passiert. »Aber das ... das Mädchen ...«

»Sabra? Was ist denn mit ihr?«

»Es lagen eine Menge blutdurchtränkter Windeln herum. Sie waren zusammengeknüllt und beiseite geschoben worden. Aber ich weiß noch, dass ich sie gesehen habe und dachte: *O Mann, Scheiße*.«

Dendy stieß einen erstickten Ausruf der Besorgnis aus.

Calloway redete weiter mit Kip. »Ist Ihnen am Verhalten oder an der Sprechweise Ihrer Kollegin irgendetwas aufgefallen, was Ihnen ungewöhnlich vorkam?«

»Tiel war eigentlich genau wie immer. Na ja, außer dass sie ziemlich ramponiert ausgesehen hat. Aber sie war absolut cool und beherrscht.«

Schließlich wandte sich der Agent an Dendy, der auf seinen kurzen Trip nach draußen verzichtet hatte und jetzt ganz offen aus einer silbernen Taschenflasche trank. »Sie haben vorhin die Möglichkeit erwähnt, dass Sabra Ihnen eine geheime Botschaft übermitteln wollte. Haben Sie irgendetwas gesehen oder gehört, was darauf schließen lässt?«

»Wie hätte ich das denn erkennen sollen? Schließlich habe ich das Band nur dieses eine Mal gesehen.«

Die Tatsache, dass der tyrannische Unternehmer unsicher und ausweichend in seinen Antworten war, war an sich schon aufschlussreich. Dendy war endlich mit der hässlichen Wahrheit konfrontiert worden: Es war der Umstand, dass er die ursprüngliche Zwangslage völlig falsch angepackt hatte, der Ronnie und Sabra dazu getrieben hatte, derart verzweifelte Maßnahmen zu ergreifen. Maßnahmen, die schrecklich schief gegangen waren.

»Spulen Sie das Band wieder zurück«, wies Calloway den Agenten am Steuerpult an. »Sehen wir uns die Aufnahmen noch einmal von vorn an. Falls irgendjemandem etwas auffällt, soll er sich melden.« Das Videoband begann von neuem.

»Tiel hat diese Stelle ausgesucht, damit wir die Leute hinter ihr sehen können«, bemerkte Gully.

»Das da ist die Kühlvitrine, bei der die Tür zu Bruch ging«, sagte einer der anderen Agenten und zeigte auf die entsprechende Stelle auf dem Bildschirm.

»Halten Sie den Film hier an.«

Calloway beugte sich vor, um sich das Bild genauer anzusehen, doch er konzentrierte sich dabei nicht auf die Journalistin, sondern auf die Leute hinter ihr. »Die Frau, die gegen den Tresen lehnt, muss die Kassiererin sein.«

»Das ist Donna, allerdings«, warf Sheriff Montez ein. »Diese Frisur ist einfach unverwechselbar.«

»Und das dort ist Agent Cain, richtig, Kip?« Calloway zeigte auf ein Paar Beine, die er nur von den Knien an abwärts sehen konnte.

»Richtig. Er sitzt mit dem Rücken zum Tresen.«

»Das silberne Isolierband hebt sich wirklich gut von seiner schwarzen Hose ab, nicht?«

Gullys spöttische kleine Randbemerkung blieb unkommentiert. Calloway betrachtete das ältere Ehepaar, das dicht nebeneinander auf dem Fußboden unweit von Cain saß. »Was ist mit den alten Leuten hier? Geht es ihnen gut?«

»Die sind quietschvergnügt, soweit ich das mitbekommen habe.«

»Wer sind die beiden anderen Männer?«

»Mexikaner. Ich hab gehört, wie der eine etwas auf Spanisch zu dem anderen sagte, aber er hat ziemlich leise gesprochen, und ich hätte es so oder so nicht verstanden.«

»Verdammt, das hat uns gerade noch gefehlt!« Calloway sprang so schnell von seinem Stuhl auf, dass er unter ihm wegrollte.

»Was ist?«

Die anderen Agenten reagierten augenblicklich auf die offenkundige Besorgnis ihres Vorgesetzten, indem sie die übrigen Insassen hastig beiseite schoben und sich um Calloway drängten. »Der hier.« Calloway tippte mit einem Finger auf den Bildschirm. »Sehen Sie sich diesen Mann hier genau an und sagen Sie mir, ob er Ihnen bekannt vorkommt. Können Sie ihn noch näher heranholen?«

Der Agent am Steuerpult nutzte die zur Verfügung stehende Technologie, um das Gesicht des Mexikaners zu isolieren. Er war auch in der Lage, das Bild zu vergrößern, was jedoch auf Kosten von Bildqualität und Schärfe ging. Die Agenten starrten konzentriert auf die körnige Aufnahme, dann riss einer von ihnen abrupt den Kopf herum und rief: »Oh, *Scheiße*!«

»Was ist denn?«, verlangte Dendy zu wissen.

Davison trat einen Schritt vor. »Was ist los?«, fragte er alarmiert.

Calloway schob die beiden Männer brüsk zur Seite und erteilte seinen Untergebenen rasch einige Anweisungen. »Rufen Sie im Hauptquartier an. Mobilisieren Sie sämtliche zur Verfügung stehenden Leute. Leiten Sie eine Fahndung ein – Montez, Ihre Männer können mithelfen.«

»Sicher. Aber wobei denn?« Der Sheriff zuckte in einer hilflosen Geste die Achseln. »Tut mir Leid, aber ich kann Ihnen nicht folgen.«

»Trommeln Sie alle Ihre Deputys zusammen. Benachrichtigen Sie auch die Sheriffs der angrenzenden Countys. Sagen Sie ihnen, sie sollen anfangen, nach einem verlassenen Laster Ausschau zu halten. Einem Eisenbahnwaggon. Einem Umzugswagen.«

»Laster? Umzugswagen? Was zum Teufel ist denn eigentlich los?« Dendy musste brüllen, um sich über die fieberhafte Aktivität und den Lärm hinweg verständlich zu machen, die Calloways elektrisierende Befehle in dem überfüllten Transporter erzeugt hatten. »Was ist mit meiner Tochter?«

»Sabra und die anderen sind in noch größerer Gefahr, als wir bisher gedacht haben.«

Wie um Calloways beunruhigende Mitteilung noch zu unterstreichen, hörten sie in dem Moment das unverkennbare Knallen von Schüssen.

Donnas schriller, durch Mark und Bein gehender Aufschrei brachte Tiel in Sekundenschnelle auf die Füße.

Ronnie fuchtelte mit seiner Pistole herum und brüllte: »Zurück! Zurück! Sofort! Sonst knall ich dich ab!«

Nummer Zwei, der größere der beiden Mexikaner, war urplötzlich auf ihn losgegangen, und Ronnie hatte ihn nur mit Waffengewalt daran hindern können, sich auf ihn zu stürzen. »Wo ist der andere?«, rief Ronnie hektisch. »Wo ist dein Kumpan?«

Sabra schrie verzweifelt: »Nein! Nein!«

Tiel wirbelte gerade rechtzeitig herum, um zu sehen, wie Juan Katherine aus Sabras Armen riss. Er presste das Neugeborene fest – zu fest – an seine Brust. Das Baby begann zu weinen, aber Sabra schrie so gellend, wie nur eine Mutter schreien kann, deren Kind in Gefahr ist. Sie versuchte verzweifelt, vom Boden aufzustehen, während sie sich an Juans Hosenbeine klammerte, als wollte sie daran hinaufklettern.

»Sabra!«, schrie Ronnie. »Was ist passiert?«

»Er hat das Baby! Gib mir mein Baby zurück! Tu ihr nicht weh!«

Tiel stürzte mit einem Satz vorwärts, aber Juan streckte blitzschnell die Hand aus, und seine Handkante traf sie so hart am Brustbein, dass sie rückwärts taumelte. Sie schrie laut auf vor Schmerz und Angst um das Neugeborene.

Doc brüllte einen unartikulierten Protest, doch Tiel nahm an, dass er sich davor scheute, Juan anzugreifen, weil er befürchtete, dass dieser sich dafür an dem Kind rächen würde.

»Sag ihm, er soll ihr das Baby zurückgeben!« Ronnie hielt seine Pistole mit beiden Händen umklammert, während er direkt auf Nummer Zweis Brust zielte und aus voller Kehle brüllte, als ob er die Sprachbarriere durch Lautstärke überwinden könnte. »Sag deinem Freund, er soll ihr sofort das Baby zurückgeben, sonst knall ich dich ab!«

Vielleicht um zu sehen, wie ernst es Ronnie mit seiner Drohung war, machte Juan den Fehler, zur Vorderseite des Ladens hinüberzublicken, wo sein Freund das schreiende Baby umklammert hielt.

Doc nutzte diesen Sekundenbruchteil der Unaufmerksamkeit aus, um sich auf ihn zu stürzen.

Doch der Mexikaner reagierte blitzschnell. Er versetzte Doc einen gekonnten Aufwärtshaken, der eine deutliche Delle in dessen Bauch hinterließ. Mit einem lauten Aufstöhnen krümmte Doc sich vornüber und brach dann vor der Kühltruhe auf dem Boden zusammen.

»Sag ihm, er soll ihr das Baby zurückgeben!«, wiederholte Ronnie mit einer schrillen Stimme, die wie dünnes Eis brach.

»Wir werden alle sterben!«, wimmerte Donna.

Tiel bat Juan inständig, Katherine nicht zu verletzen. »Bitte tun Sie ihr nicht weh. Sie ist doch keine Bedrohung für Sie. Geben Sie das Baby seiner Mutter zurück. Bitte! Bitte tun Sie das hier nicht.«

Sabra war praktisch hilflos. Dennoch trieb sie ihr Mutterinstinkt dazu an, sich mit letzter Kraft auf die Füße zu erheben. Sie war so schwach, dass sie kaum aufrecht stehen konnte. Leicht taumelnd, die Hände bittend ausgestreckt, flehte sie den Mann an, ihr ihr Baby zurückzugeben.

Juan und Nummer Zwei brüllten sich gegenseitig laut zu,

um sich über den Lärm der anderen Stimmen hinweg zu verständigen, einschließlich der von Vern und Gladys, die das Blaue vom Himmel herunterfluchten. Donna jaulte unentwegt. Agent Cain schrie Ronnie wütend an und warf ihm vor, dass dies hier nicht passiert wäre, wenn er sich sofort der Polizei gestellt hätte, und dass es einzig und allein seine Schuld sei, wenn die Situation in einer Tragödie endete.

Der plötzliche Schuss verschlug allen die Sprache.

Tiel, die noch immer beschwörend auf Juan eingesprochen hatte, sah seine schmerzerfüllte Grimasse, als er von der Kugel getroffen wurde. In einer reflexartigen Bewegung stürzte er vornüber und fasste sich mit beiden Händen an den Oberschenkel. Er hätte Katherine fallen lassen, wenn Tiel nicht zur Stelle gewesen wäre, um sie blitzschnell aufzufangen.

Das Baby sicher in den Armen, wirbelte sie herum, während sie sich fragte, wie Ronnie es geschafft hatte, einen solch sauberen und treffsicheren Schuss abzufeuern, einen, der zwar Juan außer Gefecht gesetzt hatte, aber nicht das Baby in Gefahr gebracht hatte.

Aber Ronnie hielt seine Pistole noch immer auf Nummer Zweis Brust gerichtet, und er schien ebenso überrascht wie alle anderen, dass ein Schuss abgefeuert worden war.

Doc war der Schütze gewesen. Er lag rücklings auf dem Boden, einen kleinen Revolver in der Hand. Tiel erkannte in dem Revolver Agent Cains Waffe wieder, diejenige, die sie unter die Tiefkühltruhe getreten und danach völlig vergessen hatte. Zum Glück hatte Doc sich daran erinnert.

Er nutzte den Augenblick der Stille aus. »Gladys, kommen Sie hier rüber.«

Die alte Dame hastete um den Frito-Lay-Aufsteller herum. »Haben Sie ihn getötet?«

»Nein.«

»Was für ein Jammer.«

»Nehmen Sie das Baby, damit Tiel Sabra helfen kann. Ich werde mich um den da kümmern«, sagte er mit einer Kopfbewegung in Juans Richtung. »Ronnie, entspannen Sie sich wieder. Alles ist unter Kontrolle. Kein Grund zur Panik.«

»Ist mit dem Baby alles okay?«

»Der Kleinen geht's gut.« Gladys trug das schreiende Baby zu Ronnie, damit er sich mit eigenen Augen davon überzeugen konnte, dass Katherine nichts passiert war. »Sie ist nur fuchsteufelswütend, und ich muss sagen, ich kann's ihr nicht verübeln.« Sie schnaubte verächtlich, während sie einen finsteren Blick auf Juan warf, der jetzt auf dem Fußboden hockte und seinen blutenden Schenkel umklammert hielt.

Einige energische Stöße mit Ronnies Pistolenlauf ließen Nummer Zwei wieder zu seinem ursprünglichen Platz zurückschleichen. Sein Ausdruck war jetzt noch hinterhältiger und erregter als zuvor.

Doc legte Cains Revolver hoch oben auf einem Regal mit Waren ab, weit außerhalb von Juans Reichweite, und kniete sich dann auf den Boden, um das Hosenbein des Mexikaners mit der Schere aufzuschneiden. »Sie werden's überleben«, erklärte er lakonisch, nachdem er den Schaden inspiziert und ein paar Gazetupfer in die Schusswunde gesteckt hatte. »Sie können von Glück reden, dass die Kugel die Oberschenkelarterie verfehlt hat.«

Juans Augen loderten vor Zorn.

»Doc?« Tiel hatte Sabra überredet, sich wieder hinzulegen, aber der Boden um sie herum war schlüpfrig vor frischem Blut, und das Mädchen war gespenstisch bleich.

»Ich weiß«, erwiderte Doc nüchtern, als er auf Tiels unausgesprochene Besorgnis reagierte. »Ich bin sicher, durch das Aufstehen ist der Dammriss wieder aufgeplatzt. Machen Sie es ihr so bequem wie möglich. Ich komme gleich.«

In aller Eile verband er Juans Schussverletzung und legte ihm mit einem der Souvenir-T-Shirts eine Aderpresse an. Juan schwitzte aus allen Poren, offensichtlich von unerträglichen Schmerzen gepeinigt, und seine geraden weißen Zähne waren fest zusammengebissen. Es sprach jedoch für ihn, dass er nicht laut aufschrie, als Doc ihn ziemlich unsanft und ohne viel Federlesens auf die Füße zerrte und ihn dann stützte, während er auf einem Fuß hüpfte.

Als sie an Cain vorbeikamen, schrie der Agent den verletzten Mexikaner an: »Sie gottverfluchter Idiot, Sie! Wir hätten alle dabei draufgehen können. Was zum Teufel haben Sie sich eigentlich –«

Schneller als eine angreifende Klapperschlange holte Juan mit seinem unverletzten Bein aus und versetzte Cain einen brutalen Tritt gegen den Kopf. Die plötzliche Bewegung kam ihn teuer zu stehen. Er grunzte vor Schmerz. Trotzdem war sein Stiefelabsatz mit voller Wucht auf Knochen gelandet, und das Knacken war fast so laut wie der Pistolenschuss. Cain verstummte abrupt und versank in Bewusstlosigkeit. Sein Kinn fiel schlaff auf seine Brust.

Doc stieß Juan auf den Boden und lehnte ihn mit dem Rücken gegen die Kühlvitrine, ein gutes Stück von seinem Kumpan entfernt. »Er wird vorläufig nirgendwo hingehen. Aber Sie sollten ihn trotzdem besser an Händen und Füßen fesseln, Ronnie, nur zur Sicherheit. Und den da auch«, fügte er hinzu und wies mit einer Kopfbewegung auf Nummer Zwei.

Ronnie wies Vern an, den beiden Männern Hände und Füße mit Isolierband zu fesseln, genauso wie er es auch bei Cain getan hatte. Er zielte mit seiner Waffe auf die beiden

Mexikaner, während sich der alte Mann an die Arbeit machte. Juan war zu intensiv mit seinem verletzten Bein beschäftigt, um Energie auf Beschimpfungen zu verschwenden, aber Nummer Zwei tat sich in dieser Hinsicht keinen Zwang an. Er erging sich in einer gebrüllten Litanei von spanischen Ausdrücken, die vermutlich Obszönitäten waren, bis Ronnie ihm drohte, ihn zu knebeln, wenn er nicht sofort den Mund hielt.

Das Schrillen des Telefons war bisher unbeantwortet geblieben und mehr oder weniger ignoriert worden. Tiel, die sich mit einer Eilfertigkeit, die sie selbst erstaunte, ein Paar Handschuhe übergestreift hatte, arbeitete gerade fieberhaft, um die blutdurchtränkten Windeln unter Sabras Hüften durch frische zu ersetzen, als das Telefon plötzlich zu klingeln aufhörte und sie Ronnie rufen hörte: »Nicht jetzt, wir sind beschäftigt!«, bevor er den Hörer wieder auf die Gabel knallte. Dann rief er: »Wie geht es Sabra?«

»Nicht gut«, rief Tiel über ihre Schulter zurück. Sie war unendlich erleichtert, als sie Doc zurückkommen sah. »Was ist los?«

»Juan hat Cain hart gegen den Kopf getreten. Er ist bewusstlos.«

»Ich hätte nie gedacht, dass ich dem Mexikaner noch mal für irgendetwas dankbar sein würde.«

»Vern fesselt die beiden gerade. Ich bin froh, dass sie... gebändigt sind.«

Sie bemerkte den Ausdruck tiefer Besorgnis auf seinem Gesicht und wusste, dass Sabras sich rapide verschlechternder Gesundheitszustand nicht der einzige Grund dafür war. »Weil sie unsichere Kantonisten sind, denen man nicht über den Weg trauen kann? Sie hatten wirklich nichts zu verlieren, als sie versucht haben, die Kontrolle über die Situation an sich zu reißen.«

»Stimmt. Aber was hatten sie dabei zu gewinnen?«

Stellte Ronnie Davison wirklich eine Bedrohung für zwei so knallhart aussehende *hombres* wie sie dar? Nachdem Tiel einen Moment darüber nachgedacht hatte, sagte sie: »Nichts, was ich sehen kann.«

»Nichts, was man *sehen* kann, richtig. Und genau das beunruhigt mich. Und noch etwas«, fügte er mit gedämpfter Stimme hinzu. »Draußen haben Männer mit Gewehren Posten bezogen. Wahrscheinlich ein Sondereinsatzkommando.«

»O Gott, auch das noch!«

»Ich habe sie heranrücken und in Deckung gehen sehen.«

»Hat Ronnie sie auch gesehen?«

»Ich glaube nicht. Dieser Schuss, den ich abgefeuert habe, muss Calloway und seine Leute nervös gemacht haben. Sie denken jetzt wahrscheinlich das Schlimmste. Sie könnten das Gebäude stürmen oder versuchen, durch das Dach hereinzukommen, irgendetwas in der Art.«

»Ronnie würde in Panik geraten und ausrasten.«

»Genau das meine ich.«

Das Telefon klingelte erneut. »Ronnie, gehen Sie ran«, rief Doc dem Jungen zu. »Erklären Sie denen, was passiert ist.«

»Erst wenn ich weiß, dass mit Sabra alles in Ordnung ist.«

Obwohl Tiel alles andere als eine medizinische Expertin war, erschien ihr Sabras Zustand als ziemlich kritisch. Aber genau wie Doc, so wollte auch sie Ronnies Nerven nicht noch stärker strapazieren, als sie es ohnehin schon waren.

»Wo ist Katherine?«, fragte das Mädchen schwach.

Doc, der sein Bestes getan hatte, um den Fluss von frischem Blut einzudämmen, streifte seine Handschuhe ab und strich Sabra beruhigend das Haar aus der Stirn zurück.

»Gladys kümmert sich sehr liebevoll um sie. Sie hat Katherine in den Schlaf gewiegt. Mir scheint, das kleine Töchterchen ist genauso tapfer wie seine Mutter.«

Selbst ein Lächeln schien eine zu große Anstrengung für Sabra zu sein. »Wir werden hier nicht mehr rauskommen, nicht?«

»Bitte sagen Sie nicht so was, Sabra«, flüsterte Tiel beschwörend und beobachtete Docs Gesichtsausdruck, als er die Anzeige auf dem Blutdruckmessgerät ablas. »Sie dürfen es noch nicht mal denken.«

»Dad wird nicht aufgeben. Aber ich werde auch nicht aufgeben. Und Ronnie auch nicht. Außerdem kann er das jetzt sowieso nicht mehr. Wenn er es täte, würden die ihn einfach ins Gefängnis stecken.«

Sie ließ ihren glasigen, hohläugigen Blick zwischen Tiel und Doc hin und her schweifen. »Sagen Sie Ronnie, er soll hierher kommen. Ich möchte mit ihm reden. Sofort. Ich will nicht noch länger warten.«

Obwohl sie nicht ausdrücklich ihren Selbstmordpakt erwähnte, war klar, was sie meinte. Tiel wurde vor Angst und Verzweiflung ganz eng in der Brust. »Wir können unmöglich zulassen, dass Sie das tun, Sabra. Sie wissen, es ist falsch. Es ist keine Lösung für Ihr Problem.«

»Bitte helfen Sie uns. Es ist das, was wir wollen.«

Dann fielen ihr gegen ihren Willen die Augen zu. Sie war einfach zu entkräftet, um sie wieder zu öffnen, und begann zu dösen.

Tiel blickte Doc über das Mädchen hinweg an. »Es steht schlimm um sie, nicht?«

»Sehr schlimm. Der Blutdruck sinkt ständig weiter ab. Der Puls geht zu schnell. Sie wird verbluten.«

»Was sollen wir nur tun?«

Er starrte einen Moment lang grimmig in das bleiche, reglose Gesicht des Mädchens, während er darüber nachdachte, und erwiderte dann: »Ich will Ihnen sagen, was ich tun werde.«

Er stand auf, nahm Cains Revolver von dem Regal, ging um den Frito-Lay-Aufsteller herum und näherte sich Ronnie, der noch immer auf einen Bericht über Sabras Gesundheitszustand wartete.

## 13

»Warum geht denn da keiner ans Telefon?« Die jüngsten Ereignisse hatten Dendys charakteristisches Geschnauze auf ein schrilles Winseln reduziert. Er war völlig außer sich.

Tatsächlich hatten die Schüsse im Laden auch alle anderen Insassen des Transporters in einen Zustand versetzt, der an Panik grenzte. Cole Davison war nach draußen gestürmt, nur um wenige Augenblicke später wieder zurückzukehren und Calloway lauthals zu beschimpfen, weil dieser das Sondereinsatzkommando mobilisiert hatte.

»Sie haben es mir versprochen! Sie haben gesagt, Ronnie würde nicht verletzt werden! Wenn Sie ihn unter Druck setzen, wenn er das Gefühl hat, dass Sie ihn in die Enge treiben, könnte er... könnte er sich zu einer Verzweiflungstat hinreißen lassen und etwas in der Art tun, wie er es damals getan hat.«

»Beruhigen Sie sich, Mr. Davison. Ich ergreife Vorsichtsmaßnahmen, wie ich es für richtig halte.« Calloway hielt den Telefonhörer ans Ohr und wartete angespannt, aber bisher hatte noch niemand im Gemischtwarenladen auf seinen Anruf reagiert. »Kann irgendjemand sehen, was da drinnen los ist?«

»Da ist irgendwas im Gange«, rief einer der anderen Agenten zurück. Über Kopfhörer verständigte er sich mit einem Kollegen draußen, der mit einem Fernglas ausgerüstet war. »Kann aber nicht erkennen, wer da gerade was macht.«

»Halten Sie mich auf dem Laufenden.«
»Ja, Sir. Werden Sie dem Jungen von Huerta erzählen?«
»Wer ist das?«, verlangte Dendy zu wissen.
»Luis Huerta. Einer von zehn polizeilich Gesuchten, die ganz zuoberst auf unserer Liste stehen.« Auf die Frage des Agenten erwiderte Calloway: »Nein, ich werde nichts davon verlauten lassen. Das könnte womöglich alle in Panik versetzen, einschließlich Huerta selbst. Der Kerl ist so ziemlich zu allem fähig.«

Schließlich ging Ronnie ans Telefon. »Nicht jetzt, wir sind beschäftigt!«

Calloway fluchte lästerlich, als Ronnies hektische Stimme von dem Wählton abgelöst wurde. Er wählte sofort erneut die Nummer des Gemischtwarenladens.

»Einer der beiden Mexikaner da drinnen steht auf der FBI-Liste der zehn am dringendsten gesuchten Verbrecher?« Cole Davison wurde immer verzweifelter. »Weswegen denn? Was hat er getan?«

»Menschenhandel. Er schleust heimlich mexikanische Staatsbürger über die Grenze, mit dem Versprechen, ihnen Arbeitsgenehmigungen und gut bezahlte Jobs zu verschaffen, und verkauft sie dann in die Sklavenarbeit. Im letzten Sommer bekam die Grenzpatrouille einen anonymen Hinweis auf einen solchen Transport und heftete sich an seine Fersen. Als Huerta und zwei seiner Kumpane merkten, dass sie drauf und dran waren, festgenommen zu werden, ließen sie den Laster einfach in der Wüste von New Mexico stehen und zerstreuten sich in alle Himmelsrichtungen wie die Kakerlaken, die sie sind. Alle entgingen der Festnahme.

Der Laster wurde erst drei Tage später gefunden. Fünfundvierzig Menschen – Männer, Frauen und Kinder – waren in dem verschlossenen Fahrzeug zusammengepfercht. Die Hitze im Inneren des Containers muss fünfzig Grad oder sogar noch mehr betragen haben. Huerta wird wegen fünfundvierzigfachen Mordes und verschiedener anderer schwerer Straftaten gesucht.

Seit fast einem Jahr ist er irgendwo in Mexiko untergetaucht. Die Behörden da unten sind kooperativ und ebenso scharf darauf, ihn zu fassen wie wir, aber er ist ein verdammt vorsichtiger Bastard. Nur eine einzige Sache könnte ihn dazu bewegen, aus seinem Versteck herauszukommen und eine Entlarvung zu riskieren. Geld. Sehr viel Geld. Daher schließe ich aus der Tatsache, dass er hier wieder aufgetaucht ist, dass irgendwo in der näheren Umgebung eine Ladung Menschen darauf wartet, verkauft zu werden.«

Davison sah aus, als wäre er bereit, seine letzte Mahlzeit einzunehmen. »Wer ist der Mann bei ihm?«

»Einer seiner Bodyguards, davon bin ich überzeugt. Sie sind gefährliche, absolut skrupellose Männer, und ihr Geschäft ist, wie gesagt, Menschenhandel. Was mich allerdings etwas verwirrt, ist, warum sie nicht bewaffnet sind. Oder wenn sie es sind, warum sie sich dann nicht schon längst ihren Weg nach draußen freigeschossen haben.«

Dendys Brust hob und senkte sich heftig, während er einen erstickten Laut ausstieß, der wie ein Schluchzen klang. »Hören Sie zu, Calloway. Ich habe nachgedacht.«

Obwohl Calloway noch immer den Telefonhörer ans Ohr gedrückt hielt, widmete er Russell Dendy seine volle Aufmerksamkeit. Er nahm stark an, dass Dendy blau war. Er hatte den ganzen Abend hindurch in kurzen Abständen aus seiner Taschenflasche getrunken. Er wirkte extrem verstört und durcheinander, so als wäre er kurz davor, die Kontrolle über seine Gefühle zu verlieren. Er war nicht länger der aggressive, kampflustige Großkotz, der allen auf den Wecker ging.

»Ich höre, Mr. Dendy.«

»Holen Sie Sabra einfach heil dort raus. Das ist das Einzige, was jetzt noch für mich wichtig ist. Sagen Sie Sabra, dass sie das Baby behalten kann. Ich werde mich nicht in ihr Leben einmischen. Dieses Videoband von meiner Tochter...« Er rieb sich mit dem Handrücken über seine tränenfeuchten Augen. »Das hat mich irgendwie fertig gemacht. Alles andere spielt jetzt keine Rolle mehr. Ich will nur, dass meine Tochter heil und unversehrt dort rauskommt.«

»Das ist auch mein Bestreben, Mr. Dendy«, versicherte Calloway ihm.

»Erklären Sie sich mit allen Bedingungen des Jungen einverstanden.«

»Ich werde den besten Handel für ihn herausschlagen, der mir möglich ist. Aber erst einmal muss ich ihn dazu bringen, mit mir zu sprechen.«

Das Telefon klingelte unentwegt weiter.

»Ronnie?«

Der junge Mann merkte nicht, dass Doc jetzt im Besitz des Revolvers war. In all der Aufregung und Verwirrung hatte Ronnie offensichtlich überhaupt nicht mehr an Cains versteckte Waffe gedacht. Doc hob die Hand, und als der jüngere Mann den Revolver sah, zuckte er zusammen. Donna stieß einen erstickten Angstschrei aus, bevor sie sich beide Hände auf den Mund presste.

Aber Doc bedrohte Ronnie nicht etwa mit der Waffe, sondern schloss seine Finger um den kurzen Lauf und hielt sie Ronnie mit dem Griff voran hin. »Daran können Sie sehen, wie viel Vertrauen ich zu Ihnen habe, dass Sie die richtige Entscheidung treffen.«

Ronnie sah schrecklich jung, unsicher und verletzlich aus, als er den Revolver nahm und in den Taillenbund seiner Jeans steckte. »Sie kennen meine Entscheidung bereits, Doc.«

»Selbstmord? Das ist nicht die Entscheidung eines erwachsenen Mannes. Das ist der feige Rückzieher eines verdammten Schlappschwanzes.«

Der Junge blinzelte, verdutzt über die derbe Ausdrucksweise, aber sie diente dazu, seinen Entschluss zu erschüttern, was Docs Absicht war, wie Tiel vermutete. »Ich will nicht darüber reden. Sabra und ich haben unsere Entscheidung getroffen.«

»Gehen Sie ans Telefon«, forderte Doc ihn mit ruhiger, beredtsamer Stimme auf. »Erklären Sie Calloway und seinen Leuten, was hier drinnen passiert ist. Sie haben die Schüsse gehört. Sie wissen nicht, was zum Teufel hier los ist, aber sie nehmen wahrscheinlich das Schlimmste an. Zerstreuen Sie ihre Befürchtungen, Ronnie. Sonst könnte jede Sekunde ein bewaffnetes Sondereinsatzkommando hier hereinstürmen, und jemand wird blutig enden, womöglich sogar tot.«

»Was für ein Sondereinsatzkommando? Sie lügen doch!«

»Würde ich Sie belügen, nachdem ich Ihnen eine geladene Waffe in die Hand gedrückt habe? Wohl kaum. Ich habe zufällig gesehen, wie draußen Scharfschützen in Stellung gegangen sind, während Sie damit beschäftigt waren, diese beiden Mexikaner zusammenzuschnüren. Das Sondereinsatzkommando steht dort draußen bereit und wartet nur auf ein Signal von Calloway. Liefern Sie ihm keinen Grund, die Männer zu mobilisieren.«

Ronnie blickte nervös durch die Glastür nach draußen, aber er konnte nichts außer der wachsenden Anzahl von Dienstfahrzeugen sehen, die aus der ganzen Umgebung zusammengeströmt waren und einen Verkehrsstau auf dem Highway verursachten.

»Lassen Sie mich ans Telefon gehen«, schlug Tiel vor und

trat einen Schritt vor, um seine Unentschlossenheit auszunutzen. »Hören wir uns an, was Calloway und die anderen zu dem Video zu sagen haben. Es kann ja durchaus sein, dass ihre Reaktion auf die Aufnahmen positiv ausgefallen ist. Vielleicht rufen sie an, um zu sagen, dass sie mit allen Ihren Bedingungen einverstanden sind.«

»Okay«, murmelte Ronnie und winkte sie zum Telefon.

Tiel war heilfroh darüber, endlich das infernalische Geklingel abstellen zu können. »Hier ist Tiel«, sagte sie, als sie den Hörer abnahm.

»Miss McCoy, wer hat diese Schüsse abgefeuert? Was geht dort drinnen vor?«

Calloways Schroffheit ließ deutlich erkennen, wie beunruhigt er war. Um ihn nicht länger im Ungewissen zu lassen, erklärte sie ihm so kurz und bündig wie möglich, wie es dazu gekommen war, dass Doc mit Agent Cains Revolver geschossen hatte. »Vorhin war die Situation hier drinnen ein oder zwei Minuten lang ein bisschen brenzlig, aber inzwischen ist wieder alles unter Kontrolle. Die beiden Männer, die den Tumult verursacht haben, sind gebändigt worden«, fügte sie hinzu, wobei sie Docs euphemistischen Ausdruck gebrauchte.

»Sie sprechen von den beiden Mexikanern?«

»Genau.«

»Sie haben sie überwältigt?«

»Richtig.«

»Und wo ist Agent Cains Revolver jetzt?«

»Doc hat ihn Ronnie gegeben.«

»Wie bitte?«

»Als ein Zeichen des Vertrauens, Mr. Calloway«, erwiderte sie gereizt zu Docs Verteidigung.

Der FBI-Agent stieß einen abgrundtiefen Seufzer aus. »Das ist aber verdammt viel Vertrauen, Ms. McCoy.«

»Es war das Richtige. Aber um das zu verstehen, müssten Sie schon hiersein.«

»Das scheint mir auch so«, erwiderte er trocken.

Während sie mit Calloway sprach, hörte sie mit einem Ohr auf Doc, der noch immer versuchte, Ronnie dazu zu überreden, aufzugeben und sich der Polizei zu stellen. Sie hörte ihn sagen: »Sie sind jetzt Vater, Ronnie. Sie sind für Ihre Familie verantwortlich. Sabras Zustand ist sehr kritisch, und es gibt nichts mehr, was ich noch für sie tun könnte.«

Calloway fragte: »Sie fühlen sich nicht durch Ronnie bedroht?«

»Nein, in keiner Weise«, erklärte Tiel.

»Ist irgendeine der anderen Geiseln in Gefahr?«

»Im Moment nicht, nein. Ich kann allerdings nicht voraussagen, was passieren wird, wenn diese Typen in schusssicheren Westen den Laden stürmen.«

»Ich habe nicht die Absicht, diesen Befehl zu erteilen.«

»Warum sind diese Scharfschützen dann überhaupt da?«, fragte Tiel. Calloway schwieg einen langen Moment, und Tiel hatte das deutliche und unbehagliche Gefühl, dass er ihr etwas vorenthielt, etwas Wichtiges. »Mr. Calloway, gibt es da etwas, was ich wissen sollte –«

»Wir haben es uns anders überlegt.«

»Was? Sie meinen, Sie geben auf und ziehen Ihre Leute ab?« Das wäre in diesem Augenblick ihr sehnlichster Wunsch.

Calloway ignorierte ihre spaßige Bemerkung. »Das Videoband war äußerst effektiv. Sie werden sicher froh sein zu hören, dass es genau die Wirkung erzielt hat, die Sie sich erhofft hatten. Mr. Dendy war über den Appell seiner Tochter erschüttert und ist jetzt bereit, Zugeständnisse zu machen. Er möchte, dass diese Sache friedlich und ohne Blutvergießen endet. Wie wir alle. In welcher Gemütsverfassung ist Ronnie zurzeit?«

»Doc bearbeitet ihn gerade.«

»Und wie reagiert er darauf?«

»Positiv, denke ich.«

»Gut. Das ist gut!«

Calloway klang erleichtert, und wieder hatte Tiel den Eindruck, dass ihr der FBI-Agent etwas vorenthielt, was sie besser wissen sollte.

»Glauben Sie, er wird sich auf eine bedingungslose Kapitulation einlassen?«

»Er hat die Bedingungen, unter denen er sich ergeben würde, genau spezifiziert, Mr. Calloway.«

»Dendy wird zugeben, dass es sich hierbei um einen Ausreißversuch handelte und nicht um eine Entführung. Natürlich würden die anderen Anklagepunkte bestehen bleiben.«

»Und die beiden müssen ihr Kind behalten dürfen«, erwiderte Tiel.

»Das hat Dendy bereits vor einigen Minuten zugesichert. Wenn Davison sich mit diesen Bedingungen einverstanden erklärt, wird er meine persönliche Garantie dafür haben, dass keine Gewalt gegen ihn angewendet wird.«

»Ich werde die Nachricht weitergeben und mich dann wieder mit Ihnen in Verbindung setzen«, erklärte Tiel.

»In Ordnung. Ich warte dann auf Ihren Rückruf.«

Tiel legte auf. Ronnie und Doc wandten sich zu ihr um. Tatsächlich hörten alle Anwesenden gespannt zu. Anscheinend war ihr die Rolle der Vermittlerin zuteil geworden, eine Rolle, über die sie alles andere als glücklich war. Angenommen, es ging trotz der besten Absichten aller Beteiligten irgendetwas schief? Wenn diese Geiselnahme in einer Katastrophe endete, würde sie sich für den Rest ihres Lebens die Schuld an dem tragischen Ausgang geben.

Im Laufe der vergangenen Stunden hatten sich Tiels Prioritäten verschoben. Es war ein ganz allmählicher Prozess gewesen, und bis zu diesem Augenblick hatte sie noch nicht einmal gemerkt, dass er überhaupt stattgefunden hatte. Die Nachrichtenstory war inzwischen zu einer Angelegenheit von untergeordneter Bedeutung geworden. An welchem Punkt hatte sie begonnen, nur noch eine zweitrangige Rolle zu spielen? Als sie Sabras Blut an ihren behandschuhten Händen gesehen hatte? Als Juan Katherines zerbrechliches Leben bedroht hatte?

Die Menschen, die die Story machten, waren ihr jetzt sehr viel wichtiger als die Story selbst. Einen preisgekrönten, Karriere fördernden Exklusivbericht über dieses Drama zu verfassen, war für sie jetzt kein so hoch wichtiges Ziel mehr wie zu Anfang. Was sie sich jetzt sehnlichst wünschte, war eine Lösung des Konflikts, die Anlass zum Feiern war, nicht zum Trauern. Wenn sie die Sache vermasselte...

Sie durfte ganz einfach keinen Fehler machen, das war alles.

»Der Vorwurf der Entführung ist inzwischen fallen gelassen worden«, erklärte sie Ronnie, der erwartungsvoll zuhörte. »Sie werden allerdings wegen der anderen Straftaten angeklagt werden. Mr. Dendy hat zugestimmt, Sabra das Baby behalten zu lassen. Wenn Sie sich mit diesen Bedingungen einverstanden erklären und sich stellen, gibt Mr. Calloway Ihnen seine persönliche Garantie, dass keine Gewalt angewendet wird.«

»Das ist ein guter Deal, Ronnie«, warf Doc ein. »Nehmen Sie ihn an.«

»Ich –«

»Nein, Ronnie, tu's nicht!«

Sabras Stimme war kaum mehr als ein raues Krächzen.

Irgendwie hatte sie es geschafft, vom Boden aufzustehen. Sie musste sich schwer gegen die Tiefkühltruhe lehnen, um sich aufrecht zu halten. Ihre Augen waren eingesunken und dunkel gerändert, ihr Gesicht gespenstisch bleich. Sie sah aus wie jemand, der fachmännisch von einem Maskenbildner geschminkt worden war, um die Rolle einer aus dem Sarg auferstandenen Leiche zu spielen.

»Das ist doch nur ein mieser Trick, Ronnie. Einer von Dads Tricks.«

Doc eilte zu ihr, um sie zu stützen. »Nein, das glaube ich nicht, Sabra. Ihr Vater hat auf die Videonachricht reagiert, die Sie ihm geschickt haben.«

Sie klammerte sich dankbar an Doc, aber ihre trüben Augen flehten Ronnie an. »Wenn du mich liebst, lass dich nicht darauf ein. Ich werde nicht eher von hier weggehen, bis ich weiß, dass ich für immer mit dir zusammen sein kann.«

»Sabra, was ist mit Ihrem Baby?«, fragte Tiel sanft. »Denken Sie doch an Katherine.«

»Nehmen Sie sie.«

»Was?«

»Bringen Sie sie raus. Geben Sie sie jemandem, der sich um sie kümmern wird. Ganz egal, was mit uns – Ronnie und mir – passiert, es ist wichtig für mich zu wissen, dass es Katherine gut gehen wird.«

Tiel blickte Doc an, in der Hoffnung auf eine Inspiration, aber sein Gesichtsausdruck war trostlos. Er schien sich ebenso hilflos zu fühlen wie sie.

»Okay, das wär's dann also«, erklärte Ronnie energisch. »Genau das werden wir tun. Wir lassen Sie das Baby rausbringen. Aber wir bleiben so lange hier, bis die uns gehen lassen. Frei und ungehindert. Keine Kompromisse.«

»Damit werden die sich niemals einverstanden erklären«,

erwiderte Tiel verzweifelt. »Das ist eine unzumutbare Forderung.«

»Sie haben einen bewaffneten Raubüberfall verübt«, fügte Doc hinzu. »Sie werden sich dafür verantworten müssen, Ronnie. Aber wegen mildernder Umstände würden Sie eine gute Chance haben, von einer Anklage freigesprochen zu werden. Davonzulaufen wäre das Schlimmste, was Sie tun könnten. Damit würden Sie keines Ihrer Probleme lösen.«

Tiel blickte Doc an, während sie sich fragte, ob er eigentlich auf seinen eigenen Rat hörte. Seine Ermahnung, dass Flucht keine Lösung war, hätte auch auf ihn und seine Lebenslage vor drei Jahren gepasst. Er bemerkte ihren Blick jedoch nicht, weil seine Aufmerksamkeit auf Ronnie konzentriert war, der ihm heftig widersprach.

»Sabra und ich haben uns geschworen, dass wir uns niemals gewaltsam auseinander bringen lassen würden. Ganz gleich, was passiert, wir haben uns gegenseitig versprochen, zusammen zu bleiben. Und das war unser Ernst!«

»Ihr Vater –«

»Ich will nicht darüber reden«, blaffte der junge Mann. Er wandte sich an Tiel und fragte sie, ob sie Katherine hinaustragen und diese Botschaft überbringen würde.

»Was ist mit den anderen? Werden Sie sie freilassen?«

Er blickte zu den übrigen Geiseln hinüber. »Nicht die beiden Mexikaner. Und ihn auch nicht«, sagte er mit einer Kopfbewegung in Cains Richtung. Agent Cain hatte in der Zwischenzeit das Bewusstsein wiedererlangt, war aber durch den Fußtritt gegen den Kopf, den Juan ihm verpasst hatte, offenbar immer noch leicht benommen und unfähig, sich verständlich auszudrücken. »Die alten Leute und Sie. Die drei können gehen.«

Als er auf Donna zeigte, faltete sie ihre klauenartigen Hände unter dem Kinn. »Allmächtiger, ich danke dir.«

»Ich will aber nicht gehen«, verkündete Gladys. Sie hielt noch immer das schlafende Neugeborene in den Armen. »Ich möchte sehen, was geschehen wird.«

»Wir sollten besser tun, was er sagt«, meinte Vern und tätschelte ihr die Schulter. »Wir können ja draußen auf die anderen warten.« Er half Gladys vom Fußboden hoch. »Aber bevor wir gehen, will Sabra sich sicher noch von Katherine verabschieden.«

Die alte Dame trug das Baby hinüber zu der Stelle, wo Sabra sich schwer auf Doc stützte.

»Soll ich Calloway über Ihre Entscheidung informieren?«, fragte Tiel Ronnie.

Sein Blick ruhte auf Sabra und dem Baby. »Eine halbe Stunde.«

»Was?«

»Das ist das Zeitlimit, das ich Calloway und seinen Leuten gebe, um sich wieder bei mir zu melden. Wenn sie uns nicht in einer halben Stunde gehen lassen, werden wir ... werden wir unseren Plan in die Tat umsetzen«, sagte er gepresst.

»Ronnie, bitte.«

»Es bleibt dabei, Miss McCoy. Sagen Sie denen das.«

Sie wählte Calloways Nummer, und er nahm sofort ab, noch bevor das erste Klingeln des Telefons beendet war. »Ich komme jetzt mit dem Baby heraus. Sorgen Sie dafür, dass ärztliches Personal bereit steht. Ich bringe drei der Geiseln mit.«

»Nur drei?«

»Drei.«

»Was ist mit den Übrigen?«, wollte Calloway wissen.

»Das sage ich Ihnen, wenn ich draußen bin.«

Damit legte sie hastig auf.

Als Tiel auf Sabra zuging, weinte die junge Frau. »Mach's

gut, Katherine, mein kleiner Schatz. Mein süßes kleines Baby. Mommy hat dich lieb. Sehr lieb.« Sie beugte sich über das Kind, während sie seinen Geruch einatmete und es überall zärtlich streichelte. Sie küsste Katherine mehrmals auf die Wangen, dann wandte sie sich abrupt ab und vergrub ihr Gesicht schluchzend in Docs Hemd.

Tiel nahm das Baby von Gladys entgegen, die die Kleine gehalten hatte, weil Sabra nicht mehr die Kraft dazu hatte. Dann trug Tiel Katherine zu Ronnie. Als der junge Mann das Baby anblickte, stiegen Tränen in seinen Augen auf, und seine Unterlippe zitterte unkontrolliert. Er versuchte so angestrengt, hart zu sein, und scheiterte doch so kläglich.

»Danke für alles, was Sie getan haben«, sagte er zu Tiel. »Ich weiß, Sabra war froh, Sie um sich zu haben.«

Tiel blickte ihn beschwörend an. »Ich glaube nicht, dass Sie's tun werden, Ronnie. Ich weigere mich ganz einfach zu glauben, dass Sie wirklich diesen Abzug da drücken würden – könnten –, um Sabras und Ihrem Leben ein Ende zu machen.«

Er zog es vor, nichts darauf zu erwidern, und drückte dem Baby stattdessen einen Kuss auf die Stirn. »Bye, Katherine. Ich liebe dich.« Dann trat er mit einer ruckartigen, abrupten Bewegung hinter den Tresen, um das elektrische Türschloss zu entsichern.

Tiel ließ die drei anderen vor ihr hinausgehen. Bevor sie durch die Tür trat, blickte sie noch einmal über ihre Schulter zu Doc zurück. Er hatte Sabra geholfen, sich wieder auf den Boden zu legen, doch er hob den Kopf, als hätte er Tiels Blick auf sich gespürt. Ihre Blicke trafen sich nur für den Bruchteil einer Sekunde, aber es war zweifellos eine bedeutungsvolle Zeitspanne und ein nicht minder bedeutungsvoller Blickkontakt.

Dann schlüpfte sie durch die Tür und hörte das Schloss wieder hinter sich einrasten.

Aus der Dunkelheit kamen Rettungssanitäter herbeigeeilt. Offensichtlich war schon vorher festgelegt worden, dass sich jeweils zwei von ihnen um eine Geisel kümmern sollten. Vern, Gladys und Donna wurden von ihnen umringt und mit Fragen bestürmt, die Gladys in entschieden gereiztem Ton beantwortete.

Ein Mann und eine Frau in identischen weißen Arztkitteln und Hosen materialisierten sich vor Tiel. Die Frau streckte die Hände nach Katherine aus, aber Tiel war noch nicht bereit, das Baby zu übergeben. »Wer sind Sie?«

»Dr. Emily Garrett.« Die Frau stellte sich als Chefärztin der Neugeborenenstation in einem Krankenhaus in Midland vor. »Dies ist Dr. Landry Giles, Chefarzt der Entbindungsstation.«

Tiel stellte sich ebenfalls vor und sagte dann: »Ungeachtet aller gegenteiligen Äußerungen, die Sie vielleicht gehört haben, wollen die Eltern das Kind nicht zur Adoption freigeben.«

Dr. Garretts Ausdruck war so unerschütterlich und ohne Falsch, wie Tiel es sich nur hätte wünschen können. »Ich verstehe vollkommen. Wir werden auf die Ankunft der Mutter warten.«

Tiel drückte einen Kuss auf Katherines flaumigen Kopf. Sie fühlte sich mit diesem kleinen Wesen auf eine Art und Weise verbunden, wie sie sich wahrscheinlich mit keinem anderen Menschen jemals verbunden fühlen würde – sie hatte Katherines Geburt miterlebt, ihren ersten Atemzug, hatte ihren ersten Schrei gehört. Und trotzdem überraschte sie die Tiefe ihres Gefühls. »Kümmern Sie sich gut um sie.«

»Sie haben mein Wort darauf.«

Dr. Garrett nahm das Baby in Empfang und rannte mit ihm auf den wartenden Hubschrauber zu, dessen Rotoren sich bereits drehten und einen heftigen Wind erzeugten. Dr. Giles musste brüllen, um sich über den Lärm des Helikopters hinweg verständlich zu machen.

»Wie geht es der Mutter?«

»Nicht gut.« Tiel schilderte ihm in einer Kurzfassung die Wehen und die Geburt und beschrieb dann Sabras derzeitigen Zustand. »Der Blutverlust und die Infektionsgefahr machen Doc besonders große Sorgen. Sabra wird zunehmend schwächer. Ihr Blutdruck sinkt ständig ab, sagt er. Können Sie ihm auf Grund dessen, was ich Ihnen erzählt habe, irgendeinen Rat geben, was er tun soll?«

»Sie sofort in ein Krankenhaus schaffen.«

»Wir arbeiten noch daran«, erwiderte sie grimmig.

Der Mann, der in diesem Moment mit langen, zielstrebigen Schritten auf sie zukam, konnte nur Calloway sein. Er war groß und schlank und strahlte selbst in Hemdsärmeln noch Autorität aus. »Bill Calloway«, sagte er, als er vor Tiel und Dr. Giles stehen blieb, und bestätigte damit ihre Vermutung. Sie gaben sich die Hand.

Gleich darauf kam Gully in seinem O-beinigen Laufschritt auf Tiel zugehinkt. »Gott im Himmel, Mädchen, wenn ich nach dieser Nacht nicht an einem Herzinfarkt verrecke, werde ich ewig und drei Tage leben!«

Sie umarmte ihn fest. »Du wirst uns noch alle überleben.«

Am Rand der ständig wachsenden Gruppe bemerkte Tiel einen untersetzten Mann in einem weißen Cowboyhemd mit Perlmuttknöpfen. Er hielt einen Cowboyhut, ähnlich wie Docs, in den Händen. Bevor sie sich jedoch mit ihm bekannt machen konnte, wurde er von einem anderen Mann grob beiseite gestoßen.

»Miss McCoy, ich möchte mit Ihnen sprechen.«
Sie erkannte Russell Dendy auf Anhieb.
»Wie geht es meiner Tochter?«
»Sie liegt im Sterben.« Obwohl ihre Erklärung unnötig brutal erschien, konnte Tiel einfach kein Mitgefühl mit dem Millionär aufbringen. Außerdem blieb ihr gar nichts anderes übrig, als hart zuzuschlagen, wenn sie ein Loch in den Stahlpanzer dieses Mannes reißen wollte.

Kip stand im Hintergrund und nahm diese spannungsgeladene Konferenz mit seiner Videokamera auf. Der Punktscheinwerfer oben auf der Kamera war blendend hell. Zum ersten Mal in ihrer beruflichen Laufbahn empfand Tiel eine Aversion gegen dieses grelle Licht und die Verletzung der Privatsphäre, die es symbolisierte.

Ihre unverblümte Antwort auf seine Frage machte Dendy einen Augenblick lang sprachlos vor Bestürzung, was Calloway in die Lage versetzte, den anderen Mann in den Kreis zu ziehen und ihn mit Tiel bekannt zu machen. »Cole Davison, Tiel McCoy.« Die Ähnlichkeit zwischen Ronnie und seinem Vater war unverkennbar. »Wie geht es Ronnie?«, fragte er besorgt.

»Er ist fest entschlossen, Mr. Davison.« Bevor Tiel fortfuhr, blickte sie jeden der beiden Männer einen Moment lang eindringlich an. »Es ist diesen beiden jungen Leuten bitterernst mit dem, was sie sagen. Sie haben sich etwas geschworen, woran sie festhalten werden. Jetzt, wo sie wissen, dass Katherine in Sicherheit ist und ärztlich versorgt wird, wird nichts sie davon abhalten, ihren Selbstmordpakt in die Tat umzusetzen.« Sie gebrauchte diese Worte ganz bewusst, um den Ernst und die Dringlichkeit der Lage zu unterstreichen.

Calloway wahrte seine professionelle Objektivität und sprach als Erster. »Sheriff Montez sagt, dieser Doc ist ein großer, muskulöser Mann. Könnte er Ronnie nicht einfach überwältigen und ihm die Pistole entreißen?«

»Und riskieren, dass noch jemand verletzt wird oder womöglich getötet?«, fragte sie rhetorisch. »Zwei Männer haben es vorhin schon mit Gewalt versucht. Ihr Versuch endete mit Blutvergießen. Ich glaube, ich kann diese Idee im Namen von Doc unbesorgt über den Haufen werfen. Er versucht schon seit einer Weile, Ronnie dazu zu überreden, diese Sache friedlich zu beenden. Er würde jeden Vorteil verlieren, den er sich dem Jungen gegenüber verschafft hat, wenn er plötzlich über ihn herfallen würde.«

Calloway strich sich mit einer Hand durch sein schütteres Haar und beobachtete, wie der Helikopter mit Dr. Garrett und dem Neugeborenen vom Boden abhob. »Die Geiseln sind nicht in Gefahr?«, fragte er.

»Das glaube ich nicht. Obwohl zwischen Ronnie und Agent Cain oder den beiden Mexikanern alles andere als Sympathie herrscht.«

Calloway und die Umstehenden tauschten einen unbehaglichen Blick, aber bevor Tiel fragen konnte, was er bedeutete, sagte Calloway: »Kurz gesagt, Ronnie und Sabra handeln also mit ihrem eigenen Leben.«

»Genau, Mr. Calloway. Die beiden haben mich rausgeschickt, um Ihnen zu sagen, dass Sie eine halbe Stunde haben, um sich wieder mit ihnen in Verbindung zu setzen.«

»Und wie lautet ihre Bedingung?«

»Straffreiheit und die Freiheit, ihren Weg zu gehen.«

»Das ist unmöglich«, erwiderte Calloway.

»Dann werden Sie zwei tote Teenager am Hals haben.«

»Sie sind doch ein vernünftiger Mensch, Miss McCoy. Sie wissen doch selbst, dass ich mit einem angeblichen Schwerverbrecher nicht diese Art von Pauschalgeschäft abschließen kann.«

Verzweiflung und ein Gefühl der Besiegung senkten sich bleischwer auf Tiel herab. »Ich weiß, und ehrlich gesagt, ich verstehe voll und ganz, in welcher Zwangslage Sie sind, Mr. Calloway. Ich bin hier nur diejenige, die etwas ausrichten soll. Ich sage Ihnen nur das, was Ronnie mir gesagt hat. Mein Gefühl sagt mir, dass er vorhat, seine Drohung wahr zu machen, wenn Sie nicht auf seine Bedingungen eingehen. Und selbst wenn er nur bluffen sollte – Sabra blufft nicht.«

Sie blickte Dendy scharf an. »Wenn sie Ronnie nicht haben kann, wenn sie nicht ungehindert mit ihm leben kann, ist sie entschlossen, sich das Leben zu nehmen. Falls sie nicht vorher verblutet.« Zu Calloway gewandt fügte sie hinzu: »Leider ist es nicht mein Gefühl, das hier zählt. Die Entscheidung liegt nicht bei mir. Sie liegt einzig und allein bei Ihnen.«

»Nicht ganz, o nein«, erklärte Dendy. »Ich habe auch noch ein Wörtchen dabei mitzureden. Calloway, hören Sie, versprechen Sie dem Jungen von mir aus alles, was er will. Aber holen Sie mir um Gottes willen meine Tochter heil dort raus.«

Calloway warf einen Blick auf seine Armbanduhr. »Eine halbe Stunde«, sagte er brüsk. »Das ist nicht viel Zeit, und ich muss zuerst noch ein paar Anrufe machen.« Die kleine Gruppe wandte sich geschlossen zu dem FBI-Transporter um, der am Rand des Parkplatzes stand.

Gully bemerkte als Erster, dass Tiel nicht mit dem Rest von ihnen zu dem Fahrzeug ging. Er fuhr herum und betrachtete sie argwöhnisch. »Tiel?«

Sie hatte kehrt gemacht und strebte in Richtung Laden zurück. »Ich gehe wieder zurück.«

»Das kann doch nicht dein Ernst sein!« Gullys entsetzter Ausruf sprach für alle Anwesenden, die sie mit unverhüllter Bestürzung anstarrten.

»Ich kann Sabra nicht im Stich lassen.«
»Aber – «
Tiel schüttelte energisch den Kopf, um Gullys Protest im Keim zu ersticken. »Wir werden auf Ihre Entscheidung warten, Mr. Calloway«, sagte sie, während sie sich mehr und mehr von der Gruppe entfernte und entschlossen den Weg zurückverfolgte, den sie gekommen war.

## 14

Tiel wartete volle neunzig Sekunden lang vor der Tür des Ladens, bevor sie hörte, wie das Türschloss entsichert wurde. Als sie hineinging, starrte Ronnie sie misstrauisch an.

Sie zerstreute seinen Argwohn. »Keine Sorge, ich trage keine verborgene Waffe bei mir, Ronnie.«

»Was hat Calloway gesagt?«

»Er denkt über Ihre Forderungen nach. Er hat gesagt, er müsste erst noch ein paar Leute anrufen.«

»Wen? Wozu?«

»Ich nehme an, dass er nicht die Befugnis hat, Ihnen Straffreiheit zuzusichern.«

Ronnie kaute auf seiner Unterlippe, die bereits so malträtiert worden war, dass sie wund war. »Okay. Aber warum sind Sie zurückgekommen?«

»Um Ihnen zu sagen, dass Katherine in den besten Händen ist.« Sie berichtete ihm von Dr. Emily Garrett.

»Erzählen Sie das Sabra. Sie will das sicher wissen.«

Die Augen der jungen Mutter waren halb geschlossen. Ihr Atem ging flach. Tiel wusste nicht genau, ob Sabra bei Bewusstsein war und zuhörte, doch nachdem sie ihr die Ärztin beschrieben hatte, flüsterte Sabra: »Ist sie nett?«

»Sehr. Das werden Sie ja selbst sehen, wenn Sie sie kennen lernen.« Tiel blickte zu Doc hinüber, aber er maß gerade Sabras Blutdruck, und seine Augenbrauen waren zu dem besorgten Stirnrunzeln zusammengezogen, das sie inzwischen fürchten gelernt hatte. »Draußen ist noch ein anderer sehr netter Arzt, der darauf wartet, sich um Sie zu kümmern. Sein Name ist Dr. Giles. Sie haben doch keine Angst davor, in einem Hubschrauber zu fliegen, oder?«

»Ich bin schon mal in einem geflogen. Mit meinem Dad. Es war ganz okay.«

»Dr. Giles steht bereit, um Sie in das Krankenhaus in Midland zu bringen, in dem auch Ihr Baby ist. Katherine wird sich freuen, Sie zu sehen, wenn Sie dort ankommen. Sie wird wahrscheinlich schon ziemlich hungrig sein.«

Sabra lächelte, dann fielen ihr die Augen zu.

In stillschweigender Übereinkunft zogen sich Tiel und Doc wieder auf ihren inzwischen vertrauten Platz zurück. Als sie auf dem Fußboden saßen, den Rücken gegen die Tiefkühltruhe gelehnt, die Beine lang ausgestreckt und beobachteten, wie der Sekundenzeiger der Wanduhr das Zeitlimit abhakte, das Ronnie Calloway gesetzt hatte, war für Doc der ideale Moment gekommen, um die Frage zu stellen, die Tiel von ihm erwartete.

»Warum sind Sie zurückgekommen?«

Obwohl sie mit dieser Frage gerechnet hatte, hatte sie keine klare Antwort parat.

Mehrere Augenblicke verstrichen. Docs Kinn war dunkel vor Bartstoppeln, wie Tiel bemerkte, aber es musste auch schon fast vierundzwanzig Stunden her sein, seit er sich das letzte Mal rasiert hatte. Das Netz von feinen Fältchen um seine Augen schien jetzt sehr viel stärker ausgeprägt als zuvor, ein deutliches Anzeichen von Erschöpfung. Seine Kleider waren genau wie ihre schmutzig, zerknittert und blutbeschmiert.

Blut ist ein Mittel, das irgendwie verbindend wirkt, dachte Tiel. Es war nicht unbedingt das Ritual der Blutsfreundschaft, bei dem zwei Individuen ihr Blut miteinander vermischten, das ein unauflösbares, fast mystisches Band zwischen ihnen schuf. Es konnte jedermanns vergossenes Blut sein, das Menschen vereinte.

Man brauchte ja nur an die Überlebenden von Flugzeugunglücken, Zugunfällen, Naturkatastrophen und Terroristenüberfällen zu denken, die auf Grund des gemeinsam erlebten Traumas bleibende Freundschaften untereinander geschlossen hatten. An die Veteranen desselben Krieges, die unter sich eine Sprache sprachen, die für Außenstehende, die nicht dabei gewesen waren und ähnliche Gräuel erlebt hatten, völlig unverständlich war. An das Blutvergießen bei der Explosion in Oklahoma City, an die Schießereien in öffentlichen Schulen und andere unvorstellbar schreckliche Ereignisse, die ehemals Fremde so fest zusammengeschmiedet hatten, dass diese Beziehungen ein Leben lang bestehen bleiben würden.

Die Überlebenden solcher Katastrophen hatten eine gemeinsame Basis. Ihre Verbindung war selten und einzigartig, wurde manchmal falsch ausgelegt und missverstanden, war aber fast immer unerklärlich für alle diejenigen, die nicht die gleichen Ängste durchgemacht hatten.

Tiel hatte sich mit ihrer Antwort so lange Zeit gelassen, dass Doc seine Frage wiederholte. »Warum sind Sie zurückgekommen?«

»Ich habe es für Sabra getan«, erwiderte sie. »Ich war die einzige Frau unter den Geiseln, die noch übrig geblieben war. Ich dachte, sie würde mich vielleicht brauchen. Und...«

Doc zog die Beine an, stützte seine Unterarme auf die Knie und blickte Tiel an, während er geduldig darauf wartete, dass sie ihren Gedanken zu Ende führte.

»Und ich hasse es, etwas anzufangen und es dann nicht zu beenden. Ich war hier, als diese Sache anfing, deshalb dachte ich, ich sollte auch so lange hier bleiben, bis sie vorbei ist.«

Ganz so einfach war es jedoch nicht. Der Grund, warum sie zurückgekehrt war, war weitaus komplexer, aber sie wusste beim besten Willen nicht, wie sie Doc ihre vielschichtigen Beweggründe erklären sollte, wenn sie ihr selbst noch nicht einmal richtig klar waren. Warum war sie jetzt nicht dort draußen und berichtete in einer live Außenübertragung über die Ereignisse, um sich die außergewöhnlichen Einblicke zu Nutze zu machen, die sie in diese Story gewonnen hatte? Warum nahm sie keine Interviews auf Band auf, um sie mit den dramatischen Bildern zu kombinieren, die Kip mit seiner Videokamera einfing?

»Was haben Sie eigentlich hier draußen gemacht?«

Docs Frage riss sie abrupt aus ihren Gedanken. »In Rojo Flats?« Sie lachte. »Ich war im Urlaub.« Sie erklärte ihm, wie sie gerade unterwegs nach New Mexico gewesen war, als sie plötzlich im Autoradio von der so genannten Entführung gehört hatte. »Daraufhin habe ich Gully angerufen, der mir den Auftrag erteilte, Cole Davison zu interviewen. Auf meinem Weg nach Hera habe ich mich dann verfahren. Ich habe hier angehalten, um die Toilette zu benutzen und noch einmal bei Gully anzurufen und mich nach dem Weg zu erkundigen.«

»War er derjenige, mit dem Sie gesprochen haben, als ich in den Laden gekommen bin?«

Tiel blickte ihn scharf an, ihr Ausdruck fragend.

Doc hob die Schultern in einem leichten Achselzucken. »Ich habe Sie bemerkt, als Sie da drüben am Telefon gestanden haben.«

»Tatsächlich? Oh.« Ihre Blicke trafen sich und verschmolzen miteinander und es kostete Tiel große Anstrengung, diesen intensiven Blickkontakt abzubrechen. »Jedenfalls, ich habe meinen Anruf gemacht und wollte gerade ein paar Snacks für unterwegs kaufen, als... als doch tatsächlich keine Geringeren als Ronnie und Sabra hereinkamen.«

»Das allein ist schon eine heiße Story.«

»Ich konnte mein Glück kaum fassen.« Sie lächelte gequält. »Man sollte vorsichtig sein mit dem, was man sich wünscht.«

»Das bin ich.« Nach einer kurzen Pause fügte er hinzu: »Jetzt.«

Diesmal war sie diejenige, die schweigend darauf wartete, dass er weitersprach, um ihm Gelegenheit zu geben, seinen Gedanken entweder weiter auszuführen oder das Thema fallen zu lassen. Er schien sich durch ihr Schweigen ebenso unter Druck gesetzt zu fühlen, wie es ihr zuvor bei ihm ergangen war, denn er ließ seine Schultern kreisen, als ob seine niederdrückenden Gedanken darauf lasteten.

»Nachdem ich von Sharis Affäre erfahren hatte, wollte ich, dass sie...« Er zögerte und begann dann erneut. »Ich war so stinkwütend, dass ich wollte, dass sie...«

»Leidet.«

»Ja.«

Der lange Seufzer, den er bei diesem Wort ausstieß, bekundete seine Erleichterung darüber, dass er dieses Geständnis endlich losgeworden war. Vertrauliche Mitteilungen fielen einem Mann wie ihm, der tagtäglich mit Kämpfen auf Leben und Tod zu tun gehabt hatte, sicher nicht leicht. Die Tatsache, dass Bradley Stanwick den Mut und die Hartnäckigkeit besessen hatte, gegen einen solch scheinbar übermächtigen Feind wie den Krebs zu kämpfen, ließ darauf schließen, dass zu seiner charakterlichen Veranlagung sicherlich eine gehörige Portion des Halbgott-Komplexes gehörte. Verwundbarkeit, jedes Zeichen von Schwäche, war mit diesem Wesenszug unvereinbar.

Tiel fühlte sich geschmeichelt, dass er ihr eine Schwäche eingestanden hatte, ihr einen flüchtigen Blick auf diese nur allzu menschliche Seite seines Selbst enthüllt hatte. Sie nahm an, dass traumatische Situationen auch dafür gut waren. Ähnlich wie bei einem Geständnis auf dem Sterbebett dachte er vielleicht, dass dies die letzte Chance war, die er haben würde, um sein Herz auszuschütten und sich von den niederdrückenden Schuldgefühlen wegen der tödlichen Krankheit seiner Ehefrau zu befreien, die er jahrelang mit sich herumgeschleppt hatte.

»Die Krebserkrankung Ihrer Frau war keine Strafe für ihre Untreue«, sagte Tiel sanft. »Und sie war auch ganz sicherlich nicht Ihre Rache.«

»Ich weiß. Vom Verstand und von der Logik her weiß ich das natürlich. Aber als Shari das Schlimmste durchmachte – und glauben Sie mir, es war die reine, unverfälschte Hölle –, habe ich das irgendwie gedacht. Ich dachte, dass ich ihr die Krankheit unbewusst angehängt hätte.«

»Und deshalb bestrafen Sie sich jetzt mit dieser selbst auferlegten Verbannung von Ihrem Beruf.«

Er feuerte sofort zurück: »Und Sie tun das nicht?«

»Was?«

»Sich bestrafen, weil Ihr Mann getötet wurde. Sie schuften für zwei, um Wiedergutmachung für den schweren Verlust zu leisten, der durch seinen Tod entstand.«

»Das ist doch lächerlich!«, erwiderte Tiel aufgebracht.

»Ach ja?«

»Ja. Ich arbeite so hart, weil mir mein Job Spaß macht.«

»Aber Sie werden nie genug tun können, nicht?«

Eine wütende Entgegnung erstarb auf ihren Lippen. Sie hatte nie die psychologischen Hintergründe hinter ihrem Ehrgeiz untersucht. Oder, genauer gesagt, sie hatte sich nie *erlaubt*, sie zu untersuchen. Aber nun, da sie mit dieser Hypothese konfrontiert worden war, musste sie zugeben, dass da etwas dran war. Der Ehrgeiz war schon immer da gewesen. Sie war mit einer Typ-A-Persönlichkeit geboren worden, war immer ein leistungsorientierter Mensch gewesen, jemand, der mehr leistete als erwartet.

Aber nicht in dem ausgeprägten Maße wie in den letzten Jahren. Sie verfolgte ihre Ziele wie besessen und konnte spürbare Fehlschläge nur sehr schwer verkraften. Sie arbeitete ausschließlich. Es ging nicht darum, dass ihr Beruf Vorrang vor allen anderen Bereichen ihres Lebens hatte: *Er war* ihr Leben. War ihr arbeitswütiges, an Besessenheit grenzendes Streben nach Erfolg eine selbst auferlegte Bestrafung für jene wenigen unglücklich gewählten Worte, die sie damals in der Hitze des Zorns gesprochen hatte? War Schuldbewusstsein ihre treibende Kraft?

Sie versanken in Schweigen, während jeder von ihnen seinen eigenen beunruhigenden Gedanken nachhing und mit den persönlichen Dämonen rang, die anzuerkennen sie gezwungen worden waren.

»Wo in New Mexico?«

»Was?« Tiel wandte sich zu Doc um. »Ach so, Sie meinen mein Urlaubsziel? Angel Fire.«

»Hab schon mal von dem Ort gehört. Bin aber noch nie da gewesen.«

»Bergluft und klare Bäche. Espenwälder. Sie würden jetzt grün sein, nicht golden, aber ich habe gehört, dass es dort wunderschön ist.«

»Gehört? Sie sind also auch noch nie dort gewesen?«

Sie schüttelte den Kopf. »Eine Freundin hatte mir ihre Eigentumswohnung für diese Urlaubswoche zur Verfügung gestellt.«

»Sie wären inzwischen dort angekommen, wenn alles nach Plan verlaufen wäre, und hätten sich einen gemütlichen Abend machen können. Was für ein Jammer, dass Sie Gully von unterwegs aus angerufen haben.«

»Ich weiß nicht, Doc.« Sie blickte kurz zu Sabra hinüber, dann sah sie Doc wieder an. Betrachtete ihn eingehend. Um jede Nuance seines zerfurchten Gesichts in sich aufzunehmen. Um in die Tiefen seiner Augen einzutauchen. »Ich hätte das hier um nichts auf der Welt verpassen mögen.«

Der Drang, ihn zu berühren, war fast unwiderstehlich. Sie widerstand zwar dem Bedürfnis, aber sie unterbrach nicht den Blickkontakt. Er dauerte lange, sehr lange, während ihr Herz hart und schwer gegen ihre Rippen hämmerte und alle ihre Sinne von dem süßen Bewusstsein seiner Nähe vibrierten.

Sie zuckte erschrocken zusammen, als plötzlich das Telefon schrillte.

Unbeholfen rappelte sie sich vom Boden auf, und Doc tat es ihr nach.

Ronnie riss den Hörer von der Gabel. »Mr. Calloway?«

Er hörte eine Zeit lang zu, die Tiel wie eine Ewigkeit vorkam. Wieder unterdrückte sie den Impuls, Doc zu berühren. Sie wollte seine Hand nehmen und sich daran festklammern, wie es Menschen gewöhnlich tun, wenn sie darauf warten, eine lebensverändernde Nachricht zu erfahren.

Schließlich drehte sich Ronnie zu ihnen um und drückte die Hörmuschel an seine Brust. »Calloway sagt, er hat den Bezirksstaatsanwalt von Tarrant County, was immer das auch für ein Bezirk sein mag, plus einen Richter und beide Elternpaare dazu überredet, sich mit ihm zusammenzusetzen, um diese Sache auszuhandeln und eine Lösung zu finden. Er sagt, wenn ich mich der mir zur Last gelegten Straftaten schuldig bekenne und mich einer Therapie unterziehe, bekomme ich vielleicht Bewährung und muss nicht ins Gefängnis. Vielleicht.«

Tiel wäre vor Erleichterung fast zusammengebrochen. Ein kleines Lachen stieg aus ihrer Kehle auf. »Das ist super, einfach super!«

»Es ist wirklich ein guter Deal, Ronnie«, sagte Doc. »Ich an Ihrer Stelle würde ihn sofort annehmen.«

»Sabra, ist das okay für dich? Bist du damit einverstanden?«

Als Sabra keine Antwort gab, riss Doc Tiel beinahe von den Füßen, als er sich hastig an ihr vorbeidrängte und sich neben das Mädchen kniete. »Sie ist bewusstlos.«

»O Gott!«, rief Ronnie mit erstickter Stimme. »Ist sie tot?«

»Nein, aber sie braucht Hilfe. Und zwar schleunigst.«

Tiel ließ Sabra in Docs Obhut und bewegte sich auf Ronnie zu. Sie hatte Angst, dass er in seiner Verzweiflung vielleicht noch die Pistole gegen sie selbst richten würde. »Sagen Sie Calloway, dass Sie mit seinen Bedingungen einverstanden sind. Ich werde jetzt ihre Fesseln durchschneiden«, fügte sie hinzu und wies dabei auf Cain, Juan und Nummer Zwei. »Okay?«

Ronnie gab keine Antwort. Er war wie gelähmt vor Entsetzen über den Anblick, der sich ihm bot, als Doc Sabra auf seine Arme hob. Blut durchtränkte augenblicklich seine Kleider. »O Gott, o nein, was habe ich bloß getan?«, stöhnte Ronnie.

»Sparen Sie sich Ihre Reue für später auf«, sagte Doc streng. »Sagen Sie Calloway, dass wir jetzt rauskommen.«

Der benommene junge Mann gehorchte und begann, in die Sprechmuschel zu murmeln. Tiel holte rasch die Schere, die sie vorhin benutzt hatten, und kniete sich neben Cain. Sie säbelte das Isolierband um seine Fußgelenke durch. »Was ist mit meinen Händen?« Er sprach mit schwerer Zunge. Der Agent hatte offenbar eine Gehirnerschütterung erlitten.

»Erst wenn Sie draußen sind.« Tiel traute ihm noch immer nicht. Sie befürchtete, dass er selbst jetzt noch versuchen würde, den Helden zu spielen.

Cains Augen verengten sich zu Schlitzen. »Sie stecken ganz schön in der Scheiße, Lady.«

»Wie gewöhnlich«, witzelte Tiel und ging zu den beiden Mexikanern.

Juan ertrug seine Beinverletzung mit stoischem Gleichmut, aber sie konnte Zorn von ihm ausstrahlen fühlen wie Hitze von einem Brennofen. Sie achtete sorgfältig darauf, so viel Abstand wie möglich von ihm zu halten, als sie das Isolierband um seine Fußgelenke durchschnitt. Es kostete einige Mühe. Vern hatte wirklich ausgezeichnete Arbeit geleistet.

Gegen den anderen Mann, dem sie den Spitznamen Nummer Zwei gegeben hatte, empfand sie sogar eine noch stärkere Aversion. Er musterte sie mit unverhüllter Feindseligkeit und einer bewusst erniedrigenden sexuellen Anzüglichkeit, die ihr umso mehr das Gefühl vermittelte, dringend eine Dusche zu brauchen.

Nachdem diese Aufgabe erledigt war, sagte sie: »Doc, gehen Sie als Erster«, und winkte ihn zur Tür. »In Ordnung, Ronnie?«

»Ja, ja, in Ordnung. Bringen Sie Sabra zu jemandem, der ihr helfen kann, Doc.«

Tiel ging zur Tür und hielt sie für ihn auf. Sabra sah wie eine bleiche Lumpenpuppe in Docs Armen aus. Wie eine Tote. Ronnie berührte liebevoll ihr Haar, ihre Wange. Als sie nicht reagierte, stöhnte er gequält.

»Ruhig Blut, Ronnie, nur keine Panik. Sie lebt«, versicherte Doc ihm. »Sie wird schon wieder auf die Beine kommen.«

»Dr. Giles«, informierte Tiel Doc, als er sich mit dem Mädchen an ihr vorbeischob.

»Alles klar.«

In Sekundenschnelle war er draußen in der Dunkelheit verschwunden und rannte mit dem bewusstlosen Mädchen in den Armen über den Parkplatz.

»Sie gehen als Nächste«, sagte Ronnie zu Tiel.

Sie schüttelte den Kopf. »Ich bleibe bei Ihnen. Wir werden zusammen rausgehen.«

»Sie trauen denen nicht?«, fragte er mit einer Stimme, die hoch und schrill vor Angst klang. »Sie glauben, Calloway wird versuchen, irgendeinen Trick abzuziehen?«

»Ich traue *denen* da nicht«, erwiderte sie und wies mit einer Kopfbewegung auf die drei anderen Geiseln. »Lassen Sie sie besser zuerst rausgehen.«

Ronnie dachte über ihren Rat nach, aber nur einen flüchtigen Moment lang. »Okay. Sie da! Cain. Gehen Sie!«

Der besiegte FBI-Agent schlich mit eingekniffenem Schwanz an ihnen vorbei. Da seine Hände noch immer gefesselt waren, hielt Tiel erneut die Tür auf. Noch verletzender als die Schläge und Fußtritte gegen seinen Kopf war der Schlag, der seinem Stolz versetzt worden war. Zweifellos fürchtete er sich davor, seinen Kollegen gegenüberzutreten, besonders Calloway.

Ronnie wartete, bis Cain von der Menge von Sanitätern und Beamten verschluckt worden war, bevor er Juan und Nummer Zwei zur Tür winkte. »Sie sind dran. Na los, gehen Sie!«

Nachdem sie zweimal zu fliehen versucht hatten, schienen sie jetzt plötzlich gar nicht mehr darauf erpicht, den Laden zu verlassen. Sie schlurften widerwillig vorwärts, während sie auf Spanisch miteinander murmelten.

»Nun machen Sie schon«, sagte Tiel und schob die beiden Männer ungeduldig zur Tür. Sie brannte darauf zu erfahren, wie es Sabra ging.

Juan ging als Erster, merklich hinkend. Auf der Türschwelle zögerte er, während sein Blick blitzschnell zu verschiedenen Punkten auf dem Parkplatz schoss. Nummer Zwei hing Juan praktisch auf den Fersen und stand Bauch an Hinterteil hinter ihm, als ob er den anderen Mann als Schutzschild benutzte. Sie traten durch die Tür.

Tiel hatte sich gerade abgewandt, um mit Ronnie zu sprechen, als die Vorderfront des Ladens plötzlich von grellem Licht überflutet wurde. In der nächsten Sekunde kamen die Männer des Sondereinsatzkommandos wie eine Schar von schwarzen Käfern aus jedem nur denkbaren Versteck herausgeflitzt. Ihre Anzahl überraschte Tiel. Sie hatte noch nicht einmal ein Drittel von ihnen gesehen, als sie vorhin hinausgegangen war, um sich mit Calloway zu beraten.

Ronnie fluchte laut und duckte sich hastig hinter den Tresen. Tiel schrie, aber vor Wut und Empörung, nicht vor Angst. Sie war viel zu wütend, um Angst zu empfinden.

Seltsamerweise umzingelten die Beamten der Kampfeinheit jedoch Juan und Nummer Zwei und befahlen ihnen, sich mit dem Gesicht nach unten auf den Boden zu legen. Der verletzte Juan hatte keine andere Wahl, als zu gehorchen. Er brach praktisch zusammen.

Nummer Zwei dagegen machte unvermittelt einen Satz vorwärts, ohne sich um die gebrüllten Warnungen zu kümmern, und rannte wie der Blitz davon, wurde jedoch fast augenblicklich überwältigt und hart auf den Asphalt gestoßen. Noch bevor Tiel in sich aufnehmen konnte, was dort passierte, war es schon wieder vorbei. Die beiden Männer wurden mit Handschellen gefesselt und von den Beamten des Sondereinsatzkommandos abgeführt.

Die grellen Scheinwerfer verlöschten ebenso abrupt, wie sie aufgeflammt waren.

»Ronnie?« Sein Name wurde durch ein Megafon gerufen.

»Ronnie? Miss McCoy?« Es war Calloway. »Haben Sie keine Angst. Sie sind in der Gesellschaft von zwei äußerst gefährlichen Männern gewesen. Wir haben sie auf dem Videoband gesehen und wieder erkannt. Sie werden von der hiesigen Polizei und den mexikanischen Behörden gesucht. Das ist der Grund, warum sie so scharf darauf waren zu fliehen. Aber sie sind jetzt in unserem Gewahrsam. Sie beide können jetzt also gefahrlos herauskommen.«

Tiel, alles andere als beruhigt über diese Information, kochte vor Wut. Wie hatte Calloway es wagen können, sie nicht vor der potenziellen Gefahr zu warnen! Aber sie konnte ihrem Zorn jetzt nicht Luft machen. Sie würde sich Calloway und Genossen später vorknöpfen.

Mit so viel Gelassenheit, wie sie aufbringen konnte, sagte sie zu Ronnie: »Sie haben gehört, was er gesagt hat. Alles ist okay. Die Scheinwerfer und das Sondereinsatzkommando hatten nichts mit Ihnen zu tun. Gehen wir.«

Er sah noch immer völlig verängstigt und unsicher aus. Jedenfalls machte er keine Anstalten, hinter dem Tresen hervorzukommen.

*Lieber Gott, bitte lass mich jetzt keinen tödlichen Fehler machen!* betete Tiel im Stillen. Sie durfte Ronnie nicht zu stark unter Druck setzen, aber sie musste andererseits genug Druck auf ihn ausüben, um ihn dazu zu bringen, sich in Bewegung zu setzen.

»Ich glaube, es wäre das Beste, wenn Sie die Waffen hier lassen würden, meinen Sie nicht auch? Legen Sie sie da auf den Tresen. Dann können Sie mit erhobenen Händen hinausgehen, und die dort draußen werden wissen, dass Sie die ehrliche Absicht haben, diesen Konflikt friedlich beizulegen.« Ronnie rührte sich noch immer nicht. »Richtig?«

Er sah erschöpft, niedergeschlagen, besiegt aus. *Nein, nein, nicht besiegt*, korrigierte Tiel sich in Gedanken. Wenn er dies hier als eine Niederlage betrachtete, würde er womöglich nicht hinausgehen. Er würde sich womöglich für das entscheiden, was ihm als der leichtere Ausweg aus dieser Sackgasse erscheinen würde.

»Sie haben außergewöhnlichen Mut bewiesen, Ronnie«, sagte sie im Plauderton. »Sie haben sich Russell Dendy gegenüber behauptet. Sie haben den Kampf mit dem FBI aufgenommen. Und Sie haben gewonnen. Was Sie und Sabra von Anfang an wollten, war, Gehör zu finden, jemanden, der Ihnen zuhört und fair zu Ihnen ist. Und Sie haben die dort draußen dazu gebracht, genau das zu tun. Das ist schon eine tolle Leistung.«

Sein Blick schweifte zu ihr. Sie lächelte, hoffte inständig, dass ihr Lächeln nicht so aufgesetzt und hölzern aussah, wie es sich anfühlte – wie es tatsächlich war. »Legen Sie die Waffen nieder und lassen Sie uns gehen. Ich werde auch Ihre Hand halten, wenn Sie das möchten.«

»Nein. Nein. Ich werd allein rausgehen.« Er legte die beiden Schusswaffen auf den Tresen, und als er seine schweißfeuchten Handflächen an den Beinen seiner Jeans abwischte, stieß Tiel den Atem aus, den sie angehalten hatte.

»Gehen Sie voraus«, sagte er. »Ich bin direkt hinter Ihnen.«

Sie zögerte, beunruhigt wegen der Schusswaffen, die noch immer in seiner Reichweite waren. War seine scheinbare Bereitwilligkeit nur ein Trick? »Okay, ich gehe jetzt. Kommen Sie?«

Er leckte sich über seine zerkauten Lippen. »Ja.«

Nervös wandte Tiel sich zur Tür um, öffnete sie und trat hindurch. Der Himmel war jetzt nicht mehr schwarz, wie ihr auffiel, sondern dunkelgrau, sodass sich all die vielen Fahrzeuge und Menschen als dunkle Silhouetten gegen den Horizont abhoben. Die Luft war bereits heiß und trocken.

Es wehte ein leichter Wind, vermischt mit feinkörnigem Sand, der über ihre Haut schürfte, als er sie traf.

Sie machte einige zögernde Schritte, bevor sie über ihre Schulter zurückblickte. Ronnie hatte die Hand auf der Tür, bereit, sie aufzustoßen. Nichts deutete darauf hin, dass er eine Waffe in der Hand hielt. *Mach jetzt bloß keine Dummheit, Ronnie. Du hast es gleich geschafft.*

In einiger Entfernung vor ihr konnte sie eine Gruppe von Männern ausmachen, die auf sie warteten. Calloway. Mr. Davison. Gully. Sheriff Montez.

Und Doc. Er stand auch da. Ein kleines Stück entfernt von den anderen. Groß. Breitschultrig. Die Haare vom Wind zerzaust.

Aus den Augenwinkeln sah Tiel, wie die Beamten des Sondereinsatzkommandos Nummer Zwei unter strenger Bewachung in einen Transporter verfrachteten. Die Tür wurde zugeknallt, und der Transporter brauste mit jaulenden Reifen vom Parkplatz. Juan war mit Handschellen gefesselt auf eine Tragbahre gelegt worden, wo sich Sanitäter um seine Schussverletzung kümmerten.

Tiels Blick war gerade an ihm vorbeigeglitten, als er jäh zurückzuckte. Juan hatte plötzlich begonnen, sich vehement gegen den Sanitäter zu wehren, der gerade eine Infusionsnadel in seinen Handrücken einzuführen versuchte. Wie ein Irrer in einer Zwangsjacke wand er sich heftig hin und her, schlug wild mit seinen gefesselten Armen um sich. Seine Lippen bewegten sich, formten Worte, und Tiel fragte sich, warum sie das eigentlich so verwirrend fand.

Dann erkannte sie, dass die Worte, die er schrie, auf Englisch waren.

Aber wieso, er spricht doch gar nicht Englisch, dachte sie dümmlich. Nur Spanisch.

Außerdem ergaben seine Worte überhaupt keinen Sinn,

denn er brüllte aus voller Kehle: »Er hat ein Gewehr! Da! Schnell! Warum tut denn keiner was? O, Gott, nein!«

Tiel registrierte die Worte den Bruchteil einer Sekunde bevor Juan blitzschnell von der Tragbahre sprang, quer über den Asphalt hechtete und sich dann mit einem gewaltigen Satz auf den bewaffneten Mann stürzte, wobei er dem anderen hart seine Schulter in den Unterkörper rammte und mit ihm zu Boden ging.

Aber nicht, bevor Russell Dendy einen sauberen Schuss aus einem Jagdgewehr abfeuern konnte.

Tiel hörte den ohrenbetäubenden Knall und wirbelte herum, um zu sehen, wie die Tür des Gemischtwarenladens zu Bruch ging und sich ein Hagel von Glassplittern auf Ronnies auf dem Bauch liegende Gestalt ergoss. Sie erinnerte sich später nicht mehr, ob sie geschrien hatte oder nicht. Sie erinnerte sich später auch nicht mehr daran, wie sie wie von allen Höllenhunden gehetzt zum Ladeneingang zurückgerannt war oder wie sie sich trotz der Glasscherben neben Ronnie auf Hände und Knie hatte fallen lassen.

Sie erinnerte sich jedoch noch deutlich, wie sie Juan rufen hörte – um sein Leben zu retten: »Martinez, Kriminalbeamter im Untergrund! Martinez, ich arbeite als verdeckter Ermittler der Finanzbehörden!«

## 15

Das Desinfektionsmittel, das der Sanitäter auf Tiels Hände und Knie tupfte, brannte höllisch. Die scharfkantigen Glasscherben hatten sich durch den Stoff ihrer Hose gebohrt, die man ihr oberhalb der Knie abgeschnitten hatte.

Tiel hatte die Schnittwunden überhaupt nicht wahrgenommen, bis der Sanitäter mit einer winzigen Pinzette Glassplitter daraus zu entfernen begann. Erst da hatten sie zu schmerzen angefangen. Der Schmerz war jedoch nicht weiter wichtig. Tiel war weitaus mehr an dem interessiert, was um sie herum vorging, als an den oberflächlichen Verletzungen, die sie erlitten hatte.

Auf einer Tragbahre sitzend – sie hatte sich geweigert, in den Krankenwagen zu steigen –, versuchte sie, um den Mann, der sie behandelte, herum zu sehen. Es war eine chaotische Szene. Im blassen Schein der Morgendämmerung erzeugten die Lichter von einem Dutzend Polizeifahrzeugen und Notarztwagen ein Schwindel erregendes Kaleidoskop von blitzenden, farbigen Lichtern. Ärzte und Sanitäter – das heißt, diejenigen, die nicht Ronnie zu Hilfe geeilt waren – kümmerten sich um Tiel, Undercover-Agent Martinez und Cain.

Den Medien war der Zutritt zum unmittelbaren Schauplatz des Geschehens verwehrt worden, aber am Himmel schwirrten unentwegt Nachrichten-Helikopter wie riesige Insekten. Auf einer Anhöhe mit Ausblick auf die Bodensenke, die als Rojo Flats bekannt war, parkte ein ganzer

Konvoi von Fernsehübertragungswagen. Die Satellitenschüsseln auf ihren Dächern reflektierten die Strahlen der aufgehenden Sonne.

Normalerweise wäre dies die Art von Schauplatz gewesen, auf dem Tiel McCoy so richtig zu Topform auflief. Normalerweise hätte sie sich hier voll und ganz in ihrem Element gefühlt. Aber der gewohnte Adrenalinstoß hatte sich diesmal einfach nicht einstellen wollen, als sie in die Linse der Videokamera blickte, um ihren Livebericht zu erstatten.

Sie hatte versucht, ihren üblichen Enthusiasmus aufzubringen, doch sie wusste, er fehlte, und sie konnte nur hoffen, dass die Fernsehzuschauer nichts davon merken würden, oder falls doch, dass sie dann ihren Mangel an Elan auf die Nerven zermürbende Tortur zurückführen würden, die sie durchgemacht hatte.

Ihre Berichterstattung hatte ganz sicherlich einen dramatischen Hintergrund. Sie hatte förmlich in das Mikrofon schreien müssen, als der CareFlight-Hubschrauber vom Boden abhob, um Ronnie Davison in das nächste Noteinsatz-Rettungszentrum zu bringen, wo schon ein Operationsteam bereit stand, um die Schusswunde in seiner Brust zu behandeln. Der heftige Wind, den die wirbelnden Helikopterrotoren erzeugten, peitschte ihr Sand in die Augen. Es war der umherfliegende Sand, dem Tiel ihre unprofessionellen Tränen zuschrieb.

Sobald sie ihre improvisierte Zusammenfassung der dramatischen Ereignisse der letzten sechs Stunden beendet hatte, reichte sie das drahtlose Mikrofon lustlos an Kip zurück, der sie auf die Wange küsste, »Absolut super, Tiel!«, sagte und dann davoneilte, um weitere Aufnahmen zu schießen und sich den Umstand zu Nutze zu machen, dass er wegen seiner Zusammenarbeit mit Tiel als einziger Kameramann Zutritt zum Tatort hatte.

Erst nachdem dieser geschäftliche Teil erledigt war, hatte Tiel eingewilligt, ihre blutenden Handflächen und Knie untersuchen zu lassen. Jetzt sagte sie zu dem Sanitäter: »Sie müssen doch etwas wissen.«

»Tut mir Leid, Miss McCoy, ich weiß nichts.«

»Oder Sie wollen es mir nicht sagen.«

Der Mann warf ihr einen zurückhaltenden Blick zu. »Ich weiß wirklich nichts.« Er schraubte die Flasche mit dem Desinfektionsmittel wieder zu. »Sie sollten wirklich ins Krankenhaus gehen und Ihre Hände bei besserem Licht untersuchen lassen. Es könnten immer noch Glassplitter –«

»Es sind keine Splitter mehr drin. Mir geht's gut.« Tiel sprang von der Bahre. Ihre Knie wurden allmählich steif und entzündet von den zahlreichen Schnittwunden, aber sie verbarg ihre Grimasse vor dem Sanitäter. »Vielen Dank.«

»Tiel, alles okay mit dir?« Gully kam schnaufend und keuchend auf sie zugerannt. »Diese FBI-Dumpfbacken wollten mich nicht vorbeilassen, bis deine Hände und Knie verarztet waren. Das Video ist fantastisch, Mädchen. Das Beste, das du jemals gemacht hast. Wenn dir das nicht den Auftritt in *Nine Live* einbringt, dann ist das Leben einfach nicht gerecht, und ich selbst werde aus dem Fernsehgeschäft aussteigen.«

»Hast du irgendwas über Ronnies Zustand gehört?«

»Überhaupt nichts.«

»Über Sabra?«

»Nichts. Jedenfalls nicht, seit dieser Cowboy sie diesem Dr. Giles übergeben hat und sie in dem Hubschrauber abtransportiert worden ist.«

»Apropos Doc, ist er irgendwo in der Nähe?«

Gully hörte sie nicht. Er schüttelte den Kopf und murmelte: »Wünschte, ich hätte diesem Dendy mal ordentlich eins vor den Latz knallen können. Ein paar Minuten mit mir, und er hätte das Leben gehasst.«

»Ich nehme an, er ist festgenommen worden«, sagte Tiel.

»Der Sheriff hat ihn von drei Deputys – den schäbigsten Käuzen, die ich jemals gesehen habe – ins Untersuchungsgefängnis schaffen lassen.«

Obwohl sie es mit eigenen Augen gesehen hatte, konnte Tiel noch immer nicht richtig glauben, dass Dendy auf Ronnie Davison geschossen hatte. Sie brachte ihre Bestürzung Gully gegenüber zum Ausdruck. »Ich verstehe einfach nicht, wie das passieren konnte.«

»Weil keiner auf ihn geachtet hat. Er hatte für Calloway eine überzeugende Schau abgezogen. Tränen, Händeringen, Zerknirschung, die ganze Palette. Er gab zu, dass er die Dinge völlig falsch angepackt hatte. Er vermittelte uns den absolut glaubhaften Eindruck, dass er seine Fehler eingesehen hatte, dass alles vergeben und vergessen war und dass er einzig und allein um Sabras Sicherheit besorgt war. Dieser verlogene Scheißkerl!«

Tiels aufgestaute Emotionen stiegen brodelnd an die Oberfläche, und sie begann zu weinen. »Es ist meine Schuld, Gully. Ich hatte Ronnie versichert, dass er gefahrlos herauskommen könnte, dass ihm nichts passieren würde, wenn er sich ergeben würde.«

»Das ist das, was wir ihm alle versichert hatten, Miss McCoy.«

Sie drehte sich zu der vertrauten Stimme um, und ihre Tränen trockneten im Bruchteil von Sekunden. »Ich bin sehr böse auf Sie, Agent Calloway.«

»Wie Ihr Kollege Ihnen gerade erklärt hat, bin ich bedauerlicherweise auf Dendys Reue-Nummer hereingefallen. Keiner wusste etwas davon, dass er ein Jagdgewehr mitgebracht hatte.«

»Es geht nicht nur darum. Sie hätten mich gefälligst vor diesem Huerta warnen können, als ich mit dem Baby herauskam.«

»Und wenn Sie gewusst hätten, wer er war, was hätten Sie dann getan?«

Tja, was hätte sie dann getan? Tiel wusste es nicht, aber irgendwie schien das jetzt auch völlig belanglos zu sein. Sie fragte: »Haben Sie gewusst, dass Martinez ein Ermittler des Finanzministeriums ist?«

Calloway machte ein betretenes Gesicht. »Nein. Wir hatten angenommen, er wäre einer von Huertas Handlangern.«

Als sie sich daran erinnerte, wie sich der verwundete, mit Handschellen gefesselte Mann auf Dendy gestürzt hatte, sagte sie: »Er hat etwas unglaublich Mutiges getan. Er hat nicht nur seine Tarnung auffliegen lassen, sondern auch sein Leben riskiert. Wenn einer der anderen Beamten schneller reagiert hätte...« Sie schauderte bei der Vorstellung, wie der Körper des jungen Mannes von Kugeln aus den Waffen seiner eigenen Kollegen durchsiebt worden wäre.

»Daran habe ich auch gedacht«, gestand Calloway grimmig. »Übrigens, er möchte mit Ihnen sprechen.«

»Mit mir?«

»Sind Sie dazu aufgelegt?«

Calloway führte sie zu einem anderen Notarztwagen, während er sie auf dem Weg dorthin über Martinez' Gesundheitszustand informierte. »Die Kugel ist geradewegs durch sein Bein hindurchgegangen, ohne einen Knochen oder eine Arterie zu verletzen. Das ist schon das zweite Mal in dieser Nacht, dass er enormes Glück gehabt hat.« Er half Tiel in den Fond des Notarztwagens.

Der behelfsmäßige Verband, den Doc an Martinez' Oberschenkel angelegt hatte, war inzwischen durch einen sterilen Druckverband ersetzt worden. Das blutdurchtränkte T-Shirt war auf den Haufen von anderen infektiösen Abfällen geworfen worden, die entsorgt werden sollten. Beim Anblick des T-Shirts zog sich Tiels Herz schmerzlich zusammen. Sie sah in Gedanken wieder vor sich, wie Doc den primitiven Notverband für die Verletzung fabrizierte, die er dem Mann selbst beigebracht hatte.

Martinez hing am Tropf und bekam außerdem eine Bluttransfusion. Aber seine Augen waren klar. »Miss McCoy.«

»Agent Martinez. Sie sind sehr gut in Ihrem Job. Sie haben uns alle getäuscht.«

Er lächelte, zeigte wieder die sehr ebenmäßigen weißen Zähne, die ihr zuvor schon aufgefallen waren. »Das ist ja auch das Ziel eines Undercover-Agenten. Zum Glück ist auch Huerta darauf reingefallen. Ich bin seit dem letzten Sommer Mitglied seiner Organisation. Letzte Nacht wurde wieder eine Containerladung Menschen über die Grenze geschleust.«

»Sie wurde vor ungefähr einer Stunde abgefangen«, informierte Calloway ihn. »Wie gewöhnlich waren die Bedingungen im Innern des Containers beklagenswert. Die Leute, die darin eingesperrt waren, waren tatsächlich froh darüber, verhaftet zu werden. Sie haben es als Rettung betrachtet.«

»Huerta und ich waren gestern Abend unterwegs, um den Verkauf an einen Weizenfarmer oben in Kansas unter Dach und Fach zu bringen. Huerta sollte festgenommen werden, sobald die Transaktion gelaufen war. Wir haben auf unserer Fahrt bei diesem Laden angehalten, um einen kleinen Imbiss zu nehmen.«

Er zuckte die Achseln, wie um zu sagen, dass sie den Rest ja schon kannten. »Ich bin nur heilfroh, dass keiner von uns beiden bewaffnet in diesen Laden marschiert ist. Wir hatten unsere Waffen im Wagen gelassen – was sonst nie vorkommt. Es war eine Laune des Schicksals oder göttliches Eingreifen. Wenn Huerta eine Waffe dabei gehabt hätte, wäre es sehr bald sehr übel für alle Beteiligten ausgegangen.«

»Werden Sie Vergeltungsmaßnahmen befürchten müssen?« fragte Tiel.

Wieder blitzte sein Lächeln auf. »Ich vertraue darauf, dass mich meine Abteilung verschwinden lässt. Wenn Sie mich jemals wiedersehen sollten, werden Sie mich wahrscheinlich nicht mehr erkennen.«

»Ich verstehe. Noch eine Frage: Warum haben Sie Sabra das Baby weggerissen?«

»Huerta wollte sich in einem Überraschungsangriff auf Ronnie stürzen und ihn überwältigen. Ich hatte mich angeboten, alle abzulenken, indem ich das Baby packte. Tatsächlich hatte ich Angst, dass Huerta dem Kind etwas antun würde. Das war die einzige Möglichkeit, die mir einfiel, um die Kleine zu schützen.«

Tiel überlief ein Schauder bei dem Gedanken daran, was hätte passieren können. »Ich hatte den Eindruck, dass Sie Cain gegenüber besonders feindselig waren.«

»Er hatte mich erkannt«, erklärte Martinez. »Wir hatten vor ein paar Jahren gemeinsam an einem Fall gearbeitet. Leider hatte er nicht den Verstand, die Klappe zu halten. Er war mehrmals drauf und dran, mir alles zu vermasseln. Deshalb musste ich ihn zum Schweigen bringen.« Mit einem Blick auf Calloway fügte er hinzu: »Ich glaube, er braucht einen Auffrischungskurs in Quantico.«

Tiel verbarg ihr Lächeln. »Wir müssen uns für mehrere außergewöhnlich mutige Taten bei Ihnen bedanken, Mr. Martinez. Es tut mir nur Leid, dass Sie für Ihre Anstrengungen angeschossen wurden.«

»Dieser Typ – Doc – hat nur getan, was er tun musste. Wäre die Situation umgekehrt gewesen, hätte ich genauso reagiert. Ich möchte ihm gerne sagen, dass ich ihm das nicht übel nehme.«

»Er ist schon gegangen«, bemerkte Calloway.

Tiel verbarg ihre Enttäuschung und schüttelte Martinez die Hand, um ihm alles Gute zu wünschen, dann ließ sie sich von Calloway aus dem Notarztwagen helfen, wo Gully auf sie wartete und eine Zigarette rauchte. Als der Wagen davonfuhr, gesellten sich Vern und Gladys zu ihnen.

Offenbar waren sie in der Zwischenzeit zu ihrem Wohnmobil zurückgekehrt, denn sie trugen jetzt andere Kleider, rochen nach Seife und sahen so munter und rüstig aus, als ob sie gerade von einem zweiwöchigen Aufenthalt in einem Kurort zurückgekommen wären. Tiel erwiderte die herzliche Umarmung der beiden alten Leute.

»Wir konnten doch nicht einfach wegfahren, ohne Ihnen unsere Adresse zu geben und uns von Ihnen versprechen zu lassen, dass wir in Verbindung bleiben.« Gladys reichte Tiel einen Zettel, auf dem eine Adresse in Florida notiert war.

»Das verspreche ich. Setzen Sie Ihre Hochzeitsreise von hier aus fort?«

»Nach einem Zwischenhalt in Louisiana, um meinen Sohn und meine Enkelkinder zu besuchen«, erwiderte Vern.

»Die zweifellos die fünf störrischsten und unerzogensten kleinen Bälger auf Gottes weitem Erdboden sind.«

»Na, na, Gladys!«

»Ich sage es nur so, wie es ist, Vern. Sie sind die reinsten Barbaren, und das weißt du auch genau.« Dann veränderte sich Gladys' Verhalten abrupt. Sie wischte die Tränen fort, die auf einmal in ihren Augen aufstiegen. »Ich hoffe nur, diese beiden jungen Leute kommen durch. Ich werde ganz krank vor Sorge sein, bis ich höre, dass es ihnen wieder gut geht.«

»Ich auch.« Tiel drückte Gladys' kleine Hand.

Vern sagte: »Wir mussten unsere Aussagen vor dem Sheriff machen und dann vor den FBI-Agenten. Wir haben ihnen berichtet, dass Sie gar nicht anders konnten, als diesem Cain mit der Dose Chilibohnen über den Schädel zu schlagen, weil er so ein Idiot war.«

Gully schmunzelte. Calloway versteifte sich, ließ die Kritik jedoch ohne jeden Kommentar durchgehen.

»Donna belegt gerade die Fernsehkameras mit Beschlag«, informierte Gladys spitz. »Wenn man sie so erzählen hört, könnte man glatt denken, sie wäre eine Heldin.«

Vern griff in seine Nylontasche, holte eine kleine Videokassette heraus und drückte sie Tiel unauffällig in die Hand. »Vergessen Sie die hier nicht«, flüsterte er.

Tatsächlich hatte Tiel die Filmkassette in der Zwischenzeit vollkommen vergessen.

»Wir sind in den Laden zurückgeschlichen, um sie zu holen«, erklärte Gladys.

»Danke. Für alles.« Tiel wurde wieder von Rührung überwältigt, als sich die beiden alten Leute ein letztes Mal von ihr verabschiedeten und dann zu ihrem Wohnmobil zurückgingen.

»Hochzeitsreise?«, fragte Gully, als Vern und Gladys gegangen waren.

»Die beiden waren fantastisch. Sie werden mir fehlen.« Er blickte Tiel seltsam an. »Alles okay mit dir?«

»Ja. Wieso?«

»Weil du dich reichlich merkwürdig aufführst.«

»Ich bin die ganze Nacht auf den Beinen gewesen.« Tiel

straffte die Schultern und nahm die Haltung an, die sie vor laufenden Kameras annahm, als sie sich zu Calloway umwandte. »Ich nehme an, Sie haben eine ganze Menge Fragen an mich.«

Im FBI-Transporter versorgte Calloway sie mit Kaffee und Frühstücksburritos, die die freiwilligen Helferinnen der First Baptist Church gespendet hatten. Er brauchte über eine Stunde, bis er alle Informationen von Tiel bekommen hatte, die er benötigte.

»Ich denke, das ist vorläufig alles, Miss McCoy, obwohl wir wahrscheinlich später noch einige Fragen an Sie haben werden.«

»Ich verstehe.«

»Und es würde mich nicht überraschen, wenn die zuständige Bezirksstaatsanwaltschaft Sie auffordert, anwesend zu sein, wenn wir zusammenkommen, um die Anklagepunkte gegen Ronnie Davison zu diskutieren.«

»*Wenn* Sie zusammenkommen«, erwiderte Tiel leise.

Der FBI-Agent blickte weg, und Tiel erkannte, dass er sich schwere Vorwürfe wegen der Dinge machte, die passiert waren. Vielleicht sogar noch mehr als sie. Er gab zu, dass er auf Dendys Theater hereingefallen war. Er hatte nicht bemerkt, wie Dendy zu dem privaten Charterhelikopter zurücklief, mit dem er angekommen war, und ein Jagdgewehr herausgenommen hatte. Wenn das Unvorstellbare passierte und Ronnie starb, würde Calloway sich für eine ganze Menge verantworten müssen.

»Haben Sie inzwischen etwas Neues über Ronnies Zustand gehört?«, wollte Tiel wissen.

»Nein«, erwiderte Calloway. »Alles, was ich weiß, ist, dass er noch lebte, als sie ihn in den Hubschrauber brachten. Seitdem habe ich nichts mehr gehört. Dem Baby geht es gut. Sabra ist in relativ stabiler Verfassung, was besser ist, als ich zu hoffen gewagt hatte. Sie hat mehrere Einheiten Blut bekommen. Ihre Mutter ist bei ihr.«

»Ich habe Mr. Cole Davison gar nicht mehr gesehen.«

»Er durfte in dem Hubschrauber mitfliegen, in dem Ronnie ins Krankenhaus gebracht wurde. Er war ... nun ja, das können Sie sich ja sicher denken.«

Sie schwiegen einen Moment, unberührt von der hektischen Betriebsamkeit der anderen Agenten, die mit den »Aufräumungsarbeiten« beschäftigt waren. Schließlich bedeutete Calloway ihr mit einer Geste, aufzustehen und geleitete sie nach draußen, wo es inzwischen helllichter Tag war.

»Auf Wiedersehen, Mr. Calloway.«

» Miss McCoy?« Sie drehte sich wieder zu ihm um, nachdem sie sich bereits ein paar Schritte von ihm entfernt hatte. Special Agent Calloway machte einen leicht verlegenen Eindruck, als wäre ihm nicht ganz wohl bei dem, was er im Begriff zu sagen war. »Ich bin sicher, dies war eine schreckliche Tortur für Sie. Aber ich bin froh, dass wir dort drinnen jemanden hatten, der so ruhig und besonnen ist wie Sie. Sie haben entscheidend dazu beigetragen, dass alle vernünftig geblieben sind und die Ruhe bewahrt haben, und haben mit bemerkenswerter Gelassenheit gehandelt.«

»Ich bin nicht bemerkenswert, Mr. Calloway. Herrisch, das vielleicht«, sagte Tiel mit einem matten Lächeln. »Wenn Doc nicht gewesen wäre –« Sie legte fragend den Kopf schief. »Haben Sie seine Aussage aufgenommen?«

»Sheriff Montez hat sie aufgenommen.«

Er winkte sie zu dem Sheriff, den sie gar nicht bemerkt hatte, weil er im Schatten an der Seitenwand des Transporters lehnte. Er schob seinen breitkrempigen Hut zurück und schlenderte auf sie zu, ignorierte jedoch ihre unausgesprochene Frage nach Doc.

»Unser Bürgermeister hat angeboten, Sie im hiesigen Motel unterzubringen. Es ist natürlich nicht das Ritz«, warnte Montez sie mit einem Schmunzeln. »Aber Sie können gerne so lange bleiben, wie sie möchten.«

»Vielen Dank, aber ich kehre nach Dallas zurück.«

»Aber nicht jetzt gleich, kommt überhaupt nicht in Frage.« Gully hatte sich ihnen angeschlossen, und Kip war bei ihm. »Kip und ich fliegen im Hubschrauber zurück und liefern dieses Band bei der Cutterin ab, damit sie schon mal anfangen kann, die Teile zusammenzufügen.«

»Ich werde auch mitfliegen und dann jemanden herschicken, damit er meinen Wagen abholt.«

Gully schüttelte energisch den Kopf. »Im Hubschrauber ist nicht genug Platz für mehr als zwei Passagiere, und ich muss schleunigst zurück. Ich wage gar nicht daran zu denken, was dieser Freak mit den Ringen in der Augenbraue inzwischen in meinem Nachrichtenstudio angerichtet hat. Du nimmst jetzt erst einmal das freundliche Angebot des Bürgermeisters an. Wir werden den Hubschrauber dann später wieder zurückschicken, damit er dich hier abholt, zusammen mit einem Mitarbeiter, der deinen Wagen nach Dallas zurückfährt. Außerdem müffelst du. Eine Dusche würde dir bestimmt nicht schaden.«

»Du verstehst dich wirklich darauf, deinen ganzen Charme spielen zu lassen, wenn du musst, Gully.«

Anscheinend war der Fall damit erledigt, und Tiel war einfach zu erschöpft, um sich noch lange mit Gully herumzustreiten. Sie machten eine Zeit und einen Ort aus, wo sie den Helikopter treffen sollte, und Sheriff Montez versprach, Tiel rechtzeitig zu dem Treffpunkt zu bringen. Gully und Kip verabschiedeten sich und eilten dann zu dem wartenden Hubschrauber mit der aufgemalten Kennung des Senders auf den Seiten.

Calloway streckte Tiel die Hand hin. »Ich wünsche Ihnen viel Glück, Miss McCoy.«

»Das wünsche ich Ihnen auch.« Sie gaben sich die Hand, doch als er sich abwenden wollte, hielt sie ihn zurück. »Sie haben vorhin gesagt, Sie wären froh, dass jemand wie ich dort drinnen war«, sagte sie, während sie mit einer Kopfbewegung auf den Laden wies. »Und ich bin froh, dass jemand wie Sie hier draußen war«, fügte sie hinzu. Und es war ihr voller Ernst. Sie hatten großes Glück gehabt, dass sie an Calloway geraten waren, dass er der für eine solch heikle Situation zuständige Agent gewesen war. Ein anderer hätte das Problem vielleicht nicht mit dem Einfühlungsvermögen angepackt, das Calloway bewiesen hatte.

Das indirekte Kompliment schien ihn verlegen zu machen. »Danke«, sagte er brüsk, dann wandte er sich ab und stieg wieder in den Transporter.

Sheriff Montez holte Tiels Gepäck aus ihrem Auto und verstaute es im Kofferraum seines Streifenwagens. Sie protestierte dagegen, dass er den Chauffeur für sie spielen wollte. »Ich kann selbst fahren, Sheriff.«

»Nicht nötig. Sie sind so völlig fertig, dass ich Angst hätte, Sie würden am Lenkrad einschlafen. Wenn Sie sich wegen Ihres Wagens Sorgen machen, werde ich ihn von einem Deputy holen lassen. Wir werden ihn vor unserer Dienststelle parken, wo wir ihn immer im Auge behalten können.«

Überraschenderweise empfand Tiel es als eine willkommene Abwechslung, die Kontrolle an jemand anderen abzutreten und keine hirnstrapazierenden Entscheidungen treffen zu müssen. »Danke, Sheriff.«

Es war nur eine kurze Fahrt zu dem Motel. Sechs Zimmer lagen nebeneinander an einem überdachten, zur Vorderseite hin offenen Gang, der eine Haaresbreite Schatten spendete. Alle Türen waren leuchtend orange gestrichen.

»Sie brauchen sich nicht erst anzumelden. Sie sind der einzige Gast hier.« Montez glitt hinter dem Lenkrad hervor und ging um den Wagen herum, um Tiel beim Aussteigen zu helfen.

Er hatte bereits den Zimmerschlüssel und benutzte ihn, um die Tür zu öffnen. Die Klimaanlage war schon eingeschaltet worden. Das Aggregat am Fenster brummte laut, und eines seiner inneren Teile klapperte unaufhörlich, aber es waren freundliche Geräusche. Jemand hatte eine Vase mit Sonnenblumen auf einen kleinen Tisch in dem Raum gestellt, daneben einen Korb, gefüllt mit frischem Obst und Kuchen, der in rosa Plastikfolie eingewickelt war.

»Die katholischen Damen wollten auf keinen Fall hinter den Baptistinnen zurückstehen«, erklärte er ihr.

»Sie sind alle sehr nett zu mir«, sagte Tiel.

»Überhaupt nicht, Miss McCoy. Wenn Sie nicht gewesen wären, hätte die Sache noch sehr viel schlimmer ausgehen können. Keiner von uns wollte, dass Rojo Flats durch etwas wie ein Massaker bekannt würde.« Er tippte an seine Hutkrempe, als er hinausging und die Tür hinter sich zuzog. »Wenn Sie irgendwas brauchen, wenden Sie sich an die Rezeption. Ansonsten wird Sie niemand stören. Schlafen Sie gut. Ich komme dann später wieder zurück, um Sie abzuholen.«

Normalerweise schaltete Tiel immer als Erstes den Fernseher ein, wenn sie einen Raum betrat. Sie war ein Nachrichtenfreak. Ganz gleich, ob sie tatsächlich auf den Bildschirm blickte oder nicht, sie hatte immer einen Sender eingeschaltet, der rund um die Uhr Nachrichten brachte. Sie schlief bei laufendem Gerät ein und wachte bei laufendem Gerät wieder auf.

Jetzt ging sie an dem Fernseher vorbei, ohne ihn auch nur zu bemerken, und brachte ihre Toilettentasche in das winzige Badezimmer. Die Duschkabine war kaum groß genug, um sich darin umzudrehen, aber das Wasser war heiß, und es war reichlich davon da. Als sie unter dem dampfenden Wasserstrahl stand, ließ sie ihn zuerst eine Weile auf ihren Kopf herabprasseln, bevor sie sich gründlich abschrubbte und sich die Haare wusch. Sie schäumte sich großzügig mit der teuren importierten Seife ein, die es exklusiv bei Neiman's zu kaufen gab. Sie rasierte sich die Beine, wobei sie die Schnittwunden auf ihren Knien ausließ. Sie benutzte den Föhn nur gerade lange genug, um ihre Haare halbwegs zu trocknen, dann beugte sie sich über das Waschbecken, um sich die Zähne zu putzen.

Und alles das fühlte sich unbeschreiblich gut an.

Also, warum fühlte sie sich dann so beschissen?

Sie hatte gerade die wichtigste Story ihrer Karriere abgeliefert. *Nine Live* war ihr jetzt so gut wie sicher. Das hatte Gully gesagt. Sie sollte vor Freude an der Decke tanzen. Stattdessen fühlten sich ihre Glieder so bleischwer an, als ob jedes mindestens tausend Pfund wöge. Wo war das prickelnde Hochgefühl, das sie sonst immer aus einer guten Nachrichtenstory gewann? Sie fühlte sich so deprimiert und lustlos, wie sie es noch kaum jemals zuvor erlebt hatte.

Schlafentzug. Das war's. Wenn sie erst einmal ein paar Stunden geschlafen hatte, würde sie wieder obenauf sein. Wieder ganz die Alte. Voller Energie und Tatendrang.

Zurück im Zimmer, nahm sie ein Top und einen Slip aus ihrem Koffer und zog sie an, stellte ihren Reisewecker und schlug dann die Bettdecke zurück. Das Bett sah weich und einladend aus. Ihr schoss der Gedanke durch den Kopf, dass ihre Knie und Handflächen Blutflecken auf den sauberen Laken hinterlassen könnten, aber irgendwie kümmerte sie das nicht mehr.

Als sie das Klopfen hörte, hielt sie es zuerst für ein erneutes Klappern im Mechanismus der Klimaanlage. Aber als es gleich darauf zum zweiten Mal klopfte, ging sie zur Tür und machte auf.

## 16

Er kam ins Zimmer, schloss die Tür hinter sich, nahm seine Sonnenbrille und den Hut ab und legte sie auf den Tisch neben den unberührten Korb mit Erfrischungen, den die Damen von der katholischen Kirche für Tiel zusammengestellt hatten.

Er roch nach Sonnenschein und Seife und war frisch rasiert. Er trug saubere, aber abgetragene Levi's und ein schlichtes weißes Hemd, einen Ledergürtel im Western-Stil und Cowboystiefel.

Selbst wenn Tiel von einem zehnköpfigen Mustanggespann in die entgegengesetzte Richtung gezerrt worden wäre, hätte es sie nicht daran hindern können, sich in Docs Arme zu werfen. Oder vielleicht war er auch derjenige, der nach ihr griff. Sie erinnerte sich danach nicht mehr, wer von ihnen den ersten Schritt getan hatte. Und außerdem war es auch völlig unwichtig, wer damit angefangen hatte.

Das Einzige, was zählte, war, dass er sie in eine allumfassende Umarmung schloss. Ihr Körper schmiegte sich nahtlos an seinen, und sie hielten sich fest umschlungen. Ihre überquellenden Tränen strömten ungehindert über ihre Wangen und durchnässten den Stoff seines Hemds. Er umfasste ihren Hinterkopf mit seiner breiten Hand und drückte ihr Gesicht an seine Brust, um die Schluchzer zu dämpfen, die in kurzen, geräuschvollen Stößen aus ihr hervorbrachen.

»Ist er gestorben? Bist du hergekommen, um mir zu sagen, dass Ronnie tot ist?«

»Nein, das ist nicht der Grund, weshalb ich hier bin. Ich weiß nichts Neues über Ronnie.«

»Ich schätze, das ist gut. Keine Nachricht ist eine gute Nachricht, nicht?«

»Schon möglich.«

»Ich konnte es einfach nicht fassen, Doc. Dieses Geräusch. Dieser schreckliche, ohrenbetäubende Knall. Und ihn dann so vollkommen reglos daliegen zu sehen, mitten zwischen all diesen Glasscherben und dem Blut. Noch mehr Blut.«

»Schscht.«

Beruhigende Worte wurden in ihr Haar geflüstert, an ihrer Schläfe entlang. Dann verstummten die Worte, und nur sein Atem, seine Lippen, streiften zart über ihre Stirn und berührten ihre feuchten Lider. Tiel hob den Kopf und blickte ihn aus tränennassen Augen an. Als sie die Hand ausstreckte, um sein Gesicht zu berühren, stieg ein gedämpfter Laut des Verlangens aus ihrer Kehle auf, den Doc erwiderte.

Einen Herzschlag später lagen seine Lippen auf ihren. Hartnäckig und hungrig zwangen sie die ihren auseinander. Ihrer beider Zungen flirteten einen Moment lang miteinander, streichelten sich gegenseitig, bevor seine die Oberhand gewann und fordernd und leidenschaftlich ihren Mund erforschte. Tiels Hände trafen sich in seinem Nacken, und sie vergrub ihre Finger in seinem Haar und gab sich ganz seinem Kuss hin, der symbolisch war und zugleich eklatant sexuell.

Ihre erschöpften Sinne lebten schlagartig wieder auf, wie durch ein starkes Aufputschmittel angekurbelt. Jede einzelne Nervenfaser in ihrem Körper schien vor Erregung zu vibrieren. Sie hatte sich noch nie zuvor lebendiger gefühlt, und trotzdem hatte sie auch ein bisschen Angst. Wie ein Kind bei seinem ersten Jahrmarktsbesuch war sie von dem heftigen sinnlichen Ansturm verwirrt und benommen, verzückt und überwältigt, ängstlich und zaghaft und dennoch begierig darauf, ihn zu erleben.

Seine Gürtelschnalle drückte hart gegen ihren Bauch, aber es war kein unangenehmes Gefühl. Das kalte Metall erwärmte sich auf dem Streifen nackter Haut zwischen dem Saum ihres Tops und dem Rand ihres Slips. Stark und selbstsicher legten sich seine Hände auf den unteren Teil ihres Rückens und pressten sie noch enger an ihn.

Er drückte seine Lippen auf ihre Kehle, zog eine warme Spur von Küssen bis zu ihrer Halsgrube hinunter. Tiel legte den Kopf auf die Seite, und er streichelte ihr Ohrläppchen hauchzart mit seinem Atem, seiner Zunge. Langsam drehte sie ihren Körper herum, sodass er die Seite ihres Halses küssen konnte, ihre nackte Schulter. Dann hob er ihr Haar an und küsste ihren Nacken. Die Berührung seiner Lippen ließ prickelnde kleine Schauer der Verzückung über ihr Rückgrat rieseln.

Sie stand jetzt mit dem Rücken zu ihm und lehnte sich an seine breite Brust, während seine Hände liebkosend über ihre Vorderseite glitten. Er drückte ihre Brüste mit seinen breiten Handflächen, umfasste sie, formte sie um, bevor seine Hände weiter über ihren Brustkorb hinabstrichen – den er fast umschließen konnte. Auf ihren Hüften hielten seine Hände schließlich inne.

Fiebernd vor Erregung, rieb sie sich mit katzenartigen, schamlosen, auffordernden Bewegungen an seinem Körper. Er reagierte prompt darauf, indem er seine Hand in den Hüftbund ihres Slips schob, tief, tief hinunter bis zu dem V ihrer Schenkel.

Als er ihre empfindlichste Stelle fand, murmelte sie seufzend seinen Namen, während sie den Kopf drehte und seine Lippen mit ihrem Mund suchte.

Sie küssten sich hungrig, während seine Finger fortfuhren, sie zu liebkosen, zu teilen und dann behutsam in sie einzudringen. Tiel erhob sich auf die Zehenspitzen und bog ihren Körper durch, bäumte sich verlangend seiner Hand entgegen, bis ihre Schulterblätter gegen sein Schlüsselbein drückten und sich ihr Hinterkopf in seine Schulter grub.

Sie legte ihre Hand auf seine, drängte ihn ungeduldig, seine Finger noch höher hinaufzuschieben. Aber das reichte ihr noch immer nicht. Sie wollte ihm nahe sein. So nahe, wie es nur irgend möglich war... und sie war ihm noch nicht einmal annähernd nahe genug.

Plötzlich drehte sie sich herum und schmiegte sich verlangend an ihn. Der Laut, der tief aus seiner Brust aufstieg, war gedämpft, animalisch, unglaublich erregend. Er umfasste ihre Pobacken und hob sie hoch, bis ihr Unterkörper gegen seine Mitte drückte. Sie passten zusammen wie zwei Teilchen eines Puzzles. Perfekt. Formvollendet. Atemberaubend. Tiel hob ein Bein und schlang es um seine Hüfte. Als sie sich leidenschaftlich küssten, streichelte er die Innenseite ihres nackten Schenkels.

Dann trug er sie zum Bett. Es war nur eine Entfernung von einigen wenigen Schritten, aber Tiel kam es so vor, als ob es ewig dauerte, bis sie schließlich fühlte, wie er sich neben ihr ausstreckte. Sie verlagerte ihr Gewicht unter seinem Körper.

Er vergrub seine Finger in ihrem Haar und schob es ihr aus dem Gesicht zurück. Sein Blick, regelrecht lodernd vor Verlangen, schien sich wie flüssiges Feuer über ihre Züge zu ergießen. »Ich weiß nicht, was du gern hast.« Seine Stimme war kehlig und rau. Sogar noch rauer als gewöhnlich. Und Tiel wünschte, sie wäre etwas Greifbares, so dass sie sie über ihre Haut reiben fühlen könnte wie den Sand, der ihr zuvor entgegengeweht war.

Behutsam zeichnete sie mit den Fingerspitzen die Form seiner Augenbrauen nach, folgte dem Grat seiner schmalen, geraden Nase, dem Umriss seiner Lippen. »Ich mag dich.«

»Was soll ich tun?«

Einen schrecklichen Moment lang befürchtete sie, sie würde wieder das heulende Elend bekommen. Eine heftige Gefühlsaufwallung schnürte ihr die Kehle zu, erzeugte ein Gefühl der Enge in ihrer Brust, aber es gelang ihr, ihre Emotionen in Schach zu halten. »Überzeuge mich davon, dass ich noch am Leben bin, Doc.«

Er begann damit, indem er ihr das Top auszog und seinen Mund auf ihre Brüste senkte. Er küsste sie abwechselnd, aber nur ganz zart, aufreizend zart, und liebkoste sie weiterhin behutsam mit seinen Lippen, bis sie bereit waren. Erst dann gebrauchte er seine Zunge. Ihn dabei zu beobachten und seine Zärtlichkeiten auf ihrer nackten Haut zu spüren, wirkte unglaublich erregend auf Tiel. Sie wurde immer ruheloser und ungeduldiger. Hitze durchströmte ihren Körper, und in ihrem Schoß breitete sich ein köstlicher Druck aus.

Dann schlossen sich seine Lippen um ihre harte Brustwarze. Die seidige Hitze, die saugende Bewegung seines Mundes, fühlten sich überwältigend erotisch an. Tiel konnte einfach nicht mehr ihre Hüften und Beine still halten, und als ihr Knie gegen seinen Unterleib stieß und dann dort verweilte, um leicht über die harte Vorwölbung zwischen seinen Schenkeln zu reiben, stöhnte er in einer Mischung aus Lust und Schmerz.

Plötzlich war Doc mit einem Satz vom Bett herunter und entkleidete sich hastig. Seine Brust wies gerade die richtige Menge an Behaarung auf. Seine Haut war straff, seine Muskeln deutlich ausgeprägt, aber nicht grotesk. Sein Bauch war flach. Sein erigierter Penis ragte aggressiv von der Stelle auf, wo seine schmalen Hüften in kräftige, muskulöse Schenkel übergingen.

Als er ein Knie auf das Bett stützte, setzte Tiel sich hastig auf. Ihre Fingerspitzen folgten der schmalen Spur von seidigen Haaren, die seinen Bauch halbierte und in der darunter liegenden fächerförmigen Fläche von dichterem Haarwuchs verschwand. Sein Schaft war warm, hart, lebendig, die Spitze samtig in ihrer Beschaffenheit. Ohne auch nur eine Spur von Scheu oder Verlegenheit erlaubte er ihr, ihn ausführlich zu betrachten.

Dann schlang sie die Arme um seine Hüften und drückte ihn an sich, sodass ihr Kopf unter seiner Brust ruhte und sein Glied sich zwischen ihre Brüste schmiegte. Es war ein köstliches Gefühl.

Doch nach einem Moment stöhnte er: »Tiel...«

Behutsam legte er sie in die Kissen zurück. Er beugte sich über sie und zog ihr den Slip aus. Dann hielt er einen Augenblick inne, während sein Blick mit unverhüllter Neugier über ihren Körper wanderte. Schließlich beugte er sich hinunter und drückte seine Lippen auf eine Stelle direkt oberhalb ihrer Schamhaare. Es war ein träger, aufreizender, feuchter Kuss, der Tiel dazu trieb, mit unverfrorenem Verlangen die Arme nach ihm auszustrecken.

Er legte sich langsam auf sie. Ihre Schenkel spreizten sich wie von selbst. Er schob die Arme unter ihren Rücken und drückte sie mit einem kehligen Aufstöhnen an sich.

Und dann drang er in sie ein.

Sie lagen nackt und eng umschlungen auf dem Bett, ohne auch nur mit einem Bettlaken zugedeckt zu sein. Die Klimaanlage blies kalte Luft in den kleinen Raum, aber ihre Haut strahlte Hitze aus.

Tiel fühlte sich tatsächlich fiebrig. Sie lag halb auf Doc, den Kopf an seine Brust geschmiegt, einen Arm um seine Taille geschlungen, ein Knie fest zwischen seine Schenkel geschoben. Sein Atem ging ruhig und gleichmäßig, während er müßig ihr Haar streichelte.

»Ich dachte, ich hätte dir wehgetan.«

»Mir wehgetan?«, murmelte sie.

»Du hast aufgeschrien.«

Ja. Als er mit einem kraftvollen Stoß in sie eingedrungen war. Jetzt erinnerte sie sich wieder. Sie drehte den Kopf, drückte ihr Gesicht an seine Brust und liebkoste ihn mit den Lippen. »Weil es sich so wundervoll angefühlt hat.«

Er schloss die Arme um sie und zog sie noch enger an sich. »Für mich auch. Was du da gerade machst –«

»Was denn?«

»Na, das da.«

»Ich mache doch überhaupt nichts.«

Er öffnete die Augen und lächelte. »O doch, das tust du.«

»Wirklich?«

»Hmmm. Und es fühlt sich verdammt gut an.«

Errötend drehte sie den Kopf und schmiegte ihre Wange wieder an seine Brust. »Oh, danke.«

»Das Vergnügen war ganz meinerseits.«

»Ich bin fix und fertig«, murmelte sie.

»Ich auch.«

»Aber ich möchte trotzdem nicht schlafen.«

»Ich auch nicht.«

Mehrere Augenblicke verstrichen – eine Zeit ruhigen, friedvollen Nachdenkens. Schließlich faltete Tiel die Hände auf Docs Brustbein und stützte ihr Kinn darauf. »Doc?«

»Hmmm.«

»Schläfst du? Ist es in Ordnung, wenn ich dich etwas frage?«

»Frag nur.«

»Was tun wir hier eigentlich?«

Er öffnete nur ein Auge, um sie anzusehen. »Willst du die wissenschaftliche Terminologie, die höfliche Umschreibung, oder genügt die volkstümliche Bezeichnung des einundzwanzigsten Jahrhunderts?«

Sie reagierte mit einem Stirnrunzeln auf sein Gewitzel. »Ich meinte –«

»Ich weiß, was du gemeint hast.« Das zweite Auge ging auf, und er verlagerte den Kopf auf dem Kissen, um sie aus einem besseren Winkel ansehen zu können. »Wir tun genau das, was du vorhin gesagt hast, Tiel. Wir überzeugen uns gegenseitig davon, dass wir noch leben. Es ist ganz und gar nicht ungewöhnlich, dass Menschen nach einem lebensbedrohlichen Erlebnis Sex haben wollen. Oder nachdem sie an ihre eigene Sterblichkeit erinnert wurden, zum Beispiel bei einer Beerdigung. Sex ist die fundamentale Bestätigung dafür, dass man am Leben ist.«

»Wirklich? Also, das ist ja wohl die selbstherrlichste Auslegung des Überlebenstriebs, die ich jemals gehört habe.« Doc grinste. Aber Tiel wurde still, in sich gekehrt. Sie blies sanft gegen die Brusthaare, die ihre Lippen streiften. »Du meinst, mehr war nicht zwischen uns?«

Er legte die Finger unter ihr Kinn und hob ihren Kopf hoch, bis sie ihn wieder anblickte. »Alles zwischen uns würde kompliziert sein, Tiel.«

»Liebst du Shari noch immer?«

»Ich liebe die schönen Erinnerungen an sie. Und ich hasse die schmerzlichen. Aber wenn du damit andeuten willst, dass ich auf ihren Geist fixiert bin, dann lass dir versichern, dass ich das nicht bin. Meine Beziehung mit ihr – ganz gleich, ob sie gut, schlecht oder mittelmäßig gewesen ist – würde mich nicht daran hindern, eine neue einzugehen.«

»Du würdest wieder heiraten?«

»Warum denn nicht? Wenn ich die Frau liebte, würde ich ein gemeinsames Leben mit ihr führen wollen, und für mich bedeutet das Heirat.« Nach einem Moment des Schweigens fragte er: »Was ist mit deinen Erinnerungen an John Malone?«

»Sie sind genau wie deine, bittersüß. Wir hatten eine fast märchenhafte Liebesaffäre. Wir haben wahrscheinlich zu früh geheiratet, glühend vor Leidenschaft, noch bevor wir uns richtig kannten. Wenn John nicht gestorben wäre, wer weiß? Vielleicht hätten uns unsere beruflichen Wege schließlich irgendwann in verschiedene und nicht miteinander zu vereinbarende Richtungen geführt.«

»Aber so, wie die Dinge nun mal sind, wird er dir für immer als der Märchenprinz in Erinnerung bleiben, der den Märtyrertod gestorben ist.«

»Nein, Doc. Ich klammere mich in meiner Erinnerung genauso wenig an einen fehlerlosen Geist wie du.«

»Was ist mit diesem Joe?«

»Dieser Joe ist verheiratet«, erinnerte sie ihn.

»Aber wenn er das nicht wäre, was dann?«

Tiel dachte einen Moment an Joseph Marcus, dann schüttelte sie den Kopf. »Wir hätten wahrscheinlich für eine Weile was miteinander gehabt, aber früher oder später wäre die Sache mit Sicherheit im Sande verlaufen. Er war eine Ablenkung für mich, aber nichts fürs Herz. Nichts Ernstes, das versichere ich dir. Ich kann mich ja kaum noch an ihn erinnern.«

Sie stützte sich hoch und strich mit beiden Händen über seine Brust hinunter. »An dich dagegen werde ich mich ganz deutlich erinnern. Du siehst genauso aus, wie ich mir dich vorgestellt habe.«

»Du hast dir ausgemalt, wie ich nackt aussehen würde?«

»Ich geb's zu, ja.«

»Wann?«

»Als du in den Laden gekommen bist, glaube ich. Irgendwo im Hinterkopf habe ich gedacht: ›Wow. Ist der lecker!‹«

»Ich bin lecker?«

»Sehr lecker.«

»Oh, vielen Dank, Ma'am«, erwiderte er in übertrieben schleppendem Texanisch. Den Blick auf ihre Brüste geheftet, fügte er hinzu: »Du siehst aber auch ziemlich appetitlich aus.«

»Ach was, ich wette, das sagst du zu allen Frauen, die du rumkriegen willst.«

Lächelnd griff er nach einer Strähne ihres Haares und rieb sie zwischen den Fingern. Allmählich verblasste sein Lächeln wieder, und als er erneut sprach, war sein Ton ernst.

»Wir beide haben eine Menge zusammen durchgemacht, Tiel. Wir haben bei einer Geburt geholfen. Wir haben miterlebt, wie ein Mensch beinahe gestorben wäre. Wir haben lange Stunden der Anspannung durchgemacht, immer in der beklemmenden Ungewissheit, wie die Sache enden würde. Ein solch traumatisches Erlebnis hat eine nachhaltige Wirkung auf die Betroffenen. Es verbindet sie.«

Seine Worte spiegelten ihre früheren Gedanken zu diesem Thema wider. Aber es war nicht sonderlich schmeichelhaft, dass er die Anziehungskraft, die sie aufeinander ausübten, ausschließlich dem Trauma zuschrieb, oder dass er es fertig brachte, sinnliche Begierde durch eine solch pragmatische, wissenschaftliche Erklärung abzuschwächen.

Was, wenn sie sich am vergangenen Abend auf einer Cocktailparty kennen gelernt hätten? Dann hätte es keine

Funken gegeben, keine Leidenschaft, und sie wären jetzt nicht zusammen im Bett. Im Grunde genommen war es genau das, was er sagte. Wenn ihm dies hier nicht mehr bedeutete als die Veranschaulichung eines psychologischen Phänomens, dann hatte es wirklich keinen Sinn, den unvermeidlichen Abschied noch länger hinauszuschieben.

*Herzlichen Glückwunsch, Doc. Du bist mein erster – und wahrscheinlich letzter – Mann für eine Nacht. Mann für einen Morgen.*

Tiel machte Anstalten, vom Bett aufzustehen, aber Doc nutzte ihre Bewegung aus, um sie vollständig auf sich zu ziehen, so dass sie Bauch an Bauch lagen und ihre Beine zwischen seinen ruhten.

»Trotz der Gefahr, in der wir waren – in der alle in dem Laden waren –, hatte ich zwischendurch immer wieder unglaubliche lebhafte Tagträume von dem hier.«

»Von dem hier?« fragte sie gepresst.

Seine Hände glitten ihren Rücken entlang, über ihren Po und so tief über die Rückseite ihrer Schenkel hinunter, wie sie reichen konnten. »Von dir.«

Er hob die Schultern an, um Tiel zu küssen. Zuerst war sein Kuss langsam und methodisch, und seine Zunge liebkoste müßig ihren Mund, während seine Hände unentwegt weiter von ihren Schultern bis zu ihren Schenkeln hinunterstrichen und wieder hinauf.

Tiel war nach Schnurren zumute. Und sie schnurrte tatsächlich vor Wohlbehagen. Als er das Vibrieren spürte, wurde sein Kuss leidenschaftlicher. Seine Hände bedeckten ihre Pobacken und drückten ihren Unterleib fest gegen seine Erektion. Provozierend rieb Tiel sich an ihm und schob die Hüften vor und zurück. Er zischte einen Fluch, ließ ihn erotisch klingen; dann glitten seine Hände über die Rückseite ihrer Schenkel und spreizten sie.

Und dann war er wieder in ihr, ein schwerer, köstlicher, sehnsüchtig erwarteter Druck. Aber er füllte mehr als nur ihren Körper, schenkte ihr mehr als nur immense Lust. Er stillte ein starkes, uneingestandenes Bedürfnis, das sie schon seit sehr langer Zeit gehabt hatte, schenkte ihr ein Gefühl der Erfüllung und der Freude, das ihr selbst ihre gelungenste Arbeit nicht hatte vermitteln können.

Sie bewegten sich in vollendetem Rhythmus. Tiel konnte ihn gar nicht tief genug in sich spüren, und Doc schien das Gleiche zu empfinden, denn als er zum Höhepunkt kam, hielt er sie besitzergreifend an sich gepresst, während seine Finger tiefe Dellen in ihr Fleisch drückten. Mit einem kehligen Aufstöhnen vergrub sie ihr Gesicht in der Ausbuchtung seiner Schulter und grub ihre Zähne in seine Haut.

Es war ein langer, langsamer, süßer Orgasmus. Und die Nachwirkungen waren ebenso lang anhaltend und süß.

Tiel war so vollkommen entspannt und erfüllt, dass es sich anfühlte, als ob sie geschmolzen und zu einem Teil von ihm geworden wäre. Sie konnte nicht mehr unterscheiden, wo ihr Körper aufhörte und seiner anfing. Sie wollte es auch gar nicht. Sie rührte sich noch nicht einmal, als Doc das Laken und die Wolldecke hochzog und sie beide damit zudeckte. Sie schlief auf der Stelle ein, während er noch immer in ihrem Schoß vergraben war, ihr Ohr auf sein Herz gepresst.

»Tiel?«

»Hmmm?«

»Dein Wecker klingelt.«

Sie knurrte mürrisch und schob ihre Hände noch tiefer in die Wärme seiner Achselhöhlen.

»Du musst aufstehen, Tiel. Der Hubschrauber kommt zurück, um dich abzuholen, erinnerst du dich?«

Sie erinnerte sich durchaus daran. Aber sie wollte nicht daran denken. Sie wollte genau dort bleiben, wo sie jetzt war, und zwar noch mindestens für die nächsten zehn Jahre. Denn sie hatte das Gefühl, dass sie so lange brauchen würde, um den Schlaf nachzuholen, den sie in der vergangenen Nacht versäumt hatte. Dass sie so lange brauchen würde, um genug von Doc zu bekommen.

»Nun komm schon. Hoch mit dir.« Er gab ihr einen liebevollen Klaps aufs Hinterteil. »Mach dich salonfähig, bevor Sheriff Montez hereinkommt.«

Stöhnend rollte Tiel sich von ihm herunter. Sie gähnte verschlafen und fragte dann: »Woher weißt du von unserer Vereinbarung?«

»Montez hat es mir gesagt. Von ihm habe ich auch erfahren, wo ich dich finden würde.« Sie warf ihm einen verschleierten Blick zu, und er sagte: »Ja, er wusste, dass ich Bescheid wissen wollte. Ist es das, was du hören wolltest?«

»Ja.«

»Er und ich sind Kumpel. Wir spielen hin und wieder eine Runde Poker. Er kennt meine Lebensgeschichte, weiß, warum ich hierher gezogen bin, aber man kann sich bei ihm darauf verlassen, dass er Dinge, die man ihm im Vertrauen erzählt, für sich behält.«

»Selbst vor dem FBI.«

»Er hatte sich erkundigt, ob er meine Aussage aufnehmen könnte, und Calloway war damit einverstanden. Er hatte schon reichlich genug zu tun.« Doc schwang ein Bein über die Bettkante. »Macht es dir was aus, wenn ich zuerst ins Bad gehe? Ich werde mich auch beeilen.«

»Geh ruhig.«

Als er sich bückte, um seine Boxershorts vom Boden aufzuheben, ertappte er Tiel dabei, wie sie sich gerade träge reckte, den Rücken durchgebogen, die Hände weit über den Kopf gestreckt. Er setzte sich wieder auf die Bettkante, den Blick auf ihre Brüste geheftet, und spielte zärtlich mit ihrer aufgerichteten Brustwarze. »Vielleicht will ich gar nicht, dass du in diesen Hubschrauber steigst.«

»Bitte mich darum, es nicht zu tun, und vielleicht werde ich es dann auch nicht tun.«

»Du willst doch unbedingt zurück.«

»Ich will nicht, ich muss«, erwiderte sie bedauernd.

Seufzend zog er seine Hände zurück. »Ja.« Er stand auf und ging ins Bad.

»Vielleicht«, flüsterte Tiel vor sich hin, »könnte ich dich ja überreden, mit mir zu kommen.«

Sie nahm einen BH und einen Slip aus ihrem Koffer, zog sie an und wollte gerade in eine lange Hose steigen, als sie plötzlich spürte, wie Doc sie beobachtete.

Sie drehte sich langsam zu ihm um, drauf und dran, ihn anzüglich anzugrinsen und eine freche Bemerkung über Spanner zu machen. Aber Docs Gesichtsausdruck lud zu keinem von beiden ein. Tatsächlich schnaubte er förmlich vor Wut.

Verwirrt öffnete sie den Mund, um ihn zu fragen, was denn los sei, als er ihr schweigend die Hand hinstreckte. In seiner Handfläche lag der winzige Kassettenrekorder. Er hatte in der Tasche ihrer Hose gesteckt, die sie zusammen mit ihren anderen schmutzigen Kleidungsstücken auf einem Stapel auf der Kommode hatte liegen lassen. Doc hatte die Sachen heruntergenommen und dabei den Rekorder gefunden.

Ihr Ausdruck schien nur zu deutlich ihr schlechtes Gewissen zu verraten, denn Doc drückte mit grimmiger Miene auf die »Play«-Taste, und seine Stimme hallte durch die Stille: »*Zum Beispiel ist das Krankenhaus von der negati-*

*ven Publicity förmlich erdrückt worden. Einer negativen Publicity, die von Leuten wie Ihnen erzeugt und verstärkt wurde.«*

Wutentbrannt hielt er das Tonband wieder an und warf den Rekorder auf das Bett. »Da, steck das Band wieder ein.« Mit einem verächtlichen Blick auf die verwühlten Bettlaken fügte er hinzu: »Du hast es dir verdient.«

»Doc, hör zu, ich – «

»Du hast bekommen, worauf du so scharf warst. Eine gute Story.« Er schob Tiel unsanft beiseite, hob seine Jeans vom Boden auf und stieg mit ruckartigen, wütenden Bewegungen in die Hosenbeine.

»Wirst du wohl endlich mit dieser rechtschaffenen Empörung aufhören und mir zuhören?«

Er zeigte mit einer brüsken Handbewegung auf den belastenden Kassettenrekorder. »Ich habe reichlich genug gehört. Hast du alles aufgenommen? All die pikanten Einzelheiten meines Privatlebens? Es wundert mich nur, dass du so lange hier geblieben bist. Ich hätte gedacht, du würdest notfalls sogar nach Dallas zurückjoggen, nur damit du so schnell wie möglich anfangen könntest, all das interessante Material zusammenzustellen, das du über mich bekommen hast.«

Er knöpfte den Hosenschlitz seiner Jeans zu und riss zornig sein Hemd vom Boden hoch. »Halt, nein, warte. Du wolltest es zuerst noch besorgt kriegen. Nachdem sich dieser Joe Soundso als Blindgänger entpuppt hatte, brauchte dein Ego erst mal Bestätigung.«

Die Beleidigung schmerzte tief, und Tiel reagierte darauf, indem sie zurückschlug. »Wer ist denn hier in wessen Zimmer gekommen? Ich habe nicht alle Hebel in Bewegung gesetzt, um dich aufzuspüren. Du bist zu mir gekommen, erinnerst du dich?«

Er fluchte lästerlich, als er nur eine Socke finden konnte, und schob seinen Fuß dann unbestrumpft in den Stiefel.

»Und es ist auch nicht meine Schuld, dass du eine gute Story bist«, schrie sie.

»Ich will keine Story sein. Das wollte ich nie.«

»Tja, da hast du Pech gehabt, Doc. Du bist nun einmal eine Story, ob dir das nun passt oder nicht. Vor ein paar Jahren warst du berühmt-berüchtigt, jetzt bist du auf einmal ein Held. Du hast letzte Nacht Menschenleben gerettet. Glaubst du ernsthaft, dass das unbemerkt bleiben wird? Diese beiden Teenager und ihre Eltern werden überall von ›Doc‹ erzählen. Und auch die anderen Geiseln. Jeder Reporter, der auch nur einigermaßen auf Zack ist, wird lautstark nach Informationen verlangen. Selbst dein Freund Montez wird nicht in der Lage sein, dich vor der Publicity abzuschirmen. Du hättest so oder so Schlagzeilen gemacht. Aber da es sich bei ›Doc‹ um den einsiedlerischen Dr. Bradley Stanwick handelt, bist du eine Sensation. Ein gefundenes Fressen für die Medien.«

Er zeigte erneut auf den Kassettenrekorder. »Aber du hast sie alle schachmatt gesetzt, nicht? Hast du vielleicht noch einen zweiten Rekorder unter dem Bett versteckt? Hast du gehofft, heißes Bettgeflüster aufnehmen zu können?«

»Ach, scher dich doch zum Teufel, verdammt noch mal!«

»Ich würde dir so ziemlich alles zutrauen.«

»Ich habe nur meinen Job gemacht!«

»Und ich Idiot hatte gedacht, unsere Unterhaltung wäre streng vertraulich gewesen. Aber du wirst das alles benutzen, nicht? All die Dinge, die ich dir im Vertrauen erzählt habe?«

»Du hast verdammt Recht, genau das werde ich tun!«, fauchte Tiel.

Sein Gesicht war hochrot vor Zorn, und an seinem Unterkiefer zuckte ein Muskel. Er starrte Tiel mehrere Sekunden lang bitterböse an, dann marschierte er zur Tür. Tiel rannte hinter ihm her, packte ihn am Arm und zog ihn herum. »Es könnte das Beste sein, was dir jemals passiert ist.«

Er riss seinen Arm mit einem Ruck aus ihrem Griff. »Tut mir Leid, aber das ist mir zu hoch.«

»Es könnte dich zwingen, endlich einzusehen, dass es falsch von dir war, das Handtuch zu werfen und davonzulaufen. Letzte... letzte Nacht«, sagte sie und stotterte in ihrer Hast, ihr Argument anzubringen, bevor er aus dem Zimmer stürmte. »Letzte Nacht hast du zu Ronnie gesagt, dass er nicht vor seinen Problemen davonlaufen könnte. Dass Flucht keine Lösung wäre. Aber ist das nicht genau das, was du getan hast?

Du bist hier in diese Einöde gezogen und hast den Kopf in den Sand von West Texas gesteckt, weil du dich geweigert hast, das zu akzeptieren, was die Wahrheit ist, wie du sehr wohl weißt. Nämlich dass du ein begabter Heiler bist. Dass du mit deiner Begabung und deinem Wissen etwas bewirken könntest. Dass du bereits eine ganze Menge bewirkt *hast*. Du hast damals all den Patienten und ihren Familien, die sich auf ein Todesurteil gefasst machen mussten, eine Gnadenfrist gewährt. Gott allein weiß, was du in Zukunft noch alles für Krebskranke tun könntest.

Aber aus gekränktem Stolz und aus Wut und aus Enttäuschung über deine Kollegen hast du einfach aufgegeben und bist davongelaufen. Du hast das Kind mit dem Bade ausgeschüttet. Wenn du durch diese Story wieder ins Licht der Öffentlichkeit gezogen wirst, wenn noch eine Chance besteht, dass dich das dazu motivieren wird, wieder als Krebsspezialist zu praktizieren, dann soll mich der Teufel holen, wenn ich mich dafür entschuldige!«

Er kehrte ihr schweigend den Rücken zu und öffnete die Tür.

»Doc?«, rief sie verzweifelt.

Aber alles, was er sagte, war: »Der Sheriff ist da, um dich abzuholen.«

## 17

Tiels kleiner abgeteilter Raum innerhalb des Nachrichtenstudios war das reinste Katastrophengebiet. In dem winzigen Büro herrschte eigentlich immer eine ziemliche Unordnung, aber jetzt war das Chaos noch größer als gewöhnlich. Tiel hatte Hunderte von Faxen, Postkarten und Briefen von Kollegen und Fernsehzuschauern bekommen, die ihr zu ihrer ausgezeichneten Berichterstattung über die Davison-Dendy-Story gratulierten und sie wegen der heldenmütigen Rolle lobten, die sie in dem Drama gespielt hatte. Und viele der Briefe mussten erst noch geöffnet werden. Sie hatten sich zu wackligen, schiefen Stapeln aufgetürmt.

Es gab gar nicht genug Flächen, um die Vielzahl von Blumenarrangements unterzubringen, die im Laufe der vergangenen Woche geschickt worden waren, deshalb hatte sie sie überall im ganzen Gebäude auf die Büros und Konferenzräume verteilt.

Vern und Gladys hatten ihr über ein Versandgeschäft einen Käsekuchen geschickt, der für eine ganze Armee gereicht hätte. Die Belegschaft des Nachrichtenstudios hatte sich gründlich den Bauch damit voll geschlagen, und trotzdem war immer noch mehr als die Hälfte von dem Kuchen übrig.

Wie erwartet, hatte Tiel im Mittelpunkt der Aufmerksamkeit gestanden, und das nicht nur auf lokaler Ebene. Sie war sogar von Reportern von weltweit operierenden Nachrichtensendern interviewt worden, einschließlich CNN und

Bloomberg. Aufgrund des ergreifenden menschlichen Elements, der Liebesgeschichte, der Notgeburt des Babys und des dramatischen Ausgangs hatte die Story das Interesse von Fernsehzuschauern rund um den Globus geweckt.

Sie war von einer ortsansässigen Autohändlervereinigung gebeten worden, Werbespots für sie zu machen, ein Angebot, das Tiel jedoch abgelehnt hatte. Auflagenstarke Frauenzeitschriften hatten ebenfalls großes Interesse bekundet und beabsichtigten, spezielle Text- und Bildbeiträge über alles zu bringen, was Tiel McCoy betraf – von ihren Erfolgsgeheimnissen bis hin zur Einrichtung ihres Hauses. Sie war praktisch die »Frau der Woche«.

Und trotz ihres großen Erfolgs war sie nie unglücklicher gewesen.

Tiel unternahm gerade einen vergeblichen Versuch, Ordnung auf ihrem Schreibtisch zu schaffen, als Gully hereinkam. »Hi, Kid.«

»Ich habe den Rest des Käsekuchens in die Cafeteria gebracht, damit sich jeder nach Belieben davon bedienen kann, frei nach dem Motto ›Wer zuerst kommt, mahlt zuerst.‹«

»Ich habe das letzte Stück abbekommen.«

»Deine Arterien werden mir das niemals verzeihen«, erwiderte sie.

»Habe ich dir eigentlich schon gesagt, was für großartige Arbeit du geleistet hast?«

»So was hört man immer gern.«

»Wirklich großartige Arbeit«, meinte Gully.

»Danke. Aber sie hat mich total ausgelaugt. Ich bin schrecklich müde.«

»Das sieht man dir an. Tatsächlich siehst du wie ausgekotzt aus.«

Sie warf ihm einen finsteren Blick über ihre Schulter zu.

»Ich sage es nur so, wie es ist«, erwiderte er achselzuckend.

»Hat dir deine Mutter nie gesagt, dass man manche Dinge besser unausgesprochen lassen sollte?«

»Was ist eigentlich mit dir los?«

»Ich hab's dir doch schon gesagt, Gully, ich bin –«

»Du bist nicht nur müde. Ich weiß, was Müdigkeit ist, und das hier hat nichts mit Müdigkeit zu tun. Du solltest strahlen wie ein Weihnachtsbaum. Stattdessen machst du ein Gesicht wie zehn Tage Regenwetter. Du bist überhaupt nicht wie sonst, so aktiv und energiegeladen und voller Tatendrang. Ist es wegen Linda Harper? Bist du eingeschnappt, weil sie dir zuvorgekommen ist und dir ein bisschen den Wind aus den Segeln genommen hat?«

»Nein.« Tiel riss methodisch einen weiteren Briefumschlag auf und las das Glückwunschschreiben darin. *Ich finde Ihre Berichte im Fernsehen einfach Klasse. Sie sind mein großes Vorbild. Ich möchte genau wie Sie sein, wenn ich erwachsen bin. Ich finde auch Ihre Frisur ganz super.*

Gully sagte: »Ich kann einfach nicht glauben, dass du den unnahbaren Helden namens Doc nicht als Dr. Bradley Stanwick erkannt hast.«

»Hmmm.«

Ohne sich von ihrem scheinbaren Desinteresse entmutigen zu lassen, fuhr Gully fort: »Oder lass es mich mal anders ausdrücken. Ich *glaube* nicht, dass du ihn nicht als Dr. Bradley Stanwick erkannt hast.«

Die Veränderung in Gullys Tonfall war unverkennbar, und es war unmöglich, nicht darauf zu reagieren. Tiel legte den Brief des Mädchens beiseite, das mit »Kimberly« unterschrieben hatte, eine Fünftklässlerin, und drehte sich langsam in ihrem Stuhl herum, um Gully anzusehen.

Er blickte sie einen langen Moment prüfend an. Und sie

erwiderte seinen Blick ruhig und unverwandt. Keiner von ihnen sagte etwas.

Schließlich fuhr er sich mit einer Hand übers Gesicht, wobei sich seine schlaffe Haut wie eine Halloween-Gummimaske dehnte. »Ich nehme an, du hattest deine Gründe dafür, seine Identität zu schützen.«

»Er hatte mich gebeten, ihn aus der Sache rauszuhalten.«

»Na klar!« Er schlug sich mit der Hand an die Stirn. »Natürlich! Wie kann ich nur so begriffsstutzig sein. Der Gegenstand der Story hat gesagt: ›Ich will nicht im Fernsehen sein‹, und da hast du natürlich ein wichtiges Element der Story einfach weggelassen.«

»Dein Nachrichtenbetrieb hat keinerlei Nachteile dadurch gehabt, Gully.« Gereizt stand sie auf und begann, persönliche Dinge in ihre Tasche zu werfen, um sich zum Gehen bereit zu machen. »Linda hat sich ja schon darauf gestürzt. Also, worüber beklagst du dich dann?«

»Habe ich mich etwa beklagt? Hast du mich vielleicht klagen hören?«

»Es hat sich ganz danach angehört.«

»Ich bin nur neugierig, warum meine Starreporterin plötzlich gekniffen und mich im Stich gelassen hat.«

»Ich habe nicht –«

»O doch, du hast gekniffen! Und zwar ganz groß. Und ich will wissen, warum.«

Tiel wirbelte herum, um ihn zu konfrontieren. »Weil auf einmal alles so...« Sie hörte zu brüllen auf, riss sich zusammen, atmete tief durch und fügte in sehr viel gedämpfterem Ton hinzu: »So kompliziert wurde.«

»Kompliziert.«

»Kompliziert, richtig.« Sie griff um Gully herum nach ihrem Blazer und zog ihn an, wobei sie Gullys scharfem Blick auswich. »Es ist irgendwie wie bei Deep Throat.«

»Es ist überhaupt nicht wie bei Deep Throat, der eine Quelle war. Bradley Stanwick dagegen war aktiv am Geschehen beteiligt. Er war Inhalt. Freiwild.«

»Das ist eine Unterscheidung, die wir irgendwann mal diskutieren sollten. Irgendein andermal. Wenn ich nicht gerade im Begriff bin, in Urlaub zu fahren.«

»Du willst immer noch fahren?« Gully heftete sich an ihre Fersen, als Tiel sich einen Weg durch das Nachrichtenstudio zur Rückseite des Gebäudes bahnte.

»Ich brauche diese Verschnaufpause dringender als je zuvor. Außerdem hast du meine Bitte um ein paar freie Tage ausdrücklich genehmigt. Du hast mich förmlich gedrängt, mal eine Weile auszuspannen.«

»Ich weiß«, erwiderte er nörglerisch. »Aber ich hab's mir in der Zwischenzeit anders überlegt. Weißt du, was ich gedacht habe? Ich habe mir gedacht, dass du eine Pilotsendung zur *Nine Live* Show produzieren solltest. Dieser Krebsspezialist und Cowboy in einem würde einen sensationellen ersten Talkgast abgeben. Bring ihn dazu, über die Ermittlungen über den Tod seiner Frau zu sprechen. Wie ist sein Standpunkt zum Thema Sterbehilfe? Hat er seiner Frau Sterbehilfe geleistet?«

»Er hätte vermutlich ausreichend Gründe dafür gehabt, aber er hat es nicht getan.«

»Siehst du? Wir haben bereits einen provozierenden Dialog in Gang gesetzt. Du könntest diese Diskussion als Überleitung benutzen, um auf seine Rolle bei dem Geiseldrama zu sprechen zu kommen. Es würde genial sein! Wir könnten diese Pilotsendung den Muftis in der Chefetage zeigen. Sie vielleicht an einem Abend als Sondersendung im Anschluss an die Nachrichten ausstrahlen. Sie würde deine Eintrittskarte sein, um den Job als Gastgeberin bei *Nine Live* zu kriegen.«

»Vergiss es, Gully.« Tiel drückte die schwere Glastür auf, die zum Parkplatz der Angestellten führte. Der Asphalt war so heiß wie eine Herdplatte.

»Aber wieso denn?« Er folgte ihr nach draußen. »Das ist doch das, was du immer gewollt hast, Tiel. Du solltest diese Chance besser sofort beim Schopf ergreifen, sonst könnte sie dir noch immer von jemand anderem weggeschnappt werden. Sie könnten die Sendung auch Linda geben, besonders wenn sie jemals dahinter kommen, dass du von Anfang an über Stanwick Bescheid gewusst hast. Verschiebe deinen Urlaub, bis diese Sache unter Dach und Fach ist.«

»Und dann würde ich überhaupt nicht mehr wegkommen, weil ich an all den Produktionsbesprechungen teilnehmen müsste.« Sie schüttelte energisch den Kopf. »Nein, Gully, kommt nicht in Frage. Ich fahre.«

»Ich verstehe dich einfach nicht. Was ist bloß mit dir los? Kriegst du deine Tage, oder was?«

Sie weigerte sich, Anstoß an seiner Bemerkung zu nehmen, und lächelte. »Ich habe es ganz einfach satt, diesen Affentanz mitzumachen, Gully. Ich habe das ständige Gerangel um einen Spitzenjob satt und die Paranoia, die das erzeugt. Die Senderbosse wissen, was ich kann. Sie wissen um meine Popularität bei den Fernsehzuschauern, die jetzt größer ist als je zuvor. Sie haben meine langjährige Arbeit, meine Einschaltquoten und meine Auszeichnungen, um zu wissen, dass ich die beste Wahl für diesen Job bin.«

Sie öffnete die Tür ihres Wagens und warf ihre Tasche hinein. »Sie werden von meinem Agenten hören, während ich fort bin. Ich mache *Nine Live* zu einer Bedingung meines Vertrags. Wenn ich die Sendung nicht bekomme, werde ich meinen Vertrag nicht mehr verlängern. Und ich habe diese Woche mindestens hundert andere gute Angebote bekommen, um diese Forderung zu untermauern.«

Sie beugte sich vor und küsste Gully auf die Wange, die vor Verblüffung schlaff geworden war. »Ich liebe dich, Gully. Und ich liebe meine Arbeit. Aber es ist *Arbeit*, nicht mehr und nicht weniger; es ist nicht länger mein einziger Lebensinhalt.«

Auf ihrer Fahrt aus der Stadt hielt sie einmal kurz an – bei einem Müllcontainer hinter einem Supermarkt. Sie warf zwei Dinge in den Container. Das eine war eine Tonbandkassette. Das andere war das zweistündige Videoband aus Gladys' und Verns Camcorder.

Tiel verfluchte ihre hoffnungslos verheddert Angelschnur. »Verdammtes Mistding!«

»Wollen sie nicht anbeißen?«

Sie zuckte erschrocken zusammen, weil sie geglaubt hatte, ganz allein zu sein, und drehte sich dabei gleichzeitig hastig um. Und sie bekam prompt weiche Knie, als ihr Blick auf Doc fiel. Er lehnte lässig gegen einen Baumstamm, seine große, schlanke Gestalt und seine Cowboykluft in vollkommenem Einklang mit der wilden, zerklüfteten Gebirgslandschaft.

»Ich wusste gar nicht, dass du angeln kannst«, bemerkte er.

Er war den ganzen weiten Weg gekommen, um sich übers Angeln zu unterhalten? Okay, soll mir recht sein, dachte Tiel. »Offensichtlich kann ich das nicht«, sagte sie laut. Sie hielt die verhedderte Schnur hoch und runzelte die Stirn. »Aber da es anscheinend das ist, was man tun sollte, wenn man einen klaren Gebirgsbach hinter seiner Ferienwohnung hat... Doc, was machst du hier?«

»Ich habe gute Nachrichten über Ronnie.«

Ronnie Davisons Gesundheitszustand, der bei seiner Einlieferung in die Klinik äußerst kritisch gewesen war, hatte sich ganz entscheidend gebessert. Wenn seine Genesung weiterhin so große Fortschritte machte, würde er in ein paar Tagen nach Hause entlassen werden. »Sehr gute Nachrichten. Und auch über Sabra. Sie ist schon wieder nach Fort Worth zurückgekehrt. Ich habe gestern Abend mit ihr telefoniert. Sie und ihre Mutter werden Katherine großziehen. Ronnie wird ein uneingeschränktes Besuchsrecht haben, aber er und Sabra haben beschlossen, sich mit dem Heiraten doch noch ein paar Jahre Zeit zu lassen. Ohne Rücksicht darauf, was bei seinem Rechtskonflikt am Ende herauskommen wird, sind sie sich darüber einig, dass sie erst einmal abwarten wollen, um zu sehen, ob ihre Beziehung die Zeitprobe bestehen wird.«

»Kluge Kids. Wenn es wirklich das Richtige ist, dann wird es auch geschehen.«

»Das denken die beiden auch.«

»Tja, Dendy kann heilfroh sein, dass er nicht wegen Mordes angeklagt wird.«

»Ja, aber Dutzende von Zeugen haben beobachtet, wie er es versucht hat. Ich hoffe, sie brummen ihm die Höchststrafe auf.«

»Ganz meine Meinung. Es hätte nicht viel gefehlt, und er hätte mehrere Menschenleben auf dem Gewissen gehabt.«

Danach erlahmte ihre Unterhaltung. Die Stille wurde nur von dem Zwitschern von Vögeln und dem unaufhörlichen, friedlichen Plätschern des Baches unterbrochen. Als der Druck in Tiels Brust so stark wurde, dass sie es nicht mehr aushalten konnte, fragte sie abermals: »Was machst du hier?«

»Ich habe einen Käsekuchen von Vern und Gladys bekommen.«

»Ich auch.«

»Ein Riesending.«

»Ein gigantisches Ding.«

Da sie sich irgendwie albern mit der Angelrute in der Hand vorkam, legte sie sie zu ihren Füßen nieder, wünschte jedoch sofort, sie hätte es nicht getan. Jetzt hatte sie nichts mehr, um ihre Hände zu beschäftigen, die ihr plötzlich übermäßig groß und unbeholfen erschienen. Sie schob sie in die hinteren Taschen ihrer Jeans, mit den Handflächen nach außen. »Es ist schön hier, nicht?«

»Sehr schön.«

»Wann bist du angekommen?«

»Vor ungefähr einer Stunde.«

»Oh.«

Dann fügte sie kläglich hinzu: »Doc, weshalb bist du wirklich gekommen?«

»Ich bin gekommen, um mich bei dir zu bedanken.«

Tiel senkte den Kopf und starrte auf ihre Füße. Ihre Turnschuhe waren in den Schlamm des Bachbetts eingesunken. »Tu's nicht. Dich bei mir bedanken, meine ich. Ich habe es nicht über mich gebracht, die Tonbandaufnahme zu verwerten. Ich hatte auch ein Video. Von Gladys' Camcorder. Die Bildqualität war nicht besonders gut, aber ich war die einzige Reporterin der Welt, die diese Aufnahmen hatte.«

Sie atmete tief durch, blickte kurz zu Doc auf und starrte dann wieder auf ihre Füße. »Aber du warst auf dem Videoband. Deutlich erkennbar. Und ich wollte dich nicht ausnutzen, nachdem wir ... nach dem, was im Motel passiert war. Da war es plötzlich etwas ganz Persönliches, was niemanden etwas anging. Ich konnte dich nicht ausnutzen, ohne auch einen Teil von mir selbst auszunutzen. Deshalb habe ich die Bandaufnahmen weggeworfen. Keiner hat sie jemals gehört oder gesehen.«

»Hmmm. Nun ja, das ist aber nicht das, wofür ich dir gedankt habe.«

Sie hob mit einem Ruck den Kopf. »Was?«

»Ich habe deine Storys über das Geiseldrama gesehen, und sie waren erstklassig. Und das meine ich ganz aufrichtig. Hervorragender Fernsehjournalismus. Du hast all die Anerkennung und das Lob, das du für deine Arbeit bekommen hast, wirklich verdient. Und ich weiß es sehr zu schätzen, dass du unsere vertraulichen Gespräche vertraulich behandelt hast. Du hattest Recht mit der Enthüllung. Es musste irgendwann so kommen, ob mit oder ohne dein Zutun. Das ist mir jetzt klar.«

Ausnahmsweise einmal in ihrem Leben wusste Tiel nichts zu sagen.

»Der Grund, warum ich mich bei dir bedanke, ist, weil du mich gezwungen hast, mich endlich einmal kritisch mit mir selbst auseinander zu setzen. Mit meinem Leben. Du hast mich dazu gebracht zu erkennen, wie unnütz und sinnlos es gewesen ist. Nach Sharis Tod und all dem, was darauf folgte, brauchte ich erst einmal Einsamkeit und Zeit, um die Dinge gründlich zu durchdenken und neu zu beurteilen. Das hat ... ungefähr sechs Monate in Anspruch genommen. Den Rest der Zeit habe ich genau das getan, was du mir vorgeworfen hast, nämlich mich versteckt. Mich bestraft. Den feigen Ausweg gewählt.«

Der Druck, der sich jetzt in ihrem Innern aufbaute, war keine Anspannung. Sondern Ergriffenheit. Vielleicht sogar Liebe. Okay, Liebe. Sie wollte zu ihm gehen, ihn in die Arme nehmen und fest an sich drücken, aber sie wollte auch hören, was er zu sagen hatte. Außerdem musste er es loswerden.

»Ich gehe wieder zurück. Ich habe die ganze letzte Woche in Dallas verbracht und mit einigen Ärzten und Forschern gesprochen, Neuankömmlingen, die meine aggressive Einstellung im Kampf gegen diese Krankheit teilen,

Ärzte, die es genau wie ich leid sind, erst zig Komitees und Rechtsausschüsse durchlaufen zu müssen, um die Genehmigung für eine neue Behandlungsmethode zu bekommen, wenn der Patient leidet und sämtliche anderen Möglichkeiten bereits ausgeschöpft sind. Wir möchten die Medizin aus den Händen von Juristen und Bürokraten nehmen und sie wieder den Ärzten zurückgeben. Und deshalb schließen wir uns zu einer Gruppe zusammen, um unsere Mittel und Spezialgebiete zu vereinen und –« Er blickte sie scharf an. »Weinst du?«

»Die Sonne blendet mich in den Augen.«

»Ach so. Okay, also, das war es, was ich dir sagen wollte.«

So sparsam, schnell und unauffällig, wie sie konnte, wischte Tiel sich die Tränen aus den Augen. »Du hättest nicht extra diese weite Reise machen müssen. Du hättest mir doch auch eine E-Mail schicken oder mich anrufen können.«

»Das wäre genauso feige gewesen. Ich musste dir dies persönlich sagen, von Angesicht zu Angesicht.«

»Woher hast du überhaupt gewusst, wo du mich finden würdest?«

»Ich bin zum Fernsehsender gegangen. Habe mit Gully gesprochen, der mich übrigens gebeten hat, dir etwas auszurichten. Er sagte: ›Sagen Sie ihr, dass ich nicht beschränkt bin. Ich bin gerade dahinter gekommen, was sie mit kompliziert gemeint hat.‹ Ergibt das irgendeinen Sinn für dich?«

Tiel lachte. »Ja.«

»Würdest du es mir erklären?«

»Vielleicht später. Wenn du hier bleibst.«

»Wenn du nichts gegen meine Gesellschaft einzuwenden hast.«

»Ich glaube, ich kann sie ertragen.«

Doc erwiderte ihr breites Lächeln, aber dann wurde sein Ausdruck wieder ernst. »Wir sind beide ziemlich engagiert und ehrgeizig, wenn es um unsere Arbeit geht, Tiel.«

»Was Teil der gegenseitigen Anziehungskraft ist, wie ich glaube.«

»Es wird nicht leicht sein.«

»Nichts, was sich wirklich lohnt, ist leicht.«

»Wir wissen nicht, wohin es führen wird.«

»Aber wir wissen, wohin wir hoffen, dass es führen wird. Und wir wissen auch, dass es zu nichts führen wird, wenn wir es nicht versuchen.«

»Ich habe meine Frau geliebt, Tiel, und Liebe kann wehtun.«

»Nicht geliebt zu werden schmerzt noch sehr viel mehr. Vielleicht können wir eine Möglichkeit finden, uns zu lieben, ohne uns dabei gegenseitig wehzutun.«

»Gott, ich sehne mich so danach, dich zu berühren.«

»Doc«, murmelte sie. Dann lachte sie. »Bradley? Brad? Wie nenne ich dich jetzt eigentlich?«

»Ein schlichtes ›Komm her‹ genügt vorläufig vollauf.«

Und dann zog er sie in seine Arme.

**blanvalet**

# »Ein heißer Fall mit einer raffinierten Story – einer der besten Thriller überhaupt!«

*Publishers Weekly*

Roman. 512 Seiten. Übersetzt von Christoph Göhler
ISBN 978-3-442-37206-5

Lesen Sie mehr unter: **www.blanvalet.de**

# 512 Seiten – und bei jeder werden Sie durchs Feuer gehen!

Thriller. 512 Seiten. Übersetzt von Christoph Göhler
ISBN 978-3-442-36986-7

Lesen Sie mehr unter: **www.blanvalet.de**

## blanvalet

## »Dieser Thriller macht süchtig!«

*Tess Gerritsen*

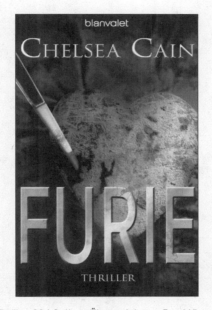

Thriller. 384 Seiten. Übersetzt von Fred Kinzel
ISBN 978-3-442-37004-7

Lesen Sie mehr unter: **www.blanvalet.de**

# Gefährlich, rasant, romantisch – von Frauen für Frauen!

Roman. 224 Seiten. Übersetzt von Beate Darius
ISBN 978-3-442-36794-8

Roman. 416 Seiten.
Übersetzt von Michael Benthack
ISBN 978-3-442-37030-6

Roman. 384 Seiten.
Übersetzt von Ingrid Klein
ISBN 978-3-442-36962-1

Lesen Sie mehr unter: **www.blanvalet.de**